HEYNE

W0346780

SCIENCE FICTION

Von **Anne McCaffrey** erschien in der Reihe
HEYNE SCIENCE FICTION & FANTASY:

Die Drachenreiter von Pern:

1. *Die Welt der Drachen* · 06/3291
2. *Die Suche der Drachen* · 06/3330
3. *Drachengesang* · 06/3791
4. *Drachensinger* · 06/3849
5. *Drachentrommeln* · 06/3996
6. *Der weiße Drache* · 06/3918
7. *Moreta – Die Drachenherrin von Pern* · 06/4196
8. *Nerilkas Abenteuer* · 06/4548
9. *Drachendämmerung* · 06/4666
10. *Die Renegaten von Pern* · 06/5007
11. *Die Weyr von Pern* · 06/5135
12. *Die Delphine von Pern* · 06/5540
13. *Die Chroniken von Pern: Ankunft* · 06/6353
14. *Drachenauge* · 06/6372
15. *Drachenklänge* · 06/6413
16. *Der Himmel über Pern* · 06/6418 (in Vorb.)

Dinosaurier-Planet:

1. *Dinosaurier-Planet* · 06/4168
2. *Die Überlebenden* · 06/4347

Rowan:

1. *Rowan* · 06/5622
2. *Damia* · 06/5623
3. *Damias Kinder* · 06/5624
4. *Lyon* · 06/5625

Pegasus:

1. *Wilde Talente* · 06/5987; auch als 06/4289
2. *Der Flug des Pegasus* · 06/5988

Die Planetenpiraten:

1. *Sassinak* · 06/6366 (mit Elizabeth Moon)
2. *Raumfahrergarn* · 06/6367 (mit Jody Lynn Nye)
3. *Das Generationenschiff* · 06/6368 (mit Elizabeth Moon)

Einzelbände:

Planet der Entscheidung · 06/3314
Ein Raumschiff namens Helva · 06/3354; auch ➶ 06/1008
Die Wiedergeborene · 06/3362
Killashandra · 06/4728

Anne McCaffrey

Drachenklänge

Ein Roman im Zyklus
Die Drachenreiter von Pern

Aus dem Amerikanischen von
Ingrid Herrmann-Nytko

Deutsche Erstausgabe

WILHELM HEYNE VERLAG
MÜNCHEN

HEYNE SCIENCE FICTION & FANTASY
Band 06/6413

Titel der amerikanischen Originalausgabe
THE MASTERHARPER OF PERN
Deutsche Übersetzung von Ingrid Herrmann-Nytko
Das Umschlagbild malte Brom
Die Karte und die Illustrationen zeichnete Johann Peterka

Umwelthinweis:
Dieses Buch wurde auf chlor- und
säurefreiem Papier gedruckt.

Redaktion: René Nibose-Mistral

Erstveröffentlichung:
A Del Rey © Book
Published by The Ballantine Publishing Group, New York
Mit freundlicher Genehmigung der Autorin
und Paul & Peter Fritz, Literarische Agentur, Zürich
(# 57 648)

http://www.heyne.de
Printed in Germany 1/2002
Deutsche Erstausgabe 3/2002
Umschlaggestaltung: Nele Schütz Design, München
Technische Betreuung: M. Spinola
Satz: Schaber Satz- und Datentechnik, Wels
Druck und Bindung: Ebner Ulm

ISBN 3-453-19673-2

Weil sie mich stets wohlwollend unterstützt hat,
widme ich dieses Buch in aufrichtiger Zuneigung
Shelly Shapiro, sowie ihrem Ehemann,
Tom Hitchins, und ihrer Tochter Adrianna.

WESTKONTINENT
BURG
HOCHLAND
CROM
HOCHLAND
WEYR
TELGAR
NABOL
TILLEK
RUATHA
FORT
WEYR
FORT
ISTA
WEYR
SÜDBOLL
WESTMEER
SÜD
WEYR
PIEMURS VULKAN
GROSSE
BUCHT
ROMA
DORADO
INSEL
IERNE

BENDEN WEYR
BITRA
BENDEN
KEROON
MEERESBURG
NERAT
HALB KREISBUCHT
SÜDMEER
OSTMEER
COVE
OST WEYR
DELPHINEUR HÖHLE
PARADIESFLUß-GUT
LANDING
MONACO BUCHT
CARDIFF
BERG MIT DEN ZWEI GESICHTERN
PARADIES FLUß
RUBICON
CATHAY
ÖSTL. GRENZGEBIRGE
ASOWSCHES MEER

Kapitel 1

»Eines ist sicher«, meinte Betrice trocken, als sie das zappelnde, kreischende Baby in das Tuch aus feinem Leinen wickelte, das seine Mutter eigens zu diesem Zweck gewebt hatte, »er hat deine Lungen geerbt, Petiron. Hier! Ich muss mich jetzt um Merelan kümmern.«

Sie legte das brüllende, die kleinen Fäustchen ballende Baby, dessen Gesicht von der Anstrengung hochrot angelaufen war, in die Arme seines erschrockenen Vaters.

Petiron wiegte den Säugling, so wie er es bei anderen Vätern gesehen hatte, und trug ihn ans Fenster, um seinen Erstgeborenen gründlich in Augenschein zu nehmen.

Er bemerkte die Blicke nicht, die die Hebamme und ihre Gehilfin tauschten, und er bekam auch nicht mit, wie die jüngere Frau lautlos nach draußen huschte, um eine Heilerin zu holen. Merelans Blutungen ließen sich nicht stillen. Die Hebamme vermutete einen Dammriss; das Baby war in Steißlage geboren worden und hatte einen außergewöhnlich großen Kopf.

Eilig packte sie in Tücher gewickeltes Eis um Merelans schmale Hüften. Es war eine lange, schwere Geburt gewesen. Merelan lag völlig erschöpft im Bett, das Gesicht weiß und eingefallen. Am meisten sorgte sich Betrice wegen des starken Blutverlusts. Eine Transfusion stellte ein großes Risiko dar. Obwohl Blut immer wie Blut aussah, schien es bei jedem Menschen irgendwie anders zu sein. Vor langer Zeit hatten die Heiler die Unterschiede gekannt und wussten, welche Sorten von Blut sich miteinander vertrugen. Jedenfalls hatte Betrice davon gehört.

Betrice hatte geahnt, dass Merelan die Entbindung nicht leicht fallen würde, denn sie konnte die Größe und die Lage des Kindes im Mutterleib ertasten, und deshalb hatte sie in der Heilerhalle vorsorglich um Beistand ersucht. Es gab eine Lösung aus speziellen Salzen, die einem Patienten halfen, schwere Blutverluste zu überstehen.

Betrice schaute kurz zum Fenster hinüber und schmunzelte ein wenig über die Unbeholfenheit des frisch gebackenen Vaters. Petiron war ein ausgezeichneter Harfner und konnte auf Versammlungen stundenlang sein Instrument spielen, doch im Umgang mit Babys musste er noch viel lernen. Er konnte von Glück sagen, dass er überhaupt einen Sohn in den Armen halten durfte, denn Merelan hatte bereits drei Fehlgeburten hinter sich. Manche Frauen waren zum Gebären geschaffen, doch Merelan gehörte nicht zu ihnen.

Merelan öffnete die flatternden Lider und dann strahlten ihre Augen, als sie das kräftige Brüllen ihres Kindes hörte.

»Du hast es überstanden, und euer Sohn ist gesund und munter. Jetzt darfst du dich ausruhen, Sängerin Merelan«, redete Betrice beruhigend auf die junge Frau ein und streichelte ihre Wange.

»Mein Sohn …« flüsterte Merelan. Ihre sonst so melodische Stimme klang rau vor Entkräftung. Sie drehte das Gesicht in die Richtung, aus der das Kindergeschrei ertönte, und ihre Finger zuckten auf dem blutigen Laken.

»Bald kannst du ihn bei dir haben. Zuerst werde ich dich waschen …«

»Ich muss ihn in den Armen halten«, forderte Merelan matt, aber bestimmt.

»Du wirst ihn noch oft genug an dein Herz drücken, das verspreche ich dir«, erwiderte Betrice nicht ohne Strenge und wünschte sich inbrünstig, dass sie die Wahrheit sprach.

In diesem Moment traten Sirrie und die Heilerin ein. Betrice atmete erleichtert auf, als sie Ginia sah, die eine Flasche mit einer klaren Flüssigkeit mitbrachte. Diese den Blutverlust ausgleichende Lösung konnte der jungen Mutter das Leben retten.

»Petiron, nimm dein plärrendes Balg und zeig ihn den anderen«, befahl Ginia dem nervösen Vater in barschem Ton. »Sie warten schon in der Halle und wollen ihn sich ansehen. Das Gebrüll ist ja nicht zu überhören. Und nun ab mit euch!«

Petiron machte sich nur zu gern aus dem Staub. Er hatte nach Kräften geholfen, Merelans Rücken massiert und ihr während der langen Wehen den Schweiß von der Stirn getupft; nun sehnte er sich nach einem Glas Wein, um seine Nerven zu beruhigen. Zum Schluss hatte er um Merelans Leben gefürchtet, vor allem unmittelbar nach der Geburt, als sie wie leblos in dem blutbefleckten Bett lag. Man würde ihn nicht fortschicken, wenn seine Frau noch in Gefahr wäre, davon war er fest überzeugt. Und noch etwas wusste er mit absoluter Bestimmtheit: Nie wieder würde er Merelan einem solchen Risiko aussetzen. Er hatte ja keine Ahnung gehabt, wie gefährlich das Kinderkriegen war.

»Das Organ hat der Kleine von ihm!« erklärte Ginia mit grimmigem Lächeln. Sie beugte sich über Merelan, um sie zu untersuchen. »Sie hat wirklich einen Dammriss. Du kannst ihr jetzt etwas Fellis-Saft einflößen, Betrice. Sirrie, binde ihren Arm an der Schiene fest. Sie braucht Flüssigkeit. Ich wünschte, wir wüssten mehr über Bluttransfusionen. Denn was sie jetzt dringend brauchte, ist richtiges Blut. Du weißt ja wohl, wie du mit dem Nadeldorn eine Vene anstichst, Sirrie, doch wenn es Probleme gibt, frag mich ruhig.«

Sirrie nickte und begann mit den Vorbereitungen, während Ginia den Dammriss behandelte. Das Protestgeheul des Babys war immer noch zu hören, trotz der Entfernung, die zwischen der Gebärstube und der Großen Halle lag.

»Sie wehrt sich gegen den Fellis-Saft, Ginia«, verkündete Betrice besorgt.

»Was sagt sie?«

»Sie will ihr Baby.« Stimmlos formte Betrice die Worte, die Ginia ihr von den Lippen ablas. »Sie glaubt, dass sie sterben wird.«

»Nicht, solange ich bei ihr bin!« entgegnete Ginia energisch. »Von mir aus holt das Kind. Es kann ihr nicht schaden, wenn sie es an die Brust legt, und durch das Stillen zieht sich die Gebärmutter zusammen. Auf jeden Fall trägt es dazu bei, sie zu beruhigen, und darauf kommt es mir im Moment am meisten an.«

Betrice ging selbst in die Große Halle und brachte den lauthals schreienden Jungen zurück. Angesichts seines zähen Lebenswillens musste sie breit lächeln.

»Sein Kampfgeist wird sich bestimmt auf sie übertragen«, meinte sie und legte das Baby neben die junge Mutter. Instinktiv nahm Merelan ihr Kind in den Arm. Der Junge fand sofort die Brust und begann zu saugen. Und Merelan stieß einen Seufzer der Erleichterung aus.

»Ich wusste, dass es ihr hilft«, flüsterte Betrice und staunte über die plötzlich zurückkehrende Farbe in Merelans Wangen.

»Ich habe schon seltsamere Dinge erlebt«, entgegnete Ginia und blickte hoch. »So. Mehr kann ich nicht tun …

außer Petiron ans Herz legen, dass sie nicht noch einmal schwanger werden darf. Vermutlich könnte sie gar nicht mehr empfangen, aber er muss sich beherrschen.«

Die drei Frauen blickten einander an und lächelten, denn die ganze Burg wusste, wie sehr dieses Paar einander liebte. Auf ganz Pern kursierten Balladen, in denen besungen wurde, wie Merelan und Petiron sich gegenseitig anhimmelten.

»Hierzulande gibt es genug musikalische Talente, so dass Petiron es nicht nötig hat, einen ganzen Chor zu zeugen«, stellte Ginia fest und stand auf.

Die Frauen bezogen das Bett neu. Währenddessen rührte sich Merelan kaum. Ganz still lag sie da, ihr Neugeborenes im Arm. Als Ginia und Betrice den Eindruck gewannen, dass sie sie getrost in Sirries Obhut lassen konnten, war sie eingeschlummert, sah jedoch längst nicht mehr so blass aus.

»Eines kann ich dir sagen«, vertraute Betrice der Heilerin an, »sie wird ganz und gar nicht begeistert sein, sich auf dieses eine Kind beschränken zu müssen.«

»Sie kann ja welche in Pflege nehmen. Es ist ohnehin viel besser, wenn Kinder zusammen mit Geschwistern aufwachsen, vor allem, wenn man bedenkt, wie sehr Merelan ihren Sprössling verwöhnen wird. Nächstes Jahr kümmern wir uns darum. Das heißt, falls sie bis dahin wieder vollständig genesen ist.«

Betrice schnaubte durch die Nase. »Sie soll sich anstrengen. Schließlich habe ich einen Ruf zu verlieren.«

»Das geht uns doch allen so!«

* * *

Petiron untersagte es seiner Frau jedoch, fremder Leute Kinder großzuziehen. Es fiel ihm schon schwer genug,

Merelan mit ihrem gemeinsamen Sohn zu teilen, und er wollte nichts davon wissen, wenn andere ihm erklärten, Robinton, so nannten sie ihren Jungen im Gedenken an Merelans Vater, Roblyn, sei ein artiges und anspruchsloses Kind.

»Früher hielt ich Petiron immer für großzügig«, erklärte Betrice ihrem Mann, dem Meisterharfner Gennell.

»Und was hat deinen Meinungsumschwung bewirkt?« fragte Gennell mit gelindem Staunen.

Sie legte eine Pause ein und schürzte die Lippen, denn sie war keine Tratsche. »Ich finde, er ist eifersüchtig, weil Merelan so viel Zeit mit Robie verbringt.«

»Tatsächlich?«

»Dabei schränkt sie sich noch ein, denn sie scheint seinen Unmut zu spüren und bemüht sich, ihn zu besänftigen. Dabei hat die junge Mardy trotz all meiner Warnungen schon wieder ein Kind in die Welt gesetzt, und ihr drittes ist noch nicht mal einen vollen Planetenumlauf alt.« Betrice seufzte resigniert. »Merelan könnte einspringen ... wenn Petiron es ihr nur erlaubte.«

»Wie alt ist eigentlich der kleine Robinton?«

»Demnächst wird er einen Planetenumlauf alt. Ein stämmiger Bursche, er kann schon laufen. Für Merelan wäre es ein Leichtes, sich tagsüber um einen Säugling zu kümmern, der in der Wiege liegt, und für Mardy wäre es eine Entlastung. Robie ist ein lieber, unkomplizierter Bub, genauso umgänglich wie seine Mutter.« Betrice strahlte in beinahe mütterlichem Stolz.

»Misch dich am besten nicht ein, Betrice«, riet ihr Gennell. »Zur Zeit herrscht große Aufregung wegen Petirons neuer Moreta-Kantate zur Sonnenwendfeier, bei der Merelan den wichtigsten Solopart übernimmt.«

»Es gefällt mir überhaupt nicht, dass sie so hart daran arbeitet, Gen, denn im Grunde hat sie sich immer noch nicht von der schweren Geburt erholt ...«

Gennell tätschelte die tüchtigen Hände seiner Frau. »Petiron hat die Musik eigens für sie geschrieben, und auf ganz Pern gibt es keinen zweiten Sopran mit ihrem Stimmumfang. Ich kann verstehen, dass er eifersüchtig auf jeden ist, der die Zeit seiner Frau in Anspruch nimmt.«

»Aber er darf ganz nach Lust und Laune über ihre Zeit verfügen!« konterte sie spitz.

»Ach, weißt du, es gibt mehr als einen Weg, um ein bestimmtes Ziel zu erreichen.« Schmunzelnd blickte er ihr in die Augen.

»Fängst du schon wieder damit an?« erwiderte Betrice gutmütig.

»Jetzt, wo du mich auf den Gedanken gebracht hast ...« witzelte er gut gelaunt. »Aber im Ernst, Betrice, Petiron ist kein übler Kerl. Und er liebt seinen Jungen von ganzem Herzen.«

Betrice kniff die Lippen zusammen. »Glaubst du?«

»Zweifelst du etwa daran?«

Sie maß ihren Mann mit einem kritischen Blick. »In der Tat. Ich habe diesbezüglich meine Zweifel.« Sie legte ihre Hand auf seinen Arm. »Ich brauche ihn nur mit dir zu vergleichen. Du hast dich um jedes unserer fünf Kinder aufopfernd gekümmert, und alle sind gut geraten. Freilich, ab und zu schaut Petiron in Robies Bettchen hinein, und er sieht auch hin, wenn der Kleine auf dem Hof spielt. Aber nur, wenn man ihn daran erinnert, dass er ein Kind gezeugt hat.«

Gennell kaute auf seiner Unterlippe und nickte bedächtig. »Nun ja, ich verstehe, was du meinst. Aber ich glaube nicht, dass es Petirons Vaterinstinkten förderlich ist, wenn man Merelan Mardys jüngsten Sprössling aufhalst. Vor allen Dingen, weil Petiron wirklich mit den Proben für die Sonnenwendfeier vollauf beschäftigt ist.«

»Diese ewigen Proben! Hoffentlich bricht Merelan vor der Feier nicht vor Entkräftung zusammen!«

»Ich kann und werde dafür sorgen, dass das nicht passiert«, warf Gennell hastig ein. »Und jetzt lass mich bitte allein.« Als sie sich zum Gehen wandte, gab er ihr einen liebevollen Klaps auf das Hinterteil, ehe er sich wieder der Aufgabe widmete, die frisch beförderten Gesellen den Burgen und Hallen zuzuteilen, die um ihre Dienste ersuchten.

* * *

Merelan sang den schwierigen Part der Moreta in der Kantate, die zur Sonnenwendfeier aufgeführt wurde, und sie bewältigte die Kadenzen mit einer Leichtigkeit, als handele es sich um schlichte Melodien. Ihre seelenvolle Stimme und die Mühelosigkeit ihres Vortrags entzückten das Publikum sowie Petiron.

Selbst die Bewohner der Halle, die sie ständig üben hörten und ihre Fähigkeiten kannten, spendeten ihr stehende Ovationen. Merelan beherrschte nicht nur eine perfekte Atemtechnik, die ihren Koloratursopran unterstützte, sie legte auch so viele Emotionen in ihre Stimme, dass nicht wenige Zuhörer zu Tränen gerührt waren, als die letzten Worten verklangen, mit denen sie Moretas Ende beschrieb, die mit ihrem Drachen ein letztes Mal ins *Dazwischen* und in den Tod sprang. Der Burgherr von Fort und seine Gemahlin eilten vor Begeisterung zur Bühne, um sicher zu gehen, dass Merelan ihr überschwängliches Lob hörte.

Petiron strahlte, als sie bescheiden die Komplimente entgegennahm und das Publikum dezent darauf hinwies, dass es ihr Freude bereitete, die Kompositionen ihres Mannes zu interpretieren. Er schien nicht zu sehen, wie blass sie war. Doch Betrice bemerkte es, und in der kurzen Pause, in der die Chormitglieder, die für den nächsten Teil des Programms nicht gebraucht wurden, ihre Plätze verließen, reichte sie der Sängerin einen wirksamen Stärkungstrunk. Merelan würde später noch einmal auftreten, aber mit einem weniger kräftezehrenden Repertoire, und während der Männerchor in Aktion trat, durfte sie sich ausruhen.

Betrice behielt die Sängerin aufmerksam im Auge, und zu ihrer Erleichterung sah sie, wie allmählich Farbe in ihre Wangen zurückkehrte. Und als sie zum Abschluss der Feier aufstand und einen Diskantpart sang, machte sie nicht mehr einen so erschöpften Eindruck wie zuvor.

Nach den musikalischen Darbietungen, als eine freie Fläche für das allgemeine Tanzvergnügen geschaffen wurde, suchte Lady Winalla, die Burgherrin von Fort, Betrice auf.

»Geht es der Meistersängerin Merelan nicht gut, Betrice? Als Grogellan und ich mit ihr sprachen, zitterte sie so stark, dass ich Angst hatte, ihre Hand loszulassen.«

»Ich verabreichte ihr ein stärkendes Getränk«, erwiderte Betrice so unverbindlich wie möglich. Sie rechnete es Lady Winalla hoch an, dass sie sich Sorgen machte, doch das war eine Angelegenheit der Harfnerhalle und ging die Burg nichts an. »Sie legt ihre ganze Kraft in ihren Gesang, und das wirkt sich natürlich aus.«

»Hmm, gewiss doch, das wird es sein.« Winalla verstand den Wink und ließ Betrice stehen, um sich anderen Gästen zu widmen.

Als Merelan bald darauf an einer fiebrigen Erkältung und Husten erkrankte, schien Petiron der Einzige zu sein, der sich darüber wunderte.

»Manchmal glaube ich, der Mann liebt sie nur wegen ihrer Stimme«, erklärte Betrice erbost, als sie nach einer Krankenwache am Bett der Sängerin in ihr eigenes Quartier zurückkehrte.

»Ihre musikalische Begabung spielt für Petiron gewiss eine wichtige Rolle«, räumte Gennell ein. »Außer ihr bewältigt keine die schwierigen Gesangspartituren, die er komponiert. Doch darüber hinaus bedeutet sie ihm sehr viel.« Er räusperte sich. »Vom ersten Augenblick an, als sie von Süd-Boll zu uns kam, um mit ihrer Ausbildung zu beginnen, war er von ihr hingerissen. Er vergötterte sie schon, als noch keiner von uns ahnte, welch überragendes Talent sie besitzt.« Er blickte in die Dunkelheit, die der matte Schein des Leuchtkorbs neben dem Bett nicht mehr erreichte und erinnerte sich an den Moment, als er zum ersten Mal die herrliche Stimme hörte. Die gesamte Harfnerhalle hatte innegehalten, um verzückt zu lauschen.

Betrice gluckste vergnügt, als sie unter die neue Pelzdecke kroch, ein Geschenk der frisch gebackenen Gesellen zur Sonnenwende. Die einzelnen Fellstücke waren zu einem wunderschönen Muster zusammengenäht. Mit der Hand strich sie über die Umrandung aus seidenweichem Haar. »Noch nie zuvor habe ich einen so verliebten Mann gesehen. Er starrte sie nur an. Und sie konnte den Blick nicht von ihm abwenden. Wenn er nicht ständig diesen mürrischen Zug um den Mund hätte, sähe er gar nicht übel aus. Zum Glück war Agust ihr Gesangslehrer, sonst wäre sie nicht über Wald- und Wiesenliedchen hinausgekommen.«

»Ich weiß noch, wie Petiron dauernd im Hof herumlungerte und ihr beim Proben zuhörte, als hätte er nichts anderes zu tun«, meinte Gennell und streckte den Arm aus, um den Leuchtkorb zu schließen. Gedankenverloren tätschelte er Betrices Schulter, dann klopfte er sein Kissen zurecht, ehe er den Kopf darauf legte.

* * *

Gerade als Gennell dachte, er hätte die Frage geklärt, welcher Geselle wohin geschickt würde, verlangten weitere Burgherren nach ausgebildetem Personal, das ihm indessen fehlte. In diesem strengen Winter konnte man es den Gesellen nicht zumuten, von einer Burg zur nächsten zu ziehen und überall nur vier Siebenspannen zu bleiben. Eine gleichmäßige Verteilung ihrer Dienste kam wegen des schlechten Wetters nicht infrage. Allerdings stand jeder Familie das Recht auf Unterricht und Bildung zu. Man musste ihnen die Lehrballaden beibringen, damit jeder seine vom Gesetz festgelegten Ansprüche und Pflichten kannte.

Er sehnte sich nach den Zeiten, die mittlerweile Hunderte von Planetenumläufen zurücklagen, als die sechs Weyr von Pern den bedeutendsten Hallen und Felsenfestungen Drachen für Transportzwecke bereitstellen. An der Ostküste gab es immer noch den Benden Weyr, und Lord Maidir konnte per Drache selbst die entlegensten Burgen und Versammlungen besuchen, wann immer ihm der Sinn danach stand. Doch der Fort Weyr war seit über vierhundert Planetenumdrehungen verwaist, und keiner wusste so recht, warum.

Gennell hatte Einsicht in die Berichte genommen, die in den Archiven der Harfnerhalle und Burg Fort aufbewahrt wurden, und lediglich einen einzigen knappen Eintrag entdeckt, der kurz nach dem letzten Vorbeizug des Roten Sterns stattfand.

»Am fünften Tag des siebenten Monats im ersten Planetenumlauf nach dem Vorbeizug bestellte man den Meisterharfner in den Fort Weyr.«

Das war alles. Eine unergiebige, geheimnisvolle Notiz. Bei ähnlichen Anlässen, wenn man den Meisterharfner in den Weyr gebeten hatte, wurde der Grund für den Besuch ausführlich erklärt.

Der nächste Vermerk stammte vom damaligen Meisterhafner Creline und war mehr als zwei Monate später datiert. Etwas höchst Merkwürdiges hatte sich zugetragen. Die Zehnt-Karawane mit den Vorräten brach pünktlich von Burg Fort auf, doch als sie beim Weyr anlangte, war dieser leer und verlassen, nur auf dem Abfallhaufen fand sich jede Menge zerbrochenes Geschirr.

Andere Burgherren erzählten, dass die Flaggen, die man hisste, wenn man die Unterstützung der Drachen anforderte, unbeachtet blieben; doch während man sich einerseits über die Nachlässigkeit ärgerte, waren die Menschen nach einer fünfzig Planetenumdrehungen dauernden Phase des Fädenfalls viel zu erleichtert ob des Endes dieser Plage, dass sie sich über die fehlenden Drachen am Himmel keine Gedanken machten. Ihnen genügte es, dass sie nicht länger die Fäden bekämpfen mussten.

Ein Konklave war einberufen worden, als endgültig feststand, dass fünf der sechs Weyr unbewohnt waren. Auch die beiden Weyrführer von Benden standen vor einem Rätsel, und sie vermochten sich das Verschwinden der Drachen mitsamt ihrer Reiter und Reiterinnen nicht zu erklären. Nunmehr war Benden der einzige noch verbliebene Weyr.

Es entwickelten sich viele Theorien. Die vielleicht plausibelste besagte, eine geheimnisvolle Krankheit habe die Weyr befallen und Drachen sowie deren menschliche Gefährten dahingerafft. Doch diese Auslegung berücksichtigte nicht die abwesenden Weyrleute und das Fehlen sämtlicher Habe und Gebrauchsgüter.

Der Benden Weyr schickte sogar ein ganzes Geschwader los, um den Südkontinent abzusuchen, für den Fall, dass sich alle fünf Weyr – aus unerfindlichen Gründen – dazu entschlossen hätten, sich trotz der Fährnisse und Risiken auf der südlichen Halbkugel niederzulassen.

Noch viele Planetenumläufe später diskutierte man heftig über dieses Thema, ohne hinterher klüger zu sein.

Dann schuf Creline ein neues Werk, das er »Das Lied der Fragen« nannte, und das der Sammlung der Lehrballaden einverleibt werden sollte, die quasi als Pflichtfach auf Pern unterrichtet wurden. Gennell nahm sich vor, das Lied neuerlich in diese Kategorie einzustufen, da zwischenzeitlich jemand – er wollte keinen Namen nennen – die lehrreiche Weise aus dem Unterrichtsplan gestrichen hatte. Es war passiert, ehe er zum Meisterharfner ernannt wurde. Derlei Dinge kamen immer wieder mal vor, doch in diesem Fall galt es, den Vorgang rückgängig zu machen. Ihm ging nicht aus dem Kopf, wie wichtig Creline diese Ballade damals fand. Ein eigentümliches Lied mit einer Melodie, die unter die Haut ging. Es lohnte sich, es wieder auszugraben und allen zugänglich zu machen.

Ein neuer Fädeneinfall wurde erst in ungefähr fünfundfünfzig Planetenumläufen erwartet. *Falls* es überhaupt noch einmal Fäden vom Himmel regnen würde, korrigierte sich Gennell in Gedanken. Viele Leute glaubten, diese Pest sei ein für allemal überstanden. Einer beliebten Hypothese zufolge hatten sich die Weyr auf einen bizarren Selbstmordpakt eingeschworen und sich selbst vernichtet, bis auf Benden, der die Tradition der Drachenreiter fortführen sollte.

Für jeden, der auch nur einen Funken Verstand besaß, ergab diese Theorie keinen Sinn. Doch zumindest mit diesem Problem brauchte er sich während seiner

Zeit als Meisterharfner nicht zu befassen. Er stieß einen Seufzer der Erleichterung aus und konzentrierte sich auf das Einschlafen.

* * *

Kurz nach der Sonnenwende verschlimmerte sich Merelans Husten zu einer Bronchitis. Zu Beginn eines jeden neuen Planetenumlaufs grassierten aufgrund der unfreundlichen Witterung immer Erkältungskrankheiten, und auch der kleine Robinton und Petiron litten unter Schnupfen und einem rauen Hals, doch sie hatten die Unpässlichkeit bald überwunden. Merelans Husten hingegen schien chronisch zu werden, und sie stand keine Gesangsübung durch, ohne von Hustenkrämpfen geschüttelt zu werden. Zum ersten Mal machte sich Petiron ernsthafte Sorgen um ihre Gesundheit.

Auch Betrice und Ginia waren beunruhigt, denn die Sängerin hatte stark an Gewicht verloren.

»Es stehen doch hoffentlich keine anstrengenden Proben bevor, oder?« fragte Ginia Petiron unter vier Augen, nachdem sie eine weitere Flasche mit Hustensaft abgeliefert hatte. Zögerlich schüttelte er den Kopf. Wäre er selbst nicht krank gewesen, hätte er sicherlich eine extravagante Komposition für die demnächst stattfindenden Frühlingsfeiern kreiert.

»Das ist gut so«, erwiderte Ginia. »Zufällig weiß ich, dass der Meisterharfner jemanden sucht, der in einer Burg in Süd-Boll Grundkenntnisse in Musik vermittelt. Diese Festung liegt nicht weit von Merelans Heimatort entfernt. Warum bewirbst du dich nicht um den Posten? Für eine kleine Familie wie deine ist eine ausreichende Unterkunft vorhanden. Gerade ist die Ritecamp Handelskarawane hier eingetroffen, und ihre Route führt dicht an Burg Pierie vorbei.«

Ehe Petiron ein triftiges Argument einfallen konnte, weshalb er zu dieser Zeit die Harfnerhalle nicht verlassen dürfe, befanden er, Merelan und Robinton sich auf dem Weg in Richtung Süden. Ihr Gepäck wurde auf Lasttieren befördert, die Master Gennell angefordert hatte. Außerdem organisierte er zwei gute Reittiere aus der Zucht Ruatha. Master Sev Ritecamp erwies der Harfnerhalle nur allzu gern einen Gefallen und hatte versprochen, seine Gäste bis vor das Portal der Burg Pierie zu geleiten.

»Vielleicht wäre Master Petiron so gütig, etwas von seiner kostbaren Zeit zu opfern und den jungen Leuten in meinem Treck die Lehrballaden beizubringen«, schlug er bescheiden vor. »Sie haben den Unterricht bitter nötig. Und wir würden uns freuen, wenn er an den Abenden beim Lagerfeuer ein paar neue Lieder zum Besten gäbe.«

»Selbstverständlich tragen wir unseren Teil zur Ausbildung der Kinder und zur allgemeinen Unterhaltung bei«, erwiderte Merelan, als Petiron sich zu viel Zeit mit der Antwort nahm. Sie zwinkerte ihrem Mann zu, denn sie wusste, wie sehr es ihm widerstrebte, sich mit Anfängern abzugeben, derweil sie gern junge Leute unterwies. Schließlich kam es nicht darauf an, wer das Wissen vermittelte, so lange die Kinder überhaupt etwas lernten. Als Meistersängerin kannte sie die Lehrballaden und Lieder genauso gut wie Petiron.

Die jüngste Tochter des Treckführers hatte ein Kind im selben Alter wie Robie, obwohl es nicht so kräftig war wie ihr Sohn, wie sie insgeheim dachte. Aber Dalma hatte sicher nichts dagegen, auf beide aufzupassen, die ja zusammen spielen konnten, während sie, Merelan, unterrichtete.

Meisterharfner Gennell war entzückt, die freie Stelle auf Burg Pierie mit einem Meister zu besetzen, und sei es auch nur für kurze Zeit. Betrice klärte die Heilerin der Ritecamp Karawane über Merelans angegriffene Gesundheit auf, und dann stand sie gemeinsam mit den anderen Bewohnern der Harfnerhalle vor dem Tor und winkte dem aufbrechenden Treck zum Abschied hinterher.

* * *

Obwohl die Renner von Ruatha gut trainiert und leicht zu reiten waren, reiste Merelan anfangs in Dalmas bequemem Wohnwagen, da sie sich noch keine körperlichen Strapazen zutraute. Petiron, der kein erfahrener Reiter war, saß oft auf dem Kutschbock des ersten Wagens und unterhielt sich mit Sev Ritecamp, dessen Vater oder Onkel, je nachdem, wer gerade den Zug anführte.

Trotz seines anfänglichen Unmuts besserte sich Petirons Laune rasch, er entspannte sich und genoss die Reise. Als er ein paar lobende Bemerkungen über die Renner von Ruatha aufschnappte, bot er Sevs ältestem Sohn an, sein Tier zu reiten, und prompt behandelte ihn der gesamte Ritecamp Clan erheblich freundlicher.

Er freute sich sogar auf die abendlichen Musikeinlagen, denn fast jeder in der dreißig Wagen umfassenden Karawane spielte irgendein Instrument und beherrschte auch schwierige Passagen. Viele besaßen eine gute Stimme, und so kam es, dass er zu manchen ihrer beliebtesten Balladen nicht nur vier- und fünfstimmige Harmonien dirigierte, sondern ihnen auch die neuesten Lieder beibrachte.

»Sie sind ja beinahe so gut wie Lehrlinge im vierten Ausbildungsjahr«, erklärte er Merelan mit gelinder Überraschung, nachdem der dritte musikalische Abend am Lagerfeuer zu Ende ging.

»Sie singen und spielen, weil es ihnen Spaß macht«, entgegnete sie milde.

»Sie können ihre Freude am Musizieren behalten,

auch wenn sie ihre Technik verbessern«, versetzte er unwirsch, weil er annahm, Merelan kritisiere ihn für seine Versuche, das Niveau der Sänger und Musikanten zu erhöhen.

»Jetzt halt still, damit ich dir Salbe ins Gesicht schmieren kann«, fuhr sie ungerührt fort, während sie seine Nase und die Wangen mit einer Paste gegen Sonnenbrand behandelte.

Aus der Nähe sah er, dass wieder Farbe in ihre blassen Wangen zurückgekehrt war, obwohl sie immer noch so heftig hustete, dass er um ihre Stimmbänder fürchtete. Doch allmählich verlor sich der angespannte Zug um ihren Mund und ihre Augen.

»Geht es dir gut, Merelan?« fragte er, sie bei den Armen haltend.

»Natürlich geht es mir gut. Mein Kindheitstraum wird wahr. Ich hatte mir schon immer gewünscht, mit einer Handelskarawane mitzureisen.«

Sie schenkte ihm ein strahlendes Lächeln, das Grübchen in ihre Wangen zauberte, und auf einmal war sie wieder *seine* Merelan, wie er sie aus der Zeit vor ihrer Schwangerschaft kannte. Er schloss sie in die Arme und drückte sie fest an sich; als er ihre Zerbrechlichkeit spürte, erinnerte er sich daran, wie rücksichtsvoll er mit ihr umgehen musste. Gewisse Dinge durften einfach nicht sein, und entschlossen schob er sie von sich fort. Aber sie klammerte sich an ihn.

»Ich bin mir sicher, dass es keine Konsequenzen hat«, flüsterte sie. Er umarmte sie mit einer Leidenschaft, die sich in ihm angestaut hatte und nun endlich zum Ausdruck gebracht werden durfte. Nicht einmal das Baby konnte sie stören, denn Robie schlief in einer Wiege in Dalmas Wagen.

Er liebte Merelan voller Inbrunst und Begierde, und sie erwiderte seine Liebkosungen mit der gleichen ungehemmten Lust.

Die Reise nach Süden war in der Tat eine ausgezeichnete Idee gewesen.

* * *

Zu irgendeinem Zeitpunkt während des gemächlichen, drei Wochen dauernden Trecks zur südlichsten Spitze von Süd-Boll vergegenwärtigte sich Petiron, dass er emotional und physisch beinahe genauso erschöpft war wie Merelan. In der Harfnerhalle wurde er tagtäglich mit Musik, Musikern und Instrumenten konfrontiert, bis seine Gedanken nur noch um Gesang, Stimmen und Kompositionen kreisten.

Auf der Straße hingegen brauchte er sich nicht an der latenten Konkurrenz zu beteiligen, die mittlerweile in der Harfnergilde um sich griff und ihn dazu zwang, immer komplexere und grandiosere Werke zu komponieren. Zum ersten Mal seit er seine Lehre in der Harfnerhalle antrat, fand er die Gelegenheit und die Muße, sowohl die Fülle als auch die Schlichtheit des ihn umgebenden Lebens wahrzunehmen.

Er stammte aus Burg Telgar, eine der größten Festungen, und deshalb hatte er nie die Dinge des alltäglichen Bedarfs entbehrt. Das Leben in der Harfnerhalle stellte eine Fortsetzung dieser günstigen Umstände dar. Er hielt so vieles für selbstverständlich, dass er regelrecht geschockt war, als ihm plötzlich nicht mehr ausreichend gegerbte Häute zur Verfügung standen, auf denen er seine musikalischen Kompositionen mit einer großen, verschwenderischen Notenschrift festhielt. Nun lernte er, sparsam mit dem Material umzugehen, indem er enger schrieb und kleinere Zeichen benutzte.

Die Verpflegung war ein weiteres Thema, über das er sich noch nie Gedanken gemacht hatte. Er aß, was er vorgesetzt bekam, ohne zu wissen, wer die Nahrungsmittel beschaffte oder zubereitete. Während der Reise brachten ihm die Männer der Karawane bei, wie man jagte und fischte, derweil die Frauen Feuerholz und Nüsse sammelten, und, je weiter man in wärmere Gefilde vordrang, auch Obst und Beeren pflückten.

Mittlerweile konnte Petiron den ganzen Tag lang zu Fuß marschieren. Auch Merelan erholte sich, nahm an Gewicht zu und ließ sich vom Wind und der Sonne bräunen. Zusammen mit Dalma und anderen jungen Müttern wanderte sie täglich einen Teil der Strecke neben den Wagen einher, ein gemächliches Tempo einschlagend, damit die Kinder mit ihnen Schritt halten konnten.

Ihr Husten heilte aus, und sie war wieder ganz die strahlende Schönheit, die vor fünf Planetenumdrehungen Petiron in ihren Bann gezogen hatte. Ihm selbst dämmerte, wie eingeengt er in der Harfnerhalle lebte, so beschäftigt mit Komponieren und Proben, dass er gar nicht mehr wusste, wie ein normales Leben aussah.

Drei Tage lang kampierte der Treck an einer der Kurier-Stationen. Wie üblich, schickte der Stationsmeister seine Eilmelder in alle Richtungen, um die Bewohner der entlegeneren Siedlungen von der Ankunft der Handelskarawane zu unterrichten.

»Ein paar dieser Menschen sind sehr scheu«, eröffnete der Stationsmeister seinen Gästen. »Mitunter regelrecht … na ja, sonderbar.«

»Weil sie so abgeschieden in den Bergen wohnen?« fragte Merelan.

Sev kratzte sich am Kopf. »Sie sind etwas einfältig, könnte man sagen.«

Merelan spürte, dass er ihr etwas verschwieg, und sie wunderte sich über seine unerklärliche Zurückhaltung.

»Habt ihr auch Bekleidung dabei, die nicht in Harfnerblau ist?« platzte er heraus.

»Ich schon«, entgegnete Merelan, »aber Petiron vermutlich nicht. Könnte er mit dieser Farbe jemanden verprellen?« Sie lächelte, um anzudeuten, dass sie die Anspielung verstand.

»Nun ja, darauf läuft es wohl hinaus.«

»Ich werde mir etwas ausdenken, um ihn von diesen Leuten fern zu halten«, versprach sie.

Am ersten und zweiten Tag ergaben sich keine besonderen Vorkommnisse. Alles verlief reibungslos. Am Morgen des dritten Tages unterhielt Merelan die Kinder der Karawane mit Scherzliedern und brachte ihnen die dazu gehörigen Gesten bei. Dabei fiel ihr auf, dass sich ein zerlumptes Mädchen, die Augen vor Entzücken weit aufgerissen, der Gruppe verstohlen näherte. Merelan lächelte ihr aufmunternd zu.

»Möchtest du mitmachen?« fragte sie freundlich.

Das Mädchen schüttelte den Kopf. In ihre Augen trat ein halb sehnsüchtiger, halb furchtsamer Ausdruck.

»Nur zu, alle anderen Kinder sind auch hier«, fuhr Merelan fort, um dem Mädel die Scheu zu nehmen. »Rob, rück zur Seite und mach Platz für das Mädchen.«

Das Mädchen trat einen weiteren Schritt vor, dann schrie sie entsetzt auf, als ein Mann aus dem Wagen eines Händlers stürmte und direkt auf Merelan zuhielt.

»Du da … hör sofort auf damit, du Luder! Du böses Weib lockst Kinder von ihren Eltern fort …«

Zuerst begriff Merelan nicht, dass er sie meinte. Das Mädchen flüchtete sich in das verfilzte Walddickicht, das die Lichtung säumte, doch die Wut des Mannes war dadurch nicht verraucht. Mit zum Schlag erhobenem Arm wollte er sich auf Merelan stürzen.

Robinton rannte zu seiner Mutter und klammerte sich an ihre Röcke, zu Tode erschrocken von den Beschimpfungen und dem gewalttätigen Gebaren des Kerls. Der Stationsmeister, zwei seiner Kuriere, Sev und drei weitere Händler eilten herbei, um Merelan zu beschützen. Sev stieß den Kerl zur Seite, sodass sein Schlag ins Leere ging. Die Kinder waren mittlerweile weinend davongelaufen.

»Ruhig Blut, Rochers, sie ist nur eine Mutter, die Kindern Lieder beibringt«, versuchte Sev den aufgebrachten Mann zu beschwichtigen.

»Aber sie *singt*, oder? Singen ist wichtig für sie. Sie singt, um Kinder an sich zu ziehen, sie zu entführen. Sie ist böse. Böse wie das ganze Harfnerpack, das den Leuten Dinge beibringt, die kein anständiger Mensch zum Leben braucht.«

»Rochers, lass es gut sein«, drängte der Stationsmeister und zog den Mann unter Aufbietung all seiner Kräfte fort, während er Merelan verlegene und um Entschuldigung heischende Blicke zuwarf.

»Komm mit, Rochers, wir müssen unseren Handel zum Abschluss bringen«, mischte sich einer der Händler ein. »Es fehlt nur noch der Handschlag …«

»Harfnerhure!« brüllte Rochers und drohte Merelan mit der geballten Faust. Die Sängerin klammerte sich genauso fest an Rob, wie er sich an sie klammerte.

»Sie ist keine Harfnerin, Rochers. Nur eine Mutter, die mit den Kindern spielt«, schnauzte der Stationsmeister in dem Versuch, Rochers Krakeelen zu übertönen.

»Sie hat sie tanzen lassen!« Speichel schäumte in den Mundwinkeln des tobenden Kerls, derweil die Männer ihn zu der Wagenkolonne zurückzerrten.

»Steig in Dalmas Wohnwagen, Merelan«, zischelte Sev ihr hastig zu. »Wir sorgen dafür, dass der Typ dich nicht mehr belästigt.«

Merelan nahm Robie auf den Arm und bemühte sich, das schluchzende Kind zu trösten. Sie huschte zwischen die Bäume, die die Lichtung begrenzten, und hastete im Schutz des Waldes zu Dalmas Wagen, der als einer der Letzten in der Karawane stand. Als sie endlich hineinkletterte, zitterte sie am ganzen Leib, und vor Angst hätte sei beinahe laut geschrien, als die Tür aufging und jemand hereinkam. Doch es war nur Dalma, bleich vor Aufregung und Anspannung. Sie umarmte Merelan und versuchte gleichzeitig, Robie zu beruhigen.

»Diese Hinterwäldler sind total verrückt«, murmelte sie. Vermutlich kriegen sie vor lauter Einsamkeit einen Bergkoller. Wer hätte gedacht, dass der Kerl dich überhaupt wahrnimmt, wo du doch so schön mit den Kleinen gespielt hast.«

»Was meinte er überhaupt?« fragte Merelan, ihr Schluchzen unterdrückend. Noch nie in ihrem Leben hatte sie sich so gefürchtet. Besonders in der Harfnerhalle hatte sie sich immer sicher und geborgen gefühlt, warm umhüllt von der allgemeinen Freundlichkeit und dem Respekt, den sie dort als Meistersängerin genoss. »Was könnte er gemeint haben? Er nannte mich eine Harfnerhure. Und was ist an Gesang auszusetzen? Wie kann Singen etwas Schlechtes sein, etwas Böses?«

»Bitte, beruhige dich.« Dalma schloss Merelan fest in die Arme und tätschelte abwechselnd Robie oder seine Mutter. Der Junge hatte sich von seinem Schrecken bereits wieder erholt, wobei die Sicherheit des Wohnwagens und Dalmas Anwesenheit sich besänftigend auf ihn auswirkten. »Hin und wieder treffen wir auf die wunderlichsten Leute. Einige haben noch nie einen Harfner zu Gesicht bekommen, andere wiederum missbilligen Singen, Tanzen und Trinken. Sev meint, es läge daran, dass sie selbst weder Wein noch Bier herstellen können und diese Getränke allein deshalb verteufeln. Sie wollen nicht, dass ihre Kinder etwas lernen, weil sie wohl befürchten, sie könnten mit ihrem Leben unzufrieden werden und diese vermaledeite Wildnis verlassen.« Dalma stieß ein trockenes Lachen aus.

»Aber die Art und Weise, wie er das Wort ›Harfner‹ aussprach …« Merelan schluckte, als sie sich an den vor Hass triefenden Tonfall erinnerte.

»Schon gut, jetzt ist ja alles vorbei. Sev und die anderen werden dafür sorgen, dass diese Hinterwäldler in ihre Behausungen zurückkehren.«

»Und dieses kleine Mädchen …«

»Denk nicht mehr an sie. Bitte.«

Merelan nickte fügsam, doch sie bezweifelte, ob sie je den sehnsüchtigen Hunger in den Augen des Kindes würde vergessen können. Das Mädchen gierte nach Musik oder danach, mit Gleichaltrigen spielen zu dürfen, vermutlich kam beides zusammen. Doch sie blieb in Dalmas Wagen, bis Sev kam, um ihr zu berichten, dass die Hinterwäldler gegangen seien. Außerdem drängte es den Karawanenführer, sich bei Merelan für den peinlichen Zwischenfall zu entschuldigen.

Auftritte dieser Art ereigneten sich nie wieder, obwohl Merelan erfuhr, dass nicht jede Burg, die der Treck ansteuerte, in den Genuss einer schulischen Ausbildung kam. Gewiss, es gab nicht genug Harfner, die dort längere Zeit verweilen und unterrichten konnten, und meistens einigte man sich auf ein bis zwei Aufenthalte pro Jahr. Doch zu Merelans Entsetzen gab es eine nicht geringe Anzahl von Pachthöfen und kleineren Felssiedlungen, in denen Menschen wohnten, die weder lesen noch schreiben und höchstens bis zwanzig zählen konnten.

Sie wagte es nicht, mit Petiron darüber zu diskutieren, doch sie nahm sich vor, Gennell nach ihrer Rückkehr auf diesen Missstand hinzuweisen. Obwohl er mit Sicherheit längst darüber im Bilde war.

Im Allgemeinen sorgte die Handelskarawane an den Orten, an denen sie kampierte, für Unterhaltung. In Petiron hatte sich ein grundlegender Wandel vollzogen; anfangs fand er sich damit ab, seinen Teil zu den musikalischen Abenden beizutragen, nun indessen genoss er die Auftritte in vollen Zügen. Er staunte über die vielen schönen Stimmen und die begabten Musiker, die sich überall fanden. Es waren nicht die Virtuosen, die er von daheim kannte, doch sie verfügten über beachtliche Talente und – was noch wichtiger war – eine unverdrossene Spielfreude und Begeisterungsfähigkeit, die jede Vorstellung zu einem hoch befriedigenden Erlebnis machten.

Außerdem hörte er Variationen von Balladen und Weisen, die in den abgelegenen Burgen und Siedlungen traditionsgemäß überliefert wurden, ihm jedoch fremd waren. Eifrig notierte er sich jede Variante. Einige waren recht kompliziert und er fragte sich, was das Original war – die Version der Harfnerhalle oder die Interpretation, die seit vielen Generationen in der Provinz kursierte.

Eine der nostalgischsten Balladen – sie handelte von der Großen Überfahrt – wollte er in ein Instrumentalstück umschreiben. Die Grundmelodie war ein richtiger Ohrwurm, und die einzelnen Motive ließen sich nach Lust und Laune ausschmücken.

Petiron machte sich unverzüglich ans Transkribieren, wobei er das örtlich hergestellte Schreibmaterial aus Schilfgras benutzte. Es sog die Tinte so stark auf, dass die Notenschrift verschwommen wirkte, doch Nachbessern konnte er nach seiner Rückkehr in die Harfnerhalle. Auf sein perfektes musikalisches Gedächtnis war er schon immer stolz gewesen.

* * *

Am Vormittag des einundzwanzigsten Reisetages erreichten sie Burg Pierie, obwohl sie eine Rast von zwei vollen Tage in Merelans Heimatfestung eingelegt hatten. Sie erhielt die Gelegenheit, ihre Familie wiederzusehen, Neuigkeiten auszutauschen, die während der letzten Jahre geborenen Babys zu bewundern, frisch getrauten Ehepaaren zu gratulieren – und Robinton vorzuzeigen.

Petiron wurde von der Tante und dem Onkel, die Merelan großgezogen hatten, mit offenen Armen empfangen. Merelans Eltern waren bei einem der heftigen Herbststürme, die regelmäßig die Westküste heimsuchten, ums Leben gekommen. Petiron staunte, wie viele ausgezeichnete, wenn auch ungeschulte, Sänger und Sängerinnen Merelans Heimstatt hervorgebracht hatte.

»Keiner hier singt auch nur einen falschen Ton«, wunderte er sich am ersten Abend. »Welche deiner Tanten gab dir den ersten Gesangsunterricht?«

»Das war Segoina«, erwiderte sie, während sie über seine aufrichtige Verblüffung schmunzelte.

»Der Kontraalt?«

Sie nickte.

Er stieß einen anerkennenden Pfiff aus.

»Sie bestand darauf, dass man mich in die Harfnerhalle schickte«, fuhr Merelan fort. »Eigentlich hätte sie gehen sollen, doch sie war schon mit Dugall verbunden und wollte ihn nicht verlassen.«

»Und verschwendete ihre herrliche Stimme an eine Burg ...« Mit einer ziemlich abfälligen Gebärde deutete Petiron auf die weitläufige Festung aus rotem Sandstein.

»Segoina hat ihr Talent nicht verschwendet«, widersprach Merelan ein bisschen verschnupft.

»So hatte ich das nicht gemeint, Merelan, das weißt du«, korrigierte Petiron sich hastig. Er hatte gesehen, mit wie viel Respekt und Liebe die Frauen einander begegneten. »Aber aus ihr hätte eine Meistersängerin werden können ...«

»Nicht jeder findet diese Berufung so zufrieden stellend wie wir, Petiron«, ermahnte sie ihn freundlich aber bestimmt. Petiron begriff, dass er mit jeder weiteren Bemerkung nur noch tiefer ins Fettnäpfchen treten würde. Und in Gedanken fügte Merelan hinzu, dass es sogar Perneser gab, wie diesen Hinterwäldler Rochers, die einen regelrechten Hass gegen alle Harfner und Musikanten hegten.

Als sie sich in Burg Pierie niederließen, kehrte Petirons Unmut über diesen Auftrag zurück. Ihr Quartier bestand lediglich aus drei Räumen. Robinton musste mit ihnen im selben Zimmer schlafen; sein Bettchen stand am Fußende der ehelichen Lagerstatt, die nahezu den gesamten Raum ausfüllte, trotz der Aushöhlungen, die man quasi als Schrankersatz in die hintere Felswand geschlagen hatte.

Die größere Kammer diente als Wohnstube und schloss eine Küchennische ein. Toilette und Bad befanden sich in einem winzigen, engen Kabuff, und Merelan erklärte fröhlich, dass man hier ohnehin meistens im Meer badete. Missmutig beäugte Petiron die lange, steile Treppe, die zu einer sandigen, sichelförmigen Bucht hinabführte, in der ein paar der burgeigenen Fischereischaluppen ankerten.

Schon bald stellte er fest, dass sich das Leben hier größtenteils draußen abspielte, entweder auf dem enormen, offenen Innenhof, der mehrere Werkstätten beherbergte, oder im Schatten einer mit Weinreben umrankten Laube, die größer war als sämtliche Privatunterkünfte zusammen.

Zwei eingezäunte Abschnitte blieben Kleinkindern vorbehalten; dort konnten sie in einem flachen Schwimmbecken plantschen, im Sand spielen oder sich mit einer reichhaltigen Auswahl von Spielsachen vergnügen. Robinton watschelte schon vergnügt umher, ein buntes Plüschtier im Arm.

»Ist das etwa ein Drache?« fragte Petiron Merelan. Drachen waren kein Spielzeug, es wäre einer Blasphemie gleichgekommen.

»Nein, du Dummer. Das soll eine ... Feuerechse sein«, klärte Merelan ihren verdutzten Ehemann auf.

»Eine Feuerechse? Die sind doch schon vor Hunderten von Planetenumläufen ausgestorben.«

»Das stimmt nicht. Es gibt immer noch welche. Mein Vater sah eine, und Onkel Patry behauptet, er hätte erst neulich eine gesichtet.«

»Und er irrt sich auch ganz bestimmt nicht?« Petirons pragmatisches Naturell verlangte immer nach einem Beweis.

»Er ist sich absolut sicher. Und hin und wieder finden wir im Treibgut am Strand Eierschalen, die darauf hindeuten, dass die Feuerechsen irgendwo immer noch existieren, auch wenn man sie kaum zu Gesicht bekommt.«

»Nun ja, wenn das so ist ...« Petiron schien überzeugt. Merelan wandte ihr Gesicht ab, damit er ihr verschmitztes Grinsen nicht sah.

Sie war sich völlig darüber im Klaren, welche Vorurteile und falschen Auffassungen über das Leben in Burg Pierie ihr Ehemann hätschelte, doch es hätte nichts genützt, mit ihm darüber zu diskutieren. Im Großen und Ganzen war Petiron fair und besaß einen ausgeprägten Sinn für Gerechtigkeit, und sie hoffte, dass er seine vorgefassten negativen Meinungen von sich aus ändern würde.

Vielleicht gefiel es ihm eines Tages sogar, hier zu wohnen, weit weg von der Hektik und Überstimulierung der Hafnerhalle. Sie hatte sich über die Art und Weise gefreut, wie er sich bei Sev, Dalma und den anderen Mitgliedern der Handelskarawane bedankte. Jedes Wort, das er aussprach, war ehrlich gemeint; er hatte unterwegs wirklich dazugelernt, die Abende genossen und Gefallen am Unterrichten gefunden.

Er hatte gelernt, sich auf dem Rücken eines Renners wohl zu fühlen, und sie wollte ihn zu Ausflügen in die nähere Umgebung überreden, bis hin zu den benachbarten Burgen, in denen ihre Geschwister lebten. Sie nahm sich vor, Robinton nicht mitzunehmen, damit ihr Mann sie ganz für sich allein haben konnte. Der Kleine war mittlerweile abgestillt, und Segoina lauerte nur darauf, ihn in ihre Obhut zu bekommen. Doch Merelan bedauerte es sehr, dass Petiron seinen Sohn nicht so lieben konnte, wie es sich gehört hätte, und ihn stattdessen als Rivalen um ihre Gunst betrachtete.

* * *

Das Wichtigste war der Unterricht, und Petiron teilte die zweiundvierzig künftigen Schüler in fünf Gruppen ein. Das Alter spielte dabei keine große Rolle, denn einige waren bereits von ihren Eltern unterwiesen worden und den Mitstudenten voraus. Lediglich die ältesten Lernwilligen wurden in einer separaten Gruppe zusammengefasst und abends unterrichtet, um sie nicht in Verlegenheit zu bringen.

»Durch dat einsame Leben da oben inne Berge konnte ich nie nix lernen«, erklärte Rantou frei heraus. Der vierschrötige Holzfäller hatte dabei liebevoll seine hochschwangere junge Frau angesehen. »War mich auch egal, bis ich meine Carral kennen lernte.« Nun wurde er rot. »Ich liebe Musik, wirklich, auch wenn ich nix davon versteh. Und jetz will ich wat lernen, damit mein Kind keinen Blödmann als Vater hat.«

* * *

Obwohl Rantou niemals unterrichtet worden war, vermochte er einer Panflöte die bezauberndsten Melodien zu entlocken. Aber als Petiron ihm vorschlug, ihm das Notenlesen beizubringen, lehnte er ab.

»Spielen Se mir 'ne Melodie einmal vor, dat reicht mir völlig.«

Später wanderte Petiron rastlos in seinem privaten Quartier hin und her, während er sich wortreich darüber aufregte, dass ein geborener, mit einem herausragenden Talent gesegneter Musiker tagtäglich die Unversehrtheit seiner Hände riskierte, indem er mit Äxten, Sägen und Breitbeilen umging. Merelan schickte sich an, ihren empörten Gemahl zu beschwichtigen.

»Nicht jeder ist für ein Leben in der Harfnerhalle geschaffen, Liebster.«

»Aber er ...«

»Er ist ein tüchtiger junger Mann und angehender Familienvater und hat glänzende Zukunftsaussichten«, schnitt sie ihm das Wort ab. »Musik wird ihm immer viel bedeuten, auch wenn er damit nicht seinen Lebensunterhalt bestreitet, so wie wir.«

»Er ist ein Naturtalent. Du weißt, wie schwer ich arbeiten musste, um Musiktheorie und Komposition zu lernen, um komplizierte Tempi zu meistern – und er beherrscht nach nur einmaligem Hinhören Kadenzen, die selbst einer begnadeten Sängerin wie dir tagelanges Üben abverlangen. Segoina erzählte mir, dass er sämtliche Musikinstrumente, die in der Burg im Umlauf sind, herstellt.« Frustriert rang er die Hände. »Mir fehlen die Worte, wenn ich daran denke, dass ihm Fertigkeiten praktisch zufliegen, die ich mir in vielen Jahren erkämpft habe, um endlich in den Gesellenstand erhoben zu werden.«

»Rantou will kein berufsmäßiger Musiker sein, Liebster. Er ist vollauf zufrieden mit seiner Tätigkeit, dem

Verarbeiten von Holz. Sogar den Bau von Musikinstrumenten fasst er als Hobby, als Zeitvertreib, auf.«

»Das mag ja stimmen, Merelan, aber du scheinst nicht zu begreifen, dass die Harfnerhalle viel mehr junge Leute braucht, als derzeit bei uns vorstellig werden. Es mangelt uns an talentiertem Nachwuchs. In Burg Pierie sollte ständig ein Harfner beschäftigt sein, nicht nur wochenweise, wie es jetzt der Fall ist.« Petiron schritt in der Kammer auf und ab, sich die Hände reibend, ein sicheres Zeichen für seine wachsende Nervosität. »Jeder hat ein Recht auf Bildung, und das Vermitteln von Wissen gehört zu den traditionellen Pflichten der Harfnerhalle. Bei uns herrscht ein akuter Mangel an Harfnern, die diesen Dienst übernehmen.«

»Aber die Leute hier kennen die Lehrballaden und Lieder«, hielt Merelan ihm entgegen. »Ich habe sie doch auch gelernt.«

»Nur die gängigsten, das heißt, dass eine Menge an wichtigem Lehrstoff gar nicht erst vermittelt wird«, beschied ihr Petiron stirnrunzelnd. Wenn er so finster dreinblickte wie jetzt, zogen sich seine dichten Augenbrauen über dem Rücken seiner Adlernase zusammen. Merelan liebte seine buschigen Brauen, obwohl sie es nie vor ihm zugegeben hätte. »Zum Beispiel kennt hier niemand die Balladen, die von den Pflichten der Drachenreiter handeln.«

Merelan unterdrückte einen Seufzer. Glaubten vielleicht nur die Leute, die in der streng konservativen Tradition der Harfnerhalle erzogen waren, an die periodische Wiederkehr der Fäden? Angeblich wäre es dann in ungefähr fünfzig Planetenumdrehungen so weit.

»Du und ich, wir beide unterrichten doch diese Lehrballaden. Außerdem könnte es nicht schaden, wenn du in der Burg anregst, ein paar der begabteren jungen Leute sollten es sich überlegen, den Beruf des Harfners zu ergreifen. Jetzt, da man dich kennt und mich wiedergesehen hat, finden sich vielleicht ein paar Interessierte.«

Petiron maß sie mit einem tadelnden Blick. »Mir scheint, du hast eine recht lasche Auffassung von diesem Stand.«

Sie schürzte die Lippen. Er schlug einen trockenen, autoritären Ton an, den er sich normalerweise für Lehrlinge aufsparte, die seinen hohen Ansprüchen nicht genügten.

»Wie du weißt, gab es hier eine Epidemie, und obendrein wütete noch ein schrecklicher Sturm. Beide Vorfälle kosteten die Burg viele Menschenleben«, erwiderte sie so gelassen wie möglich. »Diese Festung mag zwar nicht besonders groß sein, trotzdem benötigt man eine gewisse Anzahl von Personen, um sie zu bewirtschaften. Manchmal kann man keine Arbeitskräfte entbehren.«

»Aber zwei junge Burschen durften in den Weyr abwandern«, beschwerte sich Petiron.

Nur mit Mühe verbiss sich Merelan ein Schmunzeln. Sein offenkundiger Neid blickte ihm aus den Augen.

»Hättest du denn abgelehnt, wenn ein Weyr dich als Kandidat für eine Gegenüberstellung ausgesucht hätte?«

»Keine Ahnung. Man hat mich nicht gefragt.«

»Ich weiß. Aber stell dir vor, der Benden Weyr hätte dich gebeten, beim Schlüpfen der Jungdrachen anwesend zu sein. Wärst du nicht hingegangen?«

»Nun ja«, wich er aus, »ich streite ja gar nicht ab, dass es eine große Ehre bedeutet, wenn man als Kandidat ausgewählt wird … aber nicht jeder vermag einen Drachen für sich zu gewinnen.«

»Beide Jungen von hier konnten einen grünen Drachen auf sich prägen.«

»Sie haben halt Glück gehabt.«

»Falls es dir ein Trost ist, aus ihnen wären nie gute Harfner geworden.« In Merelans Augen blitzte der Schalk.

»Das war gemein, Merelan«, versetzte Petiron steif.

»Denk mal ein bisschen darüber nach, Liebster«, riet sie ihm und fuhr fort, die Kleidung zusammenzufalten, die sie am Nachmittag gewaschen und getrocknet hatte.

* * *

Petiron traf vor Angst beinahe der Schlag, als er hörte, dass Merelan Robinton Schwimmen beibrachte.

»Aber er hat doch gerade erst angefangen zu laufen«, protestierte er. »Wie kann er da schwimmen?«

»Hier lernen alle Kinder in ihrem ersten Lebensjahr schwimmen«, erklärte Segoina. »Es geht am besten, wenn sie noch nicht richtig laufen können, weil sie sich dann noch an ihre Zeit im Mutterleib erinnern. In der Gebärmutter schwimmen sie ja auch.«

»Wie bitte?«

Merelan legte eine Hand auf Petirons Arm, denn er war starr vor Schreck ob der Gefahren, die seinem Sohn drohten.

»Es stimmt«, bekräftigte Segoina. »Frag in der Heilerhalle nach, wenn ihr zurückkehrt.« Petiron zuckte leicht zusammen, doch Segoina fuhr ungerührt fort: »Ein kleines Kind empfindet Schwimmen als etwas ganz Natürliches. Und wir brauchen uns dann nicht ständig zu sorgen, wenn sie am Strand spielen.« Sie deutete nach unten, wo die Treppe im weißen Sand mündete, der von einer sanften Dünung stetig benetzt wurde.

Dann zeigte sie auf eine steile, felsige Landzunge, die weit ins Meer hineinragte. »Von dort aus springen unsere jungen Burschen ins Wasser, um zu beweisen, dass sie zum Mann gereift sind. Es ist eine Art Initiationsritus.«

Petiron schluckte krampfhaft und blinzelte nervös.

»Kannst du schwimmen?« fragte Segoina ihn rundheraus.

»Ja, allerdings. Unweit von Burg Telgar gibt es einen Fluss, in dem wir schwimmen lernten.«

»Im Meer lässt es sich viel leichter schwimmen als in einem See oder Fluss. Das Wasser trägt einen.« Segoina wandte sich ab, ohne auf Petirons angespannte Miene zu achten.

Merelan ließ sich ihre Belustigung nicht anmerken. Offensichtlich befürchtete er, Segoina könnte sich ihm als Schwimmlehrerin anbieten, wenn er ihr eingestand, dass er nicht schwimmen konnte. Dabei war er sogar ein recht guter Schwimmer, wusste Merelan, und die hochsommerlichen Wettkämpfe fanden erst in einigen Monaten statt. Zu der Zeit waren sie längst wieder daheim in der Harfnerhalle.

Sie seufzte bedauernd. Wie gern wäre sie den ganzen Sommer über hier geblieben und hätte an der Großen Versammlung teilgenommen. Dann traf sich die gesamte Halbinsel zu sportlichen Ereignissen, um die besten Schwimmer und Segler auszumachen.

Merelan fand es beruhigend, dass Petiron zu alt war, um zu einem Sprung vom Felsen aufgefordert zu werden. Dieser Ritus fand ebenfalls auf der Versammlung im Hochsommer statt. Vielleicht konnte sie Petiron doch noch dazu überreden, ihren Aufenthalt auszudehnen …

Auf dieser Reise hatte er viel über sich selbst und über das Leben der gewöhnlichen Leute erfahren. Als Junge in Telgar ging er hauptsächlich seinen Studien nach, weshalb man ihm nahelegte, der Harfnergilde beizutreten. Auch als Erwachsener hatte er kaum Gelegenheit bekommen, seinen Horizont zu erweitern und sich auf Reisen weiterzubilden – bis jetzt.

Und er hatte nie vitaler und attraktiver ausgesehen. Das Haar hing ihm bis auf die Schultern, die Haut war tief gebräunt, er hatte sich zu einem geschickten Reiter gemausert und vermochte mühelos lange Wanderungen zu Fuß durchzustehen. In dieser entspannten Atmosphäre entfaltete sich seine Kreativität, und er schuf mehr Werke, als seine Pflichten in der Harfnerhalle es erforderten. Wenn er nur seine Einstellung zu Robinton ändern, sich mit seinem eigenen Sohn anfreunden könnte ...

Wenn Robinton erst älter wurde und die Dinge lernen musste, die ein Vater traditionsgemäß seinem Jungen beibrachte, würden sich bei Petiron Stolz und Liebe vermutlich von selbst entwickeln, redete Merelan sich ein. Zumindest hatte er sich äußerst besorgt gezeigt, als es darum ging, Robie das Schwimmen beizubringen.

In der Tat war Petiron sehr ängstlich, als er tags darauf Merelan und Robie zur Bucht hinunter begleitete. Robinton paddelte fröhlich in den Wellen, und es schien ihm nicht das Geringste auszumachen, wenn er immer wieder unter Wasser gedrückt wurde. Einmal hielt Petiron es nicht länger aus und schnappte sich den kleinen, sonnengebräunten Körper.

Erschrocken und enttäuscht fing der Junge an zu zappeln und wollte wieder ins Wasser getaucht werden. Es gefiel ihm, wenn die Wellen gurgelnd seine Beine umspülten und ihm allerlei Treibgut zuschwemmten, das er untersuchen konnte. Als er bald darauf einen glatten runden Stein fand, rot mit weißen Einschlüssen, reichte er ihn sogar seinem Vater, damit der ihn bewunderte. Und Petiron machte keinen Hehl aus seinem Entzücken, ohne von Merelan eigens dazu aufgefordert zu sein.

Er gab Robinton den Stein zurück, der ihn auf einen rasch anwachsenden Haufen anderer ungewöhnlicher Objekte stapelte, die er am Strand gefunden hatte. Dann lief er so schnell ihn seine Beinchen tragen konnten in die entgegengesetzte Richtung, wo seine Cousins und Cousinen in einem Wust von Seetang stöberten.

»Setz dich hin, Liebster«, schlug Merelan Petiron vor und klopfte auf die Bastmatte im Schatten. »Wenn etwas passiert, ist Hilfe ganz in der Nähe.«

»Ist er nicht jünger als Naylors Sohn?« erkundigte sich Petiron, wobei er zum ersten Mal so etwas wie einen väterlich rivalisierenden Ton anschlug.

»Ja, ungefähr zwei Monate«, erwiderte Merelan gelassen.

»Aber er ist um eine volle Handbreit größer«, fuhr Petiron beinahe selbstgefällig fort.

»Er wird groß sein, wenn er erst einmal ausgewachsen ist«, meinte sie. »Du bist schließlich auch nicht klein, und auch ich stamme aus einer großwüchsigen Familie. Wie groß sind eigentlich deine Brüder?«

»Forist dürfte mich überragen, die drei anderen sind vermutlich kleiner als ich«, überlegte Petiron, der zu seinen Brüdern kein gutes Verhältnis hatte.

»Das glaube ich auch.« Müßig kämmte sie ihm den Sand aus seinem vollen, dunkelbraunen Haar, schnippte die Körnchen von seinen Schultern und nutzte den Vorwand, um seine glatte, warme Haut zu streicheln. Stolz bemerkte sie, dass er Muskeln angesetzt hatte. Allerdings kein Gramm Fett. Petiron würde niemals dick sein, dazu war er viel zu rastlos. Doch noch nie hatte er so gut ausgesehen, und sie liebte ihn mehr denn je.

Er schaute ihr in die Augen und ließ sich von der zärtlichen Stimmung einfangen. Ohne den Blickkontakt zu unterbrechen, führte er ihre Hand an die Lippen und küsste jeden einzelnen Finger.

»Wenn Robie seinen Mittagsschlaf hält, könnten

wir uns vielleicht auch an ein ruhiges Plätzchen zurückziehen«, murmelte er, während sein Atem sich beschleunigte.

»Das wäre schön«, erwiderte sie leise und spürte, wie ihr Verlangen nach ihm wuchs. »Segoina hat mir einen Trank gegeben, der eine Schwangerschaft verhindert.«

* * *

Als sie in die Harfnerhalle zurückkehrten, fiel jedem auf, wie erholt Merelan aussah, wie sehr Robinton in den sechs Monaten gewachsen war, und wie günstig sich die Abwechslung auf Petirons Temperament auswirkte.

Kapitel 2

Petiron arbeitete an seiner neuesten Komposition, als ihn ein leises Geräusch ablenkte. Bei genauem Hinhören stellte er fest, dass es aus dem Nebenzimmer kam. Merelan war zu Besorgungen unterwegs. Robinton hielt seinen Mittagsschlaf.

Es handelte sich um das Echo der Melodie, die er gerade schwungvoll niederschrieb. Er hatte nicht gemerkt, dass er sie dabei vor sich hin summte. Gereizt forschte er nach der Ursache für diesen Nachhall.

Und entdeckte seinen Sohn, der wach in seinem Bettchen saß und summte.

»Lass das, Robinton«, schnauzte er ihn an.

Rob zog sich die leichte Zudecke bis unters Kinn. »Du hast auch gesummt«, verteidigte er sich.

»Ich darf das, du aber nicht!« Petiron drohte dem Jungen mit dem Finger, und eingeschüchtert steckte Rob seinen Kopf unter die Decke. Petiron zerrte die Decke weg und beugte sich über das Bett. »Du darfst mich nie wieder nachahmen. Bei meiner Arbeit will ich nicht gestört werden. Hast du mich verstanden?«

»Was hat er denn getan, Petiron?« rief Merelan, die ins Zimmer stürmte und sich beschützend vor das Kinderbett stellte. »Als ich ging, schlief er tief und fest. Was ist passiert?«

Robinton, der selten weinte, stopfte sich einen Zipfel der Decke in den Mund, während ihm die Tränen über das Gesicht rannen. Das war mehr, als Merelan ertragen konnte. Sie nahm ihren schluchzenden Sohn auf den Arm und wiegte ihn tröstend hin und her.

Petiron funkelte sie wütend an. »Er hat gesummt, während ich eine neue Partitur schrieb.«

»Du summst doch auch, warum darf er es nicht?«

»Weil ich gearbeitet habe! Wie kann ich etwas leisten, wenn er mich dauernd ablenkt? Er weiß, dass er mich nicht stören darf.«

»Er ist ein Kind, Petiron. Wenn er etwas aufschnappt, ahmt er es nach.«

»Wie dem auch sei, ich will nicht, dass er zusammen mit mir eine Melodie summt«, regte sich Petiron auf.

»Dabei hast du ihn aus seinem Mittagsschlaf geweckt!«

»Wie soll ich arbeiten, wenn ihr beide mir keine Ruhe gebt?« Er warf die Arme in die Höhe und stakste aus dem Schlafzimmer. »Bring ihn weg. Ich vertrage es nicht, wenn er im Hintergrund summt.«

Merelan schickte sich bereits an zu gehen, ihren weinenden Sohn auf dem Arm. »Keine Sorge, er wird dir nie wieder zur Last fallen!« fauchte sie erbost.

* * *

»Ich habe mich noch nie so über ihn geärgert«, vertraute sie Betrice an, die zum Glück daheim war, als Merelan bei ihr anklopfte.

»Wahrscheinlich ist ihm gar nicht aufgefallen, dass das Kind in der richtigen Tonart summt«, versetzte Betrice mit dem für sie typischen trockenen Humor. Sie nahm ihre Stopfarbeit von dem gepolsterten Schaukelstuhl, um für Merelan und Rob Platz zu machen.

Wider Willen begann Merelan zu kichern. »Aber er hätte es ganz gewiss gemerkt, wenn Robie eine einzige falsche Note gesummt hätte. Das hätte ihn nicht nur gestört, sondern ihm auch in den Ohren wehgetan.« Sie legte eine Pause ein. »Weißt du, Betrice, Robie summt immer mit, wenn ich meine Gesangsübungen abhalte. Ich hatte mir nur nie etwas dabei gedacht.« Sie trocknete Robies Tränen mit der Decke, die sich der Kleine immer noch in den Mund steckte. »Schon gut, mein Junge. Dein Vater hat es nicht so gemeint.«

»Ha!« schnaubte Betrice.

»Aber wir müssen halt still sein, wenn dein Vater zu Hause arbeitet.«

»Er hat doch ein eigenes Studio«, erwiderte Betrice.

»Washell hat es sich ausgeborgt, um dort mit den Eltern zu sprechen, die ohne Voranmeldung hier aufgetaucht sind.«

»Das kann sich auch nur Washell erlauben!«

»So, mein kleiner Liebling, ab jetzt wirst du nur summen, wenn du mit mir allein bist. Und Vater kann sich in aller Ruhe seiner wichtigen Arbeit widmen.«

»Ha! Diese musikalischen Rätsel, die ohnehin keiner versteht! Entschuldige bitte!« In gespielter Reue hielt sich Betrice die Hand vor den Mund. »Ich weiß natürlich, dass Petiron der bedeutendste Komponist der Gegenwart ist, Merelan, aber könnte er nicht auch einmal eine schlichte Melodie erschaffen, die jeder nachsingen kann – und nicht nur sein eigener Sohn?« Sie stand auf und trat an einen Wandschrank.

Merelan betrachtete Betrice ohne Groll. »Er hat sich nun mal auf diese komplizierten Musikstücke verlegt.« Sie lächelte verschmitzt. »Ohne Ausschmückungen läuft bei ihm nichts.«

»Ach, so nennt man das? Mir sind die einfachen Weisen lieber, die einem gar nicht mehr aus dem Kopf gehen.« Nachdem Betrice gefunden hatte, was sie suchte, wandte sie sich wieder an Merelan. »Aber von Musik verstehe ich nichts, auch wenn ich nun seit dreißig Planetenumläufen mit einem Meisterharfner verheiratet bin. Bitte sehr, mein Junge. Eine süße

Stange schmeckt doch viel besser als diese Decke. Magst du Pfefferminz?« Sie reichte Rob etwas zum Naschen.

Seine Tränen waren beinahe versiegt, und mit einem strahlenden Lächeln nahm er die Leckerei an. »Danke schön«, sagte er artig. Zufrieden kuschelte er sich fester in die Arme seiner Mutter und begann an der süßen Stange zu lutschen.

»Es liegt mir fern, Petiron zu kritisieren, Merelan«, fuhr Betrice ernst fort.

Merelan lächelte wehmütig. »Du hast in jeder Hinsicht Recht. Aber im Allgemeinen ist er viel umgänglicher, wenn er komponiert.«

»Er komponiert doch andauernd.«

Merelan lachte. »Er neigt dazu, alles komplizierter zu machen, als es ist.«

»Tja. Ich finde, er kann von Glück sagen, dass er eine so nachsichtige Gemahlin gefunden hat. Zumal sie auf ganz Pern die Einzige zu sein scheint, die seine Werke singen kann.«

»Manchmal fällt es mir sehr schwer, seine Stücke zu interpretieren.«

»Man merkt es dir nicht an.«

»Es stimmt aber. Trotzdem gefällt es mir, mein Talent an anspruchsvollen Partituren zu messen.«

Betrice deutete auf Robie, der glücklich an seiner Leckerei naschte, seine Finger, das Gesichtchen und die Decke gleichermaßen mit der klebrigen Süßwürze verschmierend. »Und was hast du mit ihm vor?«

»Na ja, als Erstes werde ich dafür sorgen, dass Master Washell nie wieder Petirons Studio mit Beschlag belegt«, erwiderte Merelan resolut. »Und ich lasse Robie nicht mehr mit seinem Vater allein, wenn ich mir nicht absolut sicher bin, dass der Kleine fest schläft.«

»Aber das schränkt dich sehr ein«, gab Betrice zu bedenken.

Merelan zuckte die Achseln. »Ein Planetenumlauf weiter, und Robie kann tagsüber mit den anderen Kindern in der Harfnerhalle zusammen sein. Ich bringe nur ein kleines Opfer.«

»Recht hast du«, pflichtete Betrice ihr seufzend bei. »Sie werden so schnell groß, und dann brauchen sie ihre Eltern nicht mehr.«

Merelan fühlte etwas Klebriges auf ihrer Hand und merkte, dass Rob die süße Stange fallen gelassen hatte.

»Sieh ihn dir an«, flüsterte sie und blickte liebevoll auf das schlummernde Kind.

»Leg ihn aufs Sofa«, schlug Betrice vor.

»Es macht mir nichts aus, ihn auf dem Schoß zu halten«, widersprach Merelan. »Und du hast zu arbeiten.«

»Ein schlafendes Kind stört mich nicht. Lass ihn hier bei mir, Merelan, und geh irgendwohin, wo du dich frei nach Lust und Laune mit irgendetwas Schönem beschäftigen kannst. Du brauchst auch Entlastung. Wenn du dich nicht um deinen Jungen kümmerst, tanzt du nach Petirons Pfeife.« Unmutig schüttelte sie den Kopf.

»Wenn es dir wirklich nichts ausmacht …«

»Nicht das Geringste. Solltest du darauf bestehen, hier zu bleiben, kannst du mir auch gleich bei der Stopfarbeit helfen.«

Betrice schmunzelte, als sie sah, wie hastig Merelan das Feld räumte.

* * *

Als Robie drei Lenze zählte, nahm er sich eine kleine Flöte, die jemand auf einem Tisch liegengelassen hatte. Seinem Vater gehörte sie nicht, denn der spielte andere Instrumente. Und da Robie dies wusste, scheute er sich nicht, mit der Flöte zu experimentieren.

Er blies hinein, bedeckte die Löcher mit den Fingern

und ahmte all das nach, was er bei Flötenspielern gesehen hatte. Er probierte so lange herum, bis die Töne, die er produzierte, zu seiner Zufriedenheit ausfielen. Dabei hütete er sich, seinen Vater zu stören.

Natürlich merkte er nicht, dass seine Mutter ihn aufmerksam beobachtete. Und sich freute, wenn seine kindlichen Bemühungen von Erfolg gekrönt wurden. Selbst in Familien, die großartige Musiker hervorgebracht hatten, gab es Mitglieder, die einfach kein Gehör für Töne hatten und schlichtweg unmusikalisch waren.

Sie hatte schon darüber nachgegrübelt, wie Petiron reagieren würde, sollte sein Sohn nicht das geringste musikalische Talent besitzen. Denn für sie stand fest, dass ihr Gatte auf Biegen und Brechen damit beginnen würde, seinem einzigen Kind Musikunterricht zu erteilen. Diese Sorge war sie endgültig los. Der kleine Robinton hatte nicht nur viel Freude am Musizieren, er besaß auch das absolute Gehör und vermochte tonrein zu singen.

Wenn Petiron sich gerade mit seinen Schülern beschäftigte, pfiff Merelan Robinton einfache Weisen vor. Petiron mochte es nicht, wenn sie pfiff – erstens, weil er selbst es nicht konnte, und zum anderen fand er, dass es sich für Frauen nicht schickte. Obwohl Merelan ihren Mann von Herzen liebte, gestand sie sich insgeheim ein, dass viele seiner Ansichten hoffnungslos altmodisch und ohne jeden vernünftigen Sinn waren.

Robie schnappte die Melodien, die sie pfiff, genauso mühelos auf, wie er die Tonleitern auf seiner kleinen Flöte gelernt hatte. Und als er anfing, Variationen der einzelnen Motive zu erfinden, musste sie darum kämpfen, ihre Gefühle zu zügeln. Sie brannte darauf, Petiron zu erzählen, wie musikalisch sein Sohn war, doch sie wollte verhindern, dass der kleine Robie zu einer Ausbildung gedrängt wurde. Dies hätte ihm die

Freude an der Musik für immer verleiden können. Petiron war den älteren Schülern ein hervorragender Lehrer, doch mit den Anfängern ging er viel zu streng um. Sie befürchtete, er könne Robinton hoffnungslos überfordern.

Eines Nachmittags bat sie Washell, den Meister, der die jüngsten Lehrlinge unterrichtete, um Hilfe. Sie gab vor, er solle mit ihr noch einmal die Dynamik eines Quartetts durchgehen, das sie beide für das Fest der Sonnenwende einstudierten. Washell, ein jovialer, freundlicher Mann von über sechzig Wintern, der einen herrlichen Bass sang, erschien mit frisch gebackenen Keksen und einer Kanne Klah.

»Und nun verrate mir den wahren Grund, weshalb du mich sprechen möchtest, Merelan«, sagte er rundheraus, nachdem sie sich überschwänglich für die Erfrischungen bedankt hatte. »An dem Tag, an dem du Petirons Werke nicht mehr singen kannst, gebe ich meinen Meistertitel ab.«

»Ich benötige wirklich deine Hilfe, Washell«, erwiderte sie fröhlich. »Robie, komm doch bitte hierher und sieh, was Meister Washell mitgebracht hat.«

Sie hätte ihn nicht eigens zu rufen brauchen. Das köstliche Aroma des warmen Gebäcks drang bis ins Nebenzimmer, wo Robinton flach auf dem Bauch lag und auf einer Sandtafel Linien zeichnete. Merelan hatte ihm kürzlich die Tafel gegeben, damit er anfangen konnte, das Alphabet und – wenn möglich – die Notenschrift zu lernen.

»Hmm, die Kekse duften aber gut«, sagte er. »Danke, Meister Washell.«

»Gern geschehen, junger Mann.«

Die Kulisse für Merelans Auftritt war perfekt. »Hier!« begann sie forsch. »Die Stelle, an der die Tempi so rasch wechseln – ich bin mir nicht sicher, ob ich sie korrekt singe. Robie, gib mir bitte mal den Ton A.«

Washell lupfte die buschigen grauen Brauen, und seine Augen glitzerten, als Robie die winzige Flöte aus seinem Hosenbund zog und die richtige Note spielte.

Dann sang Merelan die schwierige Passage, wobei sie absichtlich eine ganze Note verkürzte. Robie schüttelte den Kopf und schlug mit den Fingern den akkuraten Takt.

»Wenn du es besser weißt als ich, mein Junge, dann spiel bitte vor, was ich singen muss«, meinte Merelan wie beiläufig.

Robinton spielte die gesamte Passage, und Washell blickte abwechselnd Merelan und ihren Sohn an. Die Hände über dem Bauch gefaltet, suchte er den Blick der Meistersängerin und nickte verstehend.

»Hab vielen Dank, mein Schatz. Das hast du gut gemacht«, lobte Merelan Robie und erlaubte ihm, einen zweiten Keks zu nehmen. Er stopfte die Flöte wieder in seinen Hosenbund und hockte sich auf den kleinen Schemel, um genüßlich das Gebäck zu verspeisen.

»Deine Mutter hat Recht. Ich selbst hätte es nicht besser gekonnt, Robinton«, betonte Washell in feierlichem Ernst. »Du hast die Melodie absolut perfekt gespielt. Ich bin froh, dass deine Mutter jemanden wie dich hat. Du bist ihr eine echte Stütze. Kannst du noch mehr Lieder auf deiner Flöte spielen?«

Um Erlaubnis heischend, sah Robie seine Mutter an. Merelan nickte. Er leckte sich die Krümel von den Lippen, zückte die Flöte, hob sie an den Mund und trug eine seiner Lieblingsweisen vor. Als er geendet hatte, blickte er wieder zu seiner Mutter hin.

»Ja, spiel nur weiter«, forderte sie ihn mit einer flinken Handbewegung auf.

Er schaute Washell an, der eine heitere, unbekümmerte Miene aufsetzte, dann schloss er die Augen und begann mit dem Reigen an Variationen, die er sich selbst ausgedacht hatte.

Washell senkte den Kopf und beobachtete gespannt den Jungen, der selbstvergessen Flöte spielte, während seine kleinen Finger wie magisch über den Löchern tanzten. Es handelte sich um ein schlichtes, anspruchsloses Instrument, das bei ungeübten Spielern gern unangenehm schrill klang, doch Robie entlockte ihm die süßesten, reinsten Töne.

Eine Variation folgte der nächsten. Verblüfft legte Washell den Kopf schräg und fasste schließlich Merelan ins Auge, die vollkommen entspannt dasaß, als sei diese virtuose Übung für sie etwas Alltägliches, Normales.

Plötzlich verstummte der Chor, dessen gedämpfte Stimmen bis in diesen Raum gedrungen waren. Sofort beugte sich Merelan vor und tippte Robinton an, um ihn aus seiner Versunkenheit zu holen. Beinahe rebellisch blickte der Junge hoch.

»Ausgezeichnet, Robie«, erklärte Merelan obenhin. »Diese Variationen waren neu, nicht wahr?«

»Ich habe sie gespielt, wie sie mir gerade in den Sinn kamen«, entgegnete er und sah Washell munter an. »Sie passten so gut zu der Melodie.«

»Sehr gut sogar«, pflichtete Merelan ihm bei. »Diese Triller sind dir hervorragend gelungen.«

»Die Flöte ist von ihrer Größe her wie für dich geschaffen«, sagte Washell und streckte die Hand nach dem zierlichen Instrument aus. Zögernd überließ Robie ihm seinen Schatz. Washell versuchte, seine dicken Finger auf die Löcher zu legen, doch das Instrument war für ihn viel zu klein.

Robie kicherte und schlug sich hastig die Hand vor den Mund. Beschämt schielte er zu seiner Mutter hin, aus Furcht, sie könne ihn für sein Benehmen tadeln.

»Vielleicht möchtest du dir bei Gelegenheit ein paar andere Instrumente ansehen, die auch zu einem Musiker wie dir passen würden.« Mit einer schwungvollen

Bewegung gab Washell Robie die Flöte zurück. Robinton strahlte zu dem Meistermusiker hinauf und versteckte seine Flöte wieder im Hosenbund, unter dem weiten Hemd, sodass niemand sie sah.

»Schaffst du es, den Kuchenteller und die Kanne in die Küche hinunterzutragen, Robie?« fragte Merelan, stand auf und öffnete die Tür.

»Klar schaff ich das«, behauptete Robinton und schickte sich an, die Sachen fortzuschleppen. Hinter ihm schloss Merelan die Tür.

»Ja, meine liebe Merelan, du stehst vor einem echten Problem. Ich möchte dich beglückwünschen und dir gleichzeitig meine Unterstützung anbieten. Wenn wir behutsam vorgehen, wächst uns hier ein bedeutendes Naturtalent heran. Ich bewundere Petiron in vielerlei Hinsicht, aber ...« Washell seufzte und lächelte wehmütig. »Er kann ein Ziel bis hin zur Besessenheit verfolgen. Natürlich wird er entzückt sein, die musikalische Begabung seines Sohnes zu entdecken, aber offen gestanden, meine Liebe, Robinton täte mir Leid, wenn sein Vater seine Ausbildung übernähme. Mir ist klar geworden, dass ich dir helfen soll, dieses Dilemma zu lösen. Ich fühle mich durch dein Vertrauen geehrt, Merelan, ein schöneres Kompliment hättest du mir gar nicht machen können.«

»Petiron wird ihn gnadenlos antreiben und überfordern ...«

»Deshalb müssen wir jetzt schon vorbeugen, um zu verhindern, dass er durch eine zu rigorose Ausbildung für die Musik verdorben wird.«

»Ich komme mir vor wie eine Verräterin, weil ich hinter Petirons Rücken handele«, erklärte Merelan. »Aber ich kenne ihn, und Robie liebt Musik. Ich will nicht, dass ihm das genommen wird.«

Washell streckte den Arm aus und tätschelte beschwichtigend ihre nervös zuckenden Finger. »Meine

Liebe, wir können Petirons Ehrgeiz und Beharrlichkeit zu unserem Vorteil nutzen. Vermutlich weiß er noch gar nicht, dass sein Sohn Flöte spielt?«

Merelan schüttelte den Kopf.

»Das ist gut so. Zurzeit ist er vollauf damit beschäftigt, Musik zur Sonnenwendfeier zu komponieren, hinzu kommen die Proben und dann wird er sich auf die musikalischen Darbietungen zu den Frühlings-Versammlungen konzentrieren. Ich würde gern mit Gennell ein Wörtchen über dieses Thema reden. Darf ich?«

Sie nickte.

»Die gesamte Harfnerhalle könnte in das Geheimnis eingeweiht werden, dass es hier gilt, ein aufkeimendes junges Genie zu fördern ...«

»Genie?« wiederholte Merelan verdutzt.

»Allerdings. Robinton ist ein musikalisches Genie. Ich bin zwar noch nie einem begegnet, aber ich weiß, wann ich ein überragendes Talent vor mir habe. Petiron ist zweifelsohne hoch begabt, aber sein Sohn ist ihm bei weitem überlegen.«

»Oh!« Der leise Ausruf, der ihr entschlüpfte, verriet mehr als ihr lieb war.

»Ein Kind, das einer billigen, albernen kleinen Flöte solche atemberaubenden Melodien entlockt und dann auch noch Variationen improvisiert, kann nur als Genie bezeichnet werden. Und wir alle müssen uns zusammentun und ihn beschützen.«

»Ihn beschützen? Washell, Petiron ist doch kein Unhold ...« Energisch schüttelte sie den Kopf.

»Nein, natürlich nicht, aber er hat ziemlich festgefügte Ansichten über seine Kompetenz und seine Leistungen als Lehrer. Andererseits dürfte es ihn nicht überraschen, einen so begabten Sohn zu haben. Immerhin wurde Robinton von kleinauf mit Musik und Gesang konfrontiert.«

»Nicht auf alle Kinder, die in der Harfnerhalle aufwachsen, färbt die ständige Berieselung mit Musik so vorteilhaft ab«, hielt Merelan ihm entgegen.

»Du hast Recht. Doch wenn ein Kind von Natur aus musikalisch veranlagt ist, kann es kein besseres Umfeld zur Förderung seiner Talente geben. Wir werden dafür sorgen, dass die Angelegenheit so diskret und diplomatisch wie möglich gehandhabt wird. Darauf gebe ich dir mein Wort, Meistersängerin.«

Er streckte ihr die Hand entgegen, die sie ohne zu zögern – und mit großer Erleichterung, wie Meister Washell bemerkte – ergriff. Gleichzeitig vermochte sie ihr schlechtes Gewissen ob dieser Verschwörung nicht zu verbergen.

»Wir bringen deinem Jungen nur so viel bei, wie er von sich aus lernen möchte. Ganz allmählich, nach und nach« – geziert wackelte er mit seinen feisten Fingern – »soll er seine Begabung vervollkommnen, und wenn er dann ...« – er klatschte begeistert in die Hände – »vielleicht fünf oder sechs Planetenumläufe alt ist, und Petiron nicht umhin kann, seine Fortschritte zu bemerken, stellen wir uns ganz einfach erfreut und überrascht über dieses natürliche Talent.«

»Aber wird Petiron nicht misstrauisch sein, wenn er entdeckt, was Robie in diesem Alter bereits beherrscht?«

Washell hob die Arme und vollführte eine weit ausholende Geste. »Wieso – der Junge hat alles von seinen Eltern gelernt. Wie könnte es anders sein, mit zwei so begabten Musikern in seiner unmittelbaren Nähe.«

»Ach, komm, Washell, Petiron ist doch nicht blöd ...«

»Robinton wird in der Tat umgeben von allerlei Musik und Musikinstrumenten groß. Selbstverständlich erzählst du Petiron, dass du euren Sohn immer wieder hast singen und summen hören ... absolut tonrein. Dann gabst du ihm eine kleine Flöte und eine Trommel, weil er sich beides wünschte. Bosler wird sagen, er hätte einen Nachmittag lang auf Robie aufgepasst, damit du in Ruhe proben konntest, und ihm dabei gezeigt, wie man einfache Akkorde auf einer Gitarre spielt … Unser Meisterarchivist hätte sicher nichts dagegen, Robie nicht nur Lesen und Schreiben, sondern auch die Notenschrift beizubringen … und wir alle werden ganz aus dem Häuschen sein, was für ein musikalisches Kind Petiron gezeugt hat. Natürlich freuen wir uns mit ihm über seinen neuen, begabten Schüler. Und Petiron kann mit jungen Leuten, die eine rasche Auffassungsgabe besitzen, viel besser umgehen als mit den weniger talentierten, das weißt du. Sie stellen seine Geduld nicht so sehr auf die Probe, dass ihm dann und wann die Nerven durchgehen.« Zufrieden mit sich als Ränkeschmied und den verschlungenen Intrigen, die er spann, tätschelte Washell abermals Merelans Hand. Dann hielt er ihr übergangslos das Notenblatt mit der Quartettpartitur, die sie einübten, vor die Nase. »Und jetzt noch einmal, Merelan. Ich singe den Bass. Vielleicht solltest du …«

Die Tür ging auf, und herein kamen Petiron und Robinton.

»Also wirklich, Petiron, manchmal glaube ich, du komponierst diese Schnörkel nur, um mich zu ärgern«, rief Merelan aus. »Was ist, Robie, hast du den Teller und die Kanne zu Lorra gebracht?«

»Ja, Mutter.«

»Dann ab mit dir, Junge, verzieh dich«, befahl sein Vater und schob ihn sachte in Richtung der Tür, die ins Nebenzimmer führte. »Ich muss mich doch sehr wundern, Merelan, dass du mit den Tempi nicht zurechtkommst.«

»Weil dein Gekritzel nahezu unleserlich ist, Petiron«, mischte sich Washell mit seiner grollenden Bassstimme ein. »Sieh dir das mal an.« Sein derber Zeigefinger tippte auf die kritische Stelle. »Den Punkt nach der halben Note kann man kaum erkennen. Wie soll Merelan korrekt singen, wenn du derart schludrig schreibst. Auf meiner Kopie ist er deutlich zu sehen, aber nicht auf dieser.«

Petiron blinzelte auf das beanstandete Notenblatt. »Er ist wirklich ein bisschen schwach ausgefallen. Sing mir die Stelle bitte vor.« Er schlug den Auftakt.

Washell fiel mit seinem tiefen Bass ein, während Merelan fehlerfrei die schwierigsten Passagen sang.

»Du hast mir sehr geholfen, Washell, hab vielen Dank«, beschied sie ihn. »Und nochmals vielen Dank für die Kekse und das Klah.«

»Es war mir ein Vergnügen, Meistersängerin.« Washell verbeugte sich und lächelte das Paar gütig an, ehe er sich umdrehte und das Zimmer verließ.

»Was ist nur los mit dir, Merelan, hast du wieder Kopfschmerzen?« erkundigte sich Petiron, das Notenblatt noch einmal in Augenschein nehmend.

»Nein, Liebling, aber den Punkt kann man leicht übersehen, und an dieser Stelle hatte ich keine Pause erwartet. Wie sind die Proben ausgefallen? Von hier aus hörte es sich recht gut an.«

Er warf sich auf einen Polstersessel und legte die Füße auf einen Schemel. Dann stieß er einen tiefen Seufzer aus. »Die üblichen Probleme. Sie scheinen zu glauben, es genügt ein flüchtiger Blick auf die Noten, wenn sie mich die Treppe heraufkommen hören. Aber zum Schluss klappte es so einigermaßen. Ich finde es nett von Washell, dass er dir geholfen hat.«

»Ja, er ist wirklich ein ganz reizender Mensch.«

»Washell?« Petiron blickte skeptisch drein. »Weißt, du, was die Lehrlinge über ihn sagen ...«

»Ich weiß es, und ich möchte nicht, dass du es vor mir aussprichst«, kanzelte sie ihn ungewohnt schroff ab. Petiron furchte die Stirn. »Möchtest du ein Glas

Wein trinken?« fragte sie, an den Schrank tretend. »Du siehst müde aus.«

»Ich bin erschöpft. Danke, meine Liebe.«

Sie schenkte zwei Gläser ein. Auch sie brauchte jetzt einen kräftigen Schluck.

»Ich leiste dir Gesellschaft.« Sie reichte ihm ein Glas, setzte sich auf die Armstütze des Sessels und legte ihren Kopf an Petirons Schulter. Trotz seiner Fehler liebte sie ihn, nicht zuletzt wegen seiner bedingungslosen Hingabe an die Musik. Sie hatten eine ideale Ehe geführt – bis Robie geboren wurde.

* * *

Es gab einen Aspekt, den weder Washell noch Robies Mutter berücksichtigt hatten: Die Begeisterung des Kindes für die Musik. Sie hatten nicht damit gerechnet, wie schnell er im Verlauf der nächsten Monate Grundkenntnisse förmlich aufsog und mehrere Instrumente zu spielen lernte.

Kaum hatte Meister Ogolly ihm die Notenschrift und die Notenwerte beigebracht, da fing der Junge auch schon an, seine eigenen Variationen über verschiedene Melodien aufzuschreiben.

Merelan hatte alle Hände voll zu tun, Robies Enthusiasmus daheim in ihrem Wohnquartier zu unterdrücken, nicht zuletzt, weil das Kind darauf brannte, seinem Vater das Gelernte vorzuführen, um dessen Anerkennung zu erringen.

»Aber Vater liebt Musik. Er schreibt doch selbst Lieder«, meuterte Robie.

»Das ist es ja gerade, mein Schatz.« Merelan verabscheute die Heuchelei, zu der sie immer häufiger Zuflucht nehmen musste. »Er hört den ganzen Tag lang Musik und muss sich zudem mit dummen Studenten abplagen …«

»Bin ich dumm, Momma?«

»Nein, Liebling, du bist überhaupt nicht dumm, aber dein Vater muss sich von all der Musik erholen, wenn er hier bei uns ist ...«

»Ja, sicher ...«, gab Robie enttäuscht nach.

»Die Große Frühlingsversammlung ist ungeheuer wichtig, und du weißt ja, wie schwer dein Vater an der neuen Partitur arbeitet ...«

»Ja, ich weiß«, seufzte Robie.

»Riechst du auch den Duft von frisch gebackenen Plätzchen?« fragte Merelan, dankbar für die Ablenkung.

Robie schnupperte und ein Lächeln erhellte sein betrübtes Gesicht. »Ob ich vielleicht ...« begann er hoffnungsvoll.

»Lauf einfach in die Küche und frag Lorra«, schlug Merelan vor und bugsierte ihn zur Tür. »Und wenn sie dir Plätzchen gibt, bring auch welche für mich und deinen Vater mit.«

* * *

Kubisa, die die Kinder der Burg Fort, der Harfnerhalle und der Heilerhalle unterrichte, nahm den kleinen Robie in ihre Klasse auf, noch ehe er vier Planetenumläufe zählte.

»Er ist weit entwickelt und obendrein sehr wissbegierig, Merelan«, erklärte sie. »Ich wünschte mir, meine Schüler, die wesentlich älter sind als er, hätten den gleichen Bildungsstand. Aber ich werde ihn mit musikalischen Aufgaben beschäftigen, wenn ich Themen durchnehme, die er bereits beherrscht.«

Eines Morgens brachte Kubisa den schluchzenden, aus der Nase blutenden Robinton zu seiner Mutter zurück.

»Ach, Robie«, rief Merelan erschrocken und schloss ihr weinendes Kind in die Arme, derweil Kubisa ein feuchtes Tuch holte, um das Blut vom Gesicht zu waschen.

»Sie haben ihm wehgetan!« heulte Robie.

»Wem haben sie wehgetan?« erkundigte sich Merelan, wobei sie die Frage mehr an Kubisa richtete als an ihren Sohn.

»Eines muss man Robie lassen, obwohl er noch so klein ist, tritt er für jeden ein, der Hilfe braucht.«

»Wer brauchte Hilfe?« Vorsichtig tupfte Merelan das Blut ab.

»Der Wachwher«, erklärte Kubisa.

Überrascht hielt Merelan inne. Ihre Besorgnis wich einem gewissen Stolz. Die Lehrlinge machten sich oft einen Jux daraus, helle Glühkörbe in die Höhle des Wachwhers zu stecken, um das lichtempfindliche Tier zu quälen. Manchmal warfen sie ihm auch ungenießbare Dinge vor, in dem Bewusstsein, dass diese Kreatur alles verschlang, was sich in Reichweite seiner Kette befand. Wenn Robinton so etwas sah, lief er schnurstracks zum nächsten Erwachsenen, um den bösen Schabernack zu melden.

»Haben sie das arme Tier schon wieder getriezt?«

Robie zog die Nase hoch und nickte heftig. »Ich hab sie daran gehindert, aber einer schlug mir die Nase blutig.«

»Das sehe ich«, murmelte seine Mutter.

»Es waren die Kinder von Viehzüchtern, denen man wirklich etwas mehr Erbarmen mit einer geschundenen Kreatur zutrauen sollte«, sagte Kubisa. »Ich gehe gleich zu ihren Eltern und werde ein Wörtchen mit ihnen reden.« Sie streichelte Robie über das Haar. »Demnächst solltest du dich aber nur mit Kindern anlegen, die genauso klein sind wie du. Besser noch, lass dir von deinem Vater ein paar Tricks zeigen, wie man sich verteidigt.«

Schmunzelnd verließ sie das Quartier.

»Ich kann dir beibringen, wie man sich wehrt, Liebling«, erbot sich Merelan und drückte Robie fest an sich. Sie wusste nur zu gut, dass Petiron in dieser Hinsicht kein guter Lehrmeister sein würde. »Wenn ich richtig wütend war, konnte ich in einem Kampf sogar meine großen Brüder und Cousins bezwingen.«

»Du?« Robie bekam große Augen bei der Vorstellung, seine sanftmütige Mutter könne sich geprügelt haben, zudem noch mit viel größeren Brüdern und Vettern.

Sie erteilte ihm den ersten Unterricht in Selbstverteidigung und zeigte ihm, wie man einen Angreifer abwehrt. »Das Wichtigste ist, dass du in einer handgreiflichen Auseinandersetzung deinen Verstand benutzt, Robie«, riet sie ihm. »Dann holst du dir nicht so schnell eine blutige Nase.«

* * *

Robies täglicher Schulunterricht bei Kubisa verschaffte Merelan die dringend benötigte Atempause, die sie brauchte, um sich von den häuslichen Spannungen zu erholen. Ständig befand sie sich in Hab-Acht-Stellung, um zu verhindern, dass es zwischen Vater und Sohn zu Reibereien kam. Der dauernde Stress und die Heimlichtuerei bezüglich Robies Musikalität zerrten an ihren Nerven. Doch wenigstens konnten sie und Kubisa Petiron wahrheitsgemäß berichten, dass Robie ein vorbildlicher Schüler war.

»Lernst du auch alle Lehrballaden?« fragte Petiron zerstreut.

»Ja. Ich kann es dir beweisen.« Robinton wünschte sich nichts sehnlicher, als seinem Vater zu gefallen, doch egal, wie sehr er sich anstrengte, von Petirons Seite kam nie ein Lob.

Gelinde überrascht über den bestimmten Tonfall,

lehnte Petiron sich in seinem Sessel zurück. Mit einer lässigen Handbewegung bedeutete er Robinton, er möge beginnen.

Merelan hielt den Atem an. Ihr Kopf war wie leergefegt, ihr fiel nichts ein, womit sie das Kommende hätte abwenden können. In wenigen Augenblicken würde Petiron erfahren, mit welch überragender musikalischen Begabung sein Sohn gesegnet war.

Robie holte tief Luft – er machte es richtig und schnappte nicht etwa wild nach Atem wie ein Anfänger – und interpretierte absolut fehlerfrei die Ballade über die Pflichten. Petiron blickte verdutzt drein, als der Junge seine kräftige Sopranstimme erklingen ließ, ohne einen einzigen falschen Ton zu singen. Gedankenverloren schlug er mit einem Finger den Takt mit, und während er lauschte, glättete sich seine finstere Miene.

»Das hast du gut gemacht, Robinton«, gab er schließlich von sich. »Aber glaube bitte nicht, dass es mit dem Erlernen eines einzigen Liedes getan ist. Es gibt viele Balladen, auch für Kinder, die man sich solange einpauken muss, bis der Text und die Noten sitzen. Mach weiter so.«

Überglücklich wandte sich Robinton an seine Mutter, um zu sehen, ob sie ebenfalls dieser Meinung war.

Vor Erleichterung hätte Merelan am liebsten geschluchzt. Sie stand auf, ging zu Robie und zerstrubbelte liebevoll sein Haar. »Du hast dich selbst übertroffen. Ich bin auch stolz auf dich, genau wie dein Vater.« Um Bestätigung heischend, blickte sie Petiron eindringlich an, doch der widmete sich bereits wieder den zu korrigierenden Hausaufgaben seiner Studenten und schien Frau und Kind vergessen zu haben.

Merelan ballte die Fäuste und rang um Fassung. Sie

musste an sich halten, um Petiron ihre Wut über seine kühle, gleichgültige Reaktion nicht ins Gesicht zu schreien. Es gab so viel, was er hätte sagen können! Er hätte Robie loben müssen, weil er die Atemtechnik und Stimmkontrolle perfekt beherrschte. Doch sie unterdrückte ihren Groll und nahm Robie, der nicht begreifen konnte, wieso seinem Vater der Vortrag offenbar nicht gut genug war, an die Hand.

»Wir werden doch mal sehen, welche Belohnung Lorra für dich hat, weil du die Ballade in Text und Gesang vorbildlich beherrschst!«

Als sie die Tür mit einem vernehmlichen Knall hinter sich und Robie zuschlug, blickte Petiron flüchtig über die Schulter und fuhr ungerührt fort, eine sehr mangelhafte Arbeit zu bewerten.

* * *

»Also wirklich, am liebsten hätte ich ihn ...« Merelan ballte immer noch die Fäuste, als sie aufgebracht in dem kleinen Zimmer neben der Küche hin und her stapfte, das Lorra als Wohnstube und Büro diente. »Ich hätte mit dem Fuß nach ihm treten können!«

»Na so etwas!« Lorra reagierte auf den vehementen Ausbruch ihrer Freundin mit Betroffenheit. Als Merelan in die Küche gestürmt kam, hatte ein Blick auf ihr Gesicht genügt, um zu wissen, dass etwas Schwerwiegendes vorgefallen war. Prompt hatte Lorra den beiden Küchenmädchen bedeutet, Robie mit süßen Pasteten zu füttern, derweil sie die Meistersängerin in ihr Büro führte. Betrice war zu einer Entbindung außerhalb der Harfnerhalle unterwegs, und Lorra fasste es als Vertrauensbeweis und Kompliment auf, dass Merelan sich mit ihrem Problem an sie wandte.

»Ich habe Lehrlinge im dritten Ausbildungsjahr gehört, die die Ballade über die Pflichten nicht so gut interpretieren konnten wie Robie«, ereiferte sich die Sängerin. »Keine falsche Note, kein verkehrter Atemzug. Der Vortrag war tadellos.«

»Aber das sagte Petiron doch, oder?« flocht Lorra in dem Versuch ein, Merelan zu besänftigen.

»Ja, aber er hätte noch viel mehr sagen können. Robie sang ausgezeichnet, besser als ein Knabe von vierzehn, dabei ist er nicht einmal vier Planetenumläufe alt. Und Petiron tat so, als hätte er von seinem Sohn nichts anderes erwartet.«

»Aha!« Lorra zeigte mit einem Finger auf ihre empörte Besucherin. »Du sagst es. Von seinem Kind *erwartet* er Perfektion. Wenn Robies Vortrag nicht einwandfrei gewesen wäre, hättet ihr eine Litanei zu hören bekommen. Hab ich Recht?«

Merelan blieb stehen und schaute die Wirtschafterin und Gesindeaufseherin an. Sie gab ein kurzes Lachen von sich und setzte sich auf einen Stuhl. Allmählich schien ihr Zorn zu verrauchen.

»Natürlich hast du Recht. Wenn Robie nicht perfekt gewesen wäre, hätte er die Ballade über die Pflichten so lange wiederholen müssen, bis ihm kein einziger Schnitzer mehr unterlaufen wäre. Beim Ersten Ei, was soll ich nur tun? Der Junge will und braucht die Anerkennung seines Vaters. Aber die wird er niemals bekommen!«

»Kein Wunder! Schließlich geizt Petiron mit Lob wie kein zweiter Harfner in dieser Halle«, beschied ihr Lorra. »Einen Vorteil hat das Ganze – von jetzt an brauchst du nicht mehr voller Angst dem Moment entgegenzubangen, wenn Petiron erfährt, dass sein Sohn ihm musikalisch bei Weitem überlegen ist.«

Merelan warf Lorra einen verdutzten Blick zu.

»Komm schon, Merelan«, fuhr Lorra fort, »das liegt doch klar auf der Hand. Der Junge weiß bereits mehr über Musik als Lehrlinge, die wesentlich älter sind als er. Mit sechzehn wird er bestimmt in den Gesellenstand erhoben.«

»Ein Geselle muss mindestens achtzehn sein …« protestierte Merelan matt.

»Na ja, wir werden sehen. Aber mir scheint, nach dem heutigen Tag brauchst du Robie nicht länger dazu anzuhalten, seine musikalischen Kenntnisse in Gegenwart seines Vaters unter den Scheffel zu stellen. Für den Jungen ist es auch viel besser, wenn er sich ganz natürlich geben kann. Petiron will oder kann Robies Talent offenbar noch nicht zur Kenntnis nehmen. Das wird sich ändern, sowie der Junge in den Stimmbruch kommt und Petiron merkt, dass sein kleiner Bub zu einem Mann heranwächst.«

»Glaubst du?« vergewisserte sich Merelan nachdenklich und ließ sich Lorras Worte ernsthaft durch den Kopf gehen.

»Es würde mich nicht im Geringsten überraschen«, bekräftigte Lorra mit einem Fingerschnippen. »Und du hör auf, dich ständig zu sorgen. Den Dauerstress hört man deiner Stimme schon an. Entschuldige meine Offenheit, aber sonst sagt es dir ja keiner. Außer Petiron, sowie es ihm auffällt, und das wäre sicher nicht sehr erquicklich. Bin ich jetzt zu weit gegangen?« erkundigte sie sich vorsichtig.

»Nein, Lorra, du hast nur die Wahrheit ausgesprochen.« Begütigend legte Merelan ihre Hand auf Lorras drallen Arm. »Ich hätte nicht gedacht, dass es jemand gemerkt hat. Mit Gesangsübungen versuche ich, die Stimmbänder zu lockern.«

»Es ist nicht leicht, gelassen zu bleiben, wenn man immerzu hin und hergerissen wird zwischen dem Ehemann und dem eigenen Kind«, räumte Lorra ein. Sie nahm Merelans nervös zuckende Finger in ihre kräftige Hand. »Ich bin keine Heilerin, aber ein Glas

Wein kann jetzt sicher nicht schaden. Ich brauche auch eine kleine Stärkung.« Sie stand auf und holte einen Weinschlauch sowie zwei Gläser. Merelan wollte dankend ablehnen, aber Lorra akzeptierte kein Nein. »Petiron kriegt eine ganze Menge nicht mit, und er wird es gar nicht merken, wenn dein Atem nach Wein riecht. Du musst innerlich wieder zur Ruhe kommen, und dabei hilft dir mein Trunk.«

Merelan warf einen Blick durch die Tür und sah Robie, der bei den Küchenmädchen in guter Obhut war. Er lachte ausgelassen, und sein rundes Gesichtchen war mit violettem Beerenkompott verschmiert. Beruhigt lehnte sich Merelan zurück und nahm ihr Glas in Empfang.

»Hat Meister Gennell dir schon von dem neuen Mädchen erzählt?« fragte Lorra.

»Halanna?« Als Lorra nickte, fuhr Meelan fort: »Ich erhielt einen Brief von dem Harfner der Burg, Maxilant. Er schreibt, er habe ihre Stimme ausgebildet, so gut er es vermochte, aber das Mädchen brauche nun eine kundigere Anleitung, und nicht den Unterricht von einem Amateur wie ihm.« Sie lächelte über Maxilants Bescheidenheit.

»Petiron wird sich über einen neuen Kontraalt freuen«, meinte Lorra. Sie sang gleichfalls in dieser Stimmlage, doch niemals als Solistin. »Ist das Leben nicht seltsam? Man weiß nie, wie die Dinge sich entwickeln.«

»Nein, das weiß man wirklich nicht.« Während Merelan schlückchenweise den Wein trank, spürte sie, wie sich ihre Nervosität legte und einer wohligen Gelöstheit Platz machte.

»Sie ist im gleichen Alter wie die Mädchen aus der Burg, deshalb habe ich sie zusammen mit ihnen im Cottage untergebracht«, erzählte Lorra. »Nach der Sonnenwendfeier kehren sie wieder nach Hause zurück, aber ich dachte mir, sie könnten Halanna helfen, sich an die hiesige Routine zu gewöhnen.«

Bei dem Ausdruck »Routine« musste Merelan unwillkürlich schmunzeln. In der Harfnerhalle verlief kein Tag wie der andere, und in dem Karree herrschte eine faszinierende, aufregende, mitunter hektische Atmosphäre.

Sie erinnerte sich noch lebhaft an ihre eigene Ankunft und nahm sich vor, der jungen Halanna nach Kräften beizustehen, damit sie das von ihr erwartete Lern- und Probenpensum bewältigte. Falls Lorra im Hinblick auf Petirons Begeisterung über einen neuen Kontraalt Recht hatte – und dem war aller Wahrscheinlichkeit so –, wollte sich Merelan persönlich an der Ausbildung des jungen Mädchens beteiligen.

Es würde ihr Freude bereiten, eine Schülerin zu unterrichten, und sie gleichzeitig ein wenig von den ständigen Spannungen zu Hause ablenken. Sie wäre viel zu beschäftigt, um sich in Gedanken immer neue Konfrontationen zwischen ihrem Mann und ihrem Sohn auszumalen.

Kapitel 3

Halanna traf ein, und jeder, der sie kennen lernte, hielt sie für eine hochnäsige, verwöhnte junge Frau von siebzehn Lenzen, die an allem in der Harfnerhalle etwas auszusetzen fand. In erster Linie monierte sie ihre Unterbringung in einem Cottage.

Sie sei an ein eigenes Zimmer gewöhnt, beschied sie Isla, ihrer Pflegemutter. Sie könne unmöglich zusammen mit anderen Mädchen in einem Raum schlafen. Wieso gab es so wenig frisches Obst? Bei ihr daheim gäbe es diesbezüglich keinen Mangel.

Das Wetter sei scheußlich, und sie hätte nicht die passende Bekleidung mitgebracht. Obwohl schwer bepackte Lasttiere mit ihren Bündeln vom Hafen der Burg bis zur Harfnerhalle hochklabastert waren. Halanna war per Schiff gekommen, und ihr Gepäck enthielt massenhaft Kleidung.

Womit auch schon das nächste Problem entstand, denn sie wusste nicht, wie sie ihre Sachen in dem engen Kabuff, das sie zudem noch mit Mitbewohnerinnen teilen musste, unterbringen sollte. Zum Schluss behauptete sie schlichtweg, sie brauche für ihre Gesangsübungen einen ruhigen, ungestörten Raum. Inmitten des allgemeinen Lärms von Musikinstrumenten und probenden Sängern könne sie sich nicht konzentrieren.

Der Einzige, der sie erträglich fand, war Petiron. Sowie er sie hatte singen hören, winkte er jedes Mal ab, wenn Merelan sich über Halannas Disziplinlosigkeit und ihren gravierenden Mangel an Musiktheorie beklagte. Die Unkenntnis des Mädchens in Bezug auf Allgemeinwissen grenzte an Analphabetentum.

Petiron triumphierte, weil ihm nun ein Kontraalt mit einem reichen Timbre zur Verfügung stand. Unverzüglich schickte er sich an, Kontraalt-Soli in die Partituren zu schreiben, die er für das Sonnenwendfest komponierte. Merelans Einwände, Halanna sei nicht einmal imstande, die Noten zu lesen, geschweige denn die Tempi-Wechsel und Kadenzen zu beherrschen, überhörte er einfach.

Leider bestärkte Petirons Bewunderung für Halanna das Mädchen nur in seiner Arroganz. Merelan musste all ihre Überredungskünste und ihre Autorität als Meistersingerin ins Spiel bringen, damit Halanna sich überhaupt dazu herabließ, die Gesangsübungen zu absolvieren, die sie dazu befähigen sollten, Petirons anspruchsvolle und extravagante Stücke zu interpretieren.

Dass Petiron bereits an einem Duett für Sopran und Kontraalt arbeitete, trug nicht dazu bei, Merelans Bemühungen zu unterstützten, denn dieses Unterfangen stellte Halanna und die Meistersängerin automatisch auf eine künstlerische Stufe, obschon Halanna trotz ihrer verblüffend guten Stimme Merelan in musikalischer Hinsicht nicht das Wasser reichen konnte.

Merelan neigte absolut nicht zu Neid oder Eifersucht, und sie war gern bereit, Halanna eine fundierte Gesangsausbildung zuteil werden zu lassen – wenn das Mädchen ihr nur ein kleines bisschen entgegengekommen wäre. Doch die junge Frau fand, wenn ihr Talent ausreichte, um mit der berühmtesten Meistersängerin von Pern im Duett zu singen, brauchte sie sich nicht um langweilige Stimmübungen oder das Erlernen einer Atemtechnik zu kümmern. Sie sang *laut*, ohne Rücksicht auf die dynamischen Wechsel einer

Arie oder eines Liedes. Ihr kam es darauf an, ihre kräftige Stimme vorzuführen. *Sotto voce* war ein Begriff, mit dem sie nichts anzufangen wusste.

»Wenn sie weiterhin so kreischt, hat sie in ein paar Planetenumdrehungen überhaupt keine Stimme mehr«, sagte Washell, als Merelan ihn wegen des Mädchens um Rat fragte. »Dadurch würde das Problem auf elegante Weise gelöst.«

»Washell!« Merelan war verblüfft über den gehässigen Tonfall, der so gar nicht zu ihrem Freund passte.

Washell hob die Augenbrauen, zog die Stirn unter der Glatze kraus und blickte sie vielsagend an.

»Natürlich ist es viel schwerer, mit kontrollierter Stimme zu singen, weil man dazu ausgefeilte Atemtechniken beherrschen muss«, sagte Washell. »Ich hatte schon viele schwierige Schüler, Merelan, aber ein so komplizierter Fall wie Halanna ist mir noch nicht untergekommen. Was hat Maxilant sich nur dabei gedacht, als er sie in höchsten Tönen lobte und sie der Harfnerhalle über Gebühr schmackhaft machte?«

»Ich glaube, er tat es aus schierer Verzweiflung und weil er sie unbedingt loswerden wollte«, entgegnete Merelan seufzend.

»Wahrscheinlich hast du Recht. Obwohl mir schleierhaft ist, wieso er ihr nicht wenigstens die Grundzüge der Musik beigebracht hat. Es ist nicht zu fassen, aber das Mädchen kann nicht einmal Noten lesen. Wie es zu diesem Versäumnis kommen konnte, übersteigt meinen Horizont.«

»Vielleicht übersteigt die Musiktheorie Halannas Horizont«, mutmaßte Merelan. Die beiden tauschten ein verständnisvolles Grinsen.

»Überlass Petiron die Ausbildung, Merelan«, schlug Washell mit einem Augenzwinkern vor. »Er wird sich nicht darüber freuen, wenn sie seine Kompositionen verhunzt.«

»Genau«, pflichtete Merelan ihm bei. »Aber die Schuld für ihr Unvermögen wird er bei mir suchen und mir vorwerfen, ich hätte als Lehrerin versagt. Dabei gebe ich mir die größte Mühe«, setzte sie mit einer Mischung aus Resignation und Verzweiflung hinzu.

»Jeder hier in der Harfnerhalle kann das beschwören, Merelan.« Washell tätschelte ihren Arm. Dann dachte er kurz nach. »Es muss einen anderen Weg geben. Uns wird schon etwas einfallen, wie wir das Problem lösen. Lass uns vorerst abwarten, wie die Dinge sich entwickeln.«

Viele der Meister und sogar der Gesellen in der Harfnerhalle waren mehr oder weniger exzentrisch. Man respektierte ihre Marotten und nahm sie stillschweigend in Kauf. Doch alle absolvierten das ihnen auferlegte Lernpensum, um sich ein Wissen in Musiktheorie anzueignen und ihre jeweiligen Begabungen zu perfektionieren. Nicht so Halanna. Sie fühlte sich über die sture Büffelei erhaben. Beharrlich versuchte Merelan es immer wieder, das Mädchen zum Lernen zu bewegen, und mit der gleichen Hartnäckigkeit weigerte sich Halanna, sich etwas beibringen zu lassen.

Das Mädchen flirtete gern, und im Nu hatte sie sich eine Schar von jungen Burschen ausgesucht, die sie mit ihrer Gunst beglückte. Sie interessierte sich ausschließlich für Männer, die einen gewissen Status besaßen, innerhalb einer Burg oder der Harfnerhalle. Zurzeit hielten sich in der Halle nicht wenige attraktive Gesellen und Meister auf, entweder, weil sie darauf warteten, einen neuen Arbeitsplatz zugewiesen zu bekommen, oder weil sie für die Sonnenwendfeiern probten.

Halanna besaß nicht nur eine schöne Stimme; selbst ihre ärgsten Widersacher mussten zugeben, dass sie ungemein attraktiv war. Blondes, von der Sonne Istas beinahe silbern gebleichtes Haar, ein sonnengebräunter Teint, der ihre hellgrünen Augen reizvoll betonte, weiße, regelmäßige Zähne und eine Figur wie eine ausgereifte, sinnliche Frau. Zudem verstand sie es, ihren Sexappeal zur Geltung zu bringen.

Sie missachtete die Hausordnung ihrer Pensionswirtin und tat kund, sie als Tochter eines Burgherrn brauche sich nicht an kindische Regeln zu halten. Dabei focht es sie nicht an, dass die anderen Mädchen, die im Cottage logierten, den gleichen sozialen Status innehatten wie sie oder ihr rangmäßig gar überlegen waren. Halanna kam und ging, wie es ihr gerade passte und wurde mehrmals dabei ertappt, wie sie sich spätnachts ins Haus schlich.

Dann fasste Halanna eine Abneigung gegen Robinton.

Merelan erteilte die Lektionen in ihrem privaten Quartier, da die Räumlichkeiten groß genug waren und sie nicht gestört wurden. Wegen der kurz bevorstehenden Sonnenwendfeiern unterrichtete Merelan eine stattliche Anzahl von Studenten, und häufig kamen sie zu ihr, wenn Robie nicht in der Schule war.

Der Kleine spielte still und zufrieden in einem anderen Zimmer. Halanna verkündete, seine bloße Anwesenheit lenke sie ab, selbst bei geschlossenen Türen. Sie könne es nicht vertragen, wenn jemand ihr beim Üben zuhörte.

Merelan riss die Geduld. Sie fragte sich, wie Petiron auf Halannas neueste Schrulle reagieren würde; ihr Mann träumte bereits von einem berauschenden Erfolg seiner jüngsten Kompositionen.

»Da dir die kommenden Konzerte so wichtig sind, mein Lieber«, stieß sie zwischen zusammengebissenen Zähnen hervor, »solltest du wohl besser Halannas Ausbildung in die Hand nehmen. Wie du vielleicht schon bemerkt hast«, fuhr sie fort, wohl wissend, dass ihm nicht das Geringste aufgefallen war, »dürfte sie einem männlichen Instruktor gegenüber weniger ablehnend sein. Mit der Schulung der Begleitstimmen bin ich ohnehin mehr als ausgelastet.«

»Aber ich kann ihr nicht das beibringen, was du ihr vermitteln kannst«, protestierte Petiron überrascht. Seiner Meinung nach war Merelan als Gesangslehrerin viel besser geeignet als er, und er verstand nicht, wieso sie Schwierigkeiten hatte, eine so schöne Stimme wie die von Halanna zu schulen. »Oder bist du verärgert, weil ich ein Duett für euch beide geschrieben habe?«

»Ich? Nein, wieso solle ich mich darüber ärgern? Sie hat eine herrliche Stimme, aber sie beherrscht keine Technik, und ich weiß, dass sie deine Ermahnungen eher zur Kenntnis nimmt als meine Versuche, sie zu instruieren.«

Petiron war sich ganz und gar nicht sicher, dass Merelans Unterstellung stimmte, doch etwas an der Haltung seiner Frau veranlasste ihn, seine privaten Ansichten für sich zu behalten. Im Grunde rechnete er nicht mit Schwierigkeiten.

»Musikalisch gesehen ist sie ein Idiot!« tobte er, als er von seiner ersten Unterrichtsstunde mit ihr zurückkam. »Hast du ihr in dem Monat, den sie bei uns ist, denn gar nichts beibringen können?«

»Nein«, erwiderte Merelan ruhig und zeigte auf die geschlossene Tür, hinter der Robinton ein Nickerchen hielt.

»Sie kann nicht mal Noten lesen, selbst wenn ich den Takt vorgebe. Ein Wechsel in der Tonlage ist für sie nicht nachzuvollziehen. Sie erwartet von mir – von *mir!*« – in einer theatralischen Gebärde legte er sich die Hand auf die Brust –, »dass ich die gesamte Partitur so lange mit ihr einstudiere, bis sie sie auswendig kann! Ob Maxilant ihr diese Flausen in den Kopf gesetzt hat?« fragte er in quengelndem Ton.

»Wenn ich mich recht erinnere, dann schwärmte Maxilant nur von ihrer schönen Stimme und ließ nichts über ihren Mangel an musikalischen Grundkenntnissen verlauten.« Merelan sprach betont gelassen, obwohl sie sich beherrschen musste, um ihren inneren Triumph nicht zu verraten.

»Sie wollte keine Tonleitern singen, um ihre Stimme zu lockern, und sie sagte mir, bei dir hätte sie das auch nie gebraucht.« Vorwurfsvoll blickte er seine Frau an.

»Weil ich es aufgegeben hatte, sie zu irgendwelchen Gesangsübungen anzuhalten«, vereidigte sich Merelan mit ungewohnter Heftigkeit. »Sie sieht nicht ein, wozu das Absingen von Tonleitern gut sein soll. Washell meint, wenn sie so weitermacht und ständig in voller Lautstärke singt, bringt sie in ein paar Planetenumdrehungen keinen Piepser mehr raus.«

Petiron prallte verdutzt zurück vor dieser harschen Kritik.

»Kein Wunder, dass du darauf bestanden hast, ich solle den Unterricht übernehmen«, murrte er.

»Wenn du ihr nichts beibringen kannst, dann schafft es keiner aus der Halle«, meinte sie und blickte ihm fest in die Augen. »Dir glaubt sie vielleicht, dass du sie fördern willst. Mich verdächtigt sie, ich sei eifersüchtig auf das Interesse, das du für sie hegst.«

Petiron furchte die Stirn. »Und bist du eifersüchtig?«

Merelan lachte. »Mein lieber Mann, für alle Diamanten an Istas Küsten möchte ich nicht mit diesem Kind tauschen. Washell hat Recht, weißt du. Sie verdirbt sich ihre Stimme, und bald ist nichts mehr von dem zugegebenermaßen wunderschönen Kontraalt übrig.«

»Das streite ich gar nicht ab«, räumte Petiron ein, und seine Stirnfalten vertieften sich. »Wie auch immer ...« – er schaltete eine Kunstpause ein –, »sie wird weder das Duett noch die Arie verpatzen. Ich nehme in beiden Stücken ein paar Änderungen vor und passe die Musik an ein Niveau an, das sie mit ihren beschränkten Kenntnissen eigentlich bewältigen müsste.«

Merelan nickte nur.

* * *

Als Petiron Halanna das nächste Mal unterrichtete, wurde sie so wütend auf ihn, dass sie den Probenraum einfach verlassen wollte. Der darauf folgende Streit konnte im gesamten Gebäudeviereck gehört werden – ein Bariton und ein Kontraalt schraubten sich erregt in die Höhe und nahmen ständig an Vehemenz und Volumen zu.

»Das können Sie mit mir nicht machen!« kreischte Halanna mit überkippendem Organ.

»O doch, ich kann! Du bist zu dumm, um meine Kompositionen zu singen!«

»Ich und dumm? Was fällt Ihnen ein!«

»Was fällt dir ein, einen Meister in diesem unverschämten Ton anzubrüllen, junge Frau? Ich weiß nicht, was Maxilant dir beigebracht hat, aber Unterricht in gutem Benehmen hat er dir nicht erteilt. Offenbar hat er es nicht einmal geschafft, dir zu zeigen, wie man ein simples Musikstück singt.«

»Simpel? Für Ihre verschrobenen Partituren sind Sie in ganz Pern bekannt. Was Sie fabrizieren, singt doch kein Mensch. Weil man es nicht singen *kann*!«

»Die Lehrlinge in ihrem ersten Ausbildungsjahr haben damit keine Probleme. Aber sie haben gelernt, Noten zu lesen und verstehen es, leichte Werke vom Blatt zu singen.«

»Das kann ich auch!«

»Beweise es!«

»Nein!«

»Du wirst jetzt singen!«

»Zwingen können Sie mich nicht!«

Viele gaben später zu, sie hätten ein lautes Klatschen gehört, und als Halanna endlich das Studio verlassen durfte, war ihre rechte Wange roter als die linke. Doch sie fing an zu singen, wesentlich gedämpfter, als man es von ihr gewöhnt war, und sie probte so lange, bis sie ihren Part beherrschte, auch wenn sie sich dabei heiser sang.

»Hoffentlich überfordert er sie nicht«, wandte sich Merelan an Washell.

»Vielleicht wäre es für uns alle das Beste, wenn er es täte«, gab dieser unbarmherzig zurück.

Nach dieser Lektion hastete Halanna aus dem Studio und verschwand. Ein Weilchen später sah man sie, wie sie den großen Innenhof der Burg Fort überquerte und dann zum Cottage eilte, wo sie sich in dem Zimmer, das sie mit den anderen Mädchen teilte, verschanzte.

Erst am nächsten Morgen erfuhr man, dass sie einen Lehrling, der die Trommelsprache beherrschte, bestochen hatte, damit dieser eine dringende Botschaft an ihren Vater, Halibran, übersandte. In der Nachricht stand, sie würde in der Harfnerhalle misshandelt. Petiron gab zu, dass er ihr eine Ohrfeige verpasst hatte, um ihr hysterisches Keifen abzustellen – und dass Halanna geschrien hatte wie eine Wahnsinnige, konnte jeder aus der Halle bezeugen. Einem Meister war es gestattet, seine Schüler körperlich zu züchtigen, wenn sie im Unterricht unaufmerksam waren oder sich weigerten, die ihnen zugewiesenen Aufgaben zu verrichten.

Als Meisterharfner Gennell und die Heilerin Betrice Halanna wegen ihres ungehörigen Benehmens tadelten, das gekrönt wurde von dem unerlaubt abgeschickten und zudem verleumderischen Notruf an ihren Vater, fing das Mädchen aus lauter Trotz an zu weinen.

»Keiner hier versteht mich. Man demütigt mich immerzu, und dabei bin ich mit so hohen Erwartungen angereist. Aber ihr seid auch nicht besser als alle anderen.«

Hinterher gestand Betrice Merelan, beim Anhören dieses Lamentos hätte sie am liebsten laut gelacht.

»Niemand hat dich gedemütigt, junge Frau«, widersprach Gennell so ernst, wie Betrice ihn noch nie erlebt hatte. »Du wurdest mit offenen Armen empfangen, und man teilte dir die besten Lehrkräfte zu. Meister Petiron zollte dir das höchste Kompliment, als er ein Stück schrieb, das nur dazu gedacht war, deine Stimme zu präsentieren – das nenne ich nicht Erniedrigung, sondern es ist eine Ehre, die du offenbar nicht zu schätzen weißt. Für deine Undankbarkeit wirst du dich bei Meister Petiron entschuldigen ...«

»Entschuldigen?« Entgeistert sprang Halanna von ihrem Stuhl hoch. »Ich bin die Tochter eines Burgherrn, und ich entschuldige mich niemals! Er soll mich um Verzeihung bitten, weil er mich geschlagen hat, oder ...«

»Das reicht jetzt«, schnitt Gennell ihr barsch das Wort ab und wandte sich an seine Frau. »Sie bekommt Stubenarrest und erhält nur das Notwendigste zu essen und zu trinken.«

Das war einfacher gesagt als getan. Gennell, Betrice und Lorra schleppten mit vereinten Kräften das kreischende und zappelnde Mädchen in die dritte Etage der Harfnerhalle und verfrachteten sie in eines der Zimmer, in denen sonst Kuriere oder Gäste logierten.

Sie lehnte es ab, die Mahlzeiten zu essen, die man ihr brachte, und die ersten drei Krüge mit Trinkwasser kippte sie einfach aus, ehe ihr Durst überhand nahm. Da es fast sechs Tage dauerte, ehe eine Reaktion auf ihren Notruf erfolgte, wurde sie so hungrig, dass sie gierig alles verputzte, was man ihr vorsetzte.

Doch sie weigerte sich stur, sich bei Meister Petiron zu entschuldigen oder Besserung zu geloben. Gespräche mit ihr endeten meistens damit, dass sie wilde Drohungen und Beschimpfungen gegen die ausstieß, die sie zur Einsicht bringen wollten. Selbst Meisterheilerin Ginia gelang es nicht, dem Mädchen Vernunft zu predigen.

Der Wachmann auf dem Ostturm von Burg Fort erspähte die zehn bewaffneten Reiter, die auf ihren Rennern die Straße heraufpreschten und blies das Alarmsignal, um Lord Grogellan und die Harfnerhalle zu warnen. Grogellan, der von der heimlich abgeschickten Trommelbotschaft wusste, ließ seine Söhne, Neffen und ein paar Waffenknechte im Karree der Harfnerhalle Position beziehen, als die Reiter herangesprengt kamen. Meister Gennell, Betrice, Ginia, Petiron und Merelan warteten auf der breiten Treppe. Jeder Lehrling, Geselle und Meister suchte sich einen Aussichtspunkt, von dem aus er das Geschehen verfolgen konnte.

Als Halibran und sein Trupp die Renner zügelten, machte sich Halanna prompt bemerkbar. Sich aus dem Fenster lehnend, schrie sie aus Leibeskräften.

»Sie hat schon wieder einen ihrer Wutanfälle, Vater«, murmelte einer der Reiter voller Abscheu. »Sie ist diejenige, die sich unmöglich verhalten hat, und nicht die Leute aus der Harfnerhalle.« Die Ähnlichkeit mit seiner Schwester war unverkennbar, und er war nicht der Einzige aus der Reitergruppe, der eine verdrossene Miene zeigte.

Halibran saß ab und bedeutete dem jungen Mann, er möge den Mund halten. Er gebot über ein kleines, aber wohlhabendes Reich, in dem Landwirtschaft und Bergbau blühten, doch im Gegensatz zu seiner Tochter trat er eher bescheiden auf. Er ging die Treppe hoch und näherte sich dem Meisterharfner mit ausgestreckter Hand.

»Da Halanna eingesperrt wurde, hat sie es vermutlich nicht für nötig erachtet, sich für ihr wie auch immer geartetes Fehlverhalten zu entschuldigen. Gestatten Sie, dass ich an ihrer Stelle um Verzeihung bitte.« Bei seinen Worten atmeten alle Versammelten erleichtert auf.

Meister Gennell indessen schüttelte bedächtig den Kopf. »Es ist Halannas Pflicht, und nicht die Ihre, Burgherr Halibran, um Vergebung zu bitten. Das Mädchen ließ es sehr an gutem Benehmen vermissen, und außerdem weigerte sie sich, die Disziplin der Harfnerhalle zu befolgen. Sie muss noch viel lernen.«

Das Gekreisch, das die Neuankömmlinge ostentativ ignorierten, ging in ein noch schrilleres Geheul über.

»Der Fehler liegt bei mir«, gab Halibran mit einem resignierten Seufzer zu. »Ihre Mutter starb bei der Geburt, und als einziges Mädchen in der Familie wurde sie von ihren sechs Brüdern sehr verwöhnt.«

Der Bruder, der zuvor das Wort ergriffen hatte, schüttelte kaum merklich den Kopf und blickte betont zur Seite. Die beiden anderen verbissen sich ein Grinsen, doch es war nicht zu übersehen, dass sie mit den offensichtlich zu laschen Erziehungsmethoden ihres Vaters nicht einverstanden waren. Vermutlich hatten sie schon früher versucht, ihn dazu zu bewegen, bei Halannas Kapriolen nicht immer beide Augen zuzudrücken.

»Was hat meine Tochter veranlasst, mir diese Botschaft zu schicken?« fragte Halibran.

Gennell setzte zu einer Erwiderung an, doch Petiron trat vor und ergriff das Wort.

»Von Musiktheorie hat Halanna nicht die geringste Ahnung, Burgherr Halibran«, erklärte er ruhig aber bestimmt. »Wie so etwas möglich ist, übersteigt mein Begriffsvermögen, denn Harfner Maxilant ist ein ausgezeichneter Musiker und Lehrer.«

»Maxilant hatte gehofft, die Harfnerhalle könnte bewirken, was er nicht zu leisten vermochte. Im Klartext heißt das, er hat kapituliert.« In einer hilflosen Geste hob Halibran die Hände. »Es war falsch von mir, Sie mit diesem Problem zu belasten. Und was genau hat sich zugetragen?« forderte er Petiron zum Weitersprechen auf.

»Als sie sich beharrlich weigerte, eine simple Partitur zu singen ...« – kein Mitglied der Harfnerhalle zuckte bei diesem Ausspruch auch nur mit der Wimper – »und dann einen hysterischen Anfall bekam, gab ich ihr eine Ohrfeige. Aber ich schlug nur ein einziges Mal zu.«

Alle, die auf den Stufen standen, nickten bestätigend.

»Jeder hier hat den Streit mitangehört«, warf Meister Gennell ein. »Und es besteht nicht der geringste Zweifel daran, dass Meister Petiron es bei dieser einen Maulschelle bewenden ließ.«

»Verdient hätte sie eine tüchtige Tracht Prügel«, sagte einer von Halannas Brüdern.

»Wir bringen sie nach Ista zurück«, versprach ihr Vater in ergebenem Ton.

»Das kommt gar nicht in Frage!« widersprach Gennell und Petiron unterstützte seinen Protest. »Mit Ihrer Erlaubnis fahren wir in der Ausbildung fort. Das Mädchen braucht eine feste Hand und muss einsehen, dass ihr Verhalten sie nicht weiterbringt – weder im Umgang mit anderen Menschen noch in ihrer Entwicklung als Sängerin.«

Halibran blickte erstaunt drein. Die Brüder tuschelten untereinander.

»Es wäre ein Jammer, eine so schöne Stimme zu vernachlässigen«, fuhr Master Gennell fort und schaute zu dem Fenster empor, aus dem Halannas wilde Schreie über den Innenhof hallten. Fetzen von Kleidungsstücken wurden hinausgeworfen und flatterten zu Boden.

»Oder sie zu verderben«, ergänzte er. »Wir hatten es schon früher mit widerspenstigen jungen Leuten zu tun. Es gibt immer einen Weg, sie Disziplin zu lehren. Halanna mag zwar ungewöhnlich bockig sein, aber ich wage zu hoffen, dass auch sie eines Tages gezähmt werden kann.«

»Das würde an ein Wunder grenzen«, murmelte einer ihrer Brüder und wurde von seinem Vater mit einem Boxhieb gegen das Bein und wütenden Blicken bestraft.

»Geben Sie uns Zeit bis zur Sommersonnenwende, Burgherr Halibran, und Sie werden Ihre Tochter nicht wiedererkennen.« Gennell lächelte zuversichtlich.

»Wie wollen Sie das bewerkstelligen?« fragte der Burgherr und sah die auf der Treppe versammelten Mitglieder der Harfnerhalle der Reihe nach an.

»Vor allen Dingen müssen Sie Ihrer Tochter klar machen, dass sie mit Ihrer Unterstützung nicht rechnen kann. Wenn sie begreift, dass Sie nicht zur ihrer Rettung eilen, sowie sie Ihnen eine Botschaft schickt, wird sie klein beigeben. Geben Sie ihr ein für alle Mal zu verstehen, dass Sie ihr Verhalten nicht billigen, sondern dass sie die Konsequenzen für ihre Disziplinlosigkeit selbst tragen muss. Das dürfte eine heilsame Wirkung auf das Mädchen ausüben.«

Halibran streifte seine Reithandschuhe ab und steckte sie in seinen breiten Gürtel. »Wenn sie nachgibt und einlenkt, wäre das das erste Mal in ihrem Leben«, seufzte er. »Aber es wird höchste Zeit, dass sie Vernunft annimmt.«

Aus der Reiterschar wurde zustimmendes Gemurmel laut.

»Ich bringe Sie zu Halanna«, erbot sich Gennell. Begleitet von Betrice und Ginia betraten die beiden Männer die Harfnerhalle.

»Ist sie die junge Frau, von deren exquisiter Stimme du mir vorgeschwärmt hast, Petiron?« wandte sich Grogellan an den Harfner.

Halibrans ältester Sohn erkannte, dass Grogellan der Burgherr sein musste. Respektvoll schwang er sich von seinem Renner und bedeutete seinen Begleitern, ebenfalls abzusitzen. Dann verneigte er sich höflich vor dem Lord. Just in diesem Augenblick steigerte sich Halannas Geschrei zu einem schrillen Jaulen. Petiron zuckte zusammen.

»Wenn sie ihre Stimme noch ein Weilchen länger so malträtiert«, bemerkte Washell, »singt sie Sopran anstatt Alt. Falls sie dann überhaupt noch einen Ton trifft.«

»Hmm«, lautete Grogellans unbestimmte Antwort. Er spähte zum Fenster hinauf. »Dieses Betragen darf man wirklich nicht durchgehen lassen.«

»So führt sie sich immer auf, wenn sie ihren Willen nicht kriegt«, erzählte einer der Brüder. »Es ist ihre Art, die Umwelt zu erpressen, und wir konnten es ihr nicht abgewöhnen. Dazu wäre nur unser Vater imstande gewesen, aber der hat sie nach Strich und Faden verzogen.«

Grogellan warf dem jungen Mann einen vernichtenden Blick zu. Der Bursche zuckte die Achseln, hielt aber fortan den Mund. Offensichtlich hielt der Burgherr von Fort nichts davon, wenn Söhne ihren Vater kritisierten, ganz gleich, wie berechtigt der Vorwurf sein mochte.

»Aufgepasst, gleich passiert es«, äußerte Washell und schmunzelte in freudiger Erwartung.

Tatsächlich stellte sich für einen Augenblick eine absolute Stille ein. Halannas Kreischen hörte abrupt auf, und als sie dann wieder ihr Organ einsetzte, waren ihre Schreie durchdrungen von Wut und Trotz und einem Anflug von Verblüffung. Schließlich ging das

Geplärre in jämmerliches Schluchzen über, das nach einer Weile erstarb oder so leise wurde, dass die auf dem Hof Stehenden es nicht mehr hören konnten.

Der älteste Bruder war so klug, sich seine Genugtuung nicht anmerken zu lassen. Mit neutralem Gesichtsausdruck wandte er sich an Washell. »Unsere Renner brauchen Futter und Wasser, ehe wir die Rückreise antreten.«

»Kommt mit uns«, forderte Grogellan den Reitertrupp auf. »Ihr seid Gäste der Burg, denn zurzeit ist die Harfnerhalle voll belegt.« Er bedeutete den Männern von Ista, ihm zu folgen.

Der älteste Bruder nahm die Einladung dankbar und sichtlich erfreut zur Kenntnis. »Ich glaube, ich sollte hierbleiben und auf meinen Vater warten«, entgegnete er. »Mein Name ist Brahil, und das sind meine Brüder, Landon und Bosil. Gostol hier ist der wackere Schiffsführer, der uns mit seinem Segler nach Fort brachte.«

Grogellan, der dieses Mal an Brahils Benehmen nichts auszusetzen fand, nickte beifällig. Während der älteste Sohn zurückblieb und auf den Vater wartete, geleitete der Herr von Burg Fort seine Gäste zur Festung. »Hattet ihr eine angenehme Überfahrt, Meister Gostol?« knüpfte er ein Gespräch mit dem Schiffsführer an, wie es sich für einen guten Gastgeber gehörte.

* * *

Die Männer aus Ista blieben ganze drei Tage, bis Halanna schließlich ihren Widerstand aufgab – und sei es aus schierer körperlicher Erschöpfung. Jedes Gespräch mit ihrem Vater endete damit, dass er ihr eine Tracht Prügel verabreichte. Hinterher kümmerte sich Ginia um das Mädchen, und obwohl sie Diskretion wahrte, ließ sie doch durchblicken, dass Halanna sich diese Art von Bestrafung selbst zuzuschreiben hatte.

»Anders scheint es bei ihr nicht zu gehen«, beschied sie Merelan, die ernsthaft besorgt war, als Halanna keine Spur von Nachgiebigkeit zeigte. »Manchen Kindern genügt es, wenn man sie ermahnt oder ihnen einen leichten Klaps gibt. Andere brauchen schon etwas mehr Nachdruck, bis sie etwas kapieren. Seltsamerweise erholen die sich schneller von ihrer Bestrafung als manch ein sensibles Kind, das nur mit Worten gemaßregelt wurde.«

»Aber …«

»Er schlägt sie nur mit der Hand, und ihr Stolz leidet mehr unter der Züchtigung als ihr Hinterteil«, wiegelte Ginia ab. »Wenn man ihren Starrsinn jetzt nicht beugt, dann wird es mit ihr im Laufe der Jahre nur schlimmer, bis sie sich und ihrer ganzen Familie Schande macht. Das kann man nicht zulassen.«

»Ein so schwieriges Kind hatten wir noch nie in der Harfnerhalle«, seufzte Merelan.

Isla stieß zu ihnen, noch ganz außer Atem von ihrem Marsch über den weitläufigen Hof. »Burgherr Halibran nimmt das meiste ihrer Bekleidung mit und bat mich, für wärmere Sachen zum Anziehen zu sorgen. Nur wenige Teile und nichts Besonderes, aber ich konnte ihn dazu überreden, Halanna eine festliche Garderobe für die Versammlungen und Konzerte zuzugestehen.« Sie blickte beinahe mitleidig drein, obwohl das Mädchen sie mit schnippischen Bemerkungen und Frechheiten manchmal an den Rand der Verzweiflung getrieben hatte. »Allerdings darf sie sich das Zeug nicht selbst aussuchen. Ich habe Neilla die Auswahl überlassen. Sie hat einen sicheren Geschmack in Modefragen und ist ganz und gar nicht nachtragend.«

Halanna musste sich beim Meisterharfner, bei Ginia, Betrice und Meister Petiron für ihr schlechtes Benehmen entschuldigen. Gennell drängte darauf, Merelan in diesen Personenkreis einzubeziehen, doch davon wollte die Sängerin nichts wissen. Sie musste das gedemütigte Mädchen unterrichten, und diese Aufgabe würde ihr nicht dadurch erleichtert, dass Halanna eventuell einen heimlichen Groll gegen sie hegte. Sie fand, das Mädchen habe genug gelitten.

»Sie hat es nicht anders gewollt«, entgegnete Halibran ernst.

»Deshalb braucht sie vor mir nicht auch noch einen Fußfall zu machen«, beschied Merelan ihm mit ähnlich gestrengem Gesichtsausdruck.

»Sie sind sehr großmütig, Meistersängerin«, erwiderte er und verneigte sich vor ihr.

Halanna bekam ihr eigenes Zimmer, im Dachgeschoss, wo sie ihre stark reduzierte Garderobe unterbringen konnte. Ihr Vater erteilte Gennell die ausdrückliche Erlaubnis, disziplinarische Maßnahmen zu ergreifen, wenn sie nicht gehorchte.

»Verfalle ja nicht auf den Gedanken, aus der Harfnerhalle fortzulaufen, falls du diese Regelung unerträglich findest«, warnte Halibran seine Tochter. Seine Stimme klang so kalt, dass Merelan unwillkürlich erschauerte. »Denn solltest du dich deiner Pflicht entziehen, werde ich dich mit Trommelbotschaften überall kompromittieren. Diese Schmach solltest du dir besser ersparen.«

Er holte tief Luft und sah seine Tochter durchdringend an. »Du wolltest Gesangsunterricht nehmen, du wolltest in die Harfnerhalle gebracht werden, um deine Stimme zu schulen. Jetzt bist du hier, und du tust, was man dir aufträgt. Hast du mich verstanden, Halanna?«

Gesenkten Kopfes, beschämt über die Erniedrigung, sich öffentlich entschuldigen zu müssen, murmelte Halanna eine Entgegnung.

»Ich habe nichts gehört. Sprich lauter.«

Ein vertrauter mutwilliger Funke blitzte in ihren Augen auf, erlosch indessen, als Halibran drohend die Hand hob. »Ja, Vater, ich habe verstanden.« Sie hob den Kopf, reckte das Kinn vor und schürzte die bebenden Lippen. Zufrieden mit Halannas Antwort marschierte Halibran aus dem Büro des Meisterharfners.

»Meistersängerin Merelan wird den größten Teil deiner Ausbildung übernehmen, Halanna«, erklärte Meister Gennell. »Du erhältst Grundunterricht zusammen mit den Schülern im ersten Lehrjahr.« Gennell war beinahe froh, als Halanna ihn zornig anfunkelte. Die Bestrafung hatte ihren Willen nicht gebrochen, nur ihren Stolz verletzt. »Und zwar so lange, bis dein Wissen ausreicht, um dich in eine höhere Klasse zu versetzen. Heute hat der Unterricht schon begonnen, aber Meister Washell hat dir erlaubt, ausnahmsweise einmal später zu kommen. Begib dich unverzüglich in den Klassenraum sechsundzwanzig. Und nimm diese Schiefertafel und Kreide mit.«

Er reichte ihr das Material, mit dem sie sich anfangs nie hatte abgeben wollen, weil sie sich dafür zu erhaben dünkte. Als sie durch die Tür ging, bemerkte er, dass sie die Schultern straffte und sich innerlich auf die Begegnung mit den geringsten der Studenten wappnete.

Das Mädchen besaß Mut. Doch Gennell hatte dafür gesorgt, dass sie nicht zur Zielscheibe für Spott und Häme würde. Ihren künftigen Kommilitonen hatte er eingebläut, dass sie sich Halanna gegenüber korrekt zu benehmen hätten, und sie niemals mit dem Vorgefallenen aufziehen dürften. Andernfalls würde es ihnen noch schlimmer ergehen als Halanna.

In der Tat hatte die Affäre selbst den ungebärdigsten Studenten einen gewissen Dämpfer aufgesetzt. Trotzdem bedauerten die meisten Lehrkräfte in der

Harfnerhalle, dass es so weit hatte kommen müssen. Halannas Eskapaden und die Bestrafung durch ihren Vater waren ein höchst unerfreuliches Erlebnis gewesen.

Petiron schrieb die Partituren für Kontraalt um, und zum Sonnenwendfest trat Halanna auf. Im Duett mit Merelan modulierte sie ihre Stimme, um sich dem Sopran anzupassen, und technisch gesehen bot sie eine einwandfreie Leistung; doch der Kontraalt verblasste neben dem Sopran und vermochte nichts von der jubelnden Freude zu vermitteln, die diese Melodie ausdrücken sollte.

Petiron war zutiefst enttäuscht von der Vorstellung. Die hohen Erwartungen, die er gehegt hatte, wurden nicht annähernd erfüllt, und von der Dynamik, die er beim Komponieren der Weise »hörte«, war nichts zu merken.

»Du darfst sie auf keinen Fall tadeln, Petiron«, instruierte Merelan ihren Mann, den sie nach dem Konzert abfing. »Alles in allem hat sie ihre Sache gut gemacht. Niemand kann Freude und Glückseligkeit in seine Stimme legen, wenn die Gefühle nicht im Herzen vorhanden sind.«

»Aber sie hat das Potenzial …« ärgerte sich Petiron. »Mit Leichtigkeit hätte sie mehr Ausdruck in ihre Stimme legen können.«

»Gib ihr Zeit, Petiron, du darfst sie nicht drängen. Sie ist nicht mehr so rebellisch und überheblich wie zu Anfang, und nun muss sie erst begreifen, wie viel sie bei uns gelernt hat. Wenn du ihr schon kein Kompliment machen kannst, sag lieber gar nichts.«

Sie blickte zu Halanna hin, die von Gästen der Burg Fort umringt wurde, die sie zu ihrer herrlichen Stimme und dem gelungenen Vortrag beglückwünschten. »Sie sang keinen einzigen unsauberen Ton«, fuhr Merelan fort, »und die Atemtechnik hätte nicht besser sein können. Das kannst du ihr sagen. Sie weiß selbst, wo sie versagt hat.«

Petiron öffnete den Mund. Merelan wusste, dass er Halanna am liebsten für ihre glanzlose Vorstellung gerügt hätte, doch er beherrschte sich und sah zu, wie sie die Komplimente der Zuhörer mit aufrichtiger Bescheidenheit entgegennahm.

»Also gut. *Du* hast hinreißend gesungen, Merelan. Wie immer.«

»Es freut mich, dass dir mein Vortrag gefallen hat«, erwiderte sie. Ihr Ton hatte einen merkwürdigen Beiklang, der Petiron indessen nicht auffiel, weil sich rasch eine Traube aus Menschen um sie bildete, die dem Komponisten und der Meistersängerin ihr begeistertes Lob aussprechen wollten.

Kapitel 4

Von Halannas Familie konnte nur ihr Bruder Landon das Konzert zur Sonnenwendfeier besuchen, da Halibran und seine anderen Söhne mit wichtigen Burgangelegenheiten beschäftigt waren. Das Mädchen freute sich, Landon wiederzusehen, und auch er begegnete ihr mit unverstellter Zuneigung. Er machte keinen Hehl daraus, wie sehr ihn die günstige Entwicklung seiner Schwester beeindruckte. Immer wieder betonte er, dass Halanna nicht wiederzuerkennen sei, so positiv habe sie sich entwickelt.

Merelan zog ihn auf die Seite und bemerkte freundlich: »Sie sollten sie vielleicht nicht zu viel loben, Landon.«

»Aber sie hat sich wirklich zu ihrem Vorteil verändert«, hielt er ihr entgegen.

»Gewiss, aber müssen Sie ihr das unentwegt vor Augen halten?«

»Ach so, ich verstehe, was Sie meinen.« Er rieb sich das Kinn und lächelte Merelan reumütig an. »Aber sie ist wie ausgewechselt, und das wurde auch höchste Zeit. Als kleines Kind war sie so niedlich und lieb …« Er verstummte. »Wer ist das?« fragte er überrascht, als er sah, wie ein junger, elegant gekleideter Mann Halanna auf die Tanzfläche führte.

Merelan erkannte Donkin, einen Neffen des Burgherrn von Ruatha, der zurzeit bei Lord Grogellan wohnte. Da er eine gute Tenorstimme hatte, sang er im Chor der Harfnerhalle mit. Er scharwenzelte nicht

mehr und nicht weniger um Halanna herum als die anderen jungen Burschen, die zu den Sonnenwendfeierlichkeiten angereist waren. Doch da er der Blutslinie von Ruatha entstammte, wäre er selbst dem standesbewusstesten Vater ein höchst willkommener Schwiegersohn.

»Er gehört zum Geschlecht von Ruatha, sagen Sie?« wiederholte Landon, dem Donkins Eignung als Freier sogleich aufgefallen war. »Ist er an Halanna interessiert?«

»Davon weiß ich nichts.«

»Halten Sie immer noch ein Auge auf meine Schwester?«

»Wir kümmern uns um jedes junge Mädchen, das in unsere Obhut gegeben wird«, betonte Merelan spitz.

»Wie man sieht, haben Ihre Bemühungen gefruchtet.«

Merelan stieß sich ein wenig an Landons herablassender Art, doch er war selbst noch jung und hatte Halanna seit seiner Ankunft stets freundlich behandelt. »Sie hat eine Menge gelernt und die Ausbildung ihrer Stimme macht große Fortschritte. Halanna ist eine fleißige Schülerin.«

»Mein Vater sagt, sie darf noch länger in der Harfnerhalle bleiben, falls Sie keine Einwände haben.« In seiner Stimme schwang ein bittender Unterton mit.

»Sie hat gerade erst angefangen, ein Repertoire zu erlernen, das ihrem Stimmumfang angemessen ist«, erläuterte Merelan bereitwillig. »Und mittlerweile spielt sie Querflöte und Gitarre gut genug, um in einem kleinen Orchester mitzuwirken. Wir würden gern ihren Unterricht fortsetzen, wenn sie es möchte.«

»Ich glaube schon, dass es ihrem Wunsch entspricht«, entgegnete Landon, während er Halanna beobachtete, die zusammen mit Donkin die anmutigsten Tanzfiguren vollführte. Die beiden schienen sich köstlich zu amüsieren.

An diesem Abend wirkte Halanna zum ersten Mal seit dem Besuch ihres Vaters heiter und gelöst. Merelan freute sich darüber. Sie fand, es sei an der Zeit, dass das Mädchen die leidige Geschichte vergaß.

»Kommen Sie mit, Landon, Sie können nicht nur am Rande herumstehen und zuschauen, wie die anderen tanzen. Ich stelle Sie ein paar wirklich netten jungen Mädchen vor.«

»Ich würde gern mit Ihnen tanzen, wenn es Ihnen recht ist, Meistersängerin.« Er lächelte charmant und verbeugte sich vor Merelan.

Merelan blickte sich kurz nach Robie um, der am Rande der Tanzfläche mit Kindern seiner Altersgruppe spielte und sah flüchtig zu Petiron hin. Doch der war vollauf damit beschäftigt, unter lebhaftem Gestikulieren einem anderen Harfner etwas zu erklären. Sie vertraute darauf, dass er sich irgendwann besinnen würde, wie gern seine Frau tanzte, aber vorerst gab sie sich mit Landon als Tanzpartner zufrieden.

»Nichts wäre mir lieber, Burgherr Landon«, erwiderte sie und nahm seine dargebotene Hand.

* * *

Bei den Festivitäten zur Sonnenwende erhielt jeder die Gelegenheit zu singen oder zu musizieren, auch die Kleinsten wie Robinton und seine Klassenkameraden aus der Vorschule. Am zweiten Tag der Feiern trugen sie ein Lied vor, begleitet von den unterschiedlichsten Schlaginstrumenten wie Tamburine, Glockenspiele, Triangel, Tomtoms, Becken und Handglocken.

Robie schlug den Takt auf einer kleinen Trommel, und Merelan strahlte vor Stolz, als ihr Sohn selbst die kompliziertesten und flottesten Schlagfolgen mit Bravour meisterte.

Sie war enttäuscht, weil Petiron sich so intensiv mit

Bristol, dem Harfner aus Telgar, unterhielt, dass er Robintons Vorstellung gar nicht zur Kenntnis nahm. Bristol war gleichfalls ein Komponist, wie Petiron, doch er interessierte sich mehr für Balladen, die zur Gitarre gesungen wurden, als für Chor- und Orchestermusik. Seine Melodien ließen sich leicht einprägen und konnten von jedermann gesungen werden. Merelan zog eine Grimasse, als sie merkte, in welch unloyale Richtung ihre Gedanken gingen.

Zu ihrer nicht geringen Überraschung und großen Freude bekam sie mit, wie Bristol sich später am Nachmittag Robie widmete. Robinton setzte eine ernsthafte Miene auf und schien dem Harfner etwas zu schildern. Der hörte ihm aufmerksam zu. Merelan wünschte sich, Robies eigener Vater würde sich so freundlich um den Jungen kümmern ...

Sie dachte daran, dass jetzt die Zeit der Sonnenwende war und der neue Planetenumlauf kurz bevorstand. Noch ein freier Tag, ehe die übliche Alltagsroutine von neuem begann. Eine Stunde lang trug sie die alten, traditionellen Weisen vor, wie es seit Gründung von Burg Fort Sitte war. Dafür erntete sie begeisterten Applaus, doch sie beschränkte sich auf drei Zugaben. Als Meistersängerin wusste sie, wann es genug war. Noch viele andere Musikanten und Sänger warteten darauf, die Bühne zu betreten.

Halanna tanzte jeden Abend einige Male mit dem jungen Donkin, doch sie wechselte die Partner und schien niemanden zu bevorzugen. Merelan war erleichtert, dass Merelans sprühendes Temperament und Lebensfreude allmählich zurückzukehren schienen. Vielleicht wirkte sich dies günstig auf ihre Stimme aus.

Zufällig schnappte Merelan eine Bemerkung Halannas auf, die sie verwirrte und beunruhigte.

»Petiron ist sehr streng und setzt immer nur sein eigenes Können als Maßstab«, vertraute das Mädchen ihrem Bruder Landon an. Dann fügte sie in völlig verändertem, beinahe hämischen Tonfall hinzu: »Ich freue mich schon darauf, wenn er erkennt, dass Robinton mehr Talent in seinem kleinen Finger hat als er es sich je träumen lassen würde. Der Junge ist seinem Vater jetzt schon haushoch überlegen, und daran ändern auch Petirons raffinierteste Kompositionen nichts.«

Woher wusste Halanna von Robintons genialer Begabung? Sie hatte dem Kind nie eine besondere Beachtung gezollt. Im Gegenteil, sie schien Robie geflissentlich zu ignorieren, selbst wenn sie in Merelans Quartier Unterricht nahm und der Kleine anwesend war. Und wieso empfand Halanna diese Schadenfreude, weil der Sohn mehr Talent besaß als der Vater?

Dieses Problem bereitete Merelan viel Kopfzerbrechen, und ständig versuchte sie sich einzureden, Petiron käme gar nicht umhin, glücklich zu sein, sowie ihm die Genialität seines Sohnes dämmerte.

Denn Robinton war ein musikalisches Genie. Er stürzte sich auf die Musik, wie andere Kinder sich auf Spielzeug oder Süßigkeiten stürzen. Sie wusste, dass er akribisch geschriebene Notenblätter mit allerhand Liedern und Melodien in einem geheimen Versteck aufbewahrte. Washell und Bosler hatten es ihr erzählt.

Sie meinten, die Stücke seien vortrefflich und hatten dabei bedeutungsvolle Blicke getauscht. Und dann entdeckte sie die Trommel, die er selbst angefertigt und dann im Perkussions-Orchester benutzt hatte.

»Meister Gorazde hat mir geholfen«, erklärte er, als er die Trommel mit nach Hause brachte. Mit seinem nicht ganz sauberen Zeigefinger fuhr er die blauen und roten Linien nach, die den Rand zierten. »Die Farbe habe ich ganz allein aufgetragen. Und ich durfte das Trommelfell zuschneiden.« Seine Augen wurden groß und rund, als er ihr vorführte, wie er das Messer handhabte. »Zum Schluss habe ich die Nägel eingeschlagen.« Merelan fiel auf, wie akkurat die Messingnägel angebracht waren. »Meister Gorazde hat die Stellen, wo die Nägel hinkamen, mit Punkten markiert, damit es später schön gleichmäßig aussieht.« Beinahe andächtig strich er mit der Fingerkuppe die glänzende Reihe von Nägeln nach. »Eine Trommel zu machen, ist schwer.« Lächelnd schaute er zu seiner Mutter hinauf.

»Liebling, eine so schöne Trommel habe ich noch nie gesehen. Ich wette, du könntest sie bei der nächsten Versammlung am Stand der Harfner verkaufen.«

Er presste die Trommel, die breiter war als er, gegen seine Brust. »Nein, die nicht. Es ist meine erste Trommel, und ich muss noch viel lernen, ehe Meister Gorazde ihr das Harfnersiegel aufdrückt.«

Merelan spürte einen leisen Stich im Herzen, als sie zusah, wie Robie die Trommel vorsichtig auf ein Regal neben dem Arbeitstisch seines Vaters absetzte. Vielleicht würde Petiron die Trommel bemerken und einen Kommentar dazu abgeben.

Zwei Tage später war sie weg. Und als Merelan die Trommel suchte, fand sie sie versteckt in den Tiefen von Robies Kleiderkiste. Er benutzte das Instrument nie wieder.

»Trommel? Welche Trommel?« fragte Petiron verblüfft, als sie wie beiläufig die Sprache darauf brachte.

»Die, die Robie für das Perkussions-Orchester zur Sonnenwendfeier gemacht hat.«

Petiron furchte die Stirn. Seine ungeheuchelte Ahnungslosigkeit fuchste sie so sehr, dass sie es bereute, ihn gefragt zu haben. Dass die kleine, mit so viel Liebe hergestellte Trommel versteckt worden war, hätte ihr als Warnung dienen müssen.

»Ach, die!« Mit einer abfälligen Handbewegung drehte er sich um und konzentrierte sich wieder auf seine Arbeit. »Wenn ich gewusst hätte, dass Robie sie gebastelt hat, hätte ich sie niemals mit dem Harfnersiegel versehen.«

Jählings stand Merelan auf, murmelte, sie müsse ganz eilig zu Lorra, und verließ das Zimmer. Wäre sie noch einen Augenblick länger geblieben, hätte sie sich in Tränen aufgelöst oder ihrem gefühllosen Ehemann etwas an den Kopf geworfen.

Hastig warf sie sich eine Jacke über die Schultern, dann hetzte sie, ohne eine Pause einzulegen, die Treppen hinunter. Als sie hinaustrat in die abendliche Kühle, wusste sie, dass sie ihrem Mann gegenüber nie wieder Robies Musikalität erwähnen würde. Ein so talentiertes Kind hatte Petiron gar nicht verdient.

* * *

»Robinton ist den anderen Kindern weit voraus«, erklärte Kubisa Merelan anlässlich der alljährlichen Einstufung, die im Frühling stattfand. »Er brütet über jeden Bericht, den Ogolly ihm zum Lesen gibt. Ogolly lässt ihn sogar einige der einfacheren Dokumente über den letzten Fädenfall kopieren. Aber man sollte Robie nicht von seinen Altersgenossen absondern. Er braucht ihre Gesellschaft und muss mit Gleichaltrigen spielen können. Und eines muss man ihm lassen – er lässt sich keine Frechheiten gefallen.«

»Aber das ist doch kein echtes Problem, oder?«

Merelan wusste, dass die Kinder und Lehrlinge oftmals auf einem jungen Burschen herumhackten, der sich in den Vordergrund drängen wollte, und gelegentlich neckten sie einen Jungen, der schwer von Begriff war. Doch die Lehrer ließen keinerlei Schikanen durchgehen und bestraften jeden, der sich gewalttätig aufführte oder mit Worten zu verletzen suchte.

Lehrlinge in ihrem letzten Ausbildungsjahr neigten hin und wieder zu ernsthaften Streitereien, doch diese wurden im Allgemeinen durch einen offiziellen, von einem Gesellen beaufsichtigten Ringkampf beigelegt. Der Beruf des Harfners war hoch angesehen und brachte viele Privilegien mit sich, sodass nur wenige Lehrlinge das Risiko eingingen, wegen groben Fehlverhaltens nicht in den Gesellenstand aufsteigen zu dürfen. Doch im vierten Lehrjahr kam es unweigerlich immer wieder zu Eifersüchteleien und Rivalitäten.

»Ich will ganz ehrlich sein, Merelan. Manche Kinder sind neidisch auf Robies schnelle Auffassungsgabe.«

»Nun ja, dafür kann ich ihn ja nicht bestrafen«, versetzte Merelan hitzig.

Kubisa hob beschwichtigend beide Hände. »Schon gut, Mutter, und ich nenne bewusst keine Namen«, fügte sie rasch hinzu, ehe Merelan eine Frage stellen konnte. »Das ist mein Problem, und damit werde ich fertig. Ich frage Rob, ob er ein paar Schülern, die schwer lernen, Nachhilfeunterricht gibt. Der Junge hat sehr viel Geduld, mehr als ich, wenn ich nur an diesen kleinen Lümmel Lexey denke.«

»Lexey? Boslers Jüngster?«

»Lexey kommt in der Schule nicht so recht mit, aber Rob hat mit ihm so lange geübt, bis er die Lektionen auswendig kannte.« Kubisa stieß einen Seufzer aus. »Die Kinder von Müttern, die bei der Geburt schon etwas älter sind, bleiben nicht selten in ihrer Entwicklung zurück. Und Rob hat ein Lied komponiert, das Lexey hilft, sich die Namen der Burgen zu merken.« Aus einer Mappe zog sie ein Stück Leder, das schon so oft saubergeschabt worden war, dass es beinahe durchsichtig wirkte. Sie reichte es Merelan. »Robie ist ein sehr fürsorgliches Kind und der geborene Lehrer.«

Die Meistersängerin erkannte sofort die Handschrift ihres Sohnes. Leise summte sie die Melodie, eine schlichte Weise in C-Dur, eingängig und leicht nachzusingen.

Zuerst kam Fort,
danach Süd-Boll.
Ruatha folgte,
und Tillek gleich darauf.
Sodann gab's Benden,
und später Nord-Telgar ...

Der Rhythmus unterstützte hervorragend den Text, den es sich zu merken galt.

»Nicht schlecht«, meinte Merelan.

»Nicht schlecht?« Kubisa funkelte sie empört an. »Für ein Kind, das erst fünf Planetenumläufe alt ist? Es ist brillant. Washell möchte, dass ich das Lied im Unterricht als Lehrballade einsetze.«

»Wirklich?«

»Wirklich. Aber Petiron werden wir nichts verraten«, betonte Kubisa beinahe trotzig. »Ich fordere Rob nie auf, irgendwelche Lieder zu schreiben. Er macht es von sich aus. Soll ich es ihm etwa verbieten, Merelan?«

»Nein, natürlich nicht, Kubisa. Ich danke dir für dein Verständnis.«

Das Gespräch beunruhigte Merelan eine Zeit lang, aber sie bekam keine Gelegenheit, Petiron von den Fortschritten seines Sohnes zu berichten. Wie immer, konzentrierte er sich auf seine Arbeit. Dieses Mal schrieb er Kompositionen für eine Vermählung in Nerat.

Er komponierte ein Duett für Merelan und Halanna und ein höchst anspruchsvolles Quartett, bei dem ein begabter junger Tenor mitwirkte, der kurz davor stand, die Tische zu wechseln und zum Gesellen aufzusteigen.

Petiron klagte ständig über den Mangel an guten Tenören, und Merelan nährte insgeheim die Hoffnung, dass Robie auch nach dem Stimmbruch in dieser Tonlage singen würde. Jetzt sang er noch einen reinen, perfekten Knabendiskant, obschon sein Vater dies gar nicht zur Kenntnis nahm. Manchmal war Merelan froh, dass sie keine Kinder mehr bekommen konnte und auch kein Kind in Pflege nehmen durfte.

* * *

In diesem Frühling hatte Robinton ein Erlebnis, das einen tiefen Eindruck bei ihm hinterließ: Er begegnete zum ersten Mal einem Drachen.

Von der Existenz der Drachen hatte er gewusst, und gelegentlich sah man ein Geschwader, das im Formationsflug hoch droben am Firmament dahinstrich. Ihm war auch bekannt, dass der Fort Weyr seit mehreren hundert Planetenumläufen leer stand und niemand den Grund dafür kannte. Aus Liedern und Lehrballaden wusste er, welche Aufgabe die Drachen erfüllten: Sie bekämpften die Fäden, obwohl er nicht verstand, was an diesen Fäden so gefährlich sein sollte. Die Kleidung der Menschen bestand aus Fäden, und sie würden doch nicht etwas am Leib tragen, das ihnen Schaden zufügte.

Als er Kubisa während des Schulunterrichts danach fragte, erklärte sie, die Fäden, die in den Balladen gemeint waren, seien lebendige Organismen und nicht Fasern oder Garne, aus denen man seine Kleidung webte. Jene bösen Fäden fielen vom Himmel und fraßen gierig alles auf, was sich in ihrer Nähe befand, Gras, Herdentiere und sogar Menschen.

Ihre jungen Zuhörer wurden bei ihren Schilderungen ganz still, und kein Mucks war zu hören, als sie erklärte, wie die Drachen die Hallen und Burgen vor den Fäden schützten. Zum Schluss schlug sie einen optimistischen Ton an. Die gefährlichen Fäden könnten den Bewohnern von Pern vermutlich nichts mehr anhaben, und höchstwahrscheinlich würde keiner von ihnen jemals auch nur einen einzigen Fädenfall miterleben.

»Aber warum singen wir dann diese Balladen?« erkundigte sich Robie.

»Wir singen sie, um an die Zeiten zu erinnern, als die Drachen uns vor dieser Gefahr beschützten«, erwiderte sie.

Robinton erkundigte sich bei seiner Mutter, was es mit den Fäden auf sich hätte, und erhielt von ihr eine ähnliche Antwort. Doch die trug nicht dazu bei, seinen Wissensdurst zu stillen. Wenn die Drachen so wichtig waren, dass sie immer noch am Himmel von Pern patrouillierten, dann musste ihre Bedeutung größer sein, als die dürftigen Auskünfte besagten. Offenbar schafften sie es tatsächlich, diese verheerenden Organismen zu vernichten, doch wieso gab es dann nur noch so wenige Drachen? Früher bewohnten sie den Planeten in Scharen, und mittlerweile waren fünf Weyr verwaist. Würden die restlichen Drachen ausreichen, Pern zu schützen, wenn die Fäden eines Tages doch wiederkamen?

Lexey hatte ihm einmal erzählt – er vertraute Rob vieles an, weil der ihm zuhörte – seine Mutter würde ihn mit der Drohung in Schach halten, ihn bei einem Fädenregen draußen zu lassen, wenn er nicht brav wäre.

»Du weißt doch immer alles, Rob. Ob sie das wirklich tun würde?« erkundigte sich Lexey ängstlich. Die Warnungen seiner Mutter bewirkten immerhin, dass er sich – wenn auch nur kurzfristig – gesitteter aufführte als sonst.

»Von einer solchen Strafe habe ich noch nie gehört, egal, was jemand angestellt hat«, sinnierte Rob. »Außerdem fallen zur Zeit keine Fäden vom Himmel.«

»Ob es wohl Fäden regnen würde, wenn ich einmal richtig ungezogen wäre?«

»Erst gestern warst du doch richtig frech, und trotzdem sind keine Fäden gefallen«, hielt Rob ihm sachlich entgegen. »Als man dir sagte, du solltest mit den Malfarben sorgfältiger umgehen, hast du sie absichtlich überall hingeschmiert.«

»Ja, das war toll, nicht?« Lexey grinste selbstgefällig. »Es hat Spaß gemacht, die alte Kubisa zu ärgern.« Während Kubisa zu einer Besorgung unterwegs war, hatte er sämtliche Wände des Klassenzimmers mit Farbe beschmiert. Hinterher musste er die Wände säubern – was Lexey beinahe genauso viel Vergnügen bereitete, wie sie zu beschmutzen – und Kubisa hatte ihn ordentlich ausgeschimpft. Hinterher bekam er tüchtige Schelte von seiner Mutter, als er mit der dreckigen Kleidung nach Hause kam. »Meine Mutter war sehr wütend auf mich«, vertraute er Robie an. Auch dies schien ihm eine Art Befriedigung zu verschaffen, was Robie unbegreiflich fand; denn er bemühte sich immer, seinen Eltern keinen Ärger zu bereiten, vor allen Dingen wollte er bei seinem Vater nicht unangenehm auffallen.

Lexeys Streich mit den verschmierten Farben passierte an dem Tag, ehe die Drachen eintrafen und sich in dem großen Innenhof der Harfnerhalle niederließen. Robintons Eltern packten ihre Sachen für die Reise nach Nerat, und ihm hatte man gesagt, er solle nach draußen gehen und spielen.

Seine Mutter würde er vermissen, doch er blieb gern bei Kubisa und ihrer Tochter Libby. Dort konnte er nach Herzenslust singen, Flöte spielen oder trommeln, ohne befürchten zu müssen, seinen Vater zu stören.

Im Augenblick spielte er mit Libby Hüpfen, das heißt, er musste von einem mit Kreide gemalten Kästchen in das nächste springen, ohne die Striche auf dem Steinpflaster zu verschmieren. Mit äußerster Konzentration achtete er auf seine Füße, bis Libby laut aufschrie und mit ausgestrecktem Arm in den Himmel deutete. Vor Schreck machte Robie prompt einen Patzer.

»Das ist nicht fair ...« protestierte er.

Sein Vorwurf blieb ihm in der Kehle stecken, als auch er nach oben schaute und die Drachen erblickte. Sie schienen die Harfnerhalle anzusteuern und nicht die Burg, wo sie normalerweise landeten.

Ein halbes Geschwader, sechs Drachen, näherte sich in immer enger gezogenen Kreisen. Als sie mit angelegten Schwingen und nach unten gereckten Hinterbeinen inmitten des Karrees der Harfnerhalle niedergingen, pressten sich Robie, Libby und Lexey dicht gegen eine Mauer, um nicht von ihnen erfasst zu werden. Zwei der Drachen mussten außerhalb der Umfriedung zur Landung ansetzen, da die vier anderen den Hof vollständig ausfüllten.

Der gezackte Schwanz eines Bronzedrachen lag so dicht vor Robie, dass er ihn mit den Fingern antippen konnte. Er überwand seine Scheu und streichelte die bronzefarbene Haut, derweil Lexey ihn mit weit aufgerissenen Augen anglotzte, fassungslos über diese Tollkühnheit.

»Dich lassen sie beim Fädenfall ganz bestimmt draußen, Robie«, flüsterte Lexey heiser und drückte sich noch enger an das Gemäuer heran, möglichst weit weg vom Schwanz des Drachen.

»Seine Haut fühlt sich ganz weich an«, wisperte Robie überrascht. Renner besaßen ein weiches Fell, desgleichen die Hunde; die Haut eines Wachwhers indessen war hart und ein bisschen ölig. Das wusste er, weil er den alten Nick, der die Harfnerhalle bewachte, gelegentlich kraulte. Aber waren Wachwhere nicht auch eine Art Drachen, so wie Renner zur Familie der Herdentiere gehörten?

Wachwehre sind ganz und gar nicht mit uns verwandt,

ertönte eine Stimme in Robies Kopf. Der Drache drehte seinen riesigen Schädel herum, um nachzusehen, wer ihn berührte. Lexey stieß ein erschrockenes Zischen aus und Libby begann vor Angst zu wimmern. *Im Gegenteil, wir sind völlig verschieden.*

»Ich bitte um Entschuldigung. Ich wollte dich nicht beleidigen, Bronzedrache«, erwiderte Robie und vollführte eine ruckartige kleine Verbeugung. »Aber ich habe noch nie zuvor einen von euch aus der Nähe gesehen.«

Wir besuchen die Harfnerhalle nicht mehr so oft wie früher. Es musste der Drache sein, der zu ihm sprach, schloss Robie, denn die tiefe Stimme konnte nur von ihm stammen. Der Reiter war abgesessen und stand auf der Treppe, wo er sich mit Robies Eltern unterhielt.

»Werden meine Mutter und mein Vater auf dir nach Nerat reiten?« Robie wusste, dass die Drachen gekommen waren, um die Harfner zu den Vermählungsfeierlichkeiten zu befördern. Seine Mutter hatte es ihm erzählt. Dadurch ersparten sie sich eine lange Reise über Land, und ein Ritt auf einem Drachen galt als eine hohe Ehre.

Sind sie Harfner?, erkundigte sich der Drache.

»Ja. Meine Mutter ist die Meistersängerin Merelan, und mein Vater ist Meister Petiron. Er hat die Musik für das Fest geschrieben.«

Wir freuen uns schon darauf, sie zu hören.

»Ich wusste nicht, dass Drachen Musik lieben«, platzte Robie verblüfft heraus. In seinem Unterricht war die Musikalität der Drachen nie erwähnt worden.

Wir sind sogar ganz versessen auf Musik. Dasselbe gilt für meinen Reiter, M'ridin. Robie entging nicht, wie liebevoll der Drache den Namen seines Reiters aussprach. *Er hat ausdrücklich darum gebeten, deine Mutter und deinen Vater transportieren zu dürfen. Es erfüllt uns mit Stolz, eine Meistersängerin nach Nerat zu bringen.*

»Mit wem sprichst du eigentlich, Robie?« fragte Libby. Sie blickte immer noch ängstlich drein, weil Robie so anmaßend war, sich dem riesigen, Furcht einflößenden Drachen zu nähern.

»Mit dem Drachen natürlich«, antwortete Robie. Er hatte nicht das Gefühl, an diesem Dialog könne etwas Ungewöhnliches sein. »Du gibst gut auf meine Eltern Acht, nicht wahr, Drache?«

Selbstverständlich!

Robie war sich sicher, dass der Drache verstohlen lachte. »Worüber amüsierst du dich?«

Ich habe einen Namen, weißt du.

»Na klar weiß ich, dass jeder Drache einen Namen hat. Aber deinen kenne ich nicht. Wir sind uns doch gerade erst begegnet.« Aus dem Augenwinkel schielte Robie zu seinen Freunden hin. Er wollte sich vergewissern, ob sie auch mitbekamen, wie tapfer er war. Und wie höflich.

Ich heiße Cortath. Und wie heißt du, mein Kleiner?

»Robie … Robinton. Und du fliegst auch ganz vorsichtig, wenn meine Eltern auf deinem Rücken sitzen?«

Verlass dich drauf, Robinton.

Beruhigt ließ Robie das Thema fallen und ergriff die einmalige Gelegenheit um zu fragen: »Wirst du gegen die Fäden kämpfen, wenn sie zurückkommen?«

Der Schwanz zuckte so heftig, dass er beinahe Lexey und Robinton, die ihm am nächsten standen, von den Füßen fegte. Der Drache schwenkte seinen wuchtigen Leib herum und rückte mit dem riesigen Kopf ganz dicht an Robinton heran. Die Facettenaugen wirbelten wie rasend und nahmen dabei alle möglichen Farbschattierungen an, bis sie in einem feurigen Orangerot glühten.

Drachenreiter müssen streiten, wenn Silberfäden vom Himmel gleiten, lautete die unmissverständliche Antwort.

»Du kennst das Lied?« fragte Robie erfreut.

Doch ehe Cortath etwas erwidern konnte, tauchte der Reiter neben seinem Kopf auf und drehte ihn herum, damit der Bronzedrache Merelan und Petiron bemerkte, die neben ihm standen. Hinter ihnen hielt sich ein sichtlich nervöser Lehrling mit den Packsäcken bereit.

»Robinton, was hast du hier zu suchen?« herrschte Petiron seinen Sohn an und wollte ihn davonscheuchen.

»Wir haben im Hof gespielt, und Cortath landete mitten auf unseren Hüpfkästchen ...« Bei diesen Worten lupfte der Drache höflich seine ausladenden Tatzen. »Schon gut, Cortath. Du hast die Striche ein bisschen mit deinem Schwanz verwischt, aber wenn du weg bist, ziehen wir sie nach.«

»Robinton!« donnerte Petiron und furchte drohend die Stirn. Robie warf einen schüchternen Blick auf seine Mutter und sah, dass sie ein Lächeln andeutete. Er verstand nicht, warum sein Vater so wütend war. Was hatte er falsch gemacht?

»Cortath sagt, er habe die Unterhaltung mit Ihrem Sohn genossen, Meister Petiron«, erklärte M'ridin mit einem leisen Lachen. »Dieser Tage gibt es nicht viele Kinder, die mit einem Drachen sprechen möchten, wissen Sie.«

Robinton hörte den bedauernden Unterton heraus. Er öffnete schon den Mund, um zu sagen, dass er sich nur zu gern jederzeit mit Cortath unterhalten würde, doch seine Mutter gab ihm ein Zeichen, still zu sein, und Petirons Miene verfinsterte sich noch mehr. Also wandte er den Kopf ab und vermied es, die Erwachsenen anzuschauen.

»Geh aus dem Weg, Junge«, drängte Petiron und fuchtelte mit dem Arm.

Robinton sauste los und flüchtete sich in die Halle.

Libby und Lexey überholten ihn, nur allzu froh, endlich das Weite suchen zu dürfen.

»Auf Wiedersehen, Cortath«, rief Robinton zurück. Als er sah, wie der Drache den riesigen Kopf nach ihm umdrehte, winkte er ihm zum Abschied fröhlich zu.

Wir werden uns wiedersehen, Robinton, tönte Cortaths Stimme laut und deutlich.

»Splitter und Scherben, Rob, hattest du ein Glück!« beschied Lexey ihm neidisch.

»Und wie mutig du warst«, fügte Libby hinzu, die Augen groß wie Untertassen in ihrem sommersprossigen Gesicht.

Robie zuckte die Achseln. Er fand, er habe Glück gehabt, sich von seinem Vater keine Maulschelle einzufangen, doch für besonders mutig hielt er sich nicht. Obwohl er vielleicht einen Schnitzer begangen hatte, als er einen Wachwher mit einem Drachen verglich. Der pikierte Beiklang in Cortaths Stimme war seinen feinen Ohren nicht entgangen, und er konnte froh sein, dass sich der Drache danach überhaupt herabgelassen hatte, mit ihm zu sprechen, anstatt einfach mit dem Schwanz nach dem dreisten Bengel zu schlagen.

»Habt ihr gehört, was Cortath mir erzählt hat?« fragte er seine Freunde.

»Sie fliegen los!« schrie Lexey und deutete auf die Drachen, die sich mit einem kräftigen Absprung in die Lüfte schwangen. Während die enormen Schwingen Steinchen und Staub hochwirbelten, wandten sich die Kinder hastig ab, um ihre Gesichter zu schützen. Als sie bald darauf wieder hochblickten, kreisten die Drachen bereits über den spitzen Dächern der Harfnerhalle.

Robinton ruderte wie wild mit beiden Armen, als er Cortaths hell schimmernden bronzenen Leib und seine Passagiere erkannte, obwohl er glaubte, dass nicht einmal seine Mutter in diesem Moment zu ihm herabschaute. Im nächsten Augenblick war das gesamte Geschwader verschwunden, und der Innenhof wirkte verlassener denn je. Robie empfand eine merkwürdige Traurigkeit, weil der Drache fort war – als sei irgendeine wichtige Angelegenheit unerledigt geblieben, er konnte sich nur nicht denken, welche.

Er vergegenwärtigte sich, dass er eigentlich gar nicht wissen wollte, ob seine Freunde den Drachen auch gehört hatten. Schließlich hatte er, Robinton, die Unterhaltung geführt, und es war einzig und allein *sein* Abenteuer gewesen. Ein Abenteuer, das er nie vergessen würde. Von Natur aus war er nicht egoistisch und teilte gern mit anderen Kindern, aber es gab Dinge, die man am besten für sich behielt, weil sie andere nichts angingen. Sein Erlebnis mit dem Drachen wollte er allein genießen, in aller Stille.

Als Lorra bemerkte, dass Robinton ungewöhnlich schweigsam war, führte sie es auf die Abreise seiner Eltern zurück. Auf die Abreise seiner Mutter, korrigierte sie sich in Gedanken. Doch das erklärte nicht seinen verzückten Gesichtsausdruck oder das glückliche kleine Lächeln, wie wenn er gerade an etwas Schönes dächte.

Lorra nahm den kleinen Robinton gern in ihre Obhut. Er war ihr überhaupt nicht lästig. Am liebsten saß er in einer Ecke ihrer Küche und spielte auf der Flöte, die er immer in seinem Hosenbund bei sich trug. Die Weise, die er jetzt intonierte, war ihr fremd, aber er erfand andauernd neue Melodien. Später, als sie ihn zu Bett brachte, fragte sie ihn danach.

»Ja, ich habe mir das Lied selbst ausgedacht«, antwortete er schläfrig. »Es handelt von Drachen.«

»Du warst im Hof, als sie ankamen, nicht wahr? Ja, sicher, du hast dich von deinen Eltern verabschiedet.« Lorra zog ihm die Felldecke bis unters Kinn. »Demnächst musst du mir das Lied noch einmal vorspielen.«

»Nein, es ist nur für mich bestimmt«, murmelte er so leise, dass Lorra nicht so recht wusste, ob sie ihn richtig verstanden hatte. Normalerweise konnte er es nicht erwarten, ihr eine neue Weise zu präsentieren. Weil sie ihm zuhörte, dachte sie mit heimlichem Groll, im Gegensatz zu seinem Vater, der Robie völlig übersah. Doch ehe sie Robie eine weitere Frage stellen konnte, war er eingeschlafen.

* * *

Im Spätherbst, als allgemein bekannt wurde, dass es in der Brutstätte des Benden Weyrs ein neues Gelege gab, begegnete Robinton zum zweiten Mal Drachen. Sie befanden sich auf Kandidatensuche. Robie wusste, was es mit der Suche auf sich hatte, denn in einer Lehrballade war davon die Rede. Jede Gildehalle und jede Burg war verpflichtet, die Person, die die Drachen als geeigneten Kandidaten für eine Gegenüberstellung auswählten, freizustellen und zur Brutstätte ziehen zu lassen.

Die meisten der Jungen und Mädchen, die dann in den Weyr gingen, wurden Drachenreiter, eine hohe Auszeichnung. Wenn Drachen Musik liebten, wie Cortath ihm verraten hatte, dann gefielen ihnen vielleicht Robintons Melodien, und sie würden sich über einen Drachenreiter mit musikalischer Ausbildung freuen. Wenn er das Alter erreicht hatte, um für eine Gegenüberstellung in Frage zu kommen, wäre er mindestens schon im zweiten Lehrjahr.

Als das Geschwader im Innenhof der Burg Fort landete, spielte Robie abermals Hüpfen – mit Lexey, Libby, Curtos und Barba. Barba war nicht seine liebste Spielgefährtin, denn sie neigte dazu, andere Kinder herumzukommandieren. Doch in dem Augenblick, als die Drachen aufsetzten, fing sie an zu kreischen und rannte in die Halle. Auch Robinton hetzte los – so schnell er konnte, lief er zu den Drachen hin.

»Cortath?« rief er aufgeregt und flitzte über den großen Hof, wo sich die drei Bronzedrachen breit machten. Er wieselte an den grünen und blauen Drachen vorbei, nicht ahnend, dass genau diese Farben sensibel auf potenzielle Kandidaten reagierten.

Cortath ist heute nicht mitgekommen.

Keuchend blieb Robie stehen und bemerkte nun selbst, dass sein guter Freund nicht dabei war. »Aber ich wollte mit ihm sprechen«, erklärte er, vor Enttäuschung den Tränen nahe.

Ich werde ihm ausrichten, dass ein Harfnerjunge seine Abwesenheit bedauerte.

»Ich bin kein Harfner … noch nicht«, stellte Robinton richtig und wandte sich an den Drachen mit der ziemlich dunklen bronzenen Haut, der sich ihm gedanklich mitgeteilt hatte. »Könntest du dich vielleicht mit mir unterhalten? Im Augenblick habe ich nichts zu tun. Verrätst du mir, wie du heißt?« Zum Zeichen seines Respekts deutete er eine Verbeugung an.

Natürlich. Mein Name ist Kilminth, und mein Reiter heißt S'bran. Und mit wem habe ich es zu tun, Junge?

Als ob du dir seinen Namen merken könntest, mischte sich ein anderer Drache ein. Seine Haut besaß eine noch dunklere Färbung als die von Kilminth. *Er ist doch noch ein Kind.*

Ja, aber ein Kind, das sich mit Drachen verständigen kann. Ich werde mit ihm plaudern, solange unsere Reiter anderweitig beschäftigt sind. Es ist schön, einem Kind zu begegnen, das die Sprache der Drachen hört.

Als Kandidat kommt er nicht in Frage. Er ist zu jung.

Kümmere dich nicht um Calanuth, richtete Kilminth das Wort an Robie. *Er ist selbst noch jung und hat keine Ahnung.*

Aber du weißt wohl alles, wie?

Sei still und leg dich in die Sonne, beschied Kilminth ihm hochmütig und neigte seinen mächtigen Kopf zu Robinton hinab.

Robie wurde ein bisschen nervös, als der gigantische Schädel so dicht neben ihm auftauchte. Die Augen, die beinahe größer waren als der recht stämmige Bub, schimmerten grün und kreisten gemächlich in ihren Höhlen. In den Facetten, die ihm am nächsten waren, erkannte er sein Spiegelbild, und bei dem Anblick wurde ihm schwindelig. Die obersten Facetten jedoch reflektierten das Sonnenlicht und den Himmel. Ob einem Drachen durch die mannigfachen Wahrnehmungen auch manchmal schwindelig wurde?

Nein, aber die Facettenaugen vermögen Fäden zu erkennen, die direkt über unseren Köpfen vom Himmel fallen.

»Weißt du, wann es das nächste Mal Fäden regnen wird?«

Der Drache nahm sich so viel Zeit mit der Antwort, dass Robie anfing, seine Frage zu bereuen.

Die Sternsteine verraten es uns.

»Sie können sprechen?« Von den Sternsteinen hatte Robinton noch nie etwas gehört. Er kannte den Augenstein und den Fingerfelsen, aber nicht die Sternsteine.

Das sind die Sternsteine.

»Ach so!«

Der Drache hob seinen wuchtigen Kopf und richtete den Blick auf einen fernen Berggipfel. Die Bewegung erschreckte Robie ein wenig, der sich furchtbar winzig vorkam, doch um keinen Preis wäre er auch nur einen Schritt zurückgewichen. Das Gespräch mit einem Drachen war viel zu kostbar, um es vor lauter Angst abzubrechen. *Hast du die Sternsteine von Fort Weyr noch nie gesehen?*

»Niemand darf zum Weyr hochklettern«, erwiderte Robinton mit großen Augen.

Aha.

»Warum stimmt dich das traurig, Kilminth?« fragte Robie.

Der Drache senkte seinen Kopf wieder nach unten. Die sonst so lebhaft funkelnden Augen hatten sich verfinstert und in dem Blick lag eine tiefe Traurigkeit.

Der Weyr steht schon so lange leer.

»Werden die Drachen und die Weyrleute irgendwann einmal zurückkehren?« wollte Robie wissen.

Ja, wenn die Fäden fallen.

»Nanu, zumindest einen tapferen jungen Mann gibt es hier in Burg Fort.« Ein großer, schlanker Reiter kam herbeigeschlendert und zerstrubbelte Robintons Haar.

»Ich bin von der Harfnerhalle, Bronzereiter S'bran«, erklärte Robie.

»Wie ich sehe, hast du mit meinem Freund geplaudert und von ihm meinen Namen erfahren.« S'bran ging in die Hocke, um auf einer Höhe mit Robie zu sein. Seine blauen Augen blitzten fröhlich. »Ob du aus der Harfnerhalle oder aus der Burg kommst, spielt keine Rolle. Aber du bist der Richtige. Möchtest du Drachenreiter werden, wenn du groß bist?«

»Sehr gern, S'bran, aber ich werde Harfner.«

»Und das gefällt dir?«

Robinton nickte heftig mit dem Kopf. »Meine Mutter sagt, aus mir würde der beste Harfner, den es je gegeben hat. Kann man gleichzeitig Harfner und Drachenreiter sein?«

S'bran lachte, und Kilminths Augen begannen schneller zu kreisen. Robinton klappte vor Staunen den Mund auf. Lachten Drachen auf diese Art und Weise, indem sie ihre Augen wirbeln ließen?

Nein, wenn wir lachen, klingt das so. Der Laut, der aus Kilminths Kehle tönte, hörte sich an wie S'brans Lachen.

Robinton war entzückt und fing an zu kichern. »Ich wusste gar nicht, dass Drachen lachen können.«

Das Kichern des Jungen wirkte so ansteckend, dass S'bran und Kilminth einfielen, wobei der Reiter eine volle Terz höher lachte als sein Drache. Robinton war von der vollendeten Harmonie begeistert.

»Beeil dich, S'bran!« rief ein anderer Reiter über den Hof. »Wir müssen heute noch drei weitere Stationen anfliegen.«

»Schon gut, schon gut, ich komme«, rief S'bran zurück. Er stellte sich wieder aufrecht hin und zauste zum Abschied noch einmal Robies Schopf. Dann sprang er auf Kilminths erhobenen Arm und schwang sich zwischen die Rückenwülste des Drachen. »Tritt lieber ein Stück zur Seite, Junge. Beim Hochfliegen werden wir eine Menge Staub aufwirbeln.«

Robinton sauste los, drehte sich jedoch in dem Moment wieder um, als er das Schlagen der kraftvollen Schwingen hörte. Mit einem Arm schützte er sein Gesicht vor dem hochspritzenden Sand und den Steinchen, mit dem anderen ruderte er Abschied nehmend heftig in der Luft.

Bis zum nächsten Mal, Harfnerjunge, hörte er Kilminths Stimme in seinem Kopf. Dann schraubten sich die Drachen in eleganten Spiralen in die Höhe und entschwanden im *Dazwischen.* Abermals empfand Robinton eine innere Leere, wie damals, als Cortath weggeflogen war.

Er stieß einen schweren Seufzer aus. Auf seine Frage, ob jemand Harfner und Drachenreiter zugleich sein konnte, hatte er keine Antwort erhalten. Das hieß wohl, dass es nicht möglich war. Seine Mutter würde sich darüber freuen. Sie hoffte von ganzem Herzen, dass aus ihm ein Harfner würde, und diese Ausbildung kostete viel Zeit und Arbeit. Wenn die Drachenkönigin das nächste Mal Eier legte, wäre er für eine

Gegenüberstellung vielleicht schon zu alt. Auf ganz Pern gab es ja nur noch eine einzige Königin, und sie hütete nicht oft ein Gelege.

Vorsichtig in die fein gezogenen Rillen tretend, die die Drachen mit ihren Schwingen im Boden des Innenhofs hinterlassen hatten, ging Robie in die Harfnerhalle zurück. Zum Spielen hatte er keine Lust mehr. Er wollte eine Weile allein sein und in Gedanken sein Gespräch mit Kilminth Wort für Wort wiederholen. Desgleichen die Unterhaltung mit Cortath. Diese beiden Ereignisse waren für ihn ungeheuer wichtig, und sie bezogen sich ausschließlich auf ihn. Niemand sonst hatte einen Anteil an ihnen.

»Hast du nicht gerade im Burghof gespielt, als die Drachen eintrafen?« fragte ihn seine Mutter später beim Abendessen. Während der Kandidatensuche hatte sie unterrichtet.

»Ja. Einer der Bronzedrachen heißt Kilminth«, sagte er, sonst nichts. Er hatte nicht die Absicht, noch mehr zu sagen. Vorsichtshalber füllte er seinen Mund mit Bohnen, damit er keine Fragen beantworten konnte.

»Schön«, erwiderte Merelan und freute sich über den herzhaften Appetit des Jungen. Manchmal aß er zu wenig, heute jedoch schien er einen Riesenhunger zu haben. »Weißt du schon, dass sie zwei junge Burschen für die Gegenüberstellung gefunden haben? Einer stammt aus der Harfnerhalle, der andere aus der Burg.«

»Wie heißt der Junge aus der Harfnerhalle?«

»Es ist Rulyar aus Nerat, ein Lehrling im zweiten Ausbildungsjahr«, sagte Merelan.

»Er spielt Gitarre und singt Tenor«, ergänzte Robie, insgeheim triumphierend. Vielleicht konnte er doch beides sein, Harfner und Drachenreiter.

»Woher weiß der Junge das?« staunte Petiron.

»Ach, Rulyar hat ein paarmal auf Rob aufgepasst,

als ich abends zu Proben musste«, erklärte Merelan wie beiläufig. »Er erzählte mir, dass er seine jüngeren Brüder vermisst«, fügte sie hinzu und warnte Rob mit bedeutungsvollen Blicken, ja nicht zu verraten, dass Rulyar ihm bereits seit Monaten das Gitarrespielen beibrachte. Robie würde Rulyar nachtrauern, sollte er in den Weyr ziehen, doch gewiss fand sich für ihn ein anderer Gitarrenlehrer.

In dieser Nacht träumte Robinton von Drachen. Die mächtigen Tiere wirkten traurig und erschöpft und versuchten ihm etwas mitzuteilen, doch er konnte sie nicht hören. Seine Ohren waren wie verstopft, als hätte sich der vom Burghof hochgewirbelte Sand in ihnen festgesetzt. Dabei wünschten sich die Drachen so sehr, dass er verstand, was sie ihm zu sagen hatten – eine dringliche, belangvolle Botschaft, die speziell an ihn gerichtet war.

Dann sah er Rulyar, plastisch und klar umrissen, der auf einem braunen Drachen ritt. Rulyar winkte ihm zu und bemühte sich gleichfalls, ihm etwas anzuvertrauen, doch für eine Verständigung war die Entfernung zu groß.

Eine Siebenspanne später erfuhr Robinton zu seiner Überraschung, dass Rulyar tatsächlich einen braunen Drachen namens Garanath für sich hatte gewinnen können. Der Junge aus der Burg wurde von einem Grünen erwählt.

»Das war ja zu erwarten«, kommentierte sein Vater, doch Robie wagte es nicht, ihn zu fragen, was er damit meinte.

Kapitel 5

Robinton war neun Jahre alt, als sein Vater eine Partitur suchte und dabei die Notenblätter fand, die Merelan heimlich in der Schublade ihres Arbeitstisches verwahrte.

»Was ist das für ein Gekritzel?« fragte er und las das oberste Blatt. Ohne zu bemerken, dass es seiner Frau vor Verblüffung die Sprache verschlug, überflog er zwei weitere Blätter, ehe er alles fest zusammenrollte und achtlos in die Schublade zurückwarf.

Merelan stand wie angewurzelt im Türrahmen, in der Hand einen geöffneten Brief. Auf ihrem Gesicht lag ein eigentümlicher Ausdruck.

»Was schnüffelst du in meinem Arbeitstisch herum?« wollte sie wissen, während sie um einen ruhigen Tonfall rang. Merelan war außer sich vor Wut, weil Petiron in ihren Sachen stöberte und die für sie unersetzbaren Kompositionen ihres Sohnes derart nachlässig behandelte.

»Unter anderem suche ich unbeschriebene Blätter, ich habe keine mehr«, entgegnete er gereizt, hektisch in der Schublade kramend. Die Unordnung schien ihn anzuwidern. »Ab und zu könntest du hier aufräumen, Merelan.«

»Saubere Blätter liegen hier, wo jeder sie sehen kann«, versetzte sie, jedes Wort ärgerlich betonend, und zeigte auf eine Schachtel, die auf ihrem Arbeitstisch stand.

»Ach ja.« Er nahm sich ein paar Blätter heraus und

prüfte jedes einzelne auf seine Brauchbarkeit hin. »Darf ich mir diese hier ausborgen?«

»Ja. Aber du musst sie ersetzen.« Es kostete sie große Mühe, nicht die Beherrschung zu verlieren. Den Brief hatte sie zu einem kleinen Ball zusammengeknüllt.

»Du brauchst dich nicht gleich so aufzuplustern«, meinte er, als ihm ihr zorniger Blick und ihre angespannte Haltung auffielen. »Ich besorge dir schon neue.« Er schickte sich an, das Zimmer zu verlassen, blieb jedoch wieder stehen. »Wer hat eigentlich diese Melodien geschrieben? Du?« Er lächelte, bestrebt, sie zu besänftigen. »Nicht schlecht.«

Sein gönnerhaftes Lächeln und der herablassende Tonfall machten sie so wütend, dass sie mit der Wahrheit herausplatzte. »Dein Sohn hat sie komponiert.«

Petiron blinzelte verdutzt. »Robie?« Er ging an den Arbeitstisch zurück, doch Merelan kam ihm zuvor. Schützend stellte sie sich vor das Pult. »Mein Sohn komponiert schon Lieder? Du hast ihm natürlich dabei geholfen«, fügte er hinzu, als sei dies die einzig logische Erklärung.

»Er komponiert ohne jede Hilfe.«

»Aber irgendwer muss ihm doch zur Hand gegangen sein«, beharrte Petiron und versuchte, an Merelan vorbei in die Schublade zu fassen. »Die Partituren waren gut, wenn auch ein bisschen kindlich.« Plötzlich klappte er den Mund auf. »Seit wann schreibt er Lieder?«

»Wenn du ihm ein richtiger Vater wärst, ihm Beachtung schenktest, ihn ab und zu fragen würdest, was in der Schule läuft«, versetzte Merelan, wobei sie all ihrer aufgestauten Frustration freien Lauf ließ, »dann wüsstest du, dass er bereits seit mehreren Jahren Musikstücke schreibt. Einige kennst du sogar – die Lehrlinge singen sie.«

»Tatsächlich?« Petiron runzelte die Stirn. Er verstand die Welt nicht mehr. Wieso hatte seine Frau ihm so lange Robintons Musikalität verheimlicht, und warum hatte sie ihn nicht darauf aufmerksam gemacht, dass die Lehrlinge seine Melodien sangen? »Ja, richtig, ich weiß schon, welche du meinst.« Er erinnerte sich an die Weisen, die Washell seinen Schülern beibrachte. Gewiss, die Lieder entsprachen den Fähigkeiten dieser Altersgruppe, aber … Vorwurfsvoll starrte er Merelan an. Irgendwie fühlte er sich von ihr verraten. »Warum, Merelan? Warum hast du mich in diesem Punkt im Ungewissen gelassen? Wieso hast du mir nie erzählt, wie begabt mein Sohn ist?«

»Ach, auf einmal ist er dein Sohn anstatt meiner«, entgegnete Merelan aufgebracht. »Jetzt, da er Talent zeigt, entdeckst du deine Vatergefühle.«

»Mein Sohn, dein Sohn – was macht das für einen Unterschied? Wie alt ist er eigentlich – sieben?«

»Er ist *neun* Planetenumläufe alt«, fauchte sie. Dann marschierte sie aus dem Zimmer und schlug die Tür hinter sich zu.

Petiron starrte ihr hinterher, die Hand mit den sauberen Blättern wie bittend erhoben, während der laute Knall noch in seinen Ohren nachhallte.

»Also, ich hätte nie gedacht …« Er lehnte sich gegen den Arbeitstisch und versuchte, Merelans seltsames Verhalten und die schier unglaublichen Enthüllungen über seinen – *ihren* – Sohn zu begreifen. Langsam blies er den Atem aus. Die Anschuldigungen, die seine Gemahlin ihm an den Kopf geworfen hatte, fand er ungeheuerlich. Damit musste er erst einmal fertig werden. Dann schüttelte er sich und ging in sein Arbeitszimmer zurück, begierig, die Partituren von dem Sandtisch auf die Blätter zu übertragen. Bald merkte er, dass er sich nicht auf seine Arbeit konzentrieren konnte. Das Gespräch mit Merelan hatte ihn zu sehr erschüttert.

Ein Junge von neun Planetenumläufen, der eigenständig diese Melodien verfasst hatte – so simpel und kindlich sie auch auf den ersten Blick schienen – war reif für eine ernsthafte musikalische Ausbildung. War er wirklich schon *neun*? Wie schnell doch die Zeit verging. Natürlich, ein Kind, das pausenlos von Musik umgeben war, musste notgedrungen ein bestimmtes Maß an Grundkenntnissen aufschnappen. Robintons kleine Liedchen waren vielleicht lediglich Variationen über Themen, die er gehört hatte, und nicht etwa eigene Kompositionen.

Aber worüber hatte sich Merelan bloß so aufgeregt? War es denn so schlimm, dass er das Alter ihres Sohnes nicht wusste? Wie auch immer, er würde sich die Notenblätter noch einmal gründlich ansehen. Selbst wenn es sich nur um Variationen eines bekannten Motivs handelte, reichte dies aus, um dem Kind eine Ausbildung angedeihen zu lassen. Vielleicht lohnte es sich, ein knospendes Naturtalent auf einen gewissen professionellen Standard zu heben. Unter Umständen konnte Robinton es sogar bis zum Gesellen bringen!

Die Vorstellung gefiel Petiron, und er vergegenwärtigte sich, dass er sich so gut wie nie Gedanken über Robs Zukunft machte. Aber darum kümmerte man sich erst, wenn ein Kind elf, zwölf Planetenumläufe alt war und eine Anwärterschaft als Lehrling anstrebte, oder nicht? Obwohl Petiron von seiner eigenen Unvoreingenommenheit fest überzeugt war, gelangte er zu dem Schluss, dass andere ihm Parteilichkeit vorwerfen könnten, wenn er die Ausbildung seines Sohnes selbst in die Hand nähme. Möglicherweise wäre es doch besser, Robinton einem tüchtigen Meister anzuvertrauen und ihn für eine Weile ganz wegzugeben – in eine Burg, wo er den Unterschied zu seiner Heimat bemerken würde. Nach einer Weile wüsste er dann die Vorzüge der hiesigen Harfnerhalle zu schätzen.

Doch, das wäre die ideale Lösung, und dann hätte er Merelan wieder ganz für sich allein und sie konnte sich ohne Ablenkung auf ihre wichtige Aufgabe als Sängerin und Lehrerin konzentrieren. In letzter Zeit wirkte sie ohnehin bedrückt und irgendwie abwesend.

Wo hatte sie diese Notenblätter hingelegt? Sie hatten sich an der linken Seite der Schublade befunden. Er begann in den Sachen zu wühlen. Normalerweise ging Merelan mit allem, was Musik betraf, sehr ordentlich um, doch der Inhalt dieses Fachs war ein wüstes Durcheinander.

Von den zusammengerollten Blättern keine Spur. Sie musste sie mitgenommen haben, als sie wütend davonrauschte, weil er Robs Alter nicht wusste. Aber worüber sollte sich ein Mann mit seinem Sohn unterhalten, wenn dieser noch so jung war? Eine Beziehung konnte sich erst einstellen, wenn das Kind die Ansichten und Lebensphilosophien seines Vaters verstand. Über seinen Beruf und seine Berufung Bescheid wusste.

In diesem Augenblick nahm Petiron sich vor, seinen Sohn doch selbst zu unterweisen. Er wollte sicher gehen, dass er auch den ihm angemessenen Unterricht erhielt. Und auf gar keinen Fall würde er ihn bevorzugen, nur weil er sein eigen Fleisch und Blut war. Der Junge musste genauso viel leisten wie alle anderen Lehrlinge auch …

»Robinton!« rief er und steuerte resolut das kleine Kinderzimmer an, das im rückwärtigen Teil der Wohnung lag. Die Tür stand einen Spalt breit offen. Petiron trat ein. Das Zimmer war aufgeräumt, das Bett gemacht, und die wenigen Spielsachen standen säuberlich in einer Reihe auf dem einzigen Regal. Dann entdeckte Petiron neben dem Spielzeug die Flöte und einen kleinen Harfenkasten. Jemand brachte seinem Sohn das Harfespielen bei!

In Petiron braute sich ein gerechter Zorn zusammen.

Merelan benahm sich wirklich höchst eigenartig. Erst verschwieg sie ihm Robs musikalische Begabung, und dann ließ sie es auch noch zu, dass ein anderer als sein Vater ihn unterrichtete.

Er stapfte aus dem Zimmer und verließ die Wohnung. Als er sich anschickte, die Treppe hinunter zu steigen, kam Meister Gennell aus seinen Räumlichkeiten geflitzt und fing ihn ab.

»Ah, Petiron, ich muss mit dir reden ...«

Petiron blieb stehen und spähte die Treppe hinab. Er fragte sich, wohin Merelan und sein Sohn gegangen waren. Der Meisterharfner hatte das Recht, seine Zeit zu beanspruchen, wann immer er wollte, doch im Augenblick war Petiron nicht nach einer Unterhaltung zumute, egal, wie dringlich das Thema war. Ausnahmsweise stellte Petiron seine persönlichen Belange über seine berufliche Pflicht. Er musste seine Gemahlin und seinen Sohn finden. Sofort! Ehe Robintons musikalische Ausbildung völlig in die falschen Hände geriet und noch mehr Schaden angerichtet wurde.

»Jetzt gleich, Petiron«, begann Meister Gennell. Stirnrunzelnd brach er ab, als er Petirons Zögern, sein offenkundiges Dilemma, bemerkte.

»Bei allem Respekt, Meister ...« entgegnete Petiron, dem es schwer fiel, einen höflichen Ton anzuschlagen.

»Jetzt gleich, Meister Petiron!« wiederholte Gennell energisch.

»Mein Sohn ...« Krampfhaft suchte Petiron nach einer Entschuldigung.

»Ich will über deinen Sohn mit dir reden«, betonte Gennell. Seine finstere Miene erstickte Petirons Ausflüchte im Keim.

»Über Robinton?«

Gennell nickte, dirigierte den Meisterkomponisten in sein Arbeitszimmer und schloss hinter ihnen die Tür.

»Über Robinton!« Er bot Petiron einen Platz an, setzte sich ihm gegenüber und verschränkte die Hände in einer Weise, die die Ernsthaftigkeit dieses Gesprächs unterstrich. »Als Meisterharfner bin ich für die Bewohner der Harfnerhalle verantwortlich.« Petiron nickte, und Gennell fuhr fort. »In Wahrnehmung meiner Pflichten habe ich Merelan für das kommende Jahr nach Burg Benden versetzt.«

»Das geht doch nicht ...« Überrascht und verärgert erhob sich Petiron halb von seinem Sitz.

»Es geht sehr wohl«, beschied ihm Gennell in so barschem Ton, dass Petiron sich auf den Stuhl zurückfallen ließ. »Ich weiß, dass du neue Arien komponierst, die nur Merelan singen kann, doch ich finde, dass du sie überforderst.« Mahnend hob Gennell den Finger. »Und deinen Sohn hast du völlig vernachlässigt.«

»Mein Sohn ... ich muss mit dir über meinen Sohn sprechen, Gennell. Er komponiert bereits ...«

Gennell hob noch einen Finger. »Anscheinend bist du der Einzige in der Harfnerhalle, der nicht weiß, dass Robinton ein musikalisches Genie ist.«

»Ein Genie? Wegen ein paar läppischer Liedchen ...«

»Petiron!« donnerte Gennell ungeduldig. »Der Junge spielt auf seiner Flöte oder Gitarre jede erdenkliche Weise vom Blatt – sogar Melodien, die du geschrieben hast – ohne einen einzigen falschen Ton anzuschlagen. Er stellt Instrumente her, die gut genug sind für das Harfnersiegel.«

»Diese Trommel, die er gebastelt hat, war nicht ausreichend«, hielt Petiron ihm entgegen.

»Seine erste Trommel war beinahe gut genug. Die anderen, die er später gebaut hat, sind längst verkauft. Das gleiche gilt für die Flöten ...«

»Eine Flöte ist in seinem Zimmer ...«

»Alle anderen Meister dieser Halle behandeln ihn,

als stünde er bereits im Rang eines Lehrlings, Meisterkomponist Petiron«, schnauzte Gennell. »Wir verlangen nichts von ihm, das er nicht von sich aus bietet, und seine Leistungen entsprechen denen eines Lehrlings im zweiten Ausbildungsjahr.«

Petiron zog die Mundwinkel nach unten. »Aber er ist *mein* Sohn ...«

»Das fällt dir reichlich spät ein, Petiron«, kanzelte Gennell ihn in einem Ton ab, den er sich normalerweise für aufmüpfige Studenten vorbehielt. Dann glättete sich seine Miene. »Du bist der beste Komponist, den es in den letzten zweihundert Planetenumdrehungen auf Pern gegeben hat, Petiron, und dafür zollen wir dir Respekt. Deine Obsession, dein totales Engagement, befähigen dich, diese extravagante und komplexe Musik zu schreiben. Doch gleichzeitig macht dich das blind für andere Dinge des Lebens, die mindestens genauso wichtig sind. Über deinen Kompositionen vergisst du deine Frau und dein Kind. Und als ich von Burg Benden einen Brief erhielt, in dem man mich bat, jemanden zu empfehlen, der Gesangsunterricht erteilt, dachte ich sofort an Merelan. Als ich sie fragte, ob sie bereit wäre, dorthin zu gehen, sagte sie zu. Der Burgherr von Benden hat Kinder in Robs Alter, deshalb bietet es sich an, dass er seine Mutter begleitet.«

Wütend sprang Petiron hoch. »Ich bin sein Vater – gilt mein Wort überhaupt nichts?«

»Üblicherweise bleibt ein Junge bis zum Alter von zwölf Planetenumdrehungen in der Obhut seiner Mutter, es sei denn, er wird in eine Pflegefamilie gegeben.«

»Das alles wurde völlig überstürzt und unüberlegt entschieden«, schimpfte Petiron und ballte die Fäuste, während er vor Wut kochte. Nicht nur, dass man ihm seine väterlichen Rechte vorenthielt, plötzlich zeigte seine Frau ihm noch die kalte Schulter, ließ ihn ganz einfach abblitzen.

»Im Gegenteil, Petiron, dieser Entschluss wurde nach langem, reiflichem Nachdenken gefasst«, widersprach Gennell und wiegte traurig den Kopf.

»Gerade eben war meine Frau noch hier!« Mit zitternder Hand deutete Petiron in die Richtung, in der sein Quartier lag. »Sie kann noch nicht weit gekommen sein.«

»Heute früh traf ein Drachenreiter von Benden bei uns ein. Er überbrachte eine weitere Nachricht von Lord Maidir. In dem Brief stand, dass er sich sehr freuen würde, wenn Merelan den Posten als Gesangslehrerin annähme. Ihre Pflichten werden sogar darüber hinaus gehen, da der in Benden fest angestellte Harfner, Evarel, aus gesundheitlichen Gründen eine längere Ruhepause einhalten muss. Merelan nahm den Brief mit in eure Wohnung, weil sie sich mit dir beraten wollte. Ich gebe zu, dass ich selbst überrascht war, als sie kurz darauf zu mir zurück kam und erklärte, sie würde die Stelle unverzüglich antreten. Sie sagte, für sie und Robinton sei es das Beste, wenn sie nach Benden gingen.«

»Weil ich nicht wusste, wie alt Robinton ist?« Vor Bestürzung klang Petirons Stimme hell wie die eines Tenors.

Gennell blinzelte so verdutzt, dass Petiron annahm, dieser Punkt sei von Merelan nicht angesprochen worden. Trotzdem war ihr Entschluss, die Harfnerhalle und ihn, ihren Gemahl, zu verlassen, so untypisch für sie, dass Petiron keine plausible Erklärung für ihr Verhalten einfiel und er sich in die Behauptung verbiss, diese Lappalie habe sie von ihm fortgetrieben.

»Dazu kann ich nichts sagen, Petiron, aber mittlerweile müssten Merelan und Rob bereits in Benden eingetroffen sein. Sie bat Betrice, das Notwendigste für sie und den Jungen einzupacken. Wahrscheinlich wirst du schon bald von ihr hören, vermutlich schreibt sie dir einen ausführlichen Brief.«

Petiron glotzte den Meisterharfner an; es kostete ihn große Mühe, all diese Mitteilungen zu verkraften.

»Wenn eine Mutter das Recht hat, ihren Sohn bis zum Alter von zwölf bei sich zu behalten, dann werde ich nichts dagegen unternehmen«, zischte er so böse, dass Gennell zusammenzuckte. »Aber sowie er zwölf geworden ist, gehört er mir!« Mit diesen Worten, die ein Versprechen und eine Drohung zugleich waren, drehte sich Petiron auf dem Absatz herum und stolzierte aus Gennells Zimmer.

Kapitel 6

Seine Mutter erklärte ihm nie ausführlich, warum sie an diesem Morgen in sein Klassenzimmer kam und kurz mit Kubisa tuschelte, deren Miene jedoch nichts preisgab. Dann gab sie ihm lediglich seine warme Jacke, die er sofort anziehen sollte, verstaute den Inhalt seines Pults in einem Packsack und nahm das zusammengerollte Bündel entgegen, das Kubisa ihr reichte.

Etwas an der Haltung seiner Mutter verbot Robinton, ihr Fragen zu stellen. Die anderen Kinder in der Klasse flüsterten aufgeregt; zwei standen sogar von ihren Plätzen auf und spähten aus dem Fenster.

Und dann sah Robinton den mächtigen bronzefarbenen Drachen im Hof.

»Heute reitest du auf einem Drachen, mein Junge«, sagte seine Mutter und schloss leise hinter sich die Tür zum Klassenraum. Den halb vollen Packsack klemmte sie sich unter den Arm und führte Robinton an der Hand die steile Treppe hinunter.

»Ich soll auf einem Drachen reiten?« Vor Überraschung stolperte er und war froh, dass seine Mutter ihn festhielt.

»Ja. Wir gehen nach Benden. Der Burgherr, Lord Maidir, hat uns einen Drachen geschickt.«

»Einen Drachen? Für uns?«

Er konnte es nicht fassen. Doch Betrice, Meister Bosler und Meister Washell waren bereits dabei, dem Reiter des Bronzedrachen Packsäcke zuzureichen, die am

Geschirr befestigt wurden. Als Merelan Robie zur Eile drängte und mit ihm über den Hof hastete, blickte sich der Junge suchend nach seinem Vater um.

»Dein Vater kommt nicht mit nach Benden. Er bleibt hier«, beschied ihm seine Mutter mit seltsam gepresster Stimme. Ehe er etwas erwidern konnte, hob sie ihn hoch und drückte ihn dem wartenden Bronzereiter in die ausgestreckten Arme. Sie selbst schwang sich hinter dem Reiter auf den Rücken des Drachen.

Ich bin Spakinth und mein Reiter heißt C'rob. Cortath und Kilminth haben mir erzählt, dass du uns hören kannst.

»Ich soll auf dir nach Benden fliegen?« fragte Robinton mit vor Erregung überkippender Stimme.

»So ist es, mein Junge«, antwortete der Reiter. Robinton verdrehte den Hals, um zu C'rob hinaufblicken zu können.

»Ich kann es kaum glauben«, hauchte Robinton. Dann merkte er, dass er den Nackenwulst des Drachen mit eisernem Griff umklammerte und lockerte sofort seine Finger. »Entschuldige bitte. Habe ich dir etwa wehgetan?«

Natürlich nicht. Der Wulst ist zum Festhalten da, beruhigte Spakinth ihn. C'rob lachte und meinte: »So leicht kannst du einen Drachen nicht verletzen, Junge.« Dann beugte er sich seitwärts und blickte Robinton mit hochgezogenen Augenbrauen an. »Du sprichst mit Spakinth, habe ich Recht?« Der Reiter schien verblüfft zu sein.

Robinton schmunzelte und streichelte den Nackenwulst, weil sich die Haut des Drachen so angenehm glatt anfühlte. »Mit Cortath und Kilminth habe ich mich auch unterhalten.«

»Ach was!« Dann richtete C'rob das Wort an Merelan, die hinter ihm saß. »Halten Sie sich nur an meinem Gürtel fest, Meistersängerin. Es kann gar nichts passieren. Ihren Sohn habe ich sicher untergebracht.«

»Dann können wir abfliegen?«

Robinton dachte, seine Mutter müsse den bevorstehenden Ritt auf dem Drachen genauso aufregend finden wie er, so eigentümlich klang re Stimme. Vor Nervosität schien sie zu zittern.

Im nächsten Moment prallte er mit dem Kopf gegen C'robs Brust, weil Spakinth mit einem gewaltigen Satz in die Höhe schnellte. Der leise Aufschrei, der sich aus Robs Kehle rang, ging unter im lauten Klatschen der Schwingen … wie wenn sämtliche Bettlaken der Harfnerhalle an der Wäscheleine im Sturm flatterten.

Vor Angst quiekte Rob, als Spakinth einen Kreis zog und sich nach Osten wandte. In weit auseinander gezogenen Spiralen schraubten sie sich in den Himmel, wobei die hohen Giebel der Harfnerhalle wie in rasender Geschwindigkeit unter ihnen hinabzustürzen schienen. Alles ging so schnell, dass Robinton nicht einmal Luft holen konnte für einen zweiten Schrei. Ehe er sich versah, schwebten sie hoch über der massigen Felswand von Burg Fort. Flüchtig gewahrte er im Hof winzige Gestalten, die mit erhobenen Gesichtern himmelwärts starrten, und er fragte sich, ob sie ihn wohl auf Spakinths Rücken erkennen mochten.

»Hab keine Angst, Robinton«, schrie C'rob ihm ins Ohr, um das Pfeifen und Rauschen des Luftzugs zu übertönen. »Gleich gehen wir ins *Dazwischen* …«

Dann war es soweit! Robinton hielt den Atem an. Die Kälte und Schwärze erzeugten in ihm eine größere Panik als die schlimmsten seiner kindlichen Albträume.

Ich bin bei dir. Ich bringe euch drei sicher nach Benden. Du brauchst dich nicht zu fürchten, Robinton.

Und ehe Rob Kraft sammeln konnte für den nächsten Entsetzensschrei, verließen sie die kalte Leere und kreisten über einer Felsenfestung.

»Da drunten liegt Benden, junger Mann.« C'rob

klopfte ihm auf die Schulter. »Du hast dich tapfer gehalten. Hast nicht mal die Hosen nass gemacht.«

Robinton war peinlich berührt über diese demütigende Vorstellung und versteifte sich unter C'robs Hand. Doch in einem heimlichen Winkel seines Bewusstseins, so tief versteckt, dass nicht einmal der Drache ihn hören konnte, gestand Rob sich ein, dass nicht viel gefehlt hätte, und es wäre zu dieser schrecklichen Blamage gekommen.

Manche Leute machen sich vor Angst wirklich in die Hosen, Robinton. Aber du bist halt anders.

Robinton straffte die Schultern und setzte sich gerader hin. Dann lockerte er den verkrampften Griff, mit dem er den Nackenwulst umklammerte. Er hoffte, Drachen bekämen keine blauen Flecken, und behutsam strich er über die Dellen, die seine Finger tatsächlich in die bronzene Haut gedrückt hatten.

Spakinth schwieg, da er sich auf den Landeanflug konzentrierte, der einen kraftvollen Einsatz der riesigen Schwingen erforderte. Sie landeten direkt neben der Treppe, die zum Vorhof von Burg Benden führte.

»Sie sind da! Spakinth und C'rob haben sie hergebracht. Das ist sie, die berühmte Sängerin!« Aus dem weit geöffneten Portal kam eine Schar Kinder herbeigerannt.

Spakinth bog den geschmeidigen langen Hals durch und neigte ihnen seinen wuchtigen Schädel entgegen.

Dass sie immer so schrecklich laut sein müssen!, sagte der Drache zu sich selbst, ohne Robinton oder seinen Reiter anzusprechen. Später erfuhr Robinton, dass C'rob der Vater von fünf Kindern war, die alle im Benden Weyr wohnten, und infolgedessen machte es seinem Drachen nichts aus, als die Meute sich um ihn drängte, ihn betätschelte und seine Augenwülste befingerte.

Dann erschienen Lord Maidir und Lady Hayara, um

ihre Gäste zu begrüßen. Lady Hayara trug ein Kind auf dem Arm und war offensichtlich wieder schwanger. Merelan glitt von dem Drachen herunter, und C'rob stellte Robinton auf den Boden.

Sofort wurde Spakinth von Kindern umringt, die sich mit einer für Robs Begriffe unziemlichen Hast darum rissen, die Packsäcke vom Geschirr zu lösen. Vor dem Drachen zeigten sie nicht die geringste Scheu, doch dann fiel Robinton ein, dass sie an diese Geschöpfe gewöhnt sein müssten, da der hiesige Weyr als Einziger noch bewohnt war.

Die Gören drängelten sich an Rob heran, grinsten breit und nannten ihre Namen. Doch von den vielen neuen Eindrücken, die auf ihn einstürzten, war er so benommen, dass er sich keinen einzigen merken konnte. Dann nahm seine Mutter ihn an die Hand und führte ihn zu Lord Maidir und Lady Hayara, um ihn in aller Form vorzustellen.

Ehe er ihnen die Hand gab, verbeugte er sich, wie man es ihm beigebracht hatte, und wurde mit einem freundlichen Lächeln belohnt.

»Wir möchten, dass ihr in Burg Benden glücklich seid«, sagte Lady Hayara.

Robinton fand, sie sähe sehr jung aus, nicht viel älter als Halanna, derweil Lord Maidir im selben Alter zu sein schien wie Meister Gennell. Alsdann bedeutete der Burgherr dem stämmigen jungen Mann, der direkt hinter ihm stand, er möge vortreten.

»Das ist Raid, mein ältester Sohn, Meistersängerin«, verkündete der Lord voller Stolz und legte den Arm um Raids Schultern.

Völlig unerwartet erlebte Robinton einen Anflug von Neid. Sein Vater war nie so liebevoll mit ihm umgegangen. Sein Vater suchte nie den Körperkontakt zu ihm – jedenfalls fiel ihm keine Gelegenheit ein, bei der er ihn auch nur berührt hätte.

Als Nächstes drängte sich ein Mädchen, ein wenig jünger als Raid, in den Vordergrund, wobei sie sich geschickt zwischen ihren Vater und Lady Hayara schob. Robinton entging nicht der Ausdruck von Verdruss, der flüchtig über Lady Hayaras Züge huschte, und die Gleichgültigkeit, mit der das junge Mädchen diese Unmutsbekundung quittierte.

»Und das ist meine älteste Tochter, Maizella«, stellte Lord Maidir vor.

»Ich bin ja so froh, dass Sie kommen konnten, Meistersängerin«, begann Maizella in schwärmerischem Ton und griff nach Merelans Hand. Ihre Augen waren weit aufgerissen, und vor Begeisterung schnappte sie nach Luft.

»Unsere Maizella hat eine sehr schöne Stimme«, fuhr Lord Maidir stolz fort. »Raid ziert sich ein bisschen, doch wenn er erst einmal seine Schüchternheit überwindet, singt er einen ausgezeichneten Bariton. Falloner – der Bursche mit dem Lockenkopf – besitzt noch seinen wunderschönen Knabensopran ...«

Falloner, der in Robintons Nähe stand, zuckte lässig die Achseln und grinste Rob verschmitzt zu. So lernten sich die beiden kennen.

Nun, da Maizella sich vorgedrängt hatte, rückte Lady Hayara wieder dichter an ihren Gemahl heran.

Robinton seufzte leise. Er sah es Maizella an, dass seine Mutter es mit ihr nicht leicht haben würde. Und an der Art, wie es um Merelans Mundwinkel zuckte, merkte er, dass sie seinen Eindruck teilte. Doch mit höflichem Lächeln erklärte die Meistersängerin, dass es ihr eine Freude sei, jeden Lernwilligen in Burg Benden zu unterrichten.

»Was Maizella unter Singen versteht, hört sich eher wie Gekreisch an«, raunte Falloner Robinton ins Ohr und blinzelte dabei verschwörerisch. »Hat dir der Ritt auf Spakinth gefallen? C'rob hat mal wieder das große

Los gezogen – wie immer.« Als er Robintons Unverständnis bemerkte, setzte er erklärend hinzu: »Ich komme aus dem Weyr, aber mein Vater bestand darauf, dass ich in der Burg erzogen werde. Deshalb bin ich hier.«

»Du bist im Weyr aufgewachsen?« Interessiert musterte Robinton den Jungen.

»Ja. Trotzdem kann ich nicht Feuer speien und werde es auch nie lernen, selbst wenn ich einen Bronzedrachen für mich gewinne.« Sein schmales Gesicht nahm einen entschlossenen Ausdruck an, ehe das spitzbübische Grinsen zurückkehrte. »Und eines Tages bin ich ein Drachenreiter, verlass dich drauf. Ich werde Weyrführer und rette Pern vor den Fäden.«

»Wirklich? Cortath sagte, Drachenreiter müssen streiten, wenn Silberfäden vom Himmel gleiten.«

»Das darfst du getrost glauben«, versicherte Falloner. Dann zwinkerte er verdutzt mit den Augen. »Cortath hat mit dir gesprochen?«

»Falloner!«

Beide Jungen drehten sich zu Lord Maidir um, der gerufen hatte.

»Du weißt, wo die Meistersängerin und ihr Sohn untergebracht sind«, fuhr der Burgherr fort. »Möchtest du Robinton nicht den Weg zeigen und ihm helfen, seine Sachen hinaufzutragen?«

»Aber gern, Lord Maidir«, gab Falloner bereitwillig zurück. Er wandte sich an Robinton. »Welche Gepäckstücke gehören dir?«

Robie blickte auf die Packsäcke, die sich auf der Treppe stapelten, und war sich nicht schlüssig. Ihre Abreise war so überstürzt erfolgt, dass er beim Packen gar nicht hatte helfen können.

»Die beiden Säcke mit den roten Schnüren«, mischte sich Merelan ein und drückte ermutigend Robs Schulter. »Und der kleinere Beutel dort drüben.« Robinton erkannte den Sack, in dem sie hastig seine Schulsachen hineingestopft hatte. Das Ganze lag erst eine kurze Weile zurück, doch was war in der Zwischenzeit nicht alles passiert!

Falloner warf ihm den Schulbeutel zu und schulterte die beiden großen Säcke. Robinton wollte ihm einen abnehmen, doch er ließ es nicht zu.

»Nein, die trage ich. Ausnahmsweise.« In Falloners Augen blitzte der Schalk. »Warte nur ab, wie viele Stufen es bis zu eurem Quartier sind. Komm mit.«

Als sie zur Burg aufbrachen, hörten sie, wie Maizella und Raid sich stritten, wem von ihnen die hohe Ehre zuteil werden sollte, die Packsäcke der Meistersängerin zu schleppen. Die jüngeren Kinder brannten darauf, Merelan in das Unterrichtszimmer zu führen, und die Erwachsenen bemühten sich, den überschäumenden jugendlichen Eifer zu dämpfen.

* * *

Robinton hatte die Große Halle von Burg Fort oft genug besucht, um gleich zu erkennen, dass Benden eine viel kleinere Anlage war. Burg Fort war die erste Felsenfestung gewesen. Die Gründung von Benden erfolgte wesentlich später, zu einer Zeit, als man ohne die hoch entwickelten technischen Geräte der Vorfahren auskommen musste. Der Saal wies nach Südosten und bekam reichlich Sonne mit. Von den Abmessungen her glich er dem Hauptversammlungsraum der Harfnerhalle.

»Diese Treppe dürfen wir nicht benutzen«, bemerkte Falloner und deutete auf eine imposante Treppenflucht an der Nordseite des Saals, die sich an ihrem ersten Absatz gabelte und sich in zwei eleganten Bögen weiter nach oben schwang. »Die Familie des Burgherrn wohnt zur rechten Seite, an der Außenflanke der

Festung.« Er führte Robinton durch eine Tür in einen schmalen Treppenschacht. »Dieser Aufgang ist für uns bestimmt, und lass dich ja nicht dabei erwischen, wie du die Abkürzung nimmst.«

Der Schacht schien sich endlos in die Höhe zu dehnen. Von oben fiel durch eine rechteckige Öffnung ein schwacher Lichtschimmer und unterstützte das matte Glühen der Leuchtkörbe an den Wänden. Die Stufen waren aus massivem Fels gehauen und von der jahrhundertelangen Benutzung an manchen Stellen stark ausgetreten.

Es dauerte geraume Weile, ehe Falloner an einem Treppenabsatz Halt machte. Sie gelangten in einen Korridor, der sich zu beiden Seiten hin erstreckte und mit dünnen Matten ausgelegt war. Falloner wandte sich nach links, und Robinton hatte das Gefühl, dass der Flur parallel zur Außenfront der Festung verlief. Sie kamen an mehreren Türen vorbei, die von Leuchtkörben erhellt wurden, die dringend ausgewechselt werden mussten.

»Das gehört zu unseren Pflichten«, erklärte Falloner und grinste Robinton über die Schulter hinweg zu.

»In der Harfnerhalle obliegt es den Lehrlingen, für frisches Myzel in den Leuchtkörben zu sorgen«, erwiderte Robinton. Er schnappte bereits nach Luft, und es fiel ihm nicht leicht, mit dem langbeinigen, durchtrainierten Weyrjungen Schritt zu halten.

»Lord Maidir ist ein gerechter Burgherr, und an Lady Hayara finde ich auch nichts auszusetzen«, fügte Falloner hinzu. »Du darfst nicht alles glauben, was Maizella über sie verbreitet. Wie alt bist du?«

»Neun.«

»Das ist gut«, kommentierte Falloner zufrieden.

»Warum?« erkundigte sich Robinton, doch nun bogen sie in einen viel breiteren Flur ab, und Falloner schien seine Frage zu überhören. Die dicken Läufer auf dem

Boden dämpften ihre Schritte. Diese Etage schien auf derselben Höhe zu liegen wie das Stockwerk in der Harfnerhalle, das den Meistern vorbehalten war.

»Gleich sind wir da«, kündigte Falloner an, »viel eher als die anderen.« Mit triumphierendem Lächeln stieß er eine angelehnte Tür weit auf und bedeutete Robinton, das dahinter liegende Zimmer zu betreten.

»Hier werden wir wohnen?« staunte Robinton. Auf dem Absatz drehte er eine Pirouette, um alles in Augenschein nehmen zu können. Durch vier hohe, schmale Fenster strömte das Sonnenlicht ein und erhellte einen Raum, der viel größer war als ihre Wohnstube daheim in der Harfnerhalle. In einer Ecke stand sogar eine Pedalharfe, und Robinton zog den Schluss, dass dieses Zimmer auch zum Musikunterricht benutzt würde, was seine großzügigen Abmessungen erklärte. Doch nirgendwo fanden sich Pulte oder Tische für Schüler.

»Das hier ist dein Reich.« Falloner überquerte die weichen Teppiche und öffnete eine Tür. Robinton ging ihm hinterher und spähte in eine Kammer, die von der Größe her seinem Zimmer in Fort entsprach. Vor Erleichterung atmete er auf.

Falloner nahm ihm den Beutel mit den Schulsachen ab und warf ihn auf das Bett. Die beiden Packsäcke stellte er auf den Boden. Dann zog er Robinton am Arm zu zwei weiteren Türen.

»Ihr habt euer eigenes Bad«, erklärte er und zeigte ihm die sanitären Einrichtungen. Zu Hause hatten sie sich mit einer Toilette und einem Waschbecken begnügen müssen, hier jedoch gab es eine riesige, hochwandige Badewanne. Seine Mutter würde begeistert sein.

Die nächste Tür führte in ein Schlafzimmer, das kleiner war als der Hauptraum aber genauso luxuriös ausgestattet.

Anerkennend pfiff Robinton durch die Zähne und

konnte sich gar nicht satt sehen an den wunderschönen Möbeln und den Gemälden.

»Genügt die Wohnung euren Ansprüchen?« fragte Falloner und legte den Kopf schräg. Offensichtlich amüsierte er sich über Robinton, der die Einrichtung mit großen Augen begaffte.

»Mutter wird sich hier sehr wohl fühlen. Dunkelrot ist zufällig ihre Lieblingsfarbe.«

Draußen im Gang ertönten Stimmen, und die anderen trafen ein. Lady Hayara staunte, dass die Jungen schon da waren, und sie ließ Merelan den Vortritt ins Zimmer.

»Wir haben sogar eine Badewanne, Mutter«, rief Robinton. »So groß, dass man fast darin schwimmen kann.«

Merelan lachte, doch die hinter ihr stehende Maizella wölbte verächtlich die Brauen. Robinton setzte zu einer Bemerkung an, doch Falloner gab ihm einen verstohlenen Wink, um ihn daran zu erinnern, was er über Maizella gesagt hatte.

»Wir zapfen die Wärmequelle des Weyrs an«, erläuterte Lady Hayara, »was wirklich sehr bequem ist. In vielen Burgen muss man das Badewasser erst erhitzen. Ich hoffe, Sie sind mit dem Quartier zufrieden, Merelan.«

Sie bugsierte die Meistersängerin zum Schlafzimmer. »Hier wäre Platz für ein zweites Bett, wenn Sie möchten, dass Ihr Sohn bei Ihnen …«

»Ach du meine Güte«, schnitt Merelan ihr lachend das Wort ab, »Robinton ist groß genug für ein eigenes Zimmer.«

Maizella setzte eine so hochmütige Miene auf, dass Robinton ihr am liebsten die Zunge herausgestreckt hätte, doch er wusste, dass er sich damit Schelte von seiner Mutter einhandeln würde. Das Mädchen erinnerte ihn an Halanna, und er machte sich auf einiges an Herablassung und Schikanen gefasst.

»Nun, dann lassen wir Sie jetzt allein, damit Sie in aller Ruhe auspacken können. Kommt mit, Kinder, beim Abendessen seht ihr Robinton ja wieder.« Lady Hayara rückte sich das Kind zurecht, das sie auf dem Arm trug, und scheuchte die anderen hinaus. »Auf dem Tisch steht ein Tablett mit ein paar Erfrischungen, denn durch die Zeitverschiebung haben Sie ja das Mittagessen verpasst. In zwei Stunden essen wir zu Abend.«

Merelan bedankte sich freundlich und begleitete ihre Gastgeberin zur Tür. Als sie mit Robie allein war, wandte sie sich an ihren Sohn.

»Das wäre geschafft!« stieß sie mit einem tiefen Seufzer hervor. Sie lächelte ihn an, doch ihre Augen blickten traurig. »Und jetzt zeigst du mir dein Zimmer, Robie.«

»Es ist beinahe so wie meine Kammer in der Harfnerhalle, Mutter ...« Robinton verbiss sich die Frage, weshalb sie ihr Zuhause so jählings verlassen hatten. Die ernste Miene seiner Mutter sprach Bände, und den Grund für ihren übereilten Aufbruch wollte er lieber nicht wissen.

Er ging nicht mit, als Merelan seine Kammer flüchtig inspizierte.

»Hast du dich unterwegs mit Falloner schon ein bisschen angefreundet?« erkundigte sie sich, während sie in den Hauptraum zurückkehrte.

»Er kommt aus dem Weyr«, erzählte Robinton mit einem ehrfürchtigen Unterton.

»Ja, ich weiß. Hoffentlich ist er auf die Musikstunden genauso erpicht wie die anderen. Denn zum Unterrichten bin ich ja hier.« Dann setzte sie sich in einen Sessel und brach in Tränen aus.

Robinton rannte zu ihr, tätschelte ihren Arm und strich ihr sanft übers Haar. Seine Mutter weinte nur selten. Sie schlang ihre Arme um ihn, drückte ihn fest an sich und schluchzte hemmungslos. Ihre Tränen durchfeuchteten sein Hemd, doch er wusste nicht, wie er sie hätte trösten können. Ihm fiel nichts Besseres ein, als sie zu umklammern und dauernd zu wiederholen, dass es ihnen gut ginge, dass sie ja zusammen seien, wie schön Burg Benden sei und mit welcher Herzlichkeit man sie aufgenommen hätte.

»Ja, hier sind wir wirklich willkommen«, bestätigte sie schließlich. Sie gab sich einen Ruck und setzte sich aufrecht hin. »Es tut mir Leid, dass alles so plötzlich ging, Robie, aber Lord Maidir bat mich inständig, auf seine Burg zu kommen und diese wirklich viel versprechenden jungen Leute zu unterrichten. Ich dachte mir, uns beiden täte es gut, die Harfnerhalle für eine gewisse Zeit zu verlassen. Master Gennell teilte meine Ansicht und drängte mich, den Posten anzunehmen. Auf einmal war da dieser Drache …«

»Er heißt Spakinth«, warf Robinton ein.

Sie lächelte unter Tränen. »Woher weißt du das?«

»Er hat es mir gesagt.«

»C'rob hat es dir gesagt?«

»Nein, Spakinth.«

Sie hielt den Kopf schräg. »Du kannst Drachen hören?«

»Ja, wenn sie es wollen.«

»Ach, Robie!« Sie presste ihn an sich. »Das ist nur sehr wenigen Menschen vergönnt. Vielleicht kannst du sogar einen Drachen für dich gewinnen, das wäre dann die ideale Lösung.« Robinton kam es vor, als hätte sie die letzte Bemerkung nur laut gedacht.

»Dürfte ich trotzdem Harfner sein?« Bis jetzt hatte er auf diese Frage noch keine konkrete Antwort erhalten. Vielleicht wusste seine Mutter Bescheid.

»Ich glaube, das hängt von vielen Dingen ab«, entgegnete sie. Sie trocknete ihre Tränen und schien sich wieder zu fassen. »Zuerst einmal muss ein Gelege da sein, wenn du im richtigen Alter bist. Während eines Intervalls steigen die Drachen nicht so häufig zum Paarungsflug auf, und infolgedessen gibt es nur wenige befruchtete Eier. Normalerweise erwählt ein Drache nur Menschen zwischen zwölf und zwanzig, und sie bevorzugen junge Leute, die aus einem Weyr stammen. Auf alle Fälle wirst du hier mehr über Weyr-Angelegenheiten erfahren als anderswo, und das begrüße ich sehr.«

Auch dieser Zusatz klang, als spräche sie zu sich selbst, doch er ging der Sache nicht weiter auf den Grund, da er gleichfalls bestrebt war, alles über Weyr und Drachen zu lernen. Lord Grogellan hatte den verlassenen Fort Weyr zum Sperrgebiet erklärt, mit dem Ergebnis, dass jeder Junge, wenn er zwölf wurde, eine Nacht allein dort droben verbringen musste, wollte er nicht als Feigling gelten.

»Ob ich den hiesigen Weyr wohl besuchen darf?« fragte Robinton eifrig. Wenn er bereits einen Weyr kannte, würde er sich vielleicht nicht so fürchten, wenn er mit seiner Mutprobe an die Reihe kam.

»Ich glaube schon. Der Weyrsänger, C'gan, bat mich, ihn zu unterrichten, weil er meint, seine Stimme bedürfe dringend einer weiteren Ausbildung.« Seine Mutter gab ein kurzes Lachen von sich. »Vor lauter Arbeit werde ich gar nicht zum Nachdenken kommen ...« Sie brach ab und stand auf. »Und jetzt richten wir uns häuslich ein. Oder möchtest du vorher eine Kleinigkeit essen?«

Robinton zeigte auf den Teller mit süßen Keksen.

»Na schön, aber nur zwei, damit du dir nicht den Appetit verdirbst. Ich nehme auch einen Keks – sie duften köstlich. Ganz frisch gebacken, sie stehen den Biskuits von Lorra in nichts nach.«

Sie plauderte munter drauflos, während sie ihm half, seine Habseligkeiten zu verstauen. »Ich wollte dem Drachen nicht zu viel Gepäck aufbürden«, meinte sie, »deshalb nahm ich nicht alle deine Sachen mit, Robie. Aber deine neueste Trommel und die Flöte sind dabei ... du kannst auf meiner Gitarre üben, und vielleicht baust du dir sogar deine eigene. Meister Bosler erzählte mir, du seist soweit, mit der Vorbereitung des Holzes zu beginnen, denn diese Arbeit nimmt am meisten Zeit in Anspruch, aber das weißt du ja sicher. Für die Saiten finden wir bestimmt den geeigneten Darm. Deine neue Festtagskleidung habe ich eingepackt, weil Lord Maidir und Lady Hayara oft Gesellschaften geben. Die beiden sind ja so beliebt an der Küste. Deine Schulsachen lassen wir am besten im Beutel, dann kannst du sie später im Klassenzimmer unterbringen. Und jetzt, wo wir bei dir Ordnung geschaffen haben, könntest du mir mit meinem Zeug helfen.«

Robinton merkte, dass seine Mutter nur sehr wenig Bekleidung mitgebracht hatte. Ein einziges Festtagsgewand und nur eines ihrer schönen langen Kleider, die sie bei ihren Konzerten trug. Zwar enthielt ein Packsack Stapel von Notenblättern, hauptsächlich Partituren, die sie für den Unterricht brauchte, doch darunter fand sich kein Werk seines Vaters. Das kam ihm höchst seltsam vor. Plötzlich hatte er ein flaues Gefühl im Magen, doch ihm war nicht übel von den Keksen, die er verputzt hatte.

»Mutter, wird Vater uns in Benden besuchen?«

Sie hielt in ihrer Tätigkeit inne und drehte sich langsam zu ihm um. Einen so trostlosen Ausdruck hatte er noch nie auf ihrem Gesicht gesehen.

»Das liegt ganz bei ihm, Robinton«, antwortete sie und fuhr fort, Wäsche in eine Kommode zu legen. »Vermutlich nimmt er an der Frühjahrsfeier teil«, setzte sie in verändertem Tonfall fort, als sei es ihr völlig gleichgültig. »So, das hätten wir. Ich schlage vor, dass wir uns jetzt frisch machen, denn gleich ist es Zeit zum Abendessen.« Sie deutete auf das Dämmerlicht, das durch die Fensterschlitze fiel, und zog dann energisch die schweren Vorhänge zu, als wolle sie symbolisch dem Tag ein Ende bereiten.

* * *

Beim Abendessen saß Robinton mit den Kindern der Burg an einem Tisch. Um die Tafel für seine Altersgruppe drängten sich vierundzwanzig Jungen und Mädchen, aber Falloner hatte neben sich einen Platz für Robinton frei gehalten.

»Nein«, funkte einer der Jungen dazwischen und schlängelte sich an Robinton heran. »Er soll neben mir sitzen. Du durftest seine Sachen hochtragen, Falloner, aber Mutter sagte mir, wir sollen uns alle um Robinton kümmern. Du hast dazu schon Gelegenheit gehabt.«

»Rob und ich sind Freunde«, erwiderte Falloner von oben herab. »Wenn du unbedingt willst, dann setz dich an seine andere Seite, Hayon. Er ist Lady Hayaras ältester Sohn«, fügte er hinzu und stellte dann jedes Kind an ihrem Ende des Tisches vor. »Das da ist Rasa, daneben sitzt Naprila, und die auf der anderen Seite sind Anta, Jonno und Drevalla.«

Robinton warf einen Blick zur Hohen Tafel, wo seine Mutter zwischen Lord Maidir und Raid Platz genommen hatte. Maizella saß neben ihrer Stiefmutter.

»Letztes Jahr durften sie vom Kindertisch zur Hohen Tafel überwechseln«, erklärte Falloner und zog die Nase hoch. Er nahm der Serviererin das Brot und das Schneidebrett ab und begann, dünne Scheiben vom Laib abzusäbeln. Geschickt spießte er sie mit dem Messer auf und warf sie der Reihe nach den am Tisch sitzenden Jungen und Mädchen zu, bis alle versorgt waren. »Ich wette, es gibt Eintopf«, meinte er. Er hatte richtig getippt, denn als Nächstes wurde ein großer Topf auf den Tisch gestellt.

»Jetzt bin ich dran«, sagte Anta, stand auf und schnappte sich die Schöpfkelle, ehe Falloner danach greifen konnte.

»Von mir aus, aber gib Acht dass du nichts verschüttest,« entgegnete er gnädig und setzte sich wieder hin. Freundlich grinsend stieß er Robinton mit dem Ellbogen in die Rippen.

An der Hohen Tafel gab es keinen Eintopf, wie Robinton bemerkte, sondern eine Vorsuppe und danach gebratenen Wherry, verschiedene Saucen, Gemüse und Brötchen. Ihm fiel auf, dass seine Mutter kaum etwas aß, sondern lustlos in dem guten Essen herumstocherte.

Allerdings unterhielt sie sich mit Lord Maidir und Raid und schien wieder ganz die Alte zu sein. Nur lächelte sie viel weniger, als Rob es von ihr gewöhnt war. Und kein einziges Mal hörte er sie lachen.

Der Eintopf schmeckte ihm, das Brot mundete köstlich, und Rob war ausgehungert. Zum Nachtisch gab es kleine Obsttörtchen, die gierig verschlungen wurden. Rob schielte zur Hohen Tafel hinüber und stellte fest, dass dort die Desserts noch reichlich vorhanden waren. Er hatte den Eindruck, dass man seine Mutter bevorzugt behandelte, was auch nur recht und billig war, wie er fand. Vor allem, weil er von diesen Privilegien auch profitierte.

Nach dem Essen sang seine Mutter. Viele gute Stimmen begleiteten den Refrain, und Rob fragte sich, wieso man in Benden nach einer Meistersängerin verlangt hatte, ein tüchtiger Geselle hätte auch genügt. Dann fiel ihm ein, dass sie ja Maizella unterrichten sollte. Robinton rümpfte die Nase. Das Mädchen schmetterte aus Leibeskräften, offenbar weil sie in ihre eigene Stimme verliebt war. Er gestand sich ein, dass sie über eine gewisse Begabung verfügte, aber sie brauchte nicht so zu kreischen und von Atemtechnik hatte sie überhaupt keine Ahnung.

Seine Mutter beschränkte sich auf vier Lieder. Sie lächelte erfreut, als Instrumente gebracht wurden und bedeutete den Musikanten, an der Hohen Tafel Aufstellung zu nehmen. Die beiden Gitarrenspieler, ein älterer und ein jüngerer Mann, glichen sich so sehr, dass sie Vater und Sohn oder zumindest Onkel und Neffe sein mussten. Der Geiger spielte seine Fiedel, indem er sie auf das Knie stützte anstatt sie unters Kinn zu klemmen, doch als er loslegte, erwies er sich als ein wahrer Virtuose. Eine Frau spielte Querflöte, zwei junge Burschen traten mit Panflöten auf. Der Trommler war so vernünftig, sich mit einer angenehm diskreten Begleitung zu begnügen.

Auf Merelans Wink hin fiel die gesamte Zuhörerschaft in den Refrain ihres ersten Liedes ein. Der Chor war nicht schlecht, urteilte Robinton, doch er selbst hielt sich zurück und sang verhalten, ganz anders als daheim in der Harfnerhalle. Falloner besaß einen kräftigen Sopran und sang aus voller Kehle, wie alle anderen Kinder am Tisch – weil sie vor ihm angeben wollten, vermutete Robinton. Doch dieses prahlerische Verhalten war er von den Neuankömmlingen in der Harfnerhalle gewöhnt, und er ließ sich nichts anmerken.

»Höflichkeit kostet nichts, also sollte man stets freundlich bleiben – allen Menschen gegenüber«, pflegte seine Mutter zu sagen. »Kein Sänger, der sein Salz wert ist, würde auch nur im Traum daran denken, andere Sänger durch Lautstärke übertrumpfen zu wollen«, lautete ein anderer ihrer Lieblingssprüche. Halanna hatte ihn oft genug zu hören bekommen. Robinton hoffte, Maizella würde seiner Mutter nicht dieselben Schwierigkeiten bereiten.

Obwohl Robinton den Text und die Melodie auswendig wusste, stimmte er nicht in Merelans letztes Lied an diesem Abend ein. Hinterher entschuldigte sie sich liebenswürdig für das kurze Programm und versprach mehr Ausdauer, sowie sie sich auf den Zeitunterschied in Benden eingestellt hätte.

Als sie sich wieder hinsetzte, wurde sie mit begeistertem Applaus belohnt.

Falloner stubste Robinton in die Seite und stand auf. »Findest du allein den Weg zu eurem Quartier?« fragte er. »Wir Kinder müssen jetzt die Halle verlassen, damit die Erwachsenen unter sich sind.«

Lady Hayara erhob sich gleichfalls und gab den Kindern ein Zeichen. Alle sprangen folgsam von den Stühlen hoch und pilgerten in Richtung Treppe. Robinton und seine Mutter tauschten einen Blick, und sie gab ihm zu verstehen, er möge auf sie warten.

»Ich gehe mit Mutter nach oben«, erklärte Rob, obwohl er sich noch gern mit Falloner unterhalten hätte.

»Du hast Glück, dass du ein Zimmer ganz für dich allein hast«, beschied ihm Falloner. »Ich kampiere mit einem halben Dutzend anderer Jungen in einer Kammer. Nun ja, im Weyr musste ich auch in einem Gemeinschaftssaal hausen«, fügte er ergeben hinzu. »Bis morgen dann.«

»Danke für alles, Falloner«, sagte Robinton leicht verlegen. Falloner grinste und schickte sich an, ein paar Kinder, die trödelten, aus der Halle zu scheuchen.

* * *

Von seiner Mutter erfuhr Robinton nie den wahren Grund für ihre überhastete Abreise von der Harfnerhalle, doch er bekam heraus, dass keiner in Benden ernsthaft mit dem Erscheinen der berühmten Meistersängerin gerechnet hatte. Und weil Merelan Maizellas lärmendes Organ auf ein erträgliches Maß dämpfte, war sie bald in der gesamten Burg hoch geschätzt.

Lord Maidir war ein anständiger Mann und besaß einen ausgeprägten Sinn für Gerechtigkeit, doch er vergötterte seine Tochter Maizella, die mit ihren sechzehn Lenzen weder die Klugheit noch die charakterliche Reife besaß, die ihren Bruder Raid auszeichneten. Robie hielt Raid für einen Langweiler, er fand ihn steif und linkisch, aber der junge Mann hatte das Gespür für Fairness von seinem Vater geerbt und konnte Kritik verkraften. Im Gegensatz zu seiner Schwester war er allgemein beliebt. Und in der Burg gab es eine stillschweigende Übereinkunft, Hayon, Rasa und Naprila, die ältesten von Lady Hayaras Kindern, vor Maizella zu beschützen, die ihre Halbgeschwister nach Lust und Laune entweder tyrannisierte oder links liegen ließ.

Im Umgang mit der wetterwendischen Halanna hatte Robinton gelernt, heikle Situationen zu umgehen, und er wusste, wann es angebracht war, freundlich zu lächeln und ansonsten den Mund zu halten. Kurze Zeit später erhielt er seine Genugtuung, als Merelan Maizella dazu aufforderte, mit ihm Duette zu singen. Er besaß einen herrlichen Sopran und war sowohl von Meister Washell wie auch von seiner Mutter hervorragend ausgebildet. Wenn Lodik, der Solist im Knabenchor der Harfnerhalle, in den Stimmbruch kam, sollte Robie seinen Platz einnehmen. Aber er hatte auch miterlebt, was mit Lehrlingen passierte, die sich zur Schau stellen wollten. Außerdem hätte seine Mutter es nie geduldet, wenn er versucht hätte, mit seiner Stimme zu prahlen. Die Ohren hätte sie ihm langgezogen, so sehr verabscheute sie jede Form von Protzerei.

Doch auch Merelan hatte durch ihre Arbeit mit Halanna eine Menge an Erfahrung gewonnen. Mit Überheblichkeit und hemmungsloser Selbstüberschätzung konnte sie fertig werden.

»Was, ich soll mit einem Kind ein Duett singen?« wehrte sich Maizella beleidigt.

»Du singst mit meinem Sohn, dessen Stimme exzellent geschult ist, und der bereits mehr von Musik versteht als du«, entgegnete Merelan forsch. »Wir beginnen mit ›Jetzt kommt die Zeit … ‹«

Merelan bedachte Robinton mit einem kurzen Blick und hob die Arme, um den Takt anzugeben. Robinton war bereit. Er wusste, was dieser Blick bedeutete: Er sollte sich keinerlei Zurückhaltung mehr auferlegen sondern seine gesamte stimmliche Begabung ausspielen, etwas, das er in Benden noch nie getan hatte. Maizella glotzte ihn so verblüfft an, dass sie um ein Haar ihren Einsatz verpasste. Robinton genoss seinen Triumph, und aus dem leisen Getuschel der anderen Kinder schloss er, dass auch sie freudig überrascht waren.

Natürlich versuchte Maizella, ihn zu übertönen. Merelan brach das Duett ab und mahnte sie zur Ordnung.

»Bei einem Duett müssen die Stimmen ausgeglichen sein, es geht nicht, dass ein Sänger den anderen durch lautes Gebrüll in den Hintergrund drängt. Wir wissen, dass du mit deinem kräftigen Organ die Spinnen aus ihren Netzen treibst, Maizella, aber in diesem Raum gibt es keine Spinnweben.« Merelan strafte die Kinder, die zu kichern anfingen, mit einem strengen Blick. »Noch einmal von vorn – und dieses Mal singst du *mit* dem Sopran, nicht gegen ihn an!«

Maizella modulierte ihr Stimmvolumen, und selbst sie erkannte den Unterschied – wenn auch nicht ohne beträchtlichen Groll, wie man ihrer grimmigen Miene ansah.

»Das war schon viel besser, Maizella, viel besser. Mal sehen, ob wir eine dritte Stimme einflechten können.« Diesen Part übernahm Merelan selbst, und durch ihr

Beispiel zeigte sie, was sie mit ausgeglichenen Stimmen meinte.

Die gesamte Klasse applaudierte, als der letzte Ton verklang.

* * *

»Du hast mir nie erzählt, wie gut du singen kannst«, warf Falloner Robinton vor, als sie in der Pause auf den Innenhof hinaus liefen.

»Du hast mich nicht gefragt«, gab Robinton grinsend zurück.

»Hast du auf eine Gelegenheit gelauert, es Maizella einmal so richtig zu zeigen?«

»Nicht direkt«, erwiderte Robinton und warf den großen Ball. An einer Stange war ein Reifen befestigt, und die Kinder übten sich darin, einen Ball durch den Ring zu werfen. Normalerweise war Rob in dieser Sportart recht geschickt, doch just in dem Moment, als er den Ball schleuderte, sah er Drachen am Himmel, die in einer präzisen Formation flogen, und zielte weit daneben.

Falloner schnappte dem hoffnungsvoll herbeistürzenden Hayon den Ball vor der Nase weg, schmetterte ihn einmal durch den Ring und rannte dann zu der weißen Ausgangslinie zurück, um den Wurf zu wiederholen.

Robinton hatte nur noch Augen für die rasch entschwindende V-Formation der Drachen.

»Gewöhn dich lieber daran, die Drachen am Himmel zu sehen, sonst wirfst du nie einen Ball ins Ziel«, zog Falloner ihn auf, als sie nach der halbstündigen Pause ins Klassenzimmer zurückkehrten.

»Für dich ist das natürlich nichts Neues«, erwiderte Robinton, »aber die Drachen in Aktion zu erleben ist für mich etwas ganz Besonderes.«

Falloner streifte seinen Freund mit einem eigentümlichen Blick. »Ja, ich weiß, was du meinst. Du bist begeistert, wenn du die Drachen fliegen siehst, und ich habe nicht schlecht gestaunt, als ich dich vorhin singen hörte. Du klingst wie ein voll ausgebildeter Harfner. Los, komm mit. Wir erschrecken den Wachwher!« Er grinste von einem Ohr zum anderen.

Robinton starrte ihn entgeistert an. »Aber du stammst doch aus einem Weyr!«

»Ja, und? Wachwhere sind keine Drachen, und es macht Spaß, sie schreien zu hören …« Falloner sprach den Satz nicht zu Ende, denn Robinton warf ihn zu Boden, hockte sich rittlings auf seine Brust und drohte ihm mit erhobener Faust.

»Ich lasse es nicht zu, dass man einen Wachwher quält, weder in Fort, noch in der Harfnerhalle, noch hier!« rief er entschlossen. »Sag, dass du dem Wachwher nichts tust!« Er reckte den Arm, die Faust zum Zuschlagen bereit.

»Aber es macht ihnen nichts aus …«

»Wenn sie schreien, macht es ihnen sehr wohl etwas aus. Versprichst du mir, dass du die Wachwhere in Ruhe lässt?«

»Ja, ich verspreche alles, was du willst, Rob.«

»Ganz ehrlich?«

»Ich schwöre es bei meinem Wunsch, ein Drachenreiter zu werden!« heulte Falloner. »Und jetzt geh runter von mir. Ein Stein drückt mir in die Rippen.«

Robinton half seinem Freund beim Aufstehen und klopfte ihm dann den Staub von der Kleidung. »Lass dich bloß nicht von mir erwischen, dass du dein Wort brichst.«

»Ich gab dir mein Versprechen!« beharrte Falloner in griesgrämigem Ton. »Was ist eigentlich über dich gekommen?«

»Ich kann es nicht hören, wenn die Wachwhere vor Schmerz schreien.« Robinton schüttelte sich. »Es geht mir durch und durch. Ich krieg eine Gänsehaut, wie wenn Kreide auf einer Schiefertafel quietscht.«

»Tatsächlich?« Nun erschauerte auch Falloner. »Mir macht das nichts aus, aber …« Schützend hob er die Arme vors Gesicht, als Robinton abermals die Fäuste ballte. »Ich halte mein Wort.« Trotzdem schüttelte er den Kopf. Robintons Verhalten blieb ihm unverständlich.

* * *

In der Burg gab es natürlich noch andere Lehrer, die den Schülern Lesen, Schreiben und Rechnen beibrachten, kurzum sie mit dem Grundwissen vertraut machten, das sich jedes Kind bis zum zwölften Lebensjahr aneignen musste. Danach traten die Schüler eine Lehre an. Das hieß, sie ließen sich in einer Gildehalle in den Berufen ausbilden, die ihnen zusagten, oder sie arbeiteten im Betrieb der eigenen Familie. In einer so großen Festung wie Benden gab es genügend Schüler, um sie in Altersstufen und Leistungskursen aufzuteilen, doch für alle war täglich eine Stunde Musikunterricht bei Merelan Pflicht.

Ohne jemanden auf dieses Arrangement aufmerksam zu machen, überließ die Meistersängerin einen Teil des Unterrichts ihrem Sohn. Er kümmerte sich um die jüngsten Schüler und brachte ihnen die Tonleitern und das Notenlesen bei. Robinton war sämtlichen anderen Studenten weit voraus, auch Hayon und Falloner.

Nur zu gern übernahm Robinton diese Aufgaben. Er freute sich, wenn die Kinder unter seiner Anleitung rasch lernten, und er wusste genau, wie er mit ihnen umgehen sollte. Er selbst wurde von seiner Mutter privat in ihrem Quartier unterwiesen, wobei er das Tempo und Lernpensum bestimmte. Merelan ermutigte Rob, ein Instrument zu benutzen, wenn er komponierte.

Denn er komponierte nach wie vor, er konnte gar nicht anders. Melodien entstanden in seinem Kopf und ließen ihm keine Ruhe, bis er sie niederschrieb. Am meisten inspirierten ihn am Himmel vorbeiziehend Drachen. Und da er es gewöhnt war, mit niemandem über seine Kompositionen zu sprechen, wusste nicht einmal Falloner, dass die Lieder, die Merelan ihnen beibrachte, von Robinton stammten.

»Wir sind hier nicht in der Harfnerhalle, Robie«, hatte sie ihm behutsam erklärt, ehe sie sein erstes Werk im Unterricht einführte. »Daheim kennt dich jeder. Hier in Benden möchte ich dich aber nicht irgendwelchen Schikanen aussetzen. Verstehst du, was ich meine?«

Robinton dachte einen Moment lang nach. »Ja. Maizella würde sich mit Händen und Füßen dagegen wehren, etwas zu singen, was ich geschrieben habe.« Er grinste verschmitzt. »Aber eines Tages könnten wir es ihr doch sagen, Mutter, was denkst du?«

Sie zerstrubbelte sein Haar. »Ganz bestimmt, mein Junge. Wenn die Situation optimal ist.«

»Optimal heißt günstig, nicht?«

Sie schmunzelte. »Richtig.«

»Harfner benutzen häufig diesen Ausdruck.«

»Ein Harfner muss mehr können als Lieder vortragen und sich dabei auf einem Instrument begleiten.«

»Er muss eine ganze Menge wissen und dieses Wissen an andere weitergeben«, ergänzte er.

Nachdenklich blickte sie ihn an. »Ich glaube, Robie, aus dir wird einmal ein erstklassiger Harfner.«

»Mit weniger gebe ich mich gar nicht zufrieden«, stellte er nüchtern fest.

Sie drückte ihn kurz an sich und verlangte dann seine schriftlichen Aufgaben zu sehen, die sich mit der Lehre des Kontrapunktes befassten.

* * *

Ein paar Abende später bat Merelan Maizella, nach dem Dinner ein neues Lied zu singen. Anfangs fuhren ein paar Leute fort, sich zu unterhalten, doch nach und nach trat eine respektvolle Stille ein, als man Maizellas stimmliche Fortschritte bemerkte.

Als der Applaus aufbrandete, setzte sich Maizella mit vor Freude geröteten Wangen wieder hin. Als Nächstes sang sie ein Duett mit Robinton.

Mittlerweile hatte Merelan eine Menge weiterer schöner Stimmen in Benden entdeckt, und viele Lieder wurden vierstimmig vorgetragen. Außerdem hatte sie den Chor um etliche Mitglieder vergrößert.

Ungefähr sechs Siebenspannen nach ihrer Ankunft in Benden erzählte Falloner Robinton, dass die Weyrführer zu Besuch kämen und ein paar Geschwaderführer und deren Gemahlinnen mitbrächten.

»Kommen sie oft hierher?« erkundigte sich Robinton beeindruckt. Ob seine Mutter ihm auftragen würde, für die Drachenreiter zu singen? Selbstverständlich stand nach dem Abendessen eine musikalische Unterhaltung auf dem Programm.

Falloner zuckte die Achseln. »Eigentlich schon. S'loner und Lord Maidir verstehen sich sehr gut. Hier in Benden hält man große Stücke auf die Drachenreiter und ist von ihrer Bedeutung für Pern überzeugt. Außerdem ist Carola, die Weyrherrin, die Tochter von Hayaras ältester Schwester. Sie sind also miteinander verwandt.«

»S'loner?« wiederholte Robinton und glotzte seinen Freund aus großen Augen an. Er wusste, dass man in den Weyrn den Kindern Namen gab, die sich aus den Namen der Eltern zusammensetzten. »*Dein* Vater ist der Weyrführer?«

»Ja.« Falloner hob und senkte gleichmütig die Schultern. Er grinste, als er Robintons bestürzten Gesichtsausdruck sah. »Das ist einer der Gründe, weshalb ich mir so sicher bin, dass ich einen Bronzedrachen für mich gewinnen werde. In meinem Stammbaum gibt es viele Weyrführer.« Stolz reckte er das Kinn vor. »Und darum bin ich hier in der Burg. Ich will mehr lernen, als man mir im Weyr beibringen kann, denn dort droben gibt es keinen Harfner, der mein Mentor sein könnte. Wenn ich den Weyr beim nächsten Fädenfall in den Kampf führen soll, muss ich mehr wissen als der durchschnittliche Bronzereiter. Hab ich Recht?«

»Natürlich hast du Recht«, räumte Robinton ein, immer noch gelinde betroffen vom Status seines Freundes.

»Guck mich nicht so komisch an, Robie. Noch bin ich nicht einmal Drachenreiter, geschweige denn Weyrführer«, beschied ihm Falloner und boxte ihn freundschaftlich gegen die Schulter.

* * *

Daheim in ihrem Quartier musste Robinton seiner Mutter die Neuigkeit erzählen.

»Das wusste ich bereits, Robie, und ich begrüße deine Freundschaft mit Falloner. Er ist ein guter Junge, dazu intelligent und lernwillig. Ich finde, du solltest die Gelegenheit nutzen und dich mit allem, was einen Weyr betrifft, vertraut machen. Schließlich haben wir nur noch diesen einen.« Ihr Blick schien sich in die Ferne zu richten.

»Darum geht es auch in dem Lied der Fragen.«

»Ich hatte keine Ahnung, dass du dieses Lied kennst«, wunderte sie sich. »Wie bist du darauf gestoßen«

»Ach, ich fand es, als ich im Archiv ein paar von den alten, wurmstichigen Partituren kopierte. Meister Ogolly hat meine saubere Schrift sehr gelobt.« Er kam nicht umhin, ein bisschen zu prahlen.

»Mit Recht, Robie.« Mit einem Finger zog sie einen Scheitel durch seinen dichten, dunklen Schopf. »Kennst du auch die Melodie dazu?«

»Was dachtest du denn, Mutter?« versetzte er leicht pikiert. Sie musste doch wissen, dass er jedes Musikstück nach nur einmaligem Lesen oder Hören im Kopf behielt.

»Ja, sicher, es war eine dumme Frage.« Zum Abschluss glättete sie sein Haar mit der flachen Hand. »Geh das Lied der Fragen ruhig noch einmal durch. Es passt wunderbar zum heutigen Abend. Und ein Tenor kann es am eindringlichsten interpretieren. Doch du solltest es vorher unbedingt proben.«

* * *

Entgegen Robintons Erwartungen saß Falloner nicht bei den Erwachsenen an der Hohen Tafel, trotz der Anwesenheit seines Vaters. Carola war indessen nicht seine Mutter, und als Falloner sich wie gewohnt neben Robinton setzte, flüsterte er ihm zu, Carola könne S'loners Weyrlinge nicht leiden.

»Sind Weyrlinge denn nicht junge Drachen?«

»Ja«, bestätigte Falloner und zog die Nase hoch. »Aber uns nennt sie so. Und es ist nicht als Kompliment gemeint. Carola kann nur Mädchen in die Welt setzen. Sie hat noch keinen einzigen Knaben geboren.«

Robinton nickte und verzichtete wohlweislich darauf, weitere Fragen über den Weyr zu stellen. Außerdem wurde ein vorzügliches Essen serviert. Selbst für die Kinder gab es besondere Leckereien, frisches Obst und andere Delikatessen, von Nerat mit Drachen eingeflogen.

In ehrfurchtsvollem Staunen hatte Robinton zugeschaut, wie die gewaltigen Kreaturen zuerst ihre Reiter mitsamt dem Gepäck im Burghof abluden und sich dann erneut in die Lüfte schwangen. Auf den höchsten Klippen der Felsenfestung, den Feuerhöhen, ließen sie sich mit majestätischer Gemessenheit nieder.

Feyrith, die goldene Königin, spreizte sich genau in der Mitte der zehn anderen Drachen, die sie wie Wächter flankierten. Einen praktischen Zweck erfüllte diese Sitzordnung nicht, denn auf dem gesamten Planeten existierte kein Geschöpf, das es gewagt hätte, eine Drachenkönigin anzugreifen, geschweige denn sich mit einem kompletten Geschwader anzulegen.

Robinton fand, sie seien die schönsten Wesen, die er je zu Gesicht bekommen hatte. Aufmerksam spähten sie zur Burg hinab, und ihre Facettenaugen funkelten im Glast der untergehenden Sonne. Er hatte gar nicht gewusst, wie viele Farbnuancen von »Bronze« es unter den Drachen gab.

»Cortath? Kilminth? Spakinth?« dachte er wagemutig.

Er erhielt keine Antwort. Nun ja, vielleicht befand sich keiner von den Drachen, die früher zu ihm gesprochen hatten, auf den Feuerhöhen. Aus dieser Entfernung vermochte er die einzelnen Tiere nicht zu erkennen. Möglicherweise unterhielten sie sich auch nicht mit kleinen Jungen, derweil sie ihre Königin bewachten.

Das abendliche Unterhaltungsprogramm war fast noch anspruchsvoller als das vorangegangene Bankett. Akrobaten traten auf, und ein Mann konnte verschiedene Dinge herbeizaubern und wieder verschwinden lassen – zum Beispiel holte er etwas hinter Raids Ohrmuscheln oder aus Maizellas Kleiderärmeln hervor. Aus seinem weiten Umhang zog er den kleinsten Hund der Welt, und unter der Kappe auf seinem Kopf kringelte sich eine winzige Tunnelschlange.

Als nach dieser turbulenten Einlage wieder Ruhe eingekehrt war, ließ Merelan eine Gruppe von Sängern und Musikanten auftreten. Robinton gehörte dazu. Das Lied von den Pflichten, eine der wichtigsten Lehrballaden, die auf jedem Stundenplan stand, sollte zu Ehren der Gäste gesungen werden.

An den Mienen der Weyrleute sah er, dass sie mit nichts anderem rechneten. Doch über die perfekte instrumentale Begleitung würden sie sich wundern, desgleichen über die Qualität der Solisten.

Robinton wartete darauf, dass seine Mutter ihm ein Zeichen gab und sang die erste Strophe. Ihm entging nicht der verblüffte Ausdruck auf S'loners Gesicht. Vor diesem speziellen Publikum legte Robinton all seine Emotionen in seine Stimme.

S'loner strahlte und klopfte mit den Fingern den Takt mit, als der Chor den Refrain losschmetterte: »Oh, preist die starken Drachenschwingen, die Mut und neue Hoffnung bringen.« Als nach dem Ende des Liedes ein donnernder Applaus ertönte, klatschte der Weyrführer am lautesten.

Danach trat Maizella ein paar Schritte vor. Robinton hörte das Geraune und Getuschel. Das Mädchen erfreute sich keiner großen Beliebtheit. Doch die Zuhörer wurden angenehm überrascht. Merelan hatte mit ihrer Ausbildung ganze Arbeit geleistet. Anstatt sich herausfordernd in Pose zu stellen, wie um anzudeuten: Jetzt singe ich, und wehe, ihr hört mir nicht zu!, nahm sie bescheiden ihren Platz neben Merelan ein, die sie auf der Gitarre begleitete.

Robinton entging nicht, wie die Weyrherrin Carola in einem Zeichen von Überdruss die Augen verdrehte, bis Maizella zu singen begann. Selbst S'loner betrachtete das Mädchen wohlwollend und flüsterte Maidir etwas zu, der lächelte und mit dem Kopf nickte.

Merelan stimmte in den Refrain des vierstrophigen Liedes ein. Die Vorstellung wurde ein voller Erfolg.

Nun kam der gesamte Chor wieder zum Einsatz, mit einem Stück, das neu war und dabei einen so mitreißenden Rhythmus besaß, dass bald die ganze Zuhörerschaft im Takt klatschte oder mit den Füßen stampfte.

Das Orchester spielte mit Schwung und Begeisterung. Viele Melodien waren neu, und Robinton hörte gelegentlich einen falschen Ton heraus. Aber er wusste, wie fleißig alle geprobt hatten, und es würde nicht mehr lange dauern, bis jede Note saß.

Als Nächstes kam er an die Reihe, nur begleitet von seiner Mutter. Auf ihren Wink hin eilte er an ihre Seite. In einer Hand hielt sie die Flöte, die andere ruhte leicht auf seiner Schulter, als sie ein paar einleitende Worte sprach.

»Dieses Lied ist sehr alt, und obwohl es zum Repertoire eines jeden Harfners gehören müsste, wurde es in letzter Zeit sträflich vernachlässigt. Selbst in der umfangreichen Bibliothek von Burg Benden konnte ich es nicht auftreiben, deshalb möchte ich es bei dieser Gelegenheit allen zu Gehör bringen.« Sie lächelte das Publikum an. »Aufgepasst, Kinder, in der nächsten Woche lernt ihr es auswendig, also hört jetzt gut zu.« Alsdann hob sie die Flöte an die Lippen und gab Robie das Zeichen zum Einsatz.

Still und einsam und verlassen,
Echos hallen durch die Gassen,
staubig, tot, verwaist und leer,
denn den Weyr gibt's nicht mehr.

Wo sind die Drachen nur geblieben?
Wer hat die Reiter denn vertrieben?
Die Herden streifen ziellos umher,
es gibt keine Drachenhirten mehr.

Verschwunden die Schutzmacht der Burgen und Felder,
wehrlos sind nun die Hallen und Wälder.
Wo weilt ihr, Drachen? In anderen Welten?
Die heilige Ordnung kann nicht mehr gelten.

Als Robintons letzter Ton ausklang und seine Mutter die Flöte senkte, herrschte eine Zeit lang absolute Stille. Das Schweigen wirkte beinahe verlegen, obschon Robinton wusste, dass er hervorragend gesungen hatte. Die Zuhörer starrten ihn und seine Mutter an, als könnten sie ihren Ohren nicht trauen.

Dann ertönte das scharrende Geräusch eines Stuhls, der nach hinten geschoben wurde, und S'loner erhob sich von seinem Platz. Seine Miene wirkte sehr ernst.

»Hab Dank, Meistersängerin, für den wundervollen Vortrag dieses klassischen Liedes.« Er verneigte sich voller Respekt vor beiden. »Seit Generationen quälen diese Fragen jeden Weyrführer von Benden. Als junger Drachenreiter habe ich dieses Lied gelernt, doch seit Jahrzehnten nie wieder gehört. Auch ich finde, dass es dem allgemeinen Repertoire hinzugefügt werden müsste. Vielleicht findet eines Tages jemand die Antworten auf die Fragen, die uns alle so sehr beschäftigen.«

»Glaubst du denn, S'loner, dass die Fäden zurückkehren werden?« fragte ein Mann am hinteren Ende der Hohen Tafel. Robinton hatte ihn noch nie zuvor gesehen, doch nach seiner Kleidung und der Sitzordnung nach zu urteilen, musste es sich um einen wohlhabenden Grundbesitzer aus Benden handeln.

Robinton bekam mit, wie Carola S'loner am Ärmel zupfte und ihm einen warnenden Blick zuwarf. Falloner hingegen sah seinen Vater gespannt und voller Erwartung an. Ein jeder in der Großen Halle schien den Atem anzuhalten.

»In weiteren fünfzig Jahren werden wir wissen, was uns die Sternsteine darüber erzählen, mein Freund. Nur an ihnen lässt sich ablesen, ob es wieder Fäden regnen wird oder nicht. Aber die Drachen halten sich bereit, und der Benden Weyr sorgt für ihre Ausbildung und ihre Kampfkraft. Dazu haben wir uns verpflichtet, sowie der erste Drache aus seinem Ei schlüpfte. Uns obliegt es, die Perneser vor dieser Heimsuchung aus dem Weltraum zu schützen. Und verlasst euch darauf, ich und jeder Weyrführer nach mir wird dieser Verpflichtung nachkommen!« Er verbeugte sich noch einmal vor Merelan, tauschte mit Robinton einen kurzen Blick und setzte sich wieder hin.

Schnell gab Merelan den Musikanten einen Wink, eine fröhliche Weise zu spielen. Dies war gleichzeitig das Signal für das Gesinde, die Tische abzuräumen und in der Mitte der Halle eine freie Fläche zum Tanzen zu schaffen. Die Leute plauderten angeregt miteinander, derweil die aufgebockten Tische auseinander genommen und an die Seite gerückt wurden. Statt dessen stellte man die Stühle in Reihen auf, und in all der umtriebigen Geschäftigkeit wurden die Kinder zu Bett geschickt.

Robinton begleitete die Tanzweisen auf der Handtrommel, deshalb erhielt er an diesem Abend keine Gelegenheit mehr, mit Falloner zu sprechen. Doch am nächsten Morgen, als Robinton zusammen mit seiner Mutter das Klassenzimmer betrat, sprang Falloner auf ihn zu, packte ihn beim Hemd und zerrte ihn in eine Ecke.

»Wer hat dir aufgetragen, dieses Lied zu singen?« zischte er halblaut, wobei er seinen Freund beinahe feindselig anstarrte.

»Meine Mutter«, versetzte Robinton verdattert, der sich diese heftige Reaktion nicht erklären konnte.

»Splitter und Scherben! Carola hat sich fürchterlich aufgeregt!« Falloner grinste. »S'loner dagegen war entzückt. Unser alter Harfner kannte es nicht und fand auch keine Aufzeichnungen, als S'loner ihn danach forschen ließ. Er wusste nur, dass ein solches Lied existierte. Möglicherweise strich G'ranad, der vorherige Weyrführer, es aus dem Unterrichtsplan.«

»Text und Melodie befinden sich im Archiv der Harfnerhalle«, erläuterte Robinton. »Ich musste mehrere Kopien anfertigen, für Harfner, die fortgingen und eine Stelle in einer Burg antraten.«

»Eines ist jedenfalls sicher – du hast meinen Vater sehr glücklich gemacht.«

»Warum?«

»Weil er mit Bestimmtheit *weiß* ...« – Falloner legte eine bedeutungsvolle Pause ein –, »dass die Fäden zurückkommen werden. Und er bemüht sich, andere von der Richtigkeit seiner Ansichten zu überzeugen. Dieses Lied ist nicht nur eine Art Rätsel, es dient gleichzeitig als Warnung.« Er klopfte Robinton auf den Rücken. »Und wenn es soweit ist, werde ich auf dem Rücken meines Bronzedrachen in den Kampf ziehen. Warte nur ab, Rob, du wirst es erleben.«

»Aber selbst wenn es stimmt, dauert es noch fünfzig Planetenumdrehungen oder gar mehr, bis es Fäden vom Himmel regnet«, hielt Robinton ihm entgegen. »Dann sind wir beide – du und ich – steinalt.«

»Die meisten Drachenreiter werden über hundert – mit fünfzig stehen sie noch in der Blüte ihrer Kraft«, widersprach Falloner. »Der alte M'odon ist beinahe hundertundzehn Planetenumdrehungen alt, und sein brauner Nigarth strotzt vor Energie und Gesundheit.«

»Kann er sich an den letzten Fädenfall erinnern?«

»Nein, dazu ist er nicht alt genug, aber sein Urgroßvater hat gegen die Fäden gekämpft.«

In diesem Augenblick ermahnte Merelan die Klasse zur Ruhe. »Heute lernen wir das Lied der Fragen. Weyrführer S'loner hat mich eigens darum gebeten, euch Text und Melodie beizubringen. Robinton, sing es uns bitte noch einmal vor, damit wir die Melodie im Ohr haben. Es sollte uns zur Ehre gereichen, dem Wunsch eines Drachenreiters nachzukommen, sowie es allen Menschen geziemt, jeden Drachen und jeden Reiter mit äußerster Zuvorkommenheit zu behandeln.«

* * *

Fünf Tage später erschien ein grüner Reiter mit einer Einladung. Merelan und Robinton sollten im Weyr zu Abend speisen, und die Meistersängerin möchte doch bitte so freundlich sein und ein paar der neuen Musikstücke interpretieren, die man unlängst in Burg Benden gehört hatte.

Robinton war sich nicht sicher, ob man sie wegen des Lieds der Fragen eingeladen hatte oder sich einfach nur am Gesang seiner Mutter erfreuen wollte.

»Natürlich werde ich dort singen, Robie«, erklärte sie lächelnd ihrem Sohn. »Deshalb nehmen wir auch unsere Instrumente mit. Aber ich bin froh, dass man dich auch eingeladen hat. Ich möchte, dass du den Benden Weyr kennen lernst.« Sie legte eine Pause ein und zwinkerte ihm komplizenhaft zu. »Dann hast du keine Angst, wenn du eine Nacht im Fort Weyr verbringen musst.«

»Woher weißt du das?« Die Lehrlinge verrieten niemandem etwas von dieser Mutprobe, und ein Mädchen hätten sie erst recht nicht eingeweiht.

Merelan schmunzelte. »In der Harfnerhalle gibt es viele offene Geheimnisse, über die man nur nicht spricht. Natürlich hätte ich keinen Augenblick lang ernsthaft angenommen, du könntest dich des Nachts in einem leeren Weyr fürchten.«

Geschmeichelt warf sich Robinton in die Brust. »Aber sind nicht alle Weyr verschieden?«

Merelan dachte darüber nach. »Doch, sicher, und in den Archiven lagern sogar Karten, die Auskunft darüber geben, wie ein Weyr angelegt ist. Das heißt, dieses Kartenmaterial zur Orientierung müsste vorhanden sein. Sowie ich nach Fort zurückkehre, werde ich mich darum kümmern.«

»Wann gehen wir denn zurück, Mutter?« Nicht, dass es Robinton nach Hause gezogen hätte. Hier in Benden fühlte er sich ausgesprochen wohl, und einen so guten Freund wie Falloner hatte er noch nie gehabt.

Seine Mutter strich ihm über das Haar.

»Vermisst du die Harfnerhalle?«

»Nicht, wenn du mich unterrichtest«, erwiderte er. »Obwohl du strenger mit mir bist als Meister Washell oder Kubisa.«

»Tatsächlich?«

»Es gefällt mir, dass ich dich jetzt ganz für mich allein habe.«

»Aber du hast mich nicht für dich allein, Robie«, korrigierte sie ihn. Ihre Stimme klang so merkwürdig, dass er zu ihr hochblickte und bemerkte, dass seine Mutter die Stirn runzelte. »Du teilst mich mit allen Bewohnern von Benden, und vor allem meine Schüler haben einen berechtigten Anspruch auf mich.«

Eine Weile sann er darüber nach. »Ja, sicher, aber es ist trotzdem anders als in der Harfnerhalle.«

»Recht hast du«, räumte sie leise ein. Dann schlug sie einen forschen Ton an. »Und jetzt sollten wir beide ein wenig üben, damit wir unsere Vorstellung im Weyr nicht verpatzen.«

* * *

Später erzählte Robinton Falloner von der Einladung. »Kommst du auch mit?« fragte er hoffnungsvoll.

»Ich? Nein. Warum sollte ich?«

»Aber … aber … aber …«

Falloner winkte ab und grinste lässig. »Hier in der Burg bin ich gut aufgehoben. Meine leibliche Mutter starb bei meiner Geburt. Meine Pflegemutter verschied an einem Fieber, das die Heilerin nicht senken konnte, und jetzt gibt es da droben im Weyr niemanden mehr, den ich gern wiedersehen möchte.«

»Nicht mal deinen Vater?«

Falloner legte den Kopf schräg und sah seinen Freund aus leicht zusammengekniffenen Augen an. »Mein Vater bedeutet mir genauso wenig wie dir der deine.«

»Ich habe nie etwas in dieser Hinsicht gesagt …«

»Aber du sprichst niemals über ihn. Daraus schließe ich, dass du ihn nicht vermisst. Außerdem möchte ich Carola nicht begegnen. Lady Hayara behandelt mich sogar besser als Stolla …« Seine Stimme nahm einen weichen Klang an. »Sie ist sehr nett, obwohl sie als Aufseherin über die Unteren Kavernen ein eisernes Regiment führt. Im übrigen habe ich es ihr zu verdanken, dass ich nach Benden gehen durfte. Sie riet S'loner, mich hierher zu schicken, bis Gras über die Sache gewachsen ist …« Er brach ab und schnitt eine Grimasse, als hätte er sich versehentlich verplappert.

»Worüber soll Gras wachsen?«

Doch Falloner stellte sich dumm und mimte den Arglosen. »Gras? Was meinst du damit?«

»Du sagtest gerade …« Robinton begriff, dass er besser nicht nachhaken sollte und zog es vor zu schweigen. »Schon gut. Ich hab mich wohl verhört.«

Lady Hayara sorgte dafür, dass Falloner dann doch mit Merelan und Robinton in den Weyr ging.

»Falloner kann Robinton Gesellschaft leisten«, erklärte sie der Sängerin. »Er wird ihn durch den Weyr führen und ihm alles Sehenswerte zeigen. Gleichzeitig passt er auf, dass er nicht aus Versehen irgendeine Sperrzone betritt.« Sie bedachte Falloner mit einem ernsten Blick, der jedoch bald durch ein herzliches Lächeln abgemildert wurde. »Und von dir erwarte ich, Falloner, dass du die kleine Larna nicht mehr piesackst.«

»Sie läuft mir immer hinterher«, beklagte sich Falloner und zog eine Schnute. »Larna ist Carolas Tochter«, erläuterte er zu Merelan gewandt, »und sie kann furchtbar lästig werden.«

»Noch etwas, Falloner«, fügte Lady Hayara mit erhobenem Zeigefinger hinzu. »Kümmere dich gut um Robinton und führe ihn ein bisschen in die Organisation eines Weyrs ein. Ein angehender Harfner sollte mehr über die Drachen und ihre Reiter wissen, als in den Liedertexten steht.«

Der braune Drache, der die Gäste abholte, ließ es ohne weiteres zu, dass auch Falloner auf ihm ritt. Auch sein Reiter hatte nichts gegen den zusätzlichen Passagier einzuwenden. Als er Falloner sah, begrüßte er ihn mit einem schiefen Grinsen.

»Na, darfst du wieder zurück, Weyrling?«

»Anscheinend ja, C'vrel. Danke, Falarth«, fügte Falloner hinzu, als er sich auf den Rücken des Braunen schwang und den Platz hinter Robinton einnahm.

Robinton hätte alles darum gegeben, zu erfahren, was diese Bemerkung bedeutete, doch er glaubte nicht, dass Falloner es ihm je erklären würde. Ehe er weiter darüber nachdenken konnte, sprang der Braune mit einem gewaltigen Satz in die Höhe und Robinton wappnete sich für den Eintritt in das *Dazwischen*.

Dankbar vermerkte er, dass Falloner seine Arme um ihn schlang und ihn beim Übergang in diese grausige Kälte festhielt. Im *Dazwischen* spürte er nichts, trotzdem war ihm irgendwie bewusst, dass Falloner ihn mit eisernem Griff umklammerte. Dieses Mal empfand er den merkwürdigen Schwebezustand im schwarzen Nichts nicht mehr so beängstigend wie bei seinem ersten Drachenritt – und dann war ihm das große Glück vergönnt, einen Weyr aus luftiger Höhe zu sehen.

Der Benden Weyr war insofern einzigartig, als er in einem alten Doppelkrater-System lag. Die Vulkane, die diese bizarren Formationen bildeten, waren längst erloschen. Als Falarth einen engen Kreis zog, wobei er sich beinahe um die Spitze einer Schwinge drehte, gewahrte Robinton den Wachdrachen und seinen Reiter. Dieses Gespann befand sich in der Nähe der wuchtigen Sternsteine, dem Fingerfelsen und dem Augenstein, in dessen runder Aussparung der Rote Stern bei seiner Wiederkehr erscheinen würde.

Auf den westlichen Felsbändern ruhten Drachen und ließen sich von der Sonne bescheinen. Höhlungen in den gewaltigen, schier abfallenden Klippen gemahnten an weit aufgerissene schwarze Rachen. Dahinter lag die Brutstätte, der Ort, an dem das Gelege einer Königin ausreifte, bis die jungen Drachen schlüpften und sich in einer feierlichen Gegenüberstellung ihren menschlichen Partner aussuchten, mit dem sie dann ein Leben lang verbunden blieben.

Während Falarth in majestätischem Schwebeflug nach unten glitt, erhasche Robinton einen Blick auf den mächtigen goldenen Leib der Drachenkönigin Feyrith, die auf ihrem Felssims ein Sonnenbad nahm. Eine Stufe über ihr lagerte ihr Gefährte, Chendith, der mit langsam kreisenden Facettenaugen zusah, wie Falarth geschmeidig vor der Unteren Kaverne landete.

Kapitel 7

Sie waren da. Falloner vermied geschickt eine Begegnung mit Carola, indem er auf der entgegengesetzten Seite vom Rücken des Drachen glitt, derweil die Weyrherrin ihre Gäste überschwänglich begrüßte. S'loner, der auch beim Empfang zugegen war, bedankte sich höflich dafür, dass die Meistersängerin und ihr Sohn die Einladung angenommen hatten.

»Das war doch wohl selbstverständlich«, wehrte Merelan lachend ab. »Offen gestanden brannte ich regelrecht darauf, den Benden Weyr zu besuchen.«

Dann machte man sie mit Stolla bekannt, der Aufseherin über die Unteren Kavernen, eine hoch gewachsene Frau mittleren Alters, die nun ihrerseits C'gan vorstellte, den hiesigen Weyrsänger. C'gan war eher schmächtig gebaut, Reiter eines blauen Drachen, und aus seiner Begeisterung für die Meistersängerin machte er kein Hehl.

Alsdann trat Miata vor, die im Weyr die jüngsten Kinder unterrichtete. Robinton verbeugte sich artig vor allen, und nach der allgemeinen Vorstellung legte S'loner ihm eine Hand auf die Schulter.

»Und jetzt lauf mit Falloner los, Robinton«, schlug er lächelnd vor. »Um deine Mutter brauchst du dir keine Sorgen zu machen, wir geben gut auf sie Acht.«

»Solange sie sich im Weyr aufhält, ist mir um sie nicht bange«, gab er freimütig zurück.

»Komm mit, hier gibt es viel zu sehen«, forderte Falloner ihn auf und rannte durch den Kraterkessel zu den gähnenden schwarzen Schlünden der Brutstätte. »Das hier ist der wichtigste Ort im ganzen Weyr. In *jedem* Weyr ...«

»Soll Ihr Sohn auch ein Harfner werden, Merelan?« hörte Robie S'loner fragen.

Die Antwort seiner Mutter bekam er nicht mehr mit. Doch abermals fragte er sich, ob es wohl möglich sei, Harfner und Drachenreiter gleichzeitig zu sein. Am liebsten hätte er einen Bronzedrachen für sich gewonnen ... Nun ja, mit einem Braunen würde er sich auch zufrieden geben, unter Falloners Kommando im Geschwader mitfliegen und gegen die Fäden kämpfen, wenn sie kämen.

Falloner zeigte ihm den gesamten Weyr. Die Brutstätte wirkte geradezu Furcht einflößend mit ihrer hohen, kuppelartigen Decke und den steil ansteigenden, treppenförmig angelegten Bänken, auf denen bei einer Gegenüberstellung die Zuschauer saßen. Robinton staunte über die gewaltige erhöhte Felsplatte, auf der die Königin ruhte, ihre Brut bewachte und den Schlüpfvorgang aufmerksam verfolgte.

Robinton war sich sicher, dass Falloner ihn auch in verschwiegene Winkel führte, die normalerweise keinem zugänglich waren, der nicht selbst in einem Weyr wohnte. Sie erklommen die Schwindel erregend hohe Treppe, die seitlich von der Brutstätte nach oben führte, und gelangten in die privaten Gemächer der Weyrherrin.

Robinton schluckte nervös und hoffte, dass Feyrith immer noch auf ihrem Felssims in der Sonne badete, und dass Carola nicht plötzlich auf den Gedanken käme, ihr Quartier aufzusuchen.

Er trippelte auf Zehenspitzen und merkte, dass auch Falloner vorsichtiger auftrat als sonst. Von hier aus erreichten sie das Ratszimmer der Drachenreiter mit seinem großen, ovalen Tisch aus massivem Fels und den steinernen Stühlen. Es musste ein Ehrfurcht gebietender Anblick sein, wenn sich hier die Weyrherren mit ihren Geschwaderführern zu Besprechungen trafen. Dann ging es ein Stück weit hinunter in die muffigen Gewölbe, in denen die schriftlichen Aufzeichnungen des Weyrs lagerten.

»In unseren Archiven stinkt es genauso«, sagte Robinton, der froh war, die Behausung der Drachenkönigin hinter sich gelassen zu haben. Als er mit dem Finger über einen Buchdeckel strich, rieb sich das Leder ab. Hastig säuberte er den Finger und hoffte, man würde die raue Stelle am Einband nicht sehen. Der Weyr sollte sich wirklich besser um die Pflege der alten Berichte kümmern. Die Bücher befanden sich in einem desolateren Zustand als die abgewetzten Folianten in der Harfnerhalle, die Meister Ogolly als seine Sorgenkinder betrachtete.

Falloner hatte den kleinen Vorfall beobachtet und schnob durch die Nase. »Das ist noch etwas, das mir in Benden so gut gefällt. Sie halten ihre Bibliothek gut in Schuss. Dort kann man ein Buch in die Hand nehmen, ohne dass es gleich zu Staub zerfällt.«

Rob musste ihm Recht geben. In Benden war ein Mann ausschließlich damit beschäftigt, die Ledereinbände der Wälzer zu reinigen und mit Öl einzureiben, damit sie geschmeidig blieben und nicht von Insekten aufgefressen wurden. Seine Mutter hatte ihm ein paar der ältesten Schwarten gezeigt. Die Tinte wirkte so frisch, als sei sie erst kürzlich aufgetragen worden, obschon die Bücher mehrere hundert Planetenumläufe alt waren.

Sie gingen denselben Weg zurück und durchquerten noch einmal das Quartier der Weyrherrin. Draußen atmete Robinton erleichtert auf. Er fragte sich, wieso Falloner sich in die private Unterkunft hinauf wagte. Wollte er sich dadurch vielleicht an Carola rächen, weil er sich von ihr ungerecht behandelt fühlte? Robinton fand es ein bisschen kindisch, es jemandem auf diese miese Weise heimzuzahlen, doch er war froh, dass er die Ratskammer des Weyrs besichtigen durfte. Er stellte sich bildlich vor, wie sich hier die Drachenreiter vor einem Fädenfall versammelten. Aber der Zustand der Bücher … Brauchte man sie denn nicht, um sich Informationen einzuholen, sein Wissen über den Kampf gegen die Fäden aufzufrischen? Doch um in ihnen stöbern zu können, mussten sie erst einmal fachkundig restauriert werden.

Während sie schnellen Schrittes über den von der Sonne aufgeheizten Sand des Kraterkessels marschierten, nahm Robinton an, sie würden sich in die Hauptwohnquartiere des Weyrs zurückbegeben. Aber Falloner grinste maliziös und lotste ihn hinauf auf den höchsten Kraterrand.

»Ich zeige dir etwas, das nicht einmal alle Weyrleute kennen«, flüsterte er. Nachdem er sich vergewissert hatte, dass niemand sie beobachtete, huschte er in geduckter Haltung um einen großen Felsblock herum. Als Robinton zögerte, zerrte er ihn am Ärmel hinterher.

Obwohl es draußen immer noch hell war, herrschte an diesem Ort ein Halbdunkel. Der schmale Felsspalt, durch den sich Falloner zwängte, war kaum auszumachen. Aber kurz darauf ging ein Licht an, und Robinton machte sich auf die nächste Überraschung gefasst, die Falloner ihm bescherte.

Falloner hielt einen kleinen Leuchtkorb hoch. Das matte Glühen, das er verströmte, reichte gerade aus, um Schatten an die Wände dieser engen Kluft zu werfen.

»Hier darfst du nur flüstern«, wisperte Falloner Robinton ins Ohr. »Was hier oben gesprochen wird, kann man drunten am Boden ganz genau hören. Das liegt an der Akustik in dieser Höhle.«

Robinton nickte kräftig mit dem Kopf. Er wollte nicht, dass seine Mutter durch einen dummen Zufall erführe, was er hier mit Falloner anstellte. Denn vermutlich war der Aufenthalt an diesem Ort verboten, wenn nicht gar gefährlich. Falloner führte ihn einen engen, sich in vielen Windungen durch den Fels schlängelnden Gang entlang. Ein ausgewachsener Mann hätte den Kopf einziehen müssen, um nicht an der Decke anzustoßen, und gelegentlich mussten selbst die schlanken Knaben den Bauch einziehen, um besonders schmale Durchgänge zu passieren.

Plötzlich schimmerte vor ihnen ein schwacher Lichtfleck, und sie gelangten auf eine Galerie, die einen ungehinderten Blick auf die Brutstätte gewährte.

»Hierher kommen wir, um uns die Eier anzuschauen, während sich die Schalen noch härten«, zischelte Falloner. »Einmal kletterte ich hinunter und fasste eines an.«

»Das hast du dich getraut?« Robinton staunte über Falloners Wagemut. »Hat man dich dabei erwischt?« Vielleicht war das der Grund, weshalb die Weyrherrin ihn nicht leiden konnte.

»Nein«, winkte Falloner verächtlich ab.

»Wie fühlen sich Dracheneier an?« fragte Robinton.

»Zuerst sind die Schalen weich wie Gummi ...«

»Ach was ...«

»Ja, und dann werden sie mit jedem Tag härter.« Falloner zuckte die Achseln. »Es macht Spaß, es nachzuprüfen. Die Temperatur in ihrem Innern erhöht sich ständig, und eines Tages fühlt sich die Schale ganz dünn an. Die Drachenembryos ernähren sich von dem Zeug, das sie umgibt, bis sie groß genug sind, um zu schlüpfen. Hast du schon mal ein Wherry-Ei mit einem halb ausgereiften Küken gesehen?« Das hatte Robinton nicht, doch er nickte trotzdem. Lorra hatte ihm erzählt, was mit den Eiern des Geflügels passierte, wenn man sie zu lange liegen ließ. »Bei Drachen ist es ähnlich. Deshalb sind die Jungdrachen ja auch furchtbar hungrig, wenn sie aus dem Ei schlüpfen. Ihnen ist das Futter ausgegangen.«

»Kommt es auch mal vor, dass ein Drache noch in der Eischale stirbt?«

»Mitunter ja. Das weiß ich von S'loner. Aber ich habe es noch nie erlebt, dass ein Drache nicht aus seinem Ei geschlüpft ist.« Es klang altklug, als habe er diesbezüglich jede Menge Erfahrungen gesammelt. »Obwohl die Gelege zurzeit recht klein sind.« Er seufzte. »Doch wenn der nächste Fädenfall kurz bevorsteht, legt die Königin wieder mehr Eier.«

»Die Fäden kommen also ganz bestimmt zurück?«

»Aber sicher. Es hat immer wieder längere Intervalle gegeben, in denen es keine Fäden regnete. Du kommst aus einer Harfnerhalle. Du müsstest das doch wissen.«

»Natürlich weiß ich darüber Bescheid«, stimmte Robinton hastig zu. Obwohl seine Informationen sehr lückenhaft waren. Er nahm sich fest vor, nach seiner Rückkehr in die Harfnerhalle nach mehr Wissen zu forschen. »Aber früher gab es immer sechs Weyr, die sich alle auf die Fädenschauer vorbereiteten.«

Falloner machte ein nachdenkliches Gesicht. »Wir kommen schon klar«, erwiderte er mit mehr Zuversicht, als seine Miene ausdrückte. »Jedenfalls schlüpfen bei uns genügend Drachen, um die zu ersetzen, die an Altersschwäche sterben. Wir besitzen volle Kampfkraft. Benden ist gut gerüstet.«

»Aber Benden ist auch der einzige Weyr«, hielt Robinton ihm entgegen. Er senkte die Stimme zu einem ängstlichen Flüstern, als er merkte, dass er zu laut sprach.

»Bendens Geschwader sind den Fäden mehr als gewachsen«, meinte Falloner stolz. Dann hielt er sich rasch den Mund zu, weil auch er im Eifer vergessen hatte, seine Lautstärke zu dämpfen. Seine Worte wurden von den Felswänden zurückgeworfen und hallten deutlich in der leeren Brutstätte nach. »Komm, lass uns von hier verschwinden. Ich zeige dir die Kasernen, und dann lernst du ein paar meiner Freunde kennen.«

Leise zogen sie sich zurück, und Falloner versteckte den Leuchtkorb in einer Felsnische. Sowie sie wieder freies Gelände erreichten, nahm der Weyrbursche die Beine in die Hand und sauste durch den Kraterkessel. Er flitzte an den Unteren Kavernen vorbei, wo es mittlerweile recht laut und lustig zuging.

Robinton erhaschte einen Blick auf seine Mutter, die mit einer Gruppe von älteren Leuten an einem Tisch saß und sich mit ihnen unterhielt. Rob war froh, dass ihm dieser Austausch von Höflichkeiten erspart blieb. In der Gesellschaft von Greisen und Greisinnen fühlte er sich nicht wohl, er mochte es nicht, wie sie aussahen, und mitunter rochen sie auch nicht gut. Er fragte sich, wieso man überhaupt so alt werden musste. Wenn ein Harfner nicht mehr arbeiten konnte, begab er sich an seinen Geburtsort zurück oder setzte sich in irgendeiner im warmen Süden gelegenen Burg zur Ruhe.

Die Weyrlingkasernen standen leer, da die Drachen des letzten Geleges mitsamt ihren Reitern bereits ihre privaten Einzelquartiere bezogen hatten. Doch alles wirkte sauber, aufgeräumt und bereit für die Mitglieder der nächsten Brut. Falloner kannte einen Schleichpfad, der aus dem Kasernenkomplex hinausführte und sie direkt in die Vorratshöhlen brachte.

»Hier lagern Vorräte in rauen Mengen«, prahlte er. »Benden, Lemos und Bitra entrichten immer noch ihren Tribut, wie es sich gehört. Die Viehzüchter von Telgar und Keroon erlauben es unseren Drachen, ihre Herden zu bejagen. Auf diese Weise werden gleich die schwächeren und älteren Tiere aussortiert.«

Durch ein Gewirr aus schmalen Tunneln bugsierte Falloner Robinton zu den Wohnstätten. Er verschaffte ihm einen Einblick in den Alkoven, den er sich mit drei anderen Jungen geteilt hatte, und dann lotste er ihn in die gigantische Badehöhle. Dampfschwaden quollen von dem großen Becken hoch, in dem man mit Leichtigkeit schwimmen konnte, wie Rob mit einer Anwandlung von Neid bemerkte. Hinter dieser Badeanlage befanden sich weitere Vorratshöhlen.

»Außerdem ein Labyrinth aus nicht mehr benutzten Gängen und abgesperrten Räumen«, schloss er. »Wenn ich erst Weyrführer bin, erkunde ich das gesamte Areal«, versprach er schmunzelnd.

Er unterbrach sich, als sie heftiges Glockengeläut hörten.

»Abendessen!« Prompt bugsierte er Robinton in die Unteren Kavernen zurück.

»Sind alle Weyr im Wesentlichen gleich angelegt?«

»Außer diesem Weyr kenne ich nur noch Telgar. Dort sind die Räumlichkeiten ähnlich, natürlich gibt es eine Brutstätte, einen Königinnenweyr, ein Archiv und all das, was man für die Organisation einer Gemeinschaft braucht. Warst du schon einmal droben im Fort Weyr?«

»Da darf keiner hin; der Zugang ist verboten«, erwiderte Robinton ausweichend und schielte seinen Freund von der Seite an.

Falloner lachte. »Seit wann hält das die Leute ab, trotzdem hinzugehen? Ich wette, da droben herrscht ein reger Verkehr.«

»Na ja, so ganz Unrecht hast du nicht, aber ...«

Falloner zwinkerte ihm vertraulich zu. »Jeder Weyr ist auf seine Art einzigartig, aber wenn man sich in einem auskennt, findet man sich in allen anderen zurecht. Das liegt in der Natur der Sache. Wenn du erst mit den Örtlichkeiten bei uns vertraut bist, kannst du dich daheim in Fort ohne weiteres orientieren.«

»Ich weiß. Danke, Fal.«

»Keine Ursache, Rob.«

Sie betraten die Unteren Kavernen. Robs Mutter stand auf einem Podium, auf dem sich die Hohe Tafel für die Weyrführer und die Ehrengäste befand. Eine kleine Bühne mit Stühlen und Notenständern war den Musikanten vorbehalten.

»Wie viele Musiker gibt es hier?« erkundigte sich Rob, der vierzehn Stühle zählte.

»Wir haben einen wirklich guten Gitarristen, C'gan, einen ganz ordentlichen Geiger und dann die üblichen Flötenspieler und einen Trommler. Unser Trommler ist nicht schlecht, aber dir kann er natürlich nicht das Wasser reichen, Rob.«

Rob freute sich über das Lob. Er sah, wie sich die Hohe Tafel langsam mit Drachenreitern füllte. An den Schulterknoten, die die Festtagsgewänder zierten, erkannte er, dass außer Bronze auch alle anderen Farben vertreten waren.

Zu seiner größten Zufriedenheit bedeutete ihm seine Mutter, er solle sich weiter an Falloner halten. Die Weyrleute, von der hektisch bimmelnden Glocke gerufen, setzten sich dort hin, wo es ihnen gerade beliebte. Falloner zog Rob an einen Tisch, an dem bereits sechs Jungen in ungefähr ihrem Alter saßen. Er riss den Arm hoch und streckte zwei Finger aus, um die beiden jüngeren Buben, die sich anschickten, die letzten freien Stühle zu besetzen, davonzuscheuchen.

»Zu spät«, bekräftigte ein Junge, dessen schwarze Locken ihm wirr in die Stirn hingen. »Los, ihr Knirpse, setzt euch woanders hin. Es sind genügend Plätze frei.«

Die Buben trollten sich ohne Murren.

»Das ist Robinton aus der Harfnerhalle«, stellte Falloner seinen Freund vor, während er sich auf einen Stuhl plumpsen ließ. »Und das ist Pragal«, fuhr er zu Robinton gewandt fort, auf den schwarzhaarigen Jungen deutend. »Jesken, Morif, Rangul, Sellel und Bravonner. Das ist mein jüngster Bruder.«

Robinton fand, die beiden sähen sich gar nicht ähnlich, bis auf die Augenfarbe, ein helles, beinahe goldenes Bernsteinbraun. Aber schließlich stammten sie von verschiedenen Müttern. Falloner hatte ihm erzählt, seine Mutter sei im Kindbett gestorben.

»Wieso bist du zurückgekommen?« fragte Bravonner.

»Ich sagte doch, ich gehe nur des Unterrichts wegen nach Benden«, erwiderte Falloner freundlich. »Ist bei dir alles in Ordnung?« Herausfordernd blickte er die anderen Jungen der Reihe nach an.

»Klar ...« begann Bravonner.

»Ich hab's dir versprochen«, begehrte Pragal ärgerlich auf. »Keiner hat ihn geneckt oder sonstwie schlecht behandelt.«

»Außer dir«, rief Bravonner mit einem Seitenblick auf Pragal dazwischen und erntete einen Knuff in die Rippen. »Siehst du?« trumpfte er zu Falloner gewandt auf.

»Ja. Ich hab's gesehen. Was gibt's denn zu essen?« fragte er Rangul.

Rangul war ein stämmiger, pummeliger Bursche. Sein unsteter Blick huschte von einem Gesprächspartner zum nächsten. Er erinnerte Robinton an einen der Lehrlinge daheim in der Harfnerhalle, dem er nicht vertraute. Dieser Junge hatte nach einem Streit bei Tisch ohne mit der Wimper zu zucken gelogen und die ganze Schuld an dem Gezänk einem anderen Lehrling zur Last gelegt.

»Schmorbraten«, erwiderte Rangul und schmatzte mit den Lippen. Dann blickte er angewidert drein. »Und jede Menge Knollengemüse.«

»Du musst es ja wissen«, frotzelte Jesken. Er hatte ein schmales Gesicht und kurz getrimmtes Haar. »Immerhin hast du fleißig beim Schälen geholfen, wenn auch nicht freiwillig.« Er lachte schadenfroh.

»Womit hast du dir diese Strafe verdient?« erkundigte sich Falloner neugierig.

»Das geht keinen was an«, erwiderte Rangul brummig und warf dem immer noch lachenden Jesken wütende Blicke zu.

»Er hat Larna in die Abfallgrube geschubst«, verriet Jesken und riss den Arm hoch, als Rangul mit der Gabel nach ihm stach.

»Hört auf damit«, befahl Falloner in einem scharfen Ton, der andeutete, dass er die beiden Streithähne oft daran hindern musste, aufeinander loszugehen. Rasch vergewisserte er sich, ob ein Erwachsener den Vorfall an ihrem Tisch mitbekommen hatte. »Obwohl es Larna nicht schaden kann, wenn ihr mal jemand bessere Manieren beibringt ... Aber wer dabei erwischt wird, darf sich auf etwas gefasst machen. Wer passt eigentlich jetzt auf das freche Gör auf?« Er schaute zu dem Tisch hin, an dem die Mädchen saßen. »Ach, Manora ... die hat mal wieder das große Los gezogen.« Dann wandte er sich erneut den anderen Jungen zu. »Ist was Interessantes passiert, während ich fort war?«

Die Aufzählung, die nun folgte, blieb Robinton unverständlich, da er die Weyrbewohner nicht kannte. Das Gespräch verstummte jäh, als eine Serviererin eine Platte mit Bratenscheiben vor Falloner hinstellte.

»Na, du bist auch wieder da?« bemerkte die Frau missvergnügt. »Sorg dafür, dass es an diesem Tisch gesittet zugeht. Hast du mich verstanden?«

»Wie immer, Milla«, erwiderte er mit scheinheiliger Miene.

»Rangul, lauf und hol das Knollengemüse«, forderte sie den stämmigen Burschen auf.

»Aber ich hab es doch geschält«, meuterte er.

»Grund genug, um die Früchte deiner Arbeit auch zu servieren. Nun geh schon. Und du, Jesken, bringst den Salat.«

Murrend schob Rangul seinen Stuhl zurück und schleppte die große, dampfende Schüssel herbei. Jesken kam mit dem Salat früher zurück als er.

Falloner legte sich selbst und Robinton je eine dicke Scheibe Bratenfleisch auf den Teller, ehe er die Platte weiterreichte. Dann bedeutete er Rangul, er solle ihn mit dem Knollengemüse bewirten. Rangul gehorchte, wenn auch ungehalten. Ganz offensichtlich wagte er es nicht, sich Falloner zu widersetzen.

»Du bist unser Gast. Bedien dich zuerst.« Mit diesen Worten bot Jesken Robinton den Salat an.

»Später wird er singen. Er hat eine tolle Stimme und ist ein erstklassiger Musiker.« Falloner zwinkerte Robinton zu, dem nicht ganz wohl bei dem Gedanken war, dass Lieder vorgetragen würden, die er geschrieben hatte. Er hoffte, es ließe sich vermeiden, den Urheber der Musikstücke zu nennen.

»Dein musikalischer Beitrag bleibt uns wohl auch nicht erspart«, wandte sich Rangul spöttisch an Falloner. Neid und Missgunst standen ihm ins Gesicht geschrieben.

»Im Gegensatz zu dir *kann* ich singen«, parierte Falloner gelassen.

»Wer in der Harfnerhalle nicht singen kann, lernt ein Instrument zu spielen«, warf Robinton ein, um der Diskussion die Schärfe zu nehmen. Er fand, die Jungen im Weyr unterschieden sich nicht sonderlich von den Lehrlingen daheim, bei denen Wortgefechte und hitzige Plänkeleien an der Tagesordnung waren. »Hmm, der Braten schmeckt wirklich köstlich«, fügte er hinzu, in der Hoffnung, das Thema zu wechseln.

»Ja, sehr lecker«, bestätigte Falloner mit vollem Mund. »Obwohl das Essen hier immer gut ist.«

»Meistens jedenfalls«, ergänzte Jesken und wischte sich die heruntertropfende Sauce vom Kinn. »Aber heute Abend hat sich die Köchin selbst übertroffen. So zartes Fleisch bekommen wir selten.«

»Vielleicht liegt das daran, dass Robinton an unserem Tisch sitzt«, meinte Falloner grinsend.

»Bleibst du länger hier?« fragte Sellel, von Falloner zu Robinton blickend.

»Mindestens für eine Nacht«, entgegnete Falloner. Mit dem Ellbogen stieß er Robinton in die Rippen. »Er und seine Mutter werden nämlich bis in die frühen Morgenstunden singen.«

»Und du wirst uns begleiten«, konterte Robinton und spießte das nächste Stück Braten auf seine Gabel. Er bedauerte es, dass er mit dem Essen Maß halten musste, aber mit einem zu vollen Magen konnte er nicht singen.

* * *

Und er sang. Mit Falloner, mit seiner Mutter und als Solist. Als Erstes interpretierten sie natürlich die Ballade von den Pflichten, in die das gesamte Publikum einstimmte. Nachdem Robinton die Eingangsstrophe vorgetragen hatte, sangen die Weyrleute sämtliche anderen Verse und den Refrain mit. Gleich nach der ersten Strophe erntete er Applaus und freute sich über das Kompliment.

Dann flüsterte seine Mutter ihm zu, er solle mit dem Lied der Fragen fortfahren. Sowie er begann, senkte sich ein ehrfurchtsvolles Schweigen über das Publikum, das andächtig und nachdenklich lauschte. S'loner strahlte vor Glück, als er merkte, wie gut das Lied bei den überraschten Weyrbewohnern ankam.

Robinton und Falloner interpretierten mehrere von

Robs Liedern, ohne jedoch den Namen des Komponisten zu erwähnen. Die Zuhörer waren begeistert. Zwar gab es im Weyr keinen besonders gut ausgebildeten Harfner, doch viele Leute besaßen schöne Stimmen und schnappten im Nu eine neue Melodie auf. Dieses Publikum war ganz anders als jede andere Zuhörerschaft, vor der Robinton bis jetzt gesungen hatte – und wahrscheinlich das beste. Auch seine Mutter spürte dies, ihre Stimme nahm wieder den freudigen, jubelnden Klang an, selbst bei nostalgischen Weisen. Sie hatten einen besonderen Rapport zu diesem Publikum hergestellt, gewissermaßen eine neue Dimension des »Zuhörens« erschlossen.

Wir hören auch zu, Harfnerjunge, ertönte eine Stimme in Robintons Kopf. Vor Schreck hätte er um ein Haar einen falschen Ton gesungen.

Das erklärte vieles, aber Rob blieb nicht die Zeit, um darüber nachzudenken. Er musste singen und sein Bestes geben, weil er niemanden enttäuschen wollte.

Die Zuschauer wünschten sich bestimmte traditionelle Balladen, und erst als Robinton vor lauter Müdigkeit die Stimme versagte, beendete Merelan das Konzert.

»Wir haben Ihnen und Ihrem Sohn viel zu viel abverlangt, Merelan. Es war unverschämt«, entschuldigte sich S'loner und erhob sich von seinem Platz. Er winkte ab, als immer noch Rufe nach einer Zugabe laut wurden. »Selbst für eine Zusammenkunft im Weyr ist es mittlerweile sehr spät geworden, und Sie haben uns mit Ihrem umfangreichen Repertoire mehr als großzügig beschenkt.«

»Das ist der Tribut der Harfnerhalle an den Weyr«, gab sie zurück und vollführte einen eleganten kleinen Knicks. Mit einer weit ausholenden Geste schloss sie alle Anwesenden ein. »Es war uns ein Vergnügen, für euch zu singen.«

»Unsere Drachen haben das Konzert beinahe genauso genossen wie wir«, erklärte der Weyrführer und blinzelte dabei Robinton kameradschaftlich zu.

Plötzlich flaute die Hochstimmung ab, die Robinton bis jetzt die nötige Spannkraft verliehen hatte, um die anstrengende Vorstellung durchzustehen, und er fing an zu taumeln.

»Falloner, bring Robinton zu Bett«, rief S'loner und deutete in Richtung der Schlafkammern.

»Ich kann mich auch kaum noch auf den Beinen halten«, meinte Falloner, legte den Arm um seinen Freund und führte ihn weg.

»Und Sie, meine teure Merelan, werden im Gästeweyr übernachten, ein Quartier, das einer Drachenkönigin gebührt. Carola begleitet Sie dorthin.«

* * *

Am nächsten Tag brachte S'loner persönlich seine Gäste nach Burg Benden zurück. Robinton und seine Mutter wussten diese Ehre zu schätzen, obwohl sie immer noch ziemlich erschöpft waren. Bei dem abendlichen Konzert hatten sich beide völlig verausgabt. Selbst Falloner wirkte ruhiger als sonst und gab sich im Beisein seines Vaters nicht sehr gesprächig.

»Ich werde eine ganze Woche lang schlafen«, verkündete Merelan, als sie dem Bronzereiter und seinem Drachen Chendith zum Abschied hinterher winkten. »Aber dieses Konzert war ein unvergessliches Erlebnis. Ich weiß, dass ich noch nie zuvor so gut gesungen habe, und du warst einfach phantastisch, Robinton. Hoffentlich kommst du nicht so bald in den Stimmbruch.« Sie seufzte und zauste sein Haar, während sie die Treppe zur Burg hinaufgingen. »Und dann wünsche ich mir natürlich, dass du als erwachsener Mann genauso gut singst wie als Knabe.«

Lady Hayara kam ihnen entgegen, in einem unbeholfenen Watschelgang, da sie kurz vor der Niederkunft stand. »Ich dachte mir, dass ihr im Weyr übernachten würdet, als es so spät wurde und ihr immer noch nicht zurück wart«, sagte sie, als sie sie in die Burg hinein begleitete. »Ihr beide seht richtig abgekämpft aus … Hat alles gut geklappt? Meine Güte, Merelan, Sie strahlen, als hätten Sie etwas besonders Schönes erlebt. Brauchen Sie vielleicht noch etwas? Ich glaube, heute gehe ich nicht mit Ihnen die Treppe hoch.« Sie stieß einen leisen Seufzer aus und fächelte sich mit der Hand Luft zu. »Ich hatte gehofft, dieses Mal käme das Kind pünktlich …«

Merelan sprach der Burgherrin ihr Mitgefühl aus und versicherte ihr, dass sie mit allem versorgt seien. Dann begab sie sich mit Robie in ihr Quartier. Als Lady Hayara außer Sicht war, ließ Merelan die Schultern hängen.

»Singen kann sehr anstrengend sein«, meinte sie, als sie ihre Räume betraten. »Ach!«

Beide sahen die große Rolle auf dem Tisch, die eine Botschaft enthielt. Das blaue Band, das sie zusammenhielt, verriet, dass sie von der Harfnerhalle stammte. Einen kurzen Augenblick lang zögerte Merelan, dann nahm sie die Rolle, zerbrach das Siegel und setzte sich an den Tisch. Vorsichtig entrollte sie die Nachricht, die aus mehreren Notenblättern bestand. Robinton sah, wie seine Mutter blass wurde, und ihre Hände zitterten leicht, als sie den an die Blätter gehefteten Brief las.

»Nein, dein Vater hat diese Botschaft nicht geschickt.« Nach einem flüchtigen Blick auf die Noten las sie den Brief zu Ende. »Es war Meister Gennell. Reich mir doch bitte mal meine Gitarre, Robie.«

Er holte die Gitarre aus ihrem Kasten und gab sie ihr, verwundert über die Hektik, die seine Mutter plötzlich an den Tag legte. Erst in diesem Moment vergegenwärtigte er sich, dass sie, seit sie in Benden weilten, keine einzige Komposition seines Vaters gesungen hatte. Weder hier in der Burg noch droben im Weyr trug sie seine Werke vor, dabei war sie vermutlich die einzige Sängerin auf Pern, die das erforderliche stimmliche Volumen besaß, um diese höchst komplexe Musik zu interpretieren. Als er sah, wie sie in ihrer Nervosität vergeblich versuchte, die Notenblätter zu glätten, die sich immer wieder zusammenrollten, hielt er die Ränder mit den Händen fest.

Merelan spielte einen Akkord, hielt inne, stimmte die Saiten ein wenig nach und begann von neuem. Mitten in der Melodie hob sie verwirrt und überrascht den Blick von den Noten.

»Das klingt so ganz und gar nicht nach deinem Vater …« Mit gespannter Miene prüfte sie die Noten. »Aber es ist eindeutig seine Handschrift«, stellte sie fest und spielte weiter.

Robinton verfolgte das Stück und blätterte die Seiten um. Einmal hätte er um ein Haar vergessen, die Noten mitzulesen, so ergriffen war er von der melancholischen, in Moll gehaltenen Weise. Als der Schlussakkord verklang, tauschten Mutter und Sohn bedeutungsvolle Blicke. Merelan schien verstört zu sein, wie Robinton bestürzt bemerkte. Er hoffte inständig, seiner Mutter gefiele die Melodie genauso gut wie ihm.

»Ich möchte behaupten«, begann sie, »ohne Widerspruch befürchten zu müssen …« – sie hob leicht die Mundwinkel –, »dass dies die ausdrucksstärkste Musik ist, die dein Vater je geschrieben hat.« Sie umschlang ihre Gitarre mit beiden Armen. »Ich glaube, er vermisst uns, Robie.«

Robinton nickte. Normalerweise komponierte sein Vater eine aggressivere Musik, die eine positive Stimmung implizierte. Seine Werke quollen über vor verschlungenen, phantasievollen Variationen, wilden Kadenzen und bravourösen Passagen. Diese Melodie hingegen drückte auf eine schlichte, elegante Weise eine wehmütige, das Herz anrührende Sehnsucht aus.

Wieder nahm Merelan Meister Gennells Brief in die Hand. »Das schreibt auch Meister Gennell. ›Ich finde, du solltest dieses Werk zu Gesicht bekommen, Merelan. Die Hinwendung zum Lyrischen ist unverkennbar. Meiner Meinung nach das Beste, was er je geschrieben hat, obwohl er der Letzte wäre, der dies zugeben würde.‹« Merelan lachte leise. »Er würde es *niemals* zugeben, Gennell.« Sie sah ihren Sohn an. »Wie lautet dein Urteil, Robie? Was hältst du von dieser Musik?«

Er rang nach den passenden Worten. »Gibt es einen Text dazu?«

»Nein, aber du kannst ja einen schreiben. Dann wäre es eine Gemeinschaftsproduktion von Vater und Sohn. Wer weiß, vielleicht die erste von vielen …«

»Davon halte ich nichts«, erwiderte er nach reiflicher Überlegung, obwohl er sich nichts sehnlicher wünschte, als einen Text zu dichten, der vor seinem Vater Gnade fand. »Ich meine, du solltest die Verse dazu schreiben, Mutter.«

»Ich glaube, wir beide werden uns gemeinsam einen Text einfallen lassen.« Sie zerstrubbelte sein Haar, und obwohl sie lächelte, blickten ihre Augen traurig. »Falls wir die richtigen Worte finden …«

Kapitel 8

Robinton wusste nicht, was seine Mutter in ihrer Antwort an Meister Gennell schrieb, aber sie erklärte ihrem Sohn, dass sie ihren Vertrag mit Burg Benden erfüllen müsse. Außerdem wollte sie C'gan, den Weyrsänger, noch eine Weile unterrichten. Er besaß eine hohe Musikalität, doch vor allen Dingen brauchte er mehr Vertrauen in seine Fähigkeiten. Obendrein fasste sie den Entschluss, einen Harfner für die Gesangsausbildung nach Benden zu schicken, wenn die Lehrlinge im Sommer die Tische wechselten und den Gesellenstatus erreichten. Benden verdiente den besten Gesellen, der abkömmlich wurde.

»Aus mehreren Gründen«, legte sie dar. »Allerdings sollten wir Maizella mit uns in die Harfnerhalle nehmen. Nun, da sie sich ein Grundwissen angeeignet hat, sollte sie von unterschiedlichen Lehrern unterrichtet werden. Das kann ihrem Talent nur förderlich sein.« Merelan lächelte verhalten. »Ich sorge dafür, dass sie mit Halanna Duette singt.«

Robinton wurde nicht um seine Meinung gebeten, doch er wäre gern noch viel länger in Benden geblieben, und nicht nur wegen seiner Freundschaft mit Falloner, Hayon und den anderen Jungen. Eigentlich zog ihn nichts mehr in die Harfnerhalle zurück, doch als Maizella dann anfing, ihn nach seinem Zuhause auszufragen, verspürte er plötzlich Heimweh nach seinen alten Spielgefährten, sogar Lexey vermisste er ein bisschen.

Maizellas Eltern waren entzückt, als die Meistersängerin ihnen von ihrem Plan für Maizella erzählte. Das geschah, nachdem Lady Hayara einen Sohn zur Welt brachte.

»Ein Mädchen wäre mir lieber gewesen«, vertraute sie Merelan an, als sie und Robie die Wöchnerin besuchten. »Es ist viel einfacher, ein Mädchen zu verheiraten, als sich ständig wegen der Erbfolge den Kopf zu zerbrechen, wenn mehrere männliche Nachkommen da sind. Gewiss, Raid wird einmal einen guten Burgherrn abgeben, aber ...« Sie sprach den Satz nicht zu Ende.

Von Falloner ließ sich Robie darüber aufklären, wieso ein junger Bursche, der in einer Harfnerhalle oder in einem Weyr aufwuchs, es leichter hatte als ein Knabe in einer Burg. Jeder junge Mann, der ein Nachfahre des herrschenden Geschlechts war und für die Erbfolge in Frage kam, musste vor eifersüchtigen Brüdern und Cousins auf der Hut sein.

»Aber kommen nicht sämtliche Burgherren zusammen und entscheiden in einer Abstimmung, wer der neue Lord sein wird?« fragte Robinton und erntete für seine Naivität ein verächtliches Schnauben.

»Klar, die Entscheidung liegt bei der Ratsversammlung der Burgherren, aber im Allgemeinen fällt ihre Wahl auf den Stärksten, der lange genug überlebt hat, um sich dem Votum zu stellen. Allerdings gibt es in einem Weyr auch genug Rivalität und Intrigen, wenn eine Königin paarungsbereit ist.« Falloners Gesicht nahm einen listigen Zug an. »Doch niemand kommt dabei zu Tode, weil Drachenreiter ja keine Duelle auf Leben und Tod ausfechten können. Und ein geschickter Reiter weiß, wie er es anstellen muss, damit sein Bronzedrache die Königin vor allen anderen erreicht.«

»Wie das?«

Falloner bedachte ihn mit einem geduldigen Blick. »Es gibt Mittel und Wege! Auf diese Weise schlug

mein Vater alle anderen Bronzereiter aus dem Feld, als Feyrith zu einem Paarungsflug aufstieg. Carola wollte C'rob in ihrem Weyr haben, aber Spakinth war nicht so fix wie Chendith. Chendith ist allen anderen überlegen. Und das Gelege, das *er* mit Feyrith zeugte, war viel größer als das vorangegangene, das von Spakinth befruchtet wurde.«

»Ich dachte, wer einmal Weyrführer ist, bleibt es sein Leben lang ...« In Gedanken ging Robinton alle ihm bekannten Lieder über die Drachen durch.

»Nein, nur so lange, wie sein Drache die Königin befliegt«, erklärte Falloner kopfschüttelnd.

»Ich wünschte mir, du könntest zu uns in die Harfnerhalle kommen«, schlug Robinton schüchtern vor.

»Auf gar keinen Fall«, wehrte Falloner ab. »Ich gehe in den Weyr zurück. Und ich will nicht zu lange von dort wegbleiben.«

»Wieso denn nicht? In der Brutstätte gibt es zur Zeit kein Gelege, und für eine Gegenüberstellung bist du ohnehin noch zu jung.«

»Eine Planetenumdrehung weiter, und ich bin alt genug«, versetzte Falloner keck wie immer. »Aber ich bin froh, dass wir beide uns kennen gelernt haben, und deine Mutter habe ich sehr gern. Ihr habe ich es zu verdanken, dass man mich nicht mehr so leicht übersieht.«

»Was meinst du damit?« Robinton fand, Falloner sollte sich lieber etwas unauffälliger verhalten, anstatt sich so aufzuführen, dass er den Zorn der Weyrherrin auf sich zog und aus dem Weyr verbannt wurde, bis Carola sich wieder beruhigt hatte. Allerdings sollte Robinton nie erfahren, worin Falloners Vergehen eigentlich bestand.

»Zum Beispiel kann ich C'gan helfen, Musikstücke zu kopieren. Im Notenlesen und -schreiben bin ich fast so gut wie du.«

»Du lernst halt sehr schnell«, räumte Robinton großmütig ein.

»Wenn ich beim nächsten Fädenfall Weyrführer sein will, darf ich keine Zeit verschwenden«, erwiderte Falloner ernst. »Komm, Rob, ich helfe dir beim Packen. Du nimmst mehr Zeug mit, als du bei deiner Ankunft in Benden dabei hattest.«

»Hier waren alle sehr freundlich zu mir«, sagte Robinton.

»Warum auch nicht? In Benden kommst du niemandem ins Gehege.«

* * *

Robintons Kehle war wie zugeschnürt, als sie sich am nächsten Tag von den Burgbewohnern verabschiedeten. Besonders Falloner und Hayon waren ihm ans Herz gewachsen.

»Keine Bange, Rob«, flüsterte Falloner ihm ins Ohr, als sie neben Spakinths gewaltiger Flanke standen und zusahen, wie die Packsäcke auf den Rücken des Bronzedrachen gehievt wurden. »Sobald ich selbst ein Drachenreiter bin, komme ich dich besuchen. Das verspreche ich dir.«

»Ich werde auf dich warten«, erwiderte Robinton, gegen die Tränen ankämpfend.

»Aufgesessen!« rief C'rob und hob Robinton mit Schwung in die Höhe.

Robinton kannte den Trick, wie man sich an einem Nackenwulst festhielt und sich dann auf seinen Platz setzte. Nach ihm schwang sich seine Mutter elegant auf den Drachen und winkte den Leuten zu, die gekommen waren, um sich von ihr und Rob zu verabschieden. Als Robinton sie schluchzen hörte, wusste er, dass er nicht der Einzige war, der es bedauerte, Benden verlassen zu müssen. Wie gern wäre er noch geblieben.

Maizella auf Cortath zu verfrachten, dauerte ein bisschen länger, da sie mit sehr viel Gepäck reiste. Tränen strömten ihr übers Gesicht – Freudentränen, nahm Robinton an.

Sie würde sich noch wundern, welches Leben sie in der Harfnerhalle erwartete, dachte er nicht ohne Schadenfreude. Auf die Privilegien, die sie bis jetzt in Burg Benden genossen hatte, würde sie verzichten müssen. Diese Vorstellung hielt ihn davon ab, vor Trennungsschmerz laut loszuheulen.

Dann ging es los. Wieder hatte Robinton das Gefühl, ihm würde der Kopf abgerissen, als Spakinth mit voller Kraft vom Boden absprang. Doch mittlerweile fürchtete er sich nicht mehr vor dem *Dazwischen*, lediglich die Kälte setzte ihm zu. Er war stolz auf sich, weil er seine Ängste überwunden hatte.

Spakinth zog alle Register seines Könnens. Direkt über dem Hof der Harfnerhalle tauchte er wieder auf, so tief, dass seine Schwingen beim Sinkflug um ein Haar die Dächer gestreift hätten. Dann überraschte er alle mit einer unglaublich sanften Landung.

»Gut gemacht, Spakinth!« lobte Merelan den Drachen und klatschte begeistert in die Hände.

»Später bringe ich ihn um«, knurrte C'rob verärgert. »Wie kann er ohne meine Erlaubnis eine solche Schau abziehen?«

»Bitte nicht, C'rob«, flehte Merelan mit vergnügt funkelnden Augen. »Das war doch ein einmaliger Auftritt! Da sind ja auch Cortath mit M'ridin und Maizella. Allerdings landen sie nicht so spektakulär wie wir.«

Lächelnd winkte sie den Leuten zu, die sich auf der Treppe versammelt hatten. Dann setzte der im zweiten Obergeschoss stehende Chor zu einem Ständchen an.

Endlich seid ihr wieder da!
Glücklich singen wir Hurra!

Willkommen daheim
am trauten Ort,
wir bitten euch herzlich:
Geht nie wieder fort!

Es folgte ein schmetternder Trompetentusch, begleitet von einem furiosen Trommelwirbel. Merelan war entzückt und gerührt über diesen liebevollen Empfang. Nur Robinton merkte, wie sie verstohlen nach seinem Vater Ausschau hielt.

Petiron stand nicht mit den anderen auf den Stufen zur Harfnerhalle, aber vielleicht dirigierte er droben den Chor. Meister Gennell war anwesend und fuchtelte hektisch mit den Armen herum. Neben ihm entdeckte Robinton Betrice, Ginia, Lorra, mit ihrem jüngsten Kind auf der Hüfte, Meister Bosler und Meister Ogolly, flankiert von Lexey und Libby. Eine Stufe tiefer hopste Barba unruhig auf und ab.

»Erwähne nicht das jüngste Werk deines Vaters, Rob. Es sei denn, er selbst fängt davon an«, wisperte seine Mutter ihm hastig zu und half ihm dann, von Spakinths hohem Widerrist herunterzurutschen. Gennell und Betrice eilten herbei, um mit anzupacken.

»Meine Güte, bist du gewachsen!« staunte Betrice und umarmte Rob, ehe Lexey und Libby ihn erreicht hatten. »Und das ist die junge Maizella?« erkundigte sie sich, derweil sich Meister Bosler und Ginia um das Mädchen kümmerten. »Noch so eine wie Halanna? Nein, sie hat nicht ganz so viel Gepäck mitgebracht.«

»Maizella ist schon in Ordnung, und sie hört auf das, was meine Mutter sagt.« Schmunzelnd öffnete Robinton die dicke Jacke, die er zum Schutz gegen die Kälte im *Dazwischen* getragen hatte, und zog sich sein Hemd zurecht.

»Hast du uns vermisst?« wollte Lexey wissen, während er aufgeregt von einem Bein auf das andere trat.

Seine Miene verriet, dass sein Freund ihm sehr gefehlt hatte.

»Klar hab ich euch vermisst, Lexey.« Rob boxte ihn spielerisch gegen die Schulter. »Und ich hab ein paar tolle neue Spiele gelernt, Libby«, wandte er sich an das Mädchen.

Merelan begann damit, Maizella dem Meisterharfner, seiner Frau und den anderen Erwachsenen vorzustellen und überließ das Mädchen dann Betrice.

»Robinton …« gab seine Mutter ihm das Stichwort, sich bei Spakinth und C'rob zu bedanken.

»Es war mir ein Vergnügen, euch heimzubringen, Meistersängerin. Besteht die Möglichkeit, dass Sie zur Herbstversammlung zurückkommen um zu singen? Man hat mir eigens aufgetragen, Sie um diesen Gefallen zu bitten«, fügte C'rob breit grinsend hinzu.

»Wenn es sich einrichten lässt, komme ich gern.« Bei ihren Worten nickte Robinton heftig mit dem Kopf, und Merelan musste über den Eifer ihres Sohnes lachen. »Ich sehe schon, Robie wird mir keine Ruhe geben, bis ich zusage. Können Sie nicht noch auf einen Becher Klah bleiben, C'rob?«

Bedauernd schüttelte C'rob den Kopf. »Heute nicht. Aber vielen Dank.«

Beide Reiter saßen wieder auf, die Drachen erhoben sich mit gewaltigem Schwingenschlag in die Lüfte und drehten ostwärts, ehe sie verschwanden.

Robinton hörte seine Mutter leise seufzen, ehe sie sich umdrehte und denen, die sie willkommen hießen, zulächelte.

»Kommt mit«, forderte Lorra sie auf und hakte sich bei Merelan ein. »Ich hab was vorbereitet, was euch die Kälte des *Dazwischens* aus den Knochen treibt … Und geht mir ja vorsichtig mit den Sachen der Meistersängerin um!« schnauzte sie die Lehrlinge an, die sich mit den Packsäcken beluden.

»Wir waren nicht lange genug im *Dazwischen* um durchzufrieren«, sagte Robinton.

»Du scheinst mir ja ein erfahrener Reisender zu sein«, zog Lorra ihn gutmütig auf.

»Mutter und ich sind mehrere Male auf Drachen in den Benden Weyr geflogen«, erwiderte er.

»Dürfen wir mit hineinkommen?« bettelte Libby, die mit Lexey und Barba in der Tür lungerte.

»Seit wann kriegt man hier nichts zu essen, wenn man darum bittet?« versetzte Lorra. Mit der kleinen Silvina auf einer Hüfte bugsierte sie die Gesellschaft in ein Speisezimmer, wo ein mit Obstsäften, Pasteten und Keksen gedeckter Tisch stand. »Obwohl das Mittagsmahl doch gerade erst vorbei ist. Habt ihr in Benden zu Mittag gegessen, ehe ihr abflogt?« erkundigte sie sich bei Merelan.

»Ja, wir nahmen einen Imbiss zu uns, obwohl durch die Zeitverschiebung ...«

»Na, wenigstens füttern sie in Benden ihre Gäste«, kommentierte Lorra wohlwollend.

Merelan drehte sich hastig um, als in der Halle das Poltern von Stiefeln ertönte, doch es waren die Meister Gennell, Bosler und Ogolly, die eintraten.

»Ich hatte gehofft, Petiron käme rechtzeitig von Ruatha zurück«, wandte sich Meister Gennell verlegen an Merelan.

»Ach?«

»Er war sich ganz sicher, dass er zu eurer Begrüßung hier wäre«, fuhr Gennell fort, »deshalb schickten wir keine Trommelbotschaft nach Benden, um euren Abflug zu verschieben.« Der Meisterharfner fixierte die offen stehende Tür, wie wenn er jeden Augenblick mit Petirons Ankunft rechnete. »Bis Ruatha ist es nicht weit, und ich selbst habe mich darum gekümmert, dass alle Harfner mit guten Reittieren ausgestattet waren. Sie nahmen an der Sommerversammlung teil, außerdem baten die Leute von Ruatha um einen ganz besonderen Gefallen.«

»Sie wollten, dass Halanna eine Weile bei ihnen bleibt?« riet Merelan.

»Ja, und Londik auch«, fügte Gennell stirnrunzelnd hinzu. »Obwohl er demnächst in den Stimmbruch kommt.«

»Dass Londik nicht mehr bei uns ist, spielt keine Rolle«, meinte Merelan beinahe lässig und sah dabei ihren Sohn an. »Robie kann die Sopransoli übernehmen. In Burg Benden und im Benden-Weyr hat er mit seinen Vorträgen geglänzt, und nicht nur als seine Mutter, sondern auch als seine Gesangslehrerin bin ich stolz auf ihn.«

»Das kann ich mir denken. Hat es dir im Weyr gefallen, Rob?« fragte Meister Gennell mit freundlichem Lächeln.

»Es war herrlich«, antwortete Robinton. Am liebsten hätte er sich in eine eingehende Beschreibung des gesamten Weyrs gestürzt. Er wusste nicht mehr, ob Meister Gennell jemals den Benden Weyr besucht hatte.

»Ja, es ist wirklich ein beeindruckender Ort.« Gennell tätschelte Robintons Schulter und richtete das Wort an Merelan. »Erzähl mir mehr über unseren neuen Sopran, Lord Maidirs Tochter.«

»Sie ist ein wohl erzogenes junges Mädchen«, erwiderte Merelan und schmunzelte, als sie Meister Gennells offenkundige Erleichterung bemerkte. »Es würde mir im Traum nicht einfallen, der Harfnerhalle ein zweites ...« Sie räusperte sich und schlug Robinton vor, sich zu seinen Freunden zu setzen.

Robinton nahm sein Glas mit Fruchtsaft und trollte sich. Innerlich grinste er, denn er wusste genau, was seine Mutter im Begriff stand zu sagen.

* * *

Sein Vater kam erst zurück, als der lange Sommertag sich dem Ende zuneigte. Zwei der Gesellen, die ihn begleiteten, führten ihre Reittiere am Zügel. Ein Renner lahmte stark.

»Ein Tier lahmt, Mutter«, rief Robinton von seinem Ausguck am vorderen Fenster. »Aber nicht das von Vater«, setzte er hinzu, als sie herbeieilte, um ihm über die Schulter zu spähen. »Siehst du? Da ist er!« Er deutete auf die unverwechselbare, hoch gewachsene, hagere Gestalt seines Vaters, der gerade von seinem braunen Wallach absaß.

Die Reaktion seiner Mutter verstand er nicht. Zuerst hatte sie sich gegrämt, weil sein Vater nicht in der Harfnerhalle war, und jetzt schien seine Ankunft sie gleichgültig zu lassen.

»Vater würde niemals allein vorreiten, wenn jemand aus der Gruppe irgendwelche Probleme hat«, sagte er.

»Manchmal, Robie«, entgegnete sie, »bist du viel zu nachsichtig.«

Doch seine milde Stimmung verflog, als sein Vater eine halbe Ewigkeit brauchte, zu ihrer Begrüßung nach oben zu kommen.

»Hat es unterwegs Schwierigkeiten gegeben, Petiron?« fragte seine Mutter. Sie wandte sich von dem Fenster ab, durch das sie einen flammenden Sonnenuntergang beobachtet hatte.

»Zwei Renner lahmten, weil sie es besonders eilig hatten, nach Hause zu gelangen«, erklärte er, die Satteltaschen und den Instrumentenkasten auf die Bank legend. »Ihr seid bequemer gereist.« Er trat an sie heran und drückte flüchtig einen Kuss auf ihre Wange. »Londik ist im Stimmbruch.«

»Ich kann an seiner Stelle singen«, schlug Robinton zaghaft vor.

Sein Vater hob die Brauen, als hätte er erst jetzt seinen Sohn bemerkt. »Wir werden sehen. Um diese Zeit müsstest du längst im Bett liegen, Robinton. Und deine Mutter und ich haben viel zu besprechen. Gute Nacht.«

»Ist das alles, was du deinem Sohn zur Begrüßung zu sagen hast?« fragte Merelan in einem so schneidenden Ton, dass Robie erschrak.

»Schon gut, Mutter. Gute Nacht, Vater«, sagte er schnell und rannte enttäuscht und bestürzt aus dem Zimmer.

»Petiron, wie kannst du nur …«

Robie schloss die Tür, um die Antwort seines Vaters nicht zu hören. Er war froh, dass durch die dicken Wände kaum ein Laut drang. Verzweifelt warf er sich auf sein Bett und wünschte sich, er wäre wieder in Burg Benden. Selbst Lord Maidir behandelte ihn liebevoller als sein eigener Vater.

Wieso konnte er seinem Vater nichts recht machen? Was hatte er ständig an ihm, seinem einzigen Sohn, auszusetzen? Vielleicht hätte er nicht sagen sollen, er könne Londiks Platz ausfüllen, doch es entsprach nur der Wahrheit. Er wusste, dass er genauso gut war wie Londik, wenn nicht gar besser. Wenn es um das Spielen von Instrumenten ging, übertraf er Londik bei weitem. Seine Mutter hatte es ihm mehrmals versichert, und sie lobte niemanden aus purer Gefälligkeit oder um jemandem zu schmeicheln – nicht, wenn es um Musik ging.

Leise weinte er in sein Kissen. Und als er später laute, erregte Worte hörte, zog er sich das Kissen über den Kopf und hielt sich die Ohren zu, bis er kein Geräusch mehr vernahm außer dem Klopfen seines Pulses.

* * *

Robinton musste vor allen Meistern der Harfnerhalle eine Probe seines Könnens ablegen, ehe er als Solist akzeptiert wurde. Das machte ihn ein wenig nervös. Und seine Mutter tobte, als sie von diesem Test erfuhr.

»Zweifelst du an meinem professionellen Urteil, Petiron?« zischte sie, als sie von diesem Arrangement hörte. Alle Fenster standen offen, und Robinton bekam jedes einzelne Wort mit.

»Jeder Sänger, der in der Harfnerhalle zum Solisten aufsteigen möchte, muss vorsingen«, gab sein Vater gereizt zurück.

»Aber nur, wenn er hier völlig unbekannt ist«, hielt Merelan ihm entgegen.

»Keiner soll mir vorwerfen, ich würde meinem Sohn einen Status verschaffen, der vielleicht einem Besseren gebührt.«

»Es gibt keinen zweiten Knabensopran, der besser wäre als Robinton. Jeder außer dir scheint zu wissen, dass er ein begnadeter Sänger ist.«

»Dann macht es ja nichts aus, wenn wir uns strikt an das Protokoll halten.«

»Protokoll! Protokoll? Für deinen eigenen Sohn?«

»Selbstverständlich. Für ihn gelten die Regeln mehr als für alle anderen. Das musst du doch einsehen, Merelan.«

»Ich wünschte, ich könnte es, Petiron. Ich wünschte mir wirklich, ich könnte dich verstehen.«

Robinton zuckte zusammen, als er die Außentür zuschlagen hörte. Ein Kloß saß ihm in der Kehle, und er sagte sich, dass er sich jetzt beherrschen müsse. Er wusste, dass er eine hervorragende Ausbildung genossen hatte, und er wollte vor aller Welt – besonders vor seinem Vater – sein Talent beweisen.

Da er seinem Publikum gegenüber stand, bemerkte er die aufmunternden Gesten. Seine Mutter nickte ihm voller Zuversicht zu, als sie die Einleitung zu dem Stück spielte, das er als Erstes interpretieren wollte. Er sollte zwei Lieder singen, eines seiner Wahl und danach eine Weise, die er noch nie zuvor gesehen hatte.

»Das dürfte schwierig werden«, hatte Merelan ihrem Mann dargelegt. »Denn er kennt sämtliche Musikstücke, die es gibt.«

»Eines kennt er ganz gewiss nicht«, gab Petiron zurück, und damit war dieses Thema für ihn beendet.

Robinton begann mit dem Lied der Fragen, bei dem alle Anwesenden aufhorchten, einschließlich sein Vater. Er traf jeden Ton korrekt und zeigte eine ausgezeichnete Atemtechnik.

»Eine seltsame Wahl«, kommentierte Petiron, als der herzliche Applaus verklang. Dann reichte er seinem Sohn zwei Notenblätter. »Das wäre Londiks nächstes Solo gewesen. Nicht einmal er hat die Partitur gesehen. Du hast ein paar Minuten Zeit, um dich damit vertraut zu machen.« Er ließ sich Merelans Gitarre geben und nahm auf einem Stuhl Platz, weil er selbst die Begleitung übernehmen wollte.

Mit einem flauen Gefühl in der Magengrube widmete sich Robinton den Notenblättern, die voll geschrieben waren in der kühnen Handschrift seines Vaters. Doch dann atmete er erleichtert auf. Wenn sein Vater glaubte, die Partitur wäre für ihn zu schwierig, konnte er sich auf eine angenehme Überraschung gefasst machen.

»Ich bin soweit«, verkündete Robinton.

»Du hättest dir mehr Zeit zum Lesen nehmen sollen«, tadelte sein Vater.

»Ich habe die Noten im Kopf«, erwiderte Robinton. Sein Vater wusste nicht, wie schnell er ein Musikstück auswendig lernte, selbst die komplexen Tempi und die ungewöhnlichen Intervalle, die Petiron so sehr liebte, bereiteten ihm keinerlei Schwierigkeiten. »Er schreibt diese sprunghafte Musik, damit sein Publikum nicht einschläft«, hatte einmal ein Lehrling behauptet.

»Mach den Jungen nicht nervös, Petiron«, mischte sich Meister Gennell ein. »Wenn er sagt, er ist soweit, wollen wir ihn beim Wort nehmen.«

»Ich spiele den ersten Takt und beginne dann noch einmal von vorn«, erbot sich Petiron, als würde er Robie damit eine besondere Gnade erweisen.

Robinton sah, wie seine Mutter warnend einen Finger hob, und enthielt sich einer Entgegnung. Dafür war sein stimmlicher Einsatz optimal. Obwohl es eigentlich nicht nötig war, hielt er den Blick auf die Noten geheftet, weil er seinem Vater nicht in die Augen schauen konnte.

Mühelos meisterte er die abnormen Intervalle und Tempi, die in rasanter Folge wechselten. Es gab einen Lauf, der Londiks großartiger Stimme angemessen war, und einen Triller, der eine regelrechte vokalistische Akrobatik erforderte. Nichts war Robinton zu schwer, denn er hatte mitbekommen, wie seine Mutter Maizella in exakt diesen stimmlichen Übungen unterrichtete.

»Mir scheint, wir haben einen überaus würdigen Nachfolger für Londik gefunden«, erklärte Meister Gennell, der sich von seinem Platz erhob, um sich in dem begeisterten Applaus Gehör zu verschaffen. »Das hast du sehr gut gemacht, Robie. Du warst auch überrascht, nicht wahr, Petiron? In Benden hast du den Jungen offenbar hart rangenommen, Merelan, doch die Mühe hat sich gelohnt.«

Petiron starrte seinen Sohn an, den Mund leicht geöffnet, die rechte Hand auf die Saiten der Gitarre gelegt.

»Vermutlich ist dir entfallen, dass Robinton in Benden zehn Planetenumläufe alt wurde, Petiron«, warf Merelan mit scharfer Stimme ein.

»Ich hatte es in der Tat vergessen«, gab Petiron zu. Langsam stand er auf und legte die Gitarre vorsichtig in ihren Kasten zurück. »Aber du musst dir ein neues Stück gründlicher ansehen, Robinton. Im vierten Takt …«

Meister Gennell, der mitbekam, wie Merelan innerlich vor Zorn kochte, rüstete sich zum Einschreiten. »Petiron, ich höre wohl nicht recht. Dein Sohn hat keinen falschen Ton gesungen, die schwierigsten stimmlichen Klippen gemeistert, und das bei einem Stück, das er heute zum ersten Mal gesehen hat. Anstatt ihn zu loben, hackst du in wirklich kleinlicher Weise auf einer Bagatelle herum. Das nenne ich eine alberne Haarspalterei.«

»Wenn er Londiks Platz einnehmen soll, darf er sich keine einzige Unregelmäßigkeit erlauben«, hielt Petiron ihm entgegen. »Und er *wird* präzise singen, dafür sorge ich. Ab heute übernehme ich nämlich seine musikalische Erziehung. Es gibt eine Menge nachzuholen …«

»Da irrst du dich, mein teurer Petiron«, widersprach Meister Gennell mit trügerischer Gelassenheit. Sein rundes Gesicht drückte nicht die geringste Gemütsregung aus. »Du …« – Mit dem Finger stach er auf den Meisterkomponisten ein – »unterrichtest die Gesellen. Mit Robintons Ausbildung hast du nicht das Geringste zu schaffen. Schließlich müssen wir uns streng nach dem Protokoll richten, das wirst du sicher verstehen.« Jetzt strahlte er den verdutzten Komponisten gütig an.

Robinton hörte ein unterdrückte Geräusch und warf einen Blick auf seine Mutter, die ihn mit einem höchst sonderbaren Lächeln bedachte.

»Robinton ist für den Lehrlingsstatus noch zu jung, obwohl er als führender Solist eindeutig der Rechtsordnung der Harfnerhalle untersteht. Aber«, fuhr Gennell zufrieden fort, »ich finde, er sollte weiterhin von seiner Mutter ausgebildet werden, da er seine jetzige Qualität ihrem exzellenten Training verdankt.«

Er verbeugte sich leicht vor Merelan. »Natürlich wird er auch weiterhin bei Kubisa zur Schule gehen, denn nur weil er eine bemerkenswerte Sopranstimme besitzt, darf er seine Allgemeinbildung nicht vernachlässigen. Robinton, ich bin sehr stolz auf dich.« Gennell schloss Robie in sein strahlendes Lächeln ein und klopfte ihm anerkennend auf die Schulter. »Einige der hier anwesenden Meister werden sich gewiss eine Freude daraus machen, dem Jungen Privatunterricht in den verschiedenen musikalischen Disziplinen zu erteilen, bis er das Lehrlingsalter erreicht hat.« Gennell unterbrach sich und stieß einen verhaltenen Seufzer aus. »Mal sehen, über welche Talente Robinton noch verfügt, wenn er in den Stimmbruch kommt.«

Gennell zwinkerte Robie verstohlen zu, und Robinton blinzelte genauso diskret zurück.

»Danke, Meister Gennell«, sagte Robinton in die nachfolgende angespannte Stille hinein. »Ich werde mich bemühen, niemanden zu enttäuschen.«

Die Zuhörer räusperten sich, scharrten mit den Füßen und standen auf. Merelan ging zu ihrem Sohn und legte ihm beide Hände auf die Schultern.

»Ach, Petiron, aus Igen kam eine Trommelbotschaft für dich an. Man fragt, ob du bereit wärst, mit dem Programm vom letzten Jahr noch einmal aufzutreten.« Meister Gennell hakte sich bei Petiron ein und führte ihn aus dem Probenraum. »Für Robinton wäre dies doch eine gute Gelegenheit, sein Debüt zu geben. Kein Wunder, dass er so begabt ist, bei diesen Eltern kann man eigentlich nichts anderes erwarten. Du musst sehr stolz auf ihn sein …« Die Stimme verklang, als er Petiron den langen Flur entlang bugsierte.

»Meister Gennell mag mitunter etwas schlafmützig wirken«, bemerkte Meister Ogolly trocken, »aber im Grunde entgeht ihm nichts. Schließt du dich meiner Meinung an, Merelan? Durch das Sommerprogramm fehlen mir jede Menge Lehrlinge, die ich dringend benötige. Robie, könntest du vielleicht einspringen und mir beim Kopieren von Manuskripten helfen?«

Robinton blickte seine Mutter fragend an, und Merelan nickte.

»Er hat eine gestochen saubere Handschrift, Merelan. Ob du gleich heute Nachmittag anfangen könntest?« fügte Ogolly hinzu.

»Nach dem Essen komme ich zu Ihnen«, versprach Robinton, der froh war, den Rest des Tages nicht im elterlichen Quartier verbringen zu müssen. Seit er selbständig essen konnte, nahm er seine Mahlzeiten am Kindertisch im Großen Speisesaal ein, nur um eine Begegnung mit seinem Vater zu vermeiden. Er nahm sich vor, Meister Ogolly um Kopien der Musikstücke zu bitten, die Londik letztes Jahr gesungen hatte, und sie auswendig zu lernen. Sein Vater sollte an seinem Vortrag nichts auszusetzen finden.

* * *

Obwohl Robinton erst sehr viel später erkannte, dass sich die gesamte Harfnerhalle verschworen hatte, ihn vor seinem strengen, pedantischen Vater zu schützen, war er außer sich vor Glück, als das »Protokoll« von ihm verlangte, einen Tag nach seinem zwölften Geburtstag in den Schlafsaal für Lehrlinge umzuziehen. Die zwei Jahre Zusammenarbeit mit seinem Vater hatte die Situation zwischen ihnen nicht entschärft, im Gegenteil, je mehr Robie sich anstrengte, umso gereizter reagierte Petiron. Jeder bekam die Spannungen und die ungerechte Behandlung mit, und man legte Wert darauf, Robie überschwänglich zu loben – mit Vorliebe in Hörweite seines Vaters, der eine herausragende Leistung höchstens mit einem gelegentlichen Nicken bedachte.

Robinton wusste, dass seine Mutter über seinen Umzug traurig war, doch er glaubte, diese Veränderung würde sich auf alle Beteiligten günstig auswirken. Wenn er nicht mehr bei seinen Eltern wohnte, hätte seine Mutter es viel leichter. Er machte sich keine Illusionen darüber, dass sein Vater sein Fortgehen begrüßte und es gar nicht abwarten konnte, bis Robie das Feld räumte.

Robie vergegenwärtigte sich, wie gut er es hatte. Er verließ ja nicht seine Heimat, wie die meisten anderen Lehrlinge, die in die Harfnerhalle kamen. Unter Heimweh würde er nicht leiden. Zwar würde ihm die liebevolle Fürsorge seiner Mutter fehlen, doch er brannte darauf, das Wohnquartier der Eltern zu verlassen.

»Der Junge bleibt doch in deiner Nähe«, nörgelte Petiron, als er sah, wie umsichtig Merelan Robintons Habseligkeiten einpackte. Dann entdeckte er die dicke Rolle Notenblätter, die als Nächstes verstaut werden sollte. »Was ist das?« erkundigte er sich argwöhnisch.

»Rob hat ein bisschen geübt«, wich sie aus und wollte die Rolle schnell in einem Karton verstecken.

»Geübt?«

»Vermutlich handelt es sich um irgendwelche Hausaufgaben«, ergänzte sie mit gespielter Gleichgültigkeit. Petiron streckte die Hand nach der Rolle aus und nahm sie an sich.

Ärgerlich brummte er ein paar Verwünschungen, als die dünnen Blätter sich nicht so ohne Weiteres entrollen ließen, sondern immer wieder zusammenschnellten. Merelan wappnete sich für den zu erwartenden Streit und bedeutete Robie, mit dem Packen weiterzumachen.

Und dabei hatte Robinton sich nichts sehnlicher gewünscht, als ohne Gezänk ausziehen zu können. Warum musste sein Vater auch ausgerechnet an diesem Nachmittag zu Hause herumlungern, wenn er sich doch überall in dem riesigen Komplex der Harfnerhalle aufhalten konnte.

»Das nennst du Übungen?« Wütend funkelte Petiron erst seine Frau und dann seinen Sohn an. Seine üble Laune schien bei ihm ein Dauerzustand zu werden und hatte bereits tiefe Kerben in sein hageres Gesicht gegraben. »Es handelt sich um Kopien dieser albernen Liedchen, die die Lehrlinge unentwegt trällern.«

Merelan schickte sich an, Petiron die Notenblätter wieder abzunehmen. Und vielleicht zum ersten Mal in seinem Leben dämmerte Petiron die Wahrheit über seinen Sohn.

Mit der Rolle stach er in Robintons Richtung. »*Du* hast diese Melodien geschrieben.«

»Ja ...« Robinton konnte es nicht abstreiten. »Zur Übung«, setzte er hinzu, als die Miene seines Vaters sich verfinsterte. »Es handelt sich um Variationen ...«

»*Variationen*, die sämtliche Meister in ihrem Unterricht benutzen. *Variationen*, die jeder Musikant unentwegt spielt. Lächerliche kleine Schnulzen, die jeder nachplärren oder auf einer Gitarre klimpern kann. Tinnef, wertloser Schund. Ich frage mich, was noch alles hinter meinem Rücken vorging!«

»Wenn die Meister diese Melodien im Unterricht verwenden und die Instrumentalisten sie spielen, kannst du nicht behaupten, irgendetwas wäre hinter deinem Rücken vorgegangen«, widersprach Merelan ruhig und nahm ihrem Mann die Notenblätter aus der Hand.

»Er hat komponiert?«

»Ja, dein Sohn hat komponiert. Lieder.« Sie erklärte nicht, dass es sich um die ersten Stücke handelte, die Robinton als kleines Kind geschrieben hatte, und hoffte, ihr Mann würde sich nicht erinnern, wie lange er diese reizenden, fröhlichen Weisen schon kannte.

»Wieso wundert dich das eigentlich? Er wird in einer Harfnerhalle groß und ist von früh bis spät von Musik umgeben. Natürlich versucht er sich da als Komponist.«

Stumm blickte Petiron von Merelan zu Robie. Er sah zu, wie seine Frau die Blätter wieder fest zusammenrollte und energisch in den Karton stopfte.

»Du hast vor mir verheimlicht, dass er das absolute Gehör hat, dass er einen perfekten Sopran singt und Lieder schreibt?«

»Niemand hat auch nur die geringste Kleinigkeit vor dir verheimlicht, verdammt noch mal, Petiron!« zischte Merelan böse und stieß dabei einen Fluch aus, der Robinton und Petiron gleichermaßen schockierte. Angesichts ihrer geballten, ungezügelten Wut prallte Petiron zurück. »Du *wolltest* einfach nichts hören und nichts sehen, hast Augen und Ohren fest verschlossen! Und jetzt handele endlich einmal wie ein Vater und trag diesen Karton in die Lehrlingsunterkunft. Für Robie ist er viel zu schwer.« Sie deutete auf den Karton und dann aus dem Fenster in Richtung der Schlafsäle.

Wortlos schnappte sich Petiron den Karton und stakste aus dem Zimmer.

Robinton schulterte zwei Packsäcke und wollte sich auf den Weg machen, doch seine Mutter hielt ihn zurück.

»Einen Augenblick noch, Robie.« Ihr Gesicht wirkte verhärmt vor Kummer und Verzweiflung. »Ich hätte das nicht sagen dürfen. Ich hätte mich besser in der Gewalt haben müssen. Aber ich bin es Leid, ständig auf diesen Mann Rücksicht zu nehmen, seine maßlose Ichbezogenheit zu tolerieren und dich dabei zu erniedrigen. Es geht nicht, dass er seine schlechte Laune an dir auslässt.«

»Schon gut, Mutter. Ich verstehe.«

Merelan streichelte seine Wange. Mittlerweile war Rob beinahe genauso groß wie sie. Bekümmert schüttelte sie den Kopf, und in ihren Augen schimmerten Tränen. »Nein, du kannst es nicht verstehen, Robie. Aber du beweist dein gutes Herz und einen großzügigen Charakter. Bewahre dir diese Eigenschaften, Robie, sie sind ein Segen und eine Gnade.«

Dann durfte er gehen. Seinen Vater traf Robinton nicht im Schlafsaal, doch der Karton stand auf seinem Bett. Er begann mit dem Auspacken und hoffte, seine weinerliche Stimmung und das Gefühl, etwas Bedeutsames verloren zu haben, würden vergehen, ehe die anderen Lehrlinge eintrafen.

* * *

In Robintons Klasse waren sechsundzwanzig Jungen, die in drei Räumen schliefen. Er hatte das Glück, in einem Zimmer mit nur sechs Betten untergebracht zu sein. Am Abend lernte er seine Kameraden kennen, und die älteren Lehrlinge machten die Neuzugänge mit der Rang- und Hackordnung vertraut. Robinton setzte eine gelassene Miene auf, als der Sprecher der Lehrlinge, ein hoch gewachsener, gut gebauter Bursche aus Keroon namens Shonagar, eine Liste ihrer Pflichten herunterhaspelte. Er putzte die Neuen nach Strich und Faden herunter, erklärte ihnen, dass sie in der Harfnerhalle den niedrigsten Stand einnähmen, und erläuterte ihnen gewisse Gepflogenheiten und Traditionen. Dazu gehörte, dass man von ihnen verlangte, eine Nacht allein im Weyr zu verbringen, um ihren Mut zu beweisen.

»Harfner müssen mit allen möglichen Problemen und Schwierigkeiten fertig werden. Harfner zu sein bedeutet nicht nur, in einer gemütlichen und sicheren Burg des Abends Lieder vorzutragen. Ihr werdet ernsten Gefahren begegnen, und ihr müsst bereits jetzt zeigen, dass ihr den Risiken gewachsen seid.«

»Aber der Weyr steht doch schon seit mehreren Planetenumläufen leer«, protestierte der schmächtigste der Knaben, Grodon, mit vor Angst geweiteten Augen. Er schluckte krampfhaft.

»Wir waren alle oben, Bürschchen, und du gehst auch hin«, beschied ihm Shonagar resolut. Dann fiel sein Blick auf Robinton, und er hob die Brauen. »Das gilt ebenso für dich.«

Robinton hatte oft mit Shonagar Duette gesungen – Shonagar war ein trefflicher zweiter Tenor. Darüber hinaus konnte man sich auf seine Fairness verlassen, und in den Schlafsälen hielt er Ordnung. Als Sprecher für die Lehrlinge zu fungieren war kein offizieller Rang, doch Meister Gennell ermutigte ihn, die Führung zu übernehmen. Shonagar ließ es nicht zu, dass Jungen schikaniert wurden, oder dass es in den Gemeinschaftsunterkünften drunter und drüber ging.

Robinton hatte nicht erzählt, dass er aus der Harfnerhalle stammte, als die anderen Jungen über ihr Zuhause plauderten, aber lange würde seine Herkunft nicht geheim bleiben. Er hoffte, er würde hier Freunde finden, auch wenn seine Eltern Meister waren. Ihm war nicht entgangen, wie gemein sich Lehrlinge manchmal aufführen konnten. Aber seine Bescheidenheit und sein angenehmes Wesen halfen ihm, mit den anderen Jungen gut auszukommen.

In der ersten Siebenspanne litt Grodon schrecklich an Heimweh, und Rob erbettelte von Lorra Süßigkeiten, um seinen Kummer zu lindern. Falawny, ein Bengel mit sonnengebleichtem Haar und tief gebräunter Haut, kam von Igen. Shelline, ebenso braun, war in Nerat zu Hause, und Shear, der aus Tillek stammte, freute sich, nicht den Fischerberuf ergreifen zu müssen wie der Rest seiner Verwandtschaft. Jerint aus Keroon verbrachte viel Zeit damit, leise auf seiner Flöte zu spielen. Er besaß ein hohes musikalisches Können, wie Robinton schnell bemerkte.

Robinton erregte Aufmerksamkeit, als zehn Tage später Shonagar ihr Quartier betrat, nachdem das Licht bereits gelöscht war.

»Nun, wie ist es, Jungs, wer verbringt als Erster eine Nacht im Weyr?« fragte Shonagar und blickte die in ihren Betten liegenden Buben der Reihe nach an.

Alle außer Robinton verkrochen sich tiefer unter ihre Pelzdecken und versuchten, sich unsichtbar zu machen.

»Ich hätt's gern hinter mir«, verkündete Robinton und schlug seine Decke zurück.

»Gut für dich, Robie«, erwiderte Shonagar und nickte ihm aufmunternd zu.

Robinton zog sich seine wärmsten Kleidungsstücke an, schnappte sich eine dicke Jacke und rüstete sich zum Gehen.

Draußen im Korridor warteten Shonagar und seine zwei Sekundanten. Sie führten Rob die Hintertreppe hinunter und durch die der Burg gegenüber liegende Tür. Im Hof stand ein vierter Lehrling und hielt fünf Renner für sie bereit. Robinton hatte sich immer gefragt, wie man diese unerlaubte Exkursion von der Harfnerhalle zum Weyr in einer Nacht bewältigte. Er war froh, dass er den langen Weg nicht zu Fuß laufen musste. Das hätte ihn mehr geängstigt als eine Nacht allein im Weyr. Im Dunkeln krochen immer wieder Tunnelschlangen über die Gebirgspfade, und noch mehr Kreaturen trieben sich herum, an die er lieber nicht denken wollte.

Schweigend ritten sie im Schritttempo durch den gewaltigen Burghof, dann bergauf, vorbei an Viehkoppeln und Ställen. Schließlich gelangten sie an den Tunnel, der eine Abkürzung durch das Felsmassiv darstellte, eines der Wunderwerke von Pern, die ihre Ahnen vollbrachten. Der Tunnel mündete in einem Tal, das sie im Galopp durchquerten. Jetzt, da niemand das Hufgetrappel mehr hören konnte, schlugen die Renner eine forsche Gangart ein. Serpentinen schraubten sich hinauf zum Fort Weyr.

Droben gab es einen zweiten Tunnel, den ihre Vorfahren mit ihren erstaunlichen Gerätschaften in das Gestein gebohrt hatten. Diese letzte Wegstrecke machte Robinton am meisten zu schaffen, obwohl Shonagar einen mitgebrachten Leuchtkorb öffnete. Dann erreichten sie den Grund des Weyrkessels. Im matten Schein des Halbmonds konnte Robinton gerade noch die Eingänge zu den Unteren Kavernen und einige der individuellen Weyr im Kraterrand ausmachen.

»Wenn du möchtest, darfst du in der Höhle ein Feuer anzünden«, schlug Shonagar vor und bedeutete Robinton, er möge absitzen.

Einer der Begleiter lachte. »Falls du etwas Brennbares findest«, spottete er.

»Lass gut sein«, wies Shonagar ihn streng zurecht. »Eine Stunde vor der Morgendämmerung kommen wir dich abholen. Halt die Ohren steif, Robinton.«

Die Anderen ritten davon und nahmen Robs Renner mit. Robinton stolperte in Richtung des schwarzen Schlundes, der die ehemaligen Wohnquartiere der Weyrleute markierte. Es hatte Zeiten gegeben, als es hier von Menschen wimmelte.

Seine Schritte hallten laut in der absoluten Stille, und er verkroch sich tiefer in seine Jacke. So kalt wie im *Dazwischen* war es allerdings nicht. Robinton wünschte sich, er hätte eher von diesem nächtlichen Abenteuer erfahren, dann hätte er sich etwas Proviant mitgebracht. Essen übte immer eine tröstende Wirkung auf ihn aus.

Als er eine Höhle betrat, konnte er nichts mehr erkennen außer dem etwas helleren Eingang.

»Brennholz finde ich hier bestimmt nicht«, murmelte er leise vor sich hin. »Sogar wenn es hier etwas zum Verbrennen gäbe, könnte ich es nicht anzünden.« Er nahm sich vor, sich demnächst Streichhölzer zu besorgen und sie heimlich seinen Kameraden zuzustecken, damit sie ein Feuer machen konnten, wenn sie an die Reihe kämen. Vielleicht konnte er auch ein bisschen Zunder schnorren. Ein Leuchtkorb ließ sich nämlich nicht unter einer Jacke verstecken, auch wenn er noch so klein war. Selbst ein winziges Licht wäre besser gewesen als diese pechschwarze Finsternis. Obschon es im *Dazwischen* noch dunkler war …

Draußen im Freien war es ein wenig heller als in der dunklen Kaverne, deshalb ging er wieder hinaus und schickte sich an, die Umgebung zu erkunden. Er war so umsichtig gewesen, sich im Archiv mit den Plänen des Fort Weyrs vertraut zu machen. Seinen Zimmergenossen hatte er geraten, dasselbe zu tun, sowie sich die Gelegenheit ergab. Nur aus diesem Grund entdeckte er die Treppe, die zur Galerie der jungen Drachenköniginnen führte.

Die Räumlichkeiten für die goldenen Drachenköniginnen waren besser beheizt als die übrigen separaten Weyr, denn sie bezogen die Wärme, die von einer Quelle tief im Erdinneren abstrahlte. Auch Burg Fort und die Harfnerhalle waren an dieses Heizsystem angeschlossen. Niemand wusste, wie die Anlage funktionierte, doch nur dieser raffinierten Technik hatten sie es zu verdanken, dass sie in den Wintermonaten nicht schrecklich froren. Robinton durfte sich glücklich schätzen, dass die Mutprobe im Frühherbst stattfand, andernfalls wäre eine Nacht im Weyr einer Tortur gleichgekommen.

Zweimal strauchelte er auf der Treppe. Die Stufen

waren ein wenig unregelmäßig, aber immerhin breit genug, um den ganzen Fuß aufsetzen zu können. Den Eingang zum ersten Königinnenweyr fand er, indem er beinahe hineinpurzelte. Mit einer Hand tastete er sich an der Felswand entlang.

Ohne die Hand vom Felsen zu nehmen, pirschte er vorsichtig in den äußeren Raum hinein, in dem die Drachenkönigin zu schlafen pflegte. Drinnen in der Kaverne erschnupperte er noch ganz deutlich den würzigen, aromatischen Geruch, der für die Drachen typisch war.

Wohin hatten sich die Weyrleute begeben? Es kursierten viele Spekulationen, man munkelte sogar, die Drachenreiter seien in die ursprüngliche Heimat ihrer Ahnen zurückgekehrt. Robinton mochte an diese Theorie nicht so recht glauben. Wieso war dann niemand aus der Welt der Alten nach Pern gekommen? Man musste doch gespannt sein, den Planeten, der die Drachen hervorgebracht hatte, mit eigenen Augen zu sehen.

Er stieß sich das Schienbein an der Ruhestatt der Drachenkönigin und stieß einen leisen Schmerzensschrei aus. Mit verkniffener Miene massierte er sich das Bein. Sein Schrei schien Tunnelschlangen aufgescheucht zu haben, das verrieten ihm die raschelnden, huschenden Geräusche. Er hoffte, sie würden sich durch den Ausgang davonmachen und sich nicht etwas tiefer in das Höhlenlabyrinth verkriechen.

Er fand, er sei tief genug in das Kavernensystem eingedrungen und hockte sich auf die erhöhte Steinplatte. Unverhofft landete er in einer flachen Mulde und tastete mit den Fingern um sich. Offenbar hatten die großen, schweren Drachenleiber im Laufe der Zeit den Stein ausgehöhlt, und in seiner Phantasie stellte er sich die gigantischen Wesen vor, wie sie sich hier zum Schlafen niederlegten.

Diese Bilder beruhigten ihn ungemein. Er lächelte und setzte sich so hin, dass er die matt erhellte Höhlenöffnung im Blickfeld hatte. Nach einer Weile suchte er sich eine bequemere Position. Sein schlanker Körper ruhte in der Delle, und Kopf und Arme legte er auf den höheren Außenrand.

Später wollte er sich noch einmal bei Falloner dafür bedanken, dass er ihn mit dem Benden Weyr vertraut gemacht hatte. Zwar war Fort von Drachen wie Menschen verlassen, doch ein Weyr blieb ein Weyr und war vielleicht der sicherste Ort auf dem ganzen Planeten. Hier roch es immer noch nach den Ausdünstungen der Drachen, die alle anderen Düfte überlagerten. Während er dem heimlichen Rascheln der Tunnelschlangen lauschte, nickte er ein. Er hatte keine Angst mehr, und er war sich ziemlich sicher, dass die Schlangen einen Ort mieden, der als Ruhestatt für die Drachen diente.

* * *

Es hob Robintons Ansehen bei seinen Kameraden, dass sie ihn am nächsten Morgen durch lautes Rufen wecken mussten. Als er auf dem Steinsims vor dem Königinnenweyr auftauchte, ruderte Shonagar heftig mit den Armen und gab ihm zu verstehen, er möge herunterklettern.

»Wo hast du gesteckt, Rob? Wir müssen zurück sein, ehe jemand merkt, dass wir uns die Renner ausgeborgt haben. Menschenskind, wir haben dich überall gesucht!«

»In einem Weyr ist es warm«, erklärte Robinton und gähnte.

»Tut uns Leid, wenn wir dich aus dem Schlaf gerissen haben. Und jetzt schwing dich auf den Renner. Beeilung!« Shonagars Miene drückte Respekt aus, als er

Rob die Zügel gab. »Nicht vergessen – kein Wort davon zu den anderen! Sie müssen genauso unvorbereitet sein wie du!«

»So schlimm war es gar nicht«, gab Rob lässig zurück.

»Lass dich nicht von mir erwischen, wie du den anderen von deinen Erlebnissen im Weyr erzählst, Robinton!« wiederholte Shonagar und hob die geballte Faust.

»Ich werde schon den Mund halten.«

Robinton hatte nicht die Absicht, eine detailgetreue Schilderung der Nacht zu geben, aber er wollte die anderen Jungen darauf hinweisen, dass er Streichhölzer und Zunder in ihren Jackentaschen versteckt hatte.

Als sie im Galopp auf den Tunneleingang zupreschten, blickte Robinton zu den Sternsteinen hinauf, riesige schwarze Dolmen, die sich gegen den lichter werdenden östlichen Himmel abhoben. Ein leichter, schneller Schlag streifte ihn, und er fragte sich, ob die Geister der verschwundenen Drachen vielleicht immer noch auf den Feuerhöhen wachten. Wieder schaute er zu den Sternsteinen hin, über denen nun ein einsamer Wherry kreiste, der vermutlich sein Nest in einem der oberen Weyr hatte.

* * *

Robinton war gern Lehrling. Seine Kameraden staunten über diese Einstellung. Sie holten sich oft bei ihm Rat oder Trost, und er half den weniger Begabten bei ihren Lektionen.

»Willst du mich ablösen, Rob?« fragte Shonagar ihn einmal.

»Nein«, antwortete Robinton schmunzelnd. »Du darfst ruhig die Verantwortung tragen – bis auf Weiteres. Die anderen wenden sich an mich, weil ich einer von ihnen bin und mich hier so gut auskenne, das ist alles.«

»Auch wenn du von hier bist, wurde dir nichts geschenkt«, kommentierte Shonagar mit schiefem Grinsen. Sie hatten gerade eine anstrengende Probe für das Konzert zum Ende des Planetenumlaufs hinter sich. Rob sang die Sopransoli – wie immer. Halanna und Maizella fungierten auch als Solistinnen, doch obwohl Petiron die beiden oftmals lobte, hatte er für seinen Sohn nicht mal ein anerkennendes Nicken übrig. Die gewitzten Lehrlinge bemerkten natürlich diese Ungleichbehandlung. Doch wenn einer von ihnen Robinton darauf ansprach, zuckte dieser nur die Achseln und entgegnete, sein Vater würde von ihm Perfektion erwarten.

* * *

Merelan setzte die Gesangsausbildung ihres Sohnes fort, und mittlerweile war Robinton in die Lehrlingsklasse aufgerückt. Am meisten freute er sich auf seine Schichten im Trommelturm, denn endlich durfte er die Bedeutung der Codes lernen, die er sein Leben lang gehört hatte. Natürlich wusste er, wie jeder auf Pern, dass die ersten Trommelsignale den Absender und den Adressaten der Mitteilung identifizierten, doch es dauerte eine geraume Weile, den Text der Nachricht zu entschlüsseln.

Zufälligerweise hatte Robinton im Trommelturm Dienst, als Feyrith, Carolas Königin, ihr letztes Gelege produzierte – obwohl man damals noch nicht wusste, dass es ihr letztes sein würde. Es befand sich sogar ein Königinnenei darunter, und die Trommelbotschaft betonte die Freude und den Jubel über dieses Ereignis mit einer besonderen Schlagfolge. Mit neun Eiern handelte es sich um ein großes Gelege, und mit Ausnahme des Königinneneis schienen sich samt und sonders bronzene Drachen daraus zu entwickeln.

Die nächste Zeit hoffte und bangte Robinton, es

würde eine Suche stattfinden, die ihn zum Kandidaten kürte. Er wünschte sich ja so sehr, Harfner und Drachenreiter gleichzeitig zu sein. Doch weder in Burg Fort noch in der Harfnerhalle tauchten Drachen auf, und auch keine andere Festung berichtete, von Drachenreitern, die sich auf Nachwuchssuche befanden, besucht worden zu sein. Robinton war bitter enttäuscht. Er glaubte fest daran, dass die Drachen ihn sympathisch fanden. Genügte das nicht, um eines dieser Geschöpfe für sich zu gewinnen?

Aus Angst, ausgelacht zu werden, erzählte er niemandem von seinen unerfüllten Erwartungen. Er fragte ein paar Lehrer, wie sich eine Kandidatensuche gestaltete, doch die Antworten waren unergiebig und brachten ihn nicht weiter. »Das ist Sache des Weyrs, Junge«, oder »Wer weiß schon, was im Kopf eines Drachen vor sich geht?« »Manchmal findet gar keine Suche statt. Wenn es nicht nötig ist. Sagtest du nicht, im Benden Weyr gebe es viele Jungen in deinem Alter?«

Das stimmte zwar, trotzdem hielt es ihn nicht davon ab, den Himmel zu beobachten und auf die Ankunft eines Drachen zu lauern. In der Schule bemerkte man seine Zerstreutheit, und man brummte ihm Extrapflichten auf, damit seine Tagträumereien aufhörten und er sich wieder auf seine Ausbildung besann. Während er den Haupthof fegte, gelangte er zu der Einsicht, wie töricht er sich benahm.

Als die Nachricht kam, die Jungdrachen seien geschlüpft, schob er wieder Dienst im Trommelturm. Seine Frustration bekämpfend, brannte Robinton darauf, zu erfahren, ob Falloner einen Drachen für sich gewinnen konnte. Schließlich war Falloner dazu prädestiniert, einen Drachen auf sich zu prägen. Allen Mut zusammenraffend, bat er den Aufsicht führenden Gesellen, eine Botschaft absetzen zu dürfen.

»Weißt du, in Benden lernte ich eine Menge potenzieller Kandidaten kennen. Falloner zum Beispiel wurde im Weyr geboren und zog für eine Weile in die Burg, damit meine Mutter ihn unterrichtete.« Robinton war nicht darüber erhaben, seine Herkunft auszuspielen, wenn er etwas wirklich Wichtiges erreichen wollte. Und er wusste, dass dieser Geselle seine Mutter gut leiden mochte. »Sie wird sich sehr dafür interessieren, ob ihr Schüler einen Drachen für sich gewonnen hat …« Er brach ab.

»Schon gut, fang an«, forderte der Geselle ihn amüsiert auf. »Aber fass dich kurz.«

Robinton verschlüsselte die Botschaft im Nichtdringlichkeitscode, ließ sie von dem Gesellen absegnen und fing an zu trommeln. Er hoffte, die Antwort käme noch innerhalb seiner Schicht, doch dies war nicht der Fall.

Am Abend jedoch kam der Geselle während des Essens zu ihm, zwinkerte ihm verschmitzt zu und drückte ihm einen Fetzen Leder in die Hand.

Robinton konnte seinen Triumph kaum unterdrücken. Am liebsten hätte er vor Freude laut gejubelt. Falloner hatte einen Bronzedrachen für sich gewonnen. Auch Rangul und Sellel waren nicht leer ausgegangen – obschon Robinton die Wahl der Drachen verblüffte – dazu hatten sechs andere Jungen, die Robinton von seinen Besuchen im Weyr kannte, Drachen auf sich geprägt. Lytonal, der Junge aus der Webergilde im Hochland, hieß nun L'tol und ritt den braunen Larth.

Er fing seine Mutter ab, die sich zu den abendlichen Proben begeben wollte, und berichtete ihr alles.

»Ich dachte mir schon, dass dieser Lümmel einen Bronzedrachen für sich gewinnen würde«, sagte sie. »Mit Rangul hatte ich ebenfalls gerechnet. Neun Bronzedrachen sind eine ganze Menge für ein Gelege. Doch das Beste ist ein Königinnenei. Vielleicht hat

S'loner mit seinen Prophezeiungen doch Recht.« Sie eilte weiter, ohne auf ihre letzte Bemerkung näher einzugehen.

Robinton war gespannt, ob Falloner, nun F'lon, sich an sein Versprechen erinnern und ihn auf seinem Bronzedrachen in der Harfnerhalle besuchen würde. Seine Kameraden sollten staunen! Es bereitete ihm Vergnügen, sich diese Begegnung auszumalen, doch insgeheim befürchtete Robinton, F'lon würde es nun nicht mehr für nötig erachten, sein Wort einzulösen. Immerhin war er der Reiter eines bronzenen Drachens und Rob nur ein Harfnerlehrling. Man würde ja sehen – denn es dauerte seine Zeit, bis ein Drache fliegen lernte.

In den Archiven nahm Robinton zusammen mit seinen Kameraden den üblichen Unterricht, doch hauptsächlich kopierte er wichtige Aufzeichnungen für Meister Ogolly, da er die akkurateste Handschrift besaß und am flinksten arbeitete.

Er hatte schon mehrere Musikinstrumente gebaut und dafür das Harfnersiegel erhalten, was es ihm erlaubte, die Artikel auf offiziellen Versammlungen zu verkaufen. Als Nächstes lernte er, gebrochene Griffleisten, Stimmwirbel und Trommelrahmen zu reparieren, Harfen und Gitarren mit Saiten zu bespannen und mit exquisiten Holzintarsien zu versehen.

Er empfand eine Zufriedenheit wie nie zuvor in seinem Leben, weil er nicht mehr den ständigen Spannungen zwischen seinen Eltern ausgesetzt war. Auch seine Mutter lächelte wieder häufiger, wenn sie an der Hohen Tafel saß oder ihn unterrichtete. Sein Umzug in die Lehrlingsunterkünfte war ein wahrer Segen gewesen.

* * *

Der Stimmbruch überraschte ihn, als er dreizehn Planetenumläufe alt war und sein Körper sich dramatisch änderte. Seine Mutter probte mit ihm ein Duett zur Feier der Tagundnachtgleiche, und plötzlich sackte seine Stimme um eine ganze Oktave nach unten.

»Nun, das war's dann wohl, mein Lieber«, meinte Merelan und legte ihren Arm auf die Gitarre. Sie lächelte über seinen entsetzten Gesichtsausdruck. »Aber es bedeutet ja nicht das Ende der Welt, obwohl dein Vater ärgerlich sein wird, weil er sich nun um einen neuen Solisten kümmern muss. Und das so kurz vor dem Fest.«

»Und wer soll jetzt mit dir singen?« Vor Aufregung kippte Robintons Stimme wieder um.

»Erinnerst du dich an diesen schmächtigen blonden Jungen von Tillek, der letzte Woche vorgesungen hat?« Merelan hob amüsiert die Augenbrauen. »Er hat zwar nicht dein Format, und ich werde viel mit ihm üben müssen, aber er könnte dich einigermaßen passabel ersetzen.«

»Ich bin gespannt, was Vater sagen wird«, sagte Robinton nervös. Er wollte es lieber nicht hören.

Merelan schmunzelte. »Er wird dir unterstellen, dass du es aus purer Boshaftigkeit getan hast, um sein Arrangement durcheinander zu bringen. Wenn er sich wieder beruhigt hat, wird er von mir verlangen, den Jungen aus Tillek bis zur Perfektion zu drillen.« Sie legte den Kopf schräg und betrachtete liebevoll ihren Sohn. »Vermutlich wirst du ein hervorragender Bariton, Rob. Es würde deiner Gesichtsstruktur entsprechen. Und dein Vater ist auch ein Bariton.«

»Ich habe ihn nie singen hören«, wandte Robie ein.

Merelan kicherte. »Dabei hat er eine sehr gute Stimme. Ihm genügt sie nur nicht. Aber demnächst gib Obacht, wenn er mit dem Chor auftritt, dann stimmt er nämlich in den Bariton-Part ein. Als er in die Harfnerhalle kam, hat er anfangs noch offiziell mitgesungen, doch dann fand er, er habe nicht das Zeug zum Solisten.« Sie verzog das Gesicht und stieß einen Seufzer aus. »Er muss in allen Dingen immer perfekt sein.«

»Mutter«, begann Robie, denn das Problem drückte ihm zunehmend schwerer aufs Gemüt, »was soll ich tun, wenn Vater darauf besteht, mich im Fach Komposition zu unterrichten?«

»Dazu musst du erst einmal Geselle sein und die Tische wechseln. Es ist noch viel zu früh, um sich darüber Gedanken zu machen. Aber ich nehme an, dass dein Vater nicht gerade begeistert sein wird, dich zu unterweisen. Denn du bist ihm jetzt schon in jeder Hinsicht überlegen und verstehst mehr von Musiktheorie, Komposition und sogar Orchestrierung als er. Zum Glück liegen deine Stärken auf gesanglichem Gebiet und nicht auf Instrumentalfassungen, also bist du für ihn keine echte Konkurrenz. Er wird anders darüber denken als ich, aber daran können wir nun mal nichts ändern. Sollen wir jetzt gehen und eine Tasse Klah trinken?« Sie legte die Gitarre in den Kasten zurück und hob die Hand, um Robies Wange zu streicheln. »Ich kann mich einfach nicht daran gewöhnen, wie groß du geworden bist. Aber in meiner Familie sind alle Männer hoch aufgeschossen.«

»Dabei fällt mir Rantou ein.« Robie grinste, als er daran zurückdachte, wie empört sein Vater war, weil Rantou trotz einer hohen musikalischen Begabung und einer ausgezeichneten Stimme es vorzog, im Wald als Holzfäller zu arbeiten, anstatt eine Laufbahn als Harfner anzustreben. Zumindest war Robinton nicht der Einzige, von dem Petiron Perfektion erwartete.

* * *

Als Robinton sich endgültig in einen Bariton verwandelt hatte, überragte er alle Lehrlinge im zweiten Ausbildungsjahr um Haupteslänge. Sein Vater stellte ihn in die hinterste Reihe des Chors, was Robinton nur gelegen kam. Und Merelan freute sich über seine neue Stimme, die an Tiefe und Ausdruckskraft nichts zu wünschen übrig ließ.

»Es ist eine wunderschöne Stimme, Robie.« Beglückt strahlte sie ihn an. »Samtweich und volltönend. Wir wollen nichts forcieren, aber ich glaube, dass es zum Solisten reicht.«

»Obwohl es bei Vater nicht gelangt hat?«

Sie schnitt eine Grimasse. »Deine Stimme besitzt ein völlig anderes Timbre und ist viel flexibler. Man kann etwas ganz Besonderes daraus machen.«

»Um läppische kleine Liedchen zu trällern?«

Sie funkelte ihn verärgert an und versetzte ihm einen leichten Schlag auf den Arm. »Liedchen, die jeder gern singt oder spielt. Stell dein Licht nicht unter den Scheffel, mein Sohn. Dein Talent übertrifft die Fähigkeiten deines Vaters bei weitem. Die einzige schöne Musik, die er komponierte …« Sie brach ab und kniff gereizt die Lippen zusammen.

»War die Musik, die er schrieb, als wir in Benden weilten«, beendete Robinton den Satz. »Du hast Recht, Mutter. Objektiv gesehen sind die Kompositionen meines Vaters technisch makellos und fordern einem Sänger oder Instrumentalisten das Letzte ab. Der durchschnittliche Musikliebhaber kann damit jedoch nichts anfangen.«

Sie drohte ihm mit dem Finger. »Dass du mir das ja nie vergisst, Robie.«

Robinton spitzte die Lippen und hauchte einen Kuss auf den Finger.

»Ach, Robie«, fuhr Merelan mit völlig veränderter Stimme fort. »Es hätte alles so schön sein können.« Sie lehnte sich an ihn und fand Trost und Halt in seiner Umarmung.

»Aber es kam ganz anders, Mutter, und damit müssen wir uns abfinden.« Begütigend tätschelte er ihren Rücken.

Jählings schlug ihre Stimmung um, sie stieß sich von ihm ab und knuffte ihn in die Rippen. »Wirst du eigentlich nie ein Gramm Fett ansetzen? Du bestehst ja nur aus Haut und Knochen.«

»Dabei beklagt sich Lorra unentwegt, ich würde doppelt so viel essen wie jeder andere Lehrling. Du solltest dir lieber Sorgen um dich selbst machen«, fügte er hinzu, als er ihre auffallende Blässe bemerkte. Sie wandte ihr Gesicht ab.

»Mir fehlt nichts.« Sie lachte verlegen. »Ginia meint, ich komme allmählich in das kritische Alter.«

»So alt bist du doch noch gar nicht«, protestierte Robinton, der sich vehement gegen die Einsicht sträubte, seine Mütter könne jemals alt werden. »Deine Stimme klingt besser denn je.«

Sie lachte wieder, doch dieses Mal mit unverstelltem Vergnügen. »Das beweist doch wohl, dass ich mich in meiner Blüte befinde, und nicht auf dem absteigenden Ast.«

Ein Glockenton schlug die Stunde an, und sie versetzte Robie einen leichten Schubs. »Deine Harfe erwartet dich.«

Er küsste sie auf die Wange und stürmte zur Tür hinaus. Schmunzelnd blickte sie ihm hinterher, aber sie verstand seine Eile. Robinton brannte darauf, die Bogenharfe zu vollenden, an der er mit so viel Liebe und Hingabe gearbeitet hatte. Sie gehörte zu den vier Instrumenten, die er bauen musste, um in den Rang eines Gesellen aufzusteigen. Und er wollte sich die größte Mühe geben, damit nicht einmal sein Vater an diesen Stücken etwas auszusetzen fand.

Als Robintons Instrumente später zusammen mit den anderen Gesellenstücken ausgestellt wurden – wobei kein Teil mit dem Namen seines Erbauers gekennzeichnet war – befand sein Vater sie für gut und musterte stattdessen einige andere Teile aus. Natürlich hatte Robinton peinlich darauf geachtet, seine Arbeiten mit Mustern zu verzieren, die er bei seinen früheren Instrumenten noch nie benutzt hatte. Innerlich amüsierte er sich darüber, dass sein Vater keinen Fehler an den Teilen entdeckte, die von ihm stammten.

* * *

Im Frühling trug sich ein Ereignis zu, das Robinton in einen wahren Glückstaumel versetzte. Er arbeitete gerade in einer im Tiefgeschoss gelegenen Werkstatt, als plötzlich ein Bronzedrache auf dem Innenhof der Harfnerhalle landete. Sein Reiter legte die Hände trichterförmig vor den Mund und rief: »Robinton? Robinton! Lehrling Robinton!« Die Anrede »Lehrling«, in einem Singsang vorgetragen, klang beinahe wie eine Stichelei.

»Beim Ersten Ei! Der Drachenreiter verlangt nach *dir*, Rob«, äußerte sich Meister Bosler verblüfft.

Robinton spähte aus dem schmalen Fenster und erblickte nichts außer den mächtigen Klauen des Drachens und die Unterseite des bronzefarbenen Bauchs. »Darf ich gehen?«

»Mein lieber Junge, wenn ein Drachenreiter dich ruft, dann solltest du dich besser sputen«, erwiderte der Meister schmunzelnd. »Lauf los!«

Robinton hetzte in den Hof hinaus. »Hier bin ich, F'lon!« rief er, auf den Drachen zurennend, der ihm den biegsamen Hals entgegenreckte und seine vor Aufregung strahlend blauen Facettenaugen kreisen ließ.

»Ich hatte doch versprochen, ich würde dich besuchen ...« Behände stieg F'lon von seinem Drachen herunter und umarmte seinen Freund.

Wieder einmal staunte Rob über F'lons ungewöhnlich gefärbte Augen, die in einem intensiven Bernsteinbraun leuchteten.

»Du hattest auch versprochen, einen Bronzedrachen für dich zu gewinnen.« Neugierig musterte Robinton das gewaltige Tier, das seinen Blick interessiert erwiderte. »Wie heißt du, Drache, wenn ich fragen darf?«

Der Drache blinzelte.

»Ach, er ist ein bisschen schüchtern.« F'lons spitzbübisches Grinsen besagte, dass er schamlos übertrieb. »Er heißt Simanith.« Der Drache brachte seinen Kopf näher an F'lons Körper heran, während er Robinton nicht aus den Augen ließ. »Wenn du möchtest, kannst du dich ruhig mit meinem Freund Robinton unterhalten. Er wird Meisterharfner – wenn er alt genug dafür ist.«

»Moment mal!« rief Robinton lachend aus und hob abwehrend beide Hände. Erstens strebte er diese bedeutende Position gar nicht an, zum anderen würde sein Vater sofort Einspruch erheben, wenn man ihn für die Stellung des Meisterharfners vorschlug.

»Träumen darfst du davon«, meinte F'lon. Ich habe auch immer davon geträumt, einen Bronzedrachen zu reiten, und wie du siehst, ging dieser Traum in Erfüllung.« Mit einer theatralischen Geste deutete F'lon auf Simanith und grinste vor Stolz von einem Ohr zum anderen.

»Ich war im Trommelturm, als die Nachricht eintraf, und ich erhielt die Erlaubnis, mich nach den Namen der Reiter zu erkundigen, deshalb wusste ich von Anfang an Bescheid.«

»Und du hast dich nie bei mir gemeldet?« F'lon mimte den Gekränkten, während er seine eng am Kopf sitzende Reitkappe abstreifte.

»Private Botschaften dürfen wir nicht verschicken. Aber ich kenne die Namen aller jungen Reiter. Rangul, Sellel ...«

F'lon rümpfte die Nase. »Na ja, R'gul und S'lel sind jetzt auch Bronzereiter, obwohl ich nicht weiß, wieso ausgerechnet sie gewählt wurden.« Er strich sich das verschwitzte Haar aus der Stirn. »Du bist tüchtig gewachsen, seit wir uns das letzte Mal gesehen haben.«

Robinton trat einen Schritt zurück und musterte seinen Freund von Kopf bis Fuß. »Du aber auch.«

F'lon drehte sich zur Seite und tippte Rob an die Schulter. Robinton verstand, und die beiden Jungen stellten sich Rücken an Rücken hin. Beide waren gleich groß.

»Wirst du noch weiter wachsen?« fragte F'lon.

Robinton lachte übermütig, teils, weil er sich freute, dass F'lon Wort gehalten hatte, teils, weil sie mittlerweile das allgemeine Interesse auf sich zogen. An den Fenstern drängten sich die Beobachter, und innerlich stöhnend bemerkte Robinton, dass auch die Fenster des Probenraums, in dem sein Vater zurzeit mit dem Chor arbeitete, voll gestopft waren mit Neugierigen. Außerdem gewahrte er Lorra, die auf der Treppe stand und ihm hektische Zeichen gab. Ihre Tochter, Silvina, kam über den Hof auf sie zugerannt. Schlitternd bremste sie kurz vor dem Drachen ab und mäßigte auf den letzten Schritten ihr Tempo.

»Mutter … sagt … dein … Gast … soll auf einen Imbiss … hereinkommen«, keuchte sie außer Atem und glotzte den Drachen in ehrfürchtigem Staunen an.

»Das ist mein Freund F'lon vom Benden Weyr«, stellte Rob vor und klopfte F'lon kameradschaftlich auf die Schulter, um zu demonstrieren, auf welch vertrautem Fuß er mit einem Bronzereiter stand. »Und das hier ist Silvina. Ihre Mutter backt die besten Kuchen und Plätzchen auf ganz Pern.«

»Wenn das so ist, komme ich natürlich mit hinein«, entgegnete F'lon und rieb sich erfreut die Hände. »Ein Drachenreiter schlägt nie eine Einladung aus.« Er blickte zu Simanith empor. »Er kann droben auf den Feuerhöhen auf mich warten und dabei ein Sonnenbad nehmen.«

Als F'lon und Robinton die Treppe erreichten, hob der Drache ab und peitschte mit seinen Schwingen Staub und Kiesel hoch.

»Ist die Bindung an einen Drachen wirklich so schön, wie du es dir vorgestellt hast?« erkundigte sich Robinton beim Betreten der Halle.

F'lon holte tief Luft. »Ich kann dir gar nicht beschreiben, wie wunderbar es ist.« Er legte den Arm um Robs Schultern. »Aber ich fliege dich überall hin, Robinton, du musst es mich nur wissen lassen, wenn du meine Hilfe brauchst. Singst du eigentlich immer noch?«

»Ja, aber jetzt bin ich ein Bariton«, erwiderte Robinton zufrieden. »Und du? Obwohl es für einen Bronzereiter ja nicht so wichtig ist, eine schöne Stimme zu besitzen.«

»Von wegen!« widersprach F'lon mit Nachdruck. »Drachen lieben Musik, und ich glaube, ich bin ebenfalls ein Bariton.« Er sang eine Tonleiter, und Robinton merkte, dass er eine angenehme, wenn auch durchschnittliche Stimme hatte.

»Du hast Recht – Bariton. Schade, dass ich nicht auch ein Drachenreiter bin.«

F'lons Miene änderte sich, als er den wehmütigen Unterton heraushörte. »Die Gelege waren so klein, dass es genug Kandidaten aus dem Weyr gab, um einen Drachen auf sich zu prägen. Deshalb entschied S'loner, keine Suche zu veranstalten. So geht das manchmal.« F'lons Bedauern war nicht geheuchelt. »Du wärst ein hervorragender Reiter, wenn ein Drache dich erwählte.« Er brach ab, während sein Blick sich ins Leere richtete.

Wenn du es wünschst, unterhalte ich mich mit dir, Ro-

binton, ertönte in Robs Kopf eine Stimme, die genauso klang wie die von F'lon. Vor Schreck, in seinen Gedanken den Drachen zu hören, der obendrein so sprach wie F'lon, geriet Robinton ins Stolpern. F'lon hielt ihn fest, damit er nicht stürzte.

»Es ist nur ein armseliger Ersatz, Rob, aber das Beste, was ich dir bieten kann«, meinte F'lon.

»Simanith hat dieselbe Stimme wie du!« staunte Rob.

»Tatsächlich?« F'lon dachte kurz darüber nach. »Das ist mir noch gar nicht aufgefallen. Schließlich hören wir die Drachen nur in unseren Köpfen, und eigentlich ist es eine Gedankenübertragung, kein lautes Gespräch. Aber du kannst jederzeit mit Simanith plaudern.«

»Danke, das werde ich tun. Wann immer ich etwas von Belang zu sagen habe.«

»Dir fällt schon was ein«, gab F'lon voller Überzeugung zurück.

* * *

Silvina erwartete sie in der Tür zum kleinen Speiseraum und führte sie hinein. Robinton machte F'lon mit Lorra bekannt. Sie war zwar nicht so aufgeregt wie ihre Tochter, doch hoch erfreut, einem Drachenreiter Gastfreundschaft zu erweisen.

»Ich habe deine Mutter benachrichtigt, Rob, weil sie mir gegenüber einen Schüler namens Falloner – ich meine F'lon – erwähnt hat.«

Merelan kam, und sie verbrachten eine unterhaltsame Stunde miteinander. Vom Kuchen und den Plätzchen blieb kaum etwas übrig. F'lon versprach Merelan, sie an jeden beliebigen Ort zu befördern, wann immer sie es wünschte. Dann musste sich Merelan verabschieden, weil Unterricht angesetzt war, aber sie begleitete F'lon und Robinton bis zum

Hauptportal. Beim Abschied sicherte sie F'lon zu, seinen Dienst in Anspruch zu nehmen, sollte es erforderlich sein.

»Das heißt, wenn man es dir erlaubt«, fügte sie mit schelmischem Lächeln hinzu und blickte zu dem lang aufgeschossenen jungen Reiter hinauf.

»Ich habe nicht viel anderes zu tun, als meinen Drachen zu fliegen«, erklärte er. »Selbst dieser Besuch gehört in gewisser Weise zu meinen Pflichten, denn wir müssen uns auf ganz Pern ortskundig machen. Ich darf euch in der Harfnerhalle besuchen, wann immer ich will.«

F'lon wirkte irgendwie begierig, ihnen einen Gefallen zu erweisen, fand Robinton, und als er einen Blick mit seiner Mutter tauschte, merkte er, dass sie seinen Eindruck teilte.

»Schicken Sie mir eine Trommelbotschaft, wenn Sie mich brauchen«, schlug F'lon vor und boxte Robinton freundschaftlich in die Rippen, ehe er sich auf seinen Drachen schwang und davonflog.

»Er verkörpert den typischen Drachenreiter, nicht wahr?« murmelte Merelan, während sie und Robinton ihrem Gast hinterherwinkten. »Ein reizender junger Mann.«

»Früher hast du ihn immer einen Teufel genannt, Mutter«, sagte Robinton.

»Im Kern wird er sich nicht geändert haben«, versetzte Merelan trocken. »Auch wenn er jetzt einen Drachen reitet, bleibt er nach wie vor ein Schlingel. Aber ich rechne es ihm hoch an, dass er sein Versprechen wahr gemacht und dich besucht hat, Robinton.« Sie schubste ihn in die Richtung der Werkstatt, damit er seine Arbeit wieder aufnahm.

Später, bei der gemeinsamen Mahlzeit, blieb Meister Gennell an Robintons Tisch stehen und erkundigte sich, ob sein Gast der Junge gewesen sei, mit dem er sich in Benden angefreundet hatte. Robinton entschuldigte sich für die Störung.

»Aber das macht doch nichts, Robinton, es ist eine Auszeichnung, wenn ein Drachenreiter von dir Notiz nimmt.«

Petiron, dessen Chorprobe durch F'lons Ankunft unterbrochen worden war, setzte eine finstere Miene auf, doch Robinton gab vor, den Unmut seines Vaters nicht zu bemerken. Schließlich hatte er F'lon nicht ausdrücklich eingeladen. Robinton verabscheute unhöfliches Benehmen, vor allen Dingen seinem Vater wollte er Respekt zollen, doch er hatte die schmerzliche Erfahrung gemacht, dass er Petiron nichts recht machen konnte. Alles, was er tat – oder auch unterließ –, schürte nur seinen latenten Groll.

Er bemühte sich, nicht an die Geschichten zu denken, die die anderen Lehrlinge über ihre Väter erzählten, die viel für ihre Kinder taten, und, was in Robs Augen noch wichtiger war, viel mit ihnen gemeinsam unternahmen.

Natürlich waren Harfner anders, und vielleicht durfte er seinen Vater nicht mit normalen Maßstäben messen. Doch selbst diese Erkenntnis trug nicht dazu bei, seine Enttäuschung zu schmälern.

* * *

Früher als alle anderen Lehrlinge absolvierte Robinton sämtliche Prüfungen und praktischen Aufgaben, die ihn qualifizierten, in den Rang eines Gesellen erhoben zu werden. Selbstverständlich hatte er seinen Kameraden viel voraus, da er bereits als Kind einen entsprechenden Unterricht genossen hatte, und die anderen jungen Burschen wandten sich ungeniert an ihn, wenn sie Hilfe brauchten.

Nicht einmal Lear zog ihn deshalb auf, denn mittlerweile wusste jeder der Lehrlinge, wie schwer es Rob mit seinem Vater hatte. Man brachte ihm Mitgefühl entgegen, und alle Jungen, ohne Ausnahme, vergötterten Merelan. Auch Robinton verehrte und liebte seine Mutter, und er merkte, dass sie ihre Kräfte bei jedem Konzert mehr und mehr verausgabte – ein Umstand, der Petiron nicht aufzufallen schien. Robinton trug seine Sorgen sogar der Meisterheilerin Ginia vor, nachdem Maizella ihm verraten hatte, seine Mutter sei nach einer anstrengenden Probe für die Feiern zur Frühlings-Tagundnachtgleiche ohnmächtig geworden.

»Ich weiß wirklich nicht, was deiner Mutter gesundheitlich fehlt, Rob«, erklärte Ginia und runzelte die Stirn. »Aber sie musste mir versprechen, sich den Sommer über frei zu nehmen und sich ausgiebig zu erholen. Dein Vater kann die Gesangsausbildung übernehmen ...« Sie maß ihn mit einem durchdringenden Blick. »Oder du springst ein.« Ihre Miene wurde freundlicher, und sie tätschelte seine Hand. »Nach allem, was man so hört, unterrichtest du schon eine ganze Weile.«

Robinton erschrak. Das hätte ihm gerade noch gefehlt, dass sein Vater davon erführe. Denn es stimmte, Robinton übernahm häufig die Chorproben, um seine Mutter zu entlasten.

»Keine Bange. Dein Vater sieht nur, was er sehen will. Und was mit Merelan passiert, geruht er nicht wahrzunehmen.«

»Aber was passiert denn mit ihr?« hakte Robinton nach.

»Ich kann nur Vermutungen anstellen. Du weißt ja selbst, wie sehr deine Mutter sich beruflich verausgabt, besonders wenn es darum geht, ein neues Musikstück einzustudieren.«

Robinton nickte. Seine Mutter überschritt die Grenzen ihrer Belastbarkeit, indem sie sich bemühte, die

Solisten zu derselben Virtuosität anzutreiben, die Petiron von seinen Musikern und dem Chor verlangte.

»Ich glaube, ein Sommer in Süd-Boll im Kreise ihrer Familie – ohne Aufführungen und ohne Pflichten – wird ihr gut tun. Der letzte Winter hat sie sehr mitgenommen.«

»Hast du schon mit Meister Gennell darüber gesprochen?« erkundigte sich Robinton.

»Mehrere Male.« Ginia schürzte nachdenklich die Lippen. »Wir alle wissen natürlich, wie wichtig die Feiern zur Frühlings-Tagundnachtgleiche sind, und dass man sich hütet, irgendwelche Patzer zu begehen …« Sie stand auf, und Robinton wusste, dass sie das Gespräch beenden wollte. Zum Schluss lächelte sie ihm tröstend zu. »Du solltest deine Mutter begleiten, Rob, und darauf achten, dass sie gut isst und jeden Tag ruht.«

»Ich werd's versuchen.« Er nahm sich vor, auf F'lons Angebot zurückzukommen, der versprochen hatte, die Meistersängerin Merelan an jeden beliebigen Ort zu befördern.

* * *

Schließlich begleitete nicht Robinton seine Mutter, sein Vater ging mit. Nach dem Konzert zur Tagundnachtgleiche brach Merelan zusammen, und Petiron konnte sich nicht länger vor der Tatsache verschließen, dass seine Gemahlin krank war.

Robinton schickte eine getrommelte Botschaft ab und bat um F'lons Hilfe. Als es dann soweit war, hob er seine Mutter auf Simaniths Rücken. Er musste zur Seite treten, als sein Vater hinter ihr Platz nahm. Der Umstand, dass Petiron äußerst nervös und besorgt wirkte, trug nicht dazu bei, Robies Ängste um die Mutter zu zerstreuen. In Gedanken beschwor er seinen Vater, wenigstens dieses eine Mal auf seine Frau Rücksicht zu nehmen und sie zu schonen.

Eine Stunde später kehrte F'lon zurück. Bei einem kühlen Fruchtsaft und Lorras Gebäck schilderte er in allen Einzelheiten, wie Merelan in der Klippenfestung mit dem atemberaubenden Meeresblick empfangen worden war. Petiron hatte sich vor lauter Sorge gebärdet wie eine alte Wherryhenne und schien Merelan mit seiner übertriebenen Fürsorglichkeit zum Schluss auf die Nerven gegangen zu sein. Merelans jüngste Schwester hatte ihren Gemahl dazu angestiftet, sich um Petiron zu kümmern und ihn fortzubringen, damit Merelan sich endlich ungestört ausruhen konnte.

»Sie erschrak richtig, als sie deine Mutter sah. Als ich sie in Benden kennen lernte, war sie schlank und zierlich, aber doch nicht so … gebrechlich wie jetzt«, fügte F'lon hinzu und sah Lorra um Bestätigung heischend an. Lorra nickte.

»Ich habe mit Ginia gesprochen«, wandte Rob ein. »Sie meint, wenn Mutter den ganzen Sommer lang ausspannt, müsste sie sich erholen.« Ihm entging nicht, wie Lorra und F'lon Blicke tauschten. »Wenn es etwas gibt, das ich wissen sollte, müsst ihr es mir verraten«, drängte er. »Immerhin ist sie meine Mutter! Ich habe ein Recht, alles zu wissen.«

Lorra sah ihn an und schien sich ein Herz zu fassen. »Ginia hat keine Ahnung, was deiner Mutter zusetzt, also kann sie nicht viel über eine mögliche Genesung sagen, oder? Sie hofft nur, dass die Ruhe ausreicht, damit sie wieder gesund wird. Merelan war noch nie besonders kräftig …«

»Und seit sie mich großen Kerl geboren hat, ging es mit ihrer Gesundheit stetig bergab«, ergänzte Robinton bitter. Er hatte gehört, wie sein Vater behauptete, die Niederkunft habe ihr schwer geschadet.

»Als du auf die Welt kamst, warst du ein ganz normales Baby«, wies Lorra ihn zurecht. »Rede dir bitte keine Schuldgefühle ein für etwas, auf das du keinen

Einfluss haben konntest. Du kannst wirklich nichts dafür, wenn deine Mutter jetzt kränkelt.« Sie räusperte sich und legte eine Kunstpause ein, um zwischen den Zeilen anzudeuten, wer ihrer Ansicht nach der Schuldige an Merelans geschwächter Gesundheit war. »Deine Mutter verausgabt sich zu sehr. Die Stücke, die sie singt, und die Art und Weise ihres Vortrags, reiben sie langsam aber sicher auf. Und wenn eine Frau in ein gewisses Alter kommt, ist sie nicht mehr so widerstandsfähig wie ein junges Mädchen.«

»Mutter würde sterben, wenn sie nicht mehr singen könnte …«

»Dazu wird es nicht kommen«, fiel Lorra ihm scharf ins Wort. »Aber sie muss kürzer treten und nicht ihre gesamte Energie in diesen anstrengenden Konzerten erschöpfen. Maizella könnte öfter für sie einspringen, oder *er* muss halt Partituren schreiben, die auf Halanna zugeschnitten sind. Das Mädchen wäre überglücklich, Merelan gelegentlich zu vertreten.« Lorras Augen blitzten. »Ihr Kollaps war für deinen Vater ein heilsamer Schreck«, fuhr sie mit Genugtuung fort. »Er verlangt seiner Frau viel zu viel ab.«

»Aber viele seiner Kompositionen sind auf meine Mutter zugeschnitten. Außer ihr gibt es keine Sängerin, die mit diesen schwierigen Partituren zurechtkäme«, hielt Robinton ihr entgegen, der sich plötzlich genötigt fühlte, seinen Vater zu verteidigen.

»Dann soll er halt einfachere Melodien schreiben. Deine Lieder sind jedenfalls so beschaffen, dass jeder sie singen und Gefallen daran finden kann, Rob.« Als er widersprechen wollte, winkte sie ab. »Habe ich nicht Recht, F'lon?«

F'lon grinste und nickte bestätigend. Dann stand er auf und strich sich die Kuchenkrümel vom Mund und dem Hemd ab.

»Wenn du deine Mutter besuchen möchtest, schick

mir eine Nachricht, Rob. Ich fliege dich jederzeit hin.« Er zog seine Reitjacke an. »Auf dem Rückweg lege ich eine Pause ein, damit Simanith auf die Jagd gehen kann.«

* * *

Als Merelan im Herbst in die Harfnerhalle zurückkehrte, war sie von der Sonne gebräunt und machte einen viel gesünderen Eindruck. Petiron behandelte sie weiterhin fürsorglich, und Robinton bekam mit, wie Meister Bosler bemerkte, er sei viel nachgiebiger geworden. Anderen Menschen gegenüber ließ Petiron vielleicht Milde walten, doch für seinen Sohn hatte er weiterhin nichts als Strenge übrig. Bisweilen schien es, als zeige er Rob noch demonstrativer die kalte Schulter als früher.

Er verzichtete sogar auf die beißende Kritik, mit der er sonst die Baritonstimmen im Chor bedachte, doch da Rob in dieser Gruppe die Führung innehatte, gab es nicht viel auszusetzen. Alle bemühten sich nach Kräften, um Petiron keinen Anlass zum Tadeln zu geben, weil sie nicht wollten, dass er seinen Groll an seinem Sohn ausließ.

Petiron rang sich auch häufiger ein Lächeln ab, hauptsächlich, wenn er die Sopran- und die Altstimmen lobte, und auch der Knabendiskant fand seine Billigung. Merelan unterrichtete immer noch die Solisten, aber sie bildete nicht mehr so viele Stimmen aus wie vor ihrem Zusammenbruch.

Zwei Siebenspannen nach der Rückkehr seiner Eltern ließ Meister Gennell Robinton zu sich kommen. Rob, der nun mehr auf das Aussehen von Menschen achtete, fand, der Meisterharfner sähe müde und gealtert aus.

»Du bist jetzt fünfzehn Planetenumdrehungen alt, stimmt's, Rob?« eröffnete Gennell das Gespräch. Robinton nickte. »Wie sollen wir dich im nächsten Ausbildungsjahr beschäftigen?«

Die Frage stürzte Robinton in Verwirrung, und nervös rutschte er auf seinem Stuhl hin und her. »Ich bin mir nicht sicher, was ich darauf antworten soll, Meister Gennell.« Er schwieg ein Weilchen, dann platzte er heraus: » Dem Lehrplan nach sind Theorie und Komposition an der Reihe …«

»Ach, mein Junge, in den Fächern kann dir doch niemand mehr etwas beibringen. Du weißt längst alles, was es auf diesem Gebiet zu wissen gibt. Ich habe das Orchesterstück gesehen, das du für Washell geschrieben hast, und es könnte nicht besser sein.« Gennell lächelte Rob aufmunternd zu. Dann veränderte sich sein Gesichtsausdruck. »Bei deinem Vater kannst du keinen Unterricht nehmen. Aber mir obliegt es, dir irgendwelche Aufgaben zuzuweisen.«

Vor Erleichterung, nicht in die Klasse seines Vaters gehen zu müssen, schloss Robinton kurz die Augen.

»Ich will ganz offen mit dir sprechen, Robinton. Ich habe nie begriffen, was dein Vater gegen dich hat, aber du hast dich nie über sein Verhalten beklagt.«

»Er ist mein Vater, Meister Gennell …«

»Na ja, wir wollen dieses Thema nicht weiter auswalzen, denn im Endeffekt hat die Vernachlässigung durch deinen Vater dazu geführt, dass sich die gesamte Harfnerhalle deiner angenommen hat. Deinem Talent hat es nicht geschadet – im Gegenteil, möchte ich meinen.« Als Robinton verlegen den Kopf senkte, versetzte Meister Gennell ihm einen leichten Klaps gegen das Knie. »Bescheidenheit ist eine schöne Tugend, Robinton, aber sie darf dir nicht im Wege stehen.«

Robinton wusste nicht, wie er reagieren sollte und sah sich in dem gemütlichen Büro um, als suche er nach einer Inspiration. Sein Blick fiel auf die Landkarte, auf der kleine bunte Stifte die Burgen und Festungen anzeigten, in denen Meister oder Gesellen wirkten. Etliche Siedlungen waren nicht mit Markierungen versehen, was bedeutete, dass noch kein Harfner dorthin geschickt worden war.

»Meister Gennell, ich unterrichte für mein Leben gern«, gestand Robinton und deutete auf die Karte. »Und ich darf wohl sagen, dass meine Schüler bei mir etwas gelernt haben.«

Gennell wusste, worauf Robinton hinauswollte. »Es ist bei weitem nicht so, dass alle Burgen, die ohne Harfner auskommen, einen akzeptieren würden, wenn man einen hinschickte. Nicht wenige Gemeinden halten die Unterweisungen durch einen Harfner für überflüssig.«

»Das ist doch nicht zu fassen«, erwiderte Robinton entsetzt. Wie konnte es Leute geben, die keine Lust hatten, Lesen, Schreiben und Rechnen zu lernen? Ohne dieses Grundwissen kam doch kein Mensch aus.

»Aber so ist es nun mal, das kannst du mir glauben, Rob«, bekräftigte Gennell und setzte sich in eine bequemere Position. »Doch da es zum Glück genügend Burgen gibt, die unsere Dienste anfordern, laufen wir nicht Gefahr, eines Tages aus Mangel an Bedarf auszusterben, wie die Weyr.« Er klaubte in den Blättern herum, die auf seinem Schreibtisch lagen. »Du wirst noch merken, dass nicht jeder den Beruf des Harfners so respektiert, wie wir es gern möchten. Nun zu einem erquicklicheren Thema: Wärst du bereit, eine Stelle anzunehmen, die sich ausschließlich auf eine Lehrtätigkeit beschränkt?«

Vor Aufregung fiel es Robinton schwer, still zu sitzen. Seine Kameraden verstanden nicht, dass er gern unterrichtete – den Dummen Weisheit einzutrichtern versuchte – wie sie es abfällig nannten. Doch Robinton bereitete es Vergnügen, Wissen zu vermitteln, und er war glücklich, wenn er merkte, dass seine Bemühungen auf fruchtbaren Boden fielen.

»Nichts wäre mir lieber, Meister Gennell.« Verstohlen schielte er auf die Karte, die den gesamten Kontinent darstellte. Plötzlich kam ihm ein ernüchternder Gedanke. »Aber wer nähme denn einen Lehrer, der erst fünfzehn Planetenumläufe alt ist? Gewiss, ich bin groß gewachsen, trotzdem bin ich mir nicht sicher …«

»Wenn man dich einem erfahrenen Lehrer unterstellt, bist du überall willkommen«, meinte Gennell und rieb sich das Kinn. »Vor allen Dingen, wenn du weiterhin diese schönen Lieder und Balladen schreibst.«

Robinton errötete vor Eifer. »Ich kann gar nicht aufhören, Lieder zu schreiben.«

»Das ist gut so. Wir müssen dringend unser Repertoire mit flotten, mitreißenden Weisen auffrischen. Die Leute lechzen nach neuen Liedern, die sie mitsingen oder mitpfeifen können. Dein Einfallsreichtum in dieser Hinsicht ist unübertroffen, Rob. Ich erwarte von dir, dass du nicht nachlässt …«

»So lange es niemanden stört …« murmelte Robinton.

»Hör auf mit diesem Unsinn, Rob. Dein Beitrag zur Musik auf Pern kann gar nicht hoch genug eingeschätzt werden. Und gewöhne dir ab, ständig rot zu werden, du glühst ja wie ein Leuchtkorb. Du musst lernen, ein aufrichtig gemeintes Kompliment genauso gelassen entgegenzunehmen, wie du die Nörgeleien deines Vaters ertragen hast.« Abrupt verstummte Gennell und räusperte sich. »Nun, das wäre wohl entschieden, aber ich wollte wissen, ob du lieber in der Harfnerhalle geblieben wärst. Wenn ja, dann hätten wir schon eine sinnvolle Tätigkeit für dich gefunden. Und ich meine, du kannst beruhigt fortgehen, denn deine Mutter hat sich während des Sommers gut erholt.«

Robinton blickte in Meister Gennells gütige Augen und lächelte dankbar. »Ich bin nur ein Lehrling, Meister Gennell, ich muss jede Stelle antreten, die man mir zuweist. Doch ich möchte gern irgendwohin, wo ich mich nützlich machen kann.« *Denn hier kann ich mich nicht nützlich machen.* Dieser Gedanke hing unausgesprochen in der Luft.

»Die Angelegenheit wäre hiermit erledigt. Ich ziehe Erkundigungen ein, wer einen Harfnergehilfen braucht.«

Draußen auf dem Korridor versuchte Robinton, die überwältigende Neuigkeit zu verkraften.

Er freute sich darauf, die Harfnerhalle verlassen zu können, um nicht dauernd den strafenden Blicken seines Vaters ausgesetzt zu sein. Insgeheim war er davon überzeugt, dass hierin die Krankheit seiner Mutter begründet lag. Die ständige Spannung, zwischen Ehegemahl und Sohn vermitteln zu müssen, zerfraß sie innerlich und raubte ihr jede Energie.

Robinton sehnte sich danach, sein eigenes Leben führen zu können – ohne sich ständig aus Rücksicht auf seine Eltern bremsen zu müssen. Und da Meister Gennell ihm versprochen hatte, ihn über den Gesundheitszustand seiner Mutter auf dem Laufenden zu halten, konnte er reinen Gewissens in die Welt ziehen. Für seine Mutter wäre es sicherlich auch eine Erleichterung, wenn sie sich nicht ständig um ihn sorgen musste.

Er ging an seine Arbeit zurück und trug eine letzte Schicht Firnis auf die Bogenharfe auf, die er anfertigte. Er wollte das Instrument mitnehmen, obwohl es eigentlich für den Verkauf bestimmt war. Mit seinen Arbeiten hatte er sich auf Versammlungen schon etliche Marken verdient. Als Jerint ihn fragte, worüber er mit Meister Gennell gesprochen hatte, zuckte Robinton wegwerfend die Achseln.

»Ach, es ging darum, was ich als Nächstes tun soll«, antwortete er und brauchte nicht einmal zu lügen.

Für Robinton war es zur Gewohnheit geworden, seine Gedanken und Gefühle für sich zu behalten. Zwar drängte es ihn, seiner Mutter die Neuigkeit zu erzählen, doch sie gab gerade Unterricht. Eine Weile musste er seine Freude noch allein genießen. Und er befand sich in bester Stimmung. Zum einen brauchte er sich nicht länger von seinem Vater schikanieren zu lassen, zum anderen fasste er es als ein großes Abenteuer auf, seine erste offizielle Stelle anzutreten.

Außerdem glaubte er, dass Meister Gennell schon sehr bald verkünden würde, wer die Tische wechseln durfte – für viele die schönste Tradition in der Harfnerhalle. Jeden Tag konnte man damit rechnen, dass die Namen der frisch gebackenen Gesellen bekannt gegeben wurden. In den Schlafsälen der Lehrlinge war dies das Hauptgesprächsthema.

Mitunter gab man den Glücklichen einen Wink und riet ihnen, ihre Siebensachen für eine längere Reise zu packen, doch es kam auch vor, dass kein Sterbenswörtchen verraten wurde, bis Meister Gennell die Namen ausrief. Es war immer ein bedeutungsvoller Abend. Die Meister liebten es, sich die Überraschung bis zum allerletzten Augenblick aufzusparen, sie ließen die Kandidaten schwitzen, ehe sie ihnen die Belohnung für vier Planetenumläufe harter Arbeit zubilligten. Robinton konnte wenigstens seine Mutter vorwarnen, dass er im Begriff stand, die Halle zu verlassen. Er wusste, dass sie sich mit ihm freuen würde. Selbst ein Posten als Harfnergehilfe galt als hohe Auszeichnung.

Robinton legte eine Pause ein und blies die Firnisdämpfe fort, die ihm unangenehm in die Nase stachen.

»Gut gemacht«, lobte Meister Bosler, der an Robintons Werktisch stehen geblieben war. »Besonders gut gefallen mir die feinen Intarsien. Mit dem Skybroom-Holz hast du eine erstklassige Wahl getroffen. Bei der nächsten Versammlung wirst du einen ordentlichen Preis dafür erzielen.«

»Da an Skybroom-Holz so schwer heranzukommen ist, möchte ich die Harfe vorläufig noch selber behalten«, entgegnete Robinton, wobei er in Meister Boslers Miene zu lesen suchte. Wusste er von seiner bevorstehenden Versetzung? Meister Gennell war bekannt dafür, dass er sich vor wichtigen Entscheidungen die Meinungen der anderen Meister einholte. Doch Meister Boslers Miene blieb unergründlich.

Robinton fuhr fort, den Firnis aufzutragen. Er benutzte keine schnell trocknende Sorte, da er keine Pinselstriche hinterlassen wollte.

Als die Zeit zum Abendessen gekommen war, hatte sich Robintons anfängliche Euphorie verflüchtigt. Sein Magen schmerzte, und ihm war mulmig zumute. Ob sein Vater für seine Versetzung in eine andere Burg verantwortlich war, weil er den ungeliebten Sohn nicht mehr sehen wollte? Er traute ihm zu, ihn in eine entlegene, hinterwäldlerische Ansiedlung zu schicken, wo er dann wie ein Knecht die geringsten Arbeiten zugewiesen bekam. Je weiter entfernt die Burg lag, umso besser, denn dann konnte er nicht so oft zu einem Besuch heimkommen.

Robinton hoffte, man würde ihn nicht Meister Ricardy in Burg Fort zuteilen. Ricardy hatte bereits drei Gehilfen und einen weiteren, älteren Harfner, der sich ausschließlich damit beschäftigte, die greisen Tanten und Onkel der Familie zu unterhalten. Doch dann verwarf Robinton diese düsteren Gedanken. Meister Gennell hatte keinen Zweifel daran gelassen, dass er in seiner Eigenschaft als Lehrer fortgeschickt würde. Darum drehte sich ja das ganze Gespräch, Meister

Gennell hatte von ihm wissen wollen, ob ihm das Unterrichten Spaß machte.

Obwohl sich Lorra mit dem Abendessen wieder einmal selbst übertroffen hatte, bekam Robinton keinen Bissen herunter. Seine Tischgenossen, die seinen herzhaften Appetit kannten, bemerkten dies sofort.

»Die Firnisdämpfe haben mir den Appetit verdorben«, erklärte Robinton.

Falawny sah ihn mit großen Augen an. »In den drei Lehrjahren ist das zum ersten Mal passiert«, wandte er ein. »Aber umso mehr bleibt für uns übrig, nicht wahr, Kameraden?« Mit der Gabel spießte er eine dicke Scheibe Rostbraten auf, als der Teller herumgereicht wurde.

In der Halle hatte Robinton keine Gepäckstücke gesehen, also hatte niemand einen Tipp bekommen, dass heute vielleicht die Tische gewechselt wurden. Heimlich schielte er zu dem Tisch hin, an dem die Lehrlinge im vierten Ausbildungsjahr saßen. Sie fielen so gierig über das Essen her, dass nichts ihren Appetit beeinträchtigt haben konnte.

Entschlossen tunkte Robinton sein Brot in die Sauce und begann zu essen, obwohl sich ihm vor Nervosität oder Hunger der Magen verkrampfte. Dabei waren ihm beide Zustände fremd. Er hatte noch nie hungern müssen, und er weigerte sich, sich wegen einer vagen Vorahnung aus der Ruhe bringen zu lassen.

Seine Blicke richteten sich auf Merelan, doch die aß völlig unbekümmert und unterhielt sich abwechselnd mit seinem Vater oder Meister Washell, die neben ihr saßen. Nun ja, vielleicht hatte man sie nicht eingeweiht.

Weil Robintons Argwohn geweckt war, fiel ihm auf, dass Geselle Shonagar etwas abseits an einem Mittelgang saß. Doch daran war eigentlich nichts Ungewöhnliches, denn Gesellen liefen ständig hin und her, um Aufträge ihrer Meister zu erfüllen oder andere Besorgungen zu erledigen.

Die Süßspeise und Klah wurden serviert, und allmählich beruhigte sich Robinton.

Dann hörte er, wie ein Stuhl nach hinten gerückt wurde. Meister Gennell stand auf und klopfte um Aufmerksamkeit heischend an sein Glas. Sofort trat eine unnatürliche Stille ein, als würden alle im Saal Anwesenden den Atem anhalten.

»Wie ich sehe, hört mir jeder zu.« Lächelnd ließ Gennell den Blick über die Tische wandern. »Meister Washell, lassen Sie die Stühle bringen.«

Es oblag den Lehrlingen im ersten Ausbildungsjahr, zusätzliche Stühle an den Gesellentisch zu schleppen. Zwölf Stühle waren es dieses Mal! Wer würde sich in den nächsten Minuten darauf setzen? Neunzehn Lehrlinge befanden sich in der Abschlussphase ihrer Ausbildung. Alle bemühten sich, ruhig und gelassen zu bleiben, wie es sich für Harfner schickte.

Die Sitte verlangte es, dass die neuen Gesellen von ihrem niedrigen Platz am Lehrlingstisch zum Tisch der Harfnergesellen eskortiert wurden.

Gennell zog eine Liste aus seiner Tasche und tat so, als bereite es ihm Mühe, sie zu entziffern.

»Geselle Kailey.« Der ehemalige Lehrling sprang auf die Füße, und ein schmunzelnder Gesellenausbilder kam unter lärmendem Applaus auf ihn zu. Während man im Takt weiterklatschte, stimmte man den traditionellen Sprechgesang an: »Geh, Kailey, geh! Für dich ist es Zeit zu gehen. Geh, Kailey, geh! Tritt ein in dein neues Leben. Geh, Kailey, geh!«

»Geselle Kailey, du gehst nach Keroon, in die Festung an der Weiten Bucht«, verkündete Gennell mit erhobener Stimme.

Zehn weitere Lehrlinge rückten an den Gesellentisch auf, zuletzt der beliebte Evenek. Zwei Gesellen lieferten sich zum Schein einen Streit darüber, wer ihn eskortieren durfte. Evenek sang einen lyrischen Tenor und war oft zusammen mit Merelan aufgetreten. Die Meistersängerin klatschte begeistert Applaus, als Gennell Eveneks neuen Posten bekanntgab. Er wurde nach Burg Telgar geschickt, eine der angesehensten Festungen überhaupt.

Ein freier Stuhl blieb noch übrig – und acht potenzielle Bewerber.

Gennell wartete, bis Evenek seinen Platz eingenommen und die Glückwünsche empfangen hatte.

»Jeder hier weiß, dass ein Harfner über viele Talente verfügen muss. Dabei wurden einige besonders Begnadete von der Natur über Gebühr belohnt«, fuhr Gennell mit geheimnisvoller Miene fort.

Robinton betrachtete die Lehrlinge, die noch für eine Erhöhung in den Gesellenstand in Frage kamen. Kailey und Evenek waren die Begabtesten ihres Jahrgangs – keiner der restlichen war »über Gebühr« mit Talenten gesegnet.

»Der Brauch verlangt eine Lehrzeit von vier Planetenumläufen, um vom Lehrling zum Gesellen aufzurücken«, erläuterte Meister Gennell. »Aber wenn es einen Anwärter gibt, der die Grundvoraussetzungen erfüllt und obendrein noch mit einer sehr seltenen musikalischen Begabung ausgestattet ist, dürfen wir eine Ausnahme machen.«

Im Saal machte sich Unruhe breit. Jeder war gespannt, wer der Glückliche sein würde, der als Zwölfter die Tische wechselte. Die Lehrlinge im vierten Jahr waren genauso ratlos wie alle anderen.

»Geselle Shonagar, als du vor zwei Jahren deine Ausbildung beendet hast, erwarbst du dir das Recht, beim Wechseln der Tische mitzuwirken. Hiermit fordere ich dich auf, von deiner Autorität Gebrauch zu machen.«

Aller Augen richteten sich auf Shonagar, der von seinem Platz aufstand und sich gemessenen Schritts dem Tisch näherte, an dem die Lehrlinge im dritten Ausbildungsjahr saßen. Dabei setzte er das betont lässige Grinsen auf, das für ihn typisch war.

Robinton erstarrte, als Shonagar unverhofft vor ihm stehen blieb. Seine Kinnlade klappte herunter, und seine Augen weiteten sich vor Überraschung.

»Mach den Mund zu und glotz nicht so blöde«, zischelte Shonagar ihm zu. »Denk daran, jetzt zahlst du es ihm heim, auf die einzige dir mögliche Weise.« Shonagars Grinsen zog sich in die Breite.

Robinton hatte immer noch nicht ganz begriffen, was mit ihm geschah – er wurde zum Gesellen befördert – als Shonagar ihn kurzerhand unter den Ellbogen fasste und ihn auf die Füße stellte. »Geh, Robinton, geh!« Mit dieser Aufforderung bugsierte Shonagar den Jungen in Richtung des Gesellentisches. »Geh, Robinton, geh!«

»Und es wurde höchste Zeit!« rief Meister Washell über das allgemeine Händeklatschen und Skandieren. Er sprang hoch und fiel überschwänglich in den Singsang und das Geklatsche ein. Meister Bosler folgte seinem Beispiel. Betrice sprang als Nächste von ihrem Stuhl auf, gefolgt von allen anderen Meistern. In der Tür drängte sich das Küchenpersonal und trug zu dem Lärm und der Aufregung bei.

Die Einzigen, die noch auf ihren Plätzen saßen, waren Robintons Eltern. Seine Mutter weinte, und sein Vater schien wie versteinert zu sein. In diesem Moment wusste Robinton, dass Shonagar Recht gehabt hatte mit seiner Bemerkung. Er hatte es seinem Vater heimgezahlt, auf die einzige ehrenhafte Art und Weise, die er kannte – durch Erfolg.

»Geh, Robinton, geh!«

Ohne sich seiner Tränen zu schämen, die ihm über

das Gesicht strömten, und an dem Kloß in der Kehle schluckend, wechselte Robinton die Tische. Trotz seiner weichen Knie hielt er den Kopf stolz erhoben. Dann kam der Augenblick, als Shonagar ihn an der Hohen Tafel vorbeiführte.

Aus tränenfeuchten Augen bedachte seine Mutter ihn mit einem triumphierenden Blick, ehe sie sich wieder die Wangen abwischte. Weder sie noch Robinton nahmen Notiz von seinem Vater.

Als Robinton endlich den letzten freien Stuhl besetzte, zitterte er so heftig, dass er kaum die Glückwünsche der anderen frisch gebackenen Gesellen entgegennehmen konnte. Er bemerkte, dass alle ihre Rangabzeichen, einen kunstvoll geschlungenen Knoten, an der Schulter trugen, und dann spürte er, wie Shonagar ihm seinen Gesellenknoten über den Ärmel streifte und an der Schulter festzog.

»Geselle Robinton wird Meister Lobirn im Hochland zugeteilt, und wir wollen hoffen, dass unser junger Absolvent dem ehrenwerten Meister Lobirn hilft, nicht noch mehr Unfug anzustellen«, verkündete Gennell. Dann verlangte er nach Wein und Gläsern für die neuen Gesellen.

Zu irgendeinem Zeitpunkt verließ Petiron den Saal, aber Merelan blieb. Und genauso musste es sein, fand Robinton.

Kapitel 9

Und so kam es, dass Robinton mit fünf prall gefüllten Packsäcken zu seiner ersten Stellung auszog, obwohl er ein paar Erinnerungsstücke aus seiner Kindheit in den riesigen Kellergewölben der Harfnerhalle verwahrte. Seine Mutter bestand darauf, dass er F'lon eine Trommelbotschaft schickte.

»Es kann deinem Ruf nicht schaden, wenn du auf einem Drachen eintriffst«, beharrte Merelan.

»Das sieht nach Angeberei aus, Mutter«, meinte er.

»Andere haben auch auf dieser Art der Beförderung bestanden«, beschied sie ihm und fuhr fort, seine Habe zu packen.

Wenn er später zu Besuch in die Harfnerhalle zurückkäme, würde er im Quartier der Gesellen wohnen. Seinen Vater hatte er seit dem letzten Abend nicht mehr gesehen, doch das wunderte ihn nicht. Von Petiron hatte er sich endgültig gelöst, sowohl als Sohn wie als Schüler. Robinton verspürte nichts als Erleichterung über diese Trennung, gleichzeitig sorgte er sich zunehmend um seine Mutter. Sie erschien ihm ungemein zerbrechlich, und ihre Hände zitterten leicht, als sie seine Panflöte einwickelte und in den Packsack steckte. Dieser Abschied fiel ihnen beiden schwer.

»Du würdest drei Lasttiere brauchen, um den ganzen Kram zu befördern«, sagte sie und schniefte. Sie schenkte ihm ein strahlendes Lächeln, als er sich über sie beugte, um zu sehen, ob sie weinte. »Ach, ich werde dich vermissen, mein Junge.« Sie legte die Hände auf seine Arme und blickte ihn aus feuchten Augen an. »Du wirst mir sehr fehlen, aber gleichzeitig bin ich froh, dass du deinem Vater endlich nicht mehr im Wege stehst. Die Beförderung zum Gesellen war das Beste, was dir passieren konnte.«

»Hat ... hat er sich dazu geäußert?«

»Nein.« Sie lachte verlegen und verstaute die restlichen Sachen. »Er hat nicht einmal mit mir über das Thema gesprochen, ein sicheres Zeichen, dass er mit deiner Beförderung ganz und gar nicht einverstanden ist.« Sie zuckte die Achseln. »Mit der Zeit wird er darüber hinwegkommen, obwohl er es Gennell nie verzeihen wird, dass dieser Entschluss über seinen Kopf hinweg gefasst wurde. Meister Gennell hat deinen Vater nämlich nicht gefragt, musst du wissen.«

»Meister Gennell kann sich wohl auf was gefasst machen«, entgegnete Robinton bekümmert.

»Unsinn, Robie. Gennell weiß genau, was er tut, und über den Charakter deines Vaters macht er sich genauso wenig Illusionen wie ich. Dein Vater wird eine Weile seinen Groll hätscheln und sich dann abreagieren, indem er höchst komplizierte Partituren kreiert, die ich singen muss.«

Besorgt blickte Robinton seiner Mutter in die Augen. »Du passt doch gut auf dich auf, Mutter, versprichst du es mir? Verausgabe dich nicht zu sehr mit diesen verzwickten Musikstücken.«

Liebevoll tätschelte sie seine Wange. »Ich werde ganz brav sein und mich schonen. Mir bleibt gar nichts anderes übrig, wenn Gina, Betrice und Lorra ein wachsames Auge auf mich halten – und auf deinen Vater. Ich hatte nicht die Absicht, ihn zu erschrecken, aber ich glaube, mein Zusammenbruch hat ihm Angst gemacht. Jetzt nimmt er viel mehr Rücksicht auf mich. Er liebt mich nämlich wirklich, weißt du, auf eine ziemlich Besitz ergreifende Art. Das ist ja unser aller Problem.«

Robinton nickte und umarmte seine Mutter. Er spürte, wie zerbrechlich sie war und hütete sich, sie zu fest anzufassen. Dabei sehnte er sich danach, sie mit aller Kraft an sich zu drücken, denn er befürchtete, sie vielleicht nie wieder zu sehen.

»Ach, Robie«, seufzte sie. »Stell dich nicht so an. Es geht mir gut. Du weißt selbst, dass sich ab jetzt manches zum Besseren wenden wird. Und wenn du dich nicht regelmäßig bei mir meldest, schicke ich dir eine Trommelbotschaft oder schreibe dir einen Brief. Hast du mich verstanden?«

»Ja, ich habe verstanden, Mutter. So viel ich weiß, gibt es im Hochland ein gut funktionierendes Netzwerk von Kurieren.«

»Das stimmt«, bestätigte sie. »Es muss auch sein, wenn man so abgeschieden wohnt.«

Das unverwechselbare Trompeten eines Drachens erklang drunten im Hof.

»Ich glaube, F'lon ist eingetroffen«, meinte Merelan und bemühte sich, die Tränen zurückzuhalten.

Robinton griff nach seinem Gepäck, doch in diesem Moment platzten Meister Gennell, Washell und Ogolly in das Quartier. Ohne viel Federlesens schoben sie Robinton zur Seite, bemächtigten sich der Packsäcke und erlaubten ihm lediglich, den neuen Harfenkasten zu tragen.

»Ich fühle mich geehrt – ich meine, das war doch nicht nötig …« protestierte Robinton, doch niemand beachtete ihn. Achselzuckend fügte er sich.

Meister Gennell blinzelte ihm zu, als sie die Große Halle betraten, und Robinton begriff, dass diese Geste des guten Willens für seine Mutter gedacht war, und um wettzumachen, dass sein Vater seine Abreise ostentativ ignorierte. Die Freundlichkeit dieser Männer rührte an sein Herz, und er musste schlucken, um nicht in Tränen auszubrechen.

»Du hast es also geschafft, was?« kommentierte F'lon, als er von Simaniths Rücken stieg und sich anschickte, die Packsäcke am Geschirr festzuzurren. »Meinen Glückwunsch, Geselle Robinton. Alle deine Freunde aus Burg Benden und dem Weyr lassen dich grüßen.« Zu den anderen neuen Gesellen, die im Hof darauf warteten, befördert zu werden, sagte er: »Euch möchten wir ebenfalls gratulieren. Eure Drachen werden bald hier sein.«

Das Verstauen des Gepäcks dauerte nicht lange, und dann kam der Augenblick des Abschieds. Merelan schloss Robinton in die Arme und drückte ihm einen letzten Kuss auf die Stirn. Dann verabschiedete er sich mit Handschlag von den Meistern und versprach, sein Bestes zu geben.

»Richte Meister Lobirn meine herzlichsten Grüße aus«, rief Merelan, als Rob auf Simaniths Rücken kletterte. »Vielleicht erinnert er sich an mich.«

»Wer könnte dich je vergessen, Merelan?« meinte Meister Gennell und legte der Meistersängerin tröstend den Arm um die Schultern.

Dieses Bild hatte Robinton in den ersten anstrengenden Tagen ständig vor Augen, als er versuchte, sich unter Meister Lobirns Aufsicht zurecht zu finden. F'lon setzte Rob und seine Habe im Innenhof der in den Bergen gelegenen, sturmgepeitschten Burg ab und verschwand wieder, ohne dass viele Bewohner der Festung diese spektakuläre Ankunft mitbekamen. Robinton war froh, dass Meister Lobirn die Landung des Drachens nicht sah, denn dieser alte Herr war von seinem jungen Gehilfen ganz und gar nicht begeistert.

»Was denkt sich Gennell eigentlich dabei, einen Rotzbengel von fünfzehn Planetenumläufen zum Gesellen zu befördern?« nörgelte er. »Bei mir wäre das nicht passiert, erwarte also nicht von mir, dass ich dich verhätschele, junger Mann.« Mit finsterer Miene musterte Lobirn Robinton von Kopf bis Fuß.

Es half Robinton auch nichts, dass er den alten, winzigen Meisterharfner weit überragte. Lobirn reichte ihm nicht einmal bis zur Schulter. Er hatte einen gewaltigen Brustkorb – er sang Bass –, schmale Hüften und kurze, dürre Beine. Nase, Augen und Mund saßen in dem breitflächigen Gesicht viel zu eng beieinander, als gehörten sie eigentlich in ein viel kleineres Antlitz.

Sein volles, gewelltes Haar war mit breiten, silbergrauen Strähnen durchzogen, sodass der Schopf gestreift wirkte. Auf den ersten Blick gab Meister Lobirn eine lächerliche Gestalt ab, doch niemand wagte es, sich über ihn lustig zu machen. Robinton merkte sehr schnell, dass er viel zu viel Charisma und Autorität ausstrahlte, um jemals zum Gespött der Leute zu werden. In den braunen Augen lag ein wachsamer, intelligenter Ausdruck, und Robinton hütete sich von Anfang an, diesen Mann zu unterschätzen.

»Ich hatte selbst nicht damit gerechnet, so früh zum Gesellen aufzurücken«, murmelte er demütig.

Lobirn bedachte ihn mit einem scharfen Blick, wie um festzustellen, ob er nur den Bescheidenen mimte. »Sei dir darüber im Klaren, dass ich hohe Anforderungen an dich stelle, junger Mann. Woher kommst du? Wer sind deine Eltern?«

Robinton antwortete bereitwillig, in der Hoffnung, seinen neuen Meister milde zu stimmen. Seine Mutter fand Lobirns uneingeschränkte Billigung, doch über Petiron äußerte er sich weniger günstig. Robinton war entsetzt, wie freimütig er seine Meinung zum Besten gab – und das noch vor dem Sohn dieses Mannes, den er gnadenlos kritisierte. Lobirn hielt Petirons Kompositionen für viel zu verschnörkelt und kompliziert, um jemandem von Nutzen zu sein.

Zwar hegte Robinton die gleiche Ansicht, doch niemals hätte er dies zugegeben, weil dies für ihn einem Verrat gleichgekommen wäre. Er erschrak ein zweites Mal, als Lobirn ihm erklärte, welche Art von Musik er bei seiner Arbeit bevorzugte – es handelte sich um seine, Robintons, Werke, obwohl Lobirn den Verfasser dieser Musikstücke gar nicht kannte.

Robinton hätte sich eher die Zunge abgebissen, als Lobirn über seine Urheberschaft aufzuklären, doch das Wissen, dass seine Musik gefiel, trug erheblich dazu bei, mit dem schrulligen alten Mann auszukommen. Denn Meister Lobirn war launisch, unberechenbar, verschroben und machte kein Hehl aus seiner Abneigung, einen »unreifen Grünschnabel, der noch nass hinter den Ohren ist«, in die Geheimnisse seiner Zunft einzuweihen.

Doch als Lobirn merkte, mit welcher Geduld sich Robinton den schwächeren Schülern widmete, änderte sich allmählich seine Einstellung. Nicht lange, und er äußerte dann und wann ein paar lobende Worte. Er selbst besaß ein aufbrausendes, cholerisches Temperament und bestrafte unaufmerksame Schüler schon einmal mit einem leichten Klaps. Deshalb unterrichtete Robinton nicht nur die Kinder, die mit dem Pensum hinterher hinkten, sondern auch die ganz jungen Schüler, denen erst noch die grundlegenden Lehrballaden beigebracht werden mussten. Ihm war diese Regelung recht. Und mit Vergnügen sang er die von ihm geschriebenen Balladen und Lieder, die Meister Gennell in den Lehrplan aufgenommen hatte. Es stimmte ihn glücklich, seine eigenen Werke nutzen zu dürfen, ohne Petirons Zorn und Verachtung zu fürchten.

Außerdem verpflichtete man ihn, ein paar Tage in jeder Siebenspanne in entlegene Ansiedlungen zu gehen, deren Bewohner manchmal mit keinem Außenstehenden in Kontakt kamen. Diese Ausflüge wurden eingestellt, sowie das Wetter umschlug und der Winter das Hochland fest im eisigen Griff hielt. Deshalb kopierte er eigens für diese abgeschieden lebenden Siedler Lehrballaden, die sie bis zu seinem nächsten Besuch auswendig lernen sollten. Über jede seiner Reisen musste Robinton einen ausführlichen Bericht schreiben, und er war überrascht, mit welcher Sorgfalt Meister Lobirn diese Unterlagen prüfte.

Außer Robinton und Lobirns drei Gehilfen gab es noch einen Harfnergesellen – Mallan – der aus dem Hochland stammte und ähnliche Aufgaben übernahm wie Rob. Die beiden teilten sich ein kleines Innenquartier auf der Wohnebene des Burgherrn; es bestand aus zwei Schlafkammern und einem Aufenthaltsraum. Das Bad und die sanitären Anlagen benutzten sie gemeinsam mit den drei Gehilfen, die in einem einzigen großen Innenraum untergebracht waren.

Meister Lobirn und seine Gemahlin Lotricia bewohnten ein Außenappartement mit Fenstern. Lotricia war eine verblühte Frau, doch wenn sie lächelte, strahlte sie über das ganze Gesicht, und mit ihrem freundlichen, hilfsbereiten Wesen erinnerte sie Rob an Betrice. Als sie Lobirn kennen lernte, hatte sie den Beruf der Heilerin studiert, aber nach der Heirat gab sie das Studium auf und begleitete ihn ins Hochland, wo sie sich darauf beschränkte, die vier Kinder großzuziehen, die dieser Verbindung entsprangen.

Die Tochter heiratete einen Grundbesitzer aus dem Hochland und kam gelegentlich mit ihren Kindern die Eltern besuchen. Die Söhne übten handwerkliche Berufe aus und ließen sich regelmäßig zu Versammlungen und Feiern blicken.

»Keiner von ihnen kann auch nur eine einzige richtige Note singen«, äußerte Lobirn einmal in wegwerfendem Ton. »Das haben sie von ihrer Mutter geerbt. Aber sie haben es im Leben zu etwas gebracht. Aus ihnen ist trotzdem etwas geworden.«

Lotricia versorgte ihre »Buben«, wie sie die Lehrlinge und Gesellen nannte, immer mit besonderen Leckereien. »Ihr müsst alle noch wachsen und braucht ordentlich was zu essen«, meinte sie. »Höchste Zeit, dass ihr ein bisschen Speck auf die Rippen kriegt.« Und ein jeder der jungen Burschen nahm die Sonderzuteilungen dankbar an.

* * *

Bei dem ausgefüllten Stundenplan und der Herumreiserei blieb Robinton kaum Zeit zum Komponieren. Unterwegs blieb er mitunter stehen und kritzelte die Weisen, die ihm in den Sinn kamen, auf einen Fetzen Pergament. Und wenn er dann die steilen Wege hinauf- oder hinunterkraxelte, sang und pfiff er seine jüngsten Kompositionen.

Gelegentlich führten nur schmale Viehpfade in luftige Höhen, und einige Male wäre er um ein Haar abgestürzt, weil er sich von der Musik ablenken ließ. Doch es gefiel ihm, draußen im Freien neue Lieder zu ersinnen, die er aus voller Kehle schmettern konnte, ohne jemanden zu stören. Und oftmals hallte von den umliegenden Felswänden ein Echo zurück.

Nach dem ersten heftigen Schneesturm nahmen seine Reisen ein Ende. Der erste Blizzard hielt ihn drei Tage und Nächte in Burg Murfy gefangen, eine winzige Festung, in der fünfzehn Leute auf engstem Raum zusammen hausten.

Murfytwen, der zwanzigste Mann, der das Anwesen bewirtschaftete, machte Rob den Weg frei, als der Sturm endlich abflaute. Er begleitete ihn zurück zur Burg Hochland, um dort dringend benötigte Vorräte abzuholen. Schon viel zu lange hatte er dieses Vorhaben auf die lange Bank geschoben.

»Obwohl das Zeug sich viel einfacher transportieren lässt, wenn Schnee liegt«, erklärte Murfytwen fröhlich, während er die Sachen auf den Schlitten packte. »Bis auf bald, Harfner. Wir sehen uns, wenn die Wege wieder begehbar sind. Und vielen Dank für die neuen Lieder. Wir werden sie gut lernen. Ich verspreche, dass Twenone sein Pensum bis zum nächsten Frühling beherrscht!«

Zum Abschied hob Murfytwen die Hand, die in einem Fäustling steckte, und stapfte den verschneiten Weg zurück, den sie gekommen waren.

* * *

Burg Hochland duckte sich auf der Bergspitze wie ein dickbauchiger, gestrandeter Fischtrawler. Die Festung hatte schon vielen Winterstürmen getrotzt, und die wuchtigen Mauern dämpften das Heulen des Windes, der um die Felszinnen tobte.

Doch das Leben in dieser Burg unterschied sich stark von der Realität in der Harfnerhalle oder auch in Burg Benden. Wie vorgesehen, war die Festung im Hochland autark, und das bedeutete, dass dort sämtliche handwerklichen Stände vertreten waren. Es gab sogar einen Bergwerksmeister, Furlo, der mit seinen Bergleuten hauptsächlich Kupfer abbaute, ein häufig verwendetes Metall.

Unter den Grubenarbeitern gab es viele Männer, die schöne Stimmen hatten, und Meister Furlo hatte zwei Quartette gegründet, die an den meisten Abenden sangen. Furlo spielte ausgezeichnet Gitarre und pflegte seine Sänger selbst zu begleiten, doch als sich Robinton erbot, ihn zu vertreten, nahm er den Vorschlag dankbar an.

Meister Lobirn hatte dafür gesorgt, dass die Burg mit einem kompletten Orchester aufwarten konnte, und die langen Winterabende verbrachte man in fröhlicher Stimmung. Lord Faroguy, der Burgherr, und seine Gemahlin, Lady Evelene, wirkten bei der Unterhaltung begeistert mit. Drei ihrer zwölf Kinder waren versierte Musiker und Sänger.

Allerdings beschränkte man sich nicht auf musikalische Ereignisse, sondern auch der Sport spielte eine wichtige Rolle. Ringerwettkämpfe und andere körperliche Übungen fanden nahezu jeden Abend statt. Die Hallenrennen bereiteten Robinton ein besonderes Vergnügen, und er machte voller Enthusiasmus mit. Seine langen Beine und die durch Gesangsübungen gekräftigten Lungen verschafften ihm beträchtliche Vorteile.

Zuvor hatte er noch nie von Hallenrennen gehört. In Fort konnte man selbst mitten im Winter draußen Sport treiben. Doch hier im Hochland, wo man sich dem Wetter und dem gebirgigen Terrain anpassen musste, benutzte man die langen Korridore als Sprintstrecken oder Langlaufbahnen.

Selbst auf den Treppenfluchten wurden Wettspiele ausgetragen – es ging darum, wer als Erster oben und wieder unten war, möglichst ohne sich ein Bein zu brechen. Verstauchte Knöchel gehörten zum Alltag, desgleichen Schulterzerrungen, die man sich zuzog, wenn man sich krampfhaft an einem Treppengeländer festhielt, um einen schlimmen Sturz zu vermeiden.

Bei den Wettläufen schnitt Robinton zumeist gut ab, doch vor den Zweikämpfen scheute er zurück. Die meisten Harfner ließen sich nicht auf Rangeleien ein. Eine Ausnahme bildete Shonagar, der bei sich zu Hause und in der Harfnerhalle einen Meistertitel im Ringen erkämpft hatte und bereits dreimal den Champion im Mittelgewicht, einen Bewohner von Burg Fort, bei Wettkämpfen schlagen konnte.

Aber im Allgemeinen hielten sich Harfner von körperlichen Duellen dieser Art fern, aus Angst, sie könnten sich die Hände verletzen. Diese Erklärung benutzte Robinton, um sich nicht an den Kampfspielen beteiligen zu müssen. Jeder akzeptierte diese Begründung, lediglich ein junger Mann von Mitte zwanzig, Fax, forderte ihn immer wieder heraus.

Seit ihrer ersten Begegnung – die auf einem Treppenabsatz stattfand – fühlte sich Robinton in Fax' Anwesenheit nicht wohl. Der Bursche war aggressiv, reizbar und sehr von sich überzeugt. Als Lord Faroguys Neffe hatte er kürzlich eine Ansiedlung in Besitz genommen, die er mit eiserner Hand führte. Er verlangte seinen Pächtern das Äußerte ab und ließ nichts durchgehen. Einige Handwerker hatten bereits um Versetzung in eine andere Gemeinde ersucht.

Robinton waren beunruhigende Gerüchte über Fax' Methoden zu Ohren gekommen, doch einem Harfner stand es nicht zu, einen Pachtherrn zu kritisieren oder sich über ihn erhaben zu dünken, deshalb hatte er auf der Treppe Platz gemacht und aus Höflichkeit Fax den Vortritt überlassen. Zum Dank für seine Freundlichkeit erntete er ein hämisches Grinsen, und Fax, der es vorher ziemlich eilig zu haben schien, ging nun absichtlich die Treppe übertrieben langsam hinab. Was er damit beweisen wollte, entzog sich Robintons Verständnis, doch er neigte immer mehr dazu, dem Gerede über Fax' niederträchtigen Charakter Glauben zu schenken.

Eines Abends drängte Fax beharrlich darauf, Robinton solle sich auf einen Ringkampf einlassen – nicht mit ihm, sondern mit einem seiner jüngeren Pächter.

»Ihr zwei seid ausgewogene Gegner, möchte ich meinen, vom Gewicht her und von der Größe«, meinte Fax mit unbewegter Miene aber herausfordernd blitzenden Augen.

»Ich fürchte, ich wäre hoffnungslos unterlegen«, gab Robinton freimütig zu. »Als Harfner habe ich nie einen Kampfsport betrieben, sondern mich nur durch Leichtathletik fit gehalten. Aber vielleicht hat dein Pächter eine gute Stimme. In dem Fall bin ich zu einem Wettstreit bereit.«

Fax maß ihn mit einem langen Blick und wandte sich dann Meister Lobirn zu. »Ich finde, es täte Not, die künftigen Harfner auch in etwas männlicheren Disziplinen auszubilden.«

Lobirn war für seine Geistesgegenwart und Schlagfertigkeit bekannt und erwiderte verächtlich: »Mein teurer Fax, nicht wenige Mannsbilder haben den Tag bereut, an dem sie versuchten, einen Harfner aufs Kreuz zu legen – und zwar im wortwörtlichen wie im übertragenen Sinn. Denn eines ist gewiss, Intelligenz und Bildung sind schierer Muskelkraft allemal überlegen.« Eine letzte Stichelei schob er noch nach. »Vielleicht hat es dein junger Pächter nicht verwunden, dass Robinton ihn jedes Mal beim Hallenrennen besiegt hat.«

Robinton wunderte sich, dass Meister Lobirn den Wettkämpfen so viel Aufmerksamkeit zollte und über die Sieger und Verlierer bestens Bescheid wusste. Auch hätte er nie gedacht, dass seine guten Leistungen im Wettlauf bei anderen Eifersucht, wenn nicht gar Hass, erzeugten. Allem Anschein nach war es Fax, der ihm den Erfolg missgönnte, denn sein Pächter hatte es sich nie anmerken lassen, dass er ein schlechter Verlierer war.

Fax bedachte Meister Lobirn mit einem langen, bedrohenden Blick, schaute noch einmal flüchtig zu Robinton hinüber und trollte sich. Rob atmete erleichtert auf.

»Nimm dich vor Fax in Acht, Robinton. Er legt es darauf an, dich vor der gesamten Burggemeinschaft zu demütigen«, warnte Meister Lobirn. »So etwas werde ich nicht zulassen. Es untergräbt die Disziplin. Aber es wäre keine schlechte Idee, wenn du dir von Mallan ein paar Griffe beibringen ließest, mit denen du dich notfalls bei einem Ringkampf verteidigen könntest.«

»Ich werde den Rat befolgen, Meister Lobirn«, erwiderte Robinton sachlich. Er zweifelte nicht daran, dass Fax einen persönlichen Groll gegen ihn hegte. Oder vielleicht gegen alle Harfner. Jedenfalls forderte Fax keinen Harfner für seine Burg an. Er durfte bestimmen, ob seine Pächter unterrichtet wurden oder nicht, und nur Lord Faroguy konnte diesen Entschluss anfechten.

Doch da Fax' Domäne wirtschaftlich prosperierte, sah der Lord keinen Anlass, seine Methoden anzuzweifeln. Natürlich verriet der junge Burgherr seinem Onkel nicht, dass er seinen Leuten mit Auspeitschung und Ausweisung aus der Burg drohte, wenn sie nicht spurten.

Mallan und Robinton übten fleißig die unterschiedlichen Techniken im Nahkampf, und beide profitierten von diesem intensiven Training.

* * *

Da die Gebirgspässe zugeschneit waren, beschränkte sich die Kommunikation auf Trommelbotschaften. Der acht Stunden dauernde Bereitschaftsdienst im Trommelturm gehörte zu Robintons unangenehmsten Pflichten als Geselle. Selbst ein prasselndes Kaminfeuer vermochte die Turmkammer nicht zu erwärmen.

Der äußere Rand der Kammer war ausgetreten von den Rundgängen der Wachen, denn der aus dem gewachsenen Fels gehauene Trommelturm bestand schon seit mehreren Hundert Planetenumläufen. So tief war die Rinne, dass man aufpassen musste, um nicht zu stolpern. Zum Glück ließ sich der Turm vom Innern der Festung aus erreichen und nicht lediglich über eine Außentreppe, wie es bei vielen im Süden gelegenen Festungen der Fall war.

Der Dienst im Trommelturm war kein Vergnügen und erforderte höchste Aufmerksamkeit. Bisweilen dämpfte Schneefall die eingehenden Nachrichten, und Botschaften, die man abschickte, konnten kleinere Lawinen auslösen, die sich anhörten wie ferner Donner und in der winterlichen Dunkelheit umso unheimlicher anmuteten.

In sternklaren Nächten, wenn die beiden Monde Belior und Timor als kreisrunde Scheiben am Himmel schwebten, erkannte man manchmal die sieben Spitzen des verlassenen Hochland-Weyrs. Robinton überlegte, ob er sich wohl von den Weyrn unterschied, die er bereits kannte. Er nahm sich vor, ihn zu untersuchen, sowie sich die Gelegenheit bot.

Die neue Umgebung und die Fülle von Erlebnissen beflügelten Robintons Phantasie. In einer Anwandlung von Kühnheit komponierte er ein Lied für den Chor der Bergleute, das exakt für ihre Stimmen arrangiert war. Es handelte sich um eine witzige Ballade bestehend aus sechs Strophen und einem Refrain. Erzählt wurde die Geschichte eines Bergmanns und seiner Liebsten, genau der Stoff, den die handfesten Kerle bevorzugten. Das Lied kam so gut an, dass Meister Lobirn wissen wollte, wieso Robinton es erst jetzt zum Besten gab.

»Ach, ich hatte es total vergessen über all den Melodien, die ich von der Harfnerhalle mitbrachte«, wiegelte Robinton ab.

»Was du nicht sagst!«

»Nun ja, so ganz stimmt das nicht. Ich meine, die Melodie existierte bereits, ich schrieb sie nur für die

Bergleute um und fügte den Refrain hinzu, damit jeder mitsingen kann.«

»Wirklich?« Meister Lobirn blickte seinen Gesellen prüfend an und schürzte nachdenklich die Lippen. »Interessant.«

Robinton suchte das Weite, sobald es die Höflichkeit zuließ. Meister Lobirn hatte sich den Packen neuer Lieder, die er aus der Harfnerhalle mitbekommen hatte, nur flüchtig angesehen. Aber hier im Hochland gab es so viele gute Stimmen und Musikanten, dass Robinton seine jüngste Kreation einfach nicht für sich behalten konnte. Kurzerhand schmuggelte er das Werk unter die anderen Partituren. Doch er nahm sich vor, in Zukunft etwas vorsichtiger zu sein und bestehende Melodien lediglich zu variieren.

Er hatte Meister Lobirn unterschätzt.

»Du hast diese Lieder geschrieben«, schnauzte er ihn an, als er eines Abends unangemeldet in Robintons Schlafkammer stapfte, in der Hand ein Bündel Notenblätter, das Gesicht wütend verzogen.

Da Robinton gerade dabei war, eine neue Weise zu komponieren, und Meister Robinton ihm das Pergament aus der Hand riss, konnte er es nicht abstreiten.

»Nahezu alle Partituren, die die Harfnerhalle herausgibt, stammen von dir, stimmt's?« fragte Meister Lobirn in anklagendem Ton.

Linkisch stellte sich Robinton auf die Füße, ein schwieriges Unterfangen in dem engen Kabuff und mit Meister Lobirn, der sich breitbeinig vor dem Bett aufpflanzte. Als der kleine Meisterharfner hereingestürmt kam, hatte Robinton rücklings auf seiner Schlafstatt gelegen. Doch kaum stand er, da bemerkte er, dass er einen taktischen Fehler begangen hatte, denn nun sah sich der empörte Meister gezwungen, zu seinem jungen Gesellen hochzublicken.

»Meister Lobirn, wenn ich bitte erklären dürfte …«

Er zwängte sich an Lobirn vorbei und bedeutete ihm, die größere Wohnstube zu betreten. Mallan war nicht da.

»Beim Ersten Ei, ich bin gespannt, was ich höre!« donnerte Lobirn mit gerötetem Nacken und funkelnden Augen. »Seit fünf oder sechs Planetenumläufen verbreite ich Musikstücke, die von dir geschrieben wurden. Nicht nur, dass man dich jungen Schnösel mit fünfzehn zum Gesellen beförderte, jetzt stellt es sich auch noch heraus, dass du schon als Zehnjähriger komponiert hast!« Lobirn knallte die betreffenden Partituren auf den Tisch und hieb mit der Faust darauf. Dann wandte er sich wieder Robinton zu, der es für klüger gehalten hatte, sich hinzusetzen.

»Offen gesagt ...« Robinton krümmte sich innerlich, weil er nicht umhin konnte, mit der Wahrheit herauszurücken. »Ein paar Lieder habe ich schon früher geschrieben.«

»Wann genau hast du angefangen zu komponieren?« Lobirns Augen schienen aus dem Kopf zu quellen. Beide Fäuste auf den Tisch gestützt, beugte er sich drohend über Robinton. »Wie alt warst du, als du die erste Melodie erfunden hast?«

»Ich ... meine Mutter hat mir erzählt, ich hätte mich mit Variationen beschäftigt, da war ich erst drei.«

In einem seiner jähen Stimmungsumschwünge glotzte Lobirn ihn an, dann legte er den Kopf in den Nacken und brüllte vor Lachen. Er lachte so herzhaft, dass er sich an der Tischkante festhalten musste und sich schließlich auf einen Stuhl plumpsen ließ. Die Tür wurde aufgerissen, und Lotricia rauschte herein, um nachzusehen, was los war. Die Gesellen, die nebenan wohnten, drängten sich gleichfalls in die Stube.

»Was geht hier vor, Lobirn?« erkundigte sich Lotricia mit fragend erhobenen Augenbrauen. »So laut hast du nicht mehr gelacht, seit Fax ins Weinfass gefallen ist und feststeckte.« Sie lächelte breit. Alle, außer Robinton, grinsten vor Vergnügen.

»Ich weiß nicht, was ich so Witziges gesagt haben soll«, stammelte Robinton. Der Anlass für Lobirns Heiterkeitsausbruch lag noch auf dem Tisch, und hastig klaubte Rob die Notenblätter zusammen.

Doch Lobirn hielt seine Hand fest. Schwer atmend und immer wieder von einem Kichern unterbrochen, wandte er sich an seine Frau. »Robinton hat all die neuen Lieder geschrieben.«

»Ja, und?« erwiderte Lotricia verwirrt.

Meister Lobirn bekam einen neuen Lachanfall.

Lotricia stemmte die Hände auf ihre ausladenden Hüften. »Ich muss mich doch sehr wundern, Lobirn, dein albernes Verhalten ergibt absolut keinen Sinn, dabei bist du doch sonst so vernünftig«, tadelte sie ihn pikiert. »Und jetzt will ich wissen, worüber du dich schier ausschütten willst vor Lachen. Beruhige dich endlich! Rob, ist noch etwas Klah in der Kanne?«

Hastig schenkte Robinton lauwarmes Klah in eine saubere Tasse, die Lotricia ihm abnahm und Lobirn reichte. Immer noch glucksend und prustend, nahm Lobirn einen großen Schluck. Das schien sein Gleichgewicht wieder herzustellen. Sich die Tränen aus den Augen wischend, winkte er die Umstehenden zu sich. Dann tippte er mit der Hand auf die Notenblätter.

»Robinton, unser jüngster Geselle, hat die meisten Lieder und Stücke komponiert, die ich euch – beim Ersten Ei! – beigebracht habe ...«

»Hast du sie wirklich geschrieben, Junge?« vergewisserte sich Lotricia mit leuchtenden Augen. »Ich habe immer gesagt, nicht wahr, Lobirn, er ist ein guter und intelligenter Junge. Und dabei so bescheiden! Aber wieso steht dein Name auf keinem Blatt?«

»Ein Lehrling darf nicht mit seiner Unterschrift signieren ...«

»Verstehst du jetzt, was an der Sache so komisch ist, Lotricia?«

»Nein, Lobirn, ich gebe zu, dass ich daran nichts Lächerliches finden kann. Im Gegenteil, ich halte diese Musik für unglaublich schön. Die Melodien sind so eingängig ...«

»Genau das ist es! Darin besteht ja der Witz!« räumte Lobirn ein und tätschelte die Hand seiner Frau.

Loticia blickte verständnislos drein.

»Die Musik, die Robintons Vater schreibt, wird nicht kopiert und an sämtliche Burgen und Hallen verteilt«, erläuterte Lobirn. »Robintons Musik, die er bereits im Alter von *drei Planetenumläufen* komponierte, kennt hingegen jeder. Verstehst du jetzt?«

Der Umstand, dass seine Gemahlin die Pointe nicht begriff, regte Lobirn dermaßen auf, dass sein Hals wieder anschwoll und sich rötete. »Der Witz geht auf Petirons Kosten. Er ist es, über den ich lache. Dieser eingebildete, hochnäsige Perfektionist besitzt nicht halb so viel Talent wie sein Sohn!«

Lobirn sprang auf, gluckste vor Lachen und schlug Robinton kumpelhaft auf die Schulter. Dann raffte er die Notenblätter zusammen, die auf dem Tisch lagen, und wollte gehen. Auf der Türschwelle merkte er, dass er Robintons angefangene Komposition in der Eile mitgenommen hatte. Kichernd gab er sie dem Jungen zurück. »Du musst mir dein neuestes Werk unbedingt zeigen, wenn es fertig ist. Ich bestehe darauf.«

Er lachte noch, als er in seinem eigenen Quartier verschwand.

»Was hatte das Ganze zu bedeuten?« wollte einer der Gesellen, ein angehender Holzschnitzer, von Rob wissen.

»Ach, das war ein Witz unter Harfnern«, winkte Robinton ab.

Der junge Holzschnitzer zuckte die Achseln und wandte sich zum Gehen.

Robinton war froh, als sich die Tür zu seinem Quartier schloss und er wieder allein war.

* * *

Nach diesem Vorfall änderte sich Robintons Beziehung zu Meister Lobirn drastisch. Von nun an behandelte der Meisterharfner ihn als Gleichgestellten und zollte ihm den Respekt, den er einem Harfner seines Ranges entgegengebracht hätte. Dieses Kompliment erfreute Robinton, machte ihn jedoch auch verlegen. Seine Instruktoren in der Harfnerhalle waren gütige Lehrmeister gewesen, hatten ihn stets ermutigt und unterstützt, doch immer war er ihr Schüler geblieben.

Und nun betrachtete Meister Lobirn ihn trotz des Altersunterschiedes und seiner großen Erfahrung als einen ebenbürtigen Partner. Diese Behandlung gab Robinton einen gewaltigen Auftrieb, und er nahm sich vor, niemals diesen Status auszunutzen. Im Gegenteil, er arbeitete härter als je zuvor, in dem Bestreben, Lobirn nicht zu enttäuschen.

Aber dieser Aspekt führte ihm auch überdeutlich vor Augen, wie sein Verhältnis zu Petiron beschaffen war, ließ ihn klar erkennen, was er als Kind vermisst hatte. In seiner Verbitterung nannte Rob seinen Erzeuger in Gedanken nur noch Petiron, er gewöhnte es sich systematisch ab, von ihm als seinem Vater zu denken.

Vielleicht konnte er eines Tages die schmerzlichen Kränkungen verzeihen, mit denen Petiron ihn ständig brüskiert hatte, doch bis dahin würde eine lange Zeit vergehen. Derweil sonnte er sich in der Gewissheit, von Meister Lobirn die Anerkennung zu erfahren, die Petiron ihm hartnäckig verweigert hatte. Und ganz allmählich begannen die unangenehmen Erinnerungen zu verblassen.

Nachdem der Winter im Hochland noch einmal mit Schneestürmen und klirrender Kälte kräftig angezogen hatte, setzte die Frühlingsschmelze ein und verwandelte die Wege und Berghänge in Schlammströme. An den Bäumen sprossen die ersten Knospen, und im Tal bestellten die Bauern ihre Äcker und Felder. Meister Lobirn arbeitete die Dienstpläne für seine Gesellen aus.

Bei dieser Gelegenheit entdeckte Robinton, dass es im gesamten Südwesten des Hochlands keine einzige Markierung gab, die anzeigte, dass dort entweder ein Harfner tätig war oder angefordert wurde.

»Wahrscheinlich herrscht Fax über dieses Gebiet«, mutmaßte er.

»Richtig geraten«, bestätigte Lobirn.

Mallan grinste schief.

»Er duldet keine Harfner in seinem Einflussbereich«, erklärte Lobirn in ätzendem Ton.

Robinton horchte auf. »Und warum nicht?«

»Er möchte nicht, dass wir die Köpfe seiner Pächter mit unwichtigen Informationen voll stopfen.«

»Unwichtige Informationen ... Aber jeder hat doch das Recht, Lesen, Schreiben und Rechnen zu lernen.«

»Fax will aber keine gebildeten Pächter, Rob«, erläuterte Mallan. »So einfach ist das.« Er verschränkte die Arme hinter dem Kopf und kippte seinen Stuhl nach hinten. »Was sie nicht wissen, können sie auch nicht einfordern. Denn ein Analphabet kann sich nicht selbst davon überzeugen, welche verbrieften Grundrechte ihm zustehen.«

»Das ist doch ... das ist doch ...« Robinton fehlten die Worte. »Kann Lord Faroguy denn nicht darauf bestehen, dass diese Leute unterrichtet werden?«

Lobirn stieß ein Grunzen aus. »Er hat Fax nahegelegt, dass ein bestimmtes Grundwissen im Allgemeinen als Vorteil gilt …«

»Und das war alles?« Empört sprang Rob von seinem Stuhl hoch.

»Beruhige dich, Junge, und setz dich wieder hin. Es ist ja nicht so, als ob wir nicht genug Lernwillige hätten.«

»Aber Fax verwehrt seinen Leuten den Zugang zur Charta!«

»Er streitet ab, dass es überhaupt eine Charta gibt!« ergänzte Mallan.

»Die Charta garantiert einem Burgherrn auch das Recht auf Autonomie«, wandte Lobirn ein.

»Genauso, wie sie für berechtigte Ansprüche seiner Untertanen bürgt«, hielt Robinton seinem Meister entgegen.

»Sei nicht naiv, Rob. Aus eben diesem Grund will Fax es ja verhindern, dass seine Pächter Lesen lernen. Er hält sie mit Absicht dumm.« Wie um seinen Worten Nachdruck zu verleihen, ließ Mallan seinen Stuhl wieder krachend auf alle vier Beine fallen. »Lass es dir bloß nicht einfallen, deinen Kopf in dieses Schlangennest zu stecken. Bei einem Kampf würdest du nur den Kürzeren ziehen, und wenn du Fax zur Rede stellst, zögert er nicht, dich zu einem Duell herauszufordern. Um es später sehr zu bedauern, dass er dir leider das Genick gebrochen hat.«

Um Unterstützung heischend wandte sich Robinton Meister Lobirn zu, doch der schüttelte energisch den Kopf.

»Ich habe Lord Faroguy mehr als einmal davor gewarnt, Fax mit zu viel Macht auszustatten. Als meine Ermahnungen nichts fruchteten, ging ich zu Faroguys ältesten Söhnen, Farevene und Bargen. Klipp und klar riet ich ihnen, vor Fax auf der Hut zu sein. Farevene ist ein guter Ringer und hält sich fit. Bargen verlässt sich darauf, dass der Rat niemals einen Neffen zum Nachfolger eines Burgherrn bestimmen würde, solange es geeignete Söhne für die Übernahme einer Festung gibt. Meiner Meinung nach sind sowohl Farevene als auch Bargen tauglich, ein Gemeinwesen zu führen. Doch mir scheint, beide unterschätzen ihren Cousin und ahnen nicht einmal, wie ehrgeizig und machtgierig er ist.«

Lobirn nickte bekräftigend mit dem Kopf.

»In dieser Burg genießen wir Harfner den Respekt, der uns und unserem Berufsstand gebührt. Doch ich habe gehört, dass es mehr und mehr Orte gibt, an denen wir kaum noch geduldet werden.« Seine Miene verfinsterte sich.

Mallan und Robinton blickten ihn entgeistert an.

»Einer der Händler aus dem Norden erwähnte so etwas …« begann Mallan.

»Lasst uns nicht über ungelegte Eier gackern!« beendete Lobirn die Diskussion. »Mit diesem Problem befassen wir uns, wenn es an der Zeit ist.« Und er fuhr fort, Robintons Einsatzpläne auszuarbeiten.

* * *

Die Unterhaltung lastete schwer auf Robintons Gemüt. Ihm hatte man die Satzungen der Charta beigebracht, er hatte sogar das Original gesehen, das zwischen zwei schützenden Glasplatten eingebettet lag. Damals staunte er, wie frisch und präzise die mit Tinte geschriebenen Buchstaben nach all den vielen Planetenumläufen noch wirkten.

Die jüngsten Kinder lernten den Inhalt der Charta aus Lehrballaden, und später, wenn sie verständig genug waren, beschäftigten sie sich mit den Einzelheiten und interpretierten die verschiedenen Klauseln. Ein Burgherr, der seinen Pächtern diese Informationen vorenthielt, vernachlässigte in sträflicher Weise seine Pflichten.

Andererseits konnte ein säumiger Burgherr nicht per Gesetz mit einer Strafe belegt werden. Dies war eine der Unzulänglichkeiten der Charta. Als Robinton im Unterricht nach dem Grund dafür gefragt hatte, schnaubte Meister Washell verächtlich durch die Nase und meinte, den Verfassern der Charta sei es vermutlich nie in den Sinn gekommen, irgendjemand könne seinen Mitmenschen absichtlich dieses Grundrecht auf Information streitig machen.

Robinton hoffte, dass die älteren Pächter in Fax' Domäne, die noch lesen und schreiben gelernt hatten, ihr Wissen an ihre Kinder weitergaben – selbst unter Androhung von Strafe. Geistige Bildung pflegte sich durchzusetzen, egal, wie eifrig manche dies zu verhindern trachteten. Er wünschte sich, auch in Fax' Herrschaftsbereich möge dies der Fall sein.

Kapitel 10

Die drei Planetenumläufe, die Robinton im Hochland verbrachte, schienen wie im Flug zu vergehen, wobei die extremen Witterungsbedingungen für mancherlei Abwechslung sorgten. Er lernte viel in seinem Beruf, und noch mehr erfuhr er über die Leitung eines Gemeinwesens, das einige Tausend Seelen umfasste.

Wenn Lord Faroguy des Abends an der Hohen Tafel saß, machte er einen milden, gütigen und nachgiebigen Eindruck. Doch sowie er seine Verwalter und Söhne herumkommandierte, befleißigte er sich eines energischen, keinen Widerspruch duldenden Tonfalls. Es gab nicht viel, was ihm entging – bis auf die Machenschaften, die seinen Neffen Fax betrafen. In diesem Punkt war er auf beiden Augen blind, wie Meister Lobirn einmal bemerkte.

»Fax ist raffiniert«, erläuterte Lobirn Robinton. »Früher hat er für seinen Onkel gearbeitet, und man könnte fast glauben, Lord Faroguy würde ihn seinen eigenen Söhnen vorziehen – als sei er von seinem Fleisch und Blut.«

»Vielleicht ist der Lord ja sein Vater«, warf Mallan mit erhobenen Brauen ein. »Die Ähnlichkeit zwischen den beiden ist verblüffend.«

Lobirn winkte ab. »Faroguy hatte immer nur Augen für Evelene. Er betet sie an.«

Mallan setzte eine bedeutungsvolle Miene auf. »Fax' Mutter starb bei seiner Geburt, also werden wir die

Wahrheit nie erfahren. Doch da Evelene so häufig schwanger war, würde es mich nicht wundern, wenn Faroguy sich gelegentlich bei einer anderen Frau … Erleichterung verschaffte.«

»Daran darfst du nicht einmal denken«, schnitt Lobirn ihm barsch das Wort ab. »Und behalte deine Verdächtigungen bitte für dich.«

»Ich werde mich hüten, so etwas in der Öffentlichkeit zu äußern. Aber Faroguys Vorliebe für diesen Neffen gibt mir schon Rätsel auf. Er wurde geboren, als Evelene etliche Fehlgeburten hatte, bis dann endlich Farevene auf die Welt kam.« Danach schnitt Mallan dieses Thema nie wieder an.

Fax' anstößiges Verhalten war das Einzige, was Robinton während seines Aufenthaltes in Burg Hochland störte. Dank Mallans Einmischung erlebte er sogar sein erstes Abenteuer mit einer Frau. Robinton hatte sich nie viel um sein Aussehen gekümmert, und in einen Spiegel schaute er nur, um sich zu vergewissern, ob sein Haar auch ordentlich aussah. Die langen, dunkelbraunen Haare trug er zu Zöpfen geflochten, wie es der derzeitigen Mode entsprach. Allmählich verlor er seine Schlaksigkeit und setzte Fleisch an, nicht zuletzt, weil Lotricia ihm weiterhin Naschereien zusteckte. Die anstrengenden Wanderungen durch die Berge stärkten seine Muskeln, und aus dem großen, dünnen Jungen entwickelte sich ein stattlicher junger Mann.

Als Harfner spielte er zumeist zum Tanz auf, anstatt sich selbst an diesem Vergnügen zu beteiligen. Eines Tages sah Mallan, wie Rob sich während einer Tanzpause mit drei jungen Mädchen unterhielt. Er kam hinzugeschlendert und stieß Robinton in die Seite.

»Ich löse dich ab, Rob. Höchste Zeit, dass du auch mal das Tanzbein schwingst.« Ein zweiter Rippenstoß, begleitet von einem Augenzwinkern. Als Robinton zu einem Protest ansetzen wollte, wandte sich Mallan an eines der Mädchen. »Er ist schrecklich schüchtern, Sitta. Und weil er andauernd musiziert, kennt er keinen einzigen Tanzschritt.«

»Das stimmt nicht … natürlich kann ich tanzen«, widersprach Robinton und forderte Sitta hastig zum Tanzen auf. Sie war ihm schon früher aufgefallen. Er bewunderte ihr liebliches Gesicht mit den ungewöhnlichen Mandelaugen und ihre zierliche Figur, die durch das dunkelblaue Festkleid vorteilhaft betont wurde. Robinton fühlte sich lediglich unsicher, wenn es darum ging, ein Mädchen anzusprechen, das ihm gefiel.

»Ich dachte schon, du würdest mich nie fragen«, erwiderte Sitta tugendhaft und legte ihre winzige Hand zwischen Robs schwielige Finger.

»Dabei wollte ich es die ganze Zeit«, gab er aufrichtig zu.

»Dann hast du dir also endlich ein Herz gefasst, Harfner«, gab sie keck zurück. Auf der Tanzfläche nahmen sie gegenüber Aufstellung und grüßten artig, wie es die anderen Paare taten.

Sitta war ein braves Mädchen, und nach zwei Tänzen mit Robinton schlug sie vor, er solle mit einer ihrer Freundinnen tanzen, um keinen Anlass für Tratsch zu geben. Robinton stimmte zu. Für ihn als Harfner schickte es sich ohnehin nicht, jemanden demonstrativ zu bevorzugen. Zum anderen wollte er mit dem Tanzen noch nicht aufhören. Es gefiel ihm ungemein.

Er forderte zuerst Triana und dann Marcine auf. Triana war ein lustiges Persönchen. Hauptsächlich schien es ihr darauf anzukommen, dass man sie tanzen sah, mit wem sie über die Tanzfläche wirbelte, war ihr wohl eher gleichgültig. Marcine war eine auffallend gute Tänzerin und außerdem eine kurzweilige Gesprächspartnerin. Danach musste Robinton wieder musizieren.

Triana machte sich auf die Suche nach einem neuen Partner, doch Robinton zollte sie ein großes Lob. Sie sagte, er sei einer der besten Tänzer, die sie kannte. Sitta und Marcine begnügten sich damit, neben dem Podium zu warten, bis Robinton wieder frei war.

In den nächsten Tagen schien er Sitta und Marcine zufällig immer wieder zu begegnen. Dann wurde er für vier Tage in eine Ansiedlung geschickt, um zu unterrichten. Als er spätabends heimkam, traf er Sitta in der Großen Halle, und wie selbstverständlich sorgte sie dafür, dass er eine warme Mahlzeit und etwas zu trinken bekam. Und später wärmte sie ihn im Bett.

Robinton benutzte dasselbe Zeichen wie Mallan und die älteren Gesellen – er kippte einen Stuhl schräg gegen den Tisch, damit die anderen nicht seine Stube betraten. Zusammen mit Sitta lernte er die Freuden der Liebe kennen, und er fand dieses Erlebnis höchst angenehm. Sitta lauerte ihm an allen möglichen und unmöglichen Orten in der Festung auf, bis er schon argwöhnte, sie verfüge über telepathische Fähigkeiten wie ein Drache, weil sie ihn immer wieder fand. Marcine schmollte eine Woche lang, doch sie und Triana verlangten ihn immer wieder als Tanzpartner. Allerdings nie für mehr als zwei Tänze hintereinander.

Sitta wäre sicher gern die Gemahlin eines Harfners geworden, doch ohne eine Dauerstellung in einer Burg durfte er keine ernsthafte feste Bindung eingehen. Aber eine liebevolle Freundin zu haben, behagte ihm. Diese Art von Zuneigung war nicht mit der Liebe einer Mutter zu vergleichen.

* * *

In den Briefen, die ihn aus der Harfnerhalle erreichten, stand, Merelan erfreue sich ausgezeichneter Gesundheit, und ihre Stimme sei nie besser gewesen. Jedes

Mal, wenn ein Kurier eintraf, war ein Schreiben für ihn dabei, und nie versäumte Robinton es, dem Eilläufer eine Antwort an seine Mutter mitzugeben.

F'lon und Simanith überbrachten die Nachricht, Carola sei erkrankt, und man habe nach der Meisterheilerin Ginia geschickt. Der gesamte Weyr befand sich in Aufruhr, denn Feyrith war eine recht junge Königin. Der Tod eines jeden Drachens traf einen Weyr wie ein Schock, doch der Verlust einer Königin kam einer Tragödie gleich.

»Um Carola selbst habe ich nie viel gegeben, aber sie ist eine Drachenreiterin …« F'lon blickte betroffen drein.

»Und Feyrith würde ihr einfach in den Tod nachfolgen?« fragte Robinton verwundert. »Aber der Weyr braucht doch eine Königin!«

»Tatsächlich gibt es außer Feyrith eine weitere Königin«, erklärte F'lon. »Aus dem letzten Gelege, deshalb ist sie noch sehr jung. Allerdings wünsche ich mir, Nemorth hätte sich nicht ausgerechnet diese Jora ausgesucht.« Resigniert blies er den Atem aus.

»Wieso? Warum magst du Jora nicht?« erkundigte sich Robinton.

»Sie leidet unter Höhenangst. Kannst du dir das vorstellen? Doch im Grunde ist es egal. Simanith hat ein Faible für Nemorth, und mir ist eine mollige Frau lieber als dieses dürre Klappergestell, das aus Carola geworden ist.«

»Und du glaubst, der Bronzedrache deines Vaters wird deinem Drachen kampflos weichen?« fragte Robinton. Er wusste, wie ehrgeizig F'lon war, und welcher Wettkampf zwischen den Bronzereitern bei jedem Paarungsflug entbrannte, doch er fand F'lons Einstellung reichlich unverschämt. Offenbar zog er die große Erfahrung seines Vaters und dessen Drachen gar nicht in Betracht.

F'lon machte ein betretenes Gesicht. »Nun ja, auch S'loner wird älter. Und Simanith ist ein sehr guter Bronzedrache.«

»Davon bin ich überzeugt«, lautete Robintons prompte Antwort.

Danke, Harfner.

Robinton bedeutete F'lon, näher an ihn heranzurücken. »Ist er überhaupt nicht besorgt?«

»Er wird erst reagieren, wenn der Ernstfall eintritt. Drachen sorgen sich nicht um die Zukunft. Aus diesem Grund sind sie auf ihre Reiter angewiesen.«

Drei Tage vor dem Ende des Planetenumlaufs starb die Weyrherrin, nachdem sie vergeblich um ihr Leben gekämpft hatte. Robinton spürte sofort Simaniths Kummer über den Verlust von Feyrith, doch er schwieg, bis die Trommeln die beiden Todesfälle bestätigt hatten.

Die Feierlichkeiten wurden überschattet von dieser doppelten Katastrophe. Alle trauerten um Carola und ihre Königin. Robinton war zutiefst betroffen, denn er hatte beide kennen gelernt, als sie in der Blüte ihres Lebens standen. Doch viel Zeit blieb ihm nicht, den Verlust zu beklagen, denn Meister Lobirn verkündete ihm, Meister Gennell habe ihn in die Harfnerhalle zurückbeordert, um ihm von dort aus eine neue Anstellung zuzuweisen.

»Bei uns hast du eine Menge gelernt, Rob, und ich lasse dich nur ungern gehen. Doch als Lehrer und Musiker bist du viel zu begabt, um deine Talente hier auf Dauer zu verschwenden. Es gibt andere Orte, wo man dich dringender braucht«, erklärte Meister Lobirn, als F'lon und Simanith eintrafen, um Robinton mitsamt seiner Habe zu befördern. Trotz des beachtlichen Größenunterschiedes umarmte Lobirn Robinton, drückte ihn fest an sich und zog sich dann mit überraschender Eile zurück.

Lotricia schloss ihn gleichfalls in die Arme. Weinend bat sie ihn, er möge gut auf sich Acht geben und sie so oft wie möglich besuchen.

Robinton hatte sich bereits von Lord Faroguy verabschiedet, der ihm unverhoffterweise einen Beutel voller Marken zusteckte.

»Du hast gut gearbeitet, und jeder hat deine Leistung und dein Benehmen gelobt. Du verdienst eine Belohnung, damit du deine neue Stelle ohne finanzielle Engpässe antreten kannst. Richte Meister Gennell und natürlich der Meistersängerin Merelan meine Grüße aus.« Faroguy hatte ihm die Hand entgegengestreckt, und Robinton schüttelte sie begeistert, obschon er seinen Griff lockerte, als er Lord Faroguys schmerzliches Zusammenzucken bemerkte.

Als Letzter drückte Mallan ihm grinsend die Hand, und dann war Robinton bereit für den Aufbruch.

»Wann findet der nächste Paarungsflug statt?« fragte er F'lon, als er sich hinter seinem Freund auf Simaniths Rücken niederließ.

»So wie Jora sich anstellt, bezweifle ich, ob Nemorth sich jemals vom Boden erheben wird«, antwortete F'lon ergrimmt. »Das Mädchen hat eine schreckliche Angst vor Höhen. Die Treppe zu ihrem Weyr klettert sie nur hinauf, wenn jemand außen neben ihr hergeht, damit sie nicht nach unten blicken kann.«

»Aber hat das denn einen Einfluss auf ihre Königin?«

»Eigentlich nicht«, erwiderte F'lon. »Wenn Nemorth in Stimmung kommt, interessiert es sie nicht mehr, was Jora will.« Er drehte den Kopf zu Robinton um und grinste boshaft. »Eine brünstige Drachenkönigin lässt sich durch nichts und niemanden aufhalten, und dann nimmt die Natur ihren Lauf.«

»Und S'loner?«

»Er wird an dem Wettkampf teilnehmen, wie wir alle.«

In diesem Augenblick stürzte sich Simanith, der zu Robintons Verwunderung bis an den Rand des äußeren Burghofs gelaufen war, ohne Vorwarnung in die Tiefe. Robinton erstarrte vor Angst, als der Talboden ihnen entgegenzurauschen schien. Ihm drehte sich der Magen um, derweil er sich verzweifelt an F'lon festklammerte.

F'lon lachte, als er Robs Panik bemerkte. Dann befanden sie sich im *Dazwischen*, und die Kälte war Robinton allemal lieber als die Vorstellung, drunten auf den Felsen zerschmettert zu werden.

»Das war ein gemeiner Trick«, beschwerte sich Robinton, als sie kurz darauf über der Harfnerhalle schwebten. Zur Bekräftigung boxte er F'lon zwischen die Schulterblätter.

»Warum sollte Simanith sich anstrengen und in die Luft springen, wenn er sich einfach fallen lassen kann?«

»Ihr hättet mich warnen können.«

F'lon grinste vergnügt, und Robinton wusste, dass seine Ängste nicht ernst genommen wurden.

Simanith, könntest du mir bitte eine Sekunde vorher Bescheid geben, wenn du wieder ein solches Bravourstück ausführst?, wandte sich Rob an den Drachen. Bis jetzt hatte er nur selten mit ihm gesprochen und fragte sich, ob der Bronzene ihn überhaupt hören konnte.

Ich werd's mir merken, dass du es nicht magst, wie ein Stein nach unten zu fallen. Wenigstens Simanith zeigte Einsicht, was Robinton ein bisschen tröstete.

* * *

F'lon ließ Simanith in einer lang gezogenen Spirale in den Hof der Harfnerhalle hinuntergleiten, um sicher zu gehen, dass jeder die Anreise sah. Als Simanith dann endlich landete und die mächtigen Schwingen zusammenfaltete, hatte sich auf der Treppe ein Begrüßungskomitee eingefunden.

Robinton wäre eine weniger auffallende Ankunft lieber gewesen. Seine Mutter, die gut aussah, wie er fand, stand neben Lorra. An Lorras Seite tänzelte eine sehr hübsche, groß gewachsene Brünette, die Robinton irgendwie bekannt vorkam. Kubisa und Meister Ogolly vervollständigten die strahlend lächelnde Gruppe. Robinton schielte zu den Fenstern des Probenraums hinauf, in dem Petiron so oft arbeitete, doch er vermochte weder etwas zu hören noch zu sehen. Erleichtert atmete er auf, sprang vom Drachen hinunter und eilte die Treppe hoch, um seine Mutter zu umarmen.

Sie war nicht mehr so zerbrechlich wie zu der Zeit, als er sich von ihr verabschiedet hatte, aber viele weiße Strähnen durchzogen ihr sorgfältig geflochtenes Haar, und ihr Gesicht war faltiger geworden. Die Spuren des Älterwerdens irritierten ihn gewaltig, denn er mochte sich nicht damit abfinden, dass seine Mutter in die Jahre kam. Doch er kaschierte seine Besorgnis durch ein Lächeln und die vielen eingeübten Floskeln, die man sich zur Begrüßung sagt.

Im allgemeinen Rummel ließ er die attraktive Brünette nicht aus den Augen, die sich zwar gelassen gab, deren Wangen jedoch vor Freude glühten. Plötzlich erkannte er das Mädchen.

»Du bist eine richtige Schönheit geworden, Silvina«, staunte er und gab seiner Spielgefährtin aus den Kindertagen die Hand.

»Du siehst auch nicht schlecht aus, Harfner«, gab sie keck zurück.

»Wenigstens bist du nicht mehr so dünn wie früher«, meinte Merelan und tätschelte seinen muskulösen Arm. »Gewachsen bist du offenbar auch noch«, fügte sie in leicht vorwurfsvollem Ton hinzu, als schicke es sich nicht für ihn, sein Aussehen während einer Trennung von zu Hause zu verändern.

»Meister Lobirn hat mich ordentlich rangenommen«, erzählte er, Erschöpfung heuchelnd.

»Unsinn«, mischte sich Kubisa resolut ein. »Du siehst phantastisch aus, Junge. Besser als bei deiner Abreise.«

Betrice erschien in der Tür. »Ach, da ist er ja endlich. Gut. Lorra hat den Tisch für ein Festessen gedeckt. Komm rein, komm rein, Robie.« Sie nahm ihn bei der Hand und führte ihn in die Halle.

Robinton zog seine Mutter mit sich und ließ sie erst los, als sie das kleine Speisezimmer betraten und er sie fürsorglich auf einen Stuhl setzte. Als er selbst Platz nehmen wollte, kam Meister Ogolly hereingerauscht.

»Tut mir Leid, aber ich konnte nicht früher hier sein!« entschuldigte sich der Archivar aufgeregt. »Mein lieber Junge, wie schön, dass du wieder bei uns bist.« Dann fiel sein Blick auf den reich gedeckten Tisch. »Das trifft sich ja gut. Ich trinke nur rasch ein Tässchen Klah, vielleicht esse ich dazu auch noch ein paar von diesen kleinen Küchlein. Meine Güte, du ahnst ja nicht, welche Tollpatsche zurzeit hier ihre Lehre absolvieren, Robie. Oder muss ich jetzt Geselle Robinton zu dir sagen?«

»Nenn mich, wie du willst, Meister Ogolly. Und ich stehe dir nach wie vor jederzeit zur Verfügung.«

»Heute Nachmittag möchte Meister Gennell gern mit dir sprechen, Rob«, warf Betrice ein. »Wenn sein Unterricht vorüber ist.«

»Hat er schon durchblicken lassen, wohin ich versetzt werde?« Verschwörerisch zwinkerte Rob Betrice zu.

»Ach, er wird schon eine Stelle für dich finden, wo man dich auf Trab hält«, winkte Betrice ab.

Dann unterhielt man sich über allgemeine Themen.

Robinton wollte wissen, wer an welchem Ort arbeitete, und in diesem Zusammenhang erfuhr er, dass Shonagar im Ringen einen neuerlichen Sieg errungen hatte. Dabei fiel ihm Fax ein.

»Was hast du Rob?« fragte seine Mutter, als sie seinen jähen Stimmungsumschwung bemerkte.

»Es ist nichts«, entgegnete er. Seine Antwort vermochte sie nicht zu täuschen, doch er fand, Fax' Weigerung, seine Pächter zur Schule gehen zu lassen, sei kein geeignetes Tischgespräch für diese Runde.

* * *

Aber er brachte das Thema zur Sprache, als er sich später mit Meister Gennell unterhielt. Gennell nickte ernst.

»Lobirn hat mich bereits darüber informiert. Leider kann die Harfnerhalle ohne Lord Faroguys Einverständnis nichts gegen dieses Versäumnis unternehmen.«

»Aber das kann doch nicht richtig sein!« protestierte Robinton.

Wieder nickte Gennell. »Du hast vollkommen Recht, Rob, trotzdem sind uns die Hände gebunden, und wir sollten vorsichtig sein, um nicht das Leben eines Harfners zu gefährden.«

Robinton blinzelte verdutzt. »Wie soll ich das verstehen?«

»Solche Probleme hat es schon früher gegeben, und man wird sie nie ganz ausmerzen können, doch manchmal renken sich die Dinge wieder ein. Solange Fax seine Ideen auf seinen eigenen Herrschaftsbereich beschränkt, kann man nichts machen, und es wäre außerdem unklug, sich einzumischen. Im Laufe der Jahre wirst du das auch noch lernen. Manchmal muss man seine Verluste halt abschreiben. Eine kleine Siedlung im Nordland ist nicht so wichtig wie eine bedeutende Festung in unmittelbarer Nachbarschaft zur Harfnerhalle.«

Er holte tief Luft. »Und jetzt zu deiner neuen Anstellung. Ich schicke dich an einen Ort, an dem du deine Talente am besten entfalten kannst. Hierhin!« Gennell deutete auf eine Markierung auf der Landkarte. »Lobirn stellte dir ein erstklassiges Zeugnis aus, und er ist wirklich nicht leicht zufrieden zu stellen. Doch bevor du aufbrichst, solltest du ein paar Tage mit deiner Mutter verbringen ... vor allen Dingen, weil Petiron noch ein Weilchen fort bleiben wird.«

»Geht es meiner Mutter nicht gut?« fragte Robinton erschrocken.

»So hatte ich das nicht gemeint, Junge«, wiegelte Gennell ab. »Aber das wirst du schon selbst merken. Ihr fehlt absolut nichts.« Es klang so aufrichtig, dass Robintons Sorge verflog. »Demnächst läuft ein Schiff den Hafen von Fort an, auf dem du eine Passage buchen kannst. Du solltest dich nicht so häufig von einem Drachen transportieren lassen.«

»F'lon bestand darauf ...«

»Ich mache dir ja keine Vorwürfe, Rob, aber in diesem speziellen Fall halte ich es für angebracht, dass du Benden auf eigene Faust erreichst.«

»Benden?« Robinton konnte sein Glück kaum fassen.

»Ja, Benden. Und genau deshalb tätest du gut daran, auf Simaniths Dienste zu verzichten. F'lon ist Lord Maidir ein Dorn im Auge. Dieser junge Mann und sein Vater, der Weyrführer, sind bei ihm in Ungnade gefallen.«

»Aber als Mutter und ich dort waren, gab Lord Maidir durch nichts zu erkennen ...«

Gennell hielt eine Hand hoch. »Wie ich schon sagte, solltest du dieses Mal lieber nicht auf dem Rücken eines Drachens ankommen. Ich weiß, wovon ich rede.

Im Übrigen wirst du von Harfner Evarel ungeduldig erwartet. Demnächst geht er in den Ruhestand, und wenn Lord Maidir mit dir zufrieden ist – tatsächlich hat er ausdrücklich nachgefragt, ob du zur Verfügung stündest – kannst du vielleicht in Benden bleiben.«

Robinton enthielt sich weiterer Fragen und vertraute darauf, dass er mit der Zeit selbst den Grund für das plötzliche Zerwürfnis zwischen Weyr und Burg herausfinden würde. Es mutete schon äußerst seltsam an, wenn die Führer eines Weyrs in der zu ihnen gehörenden Burg nicht wohl gelitten waren.

F'lon hatte sich einmal während der informellen Feier anlässlich Robs Rückkehr in die Harfnerhalle kurz über eine Unstimmigkeit geäußert. Und als Robinton seinen Freund nach draußen zu dem wartenden Simanith begleitete, hatte der junge Bronzereiter ihm noch etwas zu denken gegeben.

»Dieses hübsche Mädchen – Silvina – hat ein Auge auf dich geworfen, Rob. Mir sagt sie nicht einmal Guten Tag, aber dich hat sie unentwegt angeschaut. Lass dir eine günstige Gelegenheit nicht entgehen.« F'lon zwinkerte ihm vertraulich zu und klopfte ihm zum Abschied auf die Schulter, ehe er sich auf Simaniths angewinkelte Vorderhand schwang und sich dann zwischen die gewaltigen Rückenwülste setzte.

Robinton war so verdattert über diese Bemerkung, dass er nicht daran dachte, F'lon zu erzählen, wie lange er Vina schon kannte. Als Kinder hatten sie miteinander gespielt, und vermutlich war sie nur froh darüber, ihn nach so langer Zeit wiederzusehen. Er zog sich ein gutes Stück zurück, um nicht von der Wolke aus Staub und Kieseln eingehüllt zu werden, die bei Simaniths Abflug hochwirbelte.

Später am Abend jedoch, nachdem er und seine Mutter sich ausgiebig unterhalten und er einige witzige Erlebnisse aus seiner Zeit im Hochland zum Besten gegeben hatte, fühlte er sich zu angespannt, um einzuschlafen. Obwohl er sein altes Zimmer in der elterlichen Wohnung hätte beziehen können, bestand er darauf, die Gesellenunterkünfte zu benutzen. Robinton spürte, wie enttäuscht seine Mutter darüber war, denn sie hätte ihn gern verwöhnt und seine Gesellschaft genossen. Aber er brachte es nicht übers Herz, ihr zu sagen, dass sein ehemaliges Zimmer Erinnerungen in ihm weckte, die er am liebsten verdrängen wollte.

Vielleicht verstand seine Mutter ihn auch so, denn sie bedrängte ihn nicht länger. Wie beiläufig erwähnte sie, Petiron gäbe auf der Vermählungsfeier eines Grundbesitzers in Tillek ein Konzert, und deshalb sei auch die Harfnerhalle vorübergehend so menschenleer. Und dass Silvina an Rob Gefallen fand, war ihr auch nicht entgangen.

»Sie hat sich zu einer reizenden jungen Frau gemausert. Außerdem singt sie einen wundervollen Kontraalt. Hast du für diese Stimmlage Partituren geschrieben?«

»Ja, das habe ich in der Tat«, entgegnete Rob und griff nach der Ledermappe, die seine Werke enthielt. Es lieferte ihm den willkommenen Vorwand, seine Mutter von Vinas angeblichem Interesse für ihn abzulenken. »Meine besten Stücke habe ich eigens für dich kopiert. Läppische kleine Liedchen …« wiederholte er Petirons sarkastischen Kommentar.

»Rob, ich bitte dich …« Seine Mutter sah ihn vorwurfsvoll an.

Dann erzählte er ihr, wie Meister Lobirn einen Lachkrampf bekam, als er von seiner Komponistentätigkeit erfuhr, und unwillkürlich musste auch Merelan schmunzeln. Sie beharrte darauf, sämtliche seiner neuen Kompositionen zu sehen und auf der Gitarre zu spielen, wobei sie manche Weisen halb laut sang. Gefiel ihr ein Lied besonders gut, sang sie es aus voller Kehle. Robinton summte mit, weil er gar nicht anders konnte. Seine eigenen Werke gemeinsam mit seiner Mutter zu singen, war ihm ein Vergnügen, auf das er viel zu lange hatte verzichten müssen.

»Ach, mein lieber Junge, du besitzt wirklich das seltene Talent, Lieder und Balladen zu schreiben, die einem ins Ohr gehen. Und dabei wirst du immer besser ...« Sie seufzte. Robinton fand, sie mache einen ermüdeten Eindruck, sammelte die Notenblätter ein und meinte, sie solle sich ausruhen.

Irgendwie hatte sich seine Mutter verändert, etwas stimmte nicht mit ihr, trotz aller Versicherungen, die das Gegenteil behaupteten. Das spürte er genau. Er gab ihr einen Gute-Nacht-Kuss und drückte sie an sich.

»Mein Schiff segelt erst in ein paar Tagen ab«, sagte er.

»Wohin hat Gennell dich geschickt?«

»Du hast es nicht gewusst?«

Sie lachte. »Gennell plaudert nichts aus, aber er sagte mir, du kämst an einen Ort, der deiner würdig ist.«

Sie war entzückt, als er ihr von seiner Versetzung nach Benden berichtete.

»Das hatte ich gehofft. Ich weiß, dass Evarel sich gern zur Ruhe setzen möchte.« Sie bedachte ihn mit einem schelmischen Blick. »Ich hatte sogar mit dem Gedanken gespielt, Gennell darum zu bitten, aber das hätte nach Begünstigung ausgesehen.«

»Und dazu hätte sich meine Mutter natürlich nie hergegeben«, zog er sie gutmütig auf. »Nicht mal für ihren eigenen Sohn.«

»Ich habe halt Skrupel, Robie«, erwiderte sie mit gespielter Geziertheit.

* * *

Am Gesellentisch servierte Silvina ihm zuerst das Essen und teilte ihm großzügigere Portionen zu als den anderen jungen Männern. Ständig scharwenzelte sie ihm ihn herum – ohne indessen lästig zu werden – und fragte ihn nach seinen Erlebnissen im Hochland aus. Ein paar der neuen Harfnergesellen, die er nur flüchtig kannte, grinsten ihn manchmal verschmitzt an, bis Silvinas offenkundige Aufmerksamkeit ihm ein wenig peinlich wurde.

Sie besaß einen ungeheuren Liebreiz, war sogar noch attraktiver als Sitta oder Marcine – doch da er schon bald nach Benden aufbrechen musste, gab er sich nicht die Mühe, die erwachsene Silvina näher kennen zu lernen.

Dann kam der Abend, an dem die neuen Gesellen ausgerufen und die Tische gewechselt wurden – ein beglückendes Ereignis, wie immer. Meister Gennell verkündete öffentlich, wohin der Harfnergeselle Robinton demnächst versetzt würde, und Rob sah, wie stolz seine Mutter bei dieser Eröffnung dreinschaute. Er fragte sich, was wohl Petiron dazu sagen würde.

* * *

Per Segelschiff, auf dem Rücken eines Renners und zu Fuß reiste er nach Benden. Diese Reise führte ihm nicht nur vor Augen, wie bequem ein Transport auf einem Drachen war, sondern er lernte auch die gewaltigen Ausmaße des Kontinents kennen. Bis jetzt hatte er sich nur auf der Landkarte mit den geographischen Begebenheiten befasst, und rasch merkte er, dass Entfernungen etwas anderes bedeuteten, wenn man sie aus eigener Kraft zurücklegte.

Zum Glück wurde er auf dem Schiff nicht seekrank, was den Kapitän veranlasste, Robinton in die Arbeiten an Deck mit einzubeziehen, als ein Teil der Mannschaft bei einem schweren Sturm durch Krankheit ausfiel. Und zum ersten Mal sah Robinton die Dämmerschwestern.

Beim ersten Morgengrauen betrat er das Deck und bemerkte das helle Funkeln am Himmel.

»Das kann doch kein Stern sein«, meinte er.

»Es ist auch keiner«, bestätigte der Seemann, der die Hundewache schob, mit einem schlauen Grinsen. »Wir nennen sie die Dämmerschwestern. Warum, weiß ich nicht. In der Abenddämmerung kann man sie ebenso deutlich erkennen. Aber nur von diesem Breitengrad aus. Weiter nördlich, wo du herkommst, kann man sie nicht sehen.«

»Erstaunlich«, meinte Robinton und lehnte sich gegen die Kajütenwand, ohne den Blick von dem glänzenden Fleck abzuwenden. Dann stieg die Sonne über den Horizont und der glitzernde Punkt verblasste. Er nahm sich vor, in der Abenddämmerung wieder an Deck zu stehen und nach dem Phänomen Ausschau zu halten, doch als es dann so weit war, vergaß er es.

Ihm gefiel die Insel Ista, jedenfalls das, was er davon sah, als sie daran vorbeisegelten, und er konnte sich nicht sattsehen an dem mit schwarzen Diamanten übersäten Strand, der das kleine, der Küste vorgelagerte Eiland umgab, im Grunde nur ein alter Vulkankrater, dessen Spitze aus dem Meer ragte.

Er stellte fest, dass er ein ganz passabler Reiter war und selbst mit einem Lasttier fertig wurde, und da die ausgedehnten Märsche durch das Hochland seine Muskeln gestärkt hatten, empfand er seine Reise über Land als ein Vergnügen. Als Harfner war er in jeder Ansiedlung hoch willkommen, und als Gegenleistung für abendliches Musizieren erhielt er das beste Essen und das bequemste Bett, das ein Anwesen zu bieten hatte.

Doch einmal traf er auf eine Ausnahme. Mit seinem Gepäck auf einem Lasttier, das er am Zügel führte, war er allein weitergezogen. Kurz vor der Grenze zu Benden hatten sich seine Begleiter, eine Gruppe Viehtreiber, von ihm verabschiedet und ihm eine Abkürzung gezeigt. Am späten Nachmittag passierte er einen Kurierposten, machte jedoch keinen Halt, weil er möglichst bald sein Ziel erreichen wollte.

Als die tief stehende Sonne beinahe hinter den Bergkämmen verschwand, suchte er nach einer Unterkunft. Selbst eine alte Überdachung, die man vor etlichen Planetenumläufen als Schutz vor den Fädenschauern gebaut hatte, hätte ihm genügt. Plötzlich stieß er auf einen schmalen Reitweg. Diese Pfade wurden von Kurieren benutzt und stellten die kürzeste Verbindung zwischen zwei Gemeinwesen dar, deshalb bog er auf den mit Moos überwachsenen Steig ab. Als er ein Weilchen später zu seiner Linken Lichter sah, hielt er direkt darauf zu. Es ging leicht bergauf, und das Packtier, ein stämmiges, aber schon recht betagtes Vieh, schnaubte unwillig.

»Es ist nicht mehr weit«, sprach Robinton beruhigend auf das Tier ein. »Bald kannst du ausruhen und kriegst dein Futter.«

Das Packtier gab einen nörgelnden Laut von sich, und wenn Robinton nicht so hungrig und müde gewesen wäre, hätte er über die verschiedenen Töne, die es äußern konnte, laut gelacht.

Als er sich dem Gehöft näherte, drangen appetitliche Düfte in seine Nase, und sein Magen begann zu knurren. Und mit wütendem Geknurre wurde Robinton von den Hunden begrüßt, die den Hof bewachten. Das Packtier verdrehte angstvoll die Augen und ächzte.

»Sie sind im Haus und können uns nicht beißen«, beschwichtigte Rob das erregte Tier. Er zupfte sein

Hemd zurecht, glättete sein Haar und klopfte höflich an die Tür.

»Wer ist da?« donnerte eine raue Männerstimme und befahl dann den Hunden, Ruhe zu geben. »Bei dem Lärm versteht man ja sein eigenes Wort nicht.«

Eine Frau murmelte ein paar Worte.

»Ein Reisender, der für eine Nacht ein Quartier sucht«, antwortete Rob.

»Kannst du bezahlen?«

»Selbstverständlich.« Von einem Harfner erwartete man, das er für Kost und Logis sang und spielte. Gewöhnlich bot er als Entgelt eine halbe Marke an, die jedoch immer abgelehnt wurde.

Die Tür öffnete sich einen Spalt breit, und Rob sah das Gesicht des Mannes.

»Wer bist du?« fragte der Kerl ruppig.

»Robinton ist mein Name«, erwiderte der Geselle und verbeugte sich leicht. Seine Hand ruhte auf dem Geldbeutel an seinem Gürtel. »Ich bezahle mit guten Marken aus der Harfnerhalle …«

»Ha! Die Harfnerhalle!« spuckte der Typ verächtlich aus.

»Die Marken werden auf jeder offiziellen Versammlung gern genommen«, entgegnete Robinton, über alle Maßen verblüfft über diese Reaktion.

»Lass ihn rein, Targus. Es ist mehr als genug Gulasch für alle da«, sagte die Frau. Sie zog die Tür auf und nahm Robinton in Augenschein. »Meine Güte, es ist doch nur ein einzelner Mann, Targus. Und außer seinem Besteckmesser trägt er keine Waffe bei sich.« Robinton spähte ins Innere des Anwesens und sah vier groß gewachsene Burschen an einem Tisch sitzen. Die Frau rief über die Schulter: »Sortie, Junge, bring das Reittier in den Stall und versorge es mit Futter und Wasser. Und du komm herein. Robinton, sagst du, ist dein Name? Ich heiße Kulla.«

Ein schlaksiger Bursche zwängte sich an Targus vorbei, nahm Robinton die Zügel aus der Hand und schnalzte auffordernd mit der Zunge. Das Tier sträubte sich zuerst, doch als Robinton ihm einen Klaps auf das Hinterteil versetzte, trottete es dem Jungen hinterher.

»Ich bedanke mich für die Gastfreundschaft, gute Frau«, sagte Robinton und zog den Kopf ein, als er durch die niedrige Tür trat. Mit einem Nicken begrüßte er die Tischrunde. »Ich bin unterwegs nach Benden.«

»Er ist ein Harfner, Pa. Das erkennt man an der blauen Kordel an seiner Schulter«, sagte einer der jungen Männer am Tisch und deutete mit der Spitze seines Messers auf Robintons linken Arm.

Mit finsterer Miene drehte Targus Robinton herum, damit er sich den Harfnerknoten selbst anschauen konnte.

»Jetzt hör mir einmal gut zu, Targus«, sagte Kulla. Die Hände auf die breiten Hüften gestemmt, funkelte sie ihren Gemahl wütend an. »Du verbietest mir, zu einer Versammlung zu gehen, aber wenn ein Harfner an meine Tür klopft, weise ich ihn nicht ab. So spät in der Nacht würde ich überhaupt niemanden fortschicken.«

Sie packte Robinton beim Arm und bugsierte ihn zum Tisch.

»Brodo, hol einen Teller. Mosser, besorg einen sauberen Becher. Wir können nur Bier anbieten, doch das löscht den Durst.« Sie drückte Robinton auf einen Stuhl, der offenbar ihr eigener Stammplatz war. Dann nahm sie Brodo, der sich ihnen grinsend näherte, den Teller ab und füllte ihn mit einer großen Portion Gulasch. »Erkin, reich das Brot. Und du, Targus, setzt dich auch wieder hin. Ich bin so begierig danach, endlich wieder einmal ein freundliches Gesicht zu sehen, dass ich diese Gelegenheit bestimmt nicht verpassen werde. Greif tüchtig zu, Robinton, und iss dich richtig satt!«

Targus reckte streitlustig das Kinn vor und drehte die Handfläche nach oben. »Du kannst bezahlen, hast du gesagt?« Misstrauisch beäugte er seinen Gast.

»Ja, das kann ich«, bekräftigte Robinton und griff nach seinem Geldbeutel.

Kulla schob Targus' Hand zur Seite. »Harfner brauchen nicht zu berappen, Targus. Hat deine Familie dir das nicht beigebracht?«

»Aber ich bestehe darauf«, beharrte Robinton, weil Targus' Gesichtsausdruck ihm nicht gefiel. In seinem Beutel trug er nur ein paar kleinere Münzen mit sich herum – die größere Barschaft befand sich in einem Brustbeutel unter seinem Hemd – und diese Geldstücke verteilte er nun auf dem Tisch. »Diese Münze hier stammt von der Schmiedezunft. Ist sie akzeptabel?«

»Akzeptabel?« äffte Targus ihn höhnisch nach, während er mit feisten, schmuddeligen Fingern nach dem Geldstück klaubte. »Harfnergeschwätz! Hättest du nicht einfach fragen können, ob die Münze gut genug ist? Oder willst du mit deiner Schulbildung angeben?«

Energisch mischte sich Kulla ein. »Iss, Robinton. Du bist ein bisschen spitz um die Nase und solltest dich stärken. Achte nicht auf Targus' Geschwafel.«

Robinton beschloss, sich auf das Essen zu konzentrieren. Das Gulasch schmeckte köstlich, und auch an dem Knollengemüse und dem Salat war nichts auszusetzen. Das Brot war frisch gebacken, und nachdem Erkin – oder vielleicht auch Mosser – die letzte Scheibe vertilgt hatte, wurde ein zweiter Laib aufgeschnitten. Obwohl die erste Portion reichlich ausgefallen war, gab Kulla ihrem Gast noch einen Nachschlag, sehr zu Targus' Missfallen.

»In diesem Haus verteile ich das Essen, Targus. Die

Gastfreundschaft ist mir heilig. Von mir aus kannst du gegen alle Harfner einen Groll hegen, aber ich mache da nicht mit!« giftete Kulla ihren Gemahl an. In milderem Ton wandte sie sich Robinton zu. »Wärst du so freundlich, nach dem Essen für uns zu singen und zu spielen?« Als Targus zu einem Protest ansetzte, fuhr sie ihn wütend an: »Halt den Mund, Targus! Seit der letzten Sonnenwendfeier habe ich keine Musik mehr gehört. Und wenn du noch ein einziges unhöfliches Wort von dir gibst, tische ich dir einen Monat lang nur kalte Hafergrütze auf!«

Der junge Mann, der Robs Packtier versorgt hatte, war zurückgekommen und machte sich heißhungrig über das Essen her, derweil seine Blicke zwischen Robinton und Targus hin und her huschten.

»Musik!« brummte Targus abfällig, als Robinton seine Flöte aus der Tasche zog.

»Hast du keine Gitarre dabei?« fragte Kulla. »Ich hatte gehofft, du würdest auch singen.«

»Sie befindet sich in meinem Gepäck ...«

Prompt schickte sie den Jungen, Sheve, noch einmal los, um das Instrument zu holen. »Und sei ja vorsichtig, wenn du die Gitarre anfasst! Hast du gehört?«

Sowie Robinton die ersten Akkorde anschlug, stapfte Targus zu einer Tür, drehte sich auf der Schwelle noch einmal um und bedachte seine Söhne mit zornigen Blicken. Doch die gaben vor, nichts zu bemerken, und türenschlagend verließ Targus die Wohnstube.

Robinton spielte und sang viel gedämpfter, als es sonst seine Art war. Als er zum Schluss aus schierer Erschöpfung ein paar misstönende Akkorde schlug, legte Brodo eine Hand auf Kullas Arm. »Er hat so viel gesungen, dass er sich das Abendessen für eine ganze Woche verdient hat, Ma.«

»Warum hasst Pa Musik?« fragte Erkin.

»Er sagt, Harfner verbreiten nichts als Lügen«, erklärte Mosser mit einem schalkhaften Augenzwinkern.

»Da ist er aber schlecht informiert«, meinte Kulla selbstsicher. Drohend wackelte sie mit dem Finger. »Und dass mir keiner von euch diesen Blödsinn wiederholt.« Sie wandte sich an Robinton. »Du schläfst hier in der Wohnstube, Harfner. Erkin, lauf und hol die Pelzdecken. Sheve, klettere auf den Dachboden und wirf die Matratze herunter. Ich kümmere mich um das Feuer.«

Robs Bett war rasch gemacht, und dann lag er allein in dem großen Raum. Zu seiner Erleichterung wurden die Hunde für die Nacht in einen anderen Teil des Anwesens gesperrt.

Das Poltern der Holzscheite, die in den Kamin geworfen wurden, weckte ihn aus tiefem Schlaf. Rob sah, wie seine Gastgeberin den Topf mit Hafergrütze vom Herd nahm.

»Du willst sicher beim ersten Tageslicht aufbrechen, Harfner«, sagte sie. Rob fiel auf, wie leise sie sprach.

»Hat er seine schlechte Laune an dir ausgelassen?« erkundigt er sich vorsichtig.

Verächtlich schnaubte sie durch die Nase, doch ihre Mundwinkel hoben sich zu einem feinen Lächeln. »Er wird sich hüten«, erwiderte sie und schenkte ihm einen großen Becher Klah ein.

Das Getränk war sehr stark aufgebrüht, und durch die anregende Wirkung fühlte er sich sogleich belebt. Kulla stellte für ihn eine Schüssel mit Hafergrütze auf den Tisch und schnitt Brot auf. Ein paar Scheiben wickelte sie in ein fadenscheiniges, aber sauberes Tuch.

»Dein Reittier steht im Stall. Wenn du aus der Tür trittst, wende dich gleich nach links«, erklärte sie.

Hastig verputzte er das Frühstück, weil er spürte, dass Kulla ihn gern los werden wollte, obschon ihre

Eile der Gastfreundschaft keinen Abbruch tat. In einer Hand das Tuch mit dem Brot, in der anderen die Gitarre, murmelte er ein paar Worte des Dankes und ging.

Die Sonne war noch nicht aufgegangen, doch die Morgendämmerung reichte aus, um den Stall zu finden. Mittlerweile hatte er Übung darin, sein Reittier zu beladen, und nur Minuten später war er wieder unterwegs.

»Das sollte mir eine Lehre sein!« murmelte er im Gehen vor sich hin. »Harfner verbreiten nichts als Lügen? Was hat er damit gemeint?«

Im Laufe des Vormittags überquerte er die Grenze zu Benden, und die folgende Nacht wohnte er in einer Kurierstation, wo man ihn freundlich willkommen hieß.

Als er schließlich die Burg erreichte, wartete niemand auf ihn, um ihn in Empfang zu nehmen. Er stieg gerade die Treppe zum Hauptportal hinauf, als eine Gruppe Reiter eintraf. Einer davon war Raid, Lord Maidirs ältester Sohn.

»He da, Geselle wir haben dich schon erwartet«, grüßte Raid. Er schwang sich von seinem Renner und warf die Zügel einem herbeieilenden Knecht zu.

»Raid, wie schön, dich wiederzusehen«, rief Robinton aufrichtig erfreut.

Raid spähte zu ihm herauf. »Kennen wir uns?«

»Ich bin Robinton. Der Sohn von Meistersängerin Merelan«, erklärte Robinton verdutzt.

Doch Raid fing bei dieser Antwort an zu grinsen und streckte ihm die Hand entgegen. »Na so was. Ich hätte dich wirklich nicht erkannt. Aus dem dürren Bürschchen ist ja ein richtiger Mann geworden.«

Robinton schmunzelte vergnügt. Raid hingegen sah noch genauso aus, wie er ihn in Erinnerung hatte.

»Ich hab mir beim Wachsen auch große Mühe gegeben«, antwortete er.

»Und nicht ohne Erfolg, wie man sieht«, erwiderte Raid in vollem Ernst. Robinton erinnerte sich, dass er absolut kein Gespür für Ironie besaß. »Komm rein und trink einen Becher Klah. Jetzt bist du natürlich auch alt genug für ein Glas Wein. Nach der Reise hast du eine Erfrischung nötig. Warst du lange unterwegs?«

»Ja, und dadurch habe ich erst erfahren, wie groß dieser Kontinent ist.«

»Er ist wirklich groß, nicht wahr?«

Robinton vergegenwärtigte sich, dass Raid sich während der letzten Jahre kein bisschen verändert hatte. Er war immer noch der biedere, bodenständige Sohn des Burgherrn. Obwohl im Grunde nichts gegen diese Charaktereigenschaften einzuwenden war, hielt Rob sich nüchtern vor Augen.

»Ich hoffe, deinem Vater und Lady Hayara geht es gut«, sagte Rob höflich.

»Mein Vater leidet in letzter Zeit sehr unter Gelenkschmerzen.« Raid furchte besorgt die Stirn. »Medikamente verschaffen immer nur kurzfristig Linderung.« Über die zweite Frau seines Vaters, Lady Hayara, verlor er typischerweise kein Wort.

Doch Lady Hayara war von der Ankunft des Reitertrupps alarmiert worden und segelte nun durch die Halle. Ihr Leibesumfang ließ darauf schließen, dass sie sich abermals im letzten Stadium einer Schwangerschaft befand. Sowie sie Robinton erkannte, setzte sie das liebenswürdigste Lächeln auf, das er sich nur wünschen konnte. Er merkte sofort, dass sie ihn von ganzem Herzen willkommen hieß, als zurückgekehrten Gast und als Harfner.

Wild drauflos plappernd, was es ihr erlaubte, Raid lediglich mit einem knappen Nicken zur Kenntnis zu nehmen, rief sie nach einem Knecht, der Robs Packsäcke in sein Quartier bringen sollte, und dirigierte ihren Gast in die Halle, wo ein Imbiss serviert wurde.

Sie ließ Stühle für sich und Rob bringen, entschuldigte sich für Lord Maidirs Abwesenheit und erzählte ihm, Maizella sei einem anständigen jungen Grundbesitzer versprochen, den sie demnächst ehelichen würde. Überschwänglich beteuerte sie, wie glücklich sie über Robintons Ankunft sei, wie sehr sie sich darauf freue, endlich wieder neue Musikstücke zu hören, und dass ihr Robintons Lieder am besten gefielen, weil man sie so gut mitsingen könne, im Gegensatz zu anderen Werken, die den meisten Leuten ohnehin unverständlich blieben. Als sie merkte, was sie daherplapperte, fing sie an, Petirons Kompositionen zu loben, doch die Ehrlichkeit siegte, und sie gestand ein, sie könne mit diesen komplizierten Partituren nichts anfangen.

Während eine kurze Pause eintrat, weil Lady Hayara Atem schöpfen musste, warf Raid ein, er wolle Lord Maidir von Robintons Eintreffen in Kenntnis setzen und nachfragen, wann er dem Burgherrn seine Aufwartung machen dürfe. Außerdem müsse man Harfner Evarel benachrichtigen, dass sein neuer Geselle angekommen sei.

Nachdem Lady Hayara Luft geholt hatte, erzählte sie Robinton in aller Ausführlichkeit, wer derzeit in Burg Benden die Schule besuchte. In ihrer Freizeit half Maizella Harfner Evarel beim Unterrichten. Der alte Harfner litt beinahe genauso schlimm an Gelenkschmerzen wie der Lord, doch er hielt sich tapfer und konnte es kaum erwarten, dass Robinton ihm die Arbeit abnahm. Denn aus unerfindlichen Gründen gab es immer mehr Schüler, die unterwiesen werden mussten – Lady Hayara verstand selbst nicht, wieso die Pächter sich dermaßen stark vermehrten.

Robinton unterdrückte mit Mühe ein Schmunzeln. Er hatte nachgerechnet, wie viele Kinder Lady Hayara geboren hatte, seit er und seine Mutter Burg Benden verließen. Ausgerechnet sie, die ihrem Ehegemahl bereits zehn Nachkommen geschenkt hatte, beklagte sich über die Fruchtbarkeit der Leute.

Kein Wunder, fand Robinton, dass Raid ihr die kalte Schulter zeigte. Sie bürdete ihm für die Zukunft keine geringen Probleme auf. Seine jüngeren, verständigeren Halbbrüder würde Raid vermutlich in die Bewirtschaftung der Burg einspannen, und die Mädchen so vorteilhaft wie möglich verheiraten. Doch Robinton wünschte ihm aufrichtig, es möge kein so intriganter und skrupelloser Verwandter unter Bendens männlichen Erben sein wie jener Fax aus dem Hochland.

Nachdem er sein Klah ausgetrunken hatte, verkündete er, er wolle Meister Evarel aufsuchen und ihn fragen, ob er ihm helfen könne.

»Aber du hast doch eine lange und anstrengende Reise hinter dir. Er wird von dir nicht erwarten, dass du dich gleich in die Arbeit stürzt.«

»Am besten, ich frage Meister Evarel, was er möchte. Aber so strapaziös war die Reise gar nicht. Ich nahm mir viel Zeit und wurde unterwegs überall freundlich aufgenommen.«

Er bedankte sich noch einmal für die herzliche Begrüßung und die Erfrischungen und steuerte dann auf die hintere Treppe zu. Doch Lady Hayara rief ihn scharf zurück und deutete auf die Haupttreppe.

»Geselle Robinton, vergiss bitte nicht deinen neuen Status«, ermahnte sie ihn mit einer Spur von Tadel. »Du bist kein Kind mehr!«

Er verneigte sich, murmelte etwas von alten Gewohnheiten und nahm die Haupttreppe in Angriff.

* * *

Meister Evarel freute sich über seine Ankunft – und auf seine Bereitschaft, unverzüglich mit der Arbeit zu beginnen, denn die Hände des älteren Mannes waren von der Gicht arg verkrüppelt und bereiteten ihm offensichtlich Schmerzen.

»Normalerweise spielt Maizella die Instrumente, doch heute Vormittag ist sie verhindert«, brummte Evarel. Als Robinton ihn hörte, mutmaßte er, dass der Harfner auch im Begriff stand, seine Stimme zu verlieren. Er hatte Bass gesungen, und normalerweise waren es die Tenöre, die zuerst mit diesbezüglichen Problemen zu kämpfen hatten. »Wenn du nicht zu erschöpft bist ...«

»Ich fühle mich bestens, Meister Evarel. Ich möchte gern sofort beginnen. Vielleicht hätte ich gestern doch durchmarschieren sollen ...«

»Nein, nein, das letzte Wegstück kann bei Nacht sehr gefährlich sein«, wehrte Evarel ab und reichte Robinton seine Gitarre.

Die Kinder im Schulzimmer kicherten und zappelten auf ihren Stühlen, als der Wechsel stattfand. Neugierig betrachteten sie den hoch aufgeschossenen, gutaussehenden Gesellen.

Gerade als Robinton die Kinder die erste Strophe einer Lehrballade singen ließ, verkündeten draußen die Trommeln: »Harfner sicher eingetroffen.«

Es dauerte einen Moment, ehe er begriff, dass die Botschaft ihn betraf. Und er fühlte sich willkommener und geborgener denn je – immerhin gab man sich die Mühe, seinetwegen eine Trommelnachricht abzuschicken.

So begann Robintons zweiter Aufenthalt in Burg Benden.

* * *

Auf Evarels Wunsch hin brachte man Robintons Habe in das Zimmer, das er während seines ersten Besuchs zusammen mit seiner Mutter bewohnt hatte. Es lag in Evarels Quartier, das er gern mit Robinton teilen wollte, falls er nichts dagegen hätte. Evarels Gemahlin war vor einigen Jahren gestorben, und allein fühlte er sich in dem großen Wohnbereich nicht wohl.

Robinton war über diese Lösung überglücklich, denn er bevorzugte eine Unterkunft an der Außenseite einer Burg. Im Grunde war es seltsam, dass es ihm etwas ausmachte, in einer fensterlosen Kammer eines Felsmassivs zu wohnen, denn von Kind an kannte er nichts anderes, und die meisten Menschen verbrachten ihr ganzes Leben in solchen Quartieren, ohne dass es ihnen geschadet hätte. Doch er liebte es, nach draußen blicken zu können, wann immer er Lust dazu verspürte. Außerdem verband er dieses Zimmer mit angenehmen Erinnerungen, hier hatte er die schönste und sorgloseste Zeit seiner Kindheit erlebt.

Die Stelle eines Gesellen in einer großen Festung ließ Robinton nicht viel Muße, doch zum Glück liebte er es, dauernd beschäftigt zu sein. Er unterrichtete die Kinder, schob Wache im Trommelturm – Hayon, Lady Hayaras ältester Sohn, war für den reibungslosen Ablauf dieses Dienstes verantwortlich – und verbrachte mitunter mehrere Tage hintereinander in kleineren Ansiedlungen, die zu Benden gehörten, damit auch die dort wohnenden Menschen in den Genuss einer Schulbildung kamen. Dazu reparierte er die verschiedensten Musikinstrumente, restaurierte alte Notenblätter und kopierte Partituren.

Als das Wetter sich verschlechterte und es zunehmend kälter wurde, suchten Lady Hayara und der Heiler der Burg, Meister Yorag, Meister Evarel in seiner Unterkunft auf und massierten die schmerzenden Gelenke des alten Mannes mit warmem Wachs. Lady Hayara war sich nicht zu vornehm, selbst die steifen Knie- und Fingergelenke mit Heilölen einzureiben.

»Warum nimmst du nicht die Einladung nach Nerat an?« fragte sie jedes Mal, wenn sie Evarels Quartier betrat. »Das milde Klima dort würde dir gut tun, und die Kälte in Benden bekommt dir überhaupt nicht.«

»Ich kann mich nicht beklagen, Lady Hayara, es geht mir gut«, entgegnete der alte Harfner starrköpfig. »Jetzt, da Robinton mir hilft, komme ich wunderbar zurecht.«

Und wie zur Bekräftigung schob er nach: »Nicht nur, dass er mein Arbeitspensum halbiert hat, er übernimmt unweigerlich immer die schwierigsten Aufgaben.«

Am Ende des Planetenumlaufs zog sich Evarel eine böse Bronchitis zu und musste sechs Tage lang das Bett hüten. Robinton sorgte dafür, dass das Wasser in den Wärmflaschen niemals zu kalt wurde. Endlich fügte sich der alte Harfner in das Unvermeidliche und willigte ein, den Rest des Winters in wärmeren Gefilden zu verbringen.

Lady Hayara ließ den Reisewagen kommen und Robinton musste Trommelnachrichten an alle Burgen längs der Route nach Süden absenden, damit man dort frische Gespanne und ausgeruhte Kutscher bereit hielt. Evarel sollte die unbequeme Reise so behaglich wie möglich hinter sich bringen. Maizella und Hayon wurden als Begleitpersonen mitgeschickt.

Als Robinton den abgemagerten alten Meisterharfner hinunter in den Burghof trug und in den Reisewagen verfrachtete, wunderte er sich, wieso man keinen Drachen anforderte. Er hatte Drachen am Himmel gesehen, doch keiner landete im Hof von Burg Benden, so wie es früher gang und gäbe war. Auch wurde kein Drachenreiter mehr zu den opulenten Banketten eingeladen, die Lady Hayara beim geringsten Anlass auszurichten pflegte.

Robinton war so beschäftigt gewesen, dass er den Weyr nicht auf eigene Faust besucht hatte, um zu erfahren, wie es zu dem Bruch zwischen Burg und Drachenhort gekommen war.

Er redete sich ein, man habe nur deshalb darauf verzichtet, Meister Evarel auf dem Rücken eines Drachen nach Nerat zu bringen, weil die gnadenlose Kälte im *Dazwischen* seine Gelenkerkrankung vielleicht hätte verschlimmern können. Außerdem wäre es nicht einfach gewesen, den verkrüppelten, beinahe bewegungsunfähigen alten Mann auf den Drachen zu hieven.

Die Reisekutsche war gut gefedert, die Sitze weich gepolstert, und weil das Vehikel möglichst schmal gebaut war, konnte es die meisten Wege problemlos passieren. Während des langen Intervalls, in dem es keine Fäden regnete, erfreuten sich diese Transportmittel einer großen Beliebtheit. Die meisten Grundbesitzer und Burgherren verfügten über ausdauernde, kräftige Gespanne zum Wechseln, falls ein vorbeiziehender Reisender neue, leistungsfähige Zugtiere brauchte.

Robinton saß ein Kloß in der Kehle, als er sich von Meister Evarel verabschiedete. Lady Hayara ließ ihren Tränen freien Lauf.

»Er hat alle meine Kinder unterrichtet«, erzählte sie Robinton, auf dessen Arm sie sich stützte, als sie die Treppe wieder hinaufgingen. »Ich werde ihn vermissen, trotzdem sollte er für immer in Nerat bleiben, weil es ihm dort einfach viel besser gehen wird.«

Tatsächlich kehrte Meister Evarel nicht mehr nach Benden zurück. Robinton nahm seinen Platz ein und bildete in aller Stille drei der intelligentesten Kinder zu seinen Gehilfen aus. Ein Junge hatte das Zeug zum Harfner, und in diesen Beurteilungen irrte sich Robinton so gut wie nie. Er schien einen sechsten Sinn dafür zu haben, einen zukünftigen Harfner zu erkennen, und diese Fähigkeit verglich er mit dem Instinkt der grünen Drachen, bereits bei kleinen Kindern potenzielle Drachenreiter aufzuspüren. Robinton wünschte sich, unter seinen Schülern möge sich ein begabtes

Mädchen finden. Seine Mutter würde sich freuen, ein weiteres Talent zu fördern.

* * *

Anderthalb Planetenumläufe später beflog S'loners Chendith Joras Nemorth, worauf ein Gelege folgte. Kein großes, lediglich sechs Bronzene, drei Braune, fünf Blaue und sechs Grüne schlüpften.

Zuvor hatte sich F'lon abfällig darüber geäußert, wie lange Nemorth brauchte, um endlich brünstig zu werden. Er führte dies auf Joras eigene Unreife und Ängstlichkeit zurück.

»Joras Höhenangst hindert ihre Königin daran, paarungsbereit zu werden, und das ein großes Problem!« Frustriert mit den Armen rudernd, schritt F'lon in Robintons Quartier auf und ab. »Einmal war Nemorth so weit, ich habe selbst gesehen, dass sie glänzte wie poliertes Gold, doch wie aus heiterem Himmel bekam Jora einen Schwächeanfall und fiel in Ohnmacht. Natürlich versetzte das ihrer Königin einen Dämpfer, ihr verging die Lust, und sie war außer sich vor Sorge um ihre Reiterin.« F'lon trat mit dem Fuß nach einem Stuhl, der ihm im Wege stand. »Offen gestanden hege ich den leisen Verdacht, dass Nemorth überhaupt nicht zur Paarung aufsteigen wird.«

Als dann der Paarungsflug doch stattfand, verzichtete Robinton aus Taktgefühl auf irgendwelche Fragen. F'lon, der Robinton in Benden besuchte, ging auf das Ereignis lediglich mit einem spärlichen Kommentar ein.

»S'loner kam nicht auf seine Kosten. Hoffentlich hatte Chendith mehr Vergnügen an der Sache.« Er schlug einen so sachlichen Ton an, dass Robinton nicht wusste, ob F'lon seine Enttäuschung überwunden hatte oder nur Gelassenheit mimte. Aber der Bronzereiter besaß die Gabe, Dinge, die ihm unangenehm waren, einfach zu ignorieren.

Bald berichtete F'lon, bei Nemorth zeigten sich untrügliche Symptome, dass sie Eier legen würde. Darüber schien er aufrichtig erfreut zu sein.

»Wenn ich bedenke, wie Jora sich aufführt, kann ich mich glücklich schätzen, nicht mit solch einer Weyrgefährtin belastet zu sein. Von mir aus kann S'loner sie behalten.« Er grinste maliziös.

In seiner Eigenschaft als Harfner von Burg Benden wurde Robinton zum Schlüpfen der Jungdrachen und der Gegenüberstellung eingeladen. Der sensible Rob war zutiefst beeindruckt. Noch nie zuvor hatte er ein so beglückendes Erlebnis mitangesehen oder sich durch die wonnetrunkene Stimmung anderer Menschen derart ergriffen gefühlt.

Mit jedem neuen Paar, das zueinander fand, steigerte sich die Glückseligkeit, und er ertappte sich dabei, wie er sich verzweifelt wünschte, beides zu sein – Harfner und Drachenreiter. Als der Vorgang der gegenseitigen Prägung vorbei war, weinte er ungeniert. Selbst F'lon, der ihn später von seinem Platz auf der terrassenförmig gestuften Zuschauertribüne abholte, hatte Tränen in den Augen.

»Es rührt einen wirklich ans Herz, nicht wahr?« meinte der Bronzereiter und wischte sich die Augen.

»So hatte ich mir das nicht vorgestellt ...« Mittlerweile überquerten sie den heißen Sand, mit dem die Brutstätte bedeckt war. Trotz der festen Lederstiefel spürte Robinton die Hitze unter den Fußsohlen. »Das ist wohl der erhebendste Moment im Leben eines Menschen.«

»Du hast Recht«, stimmte F'lon zu. Dabei spähte er liebevoll zu Simanith hinauf, der die Brutstätte durch einen hoch gelegenen Ausgang verließ. Die meisten Drachen begaben sich wieder in ihre eigenen

Weyr, und Robinton staunte über die Geschmeidigkeit und Anmut, mit der die mächtigen Tiere durch das dunkle Loch glitten, das ins Freie führte. Die Kaverne besaß gewaltige Abmessungen, und die Größe dieser Höhlung erlaubte es den Drachen zu fliegen. Doch niemals kam es zu einer Kollision zwischen den Giganten.

F'lon legte lässig den Arm um Robintons Schultern. »Heute ist ein guter Tag. In der allgemeinen Euphorie sind alte Streitpunkte vergessen. Sogar Raid war da.«

»Wieso wundert dich das?« hakte Robinton nach. Er hoffte, den Grund für die Entfremdung zwischen F'lon und Raid zu erfahren. Früher waren die beiden Freunde gewesen. Es hatte eine Weile gedauert, bis Robinton auffiel, dass die beiden sich tunlichst aus dem Weg gingen. Doch F'lon konnte mit seinen spöttischen Bemerkungen verletzen, und auch Raid hatte seine Eigenheiten und Fehler. »Seit die Nachricht von einem neuen Gelege eintraf, konnten Maidir und Hayara von nichts anderem mehr reden.«

»Wahrscheinlich ging es Maizella und ihrem fischgesichtigen Ehemann genauso.« F'lon schnitt eine Grimasse. »Sie ist so hübsch, dass sie einen besseren abbekommen hätte.«

»Cording besitzt ein großes, einträgliches Pachtgut am Ostmeer. Er schenkt ihr Schmuck und kann den Blick nicht von ihr abwenden, wenn sie für ihn singt.« Robinton bemühte sich um einen neutralen Tonfall. Er mochte Maizella, und auch an Cording fand er nichts auszusetzen. Der junge Mann bemühte sich um Lord Maidir und Lady Hayara und hatte zu deren zahlreicher Nachkommenschaft ein gutes Verhältnis. Seinem Burgherrn, dem er unterstand, begegnete er mit höflichem Respekt, ohne indessen unterwürfig zu sein. Leider ähnelte er in der Tat einem Fisch, dafür sorgten das von der Sonne ausgebleichte Haar und die konturlosen Gesichtszüge. Aber als Harfner durfte Robinton keinen gesellschaftlichen Patzer begehen, selbst mit dem, was er einem Freund anvertraute, musste er vorsichtig sein.

»Das mag ja sein, aber er glaubt nicht an die Fäden«, entgegnete F'lon kurz und bündig.

Da dies genügte, um F'lon gegen jeden einzunehmen, egal, ob Mann oder Frau, verzichtete Robinton darauf, weitere Vorzüge Cordings aufzuzählen. Doch nun schwante ihm, was die Ursache für den Konflikt zwischen Burg und Weyr war.

»Sind die Fäden Schuld daran, dass es zwischen den Drachenreitern und der Burg nicht mehr so gut klappt wie früher?« fragte er rundheraus. Schließlich fungierte ein Harfner oftmals als Vermittler und Schlichter und musste sich über mögliche Reibereien auf dem Laufenden halten.

»Was denn sonst?« F'lon knirschte mit den Zähnen. »Keiner von der Burg will auf S'loner oder mich hören. Dabei sind wir nicht die einzigen Drachenreiter, die vor der Gefahr warnen. M'odon behauptet, nach spätestens dreißig Planetenumläufen ist es wieder so weit, und die Fäden kehren zurück. Ich habe seine Kalkulationen mehrmals nachgerechnet und kam zu demselben Schluss.« Gereizt blickte er in die Runde, wie wenn er nach etwas suchte, dem er einen Fußtritt verpassen konnte. Er entdeckte einen Stein und kickte ihn so kräftig, dass er von der Kraterwand abprallte. F'lon stieß ein zufriedenes Grunzen aus. Dann schlug seine Stimmung jählings um, und er zeigte auf einen Tisch vor dem Eingang zur Unteren Kaverne. »Komm, wir setzen uns dort hin, ehe uns ein anderer den Platz wegnimmt.«

Robinton wollte eine günstigere Gelegenheit abwarten, um F'lon nach näheren Einzelheiten auszufragen. Sein Freund war nicht besonders taktvoll – und das

Gleiche konnte man von S'loner behaupten – aber vielleicht ergab sich eine Möglichkeit, den Bruch zu kitten.

Die meisten der geladenen Gäste standen noch in Grüppchen herum, Weingläser oder Klahbecher in den Händen, derweil die verlockendsten Aromen aus der Küche drangen. Ein gutes Stück weit entfernt, bei den Weyrling-Kasernen, entdeckte Robinton die frisch gebackenen Reiter, die ihre Jungdrachen fütterten. Durch hektisches Kreischen verlangten die Tiere ständig nach mehr Futter, das sie gierig verschlangen.

Sowie sie gesättigt waren, legten sich die Drachenjungen zur Ruhe, und erst dann gesellten sich die neuen, stolzen Reiter zu den Feiernden. Robinton bemerkte, dass ein Junge aus Benden einen Bronzedrachen auf sich geprägt hatte – und er nahm sich vor, mit Lord Maidir darüber zu sprechen.

Die Atmosphäre war so heiter, ausgelassen und vergnügt, dass Robinton am liebsten zur Gitarre gegriffen und die Stimmung mit einer triumphalen Melodie begleitet hätte. Doch sein Auftritt käme noch schnell genug, und dann beobachtete er C'gan, der mit strahlendem Lächeln auf die versammelten Gäste zuschlenderte. Er trug ein Tablett voller Gläser und von einer Schulter baumelte ein prall gefüllter Weinschlauch.

F'lon gab ihm einen Wink, er möge sich beeilen. Robinton fragte C'gan, wie viele Musikanten ihm als Begleitung zur Verfügung stünden, und ob spezielle Lieder gewünscht würden. Er selbst hatte etliche neue Musikstücke mitgebracht, eigene Kompositionen und Werke aus der Harfnerhalle. Er hatte die Erfahrung gemacht, dass es gar nicht nötig war, die Namen der Komponisten zu nennen. Wenn ein Lied gefiel, wurde es immer wieder gesungen, und die Weisen, die nicht ankamen, vergaß man ganz einfach. Seine eigenen Balladen wurden meistens zu richtigen Ohrwürmern.

Unter den Werken aus der Harfnerhalle befand sich ein Marsch, den Petiron geschrieben hatte. Robinton entdeckte in ihm eine völlig neue Richtung. Das Stück klang feierlich und getragen, riss die Zuhörer indessen mit.

Als die Gäste auch an der Hohen Tafel Platz genommen hatten, trugen die Weyrleute die Speisen auf. Die Grünen Reiter halfen beim Bedienen. Bronzereiter und Braune Reiter waren von diesem Dienst ausgenommen, deshalb setzten sich R'gul, S'lel, L'tol und R'yar, der Junge, der während seines ersten Lehrlingsjahrs als Kandidat aus der Harfnerhalle geholt worden war, zu Robinton an den Tisch.

Robinton saß nahe genug an der Hohen Tafel, um die neue Weyrherrin in Augenschein nehmen zu können. Sie war weder so attraktiv noch so sinnlich wie die verstorbene Carola, doch all dies spielte keine Rolle. Gleichgültig, wie sie aussah oder welchen Charakter sie besaß, S'loners Bronzedrache musste ihre Königin befliegen, damit er Weyrführer bleiben durfte. Man merkte S'loner an, dass er mit seiner Gefährtin nicht recht zufrieden war. Er sprach kaum mit ihr und hielt sichtlich Abstand.

Dabei war Jora recht hübsch, wenn man mollige Frauen mochte, doch für eine Drachenreiterin war sie viel zu füllig. Sie freute sich über ihre erfolgreiche Königin und schien Lady Hayara unentwegt von Kichern begleitete Vertraulichkeiten zuzuflüstern. Die Burgherrin lächelte höflich und gab sich den Anschein, als hörte sie aufmerksam zu. Lord Maidir tauschte ein paar Floskeln mit S'loner, dann konzentrierte er sich auf das köstliche Essen und die guten Benden-Weine.

Robinton fand, diese Weine gehörten mit zu den Vorteilen, die eine Anstellung als Harfner in Benden mit sich brachte. Benden besaß die besten Weingärten auf dem Kontinent, und die Winzerhalle lag in dem Tal, das an die Burg grenzte. Die Weißweine schmeckten leicht und spritzig, hatten ein blumiges, mitunter an Zitrone erinnerndes Aroma. Er war an die trockenen Sauterner von Tillek gewöhnt, die zweite Festung, die Weine produzierte, und von der Vielfalt an guten Tropfen, die Benden hervorbrachte, war Robinton schlichtweg begeistert.

Die Rotweine, vor allem die Burgunder und Bordeauxsorten, mundeten hervorragend. Robinton hatte festgestellt, dass er die Weißweine in großen Mengen trinken konnte, ohne hinterher verkatert zu sein, doch bei den Roten musste er sich vorsehen. Und er wünschte sich, eines Tages den perlenden Schaumwein kosten zu können, den es früher in Benden gab. Meisterwinzer Wonegal probierte immer noch alles Mögliche aus, um ihn wieder zu kreieren, doch vor rund zweihundert Planetenumläufen hatte Mehltau alle Rebstöcke dieser Art zerstört, und selbst durch phantasievolles Kreuzen der besten Weißweinreben ließ sich kein adäquater Ersatz produzieren.

Das Fest wurde ein voller Erfolg. Es gab am Spieß gebratene Herdentiere, mit allerlei Kräutern gewürzt, Wildwherry, so viel das Herz begehrte, dazu Saucen aus Waldbeeren. Verschiedene Fischsorten wurden serviert, gegrillt oder in Teig gebacken, und als Beilage reichte man Knollengemüse, Bohnen und grüne Salate, die im tropischen Nerat gediehen. Von Lemos hatte man Obst und Nüsse eingeflogen.

Obwohl die meisten Jungreiter aus dem Weyr stammten, kamen einige von nahe gelegenen Burgen, und deren Familien hatten vermutlich Geschenke in Form von Nahrungsmitteln mitgebracht. Nur zwei Knaben waren während der Gegenüberstellung leicht verletzt worden. Es passierte, als die Jungdrachen aus ihren Eiern schlüpften und begierig nach ihren künftigen Partnern suchten. Ein Bronzedrache war als Erster geschlüpft.

»Das beste Omen, das man sich wünschen kann«, versicherte F'lon.

»Warum?« erkundigte sich Rob.

»Weil die Bronzedrachen nun mal die besten ihrer Art sind«, erklärte F'lon mit beschwipstem Grinsen. »Wenn ein Bronzener zuerst schlüpft, bedeutet das ein starkes Gelege, obwohl die Neulinge längst nicht so kräftig sind, wie manche behaupten. Jora ist als Weyrherrin völlig untauglich.« Er schlug einen abfälligen Ton an. »Sie leidet nicht nur an Höhenangst, sie ist auch unsicher in ihrem Umgang mit Nemorth. Wenn S'loner nicht eingegriffen hätte, hätte sie es ihrer Königin erlaubt, vor dem Aufstieg zum Paarungsflug zu fressen.« Er schnaubte verächtlich.

»Doch das hat dich nicht davon abgehalten, mit S'loner in Konkurrenz zu treten. Du hast versucht, deinen eigenen Vater aus dem Rennen zu werfen«, kommentierte R'gul, einen missbilligenden Ausdruck auf dem runden Gesicht.

»Na und?« F'lon winkte lässig ab. »S'loner ist mein Erzeuger, aber wenn die Königin zum Paarungsflug aufsteigt, sind alle Bronzereiter gleich. Die Königin muss sich den besten Partner aussuchen – vor allen Dingen, wenn ihre Reiterin so inkompetent ist wie Jora.« Wieder gab er einen geringschätzigen Laut von sich und griff nach dem Weinschlauch, der über der Rückenlehne seines Stuhls hing. »Nun, Harfner Robinton, mit welchen Liedern wirst du uns heute beglücken?« Er deutete auf die Hohe Tafel. »Alle sind mit dem Essen fertig, und wir wollen hoffen, dass es zwischen dem Weyrführer und unserem Burgherrn nicht schon wieder Streit gibt.«

Robinton stand auf und wartete, bis S'loner in seine Richtung blickte. Der Weyrführer hielt den Kopf geneigt und lauschte den Worten eines Weyrmädchens, das ihm etwas zuflüsterte. Das Mädchen war Robinton bereits früher aufgefallen, er mochte die ruhige Würde und Anmut, die sie ausstrahlte. S'loner schüttelte den Kopf, und das Mädchen zeigte auf Robinton. Nun gewahrte auch S'loner den Harfner und hob die rechte Hand zum Zeichen, dass der unterhaltsame Teil des Abends begann.

C'gan war gleichfalls aufmerksam geworden. Er verließ seinen Platz und begab sich mit den übrigen Musikanten aufs Podium.

»Ich habe ein paar neue Lieder in meinem Repertoire«, wandte sich Robinton an F'lon. »Außerdem einen sehr schönen Marsch. ›Aufmarsch der Jungreiter‹ lautet sein Thema.«

»Großartig!« F'lon schwenkte heftig den Arm, wie wenn er ihm einen Wink geben wolle, sogleich mit der Musik loszulegen. Doch seine weinselige Stimmung war bereits so fortgeschritten, dass Robinton es ihm nicht übelnahm.

Als Robinton zum Podium ging und an der Hohen Tafel vorbeikam, entdeckte er keine Anzeichen für Spannungen zwischen dem Weyrführer und dem Burgherrn. Doch die beiden schauten betont aneinander vorbei und wechselten kein Wort. Es wurde wirklich höchste Zeit, mit der musikalischen Unterhaltung zu beginnen, ehe das Schweigen unerträglich wurde.

Jora schnatterte immer noch auf Lady Hayara ein, die einen äußerst gelangweilten Eindruck machte. Als die Burgherrin sah, dass die Musikanten ihre Instrumente auspackten, setzte sie sich aufrechter hin und winkte Robinton mit einem dezenten Wedeln der Hand zu. Sicherlich freute sie sich nicht nur auf die Musik, sondern war auch erleichtert, weil Jora während der Vorstellung den Mund halten musste. Plapperte sie dennoch weiter, hatte Lady Hayara das gute Recht, sie um Ruhe zu bitten.

Robinton begann mit Petirons Marsch. Ein paar Zuhörer stampften mit den Füßen und klatschten den Takt mit, und insgeheim schmunzelte Robinton, weil er mit seiner Einschätzung dieses Musiksstücks richtig getippt hatte. Danach sang er das Lied der Pflichten und gleich darauf das Lied der Fragen, das er bei jeder sich bietenden Gelegenheit vortrug. Doch dieses Mal wurde es weder vom Weyrführer noch vom Burgherrn so begeistert aufgenommen wie früher, und beinahe bereute Rob es, diese Ballade gesungen zu haben.

Deshalb schloss er unmittelbar darauf seine neuesten Lieder an, begleitet von C'gan, der Gitarre spielte, zwei Flötisten und einem Trommler. Das Stück kam so gut an, dass er es sofort wiederholen musste, und in den Refrain stimmten viele Zuhörer ein. Drachenreiter waren weniger gehemmt als manche Burgleute, und gleichgültig, ob sie schöne Stimmen hatten oder nicht, sie sangen immer aus voller Kehle mit.

C'gan wechselte Robinton ab, und hinterher traten einige Solisten auf. Maizella sang, desgleichen R'yar, der einen herrlichen Bariton hatte und noch das gesamte Repertoire aus seiner Zeit in der Harfnerhalle beherrschte.

Robinton sollte nie erfahren, wann genau Lord Maidir und S'loner in dieser Nacht vom Tisch aufstanden. Es war bereits stockfinster, und obwohl viele Leuchtkörbe an Stangen rings um den Kraterkessel Licht spendeten, herrschte ein solches Kommen und Gehen von Menschen, dass Robinton die Abwesenheit der beiden Männer erst bemerkte, als Lady Hayara die Hohe Tafel verließ. Zurück blieb eine betrunkene Jora, die mit dem Oberkörper auf dem Tisch lag und schlief.

Keiner hätte gewusst, was passiert war, doch plötzlich stieß Nemorth einen durchdringenden Schrei aus, der alle erschreckte, Sogleich fingen sämtliche anderen Drachen in klagenden, herzzerreißenden Tönen an zu kreischen. Der Lärm schien kein Ende nehmen zu wollen, als brauchten die Drachen niemals Atem zu schöpfen. Das Geschrei zerriss die Nacht, misstönender als das Jaulen eines gequälten Wachwhers, und wie ein Messer schnitt es sich in die Ohren und Köpfe der Menschen. Robinton fürchtete, sein Herz bliebe stehen, als die gnadenlose Kakophonie den Weyrkessel füllte.

Er war nicht der Einzige, der sich die Ohren zuhielt, um sich vor dem fürchterlichen Wehklagen zu schützen. Der Ausdruck fassungslosen Entsetzens auf den Gesichtern der Drachenreiter verriet ihm indessen, was geschehen war. Der gesamte Weyr beklagte den Tod eines Drachen.

Robinton packte C'gan beim Arm und drehte den erschütterten Reiter zu sich herum. C'gans taube Finger rutschten vom Gitarrenhals ab, und er fing an zu weinen.

»Was ist los, C'gan? Was ist passiert?«

C'gan schluckte und sah Robinton unter Tränen an. »Chendith ist tot.«

»Chendith?« Robinton schwenkte herum und suchte in der Menge aus verzweifelten Leuten nach S'loner. Er entdeckte F'lon, der wie durch ein Wunder plötzlich wieder nüchtern war, und zu T'rell, dem Weyrlingmeister, hinrannte. Das Geschrei der erwachsenen Drachen hatte die Jungtiere aufgeschreckt, und T'rell brauchte Unterstützung. Jetzt kam es darauf an, die neuen Reiter zu ihren Schützlingen zu scheuchen, damit sie die verängstigten Tiere trösteten und beruhigten. T'rell, selbst nicht mehr der Jüngste, stand der Schrecken ins Gesicht geschrieben, während er von einem Tisch zum nächsten eilte und die Jungreiter zusammenrief.

»Tot? Wie konnte das passieren?« wollte Robinton wissen. »Bei der Gegenüberstellung schien er doch vor Kraft und Gesundheit zu strotzen.« Er verlor F'lon aus den Augen, erspähte ihn dann wieder, den Heiler des Weyrs im Schlepp.

Dann stieß Lady Hayara einen Schrei aus, der das schrille Kreischen der Drachen übertönte. »Maidir? *Maidir! Wo bist du?*«

Der Wachreiter, der auf seinem Drachen im Krater landete, erzählte ihnen, er habe gesehen, wie Chendith mit zwei Passagieren ins *Dazwischen* ging. In der Dunkelheit vermochte er nicht viel zu erkennen, doch er glaubte, eine Person sei Lord Maidir gewesen. Er konnte das weiße Haar ausmachen und die grüne Farbe der Kleidung. Lord Maidir hatte ein grünes Gewand getragen.

»Aber warum nur? Was könnte ihnen zugestoßen sein? S'loner würde niemals Chendiths Leben gefährden. Und sein eigenes natürlich auch nicht«, grübelte C'gan, den eine tiefe Niedergeschlagenheit überkam. »Das Ganze ist mir unverständlich. S'loner war über das letzte Gelege und die erfolgreiche Gegenüberstellung so glücklich. Immerhin waren es zwanzig Jungdrachen.«

Man musste versuchen, Jora aus ihrem Weinrausch aufzuwecken, denn Lady Hayara hatte nicht gesehen, wie die beiden Männer den Tisch verließen.

»Sie waren schon seit langem entfremdet« schluchzte Lady Hayara. »Und erst nach deinem Lied, Rob, fingen sie wieder an, miteinander zu sprechen. Ich hielt es für ein gutes Zeichen, aber *was* sie sagten, konnte ich nicht hören. Denn ...« Sie brach ab und streifte die betrunkene Weyrherrin mit einem angewiderten Blick.

F'lon, R'gul und S'lel bemühten sich, Jora mit starkem Klah aufzuwecken, doch ständig kippte sie vom Stuhl und musste erst in eine aufrechte Haltung gebracht werden, damit man ihr das belebende Getränk einflößen konnte.

Heiler Tinamon, der bei dem Unterfangen half, Jora auszunüchtern, äußerte eine vage Vermutung. »S'loner mag zwar rüstig ausgesehen haben, aber er litt häufig an Schmerzen in der Brust. Ich versorgte ihn mit dem üblichen Medikament, aber ich riet ihm, einen Meisterheiler hinzuzuziehen oder sich in der Heilerhalle behandeln zu lassen. Er versprach, er würde sich nach der Gegenüberstellung mehr um seine Gesundheit kümmern.«

Doch das erklärte nicht, wieso Maidir S'loner auf diesem verhängnisvollen Flug begleitet hatte. Lady Hayara mutmaßte, ihr Gemahl sei erschöpft gewesen, wollte sich vielleicht nach Benden fliegen lassen und habe S'loner um diesen Freundschaftsdienst gebeten.

»Ach, bitte, könnte mich wohl jemand jetzt gleich zur Burg bringen?« fragte sie dann. »Möglicherweise hält sich Maidir dort auf und kann uns alle Fragen beantworten.«

R'gul erbot sich, den Transport zu übernehmen, und das stille Weyrmädchen, das sich zuvor mit S'loner unterhalten hatte, war so umsichtig, ihr die warme Reitjacke umzulegen. Lady Hayara wurde in den düsteren Kraterkessel geführt, wo der immer noch klagende Hath wartete.

C'rob, M'ridin und C'vrel, die ältesten Geschwaderführer, hielten eine Konferenz ab, und F'lon stellte sich zu ihnen, als habe er ein Anrecht auf Mitsprache. Offensichtlich waren die Geschwaderführer anderer Meinung.

»Die Entscheidung darüber fällt beim nächsten Paarungsflug, F'lon. Lass uns also keine voreiligen Schlüsse ziehen«, kanzelte M'ridin den jungen Burschen ab. »Und so, wie Jora sich anstellt, kann das noch ein paar Planetenumdrehungen dauern.«

»Ich schlage vor, den Weyr von allen Besuchern zu räumen«, meinte C'rob. »Die Gegenüberstellung ist vorbei.«

»Und belastet durch ein Unglück, das unabsehbare Folgen nach sich ziehen kann«, ergänzte C'vrel kopfschüttelnd.

»Die Drachen müssen beschäftigt werden, das ist das Einzige, was ihnen jetzt hilft«, fuhr M'ridin fort. »Aber seid ja vorsichtig, wenn es um die Erfassung der Zielorte geht. Es kommt auf absolute Präzision der Koordinaten an.«

»Wäre es nicht besser, die Leute noch ein Weilchen bleiben zu lassen ...« überlegte C'vrel.

»Nein. Der Weyr muss seinen Verlust betrauern, und dazu müssen wir unter uns sein«, lehnte C'rob ab. »Ich bitte nur die älteren, erfahrenen Reiter, die Gäste heimzufliegen.« F'lon ignorierend, begab er sich zu den Reitern, denen er genug Verantwortungsbewusstsein zutraute.

S'lel und ein weiterer kräftiger Weyrmann trugen Jora die Treppe hinauf in ihr Quartier, nachdem es nicht gelang, sie zu wecken. Nemorth hockte auf ihrem Sims und trauerte lautstark um ihren toten Gefährten. Ihr Kopf und Hals pendelten rhythmisch hin und her, die Augen hatten sich zu einem stumpfen, mit orangegelben Flecken durchschossenen Rot verfärbt und rotierten hektisch in ihren Höhlen.

Robinton merkte, dass die felsigen Flanken des Weyrs gesprenkelt waren mit vielen rotglühenden Drachenaugen, eine Farbe, die von der großen Not und Verzweiflung der Drachen kündete. Wie überdimensionale Leuchtkörbe schimmerten sie in der Dunkelheit. Diese Szene prägte sich Robinton ein, und sie blieb auch dann noch frisch in seinem Gedächtnis, als andere Erinnerungen an diese schreckliche Nacht längst verblasst waren. In Gedanken sah er immer wieder die kreiselnden roten Augen und hörte das traurige, durch Mark und Bein dringende Wehklagen der vielen hundert Drachen, deren Geschrei von den Kraterwänden vielfach gebrochen wurde und die ganze Nacht lang nicht verstummte.

Eine Trommelbotschaft verkündete, dass Lady Hayara Maidir nicht in Burg Benden angetroffen hatte. Also waren beide Männer und der Drache im *Dazwischen* umgekommen. Robinton bat C'gan, ihn und Raid, der wahrscheinlich der neue Burgherr von Benden war, zur Festung zu fliegen. Raids Stiefmutter brauchte jetzt seinen Beistand.

Robinton packte seine Notenblätter und Instrumente ein, als F'lon sich ihm näherte.

»Du willst aufbrechen?« fragte der Bronzereiter.

»Ich bat C'gan ...«

»Wieso hast du ihn gefragt, und nicht mich?« beschwerte sich F'lon aufgebracht.

»Du hast gerade deinen Vater verloren, Mann«, versetzte Robinton und packte seinen Freund fest beim Arm. »Ich konnte mich wohl kaum an dich wenden ...«

In einer gereizten Geste strich sich F'lon das Haar aus der Stirn. »So nah standen wir uns nicht. In einem Weyr legt man nicht viel Wert auf familiäre Bindungen. *Splitter und Scherben!* Durch diesen Abgang hat er alles vermasselt!«

Robinton wusste nicht, ob dieser Ausbruch F'lons Art war, seinen Kummer zu zeigen, doch der junge Mann war eindeutig wütend. Dabei hatte Robinton nie daran gezweifelt, dass F'lon stolz darauf war, der Sohn des Weyrführers zu sein. Zwar spielte er diesen Umstand gern herunter und äußerte sich eher geringschätzig über die Verwandtschaft, doch zumindest hatte er eine Beziehung zu seinem Vater gehabt. Robinton beneidete ihn darum.

»Die anderen waren auch schon ohne diese Katastrophe nervös genug«, fuhr F'lon bissig fort, wobei er es vermied, Robinton in die Augen zu sehen. Kopfschüttelnd trat er mit der Stiefelspitze nach kleinen Kieseln, die den Boden bedeckten. »Und ich hatte ihm noch gesagt, er dürfe die Schmerzen in der Brust nicht auf die leichte Schulter nehmen. Aber ihm wäre ja nie in den Sinn gekommen, auf seinen Sohn zu hören. Er wusste immer alles besser.«

Im Schein der Leuchtkörbe bemerkte Robinton nun die Tränenspuren auf F'lons Wangen, und er wünschte sich, ihm würden ein paar tröstende Worte einfallen. Aber für diesen Schmerz gab es keine Linderung.

»Nun geh schon, Rob. Bei C'gan bist du im Augenblick ohnehin besser aufgehoben als bei mir.«

»Halte mich auf dem Laufenden, wie sich die Dinge bei euch entwickeln, F'lon. Ich weiß, dass du die Trommelsprache beherrschst.«

Er drückte noch einmal kurz F'lons Arm, um sein Mitgefühl und sein Bedauern zu bekunden, schnappte sich seine Packsäcke und marschierte aus der hell erleuchteten Zone hinaus in die Schwärze des Kraterkessels. Wie im Traum gewahrte er die schemenhaften Umrisse von C'gans blauem Tagath und die Kette aus traurig glänzenden Drachenaugen an den felsigen Flanken des Weyrs.

Kapitel 11

Als Robinton in Benden eintraf, suchte er zuerst Maizella auf und erkundigte sich nach Lady Hayaras Befinden. Das Mädchen sah vor Kummer verhärmt aus.

»Sie hat einen Beruhigungstrunk bekommen und schläft jetzt«, erzählte Maizella. »Gleich nehme ich selbst diese Medizin. Ich kann es immer noch nicht fassen, was passiert ist. Gibt es eine Chance, dass sie aus dem *Dazwischen* wieder auftauchen?«

Robinton schüttelte den Kopf. »Das wüssten die Drachen. Und sie beklagen eindeutig Chendiths Tod. Es tut mir ja so Leid, Maizella.«

»Das weiß ich, Rob.« Sanft berührte sie seinen Arm. »Und jetzt nimmt Raid das Ruder in die Hand«, fügte sie mit einem Anflug von Bitterkeit hinzu. »Hätte er damit nicht bis morgen warten können? Ach ja, er möchte, dass du dich im Trommelturm einfindest.«

Es oblag Robinton, die traurige Nachricht zu verbreiten. Raid hatte den Text bereits formuliert und drückte Rob abrupt das Blatt in die Hand, sowie der Harfner im Turm eintraf. Robinton war die lange Treppe hinaufgestürmt, und er musste erst Atem schöpfen, ehe er die Botschaft las.

Unterschiedliche Temperamente reagieren unterschiedlich auf Tragödien, fand er. Im Gegensatz zu Maizella hielt er Raid nicht für kaltherzig oder gefühllos. Er tat nur das, wofür er sein Leben lang erzogen worden war – er übernahm die Burgherrschaft und handelte, wie die Pflicht es ihm gebot.

Die Burgherren von Fort, Süd-Boll, Tillek und dem Hochland forderten sofort Drachen zum Transport an. Später trafen Nachrichten aus Telgar, Ista, Igen und Nerat ein.

Am frühen Morgen wussten sämtliche größeren Festungen Bescheid und bestätigten die Meldung. Nicht mehr lange, und die ersten Grundbesitzer aus Benden ließen sich in der Burg blicken, einige brachten Wein oder Proviant mit. Die Frauen begaben sich entweder in die Küche, um dort zu helfen, oder gesellten sich zu den trauernden Familienmitgliedern. Die Harfner anderer Burgen lösten Robinton beim Trommeln ab. Dessen Hände waren von der Arbeit mit den Trommelschlegeln geschwollen, und er konnte sich kaum noch auf die Entschlüsselung der eintreffenden Nachrichten konzentrieren, geschweige denn, fehlerfreie Botschaften absenden.

Als er endlich mit dem Trommeln aufhören konnte, fiel er todmüde auf sein Bett und schlief ein paar Stunden. Später wurde er von F'lon geweckt, der ihm Klah und einige Scheiben Brot brachte. F'lon wirkte blass und abgespannt.

»Ich brachte Faroguy mit zwei seiner Verwandten hierher«, erklärte der Bronzereiter. »Sie wussten nicht, dass ich S'loners Sohn bin.« Er schnaubte durch die Nase und ließ sich am Fußende des Bettes nieder. Den Rücken gegen die Wand gelehnt, drückte er einen Becher mit heißem Klah an die Brust. »Wenn einen keiner kennt, erfährt man eine ganze Menge.«

»Was hast du denn erfahren?« Robinton setzte sich aufrecht hin. »Wer sind die beiden Verwandten, die Faroguy begleiten?« erkundigte sich Rob, der sich allein durch das Aroma, das aus seinem Klahbecher aufstieg, belebt fühlte.

»Ach, ein Sohn und dann noch dieser Neffe.«

»Fax?«

F'lon zog die Stirn kraus. »Ja, ich glaube, so nannten sie ihn.«

Robinton fluchte leise. »Den musst du gut im Auge behalten.«

»Das habe ich auch fest vor«, erwiderte F'lon und blickte entschlossen drein. »Von Drachenreitern hält er nicht viel, und von Harfnern hat er im Übrigen auch keine hohe Meinung.«

»Ich weiß. Ich wundere mich, dass er überhaupt mitgekommen ist.«

»Nichts hätte ihn im Hochland zurückgehalten! Er genoss die Situation sichtlich. Du hättest sehen sollen, wie er von einem Ohr zum anderen grinste. Trotzdem glaube ich ...« F'lon legte eine Pause ein und hob die Brauen. »Also, ich hatte den Eindruck, dass der Entschluss über seine Anwesenheit erst in allerletzter Minute fiel. Als ich eintraf, warteten nur Faroguy und sein ältester Sohn auf mich. Plötzlich kam Fax aus der Burg gerannt. Und er schwang sich auf Simanith, ehe ich auch nur ein Wort sagen konnte.«

Wieder stieß Robinton einen leisen Fluch aus. Er verspürte nicht den geringsten Wunsch, mit Fax zusammenzutreffen. Ihm war schleierhaft, wie Fax es geschafft hatte, sich in die Gruppe aus dem Hochland zu mogeln. Er gehörte nicht dem Rat der Burgherren und Gildemeister an. Ihm stand es nicht zu, über Raids künftigen Rang abzustimmen.

»Außerdem holte ich Meisterharfner Gennell und Lord Grogellan aus Fort ab. Gennell möchte dich gern sehen.«

»Das kann ich mir vorstellen.« Robinton schlug die Decke zurück. Er hatte sich in voller Bekleidung zu Bett gelegt, und in diesem zerknitterten Zeug durfte er niemandem unter die Augen treten.

»Es hat keine Eile. Nimm ein Bad. Du hast es nötig.« F'lon hielt sich in gespieltem Ekel die Nase zu.

»Du hast Recht.« Robinton merkte selbst, dass er unangenehm nach Schweiß und Wein roch.

»Gennell hat nicht gesagt, du sollst sofort zu ihm kommen. Du hast also Zeit genug. Als er nach dir fragte, erzählte Hayon ihm, du seist erschöpft und hättest dich hingelegt. Wie hat der Junge eigentlich auf den Tod seines Vaters reagiert?«

»Er hält sich tapfer und ist Lady Hayara eine große Hilfe. Aber mir scheint, mit Raids Nachfolge kann er sich nicht recht anfreunden.«

»Dann geht es ihm wie mir«, erwiderte F'lon unverblümt und verließ das Zimmer.

Robinton zog sich die schmutzige Kleidung aus, holte saubere Sachen aus der Truhe und ging ins Bad. Er war froh, dass er nicht die Gemeinschaftswaschräume benutzen musste. Das heiße Wasser war eine Wohltat, und als er sauber und mit frischem Zeug angetan war, fühlte er sich wie neu geboren. Zum Schluss befestigte er den Schulterknoten an seinem Hemd. Dann rubbelte er sich das Haar trocken, ehe er es im Nacken mit einer Kordel zusammenband. Er nahm sich vor, die Haare demnächst ein gutes Stück kürzen zu lassen. Wenn er die Zeit dazu fand.

F'lon kam zurück, in der Hand einen Becher mit Klah. »Jetzt siehst du wieder präsentabel aus, wie es sich für einen Harfner gehört.«

»Möchtest du nicht ein Weilchen schlafen?« schlug Robinton vor und zeigte auf sein Bett.

F'lon stieß einen Seufzer aus. »Gute Idee. Ich leg mich gleich aufs Ohr. Weck mich, wenn du mich brauchst.« Er trank den Becher leer und schickte sich an, die hohen Schäfte seiner Flugstiefel herunterzurollen.

Als Robinton zur Tür hinaus ging, hörte er das dumpfe Poltern, mit dem der erste Stiefel in einer Ecke des Zimmers landete.

* * *

In der Burg wimmelte es von Leuten, die in den Korridoren und der Großen Halle grüppchenweise zusammenstanden und sich mit gedämpften Stimmen unterhielten. Die aus Böcken und Brettern eilig aufgestellten Tische bogen sich unter ihrer Last an Speisen. Es gab Brot, Obst und kalten Bratenaufschnitt. Robinton erspähte Meister Gennell, der sich mit den anderen Meistern beriet. Sie alle waren hier, um den künftigen rechtmäßigen Burgherrn in seinem Amt zu bestätigen. Als Gennell Robinton entdeckte, winkte er ihn zu sich.

Während sich Robinton an den Menschentrauben vorbeischlängelte, hielt er vergeblich Ausschau nach Fax, Faroguy und dessen Sohn. Er mutmaßte, die Burgherren träfen sich in einem anderen Teil der Festung. Doch er gewahrte Farevene, der in der Vorhalle unweit des Eingangsportals herumlungerte und nervös in die Runde blickte. Dann näherte sich Naprila dem jungen Mann, und Robinton gesellte sich zu den Meistern.

Gennell machte ihn mit den Umstehenden bekannt. Die hier anwesenden Meister vertraten die Gilden und Zünfte der Schmiede, der Weber, der Fischer, der Bauern und der Bergwerksarbeiter. Auch Meisterheilerin Ginia war zugegen. Mit ernster Miene nickte sie ihm zur Begrüßung zu. Es wurden noch mehr Vertreter der Zünfte erwartet, die alle dem Rat angehörten.

»Schildere uns bitte ganz genau, was sich gestern Abend abgespielt hat, Robinton«, forderte der Meisterharfner ihn auf. Robinton erzählte, was er wusste.

»Eine schreckliche Geschichte!«

»Es ist eine Tragödie, auf einen Schlag einen Burgherrn und den Weyrführer zu verlieren.«

»Ausgerechnet zu dieser Zeit – unmittelbar nach einer Gegenüberstellung!«

»Wer übernimmt den Weyr?«

Aller Augen richteten sich auf Robinton.

»Ich glaube, das wird auf die traditionelle Weise entschieden, wenn die Königin sich wieder paart«, erläuterte er.

»Aber der Weyr kann nicht über einige Planetenumläufe hinweg ohne Führung sein«, meinte der Meister für das Fischereiwesen.

»Es gibt ein paar ältere Reiter, die die Verantwortung übernehmen«, erwiderte Robinton. »Gestern Abend sah es jedenfalls so aus. Sie heißen C'vrel, C'rob und M'ridin.«

»Es ist ja nicht so, dass wir uns wegen eines Fädenfalls Sorgen machen müssten«, wiegelte der Meister der Bergwerkszunft ab.

Der Meisterweber zog die Nase hoch. »Das ist nur allzu wahr. Obwohl S'loner nicht müde wurde, das Schlimmste zu prophezeien. Ich hab ihn nie ganz ernst genommen, muss ich gestehen.«

Robinton hütete sich, in dieser Gesellschaft das große Wort zu führen, doch er bemerkte, dass alle Meister außer Gennell in diesem Punkt übereinstimmten.

»Jora ist eine junge Frau«, warf der Meister für Landwirtschaft ein. »Wenn Carola noch lebte, wäre mir um die Führung des Weyrs nicht bange. Sie wusste, worauf es ankam.«

»Die Führung des Weyrs ist ausschließlich Sache seiner Bewohner«, hielt Gennell ihm höflich entgegen. »Uns geht das nichts an. Ich habe dem Bronzereiter, der uns hierher brachte, mein aufrichtig empfundenes Beileid ausgesprochen.«

Robinton nickte. »Das war F'lon, einer von S'loners Söhnen.«

»Tatsächlich?« staunte Ginia. »Wenn alle Drachenreiter so kompetent sind wie dieser junge Mann, dann liegt die Zukunft des Weyrs in guten Händen.«

Robinton nahm sich vor, F'lon von diesem Lob zu erzählen.

Just in diesem Augenblick näherte sich Raid, begrüßte die Runde und dankte allen für ihr promptes Erscheinen. »Ich habe Stühle für die komplette Ratsversammlung im kleinen Speisesaal aufstellen lassen«, fuhr er fort. »Wenn Sie sich bitte dorthin begeben würden ... Robinton, sei so nett und zeige den Weg.«

»Sind wir denn vollzählig?« erkundigte sich der Webermeister.

»Die letzten Abstimmungsberechtigten sind gerade eingetroffen«, erwiderte Raid. Er verbeugte sich vor den Meistern und steuerte auf den Tisch mit den Erfrischungen zu, wo Maizella und Cording dabei waren, Wein einzuschenken. In der Nähe stand Hayon und starrte betrübt in sein Glas. Rasa und Anta waren bei ihm.

Robinton führte die Meister in den kleinen Speisesaal, dessen Größe gerade ausreichte, um die Anzahl der Versammelten zu fassen.

»Warte hier, Rob, für den Fall, dass wir deine Dienste als Bote benötigen«, bat Gennell, während die Gildemeister in den Saal pilgerten.

Robinton nickte. Dachte Gennell dabei an eine bestimmte Person, die er herbeiholen sollte? Es gab keine Weyrführer mehr, die traditionsgemäß diese Sitzungen leiteten.

»Geht es schon los?« fragte eine vertraue Stimme. Der spöttische, boshafte Unterton war Rob nur allzu bekannt.

Langsam drehte sich Robinton um und maß Fax mit einem kühlen Blick.

»Ich glaube ja«, antwortete er unverbindlich.

»Du bist Harfner dieser Burg, nicht wahr, Robinton?«

»Ja.«

Fax verzog den Mund zu einem hässlichen Grinsen. »Und keine Leichen, die man bestatten müsste. Wie praktisch.«

Robinton ließ sich nicht durch diese Stichelei provozieren und blickte stur geradeaus. Er hoffte, Fax möge sich bald wieder trollen.

»Dann überlasse ich dich deinen Pflichten«, sagte Fax. Sich auf einem Absatz herumdrehend, schnürte er ab durch die Halle.

* * *

Binnen einer Stunde hatte man Raid als Burgherrn bestätigt, und dann ließ man Robinton nachforschen, ob sich einer oder mehrere der älteren Drachenreiter, die er namentlich erwähnte, in der Burg aufhielten. Der Rat wollte gern ein paar Worte mit diesen Bronzereitern wechseln. Robinton fragte sich, ob er jemanden losschicken sollte, der F'lon weckte. Doch im Burghof entdeckte er M'ridin, C'vrel, C'gan und C'rob, außerdem das anmutige Mädchen, das am Abend zuvor mit S'loner gesprochen hatte.

»Manora sagt«, begann C'rob und deutete auf das Mädchen, »der Weyrführer habe sich schon während des Essens nicht wohl gefühlt. Später bekam sie mit, wie Maidir darum bat, nach Hause geflogen zu werden. S'loner erbot sich, ihn zu befördern, weil er einen Vorwand brauchte, um sich aus der Gesellschaft zu entfernen. S'loner hatte oft Schmerzen im linken Arm, viel häufiger, als er selbst vor Tinamon zugab.«

Manora wirkte unglücklich und betroffen, ohne dass sie dadurch etwas von ihrer Anmut und stillen Würde eingebüßt hätte. Ihre Augen waren rot geweint. Sie nickte mit dem Kopf, um die Richtigkeit von C'robs Aussage zu bestätigen.

Robinton führte sie alle zu der Versammlung. Fax schlenderte ihnen hinterher, ein geheimnisvolles Lächeln auf den Lippen, und Rob machte sich eine Freude daraus, ihm die Tür zum Speisesaal vor der Nase zuzudrücken.

* * *

Nachdem die Burgherren ihre Unterredung mit Manora und den Bronzereitern beendet hatten, begaben sich die meisten in die Große Halle, um sich an den Erfrischungen zu stärken. In der Gruppe, die noch im kleinen Speisesaal blieb, befand sich Lord Faroguy. Robinton erschrak über sein verändertes Aussehen. Vor Ermattung war er kreidebleich. Er schien am Ende seiner Kräfte zu sein und konnte kaum dem Gespräch folgen, das Lord Melongel von der Burg Tillek mit ihm führte.

Auf einmal kam Farevene hereingerauscht; er trug ein Tablett mit Essen und Trinken. Im Vorbeieilen nickte er Robinton grüßend zu, dann wandte er sich an seinen Vater und Lord Melongel. Melongel nahm ein Glas Wein und reichte es Faroguy. Mit ängstlicher Miene sah er zu, wie der alte Mann an dem Wein nippte und dankbar lächelte, weil man ihn so fürsorglich behandelte.

»Bis zur nächsten Ratsversammlung wird es nicht mehr lange dauern, Harfner«, spöttelte Fax, der neben Robinton auftauchte. »Denk an meine Worte.«

Robinton gab keine Antwort. Er setzte eine betont gelassene Miene auf, obwohl er über diese taktlose Andeutung innerlich kochte. Doch Lord Faroguys Gesundheitszustand ließ in der Tat das Schlimmste befürchten.

Ein Harfner konnte nur wenig tun, sinnierte Robinton ergeben, doch er wollte unbedingt mit Farevene ein Wörtchen reden. In diesem Moment hörte er, was Farevene zu seinem Vater sagte.

»Meisterheilerin Ginia würde dich gern untersuchen, Vater. Sowie du dich kräftig genug fühlst, bringe ich dich zu ihr.«

»Das kann nicht schaden«, stimmte Melongel aus vollem Herzen zu.

»Na schön«, erwiderte Faroguy, seufzte und hob eine bleiche Hand, die auf der Armstütze seines Sessels ruhte. Er deutete ein Lächeln an. »Ich möchte nicht der Anlass für eine neue Ratsversammlung sein.« Er trank noch einen Schluck Wein und blickte anerkennend in das Glas. »Die Weine aus Benden sind immer noch die Besten, Melongel.«

»Wenn wir seit so langer Zeit Wein angebaut hätten, wie es in Benden der Fall ist, brauchten unsere Sorten keinen Vergleich zu scheuen. Vielleicht wären sie sogar besser«, gab Melongel herausfordernd zurück.

»Robinton?«

Robinton drehte sich um, als jemand ihn am Arm fasste, und sah den besorgt dreinblickenden C'vrel.

»Simanith sitzt auf den Feuerhöhen, aber ich kann F'lon nirgendwo finden.«

»Er schläft in meinem Quartier. Vor Müdigkeit konnte er sich kaum noch auf den Beinen halten.«

»Wir sind alle geschafft. Aber ich bin ein bisschen beunruhigt. Fax strolcht durch die Gegend, und ich habe den begründeten Verdacht – der im Übrigen von Farevene bestätigt wird – dass er nach F'lon sucht.« Nervös trat C'vrel von einem Fuß auf den anderen. »Wenn die beiden sich begegnen, könnte es Ärger geben. Und Probleme haben wir wahrlich schon genug.«

»Ich stimme dir zu.«

C'vrel schnaubte durch die Nase. »S'loner schickte F'lon auf ein paar ziemlich *unkluge* Missionen, die dem Weyr nicht zum Vorteil gereichten.« Er hob eine schwarze Braue. »Ich billigte längst nicht alles, was S'loner sich zum Ziel gesetzt hatte, und manche seiner Methoden erschienen mir fragwürdig. Um der Wahrheit die Ehre zu geben, sind nicht nur manche Ratsteilnehmer, sondern auch einige von uns …« – seine Geste sollte die älteren Bronzereiter umfassen – »erleichtert, dass S'loner nicht länger der Weyrführer ist. Und du, Harfner, erweist uns allen einen großen Dienst, wenn du dafür sorgst, dass F'lon und Fax sich nicht über den Weg laufen. Die Gruppe aus dem Hochland bringe ich selbst zurück. Ich wusste gar nicht, dass F'lon ausgerechnet diese Burg anflog. M'ridin war doch für diese Route eingeteilt.«

Robinton nickte. Er fand es seltsam, dass F'lon ihm gegenüber so getan hatte, als würde er Fax kaum kennen. Dabei schien es, als würde der Bronzereiter eine Konfrontation genauso herbeisehnen wie Fax. Ein Glück, dass F'lon vor lauter Erschöpfung eingeschlafen war.

Er wollte sofort in sein Quartier gehen und nach seinem Freund schauen. Unterwegs begegnete er Hayon. »Falls jemand nach mir fragt, ich bin in meiner Unterkunft. Man hat mir den Tipp gegeben, F'lon und Fax nach Möglichkeit zu trennen.«

»Ach, F'lon ist bei dir?« Hayon atmete erleichtert auf. »Wir alle haben uns gewundert, wo er sein könnte. Im Übrigen hat Fax nach ihm gefragt. Ich kann diesen Kerl nicht leiden.«

»Mir ist er auch unsympathisch.«

»Bleib bei F'lon, ich kümmere mich um alles. Es sind genug Harfner hier, obendrein Meister Gennell.«

Robinton wünschte sich, er könne an zwei Orten gleichzeitig sein, doch jetzt kam es hauptsächlich darauf an, F'lon in seinem Quartier zu behalten, bis sich die Ratsversammlung auflöste. Er fragte sich, was zwischen den beiden jungen Männern vorgefallen sein mochte. F'lon galt als guter Kämpfer … aber kein Drachenreiter setzte leichtfertig sein eigenes Leben und das Leben seines Drachens aufs Spiel.

Aus diesem Grund hatte S'loner sehr unvernünftig gehandelt, als er Lord Maidir transportierte, obwohl er sich gesundheitlich angeschlagen fühlte. Robinton wusste, dass das Herz eines Menschen ganz plötzlich aussetzen konnte. Chendith hatte den Tod seines Reiters sofort gespürt, und die Anwesenheit eines Passagiers auf seinem Rücken hielt einen Drachen nicht davon ab, Selbstmord zu begehen. Auf diese tragische Weise musste Lord Maidir zu Tode gekommen sein.

* * *

F'lon lag auf Robintons Bett und schlief. Vorsichtig deckte Rob ihn zu, damit er nicht auskühlte und vorzeitig erwachte. Mittlerweile stand die Sonne tief im Westen, und die Luft in dem Felsenquartier war frisch. Danach schloss Robinton die Tür ab und versteckte den Schlüssel in einer Tasche. Aus dem Schrank holte er eine leichte Felldecke und legte sich auf das schmale Bett in dem Zimmer, das er als Kind bewohnt hatte. Er schloss die Augen und schlummerte im Nu ein.

* * *

»Wo ist der Schlüssel?« rief ihm jemand ins Ohr und schüttelte ihn grob.

In dem winzigen Kabuff war es dunkel. Ein einziger Leuchtkorb, der im Nebenzimmer hing, verbreitete einen matten Schimmer. Vor Robintons Bett stand F'lon, gestiefelt und zum Aufbruch bereit.

»Tut mir Leid, F'lon.«

F'lon schnippte ungeduldig mit den Fingern, derweil Robinton den Schlüssel aus der Hosentasche fischte. »Wenn ein anderer Drache die Gruppe aus dem Hochland zurückgebracht hat, bin ich ernsthaft böse.«

»Und ich bin böse, wenn dies nicht der Fall ist«, versetzte Robinton.

Er gab F'lon den Schlüssel und legte sich wieder hin. F'lon schritt eilig zum Ausgang, schloss auf und riss die Tür so schwungvoll auf, dass sie gegen die Wand krachte.

»Ich sollte ihm lieber hinterhergehen«, murmelte Robinton, doch dann tröstete er sich mit dem Gedanken, C'vrel hätte sicher dafür gesorgt, dass das Trio aus dem Hochland längst wieder in heimatlichen Gefilden weilte.

Er sollte Recht behalten. Als Robinton die Treppe hinunterging, musste F'lon die Nachricht gerade von Hayon erfahren haben, denn der Bronzereiter traktierte ihn mit wütenden Blicken. Doch in einem seiner jähen Stimmungsumschwünge fing F'lon auf einmal an zu grinsen und wedelte mit der Hand, um anzudeuten, dass es ihm einerlei wäre. In völlig entspannter Haltung schlenderte er zu den Tischen und sah nach, welche Erfrischungen noch übrig geblieben waren. Hayon und seine jüngeren Geschwister hockten dicht aneinander gedrängt an einer Seite des Kamins. An der anderen Seite der Feuerstelle saß Lady Hayara mit ihren Geschwistern, die gekommen waren, um ihr Beistand zu leisten.

Auf der Treppe begegnete Robinton einer Magd.

»Weißt du vielleicht, ob der Meisterharfner noch in der Burg ist?« fragte er die Frau.

Die Dienerin deutete auf den kleinen Speisesaal.

Dort traf Robinton Meister Gennell, Lord Grogellan und die Meisterheilerin.

»F'lon ist aufgewacht«, verkündete Rob. »Und vermutlich sind die Männer aus dem Hochland längst fortgebracht worden.«

Grogellan kicherte vergnügt, und Meister Gennell schmunzelte. »Meisterin Ginia, hattest du die Gelegenheit, Lord Faroguy zu untersuchen?« erkundigte sich Grogellan.

Die Meisterheilerin nickte. »Sein Sohn wird dafür sorgen, dass es ihm nicht an Pflege mangelt, so lange er noch unter uns weilt«, erklärte sie ernst. »Sein Blut ist krank, und für einen Mann seines Alters gibt es keine Heilung.«

»Weiß Fax darüber Bescheid?« fragte Robinton rundheraus.

Grogellan schnaubte durch die Nase, und Meister Gennell schickte sich an, seinen Gesellen zu tadeln, doch Ginia hob beschwichtigend die Hand.

»Dieser junge Bursche ist mit viel zu vielen Dingen vertraut, die den Besitzer eines *kleinen* Anwesens …« – sie legte eine besondere Betonung auf das Adjektiv – »nicht das Geringste angehen.«

»Sein Anwesen muss ja nicht immer klein bleiben«, hielt Robinton ihr entgegen. »Fax ist ein äußerst ehrgeiziger und habgieriger Mensch.«

»Hast du dich während deiner Zeit im Hochland mit ihm gestritten?« fragte Gennell.

»Das nicht gerade, Meister, aber wie ich bereits nach meiner Rückkehr berichtete, lässt er es nicht zu, dass Harfner seine Leute unterrichten. Sie bekommen nicht einmal das elementarste Grundwissen wie Rechnen, Schreiben und Lesen vermittelt.«

Verblüfft hob Grogellan die Augenbrauen und wandte sich an Gennell. »Ist das wahr?«

»Leider ja.«

»Aber ein so gewissenhafter Burgherr wie Faroguy müsste doch darauf bestehen, dass diese Leute Schulunterricht bekommen.«

»Faroguy ist alt, müde und krank«, erklärte Robinton. »Und er beruft sich darauf, dass die Charta einer Burg Autonomie zusichert.«

»Was die Frage aufwirft, ob die Regeln der Charta in besagter Burg überhaupt bekannt sind«, warf Ginia ein. »Eine solche Einstellung gefällt mir nicht. Sie ist anmaßend und willkürlich.«

»Dabei arbeitet ein gebildeter Pächter viel produktiver«, meinte Grogellan.

»Nach allem, was ich weiß, produzieren Fax' Pächter so viel, wie er es von ihnen verlangt«, legte Robinton dar. »Ohne Wenn und Aber. Wer sein Soll nicht erfüllt, hat nichts zu Lachen.«

»Ich werde mich mit dieser Angelegenheit beschäftigen«, versprach Gennell.

»Ich schließe mich an«, erklärte Lord Grogellan. Er blicke zur Tür und stand auf. »Unser Drachenreiter ist eingetroffen. Kommst du bald wieder in die Harfnerhalle zurück, Robinton?«

»Ich bin vertraglich an Burg Benden gebunden, Lord Grogellan, aber irgendwann lasse ich mich bestimmt wieder blicken.«

»Halte mich auf dem Laufenden, Rob«, bat Gennell. Er brauchte nicht zu erläutern, an welche speziellen Informationen er dabei dachte.

Zu Robintons Verblüffung stellte sich Meisterin Ginia auf die Zehenspitzen und drückte ihm einen Kuss auf die Wange. »Das habe ich deiner Mutter versprochen«, erklärte sie und ließ ihn dann stehen.

Offenen Mundes starrte er ihr hinterher. Er spürte,

wie er rot wurde, und hoffte, niemand habe diesen Abschied beobachtet. Eine solche Geste sah seiner Mutter gar nicht ähnlich, und dann musste er unwillkürlich schmunzeln.

* * *

Ohne Selbstzweifel und mit sicherer Hand übernahm Raid die Führung der Burg. Einen Tag nach seiner Bestätigung im Amt berief er eine Versammlung der Handwerker ein und fragte, ob sie irgendwelche Anliegen vorzutragen hätten. Dann gab er bekannt, seine Schwester Maizella würde nach der üblichen Trauerzeit ihr offizielles Ehegelöbnis ablegen, und dass Lady Hayara in der Burg bliebe, bis er für sich eine passende Gemahlin gefunden hätte. Seinen zahlreichen Halbbrüdern und Halbschwestern wolle er geeignete Beschäftigungen zuteilen.

Die Rede wirkte steif und aufgesetzt, doch es stand außer Frage, dass Raid seinen Verpflichtungen nachkommen würde. Aber Robinton krümmte sich innerlich, als er sah, wie unbeholfen Raid dabei zu Werke ging. Es gab viele Möglichkeiten, eine bittere Pille zu versüßen, doch Raid schien keine einzige davon zu kennen. Rücksichtslos ging er über die Bedürfnisse anderer Menschen hinweg, und mit seiner Taktlosigkeit stieß er die Leute unentwegt vor den Kopf.

Maizella war die Einzige, die ihn zurechtweisen durfte. Lady Hayara betrachtete ihn mit Tränen in den Augen und befolgte stumm seine Anweisungen. Zum Glück war sie eine tüchtige Frau und hatte lange genug die Burg geführt, sodass es zwischen ihr und Raid nicht zu Zwistigkeiten kam. Sogar Raid begriff, dass sie ihm eine wertvolle Hilfe war. Und vor Ablauf der dreimonatigen Trauerzeit traf er keine Anstalten, sich auch nur nach einer Braut umzusehen.

Doch die Atmosphäre in der Festung hatte sich seit Lord Maidirs Tod grundlegend verändert. Maidir war ein fähiger, umsichtiger Burgherr gewesen. Lord Raid diskutierte nicht mit seinen Pächtern über deren Probleme. Er befahl ihnen, was zu tun sei, und damit hatte es sich. Robinton gab sich Mühe, die aufgebrachten Pächter zu beschwichtigen, indem er andeutete, der junge Mann habe den Tod seines Vaters immer noch nicht verwunden. Zwar sei er für seine Aufgabe gut gerüstet, doch ihm fehle halt noch die Erfahrung, die er sich erst im Laufe der Zeit aneignen müsse.

Robinton befand sich seit genau zwei Planetenumläufen in Benden, als Raid ihn in sein Büro zitierte.

»Mir sind ein paar Dinge über dich zu Ohren gekommen, Geselle, die mir nicht gefallen«, begann er in seiner undiplomatischen Art. »Ich bin der Burgherr, und was ich sage, gilt. Ich brauche niemanden wie dich, der hinter meinem Rücken mit verärgerten Pächtern paktiert und meine Befehle in Frage stellt. Du kannst gehen.«

»Gehen?« wiederholte Robinton entgeistert.

»Ja, du kannst gehen. Hiermit entbinde ich dich von deinem Vertrag.« Raid warf einen Beutel voller Marken auf den Tisch. »Ich werde vom Meisterharfner einen Ersatz für dich anfordern. Ohne dich in der Harfnerhalle schlecht zu machen, denn du hast deine Pflichten gewissenhaft und effizient erfüllt.«

»Gewissenhaft« und »effizient« gehörten zu Raids Lieblingsworten.

»Aber ich …«

»Du darfst deinem Freund, diesem Bronzereiter, eine Nachricht trommeln, damit er dich abholt.« Er legte eine kleine Pergamentrolle neben den Beutel. »Dieser Brief ist an Meister Gennell gerichtet. Dich kann ich in meiner Burg nicht gebrauchen.« Er stand auf, um anzudeuten, dass für ihn das Gespräch beendet war.

Sprachlos vor Verblüffung nahm Robinton den Beutel mit Münzen und die Rolle an sich. Er machte auf dem Absatz kehrt und verließ den Raum. Am liebsten hätte er die Tür hinter sich zugeschlagen.

Ohne mit jemandem ein Wort zu sprechen, beschämt und empört über seine Entlassung, begab er sich in sein Quartier und packte seine Sachen. Er musste ins Schulzimmer gehen, wo Maizella mit den Kindern der zweiten Klasse probte. Anscheinend hatte sie von dem Hinauswurf gewusst, denn sie schaute nur kurz hoch, um zu sehen, wer eintrat, wandte dann verlegen den Blick ab und fuhr mit dem Unterricht fort. Robinton sammelte seine Notenblätter und Notizen ein, lächelte seinen ehemaligen Schülern zu und entfernte sich schweigend.

Jeweils drei Stufen überspringend, rannte er die Treppe zum Trommelturm hinauf. Oben angekommen war er außer Atem, doch durch die körperliche Anstrengung hatten sich seine Wut und seine Frustration über diese ungerechte Behandlung ein wenig gelegt. Vielleicht war Raid einfach nur zu neu in seinem Amt, um zu verstehen, dass er seine Pächter ernst nehmen musste, und wie hilfreich ein Harfner in der Verwaltung einer Burg sein konnte.

Hayon schob Wache und lächelte freundlich, als Robinton eintrat. Was immer er sagen wollte, blieb unausgesprochen, denn Robinton ließ ihn gar nicht erst zu Wort kommen.

»Ich bin autorisiert, eine Nachricht abzuschicken«, legte Robinton bissig los. Er schnappte sich die Trommelschlegel und hämmerte eine Bitte um Transport. Hayon machte große Augen und schien etwas äußern zu wollen. Doch dann besann er sich anders und klappte den Mund wieder zu.

Es war eine peinliche Situation, im Trommelturm zu sitzen und auf eine Antwort vom Weyr zu warten, doch Robinton verspürte nicht die geringste Lust auf eine Konversation, und Hayon war sensibel genug, dies zu spüren. Robinton hockte mit hängenden Schultern auf dem Schemel und nippte an einem Becher Klah, während die Zeit still zu stehen schien. Es schien eine Ewigkeit zu dauern, bis die Nachricht eintraf, Reiter und Drache seien unterwegs.

»Und jetzt verrate mir bitte, was schief gelaufen ist, Rob«, fasste sich Hayon schließlich ein Herz.

»Dein Bruder meint, ich sei nicht der richtige Harfner für seine Burg.«

Hayon blickte ihm fest in die Augen. »Mein *Halbbruder*«, korrigierte er. »Raid versteht es nicht, seinen Verstand zu benutzen. Das heißt, falls er überhaupt einen hat. Weiß er eigentlich, dass du ständig irgendwelche Pächter besänftigst, die er in seiner Dummheit verprellt hat?«

»Genau deshalb schickt er mich ja fort, Hayon. Richte Lady Hayara aus, dass es mir Leid tut, die Burg zu verlassen …«

»Du wirst ihr sehr fehlen«, meinte Hayon.

»Ich beneide sie wirklich nicht. Und du wirst es auch nicht leicht haben, Hayon.«

Hayon lächelte halbherzig. »Ich werd's überleben. Mir war ja schon immer klar, dass es eines Tages so enden würde.«

»Eine gesunde Einstellung«, entgegnete Robinton und streckte die Hand aus, die Hayon mit beiden Händen ergriff.

»Eines ist klar, Maizella wird dich bei ihrer Vermählung vermissen.«

»Ich glaube nicht«, gab Robinton zurück. In seinem Lächeln lag keine Spur von Bitterkeit oder Enttäuschung.

»Da kommt ja dein Drache. Ach, es ist F'lon! Sag ihm bitte, dass Raid vor Wut tobt, weil er sich so auffällig um Naprila bemüht.«

»Ach?« Davon hatte Robinton nichts bemerkt. Natürlich wollte Raid nicht, dass ein Drachenreiter seiner Schwester den Hof machte. Lord Maidir hingegen wäre vermutlich toleranter gewesen. Maidir hatte die Erfahrung gemacht, dass das Leben in einem Weyr mitunter einer Position in einer Burg vorzuziehen war.

Als Hayon aufstand, um Robinton in den Hof hinunter zu begleiten, schüttelte der Geselle den Kopf. »Wir sollten Raid keinen Anlass liefern, sich über meinen Abflug aufzuregen. Ich möchte so unauffällig wie möglich von hier verschwinden.«

Hayon lachte. »Das dürfte dir schwer fallen, Rob. Ich werde dich schrecklich vermissen.«

Robinton bedankte sich mit einem Kopfnicken, dann hetzte er die Treppe hinunter, holte die Packsäcke aus seinem Quartier und verließ die Festung, ohne von jemandem gesehen zu werden.

Drunten im Burghof warteten F'lon und Simanith. Robinton entdeckte Raid am Fenster seines Büros. Der junge Burgherr sah zu, wie Robinton seine Bündel F'lon zuwarf, der sie auf Simaniths Rücken befestigte. Dann sprang Rob auf Simaniths angewinkelte Vorhand, griff nach F'lons behandschuhter Hand und setzte sich auf dem Rücken des Drachen zurecht.

»Er hat dich gefeuert, was?« kommentierte F'lon grinsend und winkte lässig zu Raid hinauf.

»Hast du damit gerechnet?« erkundigte sich Robinton und fragte sich, wieso er es nicht früher gemerkt hatte, dass Raids Verhältnis zu seinem Burgharfner sich derart drastisch abkühlte.

»Ich hatte es gehofft. Woanders kann es dir nur besser ergehen.«

»Benden ist eine gute Burg«, widersprach Robinton aus Loyalität und um der Wahrheit genüge zu tun.

»Sie war es, unter Maidirs Leitung. Raid muss in Punkto Takt und Menschenführung noch viel lernen.«

»Du hast gehört, wie er sich seinen Pächtern gegenüber benimmt?«

F'lon zuckte die Achseln. »Halt dich fest.« Im nächsten Moment sprang Simantih mit einem gewaltigen Satz in die Höhe.

Robinton schnürte es die Kehle zusammen, als er von Burg Benden Abschied nahm. Hier hatte er als Kind eine glückliche Zeit verbracht, und wie stolz er gewesen war, als man seine Dienste anforderte. Er hatte sein Bestes gegeben, wie man es ihm beigebracht hatte. An welchem Punkt hatte er versagt?

* * *

»Mir scheint«, meinte Meister Gennell, nachdem sich Robinton lange mit ihm unterhalten hatte, »der junge Lord Raid hat keine Ahnung, wie er seine Leute behandeln muss.« Der Meisterharfner saß da, die Fingerspitzen gegeneinander gelegt, auf dem Gesicht einen mitfühlenden Ausdruck. »Aber er wird es noch lernen. Seine Ausbildung ließ nichts zu wünschen übrig. Und die Früchte seiner derzeitigen Handlungsweise werden ihm zeigen, was er alles falsch gemacht hat.«

»Wirklich?« Verächtlich prustete Rob durch die Nase.

»Ich glaube schon.« Meister Gennell gestattete sich ein Lächeln. »Für dich gibt es mindestens sechs neue Burgen, die dich mit Handkuss als Harfner aufnehmen. Du darfst dir das beste Angebot herauspicken.«

* * *

So kam es, dass Robinton die zwei nächsten Planetenumläufe in Burg Tillek verbrachte. Und dort die erste Liebe seines Lebens fand. Die einzigen Nachteile seiner neuen Stellung waren das schlechte Wetter und die herben, sauren Weine, die an den Berghängen von Tillek gediehen. Außerdem begann er seine Studien zum Meisterharfner. Die Ausbildung umfasste Themen wie »Die praktische Anwendung der Charta«, »Richtlinien zur Schlichtung von Streitfällen« und »Der Geltungsbereich der von der Harfnerhalle herausgegebenen Gesetze.«

Der Meisterharfner von Tillek, Minnarden, übernahm seine Ausbildung, denn Minnarden nahm regelmäßig an den Gerichtssitzungen der Burg teil. Robinton freute sich auf die Zusammenarbeit mit ihm, und seine Mutter hatte eine hohe Meinung von diesem Meister.

»Er versteht sein Fach und ist obendrein ein sehr freundlicher, umgänglicher Mensch«, hatte sie erzählt. »Mit ihm wirst du keine Schwierigkeiten bekommen.« Verschmitzt lächelnd blickte sie zu ihrem Sohn hinauf, der seine Mutter überragte. »Früher hat er dich auf seinen Knien reiten lassen.« Sie lachte, als Robinton eine Grimasse zog. »Keine Sorge, Rob. Er wird dich nicht in Verlegenheit bringen, indem er dich daran erinnert.«

Robinton hoffte, sie möge Recht behalten. Er fand, Geschichten dieser Art könnten seine Autorität bei den Schülern untergraben.

* * *

Robinton und der junge Groghe, Lord Grogellans drittältester Sohn, ritten die gesamte Strecke von Fort bis Tillek auf Rennern. Sie stammten aus der beliebten Zucht von Ruatha, und zusätzlich nahmen sie ein

Lasttier für ihr Gepäck mit. Groghe sollte einen Planetenumlauf lang in Burg Tillek bleiben und dort Lord Melongel zur Hand gehen. Burgherren schickten ihre Söhne oft in andere Festungen, damit sie in der Fremde die Verwaltung eines Gemeinwesens lernten. Manchmal gaben sie sie bereits in jungen Jahren als Pflegekinder zu anderen vornehmen Familien.

Groghe war in Robs Alter, ein wackerer junger Mann, der mehr nach seiner Mutter, Lady Winalla, kam als nach seinem Vater. Auf der strapaziösen Reise erwies er sich als kurzweiliger Weggefährte, obwohl er dazu neigte, alle Entscheidungen über Robintons Kopf hinweg zu treffen. Sein musikalischer Geschmack tendierte ein wenig zu zotigen Liedern, aber Robinton machte es nichts aus, ihm des Abends vorzusingen, besonders, wenn sie in einer ausschließlich Männern vorbehaltenen Herberge übernachteten. Waldarbeiter, Viehtreiber und Angehörige der Bergwerkszunft frequentierten diese schlichten Gasthöfe. Bei einfacheren Melodien begleitete Groghe Robinton auf einer Flöte.

Unterwegs musste Groghe für seinen Vater eine bestimmte Aufgabe erledigen. Einer von Lord Grogellans Pächtern, die im Hochgebirge lebten, befand sich im Streit mit seinem Nachbarn, dessen Besitz bereits auf dem Territorium von Tillek lag. Groghe sollte sich um Beilegung des Konflikts bemühen, der schon seit etlichen Planetenumläufen schwelte.

»Ich bin diese dauernden Beschwerden Leid, die man mir entweder schriftlich oder auf Versammlungen mündlich vorträgt«, hatte Lord Grogellan gesagt. »Melongel, mit dem ich über diesen Fall korrespondiert habe, pflichtet mir bei. Wenn Geselle Robinton dich unterstützt, müsste es dir gelingen, das Problem zu lösen. Bei dem Streit geht es um eine gemeinsame Mauer. Viel Wind um nichts, wie mir scheint.«

Als sie die Bergflanke in Richtung Norden herunterritten, sahen sie die beiden ziemlich großen Anwesen. Der Besitzer des Gehöfts, das zu Fort gehörte, war Viehzüchter, der Mann von Tillek Waldarbeiter. Die Häuser lagen mehrere Drachenlängen voneinander entfernt, und dazwischen erstreckte sich eine teilweise eingestürzte Mauer von fünf bis sechs Drachenlängen. Dieser Wall aus Natursteinen und Mörtel trennte die Viehweiden vom Wald.

Vielleicht waren in einem Sturm ein paar Bäume umgestürzt und hatten einen Teil der Mauer zerstört. Dann gewahrten sie, wie ein paar zottelige Herdentiere von wütend schreienden Männern aus dem Wald getrieben wurden. Drei Kerle, die sich auf der anderen Seite des Steinwalls aufhielten, antworteten mit ähnlich lautstarkem Geschrei. Die Männer, die die Tiere aus dem Gehölz jagten, sparten nicht mit Stockhieben, um die aufgeregten Viecher zur Eile anzutreiben.

»Repariere endlich die verdammte Mauer, Sucho, oder ich töte die nächsten Biester, die sich auf mein Grundstück verirren!«

Die harsche Stimme des Mannes hallte bis zu den Ohren der beiden Reisenden.

»Mir scheint, wir sind mitten in einen Zank hineingeraten«, erklärte Groghe und verzog angewidert das Gesicht. »Also gut, mal sehen, was sich machen lässt.«

Sie hatten gehofft, vor Einbruch der Dunkelheit anzukommen, um den Anlass für die dauernden Querelen in Augenschein nehmen zu können. Jetzt bot sich die Gelegenheit, das Problem sogleich in Angriff zu nehmen.

»Eine Mauer hat zwei Seiten«, bemerkte Robinton und grinste.

»Guten Abend allerseits«, rief Groghe mit erhobener Stimme.

Der Mann, der die Herdentiere mit Stockschlägen verscheuchte, blieb an der zusammengebrochenen Mauer stehen, beschattete die Augen mit der Hand und spähte gegen die sinkende Sonne den beiden Reitern entgegen. Drohend hob er den kräftigen Knüttel, und die beiden jungen Burschen, die ihn begleiteten – es konnte sich nur um seine Söhne halten – nahmen eine kampfbereite Haltung ein.

»Groghe von Burg Fort und Harfnergeselle Robinton«, ergänzte Rob und hob grüßend eine Hand.

Die beiden älteren Männer diesseits und jenseits des Steinwalls tauschten Blicke. »Hast du dich schon wieder bei Lord Groghe beschwert, Sucho?« rief der Waldarbeiter und grinste hämisch. »Seid willkommen, Sohn des Burgherrn und Harfner. Ihr müsst die Nacht in meinem Haus verbringen.«

»Für eine Unterkunft sind wir dankbar«, erwiderte Robinton freundlich. Vor der Mauer zügelte er seinen Renner und schwang sich aus dem Sattel. Er war größer als die anderen Männer und gedachte, dies zu seinem Vorteil zu nutzen.

Groghe saß gleichfalls ab und pflanzte sich breitbeinig neben Robinton auf. »Mein Vater, Lord Grogellan, will diesen Reibereien ein Ende setzen. Er hat mich und den Gesellen Robinton beauftragt, für eine Beilegung des Streits zu sorgen.«

Daraufhin brachen sowohl der Viehzüchter als auch der Waldarbeiter in wortreiche Proteste aus. Tortole beharrte, die Mauer sei auf Suchos Seite eingestürzt, folglich müsse er für die Instandsetzung sorgen. Sucho behauptete, wenn Tortole die Bäume nicht so ungeschickt gefällt hätte, dass sie auf die Mauer kippten, wäre der Wall nicht zerborsten.

Robinton sah, dass die Reste der entwurzelten Bäume auf Tortoles Seite mit einem dichten Moospolster bedeckt waren. Also lagen die Stümpfe schon seit vielen Planetenumdrehungen dort. Dass der Sturm dem Wald mehr geschadet hatte als den Viehweiden, lag auf der Hand. Doch Robinton verstand nicht, wieso diese beiden weltabgeschieden lebenden Familien, die im Grunde aufeinander angewiesen waren, es nicht zuwege brachten, gemeinsam das Stück Mauer auszubessern.

»Das reicht!« donnerte Groghe.

»Es reicht wirklich«, sagte Robinton in die einsetzende Stille hinein. »Eine Mauer hat zwei Seiten, meine Freunde.«

Für diese Bemerkung erntete er verständnislose Blicke. Die jüngeren Männer steckten die Köpfe zusammen und begannen zu tuscheln.

»Natürlich hat eine Mauer zwei Seiten«, wiederholte Sucho mit gerunzelter Stirn.

»Eine Seite grenzt an dein Grundstück«, Robinton zeigte auf Sucho, »die andere an deines.« Er deutete auf Tortole. »Jeder von euch wird seine Seite instand setzen.«

Sucho und Tortole glotzten ihn an. Groghes Kichern ging in ein Hüsteln über.

»Der Wall ist doch nicht nur einen Stein breit, oder?« fuhr Robinton fort und maß die Männer mit strengen Blicken. Er sah, dass die Mauer breit und hoch genug gewesen war, um die Herdentiere daran zu hindern, sie zu überspringen.

Sucho schüttelte den Kopf. »Die Mauer steht hier, seit mein Hof gebaut wurde.«

»Seit *mein* Hof gebaut wurde, willst du wohl sagen«, stänkerte Tortole.

»Kein Wunder, dass sie eingestürzt ist. Im Laufe der Zeit wurde der Mörtel brüchig«, meinte Robinton. »Trotzdem ändert das nichts an der Tatsache, dass die Mauer zwei Seiten hat. Deshalb wird jeder von euch die Steine an der Seite wieder aufschichten, die an sein Land grenzt. Und den Mörtel tragt ihr abwechselnd auf, um sicher zu gehen, dass der neue Wall hält.«

»Und gleich morgen früh fangt ihr mit der Arbeit an«, ergänze Groghe.

»Wir haben anderes zu tun!« brüllte Tortole aufgebracht.

»Ich muss mich um mein Vieh kümmern!« schnauzte Sucho gleichzeitig.

»Wie ich sehe, hat jeder von euch zwei Söhne«, warf Robinton ein. »Stramme Burschen, und die Steine liegen griffbereit. Ich frage mich, welche Seite der Mauer wohl eher steht, wenn beide Parteien zur selben Zeit beginnen.«

»Unsere Seite natürlich, wenn meine Söhne und ich …«

»Meine Söhne können zupacken, wenn's drauf ankommt, das ist doch klar …«

Tortole und Sucho funkelten einander zornig an.

»Wir werden ja sehen, wer morgen der Schnellere ist«, schlug Robinton lächelnd vor.

»Du übernachtest bei uns, Harfner«, bestimmte Sucho herrisch.

»Nein, er kommt zu uns. Deine verkommene Bude ist nicht geeignet für …« widersprach Tortole.

»Nein!« Robintons donnernde Stimme brachte beide Männer zum Schweigen. »Da Groghe zu Fort gehört, bleibt er über Nacht bei seinem Pächter. Ich selbst bin weder Fort noch Tillek verpflichtet, deshalb gehe ich zu Tortole. Wenn ihr des Abends jedoch ein paar Lieder hören wollt, setze ich mich auf diesen Pfosten dort …« – er zeigte auf einen dicken Pfahl, der einmal zu einem Tor gehört haben musste – »und singe *für beide Familien.* Als Harfner muss ich unparteiisch sein.«

Ehe die verdutzten Männer den Streit wieder aufnehmen konnten, schwang er sich auf seinen Renner, trieb ihn zu einem kurzen Galopp an und sprang mit ihm über einen niedrigen Teil der eingestürzten Mauer.

»Könnte ich mich vielleicht vor dem Abendessen waschen?« fragte er seinen Gastgeber, nachdem er seinen Renner durchpariert hatte.

Groghe schleppte Sucho zu dem Gebäude, in dessen Tür einige weitere Personen auftauchten. Robinton hörte, wie Höflichkeitsfloskeln ausgetauscht wurden.

»Hoffentlich fallen wir euch nicht zur Last«, bemerkte Robinton. »Aber wir haben unsere eigenen Vorräte dabei. Unter anderem einen fetten Wherry, den ich heute früh von einem Ast holte.« Er deutete auf den erlegten Vogel, der an einem Riemen vom Sattel baumelte.

»Wie hast du ihn getötet?« erkundigte sich einer der Söhne und betrachtete den säuberlich geköpften Wherry.

»Durch einen Messerwurf«, gab Robinton lässig zurück. Es konnte nicht schaden, anzudeuten, dass er mit einer Klinge umzugehen wusste. So etwas beeindruckte dieses raue Volk. Tortole war ein kräftiger Mann, und auch seine Söhne besaßen Muskeln. Die Kerle der gegnerischen Partei schienen ebenso handfest zu sein, und vermutlich hatte dieses Gleichgewicht an rein physischen Kräften zu dieser festgefahrenen Situation beigetragen.

»Und du bist wirklich ein Harfner?« Der Sohn, der diese Frage stellte, klang überrascht.

»Ja. Aber auf meinen Reisen lege ich oft lange Strecken allein zurück«, erklärte Robinton, als sie am Haus des Waldarbeiters anlangten. Er nickte den drei Frauen freundlich zu, die ihre Schüchternheit überwunden hatten und ihn neugierig anblickten. »Und dann muss ich jagen, um mich zu ernähren.« Vor der ältesten Frau verbeugte er sich. Sie trug eine Hose aus Rohleder und war sichtlich verlegen, weil sie einen

Gast hatten. »Ich habe deinen Gemahl um Obdach für eine Nacht gebeten, gute Frau. Und dieser Wherry ist für unser Abendessen bestimmt.« Mit einer weiteren Verneigung reichte er der Frau den Vogel.

Seine Gastgeberin öffnete ein paarmal den Mund und klappte ihn wieder zu, ohne etwas zu sagen.

Eine der jüngere Frauen nahm ihm den Wherry ab und begutachtete ihn mit prüfendem Blick. »Ein junges, zartes Tier. Sei bedankt, Harfner.« Dann gab sie der anderen Frau einen Rippenstoß, die zu verblüfft war, um etwas zu äußern. »Der Wherry wird uns gut munden. Wenn diese Kerle öfter auf die Jagd gingen, anstatt das Vieh zu hüten, ginge es uns besser.« Sie bedachte die Männer mit einem geringschätzigen Lächeln, nahm die alte Frau beim Arm und stieß das andere junge Frauenzimmer aufmunternd an. Alsdann scheuchte sie die ganze Gesellschaft ins Haus.

»Ich mache dir auf dem Dachboden eine Schlafstatt zurecht, Harfner«, erbot sich einer der Burschen, sich an seine Gastgeberpflichten erinnernd.

»Und ich versorge dein Reittier«, schlug der andere junge Kerl vor. »Der Renner stammt aus der Zucht von Ruatha, nicht wahr?« Er nahm Robinton die Zügel aus der Hand und betrachtete wohlwollend das edle Tier.

»Richtig getippt«, antwortete Robinton. »Warte, ich nehme nur meine Sachen vom Sattel.« Robinton band seine Packsäcke los und griff nach der Gitarre.

»Wirst du heute Abend für uns spielen?« fragte der Bursche und schielte hoffnungsvoll nach dem Musikinstrument.

»Das sagte ich bereits. Ja, es gibt Musik. Und ich stelle mich an dem Pfosten bei der Mauer auf, damit *beide* Familien etwas von der Unterhaltung haben.«

* * *

Das Gehöft war schlicht, reichte aber für die Bedürfnisse seiner Bewohner vollkommen aus. Es gab ein zentrales großes Zimmer, das als Arbeitsraum für die Männer und Frauen diente, eine Essecke und einen wuchtigen Kamin. Zu beiden Seiten des Gemeinschaftsraums lagen weitere Zimmer, die individuell genutzt wurden. Zwei Leitern führten auf einen Dachboden. Falls er da droben untergebracht würde, sagte sich Robinton, musste er darauf achten, ständig den Kopf einzuziehen.

Doch man führte ihn in ein Nebenzimmer mit einem einzigen großen Bett. Der junge Bursche, der Robinton begleitete, räumte rasch ein paar Sachen fort, die auf zwei Schemeln und einer großen Truhe lagen, und bedeutete ihm, seine Packsäcke abzustellen.

»Wen habe ich von hier vertrieben?« fragte Robinton.

»Meine Eltern.« Der Junge kicherte. »Für uns ist es eine große Ehre, einen Harfner zu Gast zu haben. Ich heiße übrigens Valrol. Mein Bruder wird Torlin genannt. Der Name meiner Mutter lautet Saday. Die junge Frau, der du den Wherry gegeben hast, ist meine Gemahlin, Pessia. Sie kommt aus der Halle der Fischereizunft in Tillek. Meine Schwester heißt Klada. Sie würde gern Suchos Sohn heiraten, aber wegen des Streits um die Mauer haben meine Eltern es ihr verboten. Wenn sie ihn ehelichen würde, hätten Pessia und ich endlich unser eigenes Zimmer.«

Valrol sprach hastig und leise, um Robinton mit den nötigen Informationen zu versorgen, ehe sein Vater misstrauisch wurde, weil sie so lange fort blieben.

»Jetzt zeige ich dir das Bad«, erklärte er. Robinton holte ein sauberes Hemd, ein Handtuch und ein Stück Seife aus seinem Packsack.

Das Wasser wurde durch eine Verbindung mit der

Kochstelle geheizt, sodass Robinton sich nicht kalt zu waschen brauchte, wie er befürchtet hatte. Aber er blieb nicht zu lange in der Wanne, obwohl ein ausgiebiges Bad seinen reisemüden Knochen gut getan hätte.

Derweil hatte man im Gemeinschaftsraum einen Tisch aus Böcken und Brettern aufgestellt. Robinton schwante, dass die Familie normalerweise ihr Essen an der Kochstelle sitzend einnahm. Pessia gab das kleingeschnittene Wherryfleisch in einen großen Topf, der über dem Feuer blubberte. Saday mischte grünen Salat in einer wunderschön gearbeiteten hölzernen Schüssel. Klada, die immer noch unter gelindem Schock stand, weil sie einen Besucher hatten – und einen Harfner obendrein – bemühte sich, Becher auf ein Tablett zu stellen, ohne sie fallen zu lassen. Mit einem ungeduldigen Ausruf wegen ihrer Unbeholfenheit, nahm Torlin ihr das Tablett ab, schnappte sich einen Weinschlauch und bedeutete Robinton, am Tisch Platz zu nehmen.

Der Wein schmeckte sauer, doch Robinton war dankbar für die Erfrischung und brachte zu Ehren seiner Gastgeber einen angemessenen Harfnertrinkspruch aus. Er lächelte Saday zu, die verschämt die Salatschüssel auf den Tisch stellte.

»Eine herrliche Schüssel«, lobte er und fuhr mit dem Finger über den Rand. »Wächst dieses Holz in der Gegend?«

Sie nickte und brachte ein Lächeln zuwege. Dann wandte sie scheu den Blick ab und trank einen großen Schluck Wein aus ihrem Becher.

Während des Essens legte sich jedoch ihre Zurückhaltung ein wenig, und sie vertraute Robinton an, dass sie die Schüssel selbst angefertigt hatte.

»Bietest du deine Waren zum Verkauf auf Versammlungen an?« erkundigte er sich. Viele Leute verdienten sich durch handgefertigte Artikel ein paar zusätzliche Marken.

Heftig schüttelte sie den Kopf. »Dazu sind sie nicht gut genug.«

»Ich finde doch«, widersprach er freundlich. »Und ich verstehe etwas von Holzschnitzerei, denn ich stelle meine Instrumente selbst her.«

Sie senkte den Kopf, und trug nichts mehr zum Gespräch bei. Aber Tortole freute sich über die Anerkennung, und im Verlauf der Mahlzeit behandelte er Robinton mit ausgesuchter Höflichkeit. Die Männer dominierten die Unterhaltung, stellten Fragen und lauschten interessiert Robintons Antworten. Ihr ursprünglicher Groll wegen seiner Einmischung in den Nachbarschaftsstreit war wie verflogen.

Pessia, die in einer großen Gemeinde aufgewachsen war, fühlte sich selbstsicher genug, um eigene Beiträge zur Unterredung zu leisten. Was sie sagte, hatte Hand und Fuß, und Valrol strahlte sie voller Stolz an. Nun, da Valrol sich nicht mehr in Kampfesstimmung befand, bemerkte Robinton, wie attraktiv er aussah. Er und Pessia tauschten verliebte Blicke. Robinton verstand, wieso sie ihn zum Gemahl genommen hatte, trotz der Abgeschiedenheit ihres Wohnsitzes. Auch Klada war eine hübsche Person, aber zu Robintons Bedauern hielt sie die meiste Zeit den Kopf verlegen gesenkt.

Das Gespräch wurde nach dem Essen fortgeführt. Plötzlich klopfte es an der Tür. Alarmiert sprangen die drei Männer auf, und Saday gab einen angstvollen Schrei von sich. Robinton eilte als Erster zur Tür, um jede weitere Konfrontation zu vermeiden.

Auf der Schwelle stand Groghe, in einer Hand einen Leuchtkorb, in der anderen seine Flöte.

»Um ein Haar hätte ich mir an dieser vermaledeiten Mauer das Genick gebrochen«, brummte er ärgerlich.

»Bist du mit Essen fertig, Geselle Robinton, damit wir anfangen können zu musizieren?«

Tortole angelte nach einem Leuchtkorb. Die Frauen warfen sich Jacken und Tücher über, und gemeinsam eskortierte die Familie ihren Gast zur Mauer.

»Hol doch bitte meine Gitarre, Pessia«, bat Robinton und zeigte auf das Zimmer, in dem er seine Sachen aufbewahrte.

Stolz, dem Harfner einen Gefallen zu tun, lief Pessia los und brachte Robinton das Instrument.

An dem alten Torpfosten bei der Mauer hatten sich Sucho und seine Gruppe bereits eingefunden. Sie saßen auf Stühlen, und als Tortole dies sah, schickte er seine Söhne zurück, um gleichfalls für Sitzgelegenheiten zu sorgen.

»Ein schöner Abend«, meinte Robinton, während er und Groghe an der Mauer Position bezogen. Groghe zwinkerte ihm verschmitzt zu und dann stimmte Robinton die Gitarre.

Trotz der wenigen Zuhörer begann Robinton mit dem Lied der Pflichten. Groghe fiel mit seiner Flöte ein.

Die begeisterten Mienen der Leute, ihr offenkundiger Hunger nach Musik, nach Geselligkeit – was den Streit wegen der Mauer umso unverständlicher machte – sollten Robinton noch lange im Gedächtnis bleiben. Und wieder einmal vergegenwärtigte er sich die große Bedeutung seines Berufs. Er selbst hatte im Leben so viel Glück gehabt, dass er bestimmte Dinge für selbstverständlich erachtete, auf die gar nicht wenige Leute gänzlich verzichten mussten.

Er spielte und sang, bis er heiser war. Im Laufe des Abends stimmte ein Zuhörer nach dem anderen in die Lieder ein, bis man zusammen im Chor sang. Selbst dreistimmige Harmonien klappten vorzüglich.

Groghe war es, der den musikalischen Teil schließlich beendete.

»Wir haben eine lange Reise hinter uns, Freunde, und ihr müsst morgen eine Mauer bauen«, erklärte er. »Heute Abend habt ihr in schönster Eintracht und Harmonie miteinander gesungen. Sorgt dafür, dass ihr euch auch in Zukunft so gut vertragt.«

»Ich baue nur meine Seite der Mauer«, knurrte Tortole, der nicht klein beigeben wollte.

»Und Sucho schichtet die Steine auf seiner Seite auf«, ergänzte Robinton schnell und zeigte auf Sucho, der widerstrebend nickte. »Eure Frauen leiden am meisten unter eurem Streit«, fügte er hinzu. »Wer so einsam lebt wie ihr, braucht den Zusammenhalt mit anderen Familien.«

Die Frauen stimmten aus vollem Herzen zu.

* * *

Als sich Robinton und Groghe am nächsten Morgen zum Aufbruch rüsteten, waren die beiden Gruppen bereits emsig bei der Arbeit. Auch die Frauen halfen mit, sie kratzten den alten Mörtel von den Steinen und rührten neuen an. Zum Abschied schenkte Robinton den Familien einen Stapel Notenblätter mit den beliebtesten Liedern. Als er Pessia die Blätter gab, sagte er:

»Du hast eine schöne, kräftige Altstimme, Pessia. Du könntest dich darum kümmern, dass die Leute zusammen singen.«

»Ich werde mich bemühen. Musik habe ich in dieser Einsamkeit am meisten vermisst«, gestand sie. »Hab vielen Dank, Harfner.« Als sie sich verabschiedeten, hielt sie seine Hand eine Weile länger als nötig.

Als Robinton und Groghe auf einem Pfad entlangritten, der sich bergan durch den dichten Wald schlängelte, fing Groghe plötzlich an zu grinsen. Freundschaftlich stieß er mit der Stiefelspitze gegen Robintons Steigbügel. »Eine Mauer hat zwei Seiten! Darauf muss man erst mal kommen! Du bist ein ganz gerissenes Bürschchen, Harfner. Wenn ich das meinem Vater erzähle, wird er sich ausschütten vor Lachen.«

Robinton schmunzelte, obwohl er sich beim besten Willen nicht vorstellen konnte, dass sich der würdevolle Lord Grogellan zu einem ausgelassenen Heiterkeitsausbruch hinreißen ließe. Doch er fand, er könne zufrieden mit sich sein. Das Problem hatten er und Groghe auf elegante Weise gelöst.

Kapitel 12

Als sie dann endlich Burg Tillek erreichten, war Robinton es von Herzen Leid, sich ständig die Geschichte von der Beilegung des Streits anzuhören, die Groghe in jeder Herberge erneut zum Besten gab. Und die Küstenstraße nach Tillek war lang.

Lord Melongel freute sich, dass die leidige Situation bereinigt war, und er betrachtete Robinton mit dessen nachgewiesenen Fähigkeiten als Vermittler als einen Gewinn für seinen Mitarbeiterstab. Um nicht allzu hohe Erwartungen zu wecken, fühlte sich Robinton verpflichtet, Melongel über die näheren Umstände aufzuklären, die ihn gezwungen hatten, Burg Benden zu verlassen.

»Der junge Raid wird noch dazulernen«, meinte Melongel, nachdem Robinton ihm seine Erlebnisse dargelegt hatte. »Sein Verlust gereicht Tillek zum Vorteil. Komm jetzt mit und lerne meine Gemahlin kennen. Bei der Gelegenheit mache ich dich mit unseren Kindern bekannt. Meister Minnarden ist unterwegs, um einen Streit zu schlichten, deshalb musst du noch ein Weilchen warten, bis er dich in deine Pflichten einweist. Aber ich sage dir von vornherein, dass ich alle drei bis vier Planetenumläufe neue Gesellen anfordere. Nimm es also nicht persönlich, wenn entweder Minnarden oder ich dir mitteilen, dass wir einen Wechsel wünschen.«

Robinton lächelte den Lord an. Melongel gefiel ihm. Seine erfrischende Offenheit unterschied sich sehr von dem gesetzten Gebaren der älteren Burgherren, denen Rob gedient hatte, ganz zu schweigen von dem autoritären Führungsstil, den Raid sich zu eigen machte.

Melongel stand in der Blüte seiner Jahre. Er wirkte vital, energiegeladen, und sah auf eine robuste Art gut aus. Trotz seiner mannigfachen Pflichten nahm er sich die Zeit, hin und wieder mit der Fischereiflotte auszufahren. Da sich in Burg Tillek die Halle der Fischereizunft befand und hier die meisten Schiffe gebaut wurden, kannte sich Melongel mit sämtlichen Belangen der seefahrenden Berufe bestens aus. Die Werftarbeiten und die Fangflotte trugen neben der Land- und Forstwirtschaft zu Tilleks nicht unbeträchtlichem Reichtum bei.

Melongel besaß sogar das Kapitänspatent, hatte aber nie selbst ein Kommando übernommen. Während einer Seefahrt durch das Südmeer lernte er die Tochter eines wohlhabenden Grundbesitzers kennen, ehelichte sie und kehrte mit ihr in seine Festung zurück. Er pflegte sich damit zu brüsten, dies sei seine glücklichste Fangfahrt überhaupt gewesen.

Als Meister Minnarden zwei Tage später zurückkehrte, hieß er seinen neuen Gesellen überschwänglich willkommen. Er erinnerte sich an die schönen Tage, die er vor vielen Jahren in der Harfnerhalle verbracht hatte, wo er mit der Meistersängerin Merelan Duette sang. Robinton hielt den Atem an, aber der Meisterharfner brachte ihn vor den beiden anderen Gesellen nicht in Verlegenheit, indem er ihnen Geschichten von Merelans kleinem Buben erzählte.

»Ich weiß, dass du sehr viel Geduld für die weniger begabten Schüler aufbringst, und hier gibt es ein paar Jungen, die du fördern könntest. Bei einem wird es vielleicht nicht viel Zweck haben, doch seine Eltern und ich sind dir dankbar, wenn du ihm überhaupt etwas Wissen vermittelst.«

Robinton murmelte eine zustimmende Antwort.

»Außerdem möchte ich, dass du mit dem Chor probst. In letzter Zeit war ich so oft als Friedensstifter unterwegs, dass ich die Proben vernachlässigt habe. Dann wären da noch die regulären Stunden im Trommelturm.« Minnarden zog eine Grimasse. Die langen, meist ereignislosen Wachen in der Trommelstube waren eine Qual für die meisten Harfner, die von Natur aus ein lebhaftes Temperament besaßen. »Es wäre schön, wenn du ein paar jungen Burschen die Trommelsprache beibringen könntest. Je mehr Leute sie beherrschen, umso kürzer werden die einzelnen Schichten. Ich hatte keine Zeit, um neue Trommler auszubilden, und weder Mumolon noch Ifor sind geschickt genug, um andere zu instruieren. Dir hingegen hat der Meistertrommler der Halle ja ein erstklassiges Zeugnis ausgestellt.«

Robinton nickte. Dadurch, dass er in der Harfnerhalle aufgewachsen war, hatte er das Entziffern einer getrommelten Botschaft gelernt, noch ehe er den vorgeschriebenen Unterricht erhielt.

»Abends gibt es hier die übliche musikalische Unterhaltung.« Meister Minnarden blickte ihn fragend an. »Hast du ein paar neue Lieder mitgebracht?« Als Robinton zustimmend lächelte, seufzte Minnarden erleichtert auf. »Mumolon und Ifor sind gute Harfner und engagierte Lehrer, aber vom Komponieren und Lieder schreiben verstehen sie nicht das Geringste. Das ist deine Spezialität, wie man hört … und bitte keine falsche Bescheidenheit.«

Robinton schmunzelte.

»Bist du gut untergebracht?«

Robinton neigte dankbar den Kopf. Man hatte ihm ein Quartier an der Außenseite der Festung zugeteilt. Das Zimmer war klein, aber ruhig gelegen, und das Fenster ging nach Osten. Nebenan befand sich das Bad.

»Brauchst du noch etwas?«

Robinton schüttelte den Kopf.

»Gut. Tillek ist nicht so labyrinthartig verzweigt wie viele der größeren Burgen. Dieses Klippenmassiv besitzt nämlich nicht viele natürliche Höhlen. Deshalb hat man mit dem hier vorkommenden Gestein feste, fädensichere Häuser gebaut.«

Robinton blickte ihn scharf an. Zum ersten Mal seit langer Zeit erwähnte jemand die Fäden.

»Du hast richtig gehört, Harfner. Ich glaube daran, dass wir noch einen Fädenfall erleben werden«, bekräftigte Minnarden ernst. »Ich habe zu viel darüber gelesen, um diese Gefahr leugnen zu können. Pern wird von den Fäden heimgesucht werden – wenn die Zeit dafür gekommen ist. Teilst du meine Ansicht? Nicht jeder glaubt an eine Bedrohung, die vom Himmel regnet, und leider gehört auch Melongel zu diesen Skeptikern, obwohl er sehr belesen ist.«

»Die Drachen haben es mir erzählt. Und ich habe Freunde im Benden Weyr ...« gestand Robinton zögernd ein. Doch wenn Minnarden an eine Rückkehr der Fäden glaubte, hatte er sicher nichts gegen Robintons Freundschaft mit einem Drachenreiter einzuwenden.

»Diese Freundschaften musst du pflegen«, riet Minnarden ihm. Dann legte er den Kopf schräg. »Ist das vielleicht der Grund, weshalb Lord Raid dich nicht länger in seiner Burg haben wollte?« Er hob eine Hand, als Robinton nervös auf seinem Stuhl hin und her rutschte. »Ich weiß, ich weiß. Aber bewahre dir deinen Glauben.« Er erhob sich von seinem Platz. »Falls du irgendwelche Fragen hast, dann wende dich ruhig an mich. Für Beschwerden habe ich auch ein offenes Ohr. Wenn meinen Harfnern etwas nicht passt, dann sollen sie direkt damit zu mir kommen und sich nicht gegenseitig ihr Leid klagen. Da wäre noch etwas.

Die Haupteinnahmequelle dieser Burg ist die Fischerei. Deshalb solltest du so viel wie möglich über diesen Berufszweig lernen. Neues Wissen kann niemals schaden. Auch eine Schiffswand hat zwei Seiten.«

Robinton stöhnte leise. Dieser Vorfall würde ihn wohl noch lange verfolgen. Doch er lächelte Minnarden zu, der sich offensichtlich über das Abenteuer seines gewitzten neuen Harfners freute.

Minnarden fasste in das Bücherregal, zog ein dickes, in Leder gebundenes Buch heraus und legte es vor Robinton auf den Tisch. »Wenn du die Charta bis jetzt noch nicht auswendig kennst, dann wird es höchste Zeit, dass du sie dir einprägst. Und mach dich mit den am häufigsten vorkommenden Rechtsverletzungen vertraut.« Minnarden stieß einen Seufzer aus. »Dieser Aspekt unseres Berufs kann mitunter sehr interessant sein. Aber auch ziemlich lästig, wenn man es mit Leuten zu tun hat, die zu dumm oder zu stur sind, um Einsicht zu zeigen.

* * *

Einige von Melongels Kindern – er hatte neun – gehörten dem Chor an, mit dem Robinton probte. Die beiden Jungen und das Mädchen waren intelligent, aufgeweckt und wissbegierig. Außerdem so musikalisch, dass sie in der Harfnerhalle eine Lehre hätten absolvieren können. Der älteste Sohn, er war um eine Planetenumdrehung jünger als Robinton, hieß Oterel. Dieser hoch aufgeschossene, schlaksige Bursche wirkte so linkisch, als könne er sein langes Knochengestell noch nicht richtig koordinieren. Oterel freute sich darüber, dass Groghe sein Zimmer und seine Pflichten mit ihm teilte, denn er wirkte bereits in der Verwaltung der Burg mit und hatte viel zu tun.

Und dann war da noch Kasia, Lady Juvanas jüngste Schwester. Sie wohnte erst seit kurzem in Tillek.

Gleich bei ihrem ersten Zusammentreffen fühlte sich Robinton stark zu der attraktiven jungen Frau hingezogen. Einen Planetenumlauf zuvor hatte sie ihren Liebsten in einem Sturm auf hoher See verloren. Das Unglück passierte vor der Küste von Nerat, zwei Siebenspannen vor ihrer geplanten Vermählung. Ihre Eltern hatten sie zu Juvana geschickt, um sich ein wenig von ihrem Kummer abzulenken.

Robinton fiel auf, wie traurig das Mädchen oft dreinblickte, er erkannte den Schmerz, der in ihren wunderschönen meergrünen Augen lag. Nur wenn sie lachte, schien für eine kurze Weile die Schwermut von ihr abzufallen. Doch sie gab sich heiter, war hilfsbereit und freundlich und liebte ihre jüngeren Neffen und Nichten von Herzen. Nicht nur Lady Juvana, auch deren Kinder schienen Kasia als ihre zuverlässige Vertraute und enge Freundin zu betrachten.

Kasia besaß ein vorzügliches Gedächtnis, das sie fast nie im Stich ließ. Robinton staunte, wie viel sie behielt.

»Ich erinnere mich halt an solche Sachen«, erklärte sie ihm, als sie ihm einmal eine alte Lehrballade wortgetreu zitierte. »Warum ich ausgerechnet den Text dieser Ballade kenne, weiß ich auch nicht. Aber falls du die Notenblätter suchst, sie liegen auf dem zweitobersten Brett des Regals gleich links neben der Tür zur Bibliothek.«

Sie behielt Recht. Und Kasia lächelte, als er die Blätter genau an der angegebenen Stelle fand. In Augenblicken wie diesen blitzten ihre Augen fröhlich, und kein Schatten umwölkte ihre Stirn. Robinton nahm sich vor, ihre Niedergeschlagenheit für immer zu verscheuchen. Sehr zu seinem Bedauern stellte er fest, dass er nicht der einzige junge Mann in der Burg war, der diesen Wunsch hegte. Selbst die beiden anderen Harfnergesellen hatten ein Auge auf Kasia geworfen.

Robinton war erst zwanzig. Er versuchte, dies zu vertuschen, und da er älter aussah und bereits auf fünf Planetenumläufe aktiven Harfnerdienstes zurückblicken konnte, gelang es ihm auch. Weder Mumolon noch Ifor wussten, dass er bereits mit fünfzehn die Tische gewechselt und sein Gesellenabzeichen entgegengenommen hatte. Minnarden war natürlich im Bilde, desgleichen vermutlich Melongel, doch seine Jugend hielt die beiden Männer nicht davon ab, ihm schwierige Aufgaben zuzuweisen. Vor allen Dingen seine geschickte Beilegung der Differenzen um die Mauer hatte ihr Vertrauen in seine Fähigkeiten gestärkt. Ifor und Mumolon akzeptierten seine bevorzugte Stellung, denn er erfüllte seine Pflichten so gut, dass er über jede Kritik erhaben war.

Kasia war mehrere Planetenumläufe älter als Robinton, sah aber jünger aus. Lediglich der Kummer ließ sie reifer erscheinen. Aber ihre Trauer und der Altersunterschied hemmten Robinton, zu erkunden, ob sie seine Gefühle erwiderte. In der Erfüllung ihrer alltäglichen Pflichten kamen sie oft zusammen. Und darum beneideten ihn Kasias andere Verehrer, die sie nur aus der Ferne anhimmeln konnten.

Robinton genoss ihre Gesellschaft, ihren Sinn für Humor, ihr liebes Wesen und nicht zuletzt ihre hohe Musikalität. Oft sangen sie im Duett. Sie besaß eine ausgebildete Stimme, einen klaren Sopran, spielte Geige und Flöte. In aller Freimütigkeit bewunderte sie seine Harfe. Da sie nicht auf einem eigenen Instrument üben konnte, waren ihre Fertigkeiten in dieser Hinsicht nur mittelmäßig. Deshalb nahm Robinton sich vor, ihr in seiner Freizeit eine Harfe zu bauen.

Im Hafen von Tillek gab es massenhaft gut abgelagertes Holz von bester Qualität. Robinton machte sich mit dem örtlichen Meisterschreiner bekannt, einen geschickten Holzschnitzer namens Marlifin. Er erbot sich, ihm geeignetes, exotisches Holz für die Harfe auszusuchen. Burg Tillek verfügte über gut ausgestattete Werkstätten – wie die meisten Festungen – und Robinton konnte seine Arbeit unverzüglich in Angriff nehmen.

Marlifin sollte die Baronstange mit einem Muster aus Kasias Lieblingsblumen verzieren. Diese filigrane Schnitzerei traute sich Robinton nicht zu, und die Harfe sollte ein ganz besonders schönes Stück werden. Nach etlichen Anläufen und mancherlei Schnittwunden an den Händen, formte er den Resonanzkörper und den Hals, an dem die Stimmwirbel befestigt wurden.

Außerdem befolgte er Minnardens Ratschlag, sich über das Fischereiwesen zu informieren. Dafür erntete er großes Lob von Melongel und schließlich auch von Kasia. Kurzerhand meldete er sich freiwillig für eine Fangfahrt unter Leitung von Kapitän Gostol, den er bereits in der Harfnerhalle kennen gelernt hatte. Kasia heuerte auf demselben Schiff als Smutje an. Gleichzeitig leistete sie Gostols Tochter Vesna Gesellschaft, die im Begriff stand, ihr Patent als Erster Maat zu erwerben.

In der aus vierzehn Leuten bestehenden Besatzung der *Maid des Nordens* befanden sich zwei weitere Frauen. Robinton wunderte sich, dass weibliche Matrosen auf dem Trawler dienten, der ungefähr so lang war wie eine Drachenkönigin. Frauen konnten in der Musik Berufe ausüben, die sie mit Männern gleichstellten, doch er hatte nicht gewusst, dass andere Zünfte weibliche Mitglieder mit anspruchsvollen Posten ausstatteten, die ein hohes Maß an Fachkenntnissen und Verantwortung erforderten. Und sein Erstaunen wuchs, als er sah, dass diese Frauen genauso beim Fischfang mit anpackten wie die Männer. Die Arbeit war schwer und schmutzig. Wie schwer und schmutzig, erlebte er selbst auf dieser Reise.

Zum Glück litt er nicht unter Seekrankheit. Er half, die Netze einzuholen, nahm Fische aus und lachte, wenn er über und über mit blutigem Schleim bedeckt war und man ihn aufzog, weil er entsetzlich stank. Man traute ihm nicht zu, im Krähennest Ausguck zu halten, dafür durfte er in der Kombüse Suppe aufwärmen oder frisches Klah brühen.

Kasias Reich war natürlich die Küche, obwohl sie auch Fische ausnahm und einsalzte. Auf diese Weise fanden sie und Robinton viel Zeit, miteinander zu sprechen. Er verhielt sich möglichst diskret, versuchte indessen, die junge Frau ein wenig aufzuheitern. Eines Abends rückte er ganz dicht an sie heran, während sie gemeinsam Lieder sangen. Sein Bariton passte wunderbar zu ihrem ausdrucksstarken Sopran. Er lernte auch ein paar der beliebten Shanties, die den Fahrensleuten die Arbeit kurzweiliger machten.

Seine wohl interessanteste Erinnerung an die auf See verbrachte Siebenspanne war eine Begegnung mit den Geleitfischen. Kapitän Gostol erzählte ihm, sie würden oft die Trawler begleiten.

»Da vorne schwimmt das alte Narbengesicht«, rief der Schiffsführer und zeigte auf einen Fisch, dessen flaschenhalsförmige Nase ein Zickzackmuster aus Narben aufwies. »Muss sich irgendwo verfangen haben.«

»Singen sie?« staunte Robinton, als er die Geräusche hörte, die die Fische beim Hochschnellen aus dem Wasser von sich gaben.

»Nein, diese Laute entstehen, wenn sie durch ihr Blasloch die Atemluft ausstoßen«, erklärte Gostol. »Manch ein Mann, der über Bord ging, wurde von diesen Fischen gerettet.« Mit dem Kinn deutete er in

Richtung Kombüse. »Kasias Verlobter hatte großes Pech. Der Sturm tobte zu heftig. Eine Schande. Er war ein guter Fischer, und sie ist ein nettes Mädchen. Höchste Zeit, dass sie sich einen neuen Liebsten sucht. Meinst du nicht auch, Robinton?« Ein listiges Lächeln erschien auf Gostols derbem, wind- und wettergegerbtem Gesicht.

Robinton lachte. »Wenn man bedenkt, wie viele Burschen sich um ihre Gunst bewerben, dürfte sie nicht mehr lange allein bleiben.«

»Hoffentlich.« Gostol zeigte mit dem Finger auf einen Geleitfisch. »Die da hat ein Junges bekommen, seit ich sie das letzte Mal sah. Siehst du den Fisch mit dem gesprenkelten Kopf?«

Der Geleitfisch sprang aus dem Wasser und schien eine Weile in der Luft zu schweben, ehe er anmutig wieder in die Fluten tauchte. Mit quietschenden, schnalzenden und klickenden Lauten begrüßte er die Menschen. Das Jungtier gab sein Bestes, um der Mutter nachzueifern.

»Sind es immer dieselben Fische, die in diesen Gewässern schwimmen?«

»Ich glaube schon. Einige sieht man immer wieder und kann sie an bestimmten Merkmalen gut erkennen.« Der Schiffsführer stieß einen Seufzer aus. »Ich beobachte sie für mein Leben gern. Manchmal«, fügte er hinzu und stützte sich mit den Armen auf der Reling ab, »könnte man glatt den Eindruck gewinnen, sie würden uns dorthin führen, wo sich die großen Fischschwärme versammeln.«

»Tatsächlich?« Auch Robinton lehnte sich über die Reling und bewunderte die springenden Geleitfische, die unentwegt Quietschtöne und knarzende Laute ausstießen, als wollten sie ihm etwas in einer Sprache mitteilen, die er nicht verstand.

»Angeblich bringen sie den Seeleuten Glück«, sagte

Gostol. »Kein Fischer ignoriert sie. Von jedem Fang bekommen sie etwas ab.« Der Kapitän richtete sich auf und spähte angestrengt in die Ferne. »Aufgepasst! Na endlich! Wir segeln geradewegs in einen Schwarm Bordos hinein! Erstklassiger Speisefisch. Lässt sich gut einsalzen.« Befehle brüllend, eilte er zum Bug, und die Mannschaft machte sich bereit, die Fangnetze herunter zu lassen.

An Steuerbord konnte Robinton tatsächlich den Fischschwarm sehen. Die fetten, glatten Leiber waren grau gestreift, so lang wie sein Unterarm und mit stumpfen, glotzäugigen Köpfen bedacht. So viele Fische auf einmal hatte er noch nie gesehen. Sicher, als Kind hatte er während seines Aufenthalts in Burg Pierie geangelt, doch eine derartige Anhäufung von Fischen war ihm neu.

Wie konnten sie die Richtung ändern, ohne zusammenzustoßen? Hatten sie einen Anführer, wie manche Herdentiere? Oder besaßen sie einen Instinkt wie die Drachen, die niemals gegeneinander prallten, selbst wenn sie in dichtem Formationsflug aus dem *Dazwischen* auftauchten. Er fand das Ganze faszinierend.

Dann wurden unter lautem Getöse die Netze ausgefahren, und Robinton beeilte sich, den Seeleuten zu helfen.

Dies war der letzte schöne Tag der Fangfahrt, denn von nun an türmten sich wahre Wolkengebirge auf, und sie mussten in strömendem Regen schuften. Robinton war erschöpft. Seine Muskeln schmerzten von der ungewohnten Anstrengung, und seine Hände waren wund gescheuert. Als er einmal nach der Abendmahlzeit zum Musizieren aufgefordert wurde, zog er seine Flöte hervor, um seine schrundigen Finger zu schonen.

Er atmete auf, als sie schließlich in den tiefen natürlichen Hafen von Tillek segelten, dem sichersten Ankerplatz an der lang gestreckten Westküste. In die hohen Steilklippen hatte man terrassenförmig abgestufte Reihen von Behausungen entweder in den massiven Fels gehauen oder aus dem regionalen Stein gebaut. Manche Fischer konnten mit ihren Booten direkt vor ihrer Hütte anlegen. Landebrücken, die sich mit Ebbe und Flut bewegten, gewährten einen bequemen Zugang zu den Treppen, von denen manche tief in die felsige Steilküste eingeschlagen waren.

Als die *Maid des Nordens* an den Wellenbrechern vorbei glitt, die die U-förmige Hafeneinfahrt verlängerten, winkten die Menschen den Seeleuten zu, die dabei waren, die Segel aufzugeien. Gostol überließ das Andocken seiner Tochter, und Robinton wusste, was für Vesna dabei auf dem Spiel stand. Mit Kasia an seiner Seite, schaute er mit angehaltenem Atem dem Anlegemanöver zu.

Kasia hatte ihre wetterfeste Kleidung gegen einen langen Rock und einen dicken Wollpullover eingetauscht, um sich vor der frischen Brise zu schützen. Ihr Haar war zu einem ordentlichen Zopf geflochten. Robinton fand, sie sähe längst nicht mehr so traurig aus wie früher. Vielleicht hatte sie diese Fangfahrt mitgemacht, um endlich ihre Trauer um Merdine zu überwinden. Tatsächlich hatte sie seinen Namen sogar einmal erwähnt.

»Du kannst wieder atmen, Rob«, sagte sie lachend und hängte sich bei ihm ein.

Dass sie ihn mit »Rob« anredete, fasste er als ein gutes Zeichen auf. Es konnte bedeuten, dass sie ihn sympathisch fand.

»Ob sie es schafft?« fragte er. Kasia verstand eine Menge vom Segeln.

»Es sieht ganz danach aus. Das Schiff hat gerade genug Fahrt, um den Anleger zu erreichen und zu stoppen.«

Die *Maid des Nordens* schob sich so sachte durch das Wasser, dass ihr Bug kaum Wellen erzeugte.

Kasia lächelte und lehnte sich gegen Robinton. Ihren Landesteg hatten sie fast erreicht. Auf Deck standen Matrosen, die Festmacheleinen in den Händen. Die Fender waren bereits über Bord gehängt. Am Pier drängten sich Männer und Frauen, um die Leinen aufzufangen und sie an den Pollern zu befestigen. Dann galt es, die verderbliche Ladung möglichst rasch zu löschen.

Die Zeit schien still zu stehen, als die *Maid des Nordens* langsam vorrückte, bis sie das Dock touchierte. Die Leinen wurden herüber geworfen und um die Poller geschlungen.

Kasia ließ Robintons Arm los und klatschte der erfolgreichen Vesna begeistert Beifall. Anerkennende Zurufe wurden laut, und Robinton lachte, als Vesna sich in einer theatralischen Geste den Schweiß von der Stirn wischte und dabei strahlend lächelte.

»Gostol ist ein strenger Lehrmeister, aber ich glaube, sie hat den Test bestanden«, meinte Kasia. »Komm mit. Das Ausladen wird Stunden dauern, und ich sehne mich nach einem ausgiebigen heißen Bad. Meine Haare müssen schrecklich nach Fisch und Bratenfett stinken.«

Da sie während der Fahrt mit keiner Silbe über mangelnden Komfort geklagt hatte, wunderte sich Robinton, dass sie auf einmal so heikel war. Obwohl er sich genauso dringend säubern musste wie sie.

Bei Gostol hatten sie sich schon vor der Einfahrt in den Hafen bedankt, deshalb konnten sie nun ohne viel Umstände von Bord gehen, die Packsäcke mit der feuchten und schmutzigen Kleidung geschultert.

»Gib Acht, wo du hintrittst, Rob«, warnte Kasia ihn. »Die Bretter des Anlegers sind an manchen Stellen morsch.«

»Minnarden sagt, sie seien bloß mehrere hundert Planetenumläufe alt«, ergänzte er.

»Das ist ja nicht viel, oder?« zog sie ihn auf und blickte ihn mit blitzenden Augen schelmisch an.

Sie lavierten an den Arbeitern der Fischfabrik vorbei, die mit ihren Karren auf das Schiff zusteuerten, und kletterten dann die steile Treppe hinauf, die zur Burg führte.

Der Tag war verhangen, und es drohte zu regnen. Doch auf dem Weg zur Festung wimmelte es von Menschen, die ihren Alltagsbeschäftigungen nachgingen. Viele grüßten den Harfner und Kasia im Vorbeigehen. Gelegentlich streifte Robintons Hand die von Kasia, und er war sich jeder Berührung bewusst. Er wagte es nicht, sie anzusehen um zu ergründen, ob auch sie den körperlichen Kontakt bemerkte, aber er fand, die Seereise habe dazu beigetragen, ihre Freundschaft zu stärken. Das Gefühl, etwas Nützliches geleistet zu haben und eine echte Beziehung zu Kasia aufbauen zu können, versetzte ihn in beste Laune.

»Lass uns bald wieder eine Fangfahrt mitmachen, Rob«, schlug Kasia vor. Ihre Wangen glühten. »Du bist ein guter Seemann, und Kapitän Gostol sagte, er nähme dich jederzeit wieder mit.«

»Mit dir segle ich überall hin, wann immer du willst«, entgegnete er. Kühn griff er nach ihrer Hand und drückte sie, gespannt, wie sie auf diese Intimität reagieren würde.

Sie erwiderte den Druck seiner Hand. »Ich kann es gar nicht abwarten, in die Wanne zu steigen«, rief sie und rannte die Burgtreppe so flink hinauf, dass er ihr mit mehr Hast als Würde folgen musste.

In der Tat schien sie mit ihm einen Wettlauf veranstalten zu wollen. Sie stürmte in die Halle und flitzte die erste Treppenflucht hoch. Noch zwei weitere Treppen, erst dann erreichten sie ihr Stockwerk. Sie blieb ihm immer ein paar Stufen voraus, bis sie endlich auf dem obersten Absatz anlangten, außer Atem vor Anstrengung und Lachen. Droben wirbelte sie herum, stolz auf ihren Sieg, und als er eine Stufe unter ihr stehen blieb, befanden sich ihre Gesichter auf gleicher Höhe. Ohne nachzudenken, fasste er sie um die Taille, zog sie an sich und küsste sie.

Als sie ihn nicht zurückwies, sondern sich an ihn schmiegte und die Arme um seinen Hals schlang, war er außer sich vor Glück. Leider fiel ihr Kuss nur kurz aus, denn sie hörten Schritte drunten in der Halle und fuhren auseinander. Kasia schwenkte kokett herum, bedachte ihn mit einem verführerischen Lächeln und hastete in ihr Quartier. Zurück blieb Robinton, nach Luft schnappend, aber selig.

Während er in der Badewanne lag, gab er sich Phantasien über eine eventuelle gemeinsame Zukunft mit Kasia hin. Selbst für eine Frau von Stand war ein Harfner, der einen Meisterrang anstrebte, keine schlechte Partie. Und Petiron stammte aus dem Geschlecht von Telgar. Seine Mutter, eine Meistersängerin, war über jeden Tadel erhaben.

Er selbst konnte mit dem Bau von Musikinstrumenten immer ein paar Marken dazu verdienen. Der Lohn, den er in Tillek erhielt, reichte für einen Junggesellen aus, doch er vertraute darauf, dass Lord Melongel einem verheirateten Mann eine Zulage gewähren würde, vor allem, wenn es sich bei dessen Gemahlin um eine Anverwandte der Burgherrin handelte. Bei seinem nächsten Vertrag konnte er darauf achten, sich finanziell zu verbessern. Und da Kasia Lady Juvanas Schwester war, würde man ihnen nach ihrer Heirat bestimmt ein größeres Quartier geben. Freie Räume gab es genug. Einerseits schalt er sich für diese Gedanken, zum anderen kostete er seine Vorfreude aus.

Da er annahm, dass Kasia sich die Zeit für ein ausgiebiges Bad nehmen würde, blieb auch er lange in der Wanne sitzen. Das schmutzige Badewasser verriet ihm, dass er gut daran tat, sich richtig einzuweichen. Seine Hände brannten ein bisschen von dem Seifensand, mit dem er sie schrubbte. Ein paar Fingernägel waren abgebrochen, und überall hatte er Schnittwunden und Abschürfungen. Sie würden rasch abheilen, denn Salzwasser reinigte Verletzungen und desinfizierte sie.

Nach dem Bad zog er sich warme Kleidung an. Er fand, er müsse sich unbedingt eine neue Garderobe zulegen. Alle seine Sachen waren alt. Praktisch, aber nicht besonders schick. Clostan, der Heiler der Burg, ging immer so gut angezogen, dass er sich vornahm, ihn nach seinem Schneider zu fragen. Als Robinton sauberes Zeug trug, bemerkte er den Gestank, den sein Packsack verströmte. Er wollte ihn gleich hinunter in den Waschraum bringen, damit die üblen Gerüche nicht seine Wohnung verpesteten. Es war immerhin möglich, dass Kasia ... er wagte es nicht, den Gedanken zu Ende zu denken.

Er entschuldigte sich bei der Wäscherin, einer alten Frau, für den Zustand seiner Sachen, und sie grinste ihn mit ihrem zahnlosen Mund unbekümmert an. Auf einmal hörte er leichtfüßige Schritte auf der Treppe. Kasia kam mit ihrem eigenen Bündel an schmutziger Wäsche. Ihre Blicke begegneten sich, und er merkte, wie er rot wurde. Auch ihre Wangen brannten. Ein gutes Zeichen, fand er.

»Juvana möchte wissen, wie es uns ergangen ist, Robinton«, sagte Kasia in beinahe förmlichem Ton. Wie beiläufig reichte sie der Wäscherin ihren Packsack. Die Alte grinste breit, und ihre neugierigen Blicke huschten zwischen Kasia und Robinton hin und her.

»Dann wollen wir ihr von unseren Abenteuern berichten«, gab er zurück. Mit einer kavalierhaften Geste nahm er Kasias Arm – was der Alten ein meckerndes Lachen entlockte – und führte seine Angebetete die Treppe hinauf.

Dieses Mal rannten sie nicht nach oben, sondern zogen den Weg in die Länge. Wenn ihre Beine sich streiften, tauschten sie vielsagende Blicke. Droben angelangt, bekam Robinton vor Aufregung weiche Knie. Gewiss, er hatte Liebeslieder gesungen und wusste um die Macht der Leidenschaft, wie jeder andere Harfner auch. Doch selbst die Gefühle zu erfahren, die in den Balladentexten beschrieben wurden, war etwas ganz anderes. Und dass Kasia ihn genauso zu begehren schien wie er sie, mutete ihn fast wie ein Wunder an.

* * *

Sie blieben eine Stunde lang bei Juvana, halfen ihr, Stopfgarne zu sortieren, und nahmen dies als Vorwand, dass ihre Hände sich immer wieder berührten. Robinton erzählte witzig, was ihm als unerfahrenem Laien an Bord des Fischtrawlers alles widerfahren war, doch wenn er seine Rolle zu sehr herunterspielte, behielt Kasia es sich vor, ihn zu korrigieren.

»Mein Respekt vor diesem Berufszweig ist gewaltig gewachsen, Lady Juvana«, beteuerte er, als die Glocke sie zum Mittagsmahl rief.

»Glaubst du, Gostol wird Vesna das Maats-Patent geben?« fragte Juvana ihre Schwester, während sie auf den Speisesaal zusteuerten.

»Ihr Anlegemanöver ließ nichts zu wünschen übrig. Besser hätte er es auch nicht gekonnt«, erwiderte Kasia. »Sie beherrscht ihr Handwerk.«

»Das ist gut so. Jetzt, da du wieder daheim bist, könntest du mir beim Nähen der neuen Kinderkleidung helfen.«

»Hast du die Sachen schon zugeschnitten?«

»Ich habe mich nützlich gemacht, derweil ihr euch auf einer Kreuzfahrt vergnügt habt ...«

»Kreuzfahrt? Vergnügt?« protestierte Kasia und bedachte ihre Schwester mit einem tadelnden Blick. »Und das bei diesem Wetter!«

Robinton fühlte sich bei diesem scherzhaften Wortwechsel ein bisschen ausgeschlossen, doch er sagte sich, er dürfe nicht töricht sein. Nur weil er bis über beide Ohren in Kasia verliebt war, hatte er keinen Anspruch auf ihre ungeteilte Aufmerksamkeit. Und vielleicht hatte er ihrem Kuss auch zu viel Bedeutung beigemessen. Mit sinkendem Mut gestand er sich ein, dass Kasia ihn vielleicht nur im Überschwang wegen ihrer geglückten Heimkehr geküsst hatte. Es gab viele Bewerber um ihre Gunst, wie er es schon Gostol gesagt hatte. Was konnte er, ein Harfnergeselle, einem Mädchen ihrer vornehmen Herkunft schon bieten?

Also stürzte er sich wieder in seine Arbeit und bemühte sich, Kasia nicht unentwegt irgendwo in der Burg aufzulauern. Doch die Zurückhaltung fiel ihm schwer, und tatsächlich begegneten sie sich jeden Tag mehrere Male – in den Hallen, auf den Treppen, im Schulzimmer und dann natürlich bei den Mahlzeiten.

Bei Tisch saß sie genauso gern neben ihm wie neben Valden, der bald eine neue Burg in den ausgedehnten Waldgebieten oberhalb von Tillek übernehmen sollte. Robinton hoffte inständig, die abgeschiedene Lage dieser Siedlung möge Kasia davon abhalten, eine Bindung mit Valden ernsthaft in Betracht zu ziehen.

Dann war da noch Kalem, ein Schiffsbauergeselle mit einem eigenen Anwesen ganz in der Nähe, sodass Kasia im Falle einer Heirat einen ständigen Kontakt mit ihrer Schwester aufrechterhalten konnte.

Emry sah ungemein attraktiv aus und arbeitete für Melongel als Verwalter der Docks und Warenlager. Seiner Kleidung nach schien er sehr gut zu verdienen.

Selbst die Gewänder, die er für Botengänge anzog, waren besser als Robintons Festtagszeug. Und an den Abenden, wenn der unterhaltsame Teil begann, musste Robinton singen und spielen und konnte sich seiner Angebeteten nicht widmen. Wenn Mumolon oder Ifor ihn ablösten, musste er sich beeilen, um ein, zwei Tänze mit Kasia zu ergattern. Die anderen Männer hingegen hatten den ganzen Abend lang Zeit, sich von ihrer besten Seite zu zeigen.

Er fand die Situation frustrierend. In seinen Mußestunden arbeitete er an der Harfe. Im Frühling hatte Kasia Geburtstag, und bis dahin musste sie fertig sein. Doch trotz der gebotenen Eile durfte er nichts überstürzen. Der Leim musste trocknen, die Stimmwirbel akribisch genau geschnitzt und die Gabeldrehscheiben geformt werden. Diese Harfe war so konstruiert, dass man die Modulation und sogar die Tonart ändern konnte. Er beabsichtigte, sie in C-Dur zu stimmen. Die Saiten ließ er in der Schmiedehalle von Fort herstellen, die auf solche Feinarbeiten spezialisiert war. Oftmals, wenn er die Harfe versonnen anschaute, stellte er sich vor, wie Kasia sie auf ihrem Schoß hielte und mit ihren zarten Fingern die Saiten zupfte.

* * *

Jeder in der Burg schien bestrebt, Kasias Geburtstag mit ihr zu feiern, doch Robinton wollte ihr die Harfe geben, wenn er allein mit ihr war. Er hoffte, dieses Geschenk würde ein emotionales Band zwischen ihnen knüpfen. Dieses Musikinstrument ließ sich nicht mit den üblichen Geburtstagsgaben vergleichen. Und wenn er ihr die Harfe in der Öffentlichkeit schenkte, würden sowohl er als auch Kasia zu Zielscheiben von Neckereien und Anspielungen. Natürlich würde man auf eine tiefe Zuneigung seinerseits tippen. Zuneigung?

Es war Liebe! Die Harfe war ihm hervorragend gelungen. Er wusste, dass er ein guter Instrumentenbauer war, vor allem, wenn er sich mit ganzem Herzen dieser Aufgabe widmete.

Zum Gratulieren erschien er indessen nicht mit leeren Händen. Im Wald oberhalb der Burg fand er ein paar frühe Beeren. Kasia machte viel Aufhebens um dieses originelle Geschenk und lobte überschwänglich das Körbchen, das er als Behälter für die Beeren geflochten hatte. Heimlich flüsterte er ein paar Worte in ihr Ohr, denn zum Glück verlangte es die Sitte, ein Mädchen an ihrem Geburtstag zu umarmen und ihr einen Kuss zu geben – wenn man es wollte.

Für Robintons Geschmack wollten viel zu viele junge Burschen das Geburtstagskind küssen. Er passte auf, wie lange die Umarmungen dauerten, und bildete sich ein, dass er Kasia ein Weilchen länger in den Armen halten durfte als alle anderen Gratulanten. Und bei dieser Gelegenheit wisperte er ihr zu, er habe ein ganz besonderes Geschenk für sie, das er ihr aber nicht vor aller Augen geben wolle. Ob sie ihn in der Werkstatt treffen könnte?

Sie nickte mit funkelnden Augen und murmelte: »Gleich nach dem Essen.« Dann ließ sie ihn los und nahm die anderen Präsente entgegen. Kasia war sehr beliebt. Von allen Seiten gab es Geschenke, sogar Vesna beglückte sie mit einem wunderschönen Kamm, den sie selbst angefertigt hatte. Damit wollte sie sich für Kasias moralische Unterstützung an Bord der *Maid des Nordens* bedanken. Sie hätte wesentlich dazu beigetragen, dass sie so problemlos den Test für ihr Maats-Patent bestand.

Die Leute schenkten Kasia Kleiderstoffe, Schals und Armbänder. Valden überreichte ihr ein schmales kleines Messer in einer Scheide aus blauem Leder, die am Gürtel getragen wurde. Das beeindruckendste Geschenk stammte von Kasias Eltern – ein Festkleid aus hellgelbem Stoff mit silbernen Stickereien am Halsausschnitt, am Saum und an den Manschetten. Mehrere Schiffsführer hatten es von Burg Mardela in Nerat bis nach Tillek transportiert. Drei Tage vor Kasias Geburtstag traf es ein, und Lady Juvana hatte es so lange in ihrem Schrank versteckt.

»Du musst es heute Abend tragen«, beharrte Juvana.

»Nein, heute nicht«, widersprach Kasia und fuhr mit dem Finger die wunderschöne Stickerei entlang. »Ich hebe es mir für die nächste Versammlung auf.«

»Probiere es wenigstens an, damit wir sehen, wie es dir steht.«

»Später, jetzt nicht«, lehnte Kasia resolut ab und reihte ihre Geschenke ordentlich auf, ehe sie sich zum Mittagsmahl an den Tisch setzte. An diesem Tag gab es nur ihre Lieblingsgerichte.

»Alle machen so viel Aufhebens über einen Geburtstag«, meinte sie verlegen.

»Aber es ist *dein* Geburtstag«, betonte ihre älteste Nichte.

Robinton bekam kaum einen Happen hinunter. Endlich war das Mahl vorbei, und er konnte sich diskret in die Werkstatt zurückziehen. Nervös marschierte er in dem Raum auf und ab und wartete ungeduldig auf Kasia.

Als sie eintraf, wirkte sie sehr aufgeregt. »Ich konnte nicht eher kommen. Was hast du – *oh!*«

Ihm waren keine passenden Worte eingefallen, um das Geschenk zu überreichen, deshalb hatte er sich einfach vor die Harfe gestellt. Nun trat er zur Seite und deutete mit einer galanten Geste auf das Instrument.

»Ach, Robie ...«

Die Art und Weise, wie sie seinen Namen aussprach, entschädigte ihn für die harte Arbeit, die er in den Bau der Harfe investiert hatte. Kasias Augen weiteten sich vor Staunen, dann füllten sie sich mit Tränen. Sie trat vor und strich mit einer Hand beinahe andächtig über den elegant geschwungenen Hals und die verzierte Baronstange, ehe sie vorsichtig ein paar Saiten anschlug.

»Ach!« hauchte sie noch einmal, als die ersten melodischen Töne erklangen.

Robinton brannte darauf zu sehen, wie sie die Harfe spielte, ihr Stimme verlieh. Ohne viel Federlesens zog er einen Stuhl heran, setzte Kasia darauf und hob die Harfe auf ihre Knie.

»Ach, Robie, so etwas Schönes habe ich noch nie gesehen. Die Harfe ist das wundervollste Geschenk, das ich in meinem Leben je bekommen habe. Sogar ...« Sie brach ab. Er nahm an, sie hatte auf ein Geschenk von Merdine anspielen wollen. Ihr Blick huschte zu Robinton, und er lächelte ihr aufmunternd zu, obwohl sein Mund plötzlich trocken wurde und ein mulmiges Gefühl sich in seinem Magen breit machte.

Dann begann sie die Saiten der Harfe zu zupfen, wie er es sich so oft in seinen Träumen vorgestellt hatte. Die Harfe war exzellent gestimmt, und die Töne vibrierten klangvoll in der stillen Werkstatt. »Es ist nicht nur ein Geburtstagsgeschenk, nicht wahr, Rob?« Mit ihren sanften, meergrünen Augen sah sie ihn fragend an. Kein Schatten verbarg sich mehr in ihren Tiefen. Als er keine Antwort gab – weil er kein Wort heraus brachte, hakte sie freundlich nach: »Hat es meinem sonst so eloquenten Harfner plötzlich die Sprache verschlagen?«

Er schluckte und nickte heftig. »Absolut«, stieß er heiser hervor und breitete in einer hilflosen Geste die Arme aus. Zu seinem Verdruss bemerkte er, dass er sich wie ein Einfaltspinsel gebärdete.

Kasia strahlte ihn an. »Ach, Robie«, seufzte sie. »Habe ich mich nicht ständig bemüht, dir zu zeigen, wie sehr ich dich mag? Um in deiner Nähe zu sein, trotzte ich sogar Wind und Wellen auf einem Fischkutter.«

Endlich löste er sich aus seiner Starre und zog sie an sich. Sie legte ihre Arme um seinen Hals, grub die Finger in seinen dichten Haarschopf und zog sein Gesicht zu sich herunter. »Und jetzt wünsche ich mir einen Kuss von dir, Harfner Robinton. Aber einen richtigen, keinen höflichen Schmatz auf die Wange.«

Er küsste sie so leidenschaftlich, wie es sein Gefühl für Schicklichkeit gerade noch zuließ. Dann ergriff sie die Initiative, und ehe bei ihm Zweifel an seinen Qualitäten als Liebhaber aufkommen konnten, reagierte sie so ungezügelt auf seine Zärtlichkeiten, dass sie ihn mitriss. Später erinnerte ihn der Duft von Firnis und abgelagertem Holz immer wieder an diesen beseligenden Augenblick.

Während ihres zärtlichen Nachspiels vertraute Kasia ihm an, dass Juvana ihre Verbindung guthieß und ein Wort bei ihren Eltern einlegen wollte.

»Woher weiß sie von uns?« erkundigte sich Robinton. Es war ihm peinlich, dass Lady Juvana mit Kasia und vermutlich auch mit Lord Melongel über ihn sprach.

»Weil ich ihr unentwegt von dir vorgeschwärmt habe«, erklärte Kasia lächelnd.

Kasia war alt genug, um sich ihren Gemahl selbst auszusuchen, und ihre Eltern hatten sie nach Tillek geschickt, weil sich ihr dort eine größere Auswahl an möglichen Ehemännern bot – und dieser Ort nicht mit Erinnerungen an ihren verstorbenen Verlobten belastet war.

»Bin ich ein bisschen wie er?« wollte Robinton wissen. Diese Frage beschäftigte ihn schon seit langem.

Sie betrachtete ihn mit einem leisen Lächeln und zog mit dem Finger die Linie seines Mundes nach. »Ja und nein. Vom Aussehen her gleicht ihr euch gar nicht. Er war kleiner als du. Zwar sah er sehr gut aus, doch in deinem Gesicht liegt mehr Charakter. Du wirst mit zunehmendem Alter attraktiver werden … und ich muss dich vor dem Ansturm der anderen Frauen schützen.« Sie küsste ihn. »Merdine hatte ein sehr bestimmendes Wesen, aber als Schiffsführer muss er Kommandos geben, während ein Harfner sich eher auf seine Diplomatie verlassen sollte.«

»Findest du?«

»Nun ja, du besitzt beide Eigenschaften, Rob. Du kannst sehr energisch auftreten, wenn es darauf ankommt, aber du besitzt auch eine ganze Menge Takt und Feingefühl.«

Ihm kam ein Gedanke. »Haben deine Eltern auch nichts gegen einen Harfner als Schwiegersohn einzuwenden? Ich habe die Absicht, in den Rang eines Meisters aufzusteigen, aber mein Beruf bringt es mit sich, dass wir beide viel unterwegs sind.«

»Ein Schiffsführer ist doch auch nie zu Hause. Und ein Harfner ist längst nicht so vielen Gefahren ausgesetzt wie ein Seemann …« Sie brach ab. Der kummervolle Ausdruck trat wieder in ihre Augen.

»Du hast sicher Recht«, räumte er ein. Ihre leichtherzige Stimmung war wie verflogen.

»Es tut mir Leid, Rob.«

»Du brauchst dich nicht zu entschuldigen, Liebste.«

»Das ist es ja, was ich an dir so schätze, Rob. Dein Verständnis und deine Sensibilität. Merdine war kein einfühlsamer Mensch. Und ich finde, für eine gute Ehe ist es sehr wichtig, dass man Rücksicht auf die Gefühle des Partners nimmt.«

Sie hätten das Thema noch weiter verfolgt, doch draußen vor der Werkstatt erklangen Stimmen. Hastig richteten sie ihre zerdrückte Bekleidung und nahmen eine schickliche Pose ein. Robinton tat so, als würde er eine Saite an der Harfe neu einstellen. Die Stimmen wurden leiser, als die Leute an der Werkstatt vorbeigingen, doch der Zauber des Augenblicks war verflogen.

»Ich trage die Harfe«, erbot sich Robinton.

»Und dann gehen wir beide zu meiner Schwester und erklären ihr die Bedeutung dieses Geschenks«, bestimmte Kasia. »Obwohl sie keine Erklärung brauchen wird, sowie sie die wundervolle Harfe sieht.«

Juvana war entzückt und meinte, ein schöneres Geburtstagsgeschenk hätte Robinton Kasia nicht präsentieren können. Bis jetzt gäbe es noch keinen Harfner in der Familie, also wäre es höchste Zeit, dass ein Angehöriger dieses Berufsstandes in den Clan einheiratete.

»Melongel hat sich schon gefragt, wann du endlich um Kasias Hand anhalten würdest«, schloss sie.

»Und wie kam er darauf, ich könnte an ihr interessiert sein?« wunderte sich Robinton. Er hatte geglaubt, seine Gefühle unter Kontrolle zu haben.

»Ich gab ihm einen leisen Wink und erzählte ihm, meine kleine Schwester würde nur noch von dir reden. Melongel hat gegen diese Verbindung nichts einzuwenden.«

* * *

Melongel billigte das Bündnis von ganzem Herzen. Er wusste, dass Petiron aus dem Telgar-Clan stammte, und Merelan, die Meistersängerin von Pern, hätte wohl jeder gern in seiner Familie gehabt.

»Doch vor uns liegt noch der ganze Sommer«, gab Melongel zu bedenken. »Die arbeitsreichste Zeit für jeden Harfnergesellen.« Er setzte eine ernste Miene auf, denn für ihn kam die Erfüllung von Pflichten immer an erster Stelle. »Deshalb schlage ich vor, das Ehegelöbnis auf die Herbst-Tagundnachtgleiche zu verschieben. Heute Abend werden wir jedoch die Verlobung bekannt geben, damit es Robinton künftig erspart bleibt, mit den vielen jungen Burschen in Konkurrenz zu treten, die sich um einen Tanz mit seiner Kasia reißen.«

Melongel konnte Robinton nicht vor der Eifersucht und den Sticheleien schützen, mit denen die Ankündigung des Bündnisses quittiert wurde. Trotzdem machte die Verlobung manches leichter.

Auf Juvanas Drängen hin hatte Robinton seinen Eltern von seiner geplanten Heirat mit Kasia geschrieben.

»Mütter müssen über solche Dinge Bescheid wissen, Robinton«, sagte sie lächelnd. »Du bist alt genug, um dir deinen Ehepartner selbst auszusuchen, aber auch wenn du dich mit deinem Vater nicht gut verstehst, solltest du ihn in dein Leben einbeziehen.«

Verdutzt blickte Robinton sie an. Seinen Vater hatte er niemals erwähnt.

»Genau das ist es ja, Rob«, wandte Kasia freundlich ein. »Du sprichst nie über Petiron. Dafür erzählst du unentwegt von deiner Mutter.«

»Das ist doch wohl übertrieben«, erwiderte er lahm. »Glaubt bitte nicht, dass ich Petirons Musik nicht zu schätzen wüsste …«

»Siehst du!« trumpfte Juvana auf. »Für dich ist er nicht dein Vater, sondern Petiron.« Sie brach ab, als sie seine erschrockene Miene sah. »Das ist sehr aufschlussreich für die, die nur dein Bestes wollen, Rob. Im übrigen finde ich auch, dass dein Vater ein hervorragender Komponist ist. Allerdings sind es *deine* Lieder, die jedermann singt oder spielt.«

Darauf fiel Robinton keine passende Antwort ein. Er war peinlich berührt, wie sehr er seine innersten Gefühle verraten hatte, und das nur, indem er über bestimmte Dinge schwieg.

Kasia versuchte, die Situation ein wenig aufzulockern. »Ich kann verstehen, dass es jedem Harfner schwer fallen muss, einem so berühmten Komponisten wie Petiron nachzueifern.«

»Und wenn schon«, fiel Juvana ein. »Mir ist Musik, die ich summen oder pfeifen kann, allemal lieber als diese … diese manierierten, hochtrabenden Werke.«

Robinton unterdrückte ein nervöses Lachen.

»Wenn ich Petiron kennen lerne«, fuhr Kasia fort, »werde ich betont höflich zu ihm sein. Und deine Mutter ist ein sehr gütiger, warmherziger Mensch.«

Robinton starrte sie an. »Wie kommst du darauf? Kennst du sie etwa?«

»Ich habe sie singen hören. Und ihr liebes Gesicht verrät einem, dass sie eine sympathische Frau sein muss.« Sie umarmte ihn und gab ihm einen Kuss, ehe sie sich dicht an ihn schmiegte. Er nahm ihre Hand in die seine.

»Ob ich mir die Erlaubnis des Meisterharfners einholen sollte?« überlegte er laut.

»Du bist Geselle«, erwiderte Juvana achselzuckend. »Der Burgherr, bei dem du unter Vertrag stehst, hat dem Bündnis zugestimmt, und die Verlobung wurde bereits offiziell verkündet. Trotzdem wäre es angebracht, Meister Gennell zu informieren.«

»Am liebsten würde ich es in die ganze Welt hinausposaunen«, entgegnete Robinton und strahlte Kasia an. Noch immer konnte er es nicht recht fassen, dass er der Glückliche war, den sie auserwählt hatte. Und in diesem Moment kam ihm die Inspiration zu einem Musikstück, mit dem er seiner Hochgestimmtheit Ausdruck verleihen konnte. »Sonate an meergrüne Augen« wollte er es nennen.

»Als Kasias Schwester und deine Burgherrin erwarte ich von euch, dass ihr euch mit allen Problemen, die euer zukünftiges gemeinsames Leben betreffen, an mich wendet«, erklärte Juvana. »Ich habe es bereits mit Kasia besprochen, und sie wird empfängnisverhütende Mittel nehmen, bis ihr soweit seid, euch Kinder anzuschaffen.«

Robinton wurde rot. Er und Kasia hatten nicht über die möglichen Folgen ihrer Zärtlichkeiten nachgedacht, und er fand, sie seien in dieser Hinsicht sehr leichtsinnig gewesen.

Aber Juvana hatte ihnen noch mehr zu sagen. »Ich schlage vor, ihr solltet die nächsten Jahre noch kinderlos bleiben und zuerst eure Partnerschaft festigen.« Sie bediente sich eines sachlichen, nüchternen Tonfalls, und Robinton wusste, dass sie Recht hatte. »Ihr seid beide noch sehr jung. Nehmt euch mit der Familiengründung Zeit. Und wie ich Kasia bereits sagte, bin ich bereit, eure künftigen Kinder in meinen Haushalt aufzunehmen, solltet ihr aus beruflichen Gründen nicht dazu in der Lage sein, an einem bestimmten Ort sesshaft zu werden.«

Robinton stotterte ein paar Dankesworte angesichts dieses großzügigen Angebots. Er hatte nicht damit gerechnet, dass ihm diese Ehre zuteil würde. Normalerweise kümmerten sich die Großeltern um die Nachkommenschaft, wenn die Eltern verhindert waren, oder gute Freunde sprangen ein. Ein Kind nach Tillek in Pflege zu geben, war ein Privileg ohnegleichen.

»Es klingt sehr verlockend, Juvana«, entgegnete er, sowie er einen klaren Gedanken fassen konnte. »Aber ich möchte ein so guter Vater sein, dass meine Kinder sich überall dort wohlfühlen, wo ich bin. An Liebe und Aufmerksamkeit soll es ihnen nicht fehlen.«

Juvana blickte ihn versonnen an. »Ja, aus dir wird einmal ein guter Vater, Robinton. Davon bin ich fest überzeugt. Ich habe gesehen, wie geduldig du die schwächeren Schüler unterrichtest. Und manche Rangen sind so frech, dass ich lieber in einem lecken Boot auf See wäre, anstatt mich ihren dummen Streichen auszusetzen.«

Kasia lachte. »Juvana wird bereits seekrank, wenn sie ein schaukelndes Boot nur anschaut.«

Robinton seufzte. »Ich wusste gar nicht, was man alles bedenken muss, wenn man heiratet.«

»Dafür gibt es ja weise Frauen wie mich, die euch jungen Eheleuten mit Rat und Tat zur Seite stehen«, gab Juvana mit einer Spur Hochnäsigkeit zurück. »Eure Hochzeit soll also zur Herbst-Tagundnachtgleiche stattfinden. Unsere Eltern werden wohl nicht zur Feier kommen können ...«

»Wenn es ihnen nichts ausmacht, auf einem Drachen zu reiten, kann ich für ihren Transport sorgen«, fiel Robinton ihr ins Wort. Dabei war er froh gewesen, dass seine zukünftigen Schwiegereltern im weit entfernen Nerat wohnten und ein Zusammentreffen höchst unwahrscheinlich schien. Doch dann schalt er sich für seine Feigheit, und er verließ sich auf Juvanas und Kasias Zusicherung, man würde ihn freudig in den Schoß der Familie aufnehmen.

»Kannst du das wirklich?« staunte Juvana.

»O ja, liebe Schwester.« Stolz sah Kasia ihren Verlobten an. »Rob und seine Mutter weilten einmal eine Zeit lang in Benden, und seitdem ist er mit dem Bronzereiter F'lon befreundet, dessen Drache Simanith heißt.«

»Na so was! Und wie praktisch!«

»Du hast nichts gegen Drachenreiter einzuwenden?«

»Wer wäre so töricht und unvernünftig, einen Drachenreiter nicht zu tolerieren?« fragte Juvana.

Robinton dachte an Fax. Und gelegentlich wurde er mit der Ansicht konfrontiert, die Weyr und ihre Drachenreiter seien ein überflüssiger Ballast für die Gesellschaft und hätten ihre Nützlichkeit längst verloren.

Allerdings waren es meistens recht ungebildete Leute, die diese Meinung vertraten.

»Ich werde nachfragen, ob F'lon die Beförderung übernimmt. Und eine Einladung zu unserer Hochzeit schlägt er sicher nicht aus.«

»Unsere Eltern werden es genießen, eine Reise auf dem Rücken eines Drachens zu unternehmen«, versicherte Juvana. »Ich habe gehört, es soll sehr aufregend sein. Stimmt das, Rob?«

Robinton ließ sich nicht lange bitten und stürzte sich in ausführliche Schilderungen seiner eigenen Erlebnisse mit Drachen.

* * *

Er und Kasia genossen die nächsten zwei Siebenspannen, ehe seine Pflichten als Harfner sie wieder trennten. Es ging auf den Sommer zu, das Wetter besserte sich, und die Tage wurden länger. Die Gesellen mussten die entlegenen Siedlungen aufsuchen und die Lehrballaden verbreiten. Mumolon und Ifor waren nicht so gut beritten wie Robinton mit seinem Renner aus der Zucht von Ruatha, deshalb übernahm er freiwillig die weitesten Wege.

»Wenn mein Reittier schneller ist und eine weichere Gangart hat als eure Zossen, gehört es sich einfach, dass ich die längeren Strecken abreite«, erklärte er. Unterwegs arbeitete er an seiner Sonate. Bis jetzt hatte er nur die Eröffnungstakte niedergeschrieben, und die Melodie, die in seinem Kopf Gestalt annahm, gab ihm keine Ruhe.

»Ich werde nicht dagegen protestieren«, entgegnete Mumolon.

»Aber dann bist du ein paar Tage mehr von deiner Kasia getrennt«, hänselte Ifor ihn.

Robinton verbiss sich eine scharfe Bemerkung und sagte sich, dass Kasia jetzt für die anderen interessierten Bewerber tabu war. Er zwang sich zu einem Lächeln und nahm sich vor, sich nicht mehr über die Sticheleien zu ärgern. Dann begab er sich in sein Quartier und hielt die nächsten Takte der Sonate auf einem Stück Pergament fest.

Ehe er zu seiner Runde aufbrach, erhielt er einen langen und begeisterten Brief von seiner Mutter. Sie schrieb, sie freue sich über die gute Nachricht, verlangte ein Bild von Kasia und wollte so viele Details über sie wissen, dass Robinton seiner Verlobten vorschlug, sie solle das Antwortschreiben an Merelan abfassen.

Kasia fing sofort an zu schreiben und fügte dem Brief ein Porträt bei, das Marlifin von ihr zeichnete. Meister Gennell gratulierte ihnen zu ihrem Verlöbnis und trug sich mit dem Gedanken, Merelan nach Tillek zu begleiten, damit sie auch wohlbehalten und sicher dort ankäme. Petiron hüllte sich in Schweigen, was niemanden verwunderte.

Kasias Eltern, Bourdon und Brashia, äußerten sich positiv über die Verbindung und nahmen die Einladung zu einem Ritt auf einem Drachen gern an.

Und endlich schickte F'lon eine getrommelte Nachricht, in der er mitteilte, dass er den Transport übernehmen würde.

Nach einem liebevollen und ausgedehnten Abschied von Kasia ritt Robinton in Richtung Nordosten zum Piro Fluss, der Tillek von dem Gebiet trennte, das zur Burg Hochland gehörte. Von dort aus überquerte er die Ebene und gelangte an den Greeney Fluss, dessen Lauf er folgte. Längs der Ufer gab es etliche neue Festungen, die buchstäblich aus dem Boden zu schießen schienen. Jedenfalls äußeren sich so die bereits seit längerem in diesem Gebiet ansässigen Grundbesitzer.

Die Tour dauerte bis in den Herbst hinein, wenn die

Nächte kühler und die Tage merklich kürzer wurden. Gelegentlich erhielt Robinton durch Kuriere Briefe von Kasia, die er jedes Mal sogleich beantwortete und in den meisten Fällen demselben Eilläufer mitgab.

Ermüdet von einem langen Ritt war Robinton dankbar, als er eine Bergfestung gleich unterhalb der Grenze zum Hochland erreichte. Er blieb vier Tage dort und unterrichtete die Kinder, die anfangs scheu waren, aber nach und nach auftauten, als er ihnen die Lehrballaden beibrachte und zur Abwechslung lustige Weisen mit ihnen sang. Mit diesen Scherzliedern hatte er schon manchem schüchternen Schüler die Hemmungen genommen.

An seinem letzten Abend ging Chochol, der Pächter, mit ihm hinaus, um das Aufgehen der beiden Monde zu beobachten. Dazu tranken sie den herben Tillek-Wein.

»Ein paarmal kann so etwas vorkommen, Harfner«, raunte Chochol mit seiner rauen Stimme so leise, dass niemand sie belauschen konnte. »Darüber würde ich mir überhaupt keine Gedanken machen. Jeder überwirft sich mal mit seinem Burgherrn. Aber bis jetzt trafen acht Gruppen bei uns ein, und die Leute waren so verängstigt, dass sie sich vor ihrem eigenen Schatten fürchteten. Manche hatten Verletzungen, und die ansehnlichsten Frauen waren schändlich misshandelt worden.« Er schwieg eine Weile, auf Details verzichtend. »Man hatte ihnen auf gemeinste Weise Gewalt angetan.« Zur Bekräftigung nickte er mit dem Kopf. »Ein paar Frauen waren sich sicher, dass Lord Faroguy tot sein müsse, weil zu seinen Lebzeiten solche Gräuel nie hätten passieren können. Mein Eheweib hat es mit der Angst gekriegt. Ich sage ihr dauernd, dass wir zu Tillek gehören, wo Lord Melongel das Sagen hat, und der ist ein gerechter Herr. Und so weit sind wir noch nicht gekommen, dass sich jemand mit brutaler Gewalt Land aneignet, das seit Menschengedenken im Besitz ein und derselben Sippe ist.«

Bei diesen Worten lief es Robinton eiskalt über den Rücken.

»Um meine Frau zu beruhigen, habe ich uns ein Stück weiter weg eine Hütte gebaut«, fuhr er fort und deutete mit seiner schwieligen Hand in eine bestimmte Richtung. »Dorthin können wir uns flüchten, falls doch jemand kommt, der es nicht gut mit uns meint. Aber ich muss schon sagen, das, was sich im Hochland abspielt – ob mit oder ohne Lord Faroguys Wissen – gefällt mir ganz und gar nicht.«

»Mir gefällt es ebensowenig, Chochol. Und sei versichert, dass ich Lord Melongel darüber berichten werde.«

An diesem Abend schrieb Robinton nicht an seiner Sonate weiter, denn die Lust zum Komponieren war ihm vergangen. Er hatte Chochol gefragt, ob die missbrauchten Frauen die Namen ihrer Peiniger genannt hätten, und wohin sie gegangen seien. Aber Chochol hatte sie nicht nach näheren Einzelheiten gefragt, und die Frauen waren nicht sehr gesprächig gewesen. Er brachte sie lediglich zu dem Weg, der längs des Flusses ans Meer führte, und gab ihnen an Proviant mit, was er entbehren konnte.

In den meisten Nächten verbrauchte Robinton jedoch eine Menge Leuchtkörbe, wenn er seine Sonate komponierte. Er schrieb auch andere Musikstücke an Kasia, Liebeslieder, die ihm auf seinen ausgedehnten Ritten durch einsame Landstriche einfielen. Es handelte sich um private Lieder, ausschließlich für sie beide gedacht, die sie auf ihrer neuen Harfe spielen konnte.

Er vollendete seine Sonate, ehe er zur Herbstversammlung und ihrer Vermählung nach Tillek zurückkehrte.

* * *

Kasia begrüßte ihn so herzlich, dass sie die ganze Nacht lang zusammenblieben. Eine Wonne für den jungen Harfner, der des Reisens überdrüssig war und seine Angebetete viel zu lange vermisst hatte.

Sie unterhielten sich und tauschten Zärtlichkeiten aus. Hauptsächlich sprachen sie von ihrer gemeinsamen Zukunft. Hin und wieder schilderte er ihr ausführlich bestimme Erlebnisse, die er in seinen Briefen nur angedeutet hatte. Denn meistens hatte er von seinen Sehnsüchten und seiner Liebe zu ihr geschrieben, und Kasia beteuerte, dass sie seine Briefe hüten würde wie einen kostbaren Schatz. Das Abenteuer mit der Mauer war für die Kuriere, die auch geflissentlich Klatsch weitertrugen, ein wahrer Leckerbissen gewesen.

»Diese Geschichte wird mir wohl mein Leben lang anhängen«, meinte er und wickelte eine Strähne ihres dichten schwarzen Haares um seinen Finger.

»Was stört dich daran, Rob?« Sie kicherte. »Sie verdeutlicht doch deine Fähigkeiten als Schlichter.«

»Na ja, ich musste doch die in mich gesetzten Erwartungen erfüllen«, erwiderte er.

»Du hast ausgezeichnete Arbeit geleistet, sagt Melongel.«

Er seufzte. »Hoffentlich stimmt das. Jede Siedlung, in die ich kam, schien irgendein uraltes Problem zu haben, das offenbar nur ich zu lösen vermochte.«

»Und wie ich dich einschätze, hast du jeden Streit zur allseitigen Zufriedenheit beigelegt.«

»Wie kannst du so sicher sein?«

»Weil ich dich kenne, Rob. Du bist scharfsichtig, hast einen klugen Kopf und kannst überzeugend reden.« Sie küsste ihn auf den Mund und beendete damit die Diskussion.

Als er am nächsten Tag gähnend und geistesabwesend durch die Festung ging, erntete er von allen Seiten verständnisvolle und freundliche Blicke.

Während seiner Unterredung mit Lord Melongel erwähnte er, was Chochol ihm erzählt hatte. »Eine sehr gut geführte Bergfestung. Der Pächter heißt Chochol«, begann er, ehe er mit den beunruhigenden Nachrichten herausrückte.

Melongel warf einen Blick auf die Landkarte und nickte, als er den Ort gefunden hatte.

»Er hat ein paar Flüchtlingen aus dem Hochland Obdach gewährt, ehe sie in Richtung Tillek weiterzogen.«

»Tatsächlich?«

Robinton rutschte nervös auf seinem Stuhl hin und her. Er wollte keinen unnötigen Alarm schlagen, gleichzeitig musste er seine Befürchtungen offen und ehrlich zum Ausdruck bringen. »Ich bekleidete drei Planetenumläufe lang im Hochland die Stelle eines Harfners. Für Lord Faroguy hege ich den allergrößten Respekt. Das letzte Mal sah ich ihn, als er in Burg Benden weilte, um über Lord Raids Eignung als Burgherr abzustimmen, und bei der Gelegenheit fiel mir auf, wie krank er aussah.«

Melongel nickte zustimmend. »Hmm. Ich hab's auch bemerkt.«

»Nun ja, möglicherweise ist Lord Faroguy mittlerweile gestorben, und wir sind nicht davon in Kenntnis gesetzt worden.«

Erschrocken blickte Melongel ihn an. »Das kann ich mir nicht vorstellen.«

»Ich offen gestanden auch nicht, aber Chochol schloss es nicht aus, weil viele der Flüchtlinge, die er aufnahm, zu Anverwandten nach Tillek wollten. Und dort auch zu bleiben gedachten.«

Melongel furchte die Stirn. »Ein paar meiner Pächter haben um eine Verringerung ihrer Tributzahlung gebeten, weil sie für Angehörige zu sorgen hätten, die von ihnen abhängig seien.« Er stöberte in einem Stapel von

Häuten. »Ich wusste natürlich nicht, aus welchen Gründen die Familien auf einmal größer waren, und hatte auch keine Ahnung, dass die Neuzugänge aus dem Hochland stammten.«

Robinton räusperte sich. »Die Frauen erzählten dem Pächter Chochol, man hätte sie aus ihren Wohnstätten vertrieben. Und die jungen, hübschen Weibsbilder seien vergewaltigt worden. Sie glauben, solche Abscheulichkeiten könnten nur geschehen, wenn Lord Faroguy nicht mehr lebte.«

Melongel fixierte Robinton mit einem durchdringenden Blick. »Glaubst du, dass Chochol die Wahrheit sagt?«

»Ja. Zufällig weiß ich, dass es im Hochland einen sehr ehrgeizigen jungen Mann gibt, der auf jeden Fall versuchen wird, nach der Macht zu greifen … wenn Lord Faroguy stirbt.«

»Hat dieser ehrgeizige junge Mann einen Namen?«

Der Ausdruck in Melongels Augen verriet Robinton, dass er die Antwort bereits kannte.

»Fax.«

»Faroguys Neffe?« Melongel schaute an Robinton vorbei ins Leere. »Ich denke, ich sollte Faroguy zu unserer nächsten Versammlung einladen. Da du bei ihm gedient hast, möchte er vielleicht gern kommen.«

Etwas Besseres hätte sich Robinton gar nicht wünschen können. Chochols Bericht hatte die ärgsten Befürchtungen in ihm geweckt.

»Da ist es ja!« Melongel fischte ein Stück Pergament aus dem Stapel und überflog den Text. »Mal sehen, was ich feststellen kann. Zwei dieser Pächter, die Verwandte bei sich aufgenommen haben, wohnen in der Nähe.« Er faltete die Hände über seinem Bauch und senkte kurz den Blick. Dann sah er Robinton wieder an und lächelte. »Du hast sehr gute Arbeit geleistet, Robinton. Ich kenne diesen Neffen, und offen gestanden kam er mir auch recht ehrgeizig vor. Was glaubst du – ist Farevene ihm gewachsen?«

Robinton räusperte sich und suchte nach ehrlichen Worten, ohne Farevene herabzusetzen. »Nun ja, wenn es hart auf hart kommt, würde ich nicht unbedingt auf Farevene setzen.«

»Ich übrigens auch nicht. Aber ich weiß, dass Farevene ausgebildet wurde, die Nachfolge seines Vaters anzutreten. Und für Fax als neuen Burgherrn werde ich ganz gewiss nicht stimmen.«

Robinton atmete erleichtert auf.

Melongels Lächeln vertiefte sich. »Und nun geh, Robinton. Ich weiß, dass du deine Zeit lieber mit Kasia verbringen möchtest, ihr wart ja lange genug getrennt. Da wäre noch etwas. Am Tag der Versammlung wirst du mit mir und Minnarden die Gerichtsverhandlung leiten.«

Innerlich stöhnte Robinton – wieder einmal hing ihm das Ereignis mit der Mauer nach, obwohl ihm soeben eine große Ehre zuteil geworden war. Minnarden freute sich, wie eifrig er die Charta studierte und sich mit dem System der Schlichtung und Rechtsprechung befasste. Bei der Versammlung würde er zum ersten Mal als Richter tätig werden – bis jetzt hatte sich seine Einmischung in Rechtsstreitigkeiten auf eine Vermittlerrolle beschränkt. Kasia würde stolz auf ihn sein, auch wenn ihm die Tätigkeit bei Gericht keine Freude bereitete.

»Es dauert sicher nicht lange, Rob, und am Nachmittag kann dann wie geplant eure Vermählung stattfinden.«

Mit einem freundschaftlichen Schulterklopfen verabschiedete sich Melongel von ihm.

* * *

»Du sollst zu Gericht sitzen? Ach, Rob, was für eine hohe Auszeichnung!« rief Kasia und bekam große Augen. »Melongel scheint dich ja wirklich zu mögen.«

»Auf diese Beschäftigung kann ich gut verzichten«, grollte Robinton, ernsthaft verstimmt. »Den ganzen Vormittag muss ich mir die Tiraden irgendwelcher Störenfriede anhören und Strafen für Bagatellvergehen festlegen.«

»Dann hast du wenigstens deine Nervosität abreagiert, wenn wir am Nachmittag heiraten«, neckte sie ihn.

»Ha! Sie wird höchstens noch schlimmer, wenn ich stundenlang mit Halbwahrheiten und falschen Alibis konfrontiert bin.« Er zog sie in seine Arme und küsste sie. Derart abgelenkt, kam er wieder nicht dazu, ihr von seiner Sonate an meergrüne Augen zu erzählen.

Doch je länger er dies hinausschob, umso weniger Zeit blieb, sie vor dem Hochzeitstag zu proben. Und auf einmal befielen ihn Zweifel, ob das Werk überhaupt gut genug war. Eine so ernste Musik hatte er noch nie geschrieben. Vielleicht überschätzte er sein Talent. Aber jedes Mal, wenn er die Noten im Geist hörte, überkam ihn eine euphorische Stimmung, die sich in dem furiosen Finale zu einer regelrechten Ekstase steigerte. Es glich einem Liebesakt. Und genau das sollten die Zuhörer empfinden – das Crescendo als einen erlösenden Orgasmus auffassen.

Am Tag vor der Versammlung traf seine Mutter mit Meister Gennell ein. Im allgemeinen Begrüßungstrubel dauerte es ein Weilchen, bis er mit seiner Mutter allein sprechen konnte. Er war beunruhigt, weil die lange Reise sie ziemlich entkräftet hatte.

»Ich konnte nicht anders, zu deiner Vermählung musste ich hier sein!« beschied sie ihn energisch. »Dein Vater hat eigens für dich und Kasia ein kurzes Musikstück geschrieben, das ich singen werde.«

»Tatsächlich?« Robinton war über alle Maßen verblüfft, als seine Mutter ihm das Notenblatt reichte.

»Es ist nicht in seinem üblichen Stil gehalten. Mir scheint, das Alter stimmt deinen Vater allmählich milder.«

Robinton merkte sofort, dass diese Musik in der Tat angenehm, geradezu erquicklich war. Und gemessen an seinen sonstigen Kompositionen haftete ihr eine Schlichtheit an, die ans Herz rührte.

»Minnarden wird mich begleiten, da du ja anderweitig beschäftigt bist …« Merelan umarmte ihn stürmisch. »Deine Kasia gefällt mir, und sie liebt dich aufrichtig. Du wirst sehr glücklich mit ihr werden, das weiß ich.«

»Ich bin jetzt schon glücklich«, erwiderte er mit verschämtem Lächeln. »Mutter, ich habe ein Musikstück geschrieben, das du dir unbedingt ansehen musst.«

»Wie in alten Zeiten?« Sie wartete, während er in einer Schublade nach der Sonate kramte. »Ich bin beinahe eifersüchtig, weil jetzt andere Leute deine Kompositionen zuerst begutachten dürfen.«

»Aber ich schicke dir immer …«

»Natürlich, Junge, aber es hat mir Spaß gemacht, deine Musik …« Sie hatte die Partitur aufgerollt und las die ersten Takte. Dann fing sie an zu summen. Den Kopf schräg geneigt, schritt sie im Zimmer auf und ab, während sie halblaut sang und eine Hand im Takt der Tempi bewegte.

Sein Herz krampfte sich zusammen, als er seiner Mutter zuschaute. Zum Glück war er in sein neues Quartier gezogen, das im Obergeschoss der Burg lag. Die Wohnung umfasste zwei Räume mit einem kleinen Bad. Es würde seiner Mutter gut tun zu sehen, dass er es bequem hatte.

Jählings blieb Merelan stehen, blickte ihren Sohn nachdenklich an und griff nach seiner Gitarre.

Das Stück war arrangiert für eine Erste Geige oder Gitarre, Harfe, Flöten und Trommel. Die Sonate bestand lediglich aus drei Sätzen. Auf einen vierten Satz hatte er verzichtet – was sein Vater unverzeihlich gefunden hätte – aber er fand, mit dem Allegro, Adagio und Rondo habe er alle Gefühle, die er zum Ausdruck bringen wollte, erschöpfend behandelt. Ein Scherzo hätte nur gestört.

Nachdem seine Mutter die letzten Takte gesungen und gespielt hatte, schwieg sie eine geraume Zeit lang. Dann blickte sie ihn mit Tränen in den Augen an.

»Ach, Robie, das ist die schönste Musik, die du je geschrieben hast. Was sagt Kasia dazu? Ich weiß natürlich, dass die Sonate an sie gerichtet ist.«

Robinton schluckte. »Sie kennt sie noch gar nicht. Ich war mir nicht sicher, ob sie wirklich so gut ist.«

»Meine Güte, Robie!« Mit einer ärgerlichen Geste legte seine Mutter die Gitarre auf den Tisch zurück. »Du hast kein einziges Stück geschrieben, das man als schlecht bezeichnen könnte, und diese Komposition ist ein wahres Meisterwerk! Wieso diese plötzliche Unsicherheit? Du sagst, Kasia spielt Harfe. Nun, ein romantischeres Stück als diese Sonate habe ich noch nie gehört. Sie ist sogar noch besser als ...« Sie brach ab und biss sich auf die Lippe. »Nein, es gibt keinen Vergleich. Du besitzt eine viel sensiblere Seele, mein Sohn.« Sie schlang die Arme um ihn und drückte ihn an sich. »Wenn du ihr die Sonate nicht noch heute zeigst ...«

»Dazu fehlt mir die Zeit, Mutter. Der heutige Tag ist bald zu Ende.« Er erwiderte ihre Umarmung, atmete den zarten Duft ein, der von ihrer Kleidung ausging, und wunderte sich, wie gleich sich die beiden Frauen anfühlten, wenn er sie in den Armen hielt.

»Dann musst du dich halt beeilen«, bestimmte Merelan. »Sie wird ungehalten sein, wenn du ihr das Stück so lange vorenthältst, es sei denn, du bist gerade erst damit fertig geworden.«

»O nein. Ich hab's bereits im Sommer geschrieben.«

»Na so etwas!« schimpfte sie. »Wenn du dir wegen seiner Qualität solche Sorgen machtest, warum hast du es mir dann nicht zur Prüfung geschickt? Ich hätte deine Bedenken zerstreuen können.«

Beide wussten, wieso er dies nicht getan hatte, doch nach dem positiven Urteil seiner Mutter fühlte er sich wieder zuversichtlich. Und auf ihre ehrliche Meinung konnte er sich verlassen, auch wenn er ihr Sohn war.

»Gibt es eine Kopie davon, Rob? Meister Gennell wird sich dafür interessieren. Die Sonate ist so herrlich lyrisch. Der Inbegriff von Romantik. Genau das richtige Musikstück für eine Vermählung. Ach, Robinton, ich bin ja so froh, dass ich dich habe.« Jählings schlug ihre Stimmung um. »Jetzt fühle ich mich sehr erschöpft. Begleitest du mich in mein Quartier? Allein würde ich mich bestimmt verlaufen.«

* * *

Nachdem er seine Mutter in das Gästequartier gebracht hatte, wollte er selbst zu Bett gehen. Es war spät, und morgen erwartete ihn ein ereignisreicher Tag. Er zog sich aus und machte es sich auf dem breiten Ruhelager bequem, das er demnächst mit Kasia teilen würde. Für ein Nachtgewand war es viel zu warm, und er dachte bei sich, dass er fortan nur noch nackt schlafen sollte, um Kasias weiche Haut an seinem Körper voll auszukosten. Er atmete tief durch und stellte nach einer Weile fest, dass er zum Einschlafen viel zu aufgekratzt war.

Er schlug die leichte Felldecke zurück und stand wieder auf. Seine neue Garderobe für die Vermählung hing an der Schranktür. Mit der Hand strich er über den feinen Brokat, den Clostan für ihn ausgesucht hatte. Es war wirklich ein schöner Anzug, der tadellos an ihm saß.

»Wieso muss ein Harfner in ausgebeulten Sachen herumlaufen?« hatte Clostan zynisch gefragt, als sich Robinton in der Halle der Tuchmacher für das erstbeste Gewand, das ihm passte, entscheiden wollte. Der Meisterheiler war so groß wie Robinton, hatte dunkles Haar und schöne Gesichtszüge. Seine langen, schmalen Hände konnten die schlimmsten Wunden nähen und die kompliziertesten Knochenbrüche richten. Seit sieben Planetenumläufen wirkte Clostan in Tillek. Er stand im Range eines Meisters, denn die Festung brauchte einen erstklassigen Mediziner. Clostan war darauf spezialisiert, die für eine Fischereisiedlung typischen Verletzungen zu behandeln.

»Beim Ersten Ei, Mann, warum legst du so wenig Wert auf dein Äußeres? Dabei hast du breite Schultern, ein schmale Taille und lange Beine. Du musst deine Vorzüge betonen, zeigen, was du hast.« Clostans Beinkleider lagen so eng an, dass es beinahe die Grenzen der Schicklichkeit überschritt. »Besonders am Tage deiner Hochzeit. Die anderen Mädchen sollen sehen, was ihnen entgangen ist, und Kasia wird stolz auf dich sein.«

»Weil ich ein Angeber bin?« versetzte Robinton leicht pikiert.

»Dich wird niemand für einen Angeber halten, Rob«, hatte Clostan erwidert und dazu leicht den Kopf geschüttelt. Er lächelte, dass seine ebenmäßigen weißen Zähne blitzten. Dann wurde er wieder ernst und prüfte die verschiedenen Stoffe, die der Schneider ihnen vorlegte. Er hielt die Muster gegen Robintons Gesicht, um zu sehen, wie sich die Farben mit seinem Teint vertrugen. Durch die Herumreiserei während des ganzen Sommers war Robinton von der Sonne gebräunt. »Hmm, ja. Ich weiß, was Kasia trägt, und ihre Farben müssen wir berücksichtigen. Die Töne dürfen sich auf gar keinen Fall beißen. Hmm. Dieser rostbraune Brokat wäre nicht schlecht …«

»Brokat?« Robinton war entsetzt. Er geizte mit seinen Marken, und er hatte nur so viel Geld dabei, wie er für den neuen Anzug eingeplant hatte. Aber Brokat …

»Na ja, zu deiner Hochzeit musst du schon etwas Besonderes anhaben, oder?« kanzelte Clostan ihn ab. »Sieh es mal so«, fuhr er einlenkend fort. »Ein Gewand aus einem wirklich hochwertigen Material kannst du immer wieder zu Versammlungen anziehen.« Er rieb den Stoff zwischen den Fingern und zog dann an beiden Enden, um die Robustheit zu demonstrieren. »Du braucht dir nicht ständig etwas Neues zu kaufen, und hast im Grunde noch gespart. Gute Bekleidung ist eine Kapitalanlage.«

»Und wie man sieht, befolgst du deinen eigenen Rat.«

Clostan lächelte süffisant. »Genau. Aber ich treffe immer eine kluge Wahl, und ich besitze für jede Gelegenheit und jedes Wetter die passende Garderobe. Außerdem erfreut es meine Patienten, wenn ihr Heiler einen erquicklichen Anblick bietet.«

Halbwegs überzeugt, und weil er sich vor Kasia schließlich nicht blamieren durfte, hielt Robinton sich den rostbraunen Brokat gegen die Wange und betrachtete sich im Spiegel. Die Farbe schmeichelte wirklich seinem Teint.

»Du wirst deinen Entschluss nicht bereuen«, behauptete Clostan. »Und wenn du schon mal dabei bist, dich neu einzukleiden, könnten ein paar neue Hemden auch nicht schaden. Du hast nur drei.«

Robinton streckte die Arme aus, damit der Schneider Maß nehmen konnte. Er überlegte, ob er Clostan für seine dreiste Einmischung maßregeln sollte, doch dann fing er an zu lachen. Er erkannte das Komische an der Situation.

»Und was du dringend benötigst, sind neue Hosen. Deine sind schrecklich fadenscheinig – noch dazu an peinlichen Stellen, weil du so häufig im Sattel gesessen hast.« Clostan zeigte auf Robintons Hinterteil.

Robinton sah ein, dass Clostan Recht hatte, und bestellte beim Schneider ein paar Hemden und gleich zwei neue Hosen. Eine aus Leder, das beim Reiten nicht so schnell durchscheuerte. Insgeheim hatte er die Beinkleider aus weich gegerbtem Leder bewundert, die Mumolon und Ifor trugen.

Als er zur ersten Anprobe zurückkehrte, war er mit dem Ergebnis sehr zufrieden und bestaunte sich in dem langen Spiegel. Die Sachen saßen so vortrefflich und trugen sich so bequem, dass er es bereute, nicht schon eher eine maßgeschneiderte Garderobe besessen zu haben. Aber früher war ihm sein Aussehen ziemlich gleichgültig gewesen. Auf Versammlungen hatte er sich an den Ständen mit Bekleidung einfach etwas ausgesucht, was ihm einigermaßen passte und preiswert war.

Er war Clostan so dankbar, dass er ihm einen Schlauch mit erstklassigem Benden-Wein schenkte.

»Sei bedankt«, sagte Clostan und nahm das Geschenk erfreut an. »Der einzige Nachteil an dieser Burg sind die sauren Weine.« Eine Meinung, die Robinton voll und ganz mit ihm teilte.

* * *

In der Erinnerung an diese Episode musste er lächeln. Er öffnete den Leuchtkorb über dem neuen Arbeitstisch, den Kasia und er für ihr neues Heim ausgesucht hatten. Dann schickte er sich an, die Sonate für seine

Mutter zu kopieren. Vielleicht bekäme Petiron sie zu Gesicht. Viel konnte er an diesem Werk nicht auszusetzen haben, denn sie war im klassischen Stil geschrieben. Doch als seine Finger nur so über das Pergament flogen, setzte die Ernüchterung ein. Er konnte sich beim besten Willen nicht vorstellen, dass Petiron irgendetwas lobenswert fand, das sein Sohn komponiert hatte.

Zum Schluss prüfte er, ob ihm beim Abschreiben kein Fehler unterlaufen war, und überlegte, wie Kasia wohl reagieren würde, wenn sie die Sonate zum ersten Mal hörte. Wenn sie nur halb so begeistert wäre wie seine Mutter …

Er schenkte sich ein Glas Wein ein, wanderte im Zimmer auf und ab und trank im Gehen ein paar Schluck. Dann setzte er sich wieder an den Tisch und begann, seine anderen Lieder an Kasia zu kopieren. Seiner Mutter würden sie gewiss gefallen. Vielleicht nahm sie ein paar davon sogar in ihr Repertoire auf.

Beim Arbeiten kostete er immer wieder von dem Wein. Schließlich rollte er die Blätter zusammen und verschnürte sie vorsichtig mit einer Kordel. Dieses Päckchen wollte er seiner Mutter mitgeben. Nach einem weiteren Glas Wein merkte er, dass es bis zur Morgendämmerung nicht mehr weit war. Er legte sich ins Bett und schlief im Nu ein.

Kapitel 13

Obwohl Robinton nur wenige Stunden schlief, stand er beim ersten Tageslicht auf. Er hatte vergessen, die Vorhänge vor die kleinen runden Fenster zu ziehen, und die Sonne schien ihm in die Augen. Doch er fühlte sich frisch und ausgeruht. Die Sicht war so klar, dass er glaubte, auf der anderen Seite der Bucht die Küste des Hochlands zu sehen. Dabei fiel ihm ein, dass er noch nicht wusste, ob Lord Faroguy Melongels Einladung zu seiner Hochzeit angenommen hatte.

Obwohl er und Kasia nicht das einzige Paar waren, das an diesem Tag ihr Ehegelöbnis ablegte, ermahnte er sich. Er durfte sich selbst nicht zu wichtig nehmen.

Während er sich ankleidete, dachte er mit Verdruss daran, dass er den ganzen Vormittag über zu Gericht sitzen musste. Doch vielleicht hatte dies auch sein Gutes, wie Kasia bereits scherzhaft angedeutet hatte, und die Ablenkung verringerte seine Nervosität.

Beim Frühstück setzte er sich zu Clostan an den Tisch, und der Heiler unterzog ihn und seine neue Kleidung einer kritischen Musterung.

»Ich habe dir wirklich einen Gefallen erwiesen, alter Junge«, meinte Clostan und zog die Nase hoch, ehe er sich wieder seinem Käsebrot widmete.

»Du siehst auch nicht schlecht aus«, erwiderte Robinton, der nun ein Auge hatte für gut sitzende Garderobe.

Clostan blickte an sich hinab, als könne er sich nicht mehr erinnern, was er heute früh angezogen hatte. »Ich bin zufrieden. Zum Tanzen ziehe ich mich vielleicht um. Das heißt«, er stieß Robinton den Ellbogen in die Rippen und zwinkerte ihm vertraulich zu, »wenn du mir einen Tanz mit der schönen Kasia erlaubst.«

»Weil du es bist, und weil ich dir einen Gefallen schulde, darfst du mit ihr tanzen, wenn ich spiele.«

»Wie bitte?« Clostan gab sich überrascht. »An deinem Hochzeitstag musst du musizieren?«

Robinton winkte ab. »Ich bin Harfner. Du würdest doch auch keinen Patienten zurückschicken, oder?«

»Wohl kaum.« Clostan schnippte einen Krümel von seinem Rockärmel. »Wir sehen uns dann später. Ich habe noch zu tun.« Dann stand er auf und entfernte sich.

* * *

Lord Melongel, der ein strenges, dunkelbraunes Gewand mit sparsamer Goldstickerei am Kragen und an den Manschetten trug, betrat die Speisehalle. Als er Robinton in seiner neuen Garderobe entdeckte, huschte ein Lächeln um seine Lippen.

»Gut siehst du aus«, lobte er ihn. »Ach ja, gestern traf vom Hochland eine Trommelbotschaft ein. Lord Faroguy kann zu seinem größten Bedauern die Einladung nicht annehmen.«

»Nannte er einen Grund? Ist er vielleicht zu krank zum Reisen?«

Melongel furchte die Stirn und rieb sich nachdenklich das Kinn. »Etwas Näheres ließ er nicht verlauten. Das ist ja das Merkwürdige an dieser Nachricht. Ich kenne Faroguy schon sehr lange. In den vielen Botschaften, die er mir zukommen ließ, erkundigte er sich immer nach Juvana. Sie verbrachte nämlich einen ganzen Planetenumlauf bei Lady Evelene. Doch dieses Mal wollte er nichts über Juvanas Befinden wissen.«

Robinton beschlich ein leises Unbehagen. »Wenn er krank ist, hat eventuell jemand anders den Text verfasst.«

»Farevene hätte ebenfalls ein persönliches Wort für Juvana erübrigt. Nun ja, wir haben heute genug zu tun und sollten uns nicht mit weiteren Problemen belasten. Wie ich sehe, bist du fertig mit dem Frühstück. Ich schlage vor, dass wir uns jetzt in die Gerichtshalle begeben. Es stehen eine Menge Fälle zur Verhandlung an.«

Robinton stand auf, einen Seufzer unterdrückend. In Tillek befand sich der Saal, in dem die Prozesse stattfanden, nicht in der Festung, sondern in einem Gebäude aus Stein. Die Versammlung war bereits in vollem Gange. Sowohl die Gildehallen als auch unabhängige Kaufleute stellten ihre Verkaufsbuden auf, und es herrschte eine rege Betriebsamkeit.

Die gesamte Fischereiflotte ankerte im Hafen oder lag auf Reede, und ständig legten weitere Schiffe an. Nicht nur die Einheimischen, auch Gäste von außerhalb würden an den Feierlichkeiten teilnehmen. Melongel und Robinton gingen gemessenen Schrittes durch die Menge und wurden von allen Seiten freundlich begrüßt.

Plötzlich zupfte jemand an Robintons Ärmel. Zu seiner Überraschung erkannte er Pessia, gefolgt von Sucho, Tortole, Valrol und Klada, die sich verschämt hinter dem breiten Rücken ihres Vaters versteckte.

»Guten Tag, Lord Melongel«, grüßte Pessia und deutete einen Knicks an. Dann wandte sie sich Robinton zu. Halb schüchtern, halb stolz, lächelte sie ihn an. »Du hast sehr viel für uns getan, vor allen Dingen für Saday. Dieses Geschenk ist für dich und deine Frau.« Sie drückte ihm einen Gegenstand in die Hand, der in ein Tuch eingewickelt war, und ehe er ihr antworten konnte, lief sie davon. Ihre Leute folgten ihr auf den Fersen.

»Sind das die Bergbewohner, die sich wegen der eingestürzten Mauer gestritten hatten?« erkundigte sich Melongel.

»Ja.« Robinton versuchte festzustellen, in welche Richtung Pessia rannte, doch sie und die anderen waren bereits in der Menge untergetaucht.

Auf Melongels Bitte hin packte er den Gegenstand aus. Das Tuch war so neu, dass es noch den Geruch der Pflanzenfarbe verströmte, in die es getaucht worden war. Und als er es entfernte, hielt er eine wunderschöne Holzschüssel in den Händen.

»Ein elegantes Stück«, staunte sich Melongel. »Erstklassige Handwerkskunst.«

Beide Männer betasteten sie mit ihren Fingern, befühlten die glatt geschliffenen Wände und das zierliche Blumenmuster, das den Rand umgab. Die Blüten und Blätter wirkten so echt und natürlich, als seien sie aus dem Holz herausgewachsen.

»Ein sehr schönes Geschenk, Robinton«, fand Melongel. »Und du hast es dir verdient.«

Dann bedeutete er, sie sollten weitergehen. Vor dem Gerichtsgebäude drängten sich bereits Männer und Frauen, die angespannte Mienen zur Schau trugen. Vermutlich waren dies die Kläger und Beklagten, die ihre Anliegen vortragen wollten.

Robinton hatte Glück. Gerade verhandelten sie über einen Fall, in dem ein Pächter beschuldigt wurde, sein Anwesen zu vernachlässigen, da huschte ein Bote herein und gab Lord Melongel ein Schreiben. Der Burgherr überflog es, lächelte schief und reichte das Blatt an Robinton weiter.

»Du kannst gehen«, entließ Melongel seinen Harfner. »Auf dich warten andere Pflichten.«

Robinton las die Nachricht mit gemischten Gefühlen. Er wurde davon in Kenntnis gesetzt, dass F'lon mit dem Burgherrn Bourdon und dessen Gemahlin Brashia eingetroffen war. Man erwartete Robinton in Juvanas Gemächern. Robinton fürchtete das erste Zusammentreffen mit Kasias Eltern mehr als die Langeweile einer Gerichtsverhandlung. Doch als er nicht sofort von seinem Platz aufstand, maß Melongel ihn mit einem ernsten Blick. Ihm blieb nichts anderes übrig, als aufzustehen und zu gehen.

Draußen standen die Menschen und gafften zu den Spitzen und Zinnen der Festung empor, wo der Bronzedrache sich in der Sonne aalte. Wie der Reiter, so der Drache, fand Robinton, als Simanith prahlerisch seine gewaltigen glänzenden Schwingen spreizte, ehe er sie graziös an den Rücken schmiegte und sich dicht am lotrechten Absturz der Klippe in Positur setzte.

F'lon lehnte am Eingangsportal der Burg und grinste, als Robinton zu ihm eilte.

»Sie sind wohlbehalten und sicher gelandet«, verkündete er und schlug Robinton herzhaft auf die Schulter. Dann rückte er ein Stück von ihm ab und bestaunte seine neue Kleidung. Schließlich pfiff er leise durch die Zähne, und in seinen Augen blitzte der Schalk. »Du hast ja mächtig dazugelernt. Wer hat dir denn guten Geschmack beigebracht, deine liebreizende Kasia?«

»Ich bin sehr wohl imstande, mir meine Garderobe selbst auszusuchen«, erwiderte Robinton verschnupft. Leiser fügte er hinzu: »Wieso seid ihr schon so früh gekommen?«

»Früh nennst du das? Sollten sie denn bis zum letzten Augenblick warten? Keine Bange, Rob. Ich passe auf, dass sie dich nicht auseinander pflücken.«

Als Robinton auf die große Treppe zusteuern wollte, bugsierte F'lon ihn geschickt in die andere Richtung.

»Hier entlang«, bestimmte er und schob Robinton in einen Seitenraum, der als privates Gesprächszimmer diente. »Das ist er!« verkündete F'lon triumphierend, blieb an der Schwelle stehen und ließ Robinton allein eintreten.

»Ach, Robinton!« rief Juvana. Sie sprang auf, kam zu ihm und führte ihn zu ihren Eltern, die auf einem hochlehnigen Sofa saßen.

Robinton schluckte krampfhaft und lächelte gezwungen. Burgherr Bourdon war ein grauhaariger Mann mit tief gebräunter Haut. Seine grünen, leicht schräg stehenden Augen glichen denen von Kasia. Lady Brashia, eine verblühte Frau mit liebem Gesicht und graumeliertem braunem Haar, verließ ihren Platz und eilte Robinton entgegen.

»Ach, mein Sohn, wir sind ja so glücklich!« begrüßte sie ihn und griff nach seiner Hand. Bourdon schien etwas sagen zu wollen, doch er klappte den Mund wieder zu und überließ seiner Gemahlin das Reden. »Wir hatten schon befürchtet, sie würde Merdines Tod nie verwinden. Und als sie uns dann schrieb, sie wolle sich verheiraten, fiel uns ein Stein vom Herzen.« Um Bestätigung heischend blickte sie Bourdon an, der gehorsam nickte. »Nie hätten wir damit gerechnet, an eurer Vermählung persönlich teilnehmen zu können. Mardela liegt ja so weit von Tillek entfernt.« Abermals nickte Bourdon mit dem Kopf.

»Es war mir ein Vergnügen, meinem Freund einen kleinen Dienst zu erweisen«, warf F'lon mit einer eleganten Verbeugung ein.

Burgherr Bourdon räusperte sich. »Kasia sagt, du seist ein guter Seemann.«

»Nun ja, zumindest werde ich nicht seekrank«, erwiderte Robinton bescheiden.

»Und es macht dir auch nichts aus, beim Ausnehmen und Einsalzen der Fische zu helfen, sagt sie.«

»Komm, Robinton, setz dich«, schlug Juvana vor und deutete auf das andere Sofa. »Du wirst doch nicht darauf brennen, gleich wieder in das Gerichtsgebäude zurückzulaufen, oder?« Sie lächelte verschmitzt. »Deine Mutter hat unsere Eltern schon kennen gelernt. Jetzt leistet sie Kasia Gesellschaft und hilft ihr, die Ruhe zu bewahren.«

»Wie, Kasia ist aufgeregt?« wunderte sich Robinton, dessen eigene Stimme sich vor Nervosität beinahe überschlug.

Juvana kicherte. »Das ist ihr gutes Recht. Aber richtig schick siehst du aus, Robinton. Hast du dich von Clostan beraten lassen?«

»Hmm«, brummelte Robinton verlegen.

»Und was ist das?« Juvana zeigte auf die in das Tuch eingewickelte Holzschüssel. »Ein Hochzeitsgeschenk?«

Froh über das neue Gesprächsthema, zeigte Robinton die Schüssel und erzählte, dass Saday sie angefertigt hatte.

»Ach ja, die Leute, für die du den Streit wegen der Mauer geschlichtet hast«, trumpfte Brashia auf. »Kasia hat uns erzählt, wie klug du dich in Angelegenheiten des Rechts verhältst.«

Bourdon schmunzelte. »Du bist ein schlauer Kopf, Robinton. Ein bisschen Gewitztheit hat noch niemandem geschadet.«

Eine Küchenmagd brachte ein Tablett mit Erfrischungen, Klah, Wein, Keksen und kleinen Kuchen. Robinton half ihr, das Tablett auf einem Tisch abzusetzen. Während Juvana sich bei ihren Eltern erkundigte, was sie zu essen und zu trinken wünschten, verteilte Robinton Teller, Gläser und Becher. Diese triviale Beschäftigung trug dazu bei, sein inneres Gleichgewicht wiederherzustellen.

»Gibt es in Mardela um diese Jahreszeit viel zu tun?« fragte er Bourdon.

»Und ob. Wir fischen nach Packschwänzen. Kennst du die?«

»In unseren Gewässern kommen die Bordos vor, eine nördliche Variante der Packschwänze«, entgegnete Robinton mit einer Selbstverständlichkeit, als rede er jeden Tag über Fischerei.

Bourdon nickte beifällig. »Ein guter Speisefisch.«

»Wird deine Mutter heute singen?« wollte Brashia wissen. »Natürlich kennt man auch in Mardela die Meistersängerin Merelan, aber nur wenige von uns erhalten je die Gelegenheit, ihre Konzerte zu hören.«

»Sie hat es vor«, antwortete Robinton, der wieder einmal stolz war auf seine berühmte Mutter. Er wünschte sich, sie könnte jetzt bei ihm sein.

»Welche Lieder wird sie interpretieren?« erkundigte sich Brashia.

»Ein paar von Robintons Werken auf jeden Fall«, erwiderte Juvana, Robs beschwörende Blicke ignorierend. »Er ist ja viel zu bescheiden. Melongel findet, als Komponist leistet er Großartiges.«

»Juvana, das ist doch wohl übertrieben«, warf Robinton verlegen ein.

»Ganz und gar nicht. Und Kasia ist derselben Meinung.«

»Kasia ist befangen«, lästerte F'lon. Er lehnte gegen den Türrahmen, drehte den Stiel seines Weinglases zwischen den Fingern und verfolgte amüsiert die Unterhaltung. »Aber ich gebe zu, dass Rob ein paar ganz passable Lieder geschrieben hat.«

»Ich hoffe doch sehr, dass wir einige davon heute Abend hören werden«, freute sich Brashia.

»Vermutlich wird man außer Robs Werken gar nichts anderes vortragen«, fuhr F'lon fort. »Auf jeden Fall stammen die besten Lieder aus seiner Feder.«

»Na so etwas!«

»Jede neue Lehrballade und jede überarbeitete ältere Fassung hat Rob komponiert.«

Falls F'lon und Juvana glaubten, Robinton mit dieser Lobrede einen Gefallen zu erweisen, so hatten sie sich sehr geirrt.

»Und ich dachte, es sei dein Vater, der all die schönen Musikstücke schreibt«, erwiderte Bourdon verdutzt.

»Er komponiert auch«, flocht Juvana ein. Und F'lon ergänzte: »Aber Robs Lieder kann man singen.«

»Musst du nicht noch mehr Gäste holen?« fiel Robinton ihm ins Wort.

»Nein. Ich habe den ganzen Tag Zeit, dir zu helfen«, hielt F'lon ihm selbstgefällig entgegen.

»Aber vielleicht möchtest du über den Markt gehen«, ließ Robinton nicht locker.

Juvana lachte. »Schon gut, Rob, wir reden nicht länger über dich. Gerade heute sollten wir dich nicht so erbarmungslos necken.«

»Für diese Einsicht danke ich dir von Herzen, Burgherrin.«

»Komm schon, Rob!« Sie gab ihm einen leichten Klaps auf den Arm. »Nicht mehr lange, und ich bin deine Schwester.«

Robinton erstarrte.

»Sag bloß, du hast noch nie daran gedacht«, spottete F'lon, der sich über Robintons Verwirrung diebisch freute. »Und Lord Melongel ist dein Bruder. Gut gemacht, Harfner.«

Robinton spürte, wie Juvana sanft seinen Arm drückte. Auf einmal kam er sich töricht vor. Fragend blickte er sie an.

»So ist das nun mal«, räumte sie ein. Dann fing sie übermütig an zu lachen. »Ein Harfner, dem es die Sprache verschlagen hat. Das hat es noch nie gegeben!«

»Aber deshalb habe ich Kasia doch nicht ...«

»Natürlich nicht!« winkte Juvana ab.

»Du bist ein sehr netter Junge, Robinton.« Brashia strahlte ihn an.

»Und vom Fischereihandwerk versteht er auch was«, ließ Bourdon sich zufrieden vernehmen.

»Halt jetzt lieber den Mund, Rob«, riet F'lon mit anzüglichem Grinsen.

»F'lon, hör auf, an der Tür herumzulungern und hol die Harfe, die Robinton für Kasia gemacht hat«, befahl ihm Juvana und schnippte gebieterisch mit den Fingern. »Du weißt, wo sie ist. Und sag Kasia, hier läuft alles bestens.« Nachdem F'lon gegangen war, lächelte sie Robinton friedfertig zu. »Manchmal kann dieser F'lon einem schrecklich auf die Nerven gehen. Mir scheint, Drachenreiter haben ein noch viel loseres Mundwerk als Harfner. Was sagst du dazu, Robinton?«

»Offen gestanden habe ich dazu keine Meinung.«

»Das dachte ich mir«, gab Juvana zurück. »Clostan könnte man ohne weiteres zutrauen, sich eine Braut aus Berechnung zu nehmen – aber du wärest dazu nie imstande.«

»Kasia erzählte uns, für eure Hochzeitsreise hättet ihr euch eine Schaluppe geliehen«, warf Bourdon ein. »Bist du ein erfahrener Segler?«

»Bis jetzt bin ich nur zweimal auf einem Schiff mitgesegelt. Das erste Mal, als ich von Fort nach Tillek reiste, und dann die Siebenspanne mit dem Fischereiboot. Kapitän Gostol befehligte damals den Trawler. Und er leiht uns auch die Schaluppe.«

»Ach was!«

»Ja. Neulich segelte er mit uns kreuz und quer durch den Hafen.« Robinton grinste. »Er wollte sich davon überzeugen, ob Kasia etwas vom Segeln versteht. Denn ich bin ein absoluter Anfänger.«

Das ehrliche Eingeständnis kam bei Bourdon gut an, der sogleich in seinem Element war. Den Oberkörper vorgeneigt, erklärte er Robinton ein paar elementare Grundkenntnisse über das Segeln. Von nun an drehte sich das Gespräch ausschließlich um nautische Dinge, bis F'lon mit der Harfe zurückkam. Er behandelte das Instrument mit der gleichen Ehrerbietung, die er normalerweise nur seinem Drachen angedeihen ließ. Als er Robinton die Harfe reichte, flüsterte er: »Ein herrliches Instrument.« Bourdon und Brashia eilten herbei, um die Arbeit zu bewundern. Selbstverständlich baten sie Robinton, ein kurzes Musikstück zu spielen, damit sie den Klang hören konnten.

Und indem Robinton die Saiten zupfte, fand er endgültig seinen Seelenfrieden wieder. Als Juvana dies bemerkte, entschuldigte sie sich und ging, um sich anderen Pflichten zu widmen.

* * *

Für Robinton war dieses Fest der schönste Tag in seinem Leben. Selig vor Glück führte er Kasia zum Eingangsportal der Gerichtshalle, wo sich die Burgherren, deren Gemahlinnen, Minnarden und die anderen Gildemeister versammelt hatten. Kasia und Robinton waren das erste von sechs Paaren, die Ehegelöbnisse ablegten.

Robintons Nervosität war wie verflogen. Er hatte nur Augen für seine Braut. Hinter ihnen standen die Trauzeugen – seine Mutter, strahlend schön in ihrem blauen Gewand, flankiert von F'lon und Groghe, der in seiner Eigenschaft als Burgherr von Fort gekommen war. Kasias Eltern standen an der Seite ihrer Tochter. Die Mutter mit vor Aufregung glühenden Wangen, der Vater, der sich um ein stolzes, würdevolles Auftreten bemühte.

Noch nie hatte Robinton vor einer so großen Menschenmenge sprechen müssen. Singen oder spielen war etwas völlig anderes, doch es fiel ihm schwer, die Worte, die ihm am meisten am Herzen lagen, auszusprechen. Er räusperte sich und holte tief Luft, ehe er seine Absichten beschwor, ein liebevoller, verantwortungsbewusster und treuer Ehemann zu sein, für seine Frau zu sorgen und seine Familie zu ernähren.

Er hielt Kasias Hand und blickte ihr in die Augen, die frei von Schmerz waren und vor Glück leuchteten, als sie ihrerseits das Gelöbnis wiederholte.

»Wir alle haben euer Eheversprechen gehört, Robinton und Kasia«, erklärte der Burgherr Lord Melongel förmlich.

»Und können es bezeugen«, ergänzte Minnarden, während die anderen Gildemeister die traditionellen Antwortformeln herunterleierten. Die Zuschauer gratulierten lauthals und wünschten dem jungen Paar viel Glück.

Melongel schüttelte Robinton und Kasia lächelnd die Hände, ehe er sich dem nächsten Brautpaar widmete. »Alles Gute, Bruder!«, raunte er Robinton leise zu.

»So küss sie doch endlich!«, rief F'lon übermütig. Als weder Kasia noch Robinton Anstalten machten, sich vor aller Augen zu küssen, fasste er sie kurzerhand bei den Schultern und drängte sie aneinander.

Als ihre Lippen sich berührten, war es Robinton zumute, als durchführe ihn ein Blitz. Er war beinahe ein bisschen ungehalten, als F'lon ihn wieder von Kasia trennte.

»Ich bin ja so glücklich, meine liebe Tochter«, seufzte Merelan, als sie Kasia umarmte. In ihren Augen standen Tränen, doch Merelan sah selbst dann noch bezaubernd aus, wenn sie weinte. Sie trat zur Seite, damit Brashia ihre Tochter in die Arme schließen konnte. Brashia schluchzte so heftig, dass sie kein Wort herausbrachte.

Bourdon drückte Robintons Hand so fest, dass es schmerzte, und F'lon bestand darauf, Kasia zu küssen – nur ein einziges Mal, damit sie wüsste, was ihr entging. Als Merelan Robinton umarmte, schien sie ihn gar nicht mehr loslassen zu wollen.

»Sei so glücklich, wie ich es mit deinem Vater war«, flüsterte Merelan ihm ins Ohr. Als er sich verkrampfte, hielt sie ihn auf Armeslänge und sah ihn ernst an. »Denn wir *waren* glücklich miteinander … eine Zeit lang.« Er begriff, dass sie die Wahrheit sprach. Denn er, Robinton war es gewesen, der durch seine bloße Existenz die Eltern entzweite. »*Dein* Herz ist groß genug, um die ganze Welt zu lieben«, fügte sie hinzu, ehe sie sich abwandte.

Groghe drückte Kasia einen schüchternen Kuss auf die Wange und lud sie ein, Burg Fort so oft wie möglich zu besuchen.

Derweil waren die nächsten drei Paare getraut worden, begleitet von Freudenrufen und Gratulationen.

»Jetzt brauche ich etwas zu trinken«, verkündete F'lon und bugsierte die Gruppe zu den Tischen, die rings um die Tanzfläche aufgestellt waren. Das Podium für die Musikanten wurde von zwei erhöht stehenden Tischen flankiert. Einer davon war für die frisch Vermählten reserviert, und dorthin führte F'lon sein kleines Trüppchen.

Auf halbem Weg kam ihnen der Weinschenk mit einem Tablett voller Weingläser entgegen.

»Eigentlich dürfte ich es nicht tun, aber heute kredenze ich den Benden-Wein, weil der Drachenreiter eigens darum gebeten hat«, erklärte er in einem verschwörerischen Flüstern. Er lächelte Kasia zu und hielt ihr das Tablett hin. Kasia strahlte und kostete den herrlich spritzigen Weißwein.

Jeder nahm sich ein Glas, dann setzte man sich an die gedeckte Tafel, und sogleich eilten dienstfertige Serviererinnen herbei.

Robinton merkte gar nicht, wie sich allmählich die Tische füllten. Er schwebte wie auf Wolken. Kasia und er hatten geheiratet, und seine Mutter war da. Ihre Eltern waren ihm sympathisch, und er fühlte sich in ihrer Gegenwart nicht länger befangen. Bourdon hörte nicht auf, ihn mit guten Ratschlägen bezüglich der geplanten Segeltour zu traktieren. F'lon gab eine Stichelei nach der anderen von sich, und am liebsten hätte Robinton ihm einen Kinnhaken verpasst. Doch Kasia, ihre Eltern und selbst Merelan lachten ausgelassen über F'lons witzige Bemerkungen.

Die Meistersängerin begann ihren Vortrag mit einem Liebeslied, das Robinton für Kasia geschrieben hatte, obwohl sie dies den Zuhörern nicht verriet. Begleitet wurde sie von Minnarden, Ifor, Mumolon und einigen einheimischen Musikanten. Für das Lied erntete sie donnernden Applaus. Brashia war von Merelans Stimme tief beeindruckt. »Sie singt genauso schön, wie die Leute immer sagen«, murmelte sie in einem fort.

»Du musst sehr stolz auf deine Mutter sein«, meinte Bourdon, sich über den Tisch beugend. Sein Gesicht war vom Wein und der gehobenen Stimmung stark gerötet. »Dazu hast du auch allen Grund.«

»Und seine Mutter ist stolz auf ihn«, flocht Kasia ein. Sie umfasste Robintons Arm mit beiden Händen und lehnte sich zutraulich gegen ihn.

Unter dem Tisch hatten sie ihre Beine so ineinander verschränkt, dass Robinton hoffte, sie müssten nicht plötzlich aus irgendeinem Grund aufstehen. Zum Glück durften sie sitzen bleiben. Zwar rechnete er damit, auf die Bühne gerufen zu werden, doch als die Musiker ausgewechselt wurden, überging Minnarden ihn ganz einfach.

Zweimal schliefen ihm die Beine ein, und als Kasia zur Toilette ging, humpelte sie die ersten Schritte, weil sie einen Wadenkrampf bekam. Brashia und Merelan begleiteten sie und versicherten Robinton, der Kasia nur ungern aus den Augen ließ, seine Frau wäre bei ihnen sicher aufgehoben.

Das Festmahl wurde aufgetragen, und hinterher schlenderten viele Gäste zu dem Versammlungsplatz, wo die Verkaufsstände aufgebaut waren. Das Singen und Musizieren ging weiter, aber auf eine recht ungezwungene Art und Weise.

»Bist du ungeduldig, Liebster?« wisperte Kasia ihm ins Ohr, als er mit den Fingern den Rhythmus mittrommelte.

»Nein, es ist wohl nur die Macht der Gewohnheit«, erwiderte er. »Heute weiche ich nicht von deiner Seite.«

»Und später tanzen wir«, schlug sie vor.

»Selbstverständlich. Die ganze Nacht lang ...«

»Nicht die *ganze* Nacht lang«, widersprach sie und schürzte die sinnlichen Lippen. Als sie seinen Gesichtsausdruck sah, fing sie an zu kichern.

* * *

Als dann getanzt wurde, erlaubte Robinton nur Lord Melongel, Kasias Vater und Groghe, seine Frau aufzufordern. Auf F'lon wurde er regelrecht wütend, weil ihm die dauernden Neckereien auf die Nerven gingen.

»Nimm es ihm nicht übel«, riet Kasia ihm mit ungewohnt ernster Miene. »F'lon hat dich sehr gern, und ich glaube, dass er durch seine Frotzeleien und das Herumalbern nur ein Problem kaschiert, über das er nicht offen sprechen kann oder will.« Sie lächelte verhalten. »Wenn du mich fragst – er ist bis über beide Ohren verliebt.«

»F'lon?« Robinton war überrascht. So gesehen, verstand er sein Verhalten, und er bedauerte es, dass er nicht sensibler reagiert hatte. Gewiss, wenn F'lon sich nicht in ulkigen oder spöttischen Bemerkungen erging, machte er einen nachdenklichen und besorgten Eindruck. An diesem Abend konnte er ihn nicht mehr fragen, was ihn bedrückte, doch er nahm sich vor, am nächsten Tag ein offenes Wort mit seinem Freund zu reden. Dann fiel ihm ein, dass er und Kasia F'lon anderentags vermutlich nicht mehr sehen würden.

Deshalb deichselte er es so, dass der Bronzereiter mit Kasia tanzte, und während er ihnen zusah, sprach er mit Simanith.

Was hat mein Freund F'lon auf dem Herzen, Simanith?

Die Stille dauerte so lange, dass Robinton schon glaubte, der Drache hätte ihn nicht gehört.

O doch, ich habe dich verstanden, Robinton. Aber auf deine Frage weiß ich keine Antwort. F'lon erzählt mir auch nicht alles. Simaniths Stimme klang wie die seines Reiters, und Robinton hörte deutlich den sorgenvollen und ängstlichen Unterton heraus. *Er denkt sehr oft an Larna, und diese Gedanken machen ihn unglücklich.*

Larna? Der Name kam Robinton bekannt vor, doch erst als er das nächste Mal mit Kasia tanzte, kehrte die Erinnerung zurück. Larna war die kleine, ungemein lästige Tochter der ehemaligen Weyrherrin gewesen. F'lon hatte sich Carolas Gunst verscherzt und den gesamten Weyr gegen sich aufgebracht, weil er das Gör schlecht behandelte.

Aber aus kleinen Rangen werden erwachsene junge Mädchen, und vielleicht hatte sich Larna zu einer solchen Schönheit gemausert, dass F'lon sie nun vergötterte.

Doch dies war lediglich eine Spekulation, und Robinton wusste sehr wohl, dass jemand, der verliebt war, allen anderen in seiner Umgebung die gleichen Gefühle gönnte. Seufzend beschloss Robinton, der Sache bei nächster Gelegenheit auf den Grund zugehen, dann vergaß er F'lon und dessen mutmaßliche Sorgen und widmete sich nur noch seiner Kasia.

* * *

Es gelang ihnen, sich während eines sehr beliebten langsamen Tanzes fortzuschleichen und in die Festung zu stehlen. Sogar die Alten und Gebrechlichen hielten sich draußen auf um mitzufeiern, und auch die Knechte und Mägde kamen auf ihre Kosten.

»Sieh nur!« Kasia zeigte auf die felsigen Spitzen der Burg, wo zwei gemächlich kreisende grüne Augen ihnen verrieten, dass Simanith droben Wache hielt. Sie winkte mit der Hand und erschrak, als der Drache zwinkerte.

»Ein Drache sieht alles, Kasia«, erklärte Robinton. Dann wedelte auch er mit der Hand, und abermals antwortete Simanith mit einem Blinzeln.

»Weiß er, was F'lon bekümmert?«

»Nein. Leider nicht.«

Dann betraten sie die Eingangshalle der Burg. Aus Gründen der Sparsamkeit waren die meisten Leuchtkörbe nur halb geöffnet, und das trübe Licht reichte gerade aus, um ihnen den Weg zur Treppe zu weisen.

»Wenn du dir das nächste Mal etwas Neues zum Anziehen kaufst, musst du Clostan wieder mitnehmen«, schlug Kasia ihm vor, als sie die Stufen hinaufeilten.

»Jetzt kannst du mir doch bei der Auswahl helfen.« Ihm missfiel die Vorstellung, jemand anders als Kasia könnte sich nun in seine privatesten Belange einmischen.

Sie rannten die Treppe hoch, und oben angekommen schnappten sie nach Luft. Kasia kicherte, als Robinton sie galant in ihr Quartier führte und hinter sich die Tür verschloss. Er wollte nicht das geringste Risiko eingehen, dass jemand sie störte.

* * *

Beim ersten Tageslicht verließen sie die Burg, die Seesäcke geschultert, und liefen Hand in Hand zum Anleger hinunter, wo die Schaluppe auf sie wartete. Unterhalb der Festung schliefen Gäste auf Stühlen und über die Tische gebeugt, nicht wenige lagen gar darunter. Banner, die die Verkaufsstände zierten, flatterten in der leichten Brise. Als sie ihre Sachen im Boot verstauten, spähte Robinton zu den Zinnen der Burg hinauf. Kein Drache war dort zu entdecken.

Robinton wusste nicht mehr, ob er sich von seiner Mutter verabschiedet hatte. Vermutlich ja, denn er erinnerte sich, dass er sich höflich bei Kasias Eltern für ihren Besuch bedankt hatte.

Während Kasia sich ins Heck an die Ruderpinne setzte, löste er die Fangleine, wie Captain Gostol es ihm gezeigt hatte, sprang behände in den Bug und schob die Schaluppe von den wuchtigen Pfeilern fort. Dann hisste er das Segel, das sich sogleich im Wind blähte. Kasia stellte das Segel, bis es sich in der Brise straff spannte, und danach setzte sich Robinton zu ihr in die Plicht.

Ein Fischer auf einem größeren Trawler, der aus seiner Kabine trat und an Deck ging, winkte ihnen zu, während sie durch den großen Hafen glitten, um die offene See zu erreichen. Erst nach acht Tagen und Nächten sollten sie wieder einen Menschen sehen.

Die Schaluppe, das Meer und der Himmel wurden ihre Welt. Zum ersten Mal seit vielen Tagen spannte sich ein wolkenloses, strahlend blaues Firmament von

Horizont zu Horizont. In diesen Breiten zeigte sich der Herbst zuweilen von seiner besten Seite. Obwohl Robinton und Kasia trübes Wetter nichts ausgemacht hätte, Hauptsache, sie waren zusammen. Beide angelten gern und liebten gebratenen Fisch.

Dann verschlechterte sich das Wetter und ein gewaltiger Sturm brach los. Mitten im Brüllen des Orkans schrie Kasia Robinton zu, das Segel einzuholen und festzubinden. Nachdem Robinton es mit Mühe und Not geschafft hatte, trotz des peitschenden Regens und der sich auftürmenden Wellen das Segel am Baum festzumachen, kletterte er nach unten und holte ihre Schlechtwetterkleidung.

Zuerst schlüpfte er in sein Ölzeug, damit er Kasia an der Ruderpinne ablösen konnte, wenn sie die Schutzkleidung anlegte. Doch es dauerte eine geraume Weile, bis sie die Pinne loslassen konnte. Ihr Gesicht war weiß und spitz vor Kälte und dem prasselnden Regen, während das kleine Schiff auf den entfesselten Wellen zu tanzen schien. Immer wieder spülten Brecher über das Deck, und auf Kasias gebrüllten Befehl hin hangelte Robinton nach dem Putzeimer.

Er konnte ösen wie er wollte, immer mehr Wasser sammelte sich im Boot. Mit einer Hand betätigte er den Schöpfeimer, mit der anderen half er Kasia, die Ruderpinne zu halten. Die Schaluppe ritt auf den weiß schäumenden Kämmen gigantischer Wogen, um dann wie im freien Fall in die gähnenden Wellentäler abzusacken.

Robintons Zähne klapperen vor Kälte, und durch den wild flatternden Regenvorhang sah er, wie Kasia die schmalen Lippen zurückzog, als wollte sie dem Orkan die Zähne zeigen. Sie lag halb über der Ruderpinne, darum kämpfend, den Schiffsbug in die Wellen zu drehen. Sie brauchte ihm nicht zu sagen, dass eine Woge, die sie längsseits traf, das kleine Schiff kentern ließe. Und wenn sie in das eisige, aufgewühlte Wasser fielen, wären ihre Überlebenschancen gering.

Irgendwann einmal schien der Sturm einzuschlafen. Der Himmel lichtete sich ein wenig, und der Druck auf das Ruder ließ nach. Erschöpft lehnten sie sich aneinander und atmeten tief durch.

»Schnell!« befahl Kasia und deutete auf den Mast. »Wir befinden uns im Auge des Sturms und müssen die Zeit nutzen. Du musst das Segel bis auf halbe Masthöhe hissen. Da drüben liegt die Küste, und wir müssen eine schützende Bucht finden und dort das Ende des Orkans abwarten. Irgendwo gibt es sicher einen windstillen Platz, wo wir ankern können.«

Unter Aufbietung seiner letzten Kräfte schaffte er es, das Segel den halben Mast hochzuziehen. Dann half er Kasia, das verkürzte Segel zu halten, als die Böen wieder auffrischten, und von einem immer stärker blasenden Wind getrieben, steuerten sie auf die schwarze Landmasse zu.

Um ein Haar hätten sie die Einfahrt zu der winzigen Bucht verpasst, obwohl sie den Bug der Schaluppe direkt darauf richteten. Als sie durch die schmale Passage glitten, stieß Kasia einen triumphierenden Schrei aus. Hier konnte sie die Wucht des Orkans nicht mehr treffen. Im Schutz der weit ins Meer hineinragenden Klippen rollte und schlingerte die Schaluppe nur noch sanft dahin, während sie auf die konturlose Felswand zudrifteten.

Argwöhnisch blickten sie sich um. Sie konnten es kaum glauben, dass sie der Gefahr entronnen waren.

»Der Anker ... Rob ... du musst den Anker fallen lassen. Sonst treiben wir gegen die Klippen oder laufen auf«, flüsterte Kasia matt.

Er warf den Anker über Bord, und die Schaluppe hörte auf zu driften. Ächzend knarrten die Balken, als sich das Boot im Rhythmus der Wellen wiegte und am Ankertau herumschwojte.

Kasia war am Ende ihrer Kräfte und stützte sich schwer auf die Ruderpinne. Robinton war selbst völlig abgekämpft, doch er musste seine Frau den Niedergang hinunter schaffen und dafür sorgen, dass sie es warm hatte. Während er Kasia über das Deck schleppte und die Luke öffnete, hoffte er, in die Kabine möge kein Wasser eingedrungen sein. Endlich befanden sich beide in der Kajüte. Kasia warf sich auf die Koje, und er schloss die Luke.

Kasia zitterte heftig. Er pellte ihr die nasse Kleidung vom Leib und stellte dabei fest, dass ihre Haut vor Unterkühlung fleckig war. Dann wickelte er sie in Pelzdecken. Sie stöhnte und wollte etwas sagen, doch dazu reichte ihre Kraft nicht aus.

»Wir müssen etwas Heißes trinken«, murmelte er und zündete mit steifen Fingern ein Feuer in dem Holzkohlebecken an, das ihnen gleichzeitig als Kochstelle diente. Er setzte den Kessel auf und wartete ungeduldig, bis das Wasser zu sieden anfing. Als Erstes wollte er Klah aufbrühen. Hinterher konnte er den Fischeintopf aufwärmen. Er erinnerte sich nicht mehr, wann sie ihn gekocht hatten. Ein seltsames Geräusch machte ihn stutzig. Es dauerte einen Augenblick, bis er merkte, dass sowohl er als auch Kasia mit den Zähnen klapperten. Sofort setzte er sich zu Kasia auf die Koje und massierte ihren Körper, um den Blutkreislauf anzuregen.

Als er mit dem Finger gegen den Kessel tippte, um herauszufinden, ob das Wasser nicht bald kochte, hätte er sich um ein Haar verbrannt. Er steckte den Finger in den Mund, um den Schmerz zu lindern, und mit der freien Hand goss er das siedende Wasser über das Klahpulver. Mit einem Löffel rührte er das Getränk um und gab zum Schluss reichlich Süßwürze hinzu. Süßwürze half angeblich bei Schock und Unterkühlung.

Probeweise trank er den ersten Schluck, um sicherzugehen, dass Kasia sich nicht den Mund verbrühte. Dann stützte er seine Frau und hielt ihr den Becher an die Lippen.

»Trink, Kasia, das wird dich aufwärmen.«

Ihre Muskeln waren vor Kälte so taub, dass sie kaum schlucken konnte. Doch auf sein beharrliches Drängen hin nippte sie immer wieder an dem Klah. Erst dann trank auch er. Als der Becher leer war, brühte er noch einmal Klah auf, und später stellte er den Topf mit dem Fischgericht auf die glühenden Kohlen. Er musste eingenickt sein, denn mit einem Ruck fuhr er hoch, als die Mahlzeit zischend überkochte.

Doch die wenigen Minuten Schlaf hatten genügt, dass seine Spannkraft teilweise wiederkehrte. Er füllte die sämige Fischsuppe in zwei Becher und brachte danach wieder Wasser zum Sieden. Vielleicht half es Kasia, wenn er sie mit Tüchern abrieb, die er in warmes Wasser getaucht hatte.

Während er schlückchenweise seine Suppe zu sich nahm, schälte er sich aus seinen klammen Sachen. Die wärmsten Kleidungsstücke, die sie mitgebracht hatten, wollte er Kasia anziehen. Er streifte ihr dicke Wollsocken über die Füße, die er zuvor massiert hatte, bis die Haut rosig schimmerte.

Als das Wasser für seine Zwecke warm genug war, tauchte er ein Handtuch hinein und wickelte es um Kasias Waden. Ihre Haut verlor allmählich den bläulichen Schimmer, und indem er ihr nach und nach die Suppe einflößte, schien die gefährliche Unterkühlung zu vergehen. Doch sie lag schlaff und kraftlos unter der Felldecke, und selbst das Schlucken strengte sie an.

Die Schaluppe dümpelte sanft auf den Wellen, passte sich den Wogen und der Strömung an, wurde jedoch vom Anker am Abdriften gehindert. Robinton legte sich zu Kasia in die Koje, schmiegte sich eng an sie und gestattete sich endlich den Luxus von ein paar Stunden Schlaf.

* * *

Er wachte auf, weil er dringend seine volle Blase entleeren musste. Jede Bewegung fiel ihm schwer, und er fühlte sich benommen. Es dauerte ein Weilchen, ehe er sich erinnerte, was passiert war. Erschrocken peilte er aus dem kleinen Bullauge und entdeckte durch die wabernden Nebelschwaden die schemenhaften Konturen der Küste. Kleine Wellen klatschten gegen den Schiffsrumpf, der frei um die Ankerleine schwojte.

Sich auf die Lippen beißend, damit er nicht vor Schmerzen laut stöhnte, stemmte er sich von der Koje hoch und purzelte beinahe auf den Boden. Kasia rührte sich nicht, aber ihr Gesicht hatte ein bisschen Farbe, und die Lippen waren nicht länger blau. Er deckte sie bis zum Kinn mit der Pelzdecke zu und stolperte den Niedergang hinauf.

Als er die Luke öffnete, traf ihn ein Schwall eisiger, feuchter Luft. Das Deck war übersät mit Treibgut, das die Wellen angespült hatten. Hand über Hand hangelte er sich an die Reling, wo er sich ins Wasser erleichterte.

Angestrengt spähte er durch den Nebel, um sich zu orientieren, doch von der Küste waren keine Details zu erkennen. Falls es sich überhaupt um eine Küstenlinie handelte. Denn viele dieser kleinen Buchten waren nichts weiter als schmale Einlässe, die das Meer in die Klippen gefressen hatte. Doch er wollte nicht undankbar sein. Dieser Ankerplatz hatte ihnen das Leben gerettet.

Er kraxelte wieder nach unten.

Das Feuer war ausgegangen, die Holzkohle zu Asche verglüht. Er holte Nachschub und zündete ein neues Feuer an. Während die Flammen hochzüngelten, wärmte er sich die Hände. Kasia bewegte sich und stöhnte, dann fing sie an zu husten. Aus Angst vor einem Fieber fühlte er ihr die Stirn, doch die Haut war kühl. Auch ihre Wangen fühlten sich kalt an. Viel zu kalt.

Er machte Wasser heiß und stellte den Suppentopf auf das Kohlebecken. Die geringste Anstrengung erschöpfte ihn, und nach Luft ringend setzte er sich auf den Rand der Koje. Mit tiefen, langsamen Atemzügen versuchte er sich zu beruhigen. Eine Gänsehaut ließ ihn erschauern, und er merkte, dass auch er an Untertemperatur litt.

Als das Klah fertig und die Suppe aufgewärmt war, weckte er Kasia. Da sie nicht aus eigener Kraft sitzen konnte, stopfte er ihr Kissen und die Seesäcke in den Rücken. Unruhig drehte sie den Kopf hin und her und bemühte sich vergeblich, ihren Husten zu unterdrücken. Es klang wie ein heiseres Bellen.

»Kasia, Liebling, du musst etwas essen.«

Sie schüttelte den Kopf und hielt die Augen geschlossen.

Er überredete sie, die Augen zu öffnen, und dann zwang er sie, wenigstens ein paar Schluck von dem heißen Klah zu trinken. Sie bedachte ihn mit einem müden Lächeln, ehe sie den Kopf ermattet nach hinten legte und wieder einschlief.

Schlafen war vielleicht das Beste, was sie ihren ausgepumpten Körpern antun konnten. Er aß den Rest der Suppe und schlüpfte dann zu Kasia unter die Felldecke. Ihre Arme waren unnatürlich kalt, und er rubbelte sie, bis seine Kräfte versagten.

Dann schlummerten sie beide.

* * *

Robintons Besorgnis wuchs, als er gestärkt aufwachte, Kasia indessen immer noch wie tot dalag. Ihre Lethargie erschreckte ihn. Und es wurde immer kälter. Der hölzerne Schiffsrumpf bot keinen Schutz vor der eisigen Feuchtigkeit, die durch jede Ritze kroch und ihre geschwächten Körper weiter auskühlte.

Robinton packte Kasia in sämtliche verfügbaren Kleidungsstücke und erhitzte immer wieder den Kessel, den er dann, gut in Tücher eingewickelt, an ihre Füße stellte, die sich trotz der dicken Socken eiskalt anfühlten. Er nötigte sie, heißes Klah zu trinken, und wenn sie die viele Flüssigkeit ausscheiden musste, setzte er sie auf einen Eimer.

Mittlerweile hatte sich der Nebel so weit gelichtet, dass er die lotrecht in den Himmel stürmenden Klippen sah. Nirgendwo erspähte er eine Art Pfad oder Steig, den er hätte hinaufklettern können, um nach Hilfe zu suchen. Das Boot auf eigene Faust aus der Bucht zu segeln, traute er sich nicht zu, dazu fehlte ihm das seemännische Können. Außerdem hatte er nicht die geringste Ahnung, wo sie sich befanden – ob an Tilleks Küste, an den öden Gestaden des westlichen Hochlandes oder gar in den Gewässern von Fort, falls der Sturm sie so weit abgetrieben hatte.

Er gönnte ihnen beiden noch einen weiteren Tag zum Ausruhen, und als dann die nächste Morgendämmerung frostig und bei klarem Himmel aufzog, rüttelte er Kasia wach, damit sie ihm die Segelanweisungen gäbe.

»Wenn ich die Luke offen lasse, kannst du dann genug sehen, um mir zu sagen, was ich tun soll?« fragte er sie, als er merkte, dass sie zu schwach war, um seine Besorgnis zu teilen. Sie hatten kaum noch Proviant, die Holzkohle ging ihnen aus, und wenn sie die Kabine nicht beheizen konnten, würden sie in der Nacht erfrieren.

»Sie werden uns suchen«, murmelte sie.

»Aber sie können uns nicht sehen. Wir müssen aufs Meer hinaus, damit sie unser Boot überhaupt entdecken.«

»Du schaffst das schon, Rob«, flüsterte sie ohne die Spur eines Lächelns. »Du vermagst mehr, als du dir zutraust.«

»Das gleiche gilt für dich. Du bist auch stärker als du denkst«, gab er unverblümt zurück. Mittlerweile versuchte er gar nicht mehr, seine Angst zu unterdrücken.

Traurig schüttelte sie den Kopf und schloss wieder die Augen.

Er beobachtete sie und dachte daran, wie tapfer sie im Sturm gekämpft hatte. Doch nun war der Orkan vorbei, und sie verließ sich darauf, dass er, ihr Ehemann, sein Versprechen einlöste, sie zu behüten und zu beschützen. Nie hätte er gedacht, dass er so bald schon auf die Probe gestellt würde.

»Na schön, wenn du meinst. Dann wollen wir mal.«

Die Furcht schien ihn zu lähmen. Seine Füße waren schwer wie Blei. Ungelenk kletterte er an Deck. Rings um das kleine Boot ragten finster und bedrohlich die Klippen auf. Was ihm anfangs wie ein sicherer Zufluchtsort erschienen war, wirkte nun wie ein Gefängnis.

Ich brauche das Boot ja nur ein Stück weit aufs offene Meer zu segeln, sagte er sich. Das müsste mir doch gelingen. Er befeuchtete einen Finger und reckte ihn in die Luft. Nur ein leiser Hauch war zu spüren. Zum Glück wehte der Luftzug vom Land aufs Meer. Jetzt merkte er, dass sie buchstäblich im letzten Augenblick den Anker hatten fallen lassen. Es hätte nicht viel gefehlt, und das Boot wäre gegen die Klippen getrieben.

Er konnte sich nicht entscheiden, ob er zuerst das

Segel oder den Anker hochziehen sollte. Dann dachte er sich, bei bereits gehisstem Segel könnte das Schiff sofort Fahrt aufnehmen, sowie er den Anker lichtete.

Beides glückte ihm, doch als er sich in die Plicht setzte und nach der Ruderpinne griff, war er außer Atem.

»Ich habe das Segel gehisst und den Anker eingeholt, Kasia«, rief er. »Jetzt fehlt nur noch eine Brise, die uns ins freie Wasser bringt.«

Sie murmelte etwas, das wie eine Ermutigung klang, und endlich glitt das Boot an dem schützenden Wall der Klippen vorbei. Als sie die offene See erreichten, kam ihm die immense Wasserfläche beinahe zu ruhig vor. Doch hier frischte der Wind auf und füllte das Segel.

»Nach rechts oder nach links, Kasia? Ich habe keine Ahnung, wo wir sind.«

»Nach steuerbord … nach rechts, Rob.« Ihre Stimme klang so schwach, dass sie ihre Segelkommandos dreimal wiederholen musste, ehe er sie verstand. Einmal raffte sie sich sogar auf, ihre Koje zu verlassen und spähte aus der Luke. Er atmete erleichtert auf, als er ihr Gesicht sah, das wieder einen Funken Lebensmut ausdrückte.

Ihren Befehlen folgend, wendete er die Schaluppe nach steuerbord und musste gleich im nächsten Augenblick den Kurs korrigieren, damit sie nicht auf ein Riff liefen, das wie eine Unzahl schrundiger Zähne knapp über die Wellen reichte. Panik drohte ihn zu übermannen.

Als er glaubte, dass sie die Klippen weit genug hinter sich gelassen hatten, nahm er alle seine Kräfte zusammen, entsann sich, was er bei Kapitän Gostol gelernt hatte, und fing an zu kreuzen.

Die Schaluppe nahm Fahrt auf, und nach einer

Weile genoss er es, das Segel zu stellen und die Ruderpinne zu bedienen. Wenigstens konnte er aktiv sein.

Nach dem Stand der Sonne war es Mittag, und die hohe, schroffe Steilküste, die sie entlangsegelten, kam ihm völlig unbekannt vor.

»Hier gibt es nichts als Klippen, Kasia. Was soll ich tun?«

Sie hob den Kopf und spähte durch die Luke nach draußen. »Weitersegeln!« rief sie ihm zu.

Bei Einbruch der Nacht wogte nur eine sanfte Dünung, und es herrschte Flaute. Robinton band die Ruderpinne fest und kletterte in die Kabine, um Kasia zu wecken.

»Die Steilküste nimmt gar kein Ende«, sagte er, während er den letzten Rest der Holzkohle anzündete. Er musste Kasia unbedingt etwas Warmes zu Essen geben. Ihre letzte Mahlzeit aus einem Becher Suppe und ein paar harten Keksen lag schon ein paar Stunden zurück. Er selbst brauchte Klah, um sich wach zu halten.

»Irgendwann müssen die Felsen einem flachen Strand weichen, Rob. Es tut mir ja so Leid, mein Liebling.« Sie fing herzzerreißend an zu weinen.

Während das Wasser heiß wurde, tröstete er sie. »Du hast uns durch den fürchterlichen Sturm gebracht, Kasia, und dabei alle deine Kräfte aufgebraucht. Bitte, weine nicht. Die Pelzdecke darf nicht nass werden.«

Unwillkürlich lächelte sie. Dann zog sie die Nase hoch und wischte sich die Tränen ab. »Aber ich kann dir jetzt nicht helfen …«

»Das macht nichts. Wir schaffen es auch so, wenn du mir nur hin und wieder einen Rat gibst.« Er versorgte sie mit Suppe, nahm sich selbst welche, füllte seinen Becher mit Klah und setzte sich wieder in die Plicht.

Die Nacht war sternenklar und bitterkalt. Der Wind frischte auf und blies beständig aus Süden. Er redete sich ein, dies sei für sie von Vorteil. Wenn sie sich in der Nähe von Tillek befanden, mussten sie irgendwann einmal auf Fischerboote treffen, die in günstigen Nächten wie dieser ausfuhren. Vielleicht hatte man sogar schon Boote losgeschickt, die nach ihnen suchten.

Wir müssen überleben, sagte er sich resolut und hüllte sich fester in seine Wetterkleidung, um sich warm zu halten. Wir müssen überleben! Er begann, diesen Satz zu skandieren und wiegte sich im Rhythmus des Singsangs hin und her. Dann stampfte er mit den Füßen den Takt. Während er sang, mit dem Oberkörper schaukelte und mit den Füßen wippte, gewahrte er plötzlich, dass sich ihnen aus der Dunkelheit etwas Großes, Helles näherte. Jemand stieß einen Schrei aus.

»Schiff ahoi!«

»Splitter und Scherben, was mache ich jetzt?« In seinem Übereifer, die Schaluppe dem rettenden Boot entgegen zu steuern, riss er die Ruderpinne herum und musste hastig den Kopf einziehen, als der Baum in die andere Richtung schwenkte.

* * *

Der Schoner *Verschlingerin der Wellen* nahm sie an Bord. Zwei kräftige Seemänner hoben Kasia über die Reling. Robinton kletterte mühsam die Strickleiter hoch, unbeholfen, weil seine Gelenke steif waren und er keine Kraft mehr hatte. Die *Maid des Nordens* nahmen sie in Schlepp, und dann pflügte sich der Schoner in Richtung Tillek. Die Rettungsmission war geglückt. Ein großer Leuchtkorb an der Mastspitze signalisierte den anderen Suchbooten, dass man die beiden Verschollenen gefunden hatte.

Lissala, Kapitän Idarolans Frau und Zweiter Maat, kümmerte sich um Kasia, derweil Idarolan Robinton versorgte. Er machte kein Hehl daraus, dass er sich wunderte, wie ein im Segeln unerfahrener Harfner diesen entsetzlichen Sturm überleben konnte.

»Das Lob gebührt Kasia. Ich tat nur, was sie mir befahl«, erläuterte er, während er eine herzhafte Suppe löffelte. Noch nie hatte ihm gekochtes Gemüse so gut gemundet, und er hatte gar nicht gewusst, wie köstlich frisch gebackenes Brot schmecken konnte. Er erfuhr, dass man zwei Tage zuvor Boote mit Suchmannschaften ausgeschickt hatte.

»Trotzdem, Harfner, du hast eine beachtliche Leistung vollbracht.«

»Kasia geht es den Umständen entsprechend gut«, verkündete Lissala, die in diesem Moment zurückkam und sich neben Robinton setzte. »Es war richtig, dass du ihr so viel zu trinken gabst. Wenigstens hat sie keine Frostbeulen ...« Sie warf einen prüfenden Blick auf seine bläulich angelaufenen Finger. Erschrocken, weil erfrorene Finger das Ende seiner Harfnertätigkeit bedeutet hätten, hielt er ihr die Hände entgegen. Lissala knetete sie und kniff behutsam in jede Fingerkuppe. »Du hast noch mal Glück gehabt, denn ein paar Stunden später wäre das Gewebe vielleicht abgestorben. Wir haben euch gerade noch rechtzeitig entdeckt.« Sie schenkte sich einen Becher Klah ein.

»Wo habt ihr uns gefunden?« erkundigte sich Robinton.

Idolan rieb sich das Kinn. »Ungefähr auf halber Strecke nach Fort. Ihr hättet in die entgegengesetzte Richtung segeln müssen, nach backbord. Dort befindet sich ganz in der Nähe eine Fischersiedlung.«

Robinton stöhnte leise, doch sie hatten nicht die geringste Möglichkeit gehabt, sich zu orientieren.

»Kasia sagte mir, ich sollte nach steuerbord wenden«, erklärte er.

»Ist ja egal. Hauptsache, wir haben euch an Bord geholt. Und jetzt zeige ich dir deine Koje, Harfner. Sonst schläfst du noch am Tisch ein«, fügte der Kapitän hinzu, als er merkte, dass Robinton einzunicken drohte.

»Wo ist Kasia?« fragte Robinton und spähte angespannt den Gang entlang.

»In dieser Kabine«, erklärte Idarolan und zeigte auf eine Tür, an der sie vorbeikamen. »Und du bist hier untergebracht.« Er schloss eine andere Tür auf und öffnete den kleinen Leuchtkorb. »Leg dich in die untere Koje. Ellic, der sonst hier schläft, geht gerade Wache.«

Robinton fragte sich, wann wohl die Wache zu Ende sein würde und er den Schlafplatz wieder an Ellic abtreten musste. Doch sobald er den Kopf auf das Kissen legte, vergaß er alles, was ihn bedrückte, und fiel in einen tiefen, erholsamen Schlaf.

Kapitel 14

Clostan untersuchte sie beide gründlich. Als sie im Hafen von Tillek anlegten, war Kasia längst nicht mehr so schwach, und ihre Wangen hatten wieder ein wenig Farbe. Ihre Ankunft wurde mit Freude und Erleichterung begrüßt, viele Helfer nahmen sie in Empfang und begleiteten sie zur Burg. Kasia wurde von Robinton und Lissala gestützt. Am liebsten hätte Robinton seine Frau getragen, weil er ihr den Fußmarsch ersparen wollte.

»Du kannst dich ja selbst kaum auf den Beinen halten, Mann«, winkte Idarolan ab.

Robinton musste zugeben, dass er sich sehr geschwächt fühlte. Bereitwillig folgte er Clostan, der sie am Eingangsportal der Festung erwartete und Kasia in die Krankenstation trug. Unterdessen hatten der Burgherr und die Burgherrin von ihrer sicheren Rückkehr erfahren und kamen herbeigeeilt. Juvana beugte sich besorgt über ihre Schwester, und Melongel runzelte bedenklich die Stirn. Auch er war sichtlich in Sorge gewesen.

»Ihr beide habt eine Menge mitgemacht«, meinte Clostan und seufzte. Kasia hustete in die vorgehaltene Hand, und der Heiler warf ihr einen prüfenden Blick zu. »Gegen den Husten gebe ich dir ein Mittel. Und während der nächsten drei Tage müsst ihr euch ausruhen. Dann untersuche ich euch noch einmal.«

Juvana bestand darauf, dass sie in einem der tiefer gelegenen Gästequartiere wohnten. Ihre eigene Unterkunft lag zu weit von der Wärmequelle entfernt, mit der ihre Vorfahren die Burg beheizt hatten. Robinton hatte das Gefühl, als würde ihm nie wieder richtig warm werden. Er wurde vom Feuer angezogen wie ein Insekt vom Licht. Clostans Anweisungen befolgend, blieben sie einen Tag lang im Bett. Juvana steckte ihnen zusätzlich Wärmflaschen unter die Decken.

Kasia schlief fast die ganze Zeit über. Sie wurde nicht einmal wach, wenn sie hustete. Robinton fiel immer wieder in einen unruhigen Halbschlaf und schreckte jedes Mal hoch, wenn ein Hustenanfall Kasia schüttelte. Einmal wurde er wach und ertappte sich dabei, wie er unbewusst »Wir müssen überleben« skandierte und dabei mit den Händen den Takt schlug. Ein anderes Mal träumte er, er könnte Kasia in dem dichten Nebel, der sie einhüllte, nicht mehr sehen. Er wusste, dass sie nach ihm rief und versuchte zu antworten, doch seine Kiefer waren vor Kälte steif gefroren und ließen sich nicht öffnen.

Captain Gostol stattete ihnen einen Besuch ab und entschuldigte sich, weil er nicht schon viel früher eine Suche anberaumt hatte.

»Kasia ist eine gute Seglerin und kennt sich auf dem Meer aus. Und der Sturm erreichte erst vor zwei Tagen unsere Küste. Dann fingen wir natürlich an, uns Sorgen zu machen, weil eure Rückkehr bereits überfällig war.« Verlegen drehte er seine Kapitänsmütze in den Händen.

»Ich tat nur, was Kasia mir sagte«, erklärte Robinton. »Du hättest sie sehen sollen, Gostol, wie sie das Schiff durch den Orkan steuerte. Du wärst stolz auf sie gewesen.« Er tätschelte ihre Wange, und sie antwortete mit einem matten Lächeln.

»Du warst es, der uns gerettet hat, Rob«, behauptete sie und in ihren Augen blitzte ein lebhafter Funke.

Dann hustete sie, ein heiseres, trockenes Krächzen, das auch Clostans Hustenmixturen nicht lindern konnten.

Falls der Heiler wegen des hartnäckigen Hustens besorgt war, so ließ er sich nichts anmerken. Und bald ging es Robinton und Kasia wieder so gut, dass sie in ihr eigenes Quartier zogen. Juvana hatte in beiden Räumen Heizbecken aufstellen lassen, um die ärgste Kälte zu vertreiben. Der Schwarze Stein brannte gut, doch der Qualm, den er verbreitete, löste bei Kasia immer neue Hustenanfälle aus.

Robinton schlug vor, in das wärmere Gästequartier zurückzukehren, doch davon wollte Kasia nichts wissen. Sie sagte, sie fühle sich in der Wohnung, die sie sich selbst eingerichtet hatten, am wohlsten, und außerdem verbrächten sie ohnehin viel Zeit in den beheizten Schulräumen, wenn sie in der nächsten Siebenspanne den Unterricht wieder aufnähmen.

Clostan hatte alle Hände voll zu tun, denn die extrem kalte Witterung brachte ihm massenhaft Patienten, die an Schnupfen, Husten und Fieber litten. Er kümmerte sich weiterhin um Kasia, die darauf bestand, sie fühle sich gesund.

»Bis auf den Husten«, ergänzte Robinton.

»So schlimm ist es gar nicht, Rob«, widersprach sie. Ihre Apathie bereitete ihm die größten Sorgen. Des Abends war sie so erschöpft, dass sie in seinen Armen einschlief. Und er schwor sich, seine schöne, sanfte Frau um jeden Preis zu beschützen.

Rasch hintereinander tobten drei heftige Schneestürme. Die Menschen blieben in ihren Behausungen, und kein Schiff fuhr hinaus. Lord Melongel war ein fürsorglicher Herr und ließ Nahrungsmittel an die Leute verteilen, deren Vorräte zur Neige gingen. Es galt, die Menschen bei Kräften zu halten, damit sie die fürchterliche Kälte überstehen konnten.

Ein Husten, begleitet von Fieber, grassierte in der Burg. Clostan bat um Hilfe in der Krankenstation, und Robinton und Kasia meldeten sich als Freiwillige. Viele der Patienten waren ihre Schüler.

Eines Nachts wachte Robinton auf, weil Kasia wild mit den Armen um sich schlug. Sie stöhnte, murmelte Unverständliches vor sich hin und glühte vor Fieber. Robinton hetzte hinunter in die Krankenstation, wo ihm Clostans Assistent, der den Nachtdienst versah, zu Pulver zermahlene fiebersenkende Kräuter gab, außerdem eine Salbe, mit der er ihren Hals, die Brust und den Rücken einreiben sollte. Robinton machte einen Abstecher in die Küche und versorgte sich mit Klah. Er nahm noch einen Krug mit dem duftenden Wasser mit, das man in der Krankenpflege benutzte.

Kasia hatte die Pelzdecke zurückgeworfen und lag ungeschützt in der Kälte. Rasch deckte er sie bis zur Taille zu, dann massierte er sie mit der Salbe, die einen beißenden Geruch verströmte. Hinterher weckte er sie und flößte ihr ein paar Schlucke von dem Kräutertrunk ein.

Er döste immer wieder ein, und wenn er wach wurde, gab er Kasia zu trinken. Gegen Morgen lag sie im Delirium, und seine Besorgnis wuchs. Die Kräutermedizin hatte bei vielen Patienten geholfen, die er pflegte, nur bei Kasia zeigte sie keine Wirkung.

Vor Erleichterung hätte er beinahe geschrien, als Clostan, mit rot geränderten Augen und übernächtigt, eintrat. Gerade quälte Kasia ein neuer Hustenanfall, und Clostan eilte zu ihr ans Bett.

»Das klingt nicht gut«, meinte er, während er eine Hand auf ihre Stirn legte. »Du hast sie mit der Salbe eingerieben? Wiederhole die Anwendung alle drei Stunden. Und jetzt gebe ich ihr meine spezielle Medizin.«

Er mixte ein Gebräu zurecht und ließ sie davon trinken.

Dann wandte er sich an Robinton. »Die meisten Patienten erholen sich wieder. Keine Angst, sie wird es auch schaffen.«

Doch in Clostans Stimme schwang ein Unterton mit, der Robinton stutzig machte.

»Bist du sicher?«

»Aber ja doch. Sie ist jung und ... kräftiger als manch anderer.« Er kniff die Lippen zusammen.

»Hat es wieder Todesfälle gegeben?«

Clostan nickte. »Die alten Leute haben keine Widerstandskraft. Da nützt es auch nichts, wenn ihre Zimmer warm sind wie ein Backofen.«

Er ging, doch kurz darauf erschien Juvana, und sie brachten Kasia in ein Gästezimmer, in dessen Kamin ein gewaltiges Feuer prasselte.

Juvana und Robinton wechselten sich ab, Kasia zu pflegen. Clostan sah mehrere Male am Tag nach ihr, doch das Fieber ließ sich nicht senken. Robinton kam es vor, als fühle sich ihre Stirn jedes Mal heißer an, wenn er die Hand darauf legte. Er wusste, dass dies nicht der normale Krankheitsverlauf war, und er dachte daran, was Clostan ihm über die mangelnde Widerstandskraft alter Leute erzählt hatte. War Kasias Gesundheit durch die überstandenen Strapazen im Sturm so angegriffen, dass sie der Krankheit nichts mehr entgegenzusetzen hatte? Er wagte es nicht, Juvana nach ihrer Meinung zu fragen. Sie war genauso besorgt wie er.

Nahezu ohne Unterbrechungen wachte Robinton an Kasias Bett. Juvana ließ für sich ein Feldbett aufstellen, damit sie Tag und Nacht verfügbar war. Melongel schaute herein. Auch Minnarden, der Robinton ablösen wollte, damit er etwas Schlaf abbekäme.

Robinton lehnte das Angebot ab. Er hatte geschworen, sich um Kasia zu kümmern, und nichts konnte ihn davon abbringen. Sie musste wieder gesund werden! Sie musste!

* * *

Aber es kam anders. Kurz vor Tagesanbruch am fünften Tag ihrer Krankheit, als Melongel und Clostan sich der Wache angeschlossen hatten, öffnete sie die Augen, lächelte Robinton an, der sich über sie beugte, seufzte und schloss für immer die Lider.

»Nein. nein. *Nein! Nein! Kasia! Du darfst mich nicht verlassen!*«

Er schüttelte sie, versuchte, sie aufzuwecken, bis er spürte, dass Juvana ihn zurückzuhalten versuchte. Dann umklammerte er Kasia, presste sie an seine Brust, streichelte ihr Haar, ihre Wangen, trachtete danach, sie ins Leben zurückzuholen.

Erst Melongel und Clostan gelang es, ihn von Kasia zu lösen, und Juvana legte sie wieder aufs Bett. Clostan nötigte ihn, eine Mixtur zu trinken.

»Wir haben getan, was wir konnten, Rob. Aber manchmal genügt das nicht.« In Clostans Worten schwang eine Trauer mit, die so verzweifelt war wie Robintons eigener Schmerz.

* * *

Kapitän Gostol segelte die *Maid des Nordens* mit einer Besatzung, die lediglich aus Vesna und zwei Seeleuten bestand. Die Fieberepidemie hatte auch seine Crew dezimiert.

Merelan sang den letzten Abschied, denn Robinton konnte nicht sprechen. Aber er spielte die Harfe, die er mit so viel Liebe für seine Frau gebaut hatte. Und als Merelan den letzten Ton des Liedes verklingen ließ, warf er die Harfe ins Meer, dem man Merelans Leichnam anvertraute. Die Harfe gab einen misstönenden, klagenden Akkord von sich, als der Luftzug in die Saiten fuhr. Dann kehrte wieder Stille ein. Selbst der Wind erstarb, als nähme er Rücksicht auf Robintons Trauer.

* * *

Er bezog wieder sein altes Junggesellenquartier. Ifor und Mumolon leisteten ihm Gesellschaft, sorgten dafür, dass er etwas aß und sich des Nachts ins Bett legte, denn er schien jede Antriebskraft verloren zu haben. »Wir müssen überleben …« Der Vers verfolgte ihn, spukte in seinem Kopf herum. Er hatte das Gefühl, nie wieder singen oder komponieren zu können. Zwar bemühte er sich, seinen Verlust zu verarbeiten, sich aus der Niedergeschlagenheit herauszureißen, doch er versank immer tiefer in Melancholie.

Allein saß er vor seinem Kaminfeuer. Ifor und Mumolon hatten anderswo zu tun, vielleicht, weil sie Pflichten erfüllen mussten, vielleicht auch nur, weil sie seine Depression nicht länger ertragen konnten. Die Tür ging auf, F'lon trat ein und sah seinen Freund an.

Robinton reagierte gleichgültig. Er nahm kurz von dem Drachenreiter Notiz und fuhr fort, in die Flammen zu starren.

»Ich hab's gerade erst erfahren«, begann F'lon und warf die Tür hinter sich zu. Auf dem Tisch stand eine fast leere Flasche Wein. F'lon goss den Rest in ein Glas und kippte es auf einen Zug herunter. »Sonst wäre ich schon viel früher gekommen.«

Robinton nickte. F'lon spähte aufmerksam in sein Gesicht.

»Es geht dir wirklich sehr schlecht, nicht wahr?«

Robinton ersparte sich eine Antwort. Er gab F'lon lediglich einen Wink, er möge verschwinden. Seinen Besuch wusste er zu schätzen, doch F'lon erinnerte ihn zu sehr an ihre letzte Begegnung, die an seinem Hochzeitstag stattfand.

»Ist es so schlimm?« F'lon blickte sich nach einer neuen Weinflasche um. »Hast du alles ausgetrunken?«

»Trinken hilft nicht.«

»Ich weiß. Ich hab's auch probiert.«

Etwas in F'lons Stimme riss Robinton aus seiner Teilnahmslosigkeit. »Was soll das heißen?«

»Sag mir zuerst, ob du noch eine Flasche Wein hier hast. Oder soll ich runtergehen und mir eine holen?«

F'lon wirkte verärgert, und Robinton deutete auf den Schrank. »Eine Flasche müsste dort noch stehen.«

»Hast du sie gezählt?«

Robinton zuckte die Achseln und seufzte. Gleichmütig sah er zu, wie F'lon die Flasche aus dem Schrank nahm, das Gesicht verzog, als er das Etikett las, und sich dann ein Glas einschenkte. Auch Robinton schenkte er nach.

»Du bist nicht der Einzige, der einen Verlust betrauert«, erklärte F'lon nach dem ersten Schluck.

»Ach?«

»L'tol – eigentlich müsste ich ihn Lytol nennen – hat Larth verloren. Ungefähr zur selben Zeit, als deine Kasia …« Selbst der dreiste F'lon konnte nicht weitersprechen. Er leerte sein Glas und füllte es bis zum Rand aus der Flasche nach.

»L'tol hat Larth verloren?« wiederholte Robinton.

»Ja, und es hätte nicht zu passieren brauchen.« F'lon setzte das Glas so fest auf dem Tisch ab, dass der Stiel brach. Er fluchte, weil ein Splitter seine Hand verletzte und steckte sich den blutenden Finger in den Mund.

»Wie kam es dazu?« fragte Robinton verwunderte. Während eines fädenfreien Intervalls starb nur selten ein Drache.

»C'vrel beschloss, während der Frühlings-Wettkämpfe eine Übung abzuhalten, bei der Feuerstein verwendet wird«, schilderte F'lon in sarkastischem Tonfall. »Die einzelnen Geschwader sollten gegeneinander antreten. S'lils Tuenth tauchte Flammen speiend aus dem *Dazwischen* auf und fügte Larth an der Flanke schwere Verbrennungen zu. Es befanden sich genug Drachen in der Luft, um Larth zu stützen. Wir brachten ihn auf den Boden zurück, und dabei hat er die ganze Zeit vor Schmerzen geschrien.« F'lon schüttelte sich. »L'tol fiel von seinem Rücken, und die Weyrleute fingen ihn auf. Aber Larth war zu schwer verletzt. Während er auf dem Boden lag, ging er ins *Dazwischen*.«

F'lon liefen die Tränen über die Wangen. Sein Schmerz ließ Robinton nicht kalt, und tröstend legte er eine Hand auf F'lons Arm.

F'lon wischte sich die Tränen ab. »Wie du siehst, gibt es noch mehr Leute, die trauern.«

»Das weiß ich. Aber ich komme über Kasias Tod nicht hinweg.«

»Wenn das so ist, dann folge ihr nach.«

»Ich soll ihr nachfolgen? Wie meinst du das?« Verblüfft blickte Robinton den Drachenreiter an.

»Nichts einfacher als das. Wir gehen hinaus zu Simanith, der nimmt dich in seine Vordertatzen, dann tauchen wir ins *Dazwischen* ein und Simanith lässt dich los. Mein Drache und ich kehren nach Benden zurück. Und du bist von deinem Kummer erlöst.«

»Ja, es wäre wirklich ganz einfach«, sinnierte Robinton und dachte an die kalte, schwarze Leere des *Dazwischen*, in der man nichts hörte, nichts fühlte, praktisch gar nicht mehr existierte.

Tränen traten ihm in die Augen, und sein Herz schien bersten zu wollen. Gewiss, es wäre eine einfache Lösung … aber so einfach auch wieder nicht.

»Nein, es ist kein Patentrezept für Kummer«, sagte F'lon in seine Gedanken hinein. »Wir Menschen hängen am Leben, selbst wenn wir das Liebste, was wir haben, verlieren. Lytol brachte es nicht über sich, als wir ihm den Vorschlag machten. Anfangs war er von dem Taubkraut und dem Fellis-Saft, mit dem man seine Verbrennungen behandelte, so betäubt, dass er keinen eigenständigen Entschluss fassen konnte, und als es ihm dann besser ging, kehrte er ins Hochland zu seiner Familie zurück.«

Robinton horchte auf. »Das Hochland ist zurzeit kein besonders sicherer Aufenthaltsort, wie mir scheint. Vor allen Dingen nicht für einen … ehemaligen Drachenreiter.«

F'lon zuckte die Achseln. »Er wollte es so. Und im Augenblick braucht er seine Familie. Als ich kam, sah ich, dass deine Mutter sich immer noch hier aufhält.«

»Ja. Sie hat mir sehr geholfen. Alle haben sich um mich bemüht.«

»Dann halte dir vor Augen, dass das Leben weitergeht.« Und die aufrichtige Freundlichkeit, die in diesen Worten mitklang, durchdrang den Panzer aus Eis, in den Robinton seine Seele gehüllt hatte.

»Danke, F'lon«, sagte er und stand auf. »Ich möchte jetzt etwas essen, und du siehst aus, als könntest du auch eine kräftige Mahlzeit vertragen.«

Tatsächlich machte F'lon einen verhärmten, mitgenommenen Eindruck, doch bei Robintons Vorschlag stahl sich ein Lächeln auf seine Züge. Er legte seinem Freund einen Arm um die Schultern, drehte ihn in Richtung Tür und bugsierte ihn dann hinunter in die Küche.

* * *

Kurz darauf besserte sich das Wetter, die Kranken erholten sich allmählich, und das Leben in der Burg nahm wieder seinen gewohnten Verlauf.

Für Robinton war es schwer, in Tillek zu wohnen, denn alles erinnerte ihn an Kasia. Manchmal glaubte er, ihre schlanke Gestalt durch die Gänge huschen zu sehen, oder das Echo ihrer Stimme zu hören. Er trauerte immer noch um sie, doch er strengte sich an, seinen Kummer durch viel Arbeit zu verdrängen.

Aber er wurde aus seiner Apathie gerissen, als Minnarden und Melongel ihm erzählten, sie hätten nun den Beweis für Lord Faroguys Tod.

»Wir baten um eine Nachricht bezüglich seines Gesundheitszustands«, erzählte Melongel. »Unter dem Vorwand, die letzte Trommelbotschaft sei nur unvollständig eingegangen.«

»Die Antwort, die wir erhielten, war gleichfalls sehr dilettantisch getrommelt, und sämtliche Türme baten mehrmals um eine Wiederholung, ehe sie die Auskunft weitergaben«, sagte Minnarden und schüttelte den Kopf. »Lobirn hat nie so stümperhaft getrommelt. Auch Mallan beherrschte das Handwerk.«

»Deshalb schickten wir einen ... Freund los, der sich persönlich vom Stand der Dinge überzeugen sollte.« Melongel legte eine bedeutungsvolle Pause ein. »Einen Kurier, der Augen und Ohren offen hält. Die Informationen, die er uns hinterbrachte, klingen höchst beunruhigend.«

»Dann ist Farevene jetzt der Burgherr?«

»Nein«, entgegnete Melongel mit scharfer Stimme. »Farevene ist tot. Er starb bei einem Duell.«

»Gewiss war Fax sein Gegner. Aber was ist mit Bargen?«

Melongel schüttelte den Kopf. »Von ihm hat der Kurier nichts gehört. Lady Evelene bleibt in ihren Gemächern und gibt sich der Trauer hin. Hoffentlich stimmt das.«

»Wird eine Ratsversammlung einberufen, um den neuen Burgherrn zu bestätigen?«

»Der Rat tritt auf Wunsch des Erben zusammen. Doch von dem Erben haben wir bis jetzt noch nichts gehört«, erwiderte Melongel. Auf seinem Gesicht malten sich Besorgnis und Zweifel.

»Dann hat Fax die Macht an sich gerissen«, stellte Robinton fest. Seine Wut war durchmischt mit Angst. Er stand auf und wanderte im Zimmer hin und her. »Dieser Mann ist sehr gefährlich, Melongel. Und mit Burg Hochland allein wird er sich nicht zufrieden geben.«

»Nun übertreib mal nicht, Rob«, wiegelte Melongel ab. »Sicher, er hat die Festung in Besitz genommen, nach der er immer begierig geschielt hat. Aber das Territorium dürfte wohl groß genug sein, um jedermanns Ehrgeiz zu befriedigen.«

»Fax' Machthunger ist nicht zu stillen. Wo sind eigentlich Lobirn und Mallan? Und Bargen?«

»Um deren Sicherheit fürchte ich auch«, wandte Minnarden ein.

»Mit gutem Grund«, bekräftigte Robinton. »Zuerst übernimmt Fax die Festung seines Onkels. Er duldet keine Harfner auf seinem Besitz, die den Pächtern auch nur ein Grundwissen vermitteln. Dann ›erwirbt‹ er weitere Ländereien, indem er die rechtmäßigen Eigentümer zu Duellen herausfordert, bei denen diese ungeübten Kämpfer zu Tode kommen. Die dort ansässigen Blutsverwandten vertreibt er aus ihrer Heimat. Das darf so nicht weitergehen, Melongel. Du musst etwas gegen Fax unternehmen.«

»Ein Burgherr ist auf seinem Gebiet autonom«, hielt Melongel ihm vor Augen.

»Aber nicht, wenn er sich dieses Gebiet gesetzwidrig angeeignet hat.«

»Dieser Vorgang ist nicht näher definiert.«

»Es sieht so aus«, warf Minnarden ein, »als würde seine Vorgehensweise schweigend gebilligt.«

»Ich weiß, ich weiß«, winkte Melongel gereizt ab. »Du selbst hast ja meine Nachricht an die anderen Burgherren geschickt. Du kennst ihre Einstellung.«

»Dann wird man diesen Gesetzesbruch also durchgehen lassen?« Robinton war verärgert. Begriff denn niemand, welches ungeheure Risiko man einging, indem alle vor Fax kuschten? »Ich gebe dir nur den Rat, deine eigenen Grenzen zu sichern.«

»Das tue ich bereits. Es sind schon eine Menge Leute aus dem Hochland zu mir geflohen. Sie fürchten sich vor Fax.«

»Werden die Burgherren denn gar nicht einschreiten?« hakte Robinton nach.

Melongel hob in einer hilflosen Geste die Hände. »Es hat nicht den Anschein. Und allein kann ich keine Maßnahmen ergreifen.«

Robinton seufzte. »Lord Grogellan würde dich unterstützen. Vor allen Dingen, weil Groghe ihm bestätigen kann, was im Hochland vor sich geht.«

»Grogellan ja, aber ich bezweifle, ob der alte Lord Ashmichel von Ruatha auch nur einen Finger rühren würde, um Fax zu bremsen. Sein Sohn Kale hingegen …« Nachdenklich rieb sich Melongel das Kinn. »Mit Hilfe aus Telgar wäre eventuell zu rechnen, denn die haben immerhin gemeinsame Grenzen mit dem Hochland.«

»Lord Tarathel sorgt gut für seine Pächter«, warf Minnarden ein.

»Lord Raid wohnt so weit weg, dass er sich nicht bedroht fühlt«, ergänzte Robinton mit einem Hauch von Verachtung.

»Meister Gennell will unbedingt wissen, wie es Lobirn und Mallan ergangen ist«, sagte Minnarden. »Und beim geringsten Verdacht, ihnen könnte ein Leid geschehen, ruft er sämtliche Harfner zurück.«

Robinton schnaubte wütend durch die Nase. »Das

käme Fax gerade recht. Dann kann niemand mehr seine Untertanen über deren Rechte aufklären. Ich kenne mich gut in Burg Hochland aus. Ich weiß, wie man ungesehen hinein- und wieder hinauskommt.«

»Jawohl, und Fax kennt dein Gesicht«, versetzte Minarden.

»Er kann auch nicht überall sein.«

»Du bist viel zu wertvoll, um dein Leben bei einem so heiklen Einsatz zu riskieren«, meinte Minnarden.

»Ich habe nichts zu verlieren ...« begann Robinton.

»Aber ich – einen Bruder«, entgegnete Melongel.

»Meister Gennell verfügt über Leute, die sich auf heimliche Nachforschungen verstehen«, beschied ihn Minnarden. »Er hat bereits alles arrangiert.«

Nachdem Robinton die beiden Männer verlassen hatte, wurde ihm bewusst, wie sehr er sich von seiner Umwelt abgeschottet hatte. Er musste wieder Anteil am Leben nehmen. Er sorgte sich um Meister Lobirn, Lotricia und Mallan. Und wenn er daran dachte, was die flüchtenden Frauen Chochol erzählt hatten, schwante ihm für die hübschen Mädchen Sitta, Triana und Marcine nichts Gutes. In dieser Nacht fand er vor lauter Grübeln lange keinen Schlaf.

* * *

Er setzte seine sommerliche Tour zu den in den Bergen gelegenen Pachthöfen fort, und mit ihren Beileidsbekundungen über Kasias Tod fügten ihm die Menschen mehr Schmerz zu, als sie ahnten. Ständig wurde er an seinen tragischen Verlust erinnert. Auf Chochols Anwesen standen mehrere Zelte. Sie dienten den bewaffneten Männern, die Patrouille gingen, als Unterkunft.

»Es kommen immer mehr Flüchtlinge zu uns«, erzählte Chochol kopfschüttelnd. »Man muss diesem

Unhold Paroli bieten. Es heißt, er hätte sich bereits sechs oder sieben Gemahlinnen genommen, und alle sind schwanger. Bis jetzt wurden ihm nur Töchter geboren, und offenbar will er unbedingt einen Sohn zeugen.«

»Noch mehr Kerle seines Schlages haben uns gerade noch gefehlt«, kommentierte Robinton säuerlich.

Noch während er bei Chochol weilte, gelang Lobirn und Lotricia die Flucht. Bei ihnen befand sich ein schmächtiger kleiner Mann, der Robinton aus seiner Zeit im Hochland vage bekannt vorkam. Aber sicher war er sich nicht. Der Bursche war von einem unscheinbaren Äußeren und benahm sich unauffällig.

»Kann es sein, dass ich dir schon mal in der Harfnerhalle begegnet bin?« erkundigte sich Robinton später, derweil der Mann Proviant in seinem Packsack verstaute. Unterdessen hatte sich Robinton bereits von Meister Lobirn berichten lassen, was sich während der letzten anderthalb Planetenumdrehungen im Hochland abspielte.

»Vielleicht, vielleicht auch nicht, Robinton. Am besten, du vergisst, dass du mich jemals gesehen hast. Das dürfte das Sicherste sein. Wie du siehst, kehre ich zurück.«

»Warum? Lobirn und Lotricia hast du doch über die Grenze gebracht.«

»Als Nächsten möchte ich Mallan herausschmuggeln. Ich glaube, ich weiß jetzt, wo ich ihn finde.«

»Was soll das heißen? Was haben sie mit ihm gemacht?«

Lobirn und Lotricia waren aus der Burg geflüchtet, weil man sie rechtzeitig gewarnt hatte, Fax wolle sie einsperren lassen. Mallan hatte nicht so viel Glück gehabt.

»Fax verschwendet nichts. Selbst ein verhasster Harfner kann für seinen Lebensunterhalt arbeiten. Falls man das Arbeiten nennen kann … oder Leben.«

»Wie bitte?« Robinton ließ nicht locker. Er wollte Gewissheit.

»Er hat ihn in die Minen geschickt.« Robinton überlief es eiskalt. Mallans Hände würden von der Plackerei mit den Steinen ruiniert werden.

»Ich finde ihn schon, keine Bange, Robinton«, versicherte der schmächtige Bursche, drückte zum Abschied seine Hand und machte sich auf den Weg. Er marschierte bergab in Richtung des Hochlands und wurde bald von der Abenddämmerung verschluckt.

Robinton und zwei weitere Männer begleiteten den ausgemergelten, erschöpften Meister Lobirn und seine Gattin in die nächstgelegene Burg, wo er blieb, um dort zu unterrichten. Von dort aus zogen Robinton und seine Gefährten in schnellem Marschtempo weiter. Unentwegt dachte Robinton voller Mitleid an Lotricia, die nur noch ein Schatten ihrer selbst war. Er entsann sich, wie sie ihm stets Leckereien zugesteckt hatte, und in diesen Momenten hasste er Fax noch mehr – falls das überhaupt möglich war.

* * *

Seine Rückkehr nach Burg Tillek stellte ihn gefühlsmäßig auf eine harte Probe. Während seiner Reise durch das Hinterland kreisten seine Gedanken auch ständig um Kasia, doch als er nun die Festung wiedersah, die im Glast der Nachmittagssonne brütete, fiel ihm wieder ein, wie hoffnungsvoll er nach seiner letzten Tour heimgekehrt war – in die Arme seiner Geliebten, die auf ihn wartete. Am liebsten hätte er seinen Renner gewendet und wäre zurückgeritten.

Als er Melongel seinen Bericht abgab, legte der Burgherr die Schriftstücke zur Seite.

»Ich habe dein Gesicht gesehen, als du durch das Portal tratest, Bruder«, begann er. »Und da stand mein Entschluss fest. Burg Tillek ist nicht mehr der richtige Ort für dich. Hier wirst du nie von deinem Kummer genesen. Hiermit entbinde ich dich von deinem Vertrag. Auch Meister Gennell findet, zu solltest in die Harfnerhalle zurückkehren, wo dich nicht alles an Kasia erinnert.«

Melongels Worte trafen Robinton wie ein Schlag ins Gesicht, doch gleichzeitig sah er ein, dass man nur sein Bestes wollte. Robinton nickte stumm, um sein Einverständnis zu bekunden. Melongel stand auf, und auch Robinton erhob sich.

»Hier in Tillek bist du stets willkommen, Bruder, sollte dich dein Weg noch einmal zu uns führen. Für dich ist bei uns immer Platz«, erklärte Melongel und reichte ihm in einer förmlichen Geste die Hand. »Der junge Groghe wird dich nach Fort begleiten. Dann hast du unterwegs Gesellschaft. Eines Tages, wenn er die Nachfolge seines Vaters antritt, wird aus ihm ein würdiger Burgherr.«

»Er muss sich auch vor Fax in Acht nehmen.«

Melongel hob die Brauen und blickte Robinton prüfend an. »Das wird er, sei versichert. Und er tut gut daran, sich vor diesem Gesindel zu hüten.«

* * *

Zwei Tage später ritten Robinton und Groghe in südöstliche Richtung, um Sucho, Tortole und ihren Familien einen Besuch abzustatten. Sie blieben über Nacht und gönnten ihren Rennern eine Ruhepause. Robinton hatte Sadays Holzschüssel mitgenommen und zeigte ihr, wie sehr er dieses Geschenk wertschätzte.

Die Mauer stand, und die oberste Schicht ließ erkennen, dass man die Kräfte gebündelt und die Arbeit einträchtig fortgesetzt hatte. Offenbar hatten die verfeindeten Nachbarn ihren Streit endgültig beigelegt. Ein kleines Erfolgserlebnis, das Robinton mit heimbrachte.

Kapitel 15

Für Robinton war es eine Erleichterung, wieder in der Harfnerhalle zu sein, umgeben von den hoffnungsfrohen, erwartungsvollen Lehrlingen und ausgefüllt durch seine Studien, die ihm den Rang eines Meisters eintragen sollten. Meister Gennell hatte ihm vorgeschlagen, sich bis zum Ende des Sommers der eigenen Weiterbildung zu widmen.

Dennoch war es für ihn ein Schock, als er die unverwechselbaren Klänge seiner Sonate durch das offene Fenster des Probenraums hörte.

Wie konnten sie es wagen? Woher hatten sie die Noten? Seine Kopie hatte er verwahrt, aber er hätte niemals … Dann fiel ihm ein, dass er seiner Mutter eine Kopie gegeben hatte, als sie ihn anlässlich seiner Vermählung besuchte. Doch unter gar keinen Umständen würde sie …

Er rannte aus seinem Zimmer, hetzte die Treppe hinunter und übertönte mit dem Gepolter seiner Stiefel die Musik, die er so liebevoll für Kasia komponiert hatte. Er riss die Tür zum Probenraum auf und erschreckte die Musikanten, seine Mutter und Petiron.

»Wie kommt ihr dazu, das Stück zu spielen?« Er steuerte auf seine Mutter zu, als wolle er ihr die Harfe entreißen.

»Was fällt dir ein?« donnerte Petiron, erbost über die Störung.

»Es ist meine Musik! Niemand spielt sie ohne meine Erlaubnis.«

»Robie …« begann seine Mutter und stand auf. Sie wollte zu ihm gehen, doch sie besann sich, als er die Hände abwehrend ausstreckte, wie um einen Körperkontakt mit ihr zu vermeiden. Robinton konnte das Mitleid, das sich auf ihren Zügen spiegelte, nicht ertragen. In diesem Moment hasste er seine Mutter beinahe. Wieso hatte sie Petiron die Sonate, die er einzig und allein für Kasia geschrieben hatte, gezeigt? »Ich habe Kasia auch geliebt, Robinton. Ich spiele für *sie*. Jedes Mal, wenn diese Sonate erklingt, wird die Erinnerung an sie lebendig. Sie lebt weiter in dieser wunderschönen Musik. Das musst du ihr zugestehen. Das musst du dir selbst zugestehen.«

Er sah sie nur an, und unter ihren ernsten Blicken verrauchte sein Zorn. Die anderen Musikanten saßen so reglos da, dass er ihre Anwesenheit kaum wahrnahm.

Sein Vater räusperte sich. »Die Sonate ist dein bestes Werk«, verkündete er ohne eine Spur Herablassung.

Langsam drehte sich Robinton zu ihm um.

»Du hast Recht«, antwortete er und verließ den Raum.

Wieder in seinem Quartier, stopfte er sich Watte in die Ohren, damit er die Musik nicht zu hören brauchte. Doch etwas drang durch, und gegen Ende der Probe, die bei diesen virtuosen Musikern nicht lange dauerte, nahm er die Watte wieder heraus. Während er dem Rondo und dem Finale lauschte, ließ er seinen Tränen freien Lauf.

Gewiss, etwas Besseres hatte er nie geschrieben. Und indem er die Musik hörte, spürte er, dass er an Kasia denken konnte, ohne dass sich sein Herz verkrampfte. Nach dem Schlussakkord seufzte er und wandte sich wieder seinen Studien zu.

Doch zum Konzert ging er nicht. Stattdessen sattelte er seinen Renner, unternahm einen langen Ausritt und übernachtete im Freien. Er träumte von Kasia und wachte in Schweiß gebadet auf. Bis zur Morgendämmerung blieb er liegen und rief sich in Erinnerung, was er an ihr geliebt hatte – ihr Lachen, ihre strahlenden Augen, ihre melodische Stimme, die Art, wie sie die Hüften schwenkte, um ihn zu verführen.

Just als in Fort der Winter mit einem verfrühten Schneetreiben einsetzte, verlangte Meister Gennell ihn zu sprechen.

»Ah, da bist du ja, Rob«, empfing er ihn erfreut, legte ihm väterlich einen Arm um die Schultern und bugsierte ihn in sein Arbeitszimmer. »Es gibt einen Notfall. Erinnerst du dich noch an Karenchok, diesen hageren, dunkelhäutigen Gesellen, der in Shonagars Gruppe war?«

»O ja, und ob ich mich an ihn erinnere.«

»Nun ja, er hat sich das Bein gebrochen und kann seine Runde nicht beenden. Wärst du bereit, drunten in Süd-Boll für ihn einzuspringen? Bis er wieder reisen kann?«

Robinton nahm begeistert an und packte hastig seine Sachen, damit er um die Mittagszeit aufbrechen konnte. Er legte nur eine Pause ein, um sich von seiner Mutter zu verabschieden und ihr den Grund für sein Fortgehen zu erklären. Sie nickte und lächelte ihm aufmunternd zu. Als sie ihn zur Tür geleitete, hob sie die Hand und streichelte seine Wange.

»Die Sonate erhielt einen unglaublichen Applaus, Rob«, sagte sie leise.

Er nahm ihre Hand, drückte einen Kuss darauf und ging.

* * *

Karenchoks Heimatbasis bestand aus einer Ansammlung von Meeresburgen an der Ostküste von Süd-Boll. Als Robinton eintraf, herrschte dort eine drückende

Schwüle, und der örtliche Grundbesitzer begrüßte ihn überschwänglich.

»Wir haben uns große Sorgen um ihn gemacht, Geselle Robinton. Karenchok ist hier sehr beliebt, und wir haben eine Person für ihn abgestellt, die sich um ihn kümmert.«

»Du bist sehr gütig, Pächter Matsen. Meister Gennell dankt dir für die Pflege, die du seinem Harfner angedeihen lässt.«

»Wir haben eine ausgezeichnete Heilerin. Sie ist eine Einheimische, hat aber in der Heilerhalle eine formelle Ausbildung genossen. Sie überwacht die Pflege, aber sie ist eine viel beschäftigte Frau.«

Pächter Matsen war von gedrungener Statur, dickbäuchig und mit spindeldürren Beinen, die aussahen, als könnten sie den mächtigen Körper kaum tragen. Doch er bewegte sich mit überraschender Behändigkeit, als er Robinton zu der Hütte führte, die ein Stück weit entfernt von dem kleinen Hafen lag. Draußen stand ein behelfsmäßiger Liegestuhl, den man fabriziert hatte, indem man einen bequemen Sessel und einen Schemel zusammenrückte. Eine mit Weinlaub umrankte Pergola bot Schutz vor der sengenden Sonne.

»Ho, Karenchok, du hast Besuch«, rief Matsen von weitem, wie wenn er ihr Kommen frühzeitig ankündigen wollte.

In der Tür erschien eine Frau, die noch dabei war, ihren langen, weiten Rock zurechtzuzupfen. Mit einem gewinnenden Lächeln begrüßte sie die beiden Männer.

»Ah. Laela, du bist auch da«, sagte Matsen mit leicht gepresster Stimme.

Laelas Lächeln galt nur noch Robinton, den sie beifällig musterte. Sie warf ihm einen verführerischen Blick zu und klimperte kokett mit den Wimpern.

»Das ist der Harfnergeselle Robinton, Laela«, begann Matsen die ziemlich steife Vorstellung. »Laela hilft der Heilerin Saretta bei der Pflege der Patienten, die ans Haus gebunden sind.«

»Ich gebe mir Mühe«, erwiderte sie mit rauchiger Stimme, und Robinton merkte, wie seine Lippen zuckten. Er kam nicht umhin, Laelas Sinnlichkeit zu bemerken, und er war nicht dagegen immun. Zum ersten Mal seit Kasias Tod vor neun Monaten empfand er so etwas wie Begehren. Er wusste nicht, ob dies gut oder schlecht war, doch die Blicke, die Laela ihm zuwarf, als sie an den Männern vorbeistreifte, und den bedeutsamen Unterton in ihrer Stimme, fasste er als Einladung auf. »Karenchok geht es gut«, sagte sie, und als sie davonging, perlte ihr Lachen hinter ihr her.

Unwillkürlich drehte sich Robinton nach ihr um, weil er sehen wollte, welchen Weg sie einschlug.

»Karenchok ist hier«, brachte sich Matsen in Erinnerung.

»Entschuldigung.«

Matsen räusperte sich und betrat die Hütte.

Karenchok saß am Tisch, das geschiente Bein ausgestreckt, und ein Paar Holzkrücken lehnte an einem Stuhl. Robinton erkannte den jungen Mann, er war damals bei Ringerwettkämpfen gegen Shonagar angetreten. Als er Robinton sah, winkte er ihm freundlich zu.

»Ich kenne dich, Robinton«, begrüßte er ihn. »Gut, dass Gennell so rasch für einen Ersatz gesorgt hat. Komm, setz dich zu mir. Matsen, könntest du bitte einen Weinschlauch holen?«

Matsen brachte einen Schlauch mit Wein, und ein flüchtiger Blick auf das Etikett verriet Robinton, dass es sich um einen Roten aus Tillek handelte, der höchstwahrscheinlich sauer schmeckte. Nun ja, er musste sich mit dem begnügen, was er bekam.

Bis zum Abend hatte er erfahren, wie es zu Karenchoks Unfall gekommen war, und er bewunderte die Zähigkeit dieses Mannes, der mit einem gebrochenen Bein zu einem Pfad gekrochen war, wo man ihn finden konnte. Er war unterwegs zu seiner Hütte gewesen, als sein Renner – »das dümmste Tier, das je gezüchtet wurde« – vor einer Tunnelschlange scheute und ihn in einen Graben warf. Danach hatte er es nicht eilig, nach Hause zu kommen, und erst in der Nacht schickte man einen Suchtrupp los, der nach Karenchok forschen sollte. Als Robinton eine Bemerkung über Karenchoks Tapferkeit machte, hob der die Schultern.

»Nun ja, dieses vermaledeite Biest hatte mich an einem einsamen Ort abgeworfen, und irgendwie musste ich überleben.«

Die Formulierung erregte Robintons Aufmerksamkeit. »Wir müssen überleben!« Diesen Satz hatte er pausenlos auf dem Segelboot skandiert. Noten kreisten in seinem Kopf, eine Melodie schien Gestalt anzunehmen.

Noch blieb alles vage, aber es war ein Anfang, und er freute sich, dass er wieder ans Komponieren denken konnte.

Als Junge hatte er eine Zeit lang bei der Familie seiner Mutter im Westen von Süd-Boll verbracht. Dieser östliche Teil von Süd-Boll hingegen wies ein gänzlich anderes Landschaftsbild auf. Das Land senkte sich sanft geböscht zum Meer hin ab, wo es in langen, wunderschönen Sandstränden auslief. Anlegestege ragten weit hinaus ins Wasser. Er überwand sich, auf Matsens Schaluppe mitzufahren, obwohl dieser Segler mindestens fünfmal größer war als die *Maid des Nordens*. Es war ein weiterer Schritt, seine Trauer zu überwinden.

Indem er Karenchok diskret ausfragte, erfuhr er, dass Laela frei und ungebunden war. Es gab keinen

Verlobten, dem sie Rechenschaft schuldete. Sie verteilte ihre Gunst, an wen sie wollte, und Karenchok nahm ihre Großzügigkeit gern in Anspruch. Auch Robinton schlief mit ihr, aber innerlich zuckte er zusammen, als sie ihm dreist ins Gesicht sagte, bei ihr würde er seinen Kummer vergessen. Es fuchste sie, dass es dann nicht so kam. Doch während seines gesamten Aufenthalts in Süd-Boll gab sie sich Mühe, Kasia zu ersetzen.

Gleich nach dem Ende des Planetenumlaufs erspähte man einen Drachen am Himmel. Die Kinder, die Robinton gerade unterrichtete, gerieten außer Rand und Band. Nur äußerst selten sah man so weit im Süden einen Drachen. Robinton beschattete die Augen, damit ihn die grellen Sonnenreflexe auf dem Wasser nicht blendeten, und sprach in Gedanken den Namen.

Simanith? Bist du es?

Ja, ich bin es, hörte er prompt die Antwort. Die Stimme klang so erfreut, dass Robinton glaubte, F'lon reden zu hören. Innerlich jubelte er.

Was ist los? Warum seid ihr so weit von Benden entfernt?, wollte Robinton wissen.

Du bist der Grund. Wir wollten zu dir. In der Harfnerhalle sagte man uns, du seist in Süd-Boll.

F'lon schwang sich von Simaniths Rücken, sowie der Drache auf dem Strand gelandet war.

»Ich bin Vater geworden, Rob! Ich bin Vater!« schrie F'lon und umarmte stürmisch seinen Freund. Über einer Schulter trug er einen prall gefüllten Weinschlauch. »Es ist ein Sohn! Larna hat mir einen Sohn geboren!«

»Larna? Dann hast du sie also doch bekommen!« Robinton ignorierte den feinen Stich, den er in seinem Herzen spürte. Kasia hatte noch gelebt, als er zum ersten Mal von F'lons Interesse an Larna erfuhr.

»Lass den Unterricht ausfallen, Rob«, befahl F'lon.

»Nun lauft schon, Kinder. Die Schule geht morgen weiter.«

Robinton lachte über F'lons Eigenmächtigkeit, doch die ausgelassene Freude des jungen Drachenreiters steckte die Fischer an, die ganz in der Nähe saßen und Netze flickten. Überall sah man breit lächelnde Gesichter. Robinton machte F'lon mit Matsen und den anderen Leuten bekannt, dann führte er seinen alten Freund in die Hütte, die er sich mit Karenchok teilte.

»Ein strammer Bengel, kommt ganz nach seinem Vater«, prahlte F'lon und füllte die hastig herbeigezauberten Becher mit Wein.

»Den müssen wir schlückchenweise trinken«, meinte Rob. »Es ist einer von den guten Benden-Weinen, nicht?«

»Der Einzige, der angemessen ist, auf die Geburt meines Sohnes anzustoßen«, gab F'lon großspurig von sich und leerte seinen Becher auf einen Zug.

Sie verbrachten eine vergnügliche Zeit, die allen viel zu kurz vorkam, doch F'lon brannte darauf, nach Benden und zu seinem Sohn zurückzukehren.

»Ich nehme an, Larna hat dir verziehen, dass du sie damals auf den Misthaufen warfst«, bemerkte Robinton schmunzelnd.

F'lon sah ihn überrascht an. »Das war ich gar nicht. Es war Rangul. R'gul heißt er jetzt. Als Kind war sie wirklich ein lästiges Gör, aber nun ist sie meine Weyrgefährtin.« Stolz schlug er sich gegen die Brust. »R'gul war auch an ihr interessiert, aber er hat sie nicht bekommen.«

»Ich finde, sie hat eine gute Wahl getroffen«, meinte Robinton. Er entsann sich noch gut, was für ein aufgeblasener Bengel Rangul damals war.

»Die beste!« bekräftigte F'lon. Nach dem dritten oder vierten Becher Wein beschloss er, zum Weyr zurückzufliegen. »Mein Sohn heißt übrigens Fallarnon.«

»Passt zu einem künftigen Drachenreiter.«

»Für ihn kommt natürlich nur ein Bronzedrache infrage«, ergänzte F'lon und winkte Karenchok zum Abschied zu.

»Und er kam eigens hierher, um dir das zu erzählen?« wunderte sich Karenchok, der mit den Krücken an die Tür gehumpelt kam, um den Abflug des Drachens zu beobachten.

»Wir sind alte Freunde.«

»Ihr seid *gute* Freunde.« Karenchok hob andächtig seinen Becher an die Lippen. »Benden-Wein kriegt man hier nicht oft zu trinken.«

* * *

Neun Tage später brachte ein Kurier eine kurze Nachricht von F'lon. Zwei Tage nach Fallarnons Geburt war Larna gestorben. Durch denselben Kurier schickte Robinton einen Antwortbrief, in dem er sein Mitgefühl ausdrückte. Insgeheim beneidete Robinton seinen Freund, weil er einen Sohn hatte, der ihn immer an seine Liebste erinnern würde.

* * *

Als Karenchoks Bein verheilt war und er wieder reiten konnte, überließ Robinton ihm seinen eigenen Renner, ein viel ruhigeres und zuverlässigeres Tier als der schreckhafte Klepper, der Karenchok abgeworfen hatte. Auf dieser Mähre ritt er dann zur Harfnerhalle zurück, und dabei stellte er fest, wie viele unangenehme Eigenschaften dieser störrische Zossen besaß.

In Fort angekommen, suchte er als Erstes seine Mutter auf. Er erschrak, als er sie sah, und bestürmte sie mit Fragen über ihre Gesundheit.

»Es geht mir gut, mir fehlt nichts. Manchmal bin ich nur ein bisschen müde. Der Winter war sehr anstrengend, weißt du.«

So leicht war Robinton nicht zu überzeugen, und gleich am nächsten Tag fing er die Meisterheilerin Ginia ab.

»Es geht ihr gar nicht gut, Rob«, erklärte Ginia kurz und bündig. »Sie magert ab, obwohl ich bei Tisch sehe, dass sie normale Mengen isst. Ich halte ein wachsames Auge auf sie, Rob. Und auf Betrice ebenfalls.«

»Betrice?« Robinton vergegenwärtigte sich, dass er sie seit seiner Ankunft in Fort noch nicht gesehen hatte, obwohl sie sonst ständig irgendwo in der Halle beschäftigt war. »Was ist denn mit ihr?« Fiel seine ganze Welt in Scherben? Starben alle die Menschen, die er liebte und verehrte?

Ginia legte eine Hand auf seinen Arm. Ihre Augen blickten traurig. »Wir wissen so vieles nicht und sind oftmals hilflos. Mitunter ist die Lebensspanne eines Menschen einfach abgelaufen. Aber ich verspreche dir, dass ich gut auf deine Mutter Acht geben werde.«

»Auch auf Betrice?«

»Auch auf Betrice!« bekräftigte Ginia mit einem Nicken.

* * *

Beim Abendessen saß Robinton neben Betrice. Er sah, wie ihre Hände zitterten und gab vor, es nicht zu bemerken. Um die Stimmung zu lockern, erzählte er witzige Episoden aus Süd-Boll, und Betrice schien vergnügt wie immer. Doch einmal kreuzten sich ihre Blicke. Sie bedachte ihn mit einem eigenartigen Lächeln und tätschelte seine Hand.

»Sei unbesorgt, Rob«, riet sie ihm mit leiser Stimme und wandte sich von ihrem Gemahl ab, der mit einem

Harfnergesellen über ein verzwicktes juristisches Problem diskutierte.

»Pass gut auf dich auf, Betrice«, gab Robinton im gleichen Flüsterton zurück und versuchte, so viel Liebe wie möglich in seine Stimme zu legen.

»Das tue ich. Verlass dich drauf.«

Mit diesen Zusicherungen musste sich Robinton zufrieden geben, und schon am nächsten Morgen nahm er die neue Stelle an, die Meister Gennell ihm vorschlug. Dieses Mal sollte er nach Keroon gehen.

»In der Steppe warst du noch nicht, oder? Eine interessante Erfahrung, Rob, du wirst schon sehen. Die Anstellung ist von kurzer Dauer.« Gennell reichte Robinton ein Stück beschriftetes Leder. »Hier sind die Gemeinden aufgeführt, in denen du nicht willkommen bist.«

Robinton prägte sich die neun Namen ein.

»Es tut mir Leid«, fuhr Gennell seufzend fort, »aber wir Harfner genießen nicht mehr denselben Respekt wie früher. Doch das ist dir ja nichts Neues.«

Robinton schnitt eine Grimasse. »Warum ist das so? Wir üben einen nützlichen Beruf aus und versuchen zu helfen. Wir verbreiten keine Lügen ...«

Gennell legte den Kopf schräg, und seine Mundwinkel zogen sich nach unten. »Es gibt viele Menschen, die das Lied der Pflichten für Blödsinn halten.«

»Weil es die Drachenreiter ehrt?«

Gennell nickte. »Selbst in manchen größeren Festungen neigt man zu der Ansicht, die Weyr und seine Bewohner hätten ausgedient, seien Relikte aus der Vergangenheit. Man glaubt, die Gefahr, die damals von den Drachenreitern bekämpft wurde, sei längst gebannt.«

»Aber ... Meister Gennell ...«

Gennell hob eine Hand und lächelte halbherzig. »Du bist seit deiner Kindheit mit dem letzten noch verbliebenen Weyr eng verbunden. Viele Menschen haben noch nie einen Drachen am Himmel gesehen, geschweige denn die Bekanntschaft eines Drachenreiters gemacht. Gelegentlich wird die Kandidatensuche missverstanden, obschon es in letzter Zeit kaum noch Gegenüberstellungen gegeben hat.« Seufzend deutete er auf die Liste. »Erspar dir Ärger und meide diese Orte. Wir können niemanden dazu zwingen, etwas zu lernen.«

* * *

Als Robinton auf seinem neuen jungen Renner, den er sich von seinen Ersparnissen gekauft hatte, aus dem Burghof hinausreiten wollte, traf ein Kurier ein. Robinton kannte ihn bereits.

Schon zweimal hatte Robinton Meister Gennells heimlichen Boten in dessen Arbeitszimmer getroffen.

»Du kannst mich Nip nennen, wenn meine Namenlosigkeit dich stört«, hatte der Mann damals mit listigem Grinsen gesagt. »Ich versuche, mich nach Möglichkeit unsichtbar zu machen.«

Meister Gennell lächelte. »Und falls dich jemand fragt, du hast ihn nie gesehen, Rob.«

»Auf mich könnt ihr euch verlassen«, hatte Robinton entgegnet. Doch dieses Mal musste er den Eilläufer ansprechen. Er brauchte ein paar Informationen, die ihm nur der Kurier geben konnte.

»Heda, Kurier, bleib doch bitte mal stehen!«

Robinton zügelte seinen Renner, und der Mann tat, wie ihm geheißen. Robinton lächelte. »Ich dachte mir schon, dass du es bist.«

Nip hob kurz die Mundwinkel. »Normalerweise erkennt man mich nicht.«

»Das mag sein, aber ich bin Harfner und geschult, auf Einzelheiten zu achten, die anderen entgehen. Hast du Mallan gefunden?«

Robintons Mut sank, als das Gesicht des Mannes jeden Ausdruck verlor. Er schüttelte den Kopf. »Er starb in den Minen. Mehr weiß ich auch nicht.« Plötzlich malte sich blanker Hass auf seinen Zügen ab. »Ich kriege diesen Fax!«

»Wenn du es nicht schaffst, dann gelingt es mir!« Mit diesem Schwur auf den Lippen ritt Robinton aus dem Hof.

* * *

Obwohl Robinton überall in den Ebenen von Keroon gastfreundlich aufgenommen wurde, spürte er zuweilen, dass man den traditionellen Lehrballaden mit Skepsis begegnete. Er bemühte sich, über deren Inhalte mit den Erwachsenen zu diskutieren, und erklärte ihnen den Text der Charta. Manch einen Abend verbrachte er damit, dieses Dokument zu kopieren, weil es als Grundlage diente, den Vorwurf der Lüge zu widerlegen. Hin und wieder merkte er, dass er Zweifel ausräumen konnte.

Ein paarmal warnte ihn der jeweilige Gastgeber, dass man in der Gegend auf Harfner nicht gut zu sprechen sei. Und wenn Robinton dann aufgefordert wurde, des Abends für musikalische Unterhaltung zu sorgen, beschränkte er sich auf unverfängliche Liebeslieder oder Tanzweisen. Trotzdem erntete er nicht selten finstere Blicke und rüpelhafte Reaktionen.

Eines Abends, in der Burg bei den Roten Klippen, traf zu seiner Verwunderung Nip ein. Er trug die Kleidung eines Kuriers und überbrachte dem Burgherrn eine Botschaft der Gildehalle. Robinton wartete, bis er mit Nip allein sprechen konnte, gab ihm einen Brief an seine Mutter mit und wechselte bei der Gelegenheit ein paar persönliche Worte.

»Ich hätte nicht gedacht, dich hier zu sehen«, sagte

Robinton und wedelte mit dem Brief, als sei dieser der Gegenstand der Diskussion.

»Was glaubst du wohl, woher Meister Gennell weiß, wohin er seine Harfner lieber nicht schicken sollte?« entgegnete Nip. »Und falls du dir mal nicht sicher bist, dann erkundigst du dich am besten bei dem Meister einer Kurierstation. Die wissen immer Bescheid.« Er nahm Robinton den Brief aus der Hand und sprach so laut, dass jeder ihn hören konnte: »Geht in Ordnung, Harfner. Ich werde den Brief abliefern wie versprochen.«

* * *

Nachdem Robintons Dienst in Keroon abgelaufen war, schickte Meister Gennell ihn nach Nerat. Dort frönte man noch den alten Sitten und Gebräuchen. Robinton brauchte nicht ständig auf der Hut zu sein und unterrichtete die traditionellen Lieder und Balladen. Zu seiner Erleichterung bemerkte er, dass Drachenreiter häufig dieses Gebiet besuchten, um frischen Fisch für den Weyr abzuholen. Immer ließ er Grüße an F'lon ausrichten und versuchte, mit den Drachen zu sprechen. Die glotzten ihn mit ihren kreisrunden Facettenaugen überrascht an, gaben indessen keine Antwort.

Auf ihre Zurückhaltung konnte er sich keinen Reim machen, besonders wenn er daran dachte, wie zugänglich die Drachen ihm früher begegnet waren. Allerdings kannte er die Reiter dieser Drachen nicht so gut wie F'lon.

Als er im Frühling in die Harfnerhalle zurückkehrte, versetzte ein Blick auf seine Mutter ihn in Angst und Schrecken. Sie bestand nur noch aus Haut und Knochen. Ihre ehemalige Schönheit war dahin, ihr sonst so glänzendes Haar war stumpf, und ständig quälte sie ein trockener Husten. Wenn sie auch nur ein paar Schritte ging, musste sie sich auf Petiron stützen.

»Du bist sehr krank, Mutter«, stelle Robinton fest und funkelte Petiron wütend an. Sein Vater nickte bekümmert.

»Deshalb hat man dich nach Hause zurückgeholt, Rob«, erklärte Ginia ihm, als er auf der Suche nach ihr in die Heilerhalle stürmte.

Er erstarrte. »Das hört sich schlimm an.« Nur langsam dämmerte ihm, was diese Aussage bedeutete.

Ginia drückte seinen Arm. Ihr Blick war voller Bedauern und Mitleid. »Sie hat nach dir verlangt. Ihr bleibt nämlich nicht mehr viel Zeit.«

»Aber …« Robinton ballte die Fäuste. »Ich habe doch gerade erst Kasia verloren.«

»Ich weiß, Rob, ich weiß.« In ihren Augen schimmerten Tränen. »Deine Mutter ist meine beste Freundin. Ich kann nichts mehr für sie tun, außer, ihre Schmerzen zu lindern.«

Er nickte, während eine Eiseskälte durch seinen Körper kroch.

»Du musst deiner Mutter beistehen, Rob. Und Petiron.«

»Sie bekommt von mir jede Unterstützung. Was Petiron angeht …«

»Merelan war sein Lebensinhalt, Rob. Sein ein und alles.«

Und ich bekam nie die Gelegenheit, Kasia zu meinem Lebensinhalt zu machen, dachte er erbittert.

* * *

Die Tage nach dem Tod seiner Gemahlin waren eine Tortur, doch was Robinton durchlitt, während seine Mutter allmählich dahinsiechte, war noch entsetzlicher. Ohne sich mit seinem Vater abzusprechen, hielten sie abwechselnd an ihrem Bett Wache. Robinton spielte ihr Lieder vor, und einige fröhliche Weisen entlockten ihr sogar ein Lächeln. Petiron spielte ebenfalls für sie, getragene Melodien, die eine beruhigende Wirkung auszuüben schienen.

Drei Tage später weckte Ginia Robinton aus einem unruhigen Schlaf. Es war kurz vor Sonnenaufgang. »Es geht zu Ende.«

Hastig zog er sich an und folgte der Heilerin in das Quartier seiner Eltern. Angst schnürte ihm die Kehle zusammen.

Der Tod kam friedlich. Robinton hielt Merelans eine Hand, Petiron die andere. Sie brachte ein mattes Lächeln zuwege und einen schwachen Druck ihrer mageren Finger. Dann stieß sie einen Seufzer aus und entschlief. Keiner der beiden Männer rührte sich. Beide wollten die leblose Hand nicht loslassen, die sie festhielten.

Schließlich löste Ginia sanft die Hände voneinander und verschränkte Merelans Arme über deren schmächtige Brust.

Petiron fing bitterlich an zu schluchzen. »Wie konntest du mich verlassen, Merelan? Wie konntest du mir das antun?«

Robinton blickte auf den Mann, der sein Vater war, und fast kam es ihm so vor, als fasse Petiron Merelans Dahinscheiden als einen persönlichen Affront auf. Doch Petiron hatte seine Frau immer auf eine besitzergreifende Weise geliebt, und an dieser Einstellung vermochte selbst ihr Tod nichts zu ändern. Trotz allem empfand Robinton tiefes Mitleid mit diesem Mann.

»Vater …« Langsam stand er auf.

Petiron blinzelte und sah seinen Sohn an, als hätte dieser an Merelans Sterbebett nichts zu suchen. »Geh jetzt. Sie war alles, was ich hatte. In meinem Kummer will ich mit ihr allein sein.«

»Ich trauere auch. Sie war meine Mutter.«

»Was weißt du schon, wie ich leide?« In einer verzweifelten Geste griff sich Petiron ans Herz.

Um ein Haar hätte Robinton gelacht. Ginia setzte zum Sprechen an, doch Robinton gab ihr einen Wink, sie möge schweigen.

»Glaubt du, ich wüsste nicht, wie es ist, einen geliebten Menschen zu verlieren, Petiron? Wie kannst du so etwas zu mir sagen? Ich kann mich nur allzu gut in dich hineinversetzen.«

Petiron starrte seinen Sohn mit großen Augen an, als er begriff, worauf er anspielte. Dann fing er wieder an zu weinen. Er wirkte so niedergeschmettert, dass Robinton ohne Nachzudenken um das Bett herumging und seinen Vater tröstend in die Arme nahm.

Petiron schrieb keine einzige Note mehr. Merelan war seine Inspiration gewesen. Ihr Tod rief in ihm die Veränderung hervor, die sie sich zu ihren Lebzeiten so sehr gewünscht hatte. Er und Robinton wurden nie richtig warm miteinander, aber Petiron hörte auf, seinen Sohn zu kritisieren.

Meister Gennell bemerkte einmal, dass Petiron durch die Trauer zu einem umgänglichen Menschen geworden sei. Die Lehrlinge und Gesellen, die bei ihm Komposition lernten, hätten dem nicht zugestimmt, denn nach wie vor war Petiron nur schwer zufrieden zu stellen, doch niemand stritt ab, dass er ihnen ein profundes und umfangreiches Wissen vermittelte.

* * *

Robinton weilte in der Harfnerhalle, als Betrice an Herzversagen starb. Er konnte Meister Gennell helfen, den Verlust zu überwinden. Alle trauerten um Betrice, angefangen vom jüngsten Lehrling bis hin zu Petiron. Halanna, nun eine gesetzte, mollige Matrone mit Mann und Kindern, kam unverhofft zu Besuch.

»Ich habe Betrice viel zu verdanken«, erklärte sie. »Fast so viel wie deiner Mutter, Geselle Robinton.« Aus dem Augenwinkel streifte sie ihn mit einem merkwürdigen Blick. »Obwohl ich damals ein verzogenes, bockiges Kind war, gaben die beiden mich nicht auf und sorgten dafür, dass ich Vernunft annahm. Darf ich für Merelan und Betrice singen, Robinton? Vielleicht zusammen mit dir? Ich habe meine Stimme nie vernachlässigt, musst du wissen.«

»Das freut mich. Und meine Mutter wäre darüber sehr glücklich gewesen«, gab Robinton aufrichtig zurück.

Halanna sang das Stück, das Petiron zu diesem Anlass ausgesucht hatte, und ihre Stimme klang wärmer und ausdrucksstärker als je zuvor. Meister Gennell war so beeindruckt, dass er sich die Tränen trocknete und bemerkte, es sei eine Schande, dass sich immer weniger Mädchen in der Harfnerhalle ausbilden ließen.

»Kannst du nicht während deiner Reisen auf Talentsuche gehen, Robinton?« fragte er. »Gewiss, deine Mutter war ungewöhnlich begabt, aber hier ist Halanna, die immer noch singt, und so weit ich weiß, hat Maizella den Gesang auch nicht aufgegeben. Vielleicht findest du unterwegs ein Mädchen mit einer guten Stimme.«

»Ich werde Ausschau nach Talenten halten«, versprach Robinton. Er wollte alles tun, um seinem Meister eine Freude zu machen.

* * *

Er stand zu seinem Wort und hörte sich viele Mädchen und auch Jungen an, deren Stimmen geschult werden konnten. Und er versuchte, die jungen Leute für eine Lehrzeit in der Harfnerhalle zu interessieren.

Während des nächsten Planetenumlaufs erhielt Robinton seinen Meisterrang. Weiterhin ließ er sich von Gennell losschicken, um aufgebrachte Pächter zu beschwichtigen, für kranke Harfner einzuspringen oder um Versammlungen in weit entfernten Gemeinden zu besuchen. Auch in Burg Fort und in der Harfnerhalle fungierte er als Schlichter.

Mitunter trommelte er eine Nachricht zum Benden Weyr und bat F'lon um Hilfe – und erhielt Antworten, in denen sein Freund ihm von seinem Sohn Fallarnon erzählte. Manora, das ruhige, würdevolle Weyrmädchen, das Robinton an dem Tag kennen gelernt hatte, als S'loner und Maidir starben, nahm Fallarnon in Pflege. Robinton wunderte sich nicht, als er drei Planetenumdrehungen später erfuhr, dass sie F'lon einen zweiten Sohn geboren hatte – Famanoran.

F'lon wurde von zwei Sorgen geplagt. Er befürchtete, die träge Nemorth würde nie wieder ihr Ruhelager im Königinnenweyr verlassen und zu einem Paarungsflug aufsteigen. Sollte dies tatsächlich der Fall sein, würde er nie Weyrführer werden, und die Leitung des Weyrs bliebe bis auf unbestimmte Zeit in den Händen der vier Drachenreiter C'vrel, C'rob, M'ridin und M'odon. Außerdem wurmte es ihn, dass niemand ihn ernst nahm, wenn er den Emporkömmling Fax, diesen »Burgherrn von eigenen Gnaden«, als eine Bedrohung bezeichnete.

Jora schien C'vrel zu bevorzugen, was F'lon zusätzlichen Verdruss bereitete.

»Seit S'loner Lord Maidir ins *Dazwischen* mitnahm, hat C'vrel Angst, die Burgherren zu verprellen. Ich verstehe, dass er auf Raid Rücksicht nimmt – ein Idiot, wenn es je einen gegeben hat.« Er funkelte Robinton wütend an, als dieser halbherzig protestierte. »Raid macht alles so, wie es schon sein Vater tat – nur war Lord Maidir wesentlich toleranter und großzügiger.

Aber die Zehntzahlungen an den Weyr leistet er pünktlich, wofür wir ihm sehr dankbar sind.« F'lon zog eine Grimasse. »Es geht mir gegen den Strich, Raid verpflichtet zu sein.«

»Den Tribut an den Weyr ist er euch schuldig«, hielt Robinton ihm entgegen. »Es gehört zu seinen Obliegenheiten als Burgherr, euch den zehnten Teil seiner Einkünfte abzutreten.«

F'lon furchte die Stirn. »Sowie ich Nemorth beflogen habe, sehen die Dinge anders aus.« Seine Miene verfinsterte sich. »Obwohl mir jetzt schon davor graut. Jora ist eine fette Schlampe. Wir achten darauf, was Nemorth frisst, damit sie überhaupt imstande ist, die nötige Höhe für einen Paarungsflug zu gewinnen. Aber sie trifft absolut keine Anstalten, sich in die Lüfte zu schwingen. Jora!« Frustriert warf er die Arme hoch und verdrehte die Augen. »Eine Weyrherrin mit Höhenangst – unvorstellbar!«

»Ich frage mich, wie es dazu kam«, sinnierte Robinton.

F'lon schnaubte durch die Nase. »Mein Vater hat sie aus mehreren Kandidatinnen ausgesucht. Es gab ja nur vier, so tief ist der Weyr in der Wertschätzung der Menschen gesunken. Und dabei ist es die Aufgabe des Weyrs, eben diese Leute vor einer Gefahr zu beschützen.«

Robinton horchte auf. »Kehrt der Rote Stern zurück?«

»Noch nicht.« F'lon winkte ab. »Erst in ungefähr dreißig Planetenumläufen ist es wieder so weit.«

»Dann bist du zu alt, um gegen die Fäden zu kämpfen.«

»Ich habe zwei Söhne, die meine Pflichten übernehmen können, sollte ich nicht mehr einsatzfähig sein …« F'lon grinste frech und bleckte die Zähne. »Sie werden wissen, wozu es die Weyr gibt.« Mit der Faust schlug er sich gegen die Brust. »Ich bringe ihnen bei, was ein Drachenreiter leisten muss.«

»Was gibt es Neues von Fax?« Robinton benutzte nie den Titel, den dieser Schurke sich widerrechtlich angeeignet hatte. Bis jetzt war keine Ratsversammlung einberufen worden, um Fax als Burgherrn zu legitimieren. Robinton fragte sich, ob Bargen, der älteste Sohn des verstorbenen Lord Faroguy, noch lebte.

»Ach, der ist sehr beschäftigt.« F'lon grinste boshaft. »Er hat immer noch keinen Sohn, und er vögelt jedes Mädchen, das in seine Nähe kommt. Im Hochland ist keine Frau vor seinen Nachstellungen sicher. Und dann erst die Duelle!« Wieder riss er die Arme hoch. »Fax hat einen sicheren Weg gefunden, sich seiner Gegner zu entledigen. Er beleidigt einen Mann auf so schamlose Weise, dass dieser Genugtuung fordert, und Fax gewinnt jeden Zweikampf. Die so entstandene freie Stelle besetzt er mit einem seiner Handlanger, die ihm hörig sind, und kann sich auf diese Weise nach Herzenslust bereichern.«

»Das habe ich auch schon gehört.« Durch Nips regelmäßige Berichte an Meister Genell war Robinton auf dem Laufenden.

»Was erzählt man denn so?« hakte F'lon nach.

»Dass er dauernd die Grenzen von Crom und Nabol zu seinen Gunsten verschiebt. An Tillek oder Telgar hat er sich noch nicht herangewagt. Melongel und Tarathel haben berittene Grenzpatrouillen eingesetzt, die im Falle eines Übergriffs Signalfeuer anzünden. So sind die Burgen frühzeitig gewarnt und können sich verteidigen.«

»Das ist sehr gut.« F'lon nicke beifällig. »Aber verrate mir, wann die anderen Burgherren endlich aufgeschreckt werden und Maßnahmen gegen diesen Usurpator ergreifen. Denn so kann das nicht weitergehen.«

Über dieses strittige Thema hatte Robinton schon mit Lord Grogellan von Fort und Lord Ashmichel von Ruatha hitzige Debatten geführt. Zum Glück zeigte sich Groghe besorgter als sein Vater. Der Erbe von Ruatha, Kale, war nicht dabei gewesen, als Robinton sich mit Ashmichel unterhielt. Dieser Burgherr hatte Robintons Befürchtungen als glatten Unsinn abgetan, was Robinton über alle Maßen erstaunte. Denn Ruatha grenzte an Nabol, und das Züchten der edlen Renner brachte hohe Gewinne. Ruatha gehörte zu den reichsten Burgen überhaupt. Und auch die Steppen von Keroon und Telgar versprachen einträgliche Beute, sollte es sich Fax einfallen lassen, sie in Besitz zu nehmen.

»Es liegt nicht in der Natur der Burgherren, jemanden aus ihren Kreisen anzuprangern«, meinte Robinton.

»Aber sie können ihn doch nicht ungeschoren davonkommen lassen, wenn er geltendes Recht bricht.«

»Ich pflichte dir bei. Und ich gebe mir Mühe, die Leute aus ihrer Passivität zu reißen.«

»Wusstest du, dass er eine Frau aus dem Ruatha-Clan geheiratet hat?«

»Nein, das ist mir neu.« Gespannt beugte sich Robinton vor. »Wer ist es?«

»Gemma.« Als Robinton den Namen nicht sogleich einordnen konnte, fuhr F'lon fort: »Sie ist eine entfernte Angehörige dieser Sippschaft, eine Cousine dritten Grades, wie mir scheint. Doch sie hat Ruatha-Blut in den Adern, falls Fax einen Vorwand braucht, um sich dort Land anzueignen.«

»Wie viele Frauen hat er denn jetzt?«

»Ich glaube, er hat so viele Gemahlinnen wie er Burgen besitzt«, gab F'lon zurück. Dann lächelte er lüstern. »Dieser Kerl ist unersättlich, und seine Gier beschränkt sich wahrlich nicht nur auf Landbesitz.«

* * *

Einen Planetenumlauf nach Famanorans Geburt stieg Nemorth zu einem Paarungsflug auf, und Simanith begattete sie. F'lon wurde endlich Weyrführer. M'odon, der älteste seiner Reiter, verstarb friedlich im Schlaf.

Auch dieser Winter überzog das Land mit erbarmungsloser Kälte und heftigen Schneestürmen. Vierundzwanzig Drachenreiter erkrankten an einem Fieber, und der Weyr hallte wider vom Klagegeschrei der Drachen. Aus Nemorths zweitem Gelege gingen neunzehn Jungdrachen hervor – nicht genug, um die Verluste auszugleichen.

* * *

Der Groll gegen die Harfnerhalle zog immer weitere Kreise. Ein paarmal lauerte man umherreisenden Harfnern auf und schlug sie zusammen. Der schlimmste Zwischenfall ereignete sich in Crom. Der junge Tenor, Everek, war von dem Burgherrn Lesselden und seiner Gemahlin eingeladen worden, die einen Harfner in ihre Dienste nehmen wollten. Lady Relna brauchte jemanden, der Musikanten ausbildete, die ihren Gesang begleiteten. Außerdem komponierte sie selbst und wünschte sich auf diesem Gebiet Unterweisung.

Evenek schickte per Kurier einen Brief an die Harfnerhalle, in dem er schrieb, er habe die Stelle angenommen. Lady Relna besäße eine gute Stimme und sei eine sympathische Frau. Evenek zweifelte nicht daran, dass er in Kürze ein Begleitorchester so weit geschult hätte, dass es Lady Relnas Anforderungen genügte. Er fügte hinzu, er wolle sich künftig auf die musikalische Ausbildung von Studenten beschränken, da Lord Lesselden ihm unmissverständlich dargelegt hätte, von dem »üblichen Harfnerblödsinn« wolle er nichts wissen.

Meister Gennell hatte kein Hehl daraus gemacht, dass er sich ein wenig um Evenek sorgte, doch dann kamen er und die anderen Meister überein, der Tenor wäre sicher gewitzt genug, Schwierigkeiten zu umgehen – vor allen Dingen, weil der Vertrag, der seine Pflichten festlegte, sehr präzise formuliert war.

Dann kam ein Eilläufer auf direktem Wege zu Meister Gennell. Er hielt nicht einmal an der Kurierstation, wie es sonst üblich war. Sofort ließ Gennell Robinton holen.

»Evenek wurde zusammengeschlagen und aus der Burg geworfen. Wenn ein Kurier ihn nicht zufällig gefunden hätte, wäre er vermutlich gestorben. Du brichst sofort mit einem Heiler und fünf kräftigen Lehrlingen auf. Die Kuriere haben Evenek über die Grenze von Crom nach Nabol gebracht. Jetzt hält er sich in der Station 193 auf. Weißt du, wo sie liegt?«

Robinton wusste Bescheid. Er stellte eine schlagkräftige Truppe zusammen und auf den besten Rennern ritten sie los. Indem sie ein scharfes Tempo vorlegten und die Reittiere in Ruatha wechselten, erreichten sie im Nu die Station.

Der Stationsmeister hatte sich um Evenek gekümmert und einen Heiler hinzugezogen.

»Ich habe getan, was ich konnte.« Germathen, der Heiler, schüttelte den Kopf. Das Ereignis hatte ihn sichtlich erschüttert. »Sie haben jeden Knochen in seinen Händen gebrochen. Außerdem würgten sie ihn so schlimm, dass er vielleicht nie wieder singen kann.«

»Weiß er, wer ihn so zugerichtet hat?« fragte Robinton. Seine Gefährten schworen Rache, doch Robinton wusste, dass jede Form von Vergeltung die Harfnerhalle nur noch mehr in Schwierigkeiten stürzen würde.

Germathen zuckte die Achseln. »Ich glaube, er weiß es, aber er will es nicht sagen. Er kann ohnehin kaum sprechen. Ich habe die gebrochenen Knochen gerichtet, aber es wäre mir lieber, wenn ein Heiler, der mehr von solchen Verletzungen versteht als ich, die Behandlung weiterführen würde.«

»Ist er transportfähig?«

Robinton merkte, wie der Stationsmeister die Ohren spitzte. An der Antwort war ihm viel gelegen.

»Ja, wenn man den Weg in kurzen Etappen einteilt«, meinte Germathen. »Vermutlich fühlt sich Evenek erst wieder in Sicherheit, wenn er die Harfnerhalle erreicht hat.«

»Hier ist keiner von uns mehr sicher ...« knurrte einer der Lehrlinge.

»Fort und Ruatha würden die Harfnerhalle bis zum letzten Mann verteidigen«, behauptete Robinton. »Kann ich Ev jetzt sehen?«

Der Verletzte lag im hintersten Schlafsaal der Station. Drei Kuriere hielten vor der Tür Wache, während die Frau des Stationsmeisters an seinem Bett saß und sich mit einer Handarbeit beschäftigte. Als die Harfner eintraten, sprang sie auf und griff nach einem dicken Knüppel.

Evenek schlief. Seine Hände waren bandagiert und ruhten auf Kissen. Sein Gesicht war von Blutergüssen übersät, und um den Hals hatte Germathen einen Stützverband angelegt. Bei dem Anblick wurde Robinton übel, und einer der jüngeren Harfner verließ schleunigst das Zimmer. Während Robinton an dem Bett stand, packte ihn eine ungeheure Wut. Er spielte kurz mit dem Gedanken, F'lon um einen Transport zu bitten, doch die Kälte im *Dazwischen* hätte Evenek nur geschadet.

Als Evenek die Augen aufschlug, waren seine Freude und Erleichterung unverkennbar. Er gab zu verstehen, dass er jede Strapaze auf sich nehmen würde, um in die Harfnerhalle zu gelangen.

»Nach Hause … in die Halle …« krächzte er mühsam.

Germathen und der aus Fort mitgebrachte Heiler berieten sich über die beste Form des Transports und erklärten Robinton, sie könnten am nächsten Morgen aufbrechen. Die Betreiber der Kurierstation blickten erleichtert drein, und Robinton konnte es ihnen nicht einmal verübeln, dass sie darauf brannten, die Harfner loszuwerden. Er hielt ihnen zugute, dass sie sich um Evenek gekümmert hatten, als dieser dringend Hilfe brauchte, und Robinton versicherte ihnen, die Harfnerhalle stünde tief in ihrer Schuld.

»Ich hätte nie gedacht, dass man so etwas einem Harfner antun könnte«, meinte der Stationsmeister kopfschüttelnd. »Wo soll das noch enden?«

Nach dem Abendessen unterhielten die Harfner die übrigen Gäste – wie es der Brauch verlangte – mit Musik. Doch man beschränkte sich auf ernste, ruhige Weisen.

Sie schafften Evenek in die Harfnerhalle, und als Gennell den Verletzten sah, traten ihm die Tränen in die Augen. Meisterheilerin Ginia und ihr Gehilfe Oldive untersuchten Evenek und äußerten die Vermutung, seine Hände würden nie mehr die Gelenkigkeit zurückerlangen, um komplizierte Musikstücke zu spielen. Bezüglich seiner Stimme wagten sie überhaupt keine Vorhersage. Die Luftröhre war arg in Mitleidenschaft gezogen.

Es dauerte eine Weile, bis man in der Harfnerhalle den Schock über die brutale Misshandlung eines der ihren überwand. Lord Grogellan und seine Söhne statteten Meister Gennell einen offiziellen Besuch ab und beteuerten, sie würden die Halle und seine Bewohner nach Kräften schützen.

Zu derart perfiden Vorfällen kam es nicht wieder, doch die Harfner waren gewarnt. Von nun an reisten sie nicht mehr allein, sondern schlossen sich Handelskarawanen oder ihnen freundlich gesinnten Gruppen an.

* * *

Meister Gennell, den immer häufiger Gelenkschmerzen plagten, gewöhnte sich daran, Robinton als seinen Stellvertreter loszuschicken. Und er legte ihm nahe, stets Augen und Ohren offen zu halten. Als Gennell eines Morgens Robinton ausrichten ließ, er wünsche ihn in seinem Arbeitszimmer zu sprechen, legte Robinton humorvoll Beschwerde ein.

»Wohin werde ich dieses Mal geschickt, Meister? Ich glaube, ich kenne jeden Burgherrn, Grundbesitzer und Gildemeister auf dem gesamten Kontinent. Gibt es überhaupt noch einen Ort, an dem ich nicht war?«

»Ich hatte meine Gründe, dich überallhin zu entsenden.«

»Tatsächlich?« Robintons Neugier war geweckt.

»Ja. Ich werde alt, Rob, und ich muss mich nach einem Nachfolger umsehen. Natürlich sind die abstimmungsberechtigten Meisterharfner nur ihrem Gewissen unterworfen, aber meinen persönlichen Wunschkandidaten habe ich ihnen bereits vorgestellt. *Du* bist es.«

Robinton starrte Gennell verdutzt an. Damit hatte er nicht gerechnet. »Du wirst noch lange dein Amt versehen, Gennell«, sagte er mit einem Lachen, das jedoch erstarb, als er den Gesichtsausdruck des alten Meisterharfners bemerkte.

»Nein, ich glaube nicht. Die Gelenkerkrankung setzt mir arg zu, und jetzt habe ich meine Betrice nicht mehr, die mich immer bemuttert und verhätschelt hat. Seit sie tot ist, habe ich meinen Lebensmut verloren. Ich werde eine Wahl anberaumen und den Rest meiner Tage an einem warmen Strand von Ista verbringen.«

»Moment mal, Meister Gennell, ich bin doch viel zu jung …«

»Die Harfnerhalle braucht einen jungen, dynamischen Vorstand, Rob.« Gennell schlug einen energischen Ton an, der keinen Widerspruch duldete. »In diesen Zeiten mehr als je zuvor. Es muss jemand sein, der begreift, welche Bedrohung Fax für die ganze Welt darstellt. Ich will verhindern, dass anderenorts die gleichen Zustände einkehren wie im Hochland und in Crom – Analphabetentum und Unterdrückung.«

Er stand auf und schritt unruhig im Zimmer hin und her. »Außerdem muss der neue Meisterharfner von Pern daran glauben, dass die Fäden zurückkehren und das Land verwüsten werden, wenn man keine Gegenmaßnahmen trifft. Ich habe keine Ahnung, wie sich der Weyr verhalten wird, aber als Harfner ist es unsere heilige Pflicht, Benden in jeder Form zu unterstützen. Deine Freundschaft mit F'lon wird dir zum Vorteil gereichen. Leider hat sich der junge Mann mit einigen Burgherrn überworfen. Du könntest ihm ein wenig Führung geben …«

»F'lon lässt sich nicht dreinreden. Obwohl er mein Freund ist, habe ich keinen Einfluss auf ihn.«

»Vielleicht irrst du dich in diesem Punkt, Rob.« Gennell ließ sich wieder in seinen Sessel sinken. »Ich glaube, er würde auf dich hören. Mittlerweile hat dein Wort im ganzen Land Gewicht, du darfst deine Autorität nicht unterschätzen. Bist du immer noch in der Lage, mit Drachen zu sprechen?«

Robinton nickte. »Mit Simanith kann ich mich unterhalten. Obwohl es keine Gespräche sind, die den Stoff für eine Ballade hergäben.«

Gennell wackelte mit dem Zeigefinger. »Trotzdem gehörst du zu den wenigen Privilegierten.«

»Das ist wahr.«

Gennell deutete ein Lächeln an. »Nip hat mir berichtet, von allen Harfnern seist du der Einzige, den selbst die hartnäckigsten Kritiker der Harfnerhalle akzeptieren.«

»Bis auf die Machthaber im Hochland.«

»Fax wird den Bogen überspannen. Leute seines Schlages hat es immer gegeben, und auch in Zukunft werden wir vor Usurpatoren nicht sicher sein. Wenn wir uns an die Grundsätze der Charta halten, profitieren alle. Werden diese Regeln jedoch verletzt, muss der ganze Kontinent darunter leiden.«

Robinton nickte. Man musste auf jeden Fall durchsetzen, dass die Artikel der Charta befolgt wurden – von allen!

»Nun, Meister Robinton, ich habe dich in aller Form als meinen Nachfolger vorgeschlagen.«

Robinton murmelte einen schwachen Protest und meinte, es gäbe ältere und würdigere Harfner für diesen wichtigen Posten.

»Aber keiner will ihn haben«, klärte Gennell ihn auf. »Minnarden legte mir ans Herz, dich in Betracht zu ziehen, und auch Evarel hält große Stücke auf dich. Im Übrigen sind sämtliche der hier tätigen Meister mit meiner Wahl einverstanden.«

»Auch … Petiron?« wunderte sich Robinton.

»O ja. Von sich aus hätte er dich gewiss nicht vorgeschlagen, aber er erhob keine Einwände.«

Robinton war ehrlich überrascht.

»Ich habe der Halle nach bestem Vermögen gedient«, fuhr Gennell fort. »Aber die Aufgaben, die auf uns warten, erfordern von einem Meisterharfner bestimmte Eigenschaften, die ich nicht mehr aufbringe. Ich habe nicht die Kraft, jemandem wie Fax die Stirn zu bieten.«

»Ich danke dir für dein Vertrauen, Meister«, entgegnete Robinton verlegen.

»In dem Augenblick, als ich sah, wie du mit den

Drachen sprachst, hielt ich dich für meinen möglichen Nachfolger. Erinnerst du dich noch an den Tag?«

Robinton nickte. Es war einer der Höhepunkte in seinem Leben gewesen. Er hatte sich auserwählt und glücklich gefühlt, denn die Drachen unterhielten sich nicht mit jedem. »Ich wusste gar nicht, dass ich beobachtet wurde.«

Gennell schmunzelte. »Ich behielt dich im Auge, seit deine Mutter mir erzählte, du würdest auf der Flöte Variationen über ein musikalisches Thema spielen.«

»Ich habe dir viel zu verdanken, Meister Gennell«, erwiderte Robinton schlicht.

Gennell winkte ab. »Übe dein neues Amt nach bestem Wissen und Gewissen aus, dann fühle ich mich reichlich belohnt. Lass es nicht zu, dass ein Tyrann wie Fax weiterhin die Harfner schikaniert.«

Darauf schwor Robinton einen feierlichen Eid.

»Hast du heute morgen die Trommelbotschaft gehört?« wechselte Gennell abrupt das Thema.

»Ja.« Robinton lächelte. »In Burg Ruatha kam ein Kind zur Welt. Ein Mädchen, klein aber gesund.«

* * *

Zwei Tage später wurden Robinton und Gennell gebeten, so rasch wie möglich in die Burg zu kommen. Lord Grogellan verweigerte einen chirurgischen Eingriff, der von der Meisterheilerin Ginia, ihrem tüchtigen Assistenten Oldive und dem Heiler von Burg Fort für unabdingbar gehalten wurde.

»Vielleicht kannst du ihn zur Einsicht bringen, Gennell.« Ginias Gesicht war vor Aufregung gerötet. »Oldive und ich haben diese Operation schon so oft durchgeführt – sie dauert nur wenige Minuten. Wenn wir den entzündeten Blinddarm nicht entfernen, stirbt Grogellan.«

»Ihr könnt ihn doch nicht aufschneiden!« protestierte Lady Winalla weinend. »Da lasse ich nicht zu. Es ist barbarisch.«

Ginia schüttelte den Kopf. »Ganz im Gegenteil. Es ist so einfach wie das Entfernen entzündeter Mandeln. Du hattest nichts dagegen, dass ich sie bei deinen Kindern wegoperierte.«

»Ich will nicht, dass der Körper meines Mannes verstümmelt wird …« Lady Winalla schüttelte sich bei der bloßen Vorstellung. Störrisch fuhr sie fort: »Einem Menschen kann man nicht mit einem Messer den Bauch aufschlitzen wie einem Tier.«

»Mutter, wenn es eine Frage des Überlebens ist …« wandte Groghe in sachlichem Ton ein. »In Tillek sah ich einmal, wie es gemacht wird. Stimmt's, Rob?«

Robinton nickte. »Clostan operierte einen Seemann, der mit schrecklichen Bauchschmerzen zu ihm kam. Eine Woche später verrichtete er wieder Dienst auf seinem Schiff.«

Lady Winalla schüttelte unentwegt den Kopf und kniff die Lippen zusammen.

»Wir werden es nicht erlauben«, beharrte sie und drückte sich ein Taschentuch vor den Mund, als sie die Tür zum Krankenzimmer öffnete. Man hörte Grogellan stöhnen. »Ach, er muss fürchterliche Schmerzen leiden. Ginia, gib ihm bitte mehr Fellis-Saft. Wie kannst du ihn so quälen?«

»Er würde von seinen Schmerzen erlöst, wenn ich ihn operieren dürfte …«

»Nein, niemals! Wie kannst du so etwas vorschlagen?«

»Als er eine Schnittverletzung hatte, durfte ich die Wunde doch auch nähen. Im Grunde ist es dasselbe«, wagte Ginia einen neuerlichen Vorstoß.

»Keineswegs. Die andere Wunde war auf natürlichem Wege entstanden«, widersprach Lady Winalla.

»Hör doch, wie er jammert. Du kannst ihm doch mehr Fellis geben!«

»Gewiss kann ich das«, zischte Ginia. »Ich kann ihm so viel Fellis geben, dass er einschläft und nie wieder aufwacht.«

»Sag doch so etwas nicht, Ginia. So etwas darf man gar nicht aussprechen.«

»Es ist meine Pflicht, offen und ehrlich zu sein, Winalla. Wenn ich nicht operiere …«

Winalla hielt sich die Ohren zu, stieß einen trotzigen Schrei aus und eilte an das Bett ihres Mannes, der sich vor Schmerzen krümmte.

Er starb noch am selben Tag, unter entsetzlichen Qualen, die nicht einmal massive Gaben von Fellis oder Umschläge mit Taubkraut lindern konnten.

»Kein Aufschneiden, keine Verstümmelung, dafür der Tod«, murmelte Ginia, als sie ermattet den Ort der Tragödie verließ. »Früher waren die Menschen aufgeklärter …« Sie schüttelte den Kopf und stützte sich auf Oldive.

* * *

Die Versammlung in Telgar wurde abgesagt. Stattdessen kamen die Burgherren nach Fort, um Groghe als Erben zu bestätigen. Fax glänzte durch Abwesenheit.

»Er war auch nicht eingeladen«, bemerkte Gennell grimmig, »weil er das vorgeschriebene Protokoll missachtete, als er Lord Faroguys Nachfolge antrat.«

»Das schert ihn wenig«, behauptete Robinton. »Er verfolgt nur seine eigenen Interessen, die Rechte anderer tritt er mit Füßen.«

Es dauerte nicht lange, und Lady Relna von Crom und ihre beiden jüngsten Kinder baten bei Lord Ashmichel und Lady Adessa in Ruatha um Asyl. Weder ihr Gemahl noch die beiden ältesten Söhne hatten Fax' Überfall auf ihre Burg überlebt.

Groghe ließ jeden Mann zwischen sechzehn und fünfzig in der Handhabung von Waffen ausbilden. Tarathel und Melongel folgten seinem Beispiel und verdoppelten ihre Grenzpatrouillen.

Im nächsten Winter, der wieder ungewöhnlich kalt war, starb Meisterharfner Gennell an einem Herzschlag. Ogolly, Washell und der mittlerweile gebrechliche Gorazde trommelten die Nachricht ins Land. Man wusste, dass Meister Robinton sein Nachfolger sein sollte, doch erst im kommenden Frühjahr konnte sich die erforderliche Anzahl von Meistern in der Halle einfinden, um eine formelle Wahl abzuhalten.

Niemand wünschte, dass die Harfnerhalle in einer so risikoreichen Zeit ohne Vorstand bliebe. Robinton hörte die ausgesandten und eingehenden Botschaften. Er saß in der Küche der Halle, wo Silvina, Lorras hübsche Tochter, ihm Gesellschaft leistete und ihm unzählige Becher Klah einschenkte, die er während der langen Wartezeit trank.

Vor drei Planetenumläufen war Lorra zu ihrer Familie nach Süd-Boll zurückgekehrt, und seitdem fungierte Silvina, dunkelhaarig und resolut wie ihre Mutter, als Wirtschafterin. Robinton mochte ihre tüchtige, praktische Art, und darüber hinaus genoss er ihre ganz persönliche Gunst. Er schlief mit ihr, wenn er sich zwischen seinen zahlreichen Reisen in der Harfnerhalle aufhielt. Sie war klug genug, ihm nicht ins Gesicht zu sagen, sie wolle Kasia ersetzen. Denn auch zehn Planetenumläufe nach ihrem Tod trauerte er immer noch um sie.

Vina akzeptierte ihn, wie er war, stellte keine Forderungen und behandelte ihn mit gleich bleibender Freundlichkeit. Dafür war er ihr dankbar, und dies schien ihr zu genügen. Sie hatte dasselbe sonnige, unkomplizierte Gemüt wie ihre Mutter.

»Die Trommeln sind verstummt«, bemerkte sie, als sie ihm den nächsten Becher Klah einschenkte.

»Hmm«, brummelte er und schluckte nervös. Hier drunten in der Küche war das Trommeln nur gedämpft zu hören gewesen, doch die Vibrationen der wuchtigen Schläge drangen selbst durch die dicken Mauern. Nun kehrte wieder Stille ein.

»Du hättest draußen bleiben und die Stimmen zählen können«, meinte Silvina.

»Angenommen, ich …« Er verstummte, als auf der Treppe schwere Schritte polterten. Mindestens zwei Leute näherten sich.

Silvina griff nach seiner Hand.

Ogolly und Jerint traten ein, lächelnd und mit einem Stapel kleiner Lederfetzen, die sie vor Robinton auf den Tisch legten.

»Meister Robinton, bist du bereit und willens, das Amt des Meisters der Harfnerhalle anzutreten?« fragte Ogolly förmlich, derweil seine Augen vor Freude blitzten.

»Ich bin bereit und willens«, antwortete Robinton mit vor Aufregung trockener Kehle.

»Es ist der *einstimmige* …« – Jerint legte eine dramatische Pause ein, um die Bedeutung dieses Wortes einsinken zu lassen – »Beschluss aller Meister der Harfnerkunst, dich als Meisterharfner von Pern einzusetzen.« Er trat vor und schüttelte Robinton die Hand. »Ich bin ja so erleichtert, dass die Wahl auf dich gefallen ist, Rob.«

»Ein anderer wäre wohl kaum in Frage gekommen«, kommentierte Ogolly und gratulierte seinerseits Robinton mit Handschlag. »Nur schade, dass Merelan das nicht mehr erlebt. Sie wäre sehr stolz auf dich gewesen.«

Bei der Erwähnung seiner Mutter schnürte sich Robintons Kehle zusammen. »Ich weiß«, war alles, was er hervorbrachte.

»Sie hat immer gesagt, du würdest es bis zum Meisterharfner von Pern bringen«, behauptete Silvina. Sie schlang die Arme um Robinton und küsste ihn. »Meine Mutter wird auch sehr glücklich sein. Sie fand auch, es sei deine Bestimmung, große Dinge zu vollbringen.«

»Petiron hat geholfen, die Stimmen auszuzählen«, erwähnte Jerint.

»Er ist auch stolz auf dich, Robinton …« ergänzte Ogolly ernst. »Du kannst es mir glauben.«

Robinton nickte nur. Silvina holte Gläser und einen Weinschlauch, den sie Robinton hinhielt, damit er das Etikett lesen konnte.

»Benden?« staunte er.

»Gennell bestellte einen Vorrat eigens für diesen Tag«, erklärte sie. »Ich hielt ihn gut unter Verschluss«, fügte sie mit einem Seitenblick auf Jerint hinzu. »Und nun öffne bitte den Schlauch. Es ist genug Wein da, damit ihr euch alle einen Rausch antrinkt.«

* * *

Am nächsten Morgen litt Robinton an einem leichten Kater, als er das Arbeitszimmer des Meisterharfners betrat. Verdutzt blieb er stehen, als er sah, dass dort jemand auf ihn wartete: Petiron. Sein Vater hatte in der vergangenen Nacht fleißig auf das Wohl des neuen Meisterharfners von Pern getrunken, doch Robinton traute dem Frieden nicht.

»Ich möchte, dass du mir eine neue Stelle als Harfner zuteilst, Robinton«, begann sein Vater in einem steifen, unpersönlichen Ton. »Ich bin mir sicher, dass du deinem Amt gerecht wirst, und ich wünsche dir alles Gute. Aber ich glaube, dass meine Anwesenheit in der Halle dich nur in Verlegenheit bringt.«

»Also wirklich, Vater …« Robinton war wütend auf

sich selbst, weil ihm die ungewohnte Anrede nur stockend von den Lippen kam.

Petiron lächelte dünn, als fasste er dies als Bestätigung auf. »Die Ausübung deiner Pflichten fällt dir gewiss leichter, wenn du nicht dauernd den Eindruck hast, ich würde deine Entscheidungen nicht billigen.«

Robinton nickte bedächtig. »Das finde ich sehr rücksichtsvoll von dir, aber es ist wirklich nicht nötig.«

»Ich bestehe darauf.« Petiron hob kampfeslustig das Kinn.

»Es gibt nicht viele große Burgen, die …«

»Ich ziehe ohnehin eine kleine Gemeinde vor.«

»Du bist ein Meister und verdienst es …«

»Ich weiß, was ich will.«

»Und was wird aus deinem vielversprechenden neuen Schüler? Diesem Domick? Ich dachte, du seist mit ihm äußerst zufrieden.«

Petiron schnaubte durch die Nase und winkte geringschätzig ab. »Dieser Grünschnabel bildet sich ein, er wüsste bereits alles. Ich überlasse dir das Vergnügen, seinen Unterricht fortzusetzen.«

Robinton verbiss sich ein Grinsen. Er hatte von den leidenschaftlichen Streitgesprächen gehört, die sein Vater sich mit Domick lieferte. Bezüglich chromatischer Variationen vertraten beide gegensätzliche Standpunkte, und Robinton dachte sich, in diesem vor Selbstbewusstsein strotzenden Lehrling habe Petiron einen gleichwertigen Gegner gefunden.

»Ich hatte geglaubt …« setzte er von neuem an.

»Dann hast du dich halt geirrt. Welche Stellen stehen zur Verfügung?« Petiron streckte die Hand aus und hätte am liebsten mit den Fingern geschnippt, um seinen Sohn zur Eile anzutreiben.

Robinton trat an den Schreibtisch, auf dem sich nach Thema und Dringlichkeit geordnete Notizen stapelten. Während der letzten Wochen vor seinem Tod hatte

Gennell Robinton in die Verwaltungsangelegenheiten der Halle eingeführt, sodass er nun genau wusste, wo sich die Zettel mit den freien Stellen befanden. Er nahm den ganzen Stapel und drückte ihn Petiron in die Hand.

»Sieh selbst nach, welche Anstellung dir am besten passt«, schlug er vor. In gewisser Weise fühlte er sich erleichtert. Mit Sicherheit hätte er ständig befürchtet, sein Vater könnte seine Entscheidungen infrage stellen. Vor allen Dingen, weil Petiron den Fädenfall nicht als unmittelbare Bedrohung ansah, und weil er seinen Schülern einen Lehrstoff aufzwang, der sie nur belastete und ihnen in der praktischen Ausübung des Harfnerberufs nichts nützte. Welcher Geselle bekam schon die Gelegenheit, Musiktheorie und Komposition zu unterrichten? Vieles wäre für ihn einfacher, wenn sein Vater die Halle verließ.

»Ich habe allen unmissverständlich klar gemacht, dass ich aus freien Stücken fortgehe, und nicht etwa, weil du es willst, Robinton«, beschied ihn Petiron. Dann gab er seinem Sohn ein Stückchen Leder. »Diese Stelle möchte ich antreten.«

Robinton las den Namen und war entgeistert. »Die Meeresburg an der Halbkreis-Bucht? Vater, das geht nicht! Dort bist du vom Rest der Welt isoliert. Ich war einmal da. Die Bucht ist nur per Schiff oder mit einem Drachen zu erreichen.«

»Aber die Bucht von Nerat liegt ganz in der Nähe, und so weit ist der Seeweg gar nicht. Seit sechs Planetenumdrehungen hatten sie dort keinen Harfner mehr. Es gibt viel nachzuholen. Du bist doch sonst so versessen darauf, dass alle die Lehrballaden kennen. Dieser Auftrag stellt mich vor eine Herausforderung.«

»Es gibt interessante freie Stellen in Keroon, und der Posten in der Gemeinde am Telgar-Fluss …«

»Ich habe mich für die Meeresburg an der Halbkreis-Bucht entschieden. Versuche nicht, mich umzustimmen, Robinton.«

»Bitte, entschließe dich für eine andere Burg«, beharrte Robinton. Die Halbkreis-Bucht lag für seinen Geschmack viel zu abgeschieden, und das behagte ihm nicht.

»Mein Entschluss steht fest, Meisterharfner.« Petiron machte vor Robinton eine förmliche Verbeugung und ging.

»Beim Ersten Ei!« Robinton warf sich in den bequemen Sessel, der Gennell gehört hatte, und fragte sich, ob er seiner Aufgabe tatsächlich gewachsen war. Soeben hatte er seine erste offizielle Entscheidung getroffen. Er hoffte von ganzem Herzen, dass sie richtig war.

Kapitel 16

Während dieses Planetenumlaufs bestanden Robintons Pflichten hauptsächlich in Routineangelegenheiten. Er nahm neue Lehrlinge auf, beförderte diejenigen, die die erforderlichen Qualifikationen erfüllten zu Gesellen, und ernannte jemanden zum Meister. Es war Jerint, der den kränkelnden Gorazde ersetzte.

F'lon war begeistert über Robintons Ernennung zum Meisterharfner und flog ihn zu jeder Burg oder Gildehalle, die seine Anwesenheit verlangte. Robinton machte oft Gebrauch von diesem Transportmittel, da er in seiner Eigenschaft als Schlichter viel unterwegs war. Zudem gab er die Hoffnung nicht auf, junge Kandidaten für eine Ausbildung in der Harfnerhalle zu finden.

Ein Mädchen mit einer ausgezeichneten Singstimme zeichnete sich aus, doch ihre Eltern meinten, sie sei zu jung, um von zu Hause wegzugehen. Sie war sechzehn, doch bereits mit einem jungen Burschen aus der Nachbargemeinde verlobt, und das Singen war für sie Nebensache.

Dann musste Robinton zu den Versammlungen erscheinen und zu dem einmal während einer Planetenumdrehung stattfinden Konklave, zu dem man Fax nie einlud. Auch sein Name wurde niemals erwähnt, man schwieg sich demonstrativ über ihn aus, selbst dann, wenn Melongel oder Tarathel das Gespräch auf seine illegalen Praktiken brachten.

»Ihr macht viel zu viel Aufhebens um ihn«, beschwerte sich der griesgrämige alte Burgherr von Igen. Sein Gesicht war tief zerfurcht. »So weit ich weiß, ist Fax ein Neffe des verstorbenen Faroguy. Und wenn dessen Söhne nicht geeignet sind …«

»Farevene wurde getötet.«

»Ja, ja, angeblich in einem Duell. Aber Fax entstammt derselben Blutslinie, und falls dieser andere Sohn, wie immer er geheißen hat …«

»Er heißt Bargen«, fiel Robinton dem Alten ins Wort. »Von seinem Tod ist mir nichts bekannt.«

»Also gut. Falls Bargen nicht den Mumm besitzt, sich zu duellieren, würden seine Pächter ihm ohnehin nicht folgen.«

Melongel setzte zu einem Protest an, doch Tesner von Igen ließ ihn nicht zu Wort kommen. »Hat schon mal jemand daran gedacht, dass Faroguy vielleicht einen starken Mann mit Durchsetzungsvermögen in seiner Burg *wollte*? Womöglich war es Faroguys ausdrücklicher Wunsch, Fax als seinen Erben einzusetzen.«

Niemand wusste darauf eine Antwort, auch Robinton fiel keine passende Entgegnung ein. Er entsann sich, wie Melongel daran gezweifelt hatte, ob die Trommelbotschaften, die vorgeblich auf Lord Faroguys Geheiß hin abgeschickt wurden, auch tatsächlich von ihm stammten. Und er bemühte sich F'lon zu mehr Diplomatie zu bewegen, denn niemandem war geholfen, wenn der aufbrausende Weyrführer durch seine unverblümten Äußerungen die Burgherren noch mehr verprellte.

»Warum soll ich nicht aussprechen, was ich denke?« fragte F'lon frustriert. »Die Gelegenheit war günstig. Wenigstens ließen sie sich dazu herab, über das Thema zu diskutieren.«

»Man kann niemanden gegen seinen Willen über-

zeugen«, beschied ihm Robinton. »Wir müssen abwarten, bis Fax erneut Gesetze übertritt.«

»Oder bis der nächste Fädenfall einsetzt«, ergänzte F'lon grimmig. »Leider ist es dann für effektives Handeln zu spät.«

Robinton stellte sich das Chaos vor, in das die phlegmatischen und skeptischen Burgherren und Meister gestürzt würden, sollten die Fäden zurückkehren.

* * *

Gegen Ende des nächsten Frühlings brachte Nip Neuigkeiten über Fax' jüngste Aktivitäten.

»Der Kerl hat schon wieder eine Burg besetzt«, erzählte er, als er spätnachts in Robintons Zimmer schlüpfte. Er trug kurze Hosen und ging barfuß, die Laufschuhe mit den Stollen unter den Sohlen hielt er in der Hand. Auffordernd schielte er zu dem Schrank hin, in dem Robinton Wein und Gläser aufbewahrte.

»Was darf ich dir anbieten?« fragte Robinton.

»Einen einfachen Wein, nichts Besonderes«, erwiderte Nip. »Ich bin nicht so gierig wie unser selbst ernannter Herr über drei Burgen. Sein letztes Bubenstück bestand darin, dass er sich über die Grenze zu Tillek mogelte und sich Radharc unter den Nagel riss.«

»Es sieht Melongel gar nicht ähnlich, sich derartige Dreistigkeiten gefallen zu lassen.«

»Ach ... hast du noch nicht gehört, dass Melongel einen Unfall hatte?«

Robinton erstarrte. »Nein.«

»Er stürzte von einem Renner.«

»Melongel ist ein ausgezeichneter Reiter.«

Nip lächelte vielsagend. »Gewiss. Aber was nützen einem die besten Reitkünste, wenn jemand dem Tier etwas zu fressen gibt, das bei ihm Koliken auslöst. Melongels Renner wälzte sich vor Schmerzen auf dem Boden. Der Lord konnte nicht schnell genug aus dem Sattel springen und wurde von dem schweren Leib zerquetscht.«

»Willst du etwa andeuten, Fax hätte mit der Geschichte zu tun? Wie wäre das möglich?«

»Es gibt immer Mittel und Wege, ein Ziel zu erreichen. Jedenfalls hat Melongel nur mit viel Glück überlebt.«

»Clostan ist ein guter Heiler.«

»Sicher, aber er macht sich Sorgen. Fast jeder Knochen in Melongels Körper ist gebrochen. Vielleicht wird er nie wieder laufen können.«

Robinton hieb mit der Faust auf den Tisch. »Ich frage mich nur, wie Fax es geschafft hat, den Unfall herbeizuführen – falls er dahinter steckt.«

Nip setzte eine zynische Miene auf. »Fax kauft sich Loyalität und jede erdenkliche Art von Dienstleistung. Zudem erpresst er seine Leute und jagt ihnen eine heillose Furcht ein. Ich weiß zwar nicht, *wie* er es bewerkstelligt hat, aber ich bin fest davon überzeugt, dass er für den Unfall verantwortlich ist. Von Melongels Tod würde er gewaltig profitieren. Oterel ist ein tüchtiger Bursche, aber um eine so ernste Krise zu meistern, ist er zu jung und zu unerfahren.«

»Wie geht es Juvana?« erkundigte sich Robinton.

»Sie kümmert sich rührend um ihren Gemahl und hilft Clostan nach Kräften. Vielleicht gelingt es ihnen ja, Melongel durchzubringen.«

Nip trank einen großen Schluck Wein, ehe er fortfuhr. »Wenn Melongel stirbt, wird Fax triumphieren. Er nimmt sich ganz einfach die älteste Tochter des verstorbenen Burgherrn zur Frau und nistet sich in Tillek ein. Mit männlichen Erben macht er nach bewährter Weise kurzen Prozess.«

Abermals schlug Robinton mit der Faust auf die

Tischplatte. »Kann man denn gar nichts dagegen unternehmen?«

»Nein, wenn niemand uns beisteht«, erwiderte Nip pragmatisch. »Der Kerl hat es sich in den Kopf gesetzt, die gesamte Westküste zu besitzen. Langsam, Zoll für Zoll, arbeitet er sich vor und unterdrückt jede Opposition. Mittlerweile hat er mehr Ehefrauen, als ein vernünftiger Mann sich wünschen kann. Sieht die Charta in dieser Hinsicht denn keine Beschränkung vor?«

»Nein«, antwortete Robinton. »Mit privaten Beziehungen befasst sich die Charta nicht. Es sei denn, es wird Gewalt angewendet – wie Notzucht oder andere körperliche Übergriffe.«

»Die Charta wurde von Idealisten geschrieben.«

»Höchstwahrscheinlich. Aber die in ihr enthaltenen Gesetze dienen durchaus dem Schutz der Menschen.«

»Wenn man sie befolgt.« Nip schnitt eine Grimasse.

»Über dieses Thema habe ich mit den Burgherren geredet. Ohne Ergebnis«, beschied ihn Robinton.

Nip beugte sich über den Tisch. »Dann musst du deutlichere Worte finden, um die sturen Lords zu überzeugen. Ehe es zu spät ist.«

Robinton nickte. Er und Nip wussten, warum die Burgherren zögerten, sich gegen Fax zu wenden. In ihren Festungen wähnten sie sich sicher. Was musste noch geschehen, damit sie ihre Zurückhaltung aufgaben? Fax hatte schon so viele Gesetze gebrochen. F'lon würde den Kampf gegen diesen Schuft aufnehmen, falls er zu einem Zweikampf gefordert würde. Doch käme er bei einem Duell ums Leben, bedeutete dies für Pern eine Katastrophe. Man brauchte einen entschlossenen Weyrführer, der an die Rückkehr der Fäden glaubte.

»Ich halte auch weiterhin meine Augen und Ohren offen«, versprach Nip und leerte sein Glas. »Kann ich in deinem Quartier übernachten? Oder erwartest du noch Besuch?«

Robinton übersah das schelmische Grinsen und den wissenden Blick des Kuriers. Er wunderte sich nicht, dass Nip über sein Verhältnis mit Silvina Bescheid wusste.

Er beschloss, einen Brief an Juvana zu schreiben und ihr mitzuteilen, dass er ihr zur Verfügung stünde, falls sie seine Hilfe brauchte. »Kehrst du gleich wieder nach Tillek zurück, Nip?« fragte er.

»Ja, und ich werde den Brief Juvana persönlich überreichen«, erwiderte Nip, der offenbar seine Gedanken erraten hatte. »Sie wird sich freuen, von dir zu hören.«

Dem pfiffigen Kurier entging wirklich nichts.

* * *

Fax' jüngster Übergriff blieb anscheinend ungesühnt. Tarathel legte bei ihm Protest ein, weil er sich gewaltsam kleinere Pachthöfe angeeignet hatte, doch dabei blieb es dann auch.

Noch vor dem Ende des Planetenumlaufs starb Melongel an einem Fieber. Robinton benachrichtigte F'lon, und sie begaben sich unverzüglich nach Tillek, um Juvana zu trösten. Der Besuch fiel Robinton nicht leicht, denn an diesem Ort schien der Geist Kasias noch lebendig zu sein. Überall verfolgten ihn Erinnerungen.

»Es wird gemunkelt, Melongels Sturz von seinem Renner sei kein Unfall gewesen«, flüsterte Groghe Robinton zu, als sie den Trauerzug mit Melongels Leichnam zur *Maid des Nordens* begleiteten.

»Ich weiß. Wie denkst du darüber?«

»Möglich wär's. Es kommt einem schon merkwürdig vor, wenn ein gesundes, junges Tier sich plötzlich vor Schmerzen auf dem Boden wälzt und dabei seinen Reiter unter sich begräbt.« Groghe schnaubte durch die Nase. »Renner fressen kein Lurkraut, das Koliken bewirkt, und die Bauern merzen es mit Stumpf und Stiel aus, sowie dieses Unkraut auf ihren Weiden sprießt. Jemand muss es absichtlich unter das Futter gemischt haben.«

Robinton nickte zustimmend. Dann nahmen er und Minnarden ihre Plätze im Schiffsbug ein, und unter Harfenklängen segelte die Schaluppe aufs offene Meer, wo man den Lord bestattete. Als eine Brise die letzten Noten verwehte, bildete Robinton sich ein, den klagenden Akkord einer anderen Harfe zu vernehmen, in deren Saiten der Wind spielte.

Er senkte sein Haupt, und seine Begleiter respektierten seinen Wunsch nach Stille.

* * *

Während des folgenden Planetenumlaufs wartete Robinton gespannt auf den nächsten Schachzug von Fax. Doch eine geraume Zeit lang machte er nicht von sich reden. Nicht, dass Robinton oder Nip ihm getraut hätten.

Auf dem Konklave nach der Beisetzung seines Vaters wurde Oterel als neuer Burgherr bestätigt. Eine seiner ersten Amtshandlungen war, die Wachposten an seinen Grenzen zu verstärken. Robinton riet ihm, er solle die Pachthöfe, die unweit der Grenze zum Hochland lagen, aufsuchen, um den dort ansässigen Leuten seinen Schutz anzubieten.

Im Frühling unterbreitete Silvina ihm, dass sie ein Kind erwartete.

»Wir heiraten«, entgegnete er prompt.

»Das kommt gar nicht in Frage. Ich will nicht die Gemahlin des Meisterharfners von Pern sein.«

»Wie bitte?« Robinton wollte sie an sich ziehen, doch sie machte ein ernstes Gesicht und wich einen Schritt zurück.

»Ich habe dich sehr gern, Robinton. Wir beide passen gut zusammen, aber es soll bei einer nicht formellen Bindung bleiben.« Als sie seine verblüffte Miene sah, kam sie zu ihm und legte ihm eine Hand auf den Arm. »Wenn du schläfst, rufst du nach Kasia. Sie ist immer noch deine Frau. Ich will nicht mit einer Toten in Konkurrenz treten.« Freundlich sah sie ihn an. »Du wirst unserem Kind ein guter Vater sein, und mit uns beiden als Eltern wird es nichts entbehren.«

Er versuchte, sie zu überreden, doch sie blieb bei ihrem Entschluss und führte außer seiner unvergänglichen Liebe zu Kasia weitere Gründe an, die gegen ein offizielles Ehegelöbnis sprachen. »Du liebst die Harfnerhalle mehr, als du eine Frau je lieben könntest – bis auf Kasia, wenn sie am Leben geblieben wäre. Außerdem komme ich auf meine Mutter, die ihre Unabhängigkeit über alles stellte.«

»Das hast du mir oft genug bewiesen«, räumte er ein.

»Ich will nicht an einen einzigen Mann gebunden sein. Für die Monogamie bin ich nicht geschaffen. Es gibt so viele liebenswerte Männer …« Sie bedachte ihn mit einem kecken Lächeln.

Er hielt ihr entgegen, dass er von keinem anderen Liebhaber wüsste, doch dieses Argument ließ sie nicht gelten.

Robinton verkündete in der Harfnerhalle und der Burg, dass er der Vater des ungeborenen Kindes sei, und alle damit verbundenen Verpflichtungen akzeptierte. Wann immer sein Beruf es zuließ, verbrachte er seine Zeit mit Silvina.

* * *

Als er F'lon von der bevorstehenden Geburt erzählte, war der Weyrführer entzückt. Er fragte Robinton, wie viele Wiegenlieder er bereits komponiert hätte. Auf eine für ihn ungewohnt diskrete Weise fragte F'lon, ob eine Heirat geplant sei.

»Nein.« Robinton zog die Stirn kraus. »Ich habe sie gefragt, ob sie meine Frau werden will, und sie gab mir einen Korb.«

F'lon blickte ihn nachdenklich an. »Sie hat klug gehandelt. Du wirst ein aufopfernder Vater sein, aber das Zeug zu einem guten Ehemann hast du nicht. Denk an all die Mädchen, die über den ganzen Kontinent verteilt sehnsüchtig auf dich warten.«

Robinton lächelte gequält. F'lon wusste natürlich, dass Robinton bei den Frauen nicht nur seiner musikalischen Qualitäten wegen beliebt war.

Gegen Ende der Schwangerschaft blieb Robinton immer öfter in der Halle. Aufgrund des schneereichen und bitterkalten Winters wurde er ohnehin kaum zu Schlichtungsverfahren gerufen. Er verlegte sich aufs Unterrichten und freute sich über die Fortschritte seiner Schüler.

Die komplizierten Partituren seines Vaters musste er beiseite legen, da es keine Coloratursoprane gab, die sie hätten interpretieren können. Doch zu den Feiern am Ende des Planetenumlaufs kam Halanna und sang gemeinsam mit ihm eine Ballade. Robinton bot ihr eine Stelle als Gesangslehrerin in der Harfnerhalle an, doch sie lehnte energisch ab.

»In dieser Kälte könnte ich auf Dauer nicht leben. Trotzdem danke ich dir für das ehrenvolle Angebot.«

»Die Harfnerhalle gelangt in den Ruf, Frauen und Mädchen zu diskriminieren«, hielt er ihr entgegen.

Halanna lächelte. »Wenn meine Tochter auch nur

das geringste musikalische Talent aufweist, schicke ich sie zu euch. Darauf hast du mein Wort.«

* * *

Silvina gebar einen kräftigen Jungen, und Robinton liebte das Kind vom ersten Augenblick an. Ihm fiel auf, dass Silvina ungewöhnlich still war und niedergeschlagen wirkte, doch das führte er auf die Geburt zurück. Schließlich merkte auch er, dass mit dem Kind etwas nicht stimmte. Es war viel zu ruhig und schien dauernd zu schlafen, bis auf die Zeiten, wenn es gestillt wurde. Nur gelegentlich gab es ein hohes, dünnes Wimmern von sich.

»Was fehlt unserem Kind, Silvina?« fragte er mit bangem Herzen.

Sie stieß einen lang gezogenen Seufzer aus. »Bei der Geburt wickelte sich die Nabelschnur um seinen Hals. Ginia meint, er hätte nicht genug Luft gekriegt, und das hätte ihm geschadet.«

Robinton starrte sie entgeistert an. Er konnte es nicht fassen, dass sie ein Kind hatten, das nicht normal war.

»Und?« fuhr er fort, während er sich auf den nächsten Stuhl setzte. Wieder einmal zerfielen seine kühnen Träume und hoch gesteckten Ziele zu Asche.

»Er wird in seiner Entwicklung zurückbleiben«, erklärte sie. »Ich kenne ein paar Kinder mit dem gleichen Handicap. Sie sind geistig beschränkt, aber sehr brav und niedlich.«

»Brav und niedlich?«

Robinton vergegenwärtigte sich, was das für seinen Sohn bedeutete. Er barg sein Gesicht in den Händen und versuchte, nicht daran zu denken, wie schön alles hätte sein können. Er hatte sich so auf das Baby gefreut – auf ein intelligentes, wissbegieriges, blühendes

Kind – und was er bekam, war ein niedlicher, braver Tölpel.

»Ach, Robie, ich kann dir gar nicht sagen, wie Leid es mir tut.« Silvina streichelte sein Haar. »Bitte, hasse mich jetzt nicht. Ich hatte mir nichts sehnlicher gewünscht, als dir ein gesundes Kind zu schenken.«

»Wie könnte ich dich hassen, Vina?« Er warf einen Blick auf das Baby. »Oder ihn? Ich sorge für euch beide ...«

»Das weiß ich, Rob.«

Es gab nichts mehr, was er in diesem Augenblick hätte sagen können. Im Laufe der nächsten Monate hielt er verzweifelt Ausschau nach Anzeichen, die darauf hindeuteten, dass sich das Kind doch normal entwickelte, dass Silvina zu pessimistisch gewesen war. Vielleicht setzte sich zu guter Letzt das elterliche Erbe durch, und der Junge mauserte sich zu einem aufgeweckten, wackeren Buben. Er fühlte sich sogar ein wenig bestätigt, als Camo ihn zum ersten Mal anlächelte.

»Er erkennt deine Stimme, Rob«, meinte Silvina traurig. »Er weiß, dass du ihm jedes Mal etwas Leckeres zum Naschen mitbringst ...«

Sie nahm keine Notiz von der kleinen Trommel, die Robinton eigens für Camo angefertigt hatte. Der Junge betrachtete das Musikinstrument mit denselben leeren Blicken, die er auf alles richtete, was man ihm zeigte.

»Er hat ein sehr süßes Lächeln«, fand Robinton, und dann musste er rasch das Zimmer verlassen, weil ihn die Tränen übermannten.

Kapitel 17

Im zweiten Monat des neuen Planetenumlaufs tauchte Nip völlig abgekämpft bei Robinton auf. Es war bereits spät in der Nacht.

»Fax ist wieder auf Beutezug«, verkündete er. Er warf seine abgewetzte Lederjacke auf den Boden, schenkte sich ein Glas Wein ein und trank es in einem Zug aus.

»Ich kann dir eine heiße Suppe geben«, schlug Robinton vor, als er Nips bläuliche Lippen bemerkte. Nip lehnte ab, schenke sich Wein nach und ging zum Kamin. »Was treibt er denn so?«

Robinton räumte seinen Platz, und dankbar ließ Nip sich in den freien Sessel sinken. Dann goss er sich selbst ein Glas Wein ein und rückte für sich einen Stuhl ans Feuer.

»Er hat sich eine perfide Methode ausgedacht, wie er sich kleine und größere Pachthöfe aneignen kann.«

»Erzähl. Ich bin ganz Ohr.« Robinton füllte Nips leeres Weinglas wieder auf. Er kredenzte den guten Benden Wein.

»Zuerst stattet er seinem anvisierten Opfer einen Besuch ab, macht ihm Komplimente, wie gut er sein Anwesen bewirtschaftet. Kauft auf, was immer die Höfe anzubieten haben, bezahlt mehr als den üblichen Preis …«

»Mit anderen Worten, er biedert sich an«, kommentierte Robinton.

»Genau. Dann schickt er einen seiner Männer in die

betreffende Ansiedlung, unter dem Vorwand, er solle lernen, wie man unter den jeweils gegebenen Umständen so ertragreiche Ernten erzielt. Es ist erstaunlich, wie selbst kluge, umsichtige Menschen sich so leicht hinters Licht führen lassen.«

»Manche dieser Anwesen liegen so isoliert, dass die Bewohner höchstens einmal pro Planetenumlauf an einer Versammlung teilnehmen können – wenn überhaupt.«

»Das ist wahr.« Nip seufzte. »Nebenbei versucht er, durch Anspielungen oder offene Hetze – je nachdem, auf wie bereitwillige Zuhörer er stößt – der Harfnerhalle zu schaden. Er führt Beispiele für so genannte ›Harfnerlügen‹ an. Als Nächstes lädt er den Grundbesitzer samt seiner Familie ein, die Versammlung im Hochland zu besuchen. Und wenn derjenige zusagt, bietet er ihm an, ein paar seiner Leute auf sein Anwesen zu schicken, die die Felder bestellen oder das Vieh versorgen, bis der Pächter wieder daheim ist.«

»Und während dieser Zeit machen sich Fax' Handlanger gründlich mit den regionalen Gegebenheiten vertraut.«

»Richtig.« Schlückchenweise trank Nip den guten Wein. »Eine Pächterfamilie ist von ihrem Besuch im Hochland nie wieder aufgetaucht, und auf diese Weise gelangte Fax in den Besitz von Keogh. Eine kleinere Burg.«

»Wie viele Burgen nennt er jetzt sein eigen?«

»Vier.«

»Nicht schlecht.«

Robinton merkte, wie Nip trotz des Weines und des Kaminfeuers fröstelte. »Ich helfe dir, die Stiefel auszuziehen. Sie scheinen völlig durchnässt zu sein.«

»Du bist der Einzige, dem ich dieses Privileg gewähre«, scherzte Nip, streckte das linke Bein aus und stemmte den rechten Fuß gegen Robintons Hinterteil.

»Obwohl ich eine Menge Leute kenne, die dem Meisterharfner von Pern gern einen Tritt in den Hintern geben würden.« Dann stieß er heftig zu – natürlich nur, damit Robinton ihm den Stiefel abstreifen konnte.

* * *

In der nächsten Zeit begnügte sich Fax damit, seine immer ausgedehnteren Grenzen abzureiten und seine Pächter zu noch mehr Fleiß anzufeuern.

Robinton konnte nicht ständig darüber nachgrübeln, was Fax im Schilde führte, denn er musste sich mit den Angelegenheiten der Harfnerhalle beschäftigen, die immer komplizierter wurden, weil die Vorurteile gegen diesen Berufsstand zunahmen. Doch als er hörte, dass Nemorth tatsächlich zu einem Paarungsflug aufgestiegen war und von Simanith begattet wurde, sandte er seine Glückwünsche. F'lon stattete ihm einen Besuch ab, und Robinton fiel auf, wie überaus selbstgefällig sein Freund dreinschaute.

»Wie ist es dir überhaupt gelungen, Nemorth zum Aufsteigen zu bewegen?« erkundigte sich Robinton und schenkte den Wein ein, den F'lon zur Feier des Tages mitgebracht hatte.

»Zuerst hungerten wir die beiden aus. Ich hätte nie gedacht, dass eine Drachenkönigin so viele Schwierigkeiten machen könnte. Sämtliche Bronzedrachen waren nötig, um ihr jede Beute wegzunehmen, die sie gerissen hatte. Des Nachts stahl sie sich aus dem Weyr auf der Suche nach Futter.«

»Wer? Jora oder Nemorth?«

F'lon blinzelte, und dann lachte er schallend. »Eigentlich sprach ich von Nemorth, aber ich glaube, Jora hatte jede Menge Proviant bei sich versteckt, denn sie nahm kein Gramm ab. Unsere Hauptsorge galt Nemorth. Wie die Reiterin, so der Drache. Als sie das nächste Mal in Hitze kam und ihre Haut glänzte wie flüssiges Gold, sorgten wir dafür, dass sie nichts fraß, sondern nur das Blut trank. Es war nicht einfach, sie zu befliegen, aber Simanith gab nicht auf. Fing sie ein und hat es ihr gut besorgt.«

Robinton verbiss sich ein Schmunzeln. Er fragte sich, wie F'lon seine korpulente Gefährtin bei dieser Gelegenheit beschlafen hatte, doch über bestimmte Dinge redete man nicht einmal mit seinem besten Freund.

»Dann wird sie also im kommenden Winter ihr Gelege absetzen.«

»Hoffen wir's.«

»Vielleicht wird es ja größer als die letzten.«

»Wir könnten wahrlich mehr Drachen gebrauchen. Ein Hoch auf die Drachen und ihre Reiter.« F'lon leerte sein Glas und warf es in den Kamin. Robinton folgte seinem Beispiel, obwohl er den Verlust der schönen Gläser bedauerte. »Zur Gegenüberstellung hole ich dich ab. Meine beiden Söhne stehen als Kandidaten zur Verfügung.«

Ehe Robinton ausgerechnet hatte, dass der Jüngste dann erst zehn wäre, war F'lon schon wieder zur Tür hinaus.

»Er muss es wissen, schließlich ist er der Weyrführer«, brummte Robinton. »Und die Drachen werden sicher die richtige Wahl treffen.« Wenigstens hoffte er es.

Noch in derselben Siebenspanne erhielt er einen weiteren Überraschungsbesuch.

Silvina klopfte an seine Tür. »Hier sind zwei Leute, die dich sprechen wollen, Rob«, erklärte sie lächelnd und ließ die Gäste eintreten.

Robinton stand auf, um die Ankömmlinge zu begrüßen: Ein grauhaariger Mann und ein schlaksiger, schüchterner Junge, der so ängstlich dreinblickte, dass Robinton ihm betont herzlich zulächelte. Mit einer

Hand, an der zwei Finger fehlten, schob der Alte den Burschen nach vorn. Dann vollführte er vor dem Meisterharfner eine feierliche Verbeugung.

»Du kannst dich sicher nicht mehr an mich erinnern«, begann er das Gespräch. »Ich bin Merelans Vetter.«

Die verstümmelte Hand, die tiefe Stimme, das braune, wettergegerbte Gesicht und die vage vertrauten Züge des Mannes gaben Robinton einen Hinweis.

»Rantou?« rief er aus.

»Der bin ich.« Der Mann grinste breit. »Rantou aus den Wäldern. Ich hätte nie gedacht, dass du dich nach so langer Zeit noch an meinen Namen erinnerst.«

Robinton schüttelte die dargebotene Hand und bot den Besuchern an, Platz zu nehmen. Silvina entfernte sich, um für Erfrischungen zu sorgen.

»Es ist tatsächlich eine Ewigkeit her«, meinte Robinton. »Aber ich denke oft an diesen Sommer zurück, als ich im Meer schwimmen durfte und meine zahlreichen Cousins und Cousinen kennen lernte.«

»Wie ich hörte, starb Merelan vor einiger Zeit«, erwiderte Rantou mit ernster Miene. »Hin und wieder hörte ich sie auf Versammlungen in Süd-Boll singen.«

»Du hattest auch eine sehr schöne Stimme.«

Der Alte strahlte, und der Knabe rutschte verlegen auf seinem Stuhl hin und her, offenbar unsicher, wie er sich verhalten sollte.

Rantou räusperte sich und beugte sich nach vorn. »Nun, eine andere schöne Stimme ist der Grund für meinen Besuch.«

»Ach was!«

»Ja.« Rantou legte eine Hand auf die Schulter des Jungen. »Das ist mein Enkelsohn, Sebell. Er kann singen. Ich möchte ihn zum Harfner ausbilden lassen, falls sein Talent ausreicht.«

»Aber das ist ja herrlich, Rantou.«

»Hier hat er es besser als in den Wäldern. Ich werde nie vergessen, was dein Vater damals zu uns sagte«, fuhr er augenzwinkernd fort. »Viel hat er ja nicht von uns gehalten.«

»Oh, ich …«

»Streite es bloß nicht ab, Junge – ich meine, Meisterharfner.« Rantou erinnerte sich, dass er eine so bedeutende Persönlichkeit nicht kritisieren durfte.

Robinton lachte. »Du hast ja Recht. Aber er reagierte nur so ungehalten, weil er fand, hier würde ein großes musikalisches Talent verschwendet.«

»Deshalb möchte ich Sebell die Chance geben, etwas Besseres zu werden«, sagte Sebell. »Er ist klug, spielt Flöte – er hat sie übrigens selbst angefertigt – und auf unserer alten Gitarre. Kennt sämtliche Lehrballaden. Bei uns lässt sich nur selten ein Harfner blicken, unsere Gemeinde ist einfach zu klein, aber wir haben ihm beigebracht, was wir konnten.«

Robinton wandte sich an den Jungen, der nun tapfer das Kinn vorreckte. Er hatte denselben gebräunten Teint wie sein Großvater, einen von der Sonne gebleichten Haarschopf und weit auseinander stehende dunkle Augen, die neugierig das gesamte Zimmer inspizierten, angefangen von den Musikinstrumenten an den Wänden bis hin zu den Notenreihen auf dem Sandtisch.

Er mochte zehn oder elf Planetenumdrehungen alt sein, war sehr dünn, aber mit einem kräftigen Knochenbau ausgestattet. Die Hose, die er trug, war abgeschabt und viel zu kurz an den Knöcheln, aber peinlich sauber.

»Mein erstes Musikinstrument war auch eine Flöte«, erklärte Robinton freundlich und zeigte auf das Regal, auf dem sie lag.

Der Knabe blickte überrascht drein.

»Hast du deine Flöte mitgebracht?« erkundigte sich Robinton.

»Er hat sie immer bei sich«, antwortete sein Großvater stolz und nickte Sebell aufmunternd zu.

Der Junge fasste hinter sich und zog aus dem Hosenbund eine Flöte, die von dem lose fallenden Hemd verdeckt wurde.

Robinton stand auf und holte seine eigene Flöte aus den Kindertagen. Er schmunzelte, als seine Finger Mühe hatten, die Löcher zu bedecken, denn die Flöte war für die Hände eines Kindes bestimmt. Dann spielte er eine schnelle Tonfolge und sah Sebell auffordernd an. Der Junge grinste verschmitzt und wiederholte die Melodie fehlerfrei.

»Und wie ist es damit?« Robinton spielte ein kompliziertes Arpeggio.

Das Lächeln des Knaben zog sich in die Breite, als er die Flöte an die Lippen setzte und die Weise perfekt imitierte.

»Welche Lehrballade gefällt dir am besten?« fragte Robinton.

Der Junge begann mit der Ballade über die Pflichten, kein simples Stück, und Robinton begleitete ihn, indem er auf seiner Flöte Variationen der Melodie improvisierte. Sebells Augen funkelten angesichts der Herausforderung, und das Lied endete mit einem wahrhaft furiosen Finale, denn Sebell flocht eigene Modulationen ein.

Robinton lächelte erfreut. »Könntest du die Ballade jetzt singen, während ich dazu spiele?«

Der Knabensopran klang glockenrein, und man merkte, dass die Stimme bereits geschult worden war. Sebell kannte zumindest die Grundzüge der Atemtechnik. Der Text wurde mit exakt dem richtigen Maß an Betonung und Gefühl vorgetragen. Shonagar würde aus dem Häuschen sein über diesen neuen viel versprechenden Schüler.

»Man merkt, dass er mit dir verwandt ist, Rantou.«

»Er ist auch mit dir verwandt, Meister Robinton.«

»Ja, sicher, daran hatte ich noch gar nicht gedacht!« Robinton verdrängte den plötzlich aufkeimenden Wunsch, Sebell wäre sein Sohn und nicht der arme zurückgebliebene Camo. »Wir beide sind miteinander verwandt«, bekräftigte er und streckte dem Jungen die Hand entgegen. »Die Harfnerhalle nimmt dich mit Freuden auf, Sebell. Wir können uns glücklich schätzen, ein neues Talent ausbilden zu dürfen.«

»Selbstverständlich erwartet er keine Bevorzugung, auch wenn er dein Verwandter ist, Meister Robinton«, warf Rantou ein.

»Ich täte ihm gewiss keinen Gefallen, wenn ich ihn bevorzugen würde«, entgegnete Robinton.

In diesem Augenblick brachte Silvina die Erfrischungen. Sebell schielte nach den Keksen und schluckte.

»Silvina, ich möchte dir Sebell vorstellen, Rantous Enkel. Sie kommen aus der Heimatburg meiner Mutter und sind mit mir verwandt«, sagte Robinton.

Silvina stellte das Tablett auf den Tisch und streckte die Hand nach Sebell aus. Der sprang von seinem Sitz hoch und machte eine schüchterne Verbeugung, ehe er die Hand ergriff.

»Ein neuer Lehrling?« fragte Silvina interessiert.

»Und ein neuer Sopran, den Shonagar ausbilden kann. Der Junge spielt auch ausgezeichnet Flöte«, erzählte Robinton stolz. Vor Freude über diesen talentierten Neuzugang zauste er die weißblonden Haare des Buben. »Als ich Rantou kennen lernte, war ich jünger als Sebell ...«

»Ihr seid Verwandte der Meistersängerin Merelan?« vergewisserte sich Silvina, während sie Klah ausschenkte und die Süßwürze herumreichte.

»Ja, und wir waren sehr stolz auf sie«, antwortete Rantou mit schlichter Würde.

»Und das zu Recht«, räumte Silvina ein. Sie bedachte den neuen Lehrling der Harfnerhalle mit einem wohlwollenden Lächeln, und befangen lächelte der Junge zurück, als sie ihm den Teller mit Keksen hinhielt.

Sebell zog in die Harfnerhalle, ein ruhiger Junge, doch extrem wissbegierig, wenn es um Musik ging. Er schloss sich eng an Robinton an und folgte ihm wie ein Schatten. Nach einer Weile begann er mit Camo zu spielen. Er zeigte ihm, wie man einen Trommelstock hielt und damit die kleine Trommel bearbeitete, die Robinton für seinen Sohn gebaut hatte. Wenn Robinton die beiden Jungen zusammen sah, versetzte es ihm jedes Mal einen Stich ins Herz.

»Der Junge ist sehr lieb zu Camo«, erzählte Silvina ihm eines Abends. »Er ist gar nicht wie die anderen Lehrlinge, die immer irgendwelchen Schabernack aushecken, und den kleinen Camo scheint er aufrichtig gern zu haben.« Sie unterbrach sich und sah Robinton an. »Weißt du, Rob, in Sebell hast du einen Sohn ganz nach deinem Herzen. Und Sebell ist nicht der einzige Lehrling, der dich vergöttert. Gib ihnen ruhig die Liebe, die Camo nicht erwidern kann. Die anderen Jungen haben deine Zuneigung verdient, jeder auf seine Weise, und du nimmst Camo ja nichts weg.«

»Ich wünschte mir, ich könnte etwas für unser Kind tun«, seufzte Robinton.

»Du tust schon sehr viel für Camo. Er liebt dich. Wenn er deine Stimme hört, fängt er gleich an zu lächeln.«

Er sah ein, dass Silvinas Rat, er solle seine Aufmerksamkeit auf seine »vielen Söhne« konzentrieren, ein vernünftiger Vorschlag war. Also hörte er auf, darüber nachzugrübeln, was Camo alles nicht konnte, und akzeptierte ihn genauso unbefangen wie seine Mutter es längst tat. Er erfreute sich an seinem fröhlichen Lächeln und lobte ihn für jeden Fortschritt, den er machte. Mit der Zeit lernte Camo laufen, selbständig essen und einfache Arbeiten für seine Mutter zu erledigen – bei denen Sebell ihm oftmals half.

Gelegentlich erhielt Robinton Besuch von F'lon. Nemorth hatte immerhin vierundzwanzig Eier in den warmen Sand der Brutstätte gelegt, und nun wartete man gespannt auf das Schlüpfen.

Wenn Robinton manchmal um einen Transport auf einem Drachen bat, schickte F'lon den blauen Reiter C'gan. Robinton freute sich stets auf diese Treffen, denn C'gans unverwüstliche gute Laune wirkte auf ihn wie ein belebendes Elixier. C'gan holte ihn auch ab, als im Benden Weyr die Gegenüberstellungszeremonie kurz bevorstand und Robinton in seiner Eigenschaft als Meisterharfner dabei sein musste. Leider geschahen diese Ereignisse viel zu selten. Die Aufzeichnungen der Harfnergilde besagten, dass in früheren Zeiten wesentlich mehr Gegenüberstellungen stattfanden. Allerdings hatte es damals auch noch sechs Weyr gegeben.

»Der ältere Junge ist groß gewachsen, aber ich finde, Manoras Sohn ist noch ein wenig zu jung«, erzählte C'gan dem Meisterharfner, als sie zu dem blauen Tagath eilten, der ungeduldig im Hof wartete. Der blaue Reiter hatte Robinton nur wenige Minuten Zeit gelassen, um sich ein passendes Festtagsgewand anzuziehen, und nun hob er ihn beinahe auf Tagaths Rücken. »Aber F'lon setzt alles auf eine Karte, damit beide Jungen Drachenreiter werden. Es gibt ja wirklich nicht mehr viele Gelege, die zudem noch wesentlich kleiner ausfallen als früher. Für häufige Paarungsflüge ist Nemorth auch viel zu fett. Und nun hoch mit dir!«

»Guten Tag, Tagath«, grüßte Robinton und streichelte die blaue Schulter, während er sich zwischen die Nackenwülste setzte. Die Gitarre hielt er auf dem Schoß.

Tagath drehte den Kopf und sah Robinton an. *Jeder Tag, an dem junge Drachen schlüpfen, ist ein guter Tag, Harfner*.

»Er hat mir geantwortet!« freute sich Robinton.

»Mein Tagath ist nicht besonders gesprächig. Auch mit mir unterhält er sich nicht oft. Es tut ihm gut, wenn er mal mit einem Außenstehenden plaudert.«

Tagath sprang mit einem wuchtigen Satz in die Höhe, und Robintons Nase prallte gegen die Stimmwirbel seiner Gitarre. Robinton betastete noch seine Nase, um festzustellen, ob sie blutete, da gab C'gan auch schon das Kommando zum Sprung ins *Dazwischen*.

Im nächsten Moment schwebten sie über dem Benden Weyr, und Robinton stockte der Atem. Im Kraterkessel wimmelte es von Leuten, die zur Brutstätte strömten. Drachen zogen immer engere Kreise über dem erloschenen Vulkankegel, ließen sich auf felsigen Galerien nieder und fädelten sich durch die engen Tunnel der Bergflanke, die zu der Brutkaverne führten. Facettenaugen glühten in allen Schattierungen von Blau und Grün, durchsetzt von gelben Funken, die von ihrer Aufregung zeugten.

Tagath landete unweit des Eingangs zur Brutstätte. Ein durchdringendes Summen verriet Robinton und C'gan, dass das Schlüpfen kurz bevorstand.

Robinton glitt von Tagaths Rücken hinunter, bedankte sich für den Ritt und schloss sich den Menschen an, die in die Kaverne eilten.

»Hierher, Rob!« brüllte F'lon und winkte ihn zu sich. Er saß auf einer erhöhten Felsenplatte, auf der auch Nemorth hockte. »Ich habe schon auf dich gewartet.«

Zur anderen Seite der Drachenkönigin hatte sich Jora breit gemacht. Ihr giftgrünes Gewand vermochte ihre Fettleibigkeit nicht zu kaschieren und ihr einstmals hübsches Gesicht besaß überhaupt keine Konturen mehr. Robinton verbeugte sich höflich vor ihr und dann vor Namorth, deren Aufmerksamkeit dem kleinen Gelege in der Arena mit heißem Sand galt. Jora lächelte nervös, derweil ihre feisten Finger hektisch an ihrem Kleid zupften und feuchte Knitterfalten hinterließen. Robinton bemühte sich immer, nett zu ihr zu sein, denn er wusste, dass F'lon ihr das Leben schwer machte.

»Ich hatte schon befürchtet, du seist nicht in der Harfnerhalle«, erklärte F'lon, griff nach Robintons Hand und drückte sie so fest, dass Robinton aufschrie.

»Brich mir nicht die Finger, F'lon«, beschwerte er sich, zog die Hand zurück und tat so, als untersuche er sie auf Verletzungen.

»Das hätte gerade noch gefehlt. Sollten meine Söhne heute ausgewählt werden, wirst du dieses Ereignis doch hoffentlich in einer Ballade verewigen.«

F'lon schwankte offensichtlich zwischen der Zuversicht, dass beide Jungen einen Drachen für sich gewinnen konnten, und der Furcht, sie könnten leer ausgehen.

»Zeig mir deine Jungen«, bat Rob. »In diesem Alter wachsen Kinder so schnell, dass ich sie auf Anhieb gar nicht erkenne.«

»Es sind die beiden Buben dort links … Siehst du sie? Alle Jungen tragen natürlich weiße Sachen, aber Fallarnon hat meine Haarfarbe, und Famanoran ähnelt seiner Mutter. Du erinnerst dich doch an Manora? Sie behielt einen kühlen Kopf in der Nacht, als S'loner starb.«

»Deine Jungen gleichen einander«, meinte Robinton, der die Knaben entdeckt hatte. »Und jetzt entspann dich, F'lon. Es wird schon klappen.«

»Bist du sicher?« F'lon war äußerst nervös.

»Das fragst du mich?«

»Ja, ich frage *dich.*«

Er fragt dich wirklich, ließ sich Simanith vernehmen.

»Natürlich werden alle beide Drachenreiter sein. Etwas anderes kommt gar nicht in Frage. Ruhig Blut, F'lon. Genieße den erhabenen Augenblick.«

F'lon wirkte genauso zappelig wie Jora. Ständig peilte sie um Nemorths Kopf herum. Robinton verspürte Mitleid mit der armen Frau, die von ihrer Aufgabe als Weyrherrin sichtlich überfordert war.

»Simanith schließt sich meiner Meinung an«, fügte Robinton hinzu und spähte zu dem Bronzedrachen hinauf, der auf dem Felssims über seiner Königin Posten bezogen hatte. Simanith zwinkerte mit den schimmernden, gemächlich kreisenden Augen.

»Er muss es ja wissen, nicht?« gab F'lon zurück. Beim ersten knackenden Geräusch, das das Zerplatzen einer Eischale anzeigte, umklammerte er Robintons Arm mit einem schraubstockähnlichen Griff.

Robinton wehrte sich nicht, obwohl ihm die Umklammerung wehtat. Ein bisschen amüsierte er sich über den sonst so zuversichtlichen, stolzen und kampfeslustigen Weyrführer, der nur noch ein Nervenbündel war.

»Es ist ein Bronzedrache!« schrie F'lon und drückte mit der Hand noch fester zu.

»Vorsicht«, warnte Rob seinen Freund. »Ich möchte keine Blutergüsse haben.«

»Aber wenn ein Bronzedrache als Erster schlüpft, gilt das als gutes Omen«, beharrte F'lon.

»Immer mit der Ruhe!«

Mit einem energischen Nasenstüber befreite sich der junge Bronzedrache aus seiner Eischale.

»Gut gemacht!« schrie F'lon. »Hast du das gesehen, Robinton?«

Robinton nickte. Aber ihm entging nicht der Ausdruck auf Joras erhitztem und angespanntem Gesicht.

Auch für sie war der Ausgang dieser Gegenüberstellung wichtig.

Der kleine Bronzedrache kreischte vor Hunger und drehte auf seinen Tatzen einen Halbkreis. Nach kurzem Zögern watschelte er direkt auf F'lons Söhne zu. Gebieterisch stubste er den größeren Jungen an, derweil der jüngere Bruder zur Seite wich.

»Er heißt Mnementh!« rief der Junge überglücklich und drückte den feuchten Kopf des Jungdrachen an seine Brust.

F'lon stieß einen Laut aus, der halb wie ein Jubelschrei, halb wie ein Schluchzen klang. »Er hat es geschafft! Er hat es geschafft!«

Er schüttelte Robinton, hob ihn kurz hoch und stellte ihn wieder auf die Füße. Im nächsten Augenblick hetzte der Weyrführer über den heißen Sand, um dem frisch verbundenen Paar zu helfen.

Jora gab ein Schluchzen von sich, und Tränen strömten ihr über die Wangen. Der Blick, den sie Robinton zuwarf, war triumphierend und jämmerlich zugleich.

Drei weitere Eier zerplatzten, und Bronzedrachen kletterten heraus. Robinton fragte sich, ob dies für den Weyr ein gutes oder ein schlechtes Omen bedeutete. Dann beobachtete er den Vorgang, in dem Mensch und Tier aufeinander geprägt wurden. Laute Hochrufe und Freudenschreie aus einer bestimmten Gruppe zeigten an, dass zumindest ein neuer Drachenreiter aus der Burg stammte. Auch die danach schlüpfenden blauen und grünen Jungdrachen suchten sich ihre Partner nicht aus den Reihen der Weyrjungen aus, sondern entschieden sich für Knaben, die in Burgen aufgewachsen waren. Als Letzter kämpfte sich ein brauner Drache aus seiner Eihülle.

Er kreischte laut und drehte den Hals nach rechts und links, als suche er die anderen Jungdrachen. Plötzlich stieß sein Kopf vor und er watschelte auf den jüngsten Knaben zu, der an der Brutstätte stand: Famanoran, F'lons und Menoras Sohn. Famanoran hatte bloß ruhig seinen Platz eingenommen und das Schlüpfen mit unbewegter Miene beobachtet. Doch als er nun merkte, dass der kleine Braune zu ihm – und nur ihm allein – wollte, lief er über den Sand auf ihn zu.

»F'lon!« brüllte Robinton, um den infernalischen Lärm zu übertönen, den die Drachen und die Zuschauer verursachten. Mit dem Finger deutete er auf das letzte Paar.

F'lon schwenkte herum. Seine Kinnlade sackte nach unten, und er ließ den feierlichen Moment der Prägung auf sich einwirken.

»Sein Name lautet Canth!« rief Famanoran mit Freudentränen in den Augen und tätschelte den Hals seines neuen Freundes.

»Ich hab's dir doch gesagt«, bemerkte Robinton einige Male am selben Abend, als die Festlichkeiten in vollem Gange waren. Mit F'lar und F'nor, wie die beiden Jungen gemäß der Tradition der Drachenreiter jetzt hießen, hatte er bereits gesprochen.

»F'lon hätte es uns nie verziehen, wenn wir übergangen worden wären«, hatte F'lar dem Harfner anvertraut.

»Mir hätte es nicht so viel ausgemacht, wenn ich keinen Drachen mitbekommen hätte«, meinte F'nor gleichmütig.

Robinton schmunzelte. »Für einen Braunen ist dein Canth ziemlich groß, findest du nicht auch?«

»Doch, ja, das stimmt«, gab F'nor stolz zu.

Robinton entdeckte Manora, die darauf achtete, dass das Essen auf die vielen Tische verteilt wurde und jeder Gast einen Sitzplatz bekam. Er gratulierte ihr, und sie lächelte zerstreut, während sie jeden Winkel der Unteren Kavernen im Auge behielt.

»Heute war ein erfolgreicher Tag«, erklärte sie zufrieden.

»Du musst sehr stolz auf die beiden sein.«

»Das bin ich auch«, pflichtete sie ihm bei. Mit der ihr eigenen dezenten Würde nahm sie ihren Platz neben Jora ein, die ziemlich abgesondert von der restlichen Gesellschaft an der Hohen Tafel saß. Die Weyrherrin kümmerte sich um nichts, was sich in ihrer unmittelbaren Umgebung abspielte, sondern stopfte nur alles Essbare in sich hinein, das sich in ihrer Reichweite befand. Manora aß langsam und mit offensichtlichem Genuss. Ihre mädchenhafte Anmut und ihre ruhige Ausstrahlung hatte sie nicht verloren.

Robinton tat sich gütlich an dem exzellenten Weißwein aus Benden. Lord Raid war gleichfalls anwesend, wie es sich für den örtlichen Burgherrn gehörte. Als Robinton zu ihm ging und mit ihm ein paar Worte wechselte, machte er einen unverkrampften, vergnügten Eindruck.

Als Robinton in die Harfnerhalle zurückkehrte, war Nip da gewesen und hatte ihm eine Nachricht hinterlassen.

»Um was wettest du mit mir, dass er demnächst Nabol einkassiert?«

Auf diese Wette wollte sich Robinton lieber nicht einlassen. Selbst ein Berufsspieler aus Bitra hätte in diesem Fall passen müssen.

Vielleicht trug Fax' erneute Aggression mit dazu bei, dass Tarathel eine große Versammlung ausrichtete, zu der er jeden einlud, einschließlich Fax. Vendross, Tarathels Hauptmann der Wache, hatte eine Horde von Fax' Männern in den Vorbergen von Telgar erwischt, wo Fremde nichts zu suchen hatten. Da Vendross' Trupp ihnen zahlenmäßig überlegen war, wagten Fax' Handlanger keinen Waffenstreich.

Sie behaupteten, sie hätten aufgrund der winterlich

schlechten Straßenverhältnisse einen Umweg über Telgar machen müssen, eine Ausrede, die Vendross ihnen nicht abnahm. Auf kürzestem Wege geleitete er die Meute ins Hochland zurück. Tarathel war fest entschlossen, mit diesem Burgherrn von eigenen Gnaden ein ernstes Wort zu reden, um ihn davon abzuhalten, Gebiete von Telgar zu vereinnahmen. Nip und Robinton wunderten sich, dass Fax die Einladung zur Versammlung annahm.

»Wie ihr sehen könnt, unterstehen mir gut ausgebildete Kompanien von Wachleuten«, erklärte Tarathel Robinton und F'lon, die bereits am frühen Morgen in Telgar eingetroffen waren. Tatsächlich schien es in der Burg und auf dem umliegenden Gelände von Gardisten zu wimmeln.

F'lon nickte beifällig. »Man muss diesem Emporkömmling Paroli bieten, Tarathel.«

Der Burgherr von Telgar zog die Stirn kraus, da er es nicht gewöhnt war, von einem viel jüngeren Mann derart vertraulich angeredet zu werden. Dabei focht es ihn nicht an, dass F'lon als Weyrführer ihm rangmäßig ebenbürtig war. Robinton versetzte seinem Freund einen Rippenstoß, um ihn zu mehr Taktgefühl zu bewegen, doch F'lon ignorierte diesen Wink.

»Und euch Burgherren kommt es zu, ihn zur Rechenschaft zu ziehen. Denn wenn der Fädenfall wieder einsetzt, ist er außerstande, die Burgen, die er in Besitz genommen hat, angemessen zu beschützen.«

Tarathel hob die buschigen schwarzen Augenbrauen, die ihm ein dämonisches Aussehen verliehen. »Was soll diese Bemerkung, Weyrführer? Ich hatte ja keine Ahnung, dass der Fädenfall unmittelbar bevorsteht. Darf ich fragen, was der Benden Weyr unternimmt, um uns adäquat zu verteidigen?«

F'lon erstarrte, und Robinton bemühte sich, eine neutrale Miene zu bewahren. Soweit er wusste, hatte noch nie zuvor ein Burgherr den Weyr so offen provoziert. F'lon parierte die Herausforderung auf seine für ihn typische Art.

»Der Benden Weyr ist bereit, den Kampf gegen die Fäden aufzunehmen, Lord Tarathel, wann immer diese Plage Pern heimsuchen wird. Darauf kann sich jeder verlassen«, konterte er hochmütig.

»Falls es überhaupt dazu kommt«, brummte Tarathel und wandte sich ab, um eine Gruppe von neu eintreffenden Gästen zu begrüßen.

»Ich bitte dich, F'lon«, wandte sich Robinton an den Weyrführer. »Musst du immer wieder die Burgherren verprellen? Dir und dem ganzen Weyr gereicht es nicht zum Vorteil, wenn du die Lords dauernd vor den Kopf stößt.«

»Ich würde gern höflich bleiben, aber dieser Tarathel ist genauso engstirnig wie Raid, und das will was heißen.«

»Wenn die Fäden kommen, ist Tarathel längst tot. Ich an deiner Stelle würde versuchen, den jungen Larad zu überzeugen. Es sei denn, Fax fordert ihn zum Duell und eliminiert einen weiteren Rivalen.«

»Hmm!«

F'lon schien auf Robintons Ratschlag zu hören. Bei der erstbesten Gelegenheit suchte er ein Gespräch mit dem jungen Mann, der sich wie alle Burschen in seinem Alter gern in Gesellschaft des Weyrführers sehen ließ.

Was dann am Nachmittag passierte, war so entsetzlich, dass Robinton sich später die größten Vorwürfe machte, den jungen Larad überhaupt erwähnt zu haben.

Robinton war dabei, als alles anfing: Ein junger Kerl, der Fax' Farben trug, stieß mit Larad zusammen, der sich mit F'lon unterhielt. In gespielter Empörung verlangte Fax' Kreatur, Larad solle sich bei ihm entschuldigen.

Verblüfft setzte Larad zu einer Abbitte an, doch F'lon gebot ihm zu schweigen.

»Du Flegel hast Lord Larad absichtlich angerempelt«, bezichtigte er Fax' Gefolgsmann. »Also wirst du ihn um Verzeihung bitten. Er steht im Rang weit über dir.«

»Ich bin nur Lord Fax verpflichtet, Drachenreiter!« höhnte der Rüpel.

Robinton steuerte auf die Streitenden zu, doch ehe er bei ihnen war, hatte F'lon dem Anrempler eine blutige Lippe geschlagen.

»Hüte deine Zunge, Bürschchen. Du entschuldigst dich jetzt sofort bei Lord Larad, dessen Vater der örtliche Burgherr ist. Ob du deinen Vater kennst, du Bastard, wage ich zu bezweifeln.«

»Kepiru? Wer hat dich blutig geschlagen?« Ein vierschrötiger Kerl, der gleichfalls Fax' Farben trug und den Schulterknoten eines Hauptmanns – obwohl dieses Abzeichen eigentlich Schiffskapitänen vorbehalten war – drängte sich durch die Menge.

Robinton spürte die aufgeheizte Stimmung, als er F'lon und Larad erreichte.

»Darf ich fragen, was hier los ist?« begann Robinton in versöhnlichem Ton.

Aufatmend wandte sich Larad an den Meisterharfner. Der junge Lord war sichtlich bestürzt und verlegen.

Großspurig ergriff der bullige Hauptmann das Wort. »Dieser … Drachenreiter …« – betonte er verächtlich – »hat meinen jüngeren Bruder geschlagen und unsere Abstammung in Frage gestellt. Ich fordere Satisfaktion.«

»Lord Larad dürfte wohl derjenige sein, der Genugtuung einfordern kann – von deinem Bruder«, konterte F'lon angriffslustig.

Robinton hielt F'lon am Arm fest, um ihn zu beschwichtigen. Er fürchtete, dieser Vorfall sei bewusst inszeniert worden, eine abgekartete Sache zwischen Fax und seinen Waffenknechten. Der schmalbrüstige Typ, der Larad geschubst hatte, war mit Sicherheit nicht der Bruder des grobschlächtigen Hauptmanns.

»Ich habe den Zwischenfall gesehen«, warf Robinton ruhig ein. »Es geschah ohne böse Absicht.« Er drückte F'lons Arm, weil er merkte, dass sein Freund vor Wut kochte. »Wir sind hier auf einer friedlichen Versammlung, zusammengekommen, um uns zu amüsieren, und nicht, um Händel auszutragen.«

Die Worte hätte er sich sparen können. Weder F'lon noch die beiden Typen, die zu Fax' Gefolgschaft gehörten, wollten einen Streit vermeiden.

Wie um F'lons Groll zu bestätigen, spreizte Simanith, der auf den Felszinnen der Burg hockte, seine Schwingen und stieß einen schmetternden Trompetenton aus.

»Larad besteht auf einer Entschuldigung«, zischte F'lon. »Dieser Strolch hat ihn absichtlich angestoßen.«

»F'lon, wir befinden uns auf einer Versammlung«, raunte Robinton seinem Freund ins Ohr, während er eifrig Ausschau nach Leuten hielt, die ihnen eventuell beistehen konnten. Zu seiner Erleichterung erspähte er Nip und gab ihm heimlich ein Zeichen. Nip verstand und flitzte los. »Bei so vielen Leuten gibt es immer wieder ein Gedränge, und es passiert, dass man jemanden aus Versehen schubst.«

»Das reicht!« F'lon löste sich aus Robintons Griff. »Diese Pöbelei geschah genauso absichtlich wie die ständigen Schmähungen gegen die Drachenreiter.«

»Ha! Drachenreiter, dass ich nicht lache!« spottete der Hauptmann. »Ein weibisches Volk seid ihr.«

F'lon geriet in Rage. »Ich werde dir zeigen, wie weibisch ich bin«, schrie er und zog das Messer aus seinem Gürtel.

Im nächsten Augenblick hielt auch der Hauptmann ein Messer in der Hand, und Robinton sah seine schlimmsten Befürchtungen bestätigt. Entschlossen rüstete er sich zum Einschreiten.

»Aus dem Weg, Harfner!« kläffte der Hauptmann. »Deine Farben schützen weder dich noch *ihn*!«

Beim ersten Aufblitzen des Stahls rückte die Menge von den am Streit beteiligten Männern ab und formierte sich zu einem Kreis. Plötzlich drehte sich Kepiru auf dem Absatz um und huschte davon.

»Misch dich nicht ein, Robinton. Das ist meine Sache!« brüllte F'lon. Er stieß seinen Freund zur Seite und nahm eine halb geduckte Haltung an.

»Wartet! Man hat den Burgherrn gerufen!«

»Dann soll er zusehen, wie der Weyrführer stirbt!« höhnte der Hauptmann. In seine Augen trat ein wilder Blick. Er wich seitwärts aus, doch anstatt sich gegen den Drachenreiter zu wenden, stürzte er sich auf Robinton und versetzte ihm eine Schnittwunde. Robinton hielt sich den Arm, während das Blut den Ärmel seines Hemdes rot färbte.

F'lon stieß einen unartikulierten Schrei aus und griff den Hauptmann an. »Das wird er bereuen, Rob!«

»Harfner und weibische Drachenreiter. Ihr seid nichts als ein Haufen feiger Memmen!«

»Behalte einen kühlen Kopf!« rief Robinton F'lon zu. Vor Aufregung spürte er keine Schmerzen, und dankbar bemerkte er, dass jemand ein Tuch um die blutende Wunde wickelte.

Simanith kreischte pausenlos, und die anderen Drachen stimmten lautstark in die ohrenbetäubende Kakophonie ein. Der Lärm musste die anderen Drachenreiter alarmieren und den Burgherrn auf den Plan bringen, sagte sich Robinton. Vielleicht gelang es im letzten Moment, den Kampf zu verhindern.

Der Hauptmann schien das Gleiche zu denken, und

er wollte Blut sehen, ehe man ihn von seinem Gegner trennte. Trotz seiner Massigkeit war er flink, geübt im Umgang mit der Klinge, und zu allem entschlossen. F'lon war ebenfalls ein geschickter Kämpfer, doch seine Wut machte ihn leichtsinnig.

Der Hauptmann führte den ersten Streich und brachte F'lon eine Verletzung am Brustkorb bei. Vor Schmerzen sog F'lon zischend die Luft ein, und danach ließ er alle Vorsicht fahren. Er attackierte den Hauptmann, umklammerte dessen Hand, die die Waffe hielt, und stach mit seinem eigenen Messer blindlings zu. Der Kerl war stärker als F'lon und behielt die Nerven.

F'lon war an faires Kämpfen gewöhnt, und an Gegner, die sich hüteten, das Leben eines Drachenreiters zu gefährden. Der Hauptmann indessen kannte keine Skrupel und wandte jeden schmutzigen Trick an, den er in seinen vermutlich zahlreichen Messerstechereien gelernt hatte. Er stellte F'lon ein Bein, und während die Zuschauer protestierten, verlor der Drachenreiter die Balance und stürzte zu Boden. Der Hauptmann nutzte seine Chance, warf sich auf F'lon und trieb ihm die Klinge zwischen die Rippen.

F'lon bäumte sich noch einmal auf und starb.

Simanith gab einen fürchterlichen Schrei von sich und sprang ins *Dazwischen*, noch ehe sein Reiter den letzten Atemzug tat. Robinton war wie gelähmt vor Entsetzen.

Eine beklemmende Stille legte sich über die Versammlung. Selbst die Leute, die nicht mitbekommen hatten, welches Drama sich hier abspielte, waren durch den Schrei des Drachen und sein plötzliches Verschwinden aufgeschreckt. Dann setzte das Wehklagen der anderen Drachen ein, und jeder Besucher wusste, dass ein Drachenreiter gestorben war.

»Ergreift ihn! Lasst ihn nicht entkommen!« brüllte Robinton und zeigte auf den Hauptmann.

Er kniete neben F'lon nieder, dessen bernsteinfarbene Augen weit aufgerissen waren und langsam ihren Glanz verloren. Robinton drückte die Lider zu. Vor Erschöpfung ließ er den Kopf hängen. Dieser sinnlose, vermeidbare Tod laugte ihn emotional und körperlich aus.

»Dabei wollte ich mich entschuldigen«, ertönte eine dünne, ängstliche Stimme.

Robinton blickte hoch, stand auf und legte eine Hand auf Larads Schulter. »Mach dir keine Vorwürfe, Larad. Dich trifft keine Schuld.«

»Aber er ist tot«, beharrte Larad mit brüchiger Stimme. »Ein Drachenreiter ist gestorben.«

»Was ist hier los? Was ...? Splitter und Scherben!« Lord Tarathel zwängte sich durch die Menge. Larad rannte zu seinem Vater und barg weinend den Kopf an seiner Brust.

»Das war kein Unfall, Lord Tarathel«, sagte Robinton so leise, dass nur Tarathel ihn hören konnte. »Es handelte sich um ein Mordkomplott.«

Der Hauptmann wehrte sich gegen ein paar kräftige Männer, die ihn festhielten. Keiner der Umstehenden hatte einen Finger gerührt, um den Zweikampf zu verhindern, doch niemand hatte den Tod eines Drachenreiters gewollt.

R'gul und S'lel, dichtauf gefolgt von C'gan, trafen ein. Ihre Mienen drückten fassungsloses Entsetzen aus. Beim Anblick von F'lons reglosem Körper spiegelten sich auf R'guls Züge die widersprüchlichsten Emotionen, die Robinton höchst stutzig machten. Er wusste nicht, wie er R'guls Reaktion deuten sollte.

S'lel hingegen war aufrichtig betroffen, und über C'gans jungenhaftes Gesicht strömten die Tränen.

»Ich habe ihn oft genug gewarnt«, rief R'gul kopfschüttelnd. »Aber er wollte ja nicht hören.«

Frustriert wandte Robinton sich ab, und in diesem Moment bemerkte Tarathel seinen blutenden Arm.

»Allein dafür kann man den Kerl auf die Inseln verbannen«, knurrte Tarathel empört. »An deinen Rangabzeichen muss er doch gesehen haben, wer du bist.«

»Der Rang eines Menschen kümmert ihn nicht. Man sieht ja, was er dem Weyrführer angetan hat«, erwiderte Robinton. Verstohlen suchte er in der Menge nach Fax, der sich doch bestimmt davon überzeugen wollte, ob seine perfide Rechnung aufgegangen war.

Robinton machte sich auf die nächste Katastrophe gefasst. Denn der vorsätzliche Mord an einem Drachenreiter wurde laut Gesetz mit Verbannung auf eine der Inseln im Ostmeer bestraft. Gab es für die Schandtat Zeugen, war keine Gerichtsverhandlung erforderlich. »R'gul«, rief er mit vernehmlicher Stimme. »Deportiere F'lons Mörder zu den Inseln. Das ist doch korrekt, oder, Lord Tarathel?«

»Ganz gewiss«, bekräftigte Tarathel. Von seinem Sohn hatte er sich den Tathergang schildern lassen. »Bronzereiter, erfülle deine Pflicht.«

»Aber es hat keinen Prozess gegeben«, protestierte R'gul.

»Beim Ersten Ei, R'gul!« beschied ihm C'gan, der sich über die zögerliche Haltung seines Kameraden ärgerte. »Wenn du dazu nicht bereit bist, bringe ich ihn selbst hin.« Er trat vor und packte den Hauptmann beim Arm.

»Gib sofort meinen Hauptmann frei!« donnerte Fax und pflügte sich rücksichtslos durch die Zuschauer. Er wollte den Mann aus C'gans Griff befreien.

Der blaue Reiter zückte sein Messer. Er war viel schmächtiger als Fax oder der Hauptmann, doch er fühlte sich absolut im Recht und dachte nicht daran, nachzugeben. Er hielt weiterhin den Arm seines Gefangenen umklammert.

»Dein Hauptmann hat soeben den Weyrführer getötet«, erklärte Tarathel, der genauso energisch auftrat wie C'gan.

»Er bekam nur, was er verdient hat«, entgegnete Fax. Er setzte ein unverschämtes Grinsen auf und blickte um Beifall heischend in die Runde.

»Du weißt, welche Strafe das Gesetz bei Mord vorsieht, Fax«, beschied ihm Tarathel. »Und wenn jemand gar einen Drachenreiter tötet, gibt es für ihn keinen Pardon. C'gan, nimm den Gefangenen und ...«

»Er ist nicht von einem Gericht verurteilt worden«, schnitt Fax dem Burgherrn das Wort ab.

»Seit wann achtest du auf Recht und Gesetz?« erwiderte Tarathel drohend und legte eine Hand auf seinen Dolch. »Ich bin hier der Burgherr. Der Mord geschah auf meinem Land und obendrein während einer Versammlung, zu der ich eingeladen habe. Dein Hauptmann hat sich mehrerer Verbrechen schuldig gemacht. Er beleidigte meinen Sohn, verletzte den Meisterharfner und tötete den Weyrführer. Seine Strafe steht zweifelsfrei fest.«

»Das finde ich nicht«, widersprach Fax. »Gebt ihn frei.«

Plötzlich drängten sich weitere Männer brutal nach vorn und bezogen neben Fax Posten. Ihre aggressive Haltung verhieß nichts Gutes. Alle trugen Fax' Farben. Tarathels Augen blitzten vor Zorn.

»Nein!« rief Robinton und wandte sich an die Umstehenden. Fax' Waffenknechte mochten abgefeimte Halunken sein, aber seine Bande war nur acht Mann stark, derweil um die einhundert Gäste die Versammlung besuchten. *»Leute von Telgar! Verteidigt euren Burgherrn!«*

Ein allgemeiner Aufschrei ging durch die Menge. Fax und seine Männer wurden überwältigt und daran gehindert, die Waffen zu ziehen. Sogar R'gul und

S'lel halfen mit, während C'gan mit dem Hauptmann kämpfte, der sich zu befreien versuchte. Plötzlich stieß der blaue Reiter einen erschrockenen Schrei aus und rief um Hilfe. Der Hauptmann sackte in sich zusammen, und in einem seiner Augen steckte ein Dolch.

Im selben Moment fingen alle Drachen triumphierend an zu trompeten.

Ein Blick auf den Griff des schmalen Wurfmessers verriet Robinton, wer es geschleudert hatte. Er wunderte sich, wie Nip in dem allgemeinen Aufruhr dieser akkurate Treffer gelungen war.

Fax und seine Männer wurden schleunigst in ihr Lager bugsiert, wo sie ihre Sachen packen mussten. Eine aus fünfzig Pächtern und Handwerkern bestehende Truppe begleitete die unwillkommenen Gäste bis an die Grenze. Denjenigen aus der Eskorte, die nicht beritten waren, stellte Lord Tarathel Renner zur Verfügung.

R'gul, S'lel und die anderen Drachenreiter brachten F'lons Leichnam nach Benden. Robintons Verletzung hinderte ihn daran, sich dem Zug anzuschließen, doch er trommelte die traurige Botschaft an alle Burgen und Gildehallen. Erst danach gönnte er sich Ruhe.

* * *

Spät in dieser Nacht schlüpfte Nip in Robintons Gästezimmer und weckte ihn aus einem unruhigen Schlaf.

»Ist die Wunde schlimm?« erkundigte sich Nip.

»Sie ist lästig«, erwiderte Robinton und setzte sich mühsam auf. Nip stopfte ihm Kissen in den Rücken. Jede Bewegung mit dem Arm verursachte Schmerzen. Der Heiler von Burg Telgar hatte ihn getadelt, weil er mit der Verletzung die Trommelbotschaften abgeschickt hatte. Die Wunde musste genäht werden. Halb betäubt von einer großzügigen Dosis Fellis hatte Robinton die Prozedur über sich ergehen lassen. »Guter Wurf.«

»Hast du mein Messer verwahrt? Ich arbeite gern damit. Es ist perfekt ausbalanciert«, erzählte Nip.

»Es liegt in der obersten Kommodenschublade. Wusstest du, was Fax im Schilde führte?«

»Nein.« Nip holte sich sein Messer. »Andernfalls hätte ich euch gewarnt. Im Übrigen hätte ich nie gedacht, dass sich jemand am Weyrführer vergreifen würde. Diese Schandtat hätte ich nur Fax persönlich zugetraut. Mit der Einladung zur Versammlung verschaffte Tarathel ihm die ideale Gelegenheit, seine Waffenknechte vorzuführen. Sie versuchten bewusst, Kämpfe zu provozieren. Ich sah ein paar Männer, die durch die Menge stromerten und nach Opfern Ausschau hielten. Sie gingen immer zu zweit, ziemlich ungleiche Paare. Der eine, schmächtigere, sollte mit jemandem Streit anfangen, der dann von seinem kräftigen Gefährten handfest beendet würde.«

»Vermutlich war alles von langer Hand geplant«, seufzte Robinton und griff nach der Taubkraut-Salbe.

Als er unbeholfen den Arm aus der Schlinge ziehen wollte, kam Nip ihm zu Hilfe. Mit unverhofft sanften Fingern verteilte er die schmerzstillende Paste auf die Wunde. Sofort trat eine Linderung ein.

»Zuerst war mir gar nicht aufgefallen, dass Gifflen dich verletzt hat.«

»Gifflen?«

»So hieß der Mann. Ich kannte ihn bereits als Unruhestifter. Aus mehreren Burgen sowie aus seiner Handwerkshalle wurde er hinausgeworfen, weil er ständig Streit suchte. Er hat viele Menschen umgebracht. Ich bin froh, dass er tot ist.«

Robinton nickte. »Dafür hast du gesorgt. Ich danke dir.«

»Du hast klug gehandelt, als du die Leute von Telgar zu Hilfe riefst. Das hat sie aus ihrer Passivität aufgeschreckt.«

Robinton holte tief Luft. »Wir sind bequem geworden. Und verweichlicht.«

»Das ist ja der Grund, weshalb Fax sich alles herausnehmen kann«, versetzte Nip grimmig. »Rob, du musst die Burgherren wachrütteln, ehe er noch mehr Anwesen überfällt.«

»Ich habe getan, was ich konnte. Groghe lässt Bewaffnete drillen, und Oterel folgt seinem Beispiel. Nach diesem Vorfall wird Tarathel auch besser Obacht geben.«

»Und was ist mit Kale in Ruatha?«

»Ich habe vor, ihm auf meinem Heimweg einen Besuch abzustatten.«

»Wie lange wird es dauern, bis du dich von einem Drachen transportieren lassen kannst?«

»Ich glaube, auf diese Möglichkeit kann ich nicht mehr zurückgreifen.«

»Schick C'gan eine Trommelbotschaft. Er kommt dich bestimmt abholen. Schade, dass F'lons Söhne noch so jung sind.«

Robinton furchte die Stirn. »Ich müsste sie aufsuchen …«

»Als Erstes solltest du dich schleunigst nach Ruatha begeben«, fiel Nip ihm ins Wort. Dann stand er auf und ging zur Tür. »Bis später. Wir bleiben in Verbindung.«

»Nip, wohin …?« Doch die Tür schloss sich bereits leise hinter dem Kurier.

Trotz des Fellis-Saftes und des Taubkrauts dauerte es eine geraume Weile, bis Robinton einschlief.

* * *

Zwei Tage später brach Robinton trotz Tarathels Bedenken und der Ermahnungen des Heilers auf. Tarathel gab ihm sechs Mann als Geleitschutz mit.

»Hab gut Acht auf dich, Meister Robinton«, gab der Burgherr ihm mit auf den Weg. »Die Halle hat die Übergriffe auf Harfner vertuscht, aber ich weiß davon. Man munkelt sogar, dass Evenek auf Fax' Geheiß hin nach Crom gelockt wurde, weil man an ihm ein Exempel statuieren wollte.« Er räusperte sich. »Kann er eigentlich wieder musizieren?«

»Er spielt Instrumente. Aber er kann nicht mehr singen.«

»Ich wünschte mir, du wärst bereits sicher in der Harfnerhalle angelangt«, fuhr Tarathel fort. »Ein ehrloser Geselle wie Fax würde vielleicht versuchen, dich umzubringen, wenn du ohne bewaffnete Eskorte unterwegs wärst. Vielleicht solltest du künftig deine Reisen etwas einschränken oder zumindest schlagkräftige Begleiter mitnehmen.«

»Ich muss dorthin gehen, wo man mich braucht. Das verlangt mein Amt.«

»Dann sei wenigstens vorsichtig.« Tarathel drückte ihm kurz die Schulter des unverletzten Arms. »Ich stelle dir einen meiner besten Renner zur Verfügung.«

Robinton bedankte sich bei Tarathel, obwohl ihm mulmig zumute wurde, als er sich in den Sattel schwingen wollte. Drei Knechte waren nötig, um den Rappen zu bändigen. Doch sowie Robinton auf seinem Rücken saß, wurde der Renner lammfromm … zumindest seinem Reiter gegenüber. Er keilte nach jedem aus, der Anstalten machte, Robinton die Satteltaschen zu reichen. Man musste das Tier überlisten, damit Robinton sein Gepäck verstauen konnte.

Der Renner besaß eine geschmeidige Gangart, neigte jedoch dazu, ein forsches Tempo anzuschlagen. Robintons Eskorte musste ihre Reittiere antreiben, um ihren Schutzbefohlenen nicht aus den Augen zu verlieren. Allmählich lernte Robinton, Big Black zu zügeln, und als er ihm reichlich Klumpen von Süßwürze zu fressen gab, fasste der Rappe zu ihm Vertrauen.

Der Ritt ging zügiger vonstatten, als es Robintons Verletzung gut tat, und er atmete erleichtert auf, als sie Burg Ruatha sichteten und endlich in den Hof galoppierten.

* * *

Die Reise hatte sieben Tage gedauert. Robinton bedauerte es, dass ihm kein Drache zur Verfügung stand, doch vom Sattel eines Renners aus lernte er die Gegend besser kennen. Dieses Wissen konnte ihm vielleicht von Nutzen sein. Es war kein Problem, ungehindert nach Ruatha zu gelangen. Robinton hätte sich etwas mehr Wachsamkeit seitens des örtlichen Burgherrn gewünscht. Er nahm sich vor, Lord Kale zu raten, Wachposten aufzustellen und Signalfeuer bereit zu halten, falls Fax ein Auge auf die wohlhabende Burg mit ihrer berühmten Rennerzucht geworfen hatte.

»Dieser Hauptmann muss doch einen Grund gehabt haben, F'lon anzugreifen«, meinte Lord Kale bei ihrem ersten Gespräch.

Er war ein groß gewachsener schlanker Mann mit dunklem Haar und grauen Augen. An der Art, wie er mit seinen Untergebenen umging, merkte Robinton, dass er ein guter Burgherr war, der für seine Leute sorgte. Lord Kale machte einen sehr friedfertigen, jovialen Eindruck. Seine Pächter profitierten von seiner Gutmütigkeit, doch ein gewissenloser Schurke wie Fax hätte mit ihm vermutlich leichtes Spiel. Robintons Besorgnis wuchs.

»Wenn du dabei gewesen wärst, Burgherr«, erwiderte Macester, der Führer der Eskorte, »hättest du sofort erkannt, dass das Ganze kein Zufall oder Unglück war, sondern eigens inszeniert, um den unbequemen Weyrführer loszuwerden. Meister Robinton kann sich glücklich schätzen, dass er nicht auch noch zu Tode kam. Gifflen führte von Anfang an Böses im Schilde.«

»Ein Heißsporn, der im Eifer des Gefechts zu weit ging«, mutmaßte Lord Kale großzügig.

Just in diesem Moment kam ein kleines Mädchen angelaufen. An den großen grauen Augen erkannte man, dass sie Kales Tochter sein musste, und als sie ihren Vater erreichte, breitete sie die Arme aus.

»Lessa, mein Schatz, nicht jetzt.« Doch er nahm sie auf den Arm und trug sie zur Tür, wo das Kindermädchen, dem sie entwischt war, ihren Schützling in Empfang nahm.

Das Mädchen schrie und zappelte mit den Beinen. Dabei bog sie sich zur Seite, sodass Robinton das schmale, von wilden schwarzen Locken umrahmte Gesicht mit den auffallend großen Augen sah.

»So jung und schon so eigensinnig,« bemerkte Kale mit nachsichtigem Lächeln.

»Lord Kale, als Meisterharfner von Pern bitte ich dich inständig, den Beispielen der Burgherren im Westen zu folgen und eine Schutztruppe aufzustellen. Ruatha muss um jeden Preis verteidigt werden, sollte es Fax einfallen, seine gierigen Hände danach auszustrecken. Ich rate zu Grenzpatrouillen, die im Ernstfall Signalfeuer ...«

Kale hob gelassen eine Hand. »Meine Leute haben mit den anfallenden Routinearbeiten mehr als genug zu tun, Meister Robinton. Gerade jetzt, im Frühling, müssen wir uns verstärkt um die Herden kümmern und die jungen Renner an den Sattel gewöhnen.«

»Und genau eure Renner sind es, die für Fax von unschätzbarem Wert wären«, betonte Robinton. »Falls er plant, über die Steppe nach Telgar zu reiten.«

»Meister Robinton, Fax kauft unsere Renner, und wir haben schon viele gute Geschäfte mit ihm gemacht«, erwiderte Kale schmunzelnd. »Darf ich dir noch etwas Klah anbieten? Du bleibst doch hoffentlich über Nacht? Ruatha würde sich geehrt fühlen.«

Doch Robinton verspürte keine Lust mehr, sich mit diesem naiven, vertrauensseligen Lord abzugeben. Er stand auf und wollte die Einladung ausschlagen, doch dann fiel sein Blick auf Macester, der einen müden Eindruck machte. Er schien nichts dagegen zu haben, eine Nacht im behaglichen Gästequartier von Ruatha zu verbringen.

»Sei bedankt, Lord Kale, wir nehmen die Gastfreundschaft gern in Anspruch«, entgegnete Robinton mit ausgesuchter Höflichkeit.

Die Tür zu Lord Kales Arbeitszimmer stand offen, und man hörte, wie draußen Männer mit einem temperamentvollen Tier kämpften.

»Schon wieder Big Black«, mutmaßte Macester und lief zur Tür. Robinton folgte ihm. Auch Kale trat neugierig auf den Hof, wo Big Black versuchte, den Knecht, der ihn am Zügel hielt, zu beißen.

»Ein prachtvolles Tier«, schwärmte Kale und ließ das Bild auf sich wirken. »Führ ihn langsam im Kreis herum, Jez«, rief er dem Knecht zu. »Der Renner stammt aus Tarathels Zucht, nicht wahr?«

»Ja«, bestätigte Robinton. Er holte einen Klumpen Süßwürze aus seiner Tasche, trat an das aufgeregte Tier heran und nahm Jez die Zügel ab.

»Ruhig, Big Black«, sprach Robinton mit sanfter Stimme auf den Renner ein. Der streckte das Maul nach der Süßwürze aus, die Robinton ihm auf der flachen Hand entgegenhielt.

»Nicht einfach zu bändigen«, bemerkte Kale.

»Sowie man im Sattel sitzt, wird er fügsam«, erwiderte Robinton. Er war stolz, dies einem so geschickten Reiter wie Lord Kale in aller Aufrichtigkeit sagen zu können.

Kale lachte leise. »Und nun, Macester, führt eure Tiere auf die Koppel, und dann lasst euch eure Unterkünfte zeigen.«

»Vielleicht sollte der ortsansässige Heiler sich Meister Robintons Arm ansehen«, schlug Macester vor, Robintons Einwände ignorierend. »Die Verletzung ist nicht gering.«

»Tatsächlich?« staunte Kale.

»Sie musste immerhin mit sieben Stichen genäht werden«, ergänzte Macester.

Kale drängte Robinton in die Burg zurück und ließ den Heiler kommen.

»Dabei hatte ich mich so sehr auf einen musikalischen Abend gefreut«, bedauerte der Burgherr.

»So behindert bin ich nicht, dass ich nicht meinen Beitrag leisten könnte«, hielt Robinton ihm entgegen. »Außerdem ist da noch Struan ...« Er freute sich auf das Wiedersehen mit seinem alten Schlafsaalgefährten, der nun ein tüchtiger Harfnergeselle war. »Und wie ich weiß, gilt Lady Adessa als virtuose Harfenspielerin.

»Aber deine Wunde ...«

»Ich kann immer noch singen, Lord Kale.« In Gedanken ging Robinton bereits die Balladen durch, die Kale vielleicht aus seiner Sorglosigkeit und Lethargie reißen konnten. In normalen Zeiten wäre Lord Kale der Inbegriff eines guten Burgherrn gewesen – tolerant, umgänglich und liebenswürdig. Doch Fax hatte dafür gesorgt, dass diese an sich positiven Eigenschaften immer mehr an Wert verloren.

Nachdem der Heiler der Burg Robintons Arm neu verbunden hatte, kletterte der Harfner auf die Spitze des Trommelturms und bat den Dienst habenden jungen Burschen um die Erlaubnis, eine Nachricht an die

Harfnerhalle schicken zu dürfen. Er wollte seine baldige Rückkehr ankündigen.

Die kleine Lessa ließ sich kurz nach dem Beginn der abendlichen Unterhaltung blicken und schlief dann auf dem Schoß des Vaters ein. Robinton amüsierte sich darüber, denn er hatte gerade ein mitreißendes Lied gesungen, bei dem die Zuhörer im Takt klatschten und mit den Füßen stampften. Ein in der Nähe wohnender Pächter, der zum Essen geladen war, entpuppte sich als geschickter Löffel-Spieler und gesellte sich zu den anderen Musikanten.

Ruathas Haupthalle besaß eine ausgezeichnete Akustik, und es bereitete Robinton viel Vergnügen, darin zu singen. Vielleicht lag es auch an den Wandteppichen, dass die Musik so vortrefflich klang. Von seinem Platz aus konnte Robinton den größten Wandbehang sehen. Er zeigte ein spektakuläres Bild von Drachenreitern, die über Burg Ruatha schwebten. Am auffälligsten waren die goldenen Drachenköniginnen. Ihre Reiterinnen hielten lange Stäbe, aus denen Flammengarben schossen. Die am Boden tätigen Menschen waren mit denselben flammenden Stöcken ausgerüstet.

Man merkte an vielen Dingen, dass Lady Adessa in Ruatha Einzug gehalten hatte. Robinton entsann sich, wie die Haupthalle zu Lord Ashmichels Lebzeiten ausgesehen hatte. Damals hatte der Saal eine düstere, verwahrloste Atmosphäre ausgestrahlt, und die Details auf den wunderschönen Wandbehängen waren vor Schmutz unkenntlich gewesen. Lautete nicht ein neues Sprichwort, neue Besen kehren gut?

Am nächsten Morgen, nach einem erholsamen Schlaf in einem breiten, komfortablen Bett, fühlte sich Robinton erfrischt genug, um seine Reise fortzusetzen. Als er sich auf Big Blacks Rücken schwang, hoffte er nur, Lord Kale würde etwas mehr Misstrauen gegenüber Fax an den Tag legen. Aber der Burgherr hatte immerhin genug Einsicht gezeigt, um seine Grenzposten zu verstärken. Außerdem wollte er Holzstapel für Signalfeuer aufschichten lassen.

»Obwohl ich nicht glaube, dass dieser Aufwand nötig ist«, meinte Kale beim Abschied.

Unterwegs kreiste ein Lied in Robintons Kopf, das sich mit neuen Gemahlinnen und neuen Besen beschäftigte. Melodien fielen ihm zu den unpassendsten Zeitpunkten ein, doch er war froh, dass seine Spontaneität zurückkehrte.

* * *

Wenige Wochen später traf Nip in der Harfnerhalle ein. Er sah erschöpft und mitgenommen aus.

»Du bleibst hier, bis Meister Oldive dich wieder für diensttauglich erklärt«, beharrte Robinton, während er den Kurier zu dem Heiler begleitete.

»Lass mich zuerst berichten, Robinton«, bettelte Nip.

»Ich höre dir erst zu, wenn Oldive dich untersucht hat, du ein Bad genommen und etwas gegessen hast«, erklärte Robinton resolut.

Nip wusste, wann er nachzugeben hatte.

Meister Oldive betrachtete kopfschüttelnd die Blutergüsse, Schürfwunden und die zwei geschwollenen und blaurot angelaufenen Zehen an einem Fuß.

Meister Oldives deformiertes Rückgrat schien Nip zu faszinieren, obwohl er sich taktvoll bemühte, nicht ständig hinzusehen. Aber Oldive hatte sich längst an neugierige Musterungen gewöhnt, und sie machten ihm nichts mehr aus.

»Ich verordne ein ausgiebiges heißes Bad, eine doppelte Portion von Silvinas gutem Essen und ein paar Tage Bettruhe«, verkündete Oldive nach der Untersuchung. »Dann dürften deine Blessuren ausgeheilt sein.«

»Ein paar Tage? Unmöglich!« Nip sah aus, als wäre er am liebsten vom Untersuchungstisch gesprungen. »Gegen ein Bad und eine anständige Mahlzeit hätte ich allerdings nichts einzuwenden.«

Er bekam beides. Und er merkte nicht, dass Oldive, der sich später zu ihm und Robinton gesellte, etwas in sein Klah gemischt hatte. Kaum war Nip mit Essen fertig, da setzte die Wirkung der Droge ein. Sein Kopf sackte auf den Tisch und wäre um ein Haar in der kleinen Pfütze aus Puddingsauce gelandet, die er verschüttet hatte.

»Du hast genau den richtigen Zeitpunkt erwischt, Oldive«, lobte Robinton.

»Ja, ich bin auch ganz stolz auf mich.«

Silvina bedachte die Männer mit einem tadelnden Blick. »Ihr seid zwei unverschämte Kerle. Wie könnt ihr den armen Nip so hereinlegen?«

»Es geschieht nur zu seinem Besten, glaub mir, mein Liebling«, versetzte Robinton. Er und Oldive hievten den schlaffen Körper des Kuriers hoch und beförderten ihn in Robintons Quartier. Silvina lief vor ihnen her und hielt ihnen die Türen auf. In Robintons Wohnung legten sie Nip auf das Bett im Gästezimmer und deckten ihn fürsorglich zu, damit er sich endlich einmal ausschlafen konnte.

* * *

»Das war ein gemeiner Trick, Robinton«, beschwerte sich Nip, als er anderthalb Tage später aufwachte. Dann lächelte er und räkelte sich genüsslich. »Ah, die Ruhe hat mir gut getan.« Er nahm den Becher Klah in Empfang, den Robinton ihm reichte.

»Jetzt höre ich mir an, was du zu erzählen hast«, erklärte der Harfner. Über Nips Eintreffen in der Harfnerhalle war er sehr froh gewesen, denn das lange

Fortbleiben des Kuriers hatte ihm Sorgen bereitet. »Oder möchtest du zuerst etwas essen?«

»Nein, denn bei meinem Bericht kann einem der Appetit vergehen. Ich nehme später etwas zu mir.«

Aus dieser Bemerkung schloss Robinton, dass der Kurier keine guten Nachrichten brachte.

»Es ist gut, dass Tarathel so viele Männer losschickte, die Fax bis zur Grenze begleiten sollten. Vendross, der sie befehligte, ist ein kluger Anführer. Er ging keine Risiken ein. Er ließ die Grenze noch eine Zeit lang bewachen und schickte alle von Fax' Kerlen zurück, die sich heimlich nach Telgar schleichen wollten. Außerdem stellte er den Siedlungen am Fluss Wachposten zur Verfügung und wies sie an, jede verdächtige Bewegung zu melden.«

Robinton nickte. Auf diese Weise konnte man verhindern, dass Fax über den Fluss nach Telgar gelangte oder die Halle der Schmiedezunft am Großen Dunto Fluss angriff.

»Kennt Vendross dich?« fragte Robinton.

»Lass es mich so ausdrücken: Er weiß, womit ich mich beschäftige, und er vertraut meinem Urteil. Und darauf kommt es letzten Endes an.«

»Richtig.«

»Ich setzte Fax' Leuten hinterher, weil ich in Erfahrung bringen wollte, was sie als Nächstes aushecken. Um keinen Preis möchte ich unter der Fuchtel dieses Burgherrn von eigenen Gnaden stehen. Was er mit seinen Untertanen, die seinen Unmut erregt haben, anstellt, ist schrecklich.« Nip schöpfte Atem und fuhr in verändertem Tonfall fort: »Ich habe Lytol – früher L'tol – besucht, der sich abmüht, die Werkstatt seiner Familie zu betreiben. Bei ihm finde ich eine sichere Unterkunft auf dem Dachboden der Lagerhalle, wenn es mich in diese Gegend verschlägt. Und …« – er legte eine dramatische Pause ein – »ich habe Bargen gefunden!«

»Tatsächlich?« Robinton setzte sich aufrecht hin. »Wo?«

Nip schmunzelte. »Dumm ist er nicht, unser junger Burgherr. Er hat sich droben im Hochland Weyr verschanzt, zusammen mit ein paar Leidensgenossen, außer Reichweite von Fax. Der verlassene Weyr wäre der letzte Ort, an dem man Bargen und seine Freunde suchen würde.«

»Wie geht es Bargen? Ist er wohlauf?«

»Ja. Und er schmiedet Pläne, die Fax missfallen dürften.«

»Hoffentlich kommt dadurch kein Unschuldiger zu Schaden ...«

Nick legte den Kopf schräg und grinste. »Wohl kaum. Bargen ist erwachsen geworden – ein ziemliches Raubein, aber diese Eigenschaft kann ihm nur nützen.«

»Falls du wieder mit ihm sprichst, versichere ihm, dass die Harfnerhalle ihn in jeder erdenklichen Weise unterstützt.«

Nip lächelte wehmütig. »Leider besitzt die Harfnerhalle dieser Tage nicht viel Einfluss. Harfner stehen im selben Ruf – oder sollte ich sagen *Ruch*? – wie die Drachenreiter. Bargen bleibt nichts anders übrig, als mit seiner Hand voll Männern günstigere Zeiten abzuwarten.« Robintons kühner Traum, das Hochland bald wieder im Besitz des rechtmäßigen Erben zu sehen, zerplatzte wie eine Seifenblase. »Was hast du bei Lord Kale bezweckt?«

Robinton schüttelte resigniert den Kopf. »Kale ist viel zu vertrauensvoll, viel zu gutmütig. Fax war bei ihm zu Gast und hat Renner von ihm gekauft. Kale hat keine schlechte Meinung von ihm, er traut ihm einfach nichts Böses zu.«

Nip winkte ab. »Die alte Leier kennen wir.«

»Immerhin wird er Grenzposten aufstellen und für Signalfeuer sorgen.«

»Das ist doch schon ein Fortschritt«, knurrte Nip mit einer Spur Zynismus. Dann verdrehte er die Augen. »Weißt du, Rob, wenn ich bei ihm in meiner Eigenschaft als Harfner auftrete, könnte ich ihm hin und wieder ein paar Ratschläge einflüstern.«

»Bist du wirklich ein ausgebildeter Harfner, Nip?« erkundigte sich Robinton.

»In der Tat. Und gelegentlich trat ich sogar als ein solcher in Aktion. Allerdings halte ich es für ratsam, diesen Umstand nicht an die große Glocke zu hängen. Und ich trage nie Harfnerblau, vor allen Dingen nicht, wenn ich Fax in der Nähe weiß.« Er trank sein Klah aus und stieg aus dem Bett. »Ich brauche ein Bad gegen meinen Muskelkater, und um wieder frisch zu werden. Danach spekuliere ich auf eine gute Mahlzeit. Silvina ist eine bemerkenswerte Frau.«

»Sie ist einmalig, ganz wie ihre Mutter«, pflichtete Robinton ihm bei.

Nip lachte, nahm sein Handtuch vom Haken an der Tür und schlenderte pfeifend ins Bad. Das Quartier des Meisterharfners verfügte über ein eigenes Badezimmer.

Kapitel 18

Ein paar Tage später verabschiedete sich Nip. Er ritt den unscheinbarsten Klepper, der in den Ställen der Harfnerhalle zu finden war.

»Laufen kann ich noch nicht, ich muss meine Zehen schonen«, erklärte er. Außerdem trug er neue Kleidung, die Silvina ihm besorgt hatte. Mit Sicherheit stammten die Sachen von einem Lehrling, der aus ihnen herausgewachsen war.

Mit vereinten Kräften drängten Silvina und Robinton ihm eine Pelzdecke auf, für den Fall, dass er einmal kein Quartier fand und im Freien biwakieren musste.

»Im Norden gibt es viele Menschen, die kein Dach über dem Kopf haben«, sinnierte Nip und streichelte andächtig den schönen Pelz. »Nach ein paar Nächten auf dem blanken Erdboden, sieht die Decke nicht mehr so fein aus.«

Nip meldete sich in unregelmäßigen Abständen. Fax machte lange nicht mehr mit irgendeinem dreisten Bubenstück von sich reden, und man dachte immer weniger an ihn. Was immer sich in seinen sechs Burgen abspielen mochte, drang nicht nach draußen, und die Wachsamkeit seiner Nachbarn ließ nach.

Robinton wusste nicht, woher Nip seine Informationen hatte, aber der pfiffige Kurier behauptete, Fax hätte mit Problemen innerhalb seiner sechs Burgen zu kämpfen. Alles Mögliche passierte. Mal stürzte eine höchst ergiebige Mine ein, mehrere große Trawler seiner Fischereiflotte kehrten nach einem Orkan nicht zurück.

Wertvolles Holz, das zum Ablagern gestapelt war, brannte ab, und Baumstämme, die flussabwärts zu den Sägemühlen trieben, kamen zerborsten und zersplittert an. Mehltau vernichtete seine Ernten.

Fax' Männer mussten sich um diese kleinen und großen Katastrophen kümmern, die aufgrund höherer Gewalt einzutreten schienen, jedenfalls ließ sich nie ein Schuldiger finden. Angeblich rebellierten die völlig überarbeiteten Pächter, doch diese Aufstände erstickte Fax im Keim. Die Übeltäter schickte er in die Minen, deren Familien warf er aus ihren Häusern. Aber die Brutalität, mit der seine Waffenknechte vorgingen, forderte auch Opfer in den eigenen Reihen. Es kam nicht selten vor, dass ein besonders grausamer Hauptmann oder Aufseher in einen Kampf verwickelt und getötet wurde.

Im Laufe der nächsten Planetenumdrehungen erlahmte sogar Groghes Aufmerksamkeit, obwohl er seine Grenzen weiterhin gut bewachen ließ. Tarathel starb – eines natürlichen Todes, wie Robinton vom Heiler der Burg Telgar erfuhr.

»Er hatte ein schwaches Herz, Meisterharfner«, erklärte der Heiler. »Ich selbst habe ihn behandelt. Er hat sich nie verziehen, dass der Weyrführer auf seinem Territorium zu Tode kam, während er dort als Gast weilte.«

Nach nur einstündiger Beratung bestimmte das Konklave Larad zum neuen Burgherrn. Larad war erst fünfzehn Planetenumdrehungen alt, und man suchte für ihn geeignete Mentoren aus. Schließlich entschied man sich für Vendross und den Harfner Falawny, einen ausgezeichneten Lehrer, den Robinton gut kannte.

Es gab einigen Wirbel, als Thella, Larads ältere

Halbschwester, vor das Konklave trat und die Herrschaft der Burg für sich beanspruchte. Lord Tesner von Igen, der älteste der Burgherren, fand ihr Ansinnen unverschämt und ließ sie hinauswerfen. Die anderen Burgherren und Meister stimmten mit Tesner voll überein.

Während der anschließenden Feier hielt Robinton nach Thella Ausschau. Er wollte die Frau sehen, die den Mut besessen hatte, aufgrund ihres Geblüts Erbansprüche geltend zu machen, doch sie ließ sich nicht blicken. Später fragte er sich oft, was aus ihr geworden sein mochte, denn kurz nach diesem Vorfall verließ sie Burg Telgar.

Es gab die üblichen Feiern zur Sonnenwende, Versammlungen, und in seiner Eigenschaft als Meisterharfner war Robinton viel unterwegs. C'gan besuchte ihn häufig und war immer ein gern gesehener Gast. Jedes Mal brachte der blaue Reiter Camo Geschenke mit – ein Spielzeug oder süßes Gebäck aus der Weyr-Küche. Er zeigte Camo sogar, wie man Flöte spielt.

»Es tut mir gut, mit dir zu sprechen, Robinton«, pflegte C'gan zu sagen. »Du bist der Einzige, der sich einen Schlangenschiss darum kümmert, was aus dem Weyr wird.« Oft schwärmte er wehmütig von den Zeiten, als F'lon noch Weyrführer war und die Drachenreiter auf Trab hielt. R'gul neigte dazu, den Weyr vor der Außenwelt abzuschotten und erlaubte es den Drachenreitern nur selten, Versammlungen zu besuchen, die nicht in Benden oder Nerat stattfanden.

»Er hat Angst, die Burgherren zu verärgern«, erklärte C'gan. »Besonders die von Benden oder Nerat. Diese Burgen erfüllen treu ihre Tributpflicht dem Weyr gegenüber – und auch Bitra lässt sich nicht lumpen, wenn Lord Sifer geruht, sich an seine Obliegenheiten zu erinnern.«

»Wie geht es F'lons Söhnen, F'lar und F'nor?« erkundigte sich Robinton. Er nahm sich vor, die nächste Versammlung in Nerat zu besuchen. Vielleicht traf er dort die beiden Jungen.

»Sie entwickeln sich prächtig. F'lar ist jetzt schon vernünftiger, als sein Vater es je war«, erwiderte C'gan. »Und sie glauben an die Wiederkehr der Fäden. Das weiß ich mit Bestimmtheit.« Dann seufzte er. »Im Weyr hat es noch mehr Verluste gegeben. Jora ist einfach nicht dazu geschaffen, als Weyrherrin zu fungieren. Sie ist viel zu träge. Ich fürchte, wenn der nächste Fädenfall einsetzt, sind wir gar nicht für den Kampf gerüstet.«

Robinton nickte verstehend. Am Ende des letzten Fädenfalls hatte es sechs Weyr mit insgesamt über dreitausend Drachen gegeben. Jetzt standen höchstens noch dreihundert zur Verfügung. Und nicht alle waren ausgebildet, gegen die Gefahr zu kämpfen. C'gan kam langsam in das Alter, in dem er für ein Geschwader eine Belastung darstellte. Eine Zeile aus dem Lied der Fragen kreiste in Robintons Kopf:

»Wo weilt ihr, Drachen? In anderen Welten?«

* * *

Doch Robinton hatte anderes zu tun, als sich um unbeantwortete Fragen zu kümmern. Viel Freude bereitete ihm Sebell, der große Fortschritte machte. Nicht mehr lange, und er würde vermutlich die Tische wechseln.

Nach einer Weile drangen mit beunruhigender Regelmäßigkeit Gerüchte über Fax an Robintons Ohren. Er behandelte seine Pächter schändlich, doch nur sehr wenigen gelang die Flucht.

Nip erstattete getreulich Bericht. Robinton erhielt sogar eine kurze Nachricht von Bargen, in der er ihm mitteilte, er wolle alles daransetzen, um Fax zu vertreiben und seine eigenen Ansprüche auf Burg Hochland geltend machen. Immerhin war er der legale Erbe.

Eines Nachts erschien Nip, völlig entkräftet, weil er beinahe ohne Pause von Nabol bis zur Harfnerhalle gerannt war.

»Fax plant etwas …« keuchte er, als er in Robintons Zimmer stürmte.

Der Harfner setzte Nip in den nächsten Sessel und schenkte ihm ein Glas Wein ein.

»Der Kerl ist raffiniert wie die Sünde«, fuhr Nip nach dem ersten Schluck fort. »Bei Nacht und Nebel brach er mit einer Horde Waffenknechte auf, und keiner weiß, wohin. Selbst seine eigenen Leute, die er in der Kaserne von Nabol zurückließ, tappen diesbezüglich im Dunkeln.«

»Ruatha!« schoss es Robinton blitzartig durch den Kopf.

»Du hast Recht!« bekräftigte Nip erschrocken. »Gib mir den schnellsten Renner, den ihr habt.«

»Ich komme mit.«

»Nein, Robinton. Ich bin es gewöhnt, mich quasi unsichtbar zu machen, und gleich zwei Reiter …«

»Ich komme mit!« Robinton zog sich dunkle Bekleidung an und warf Nip eine warme Jacke zu.

Aus der Küche holte Robinton Proviant, hinterließ eine Nachricht an Silvina und dann polterten er und Nip zur Tür hinaus. Ihr überstürzter Abgang scheuchte den Wachwher auf, der jämmerlich zu greinen anfing und an seiner Kette zerrte.

Sie weckten den Stallknecht und ließen ihn zwei Pferde satteln. Robinton ritt Big Black, und Nip einen feurigen Renner. Aus Rücksicht auf die schlafenden Bewohner der Halle ritten sie das erste Wegstück im Schritt, bis Nip auf den Kurierpfad deutete, der von der Hauptstraße abzweigte. Die Kurierpfade stellten immer die kürzeste Verbindung zu zwei Zielpunkten dar. Robinton wollte sich später beim Meister der Kurierstation dafür entschuldigen, dass sie mit ihren Rennern den Boden aufgewühlt hatten, und er hoffte, sie würden unterwegs keinem Eilläufer begegnen.

Dann drückte sie ihren Rennern die Fersen in die Flanken. Sie legten ein Tempo vor, das Robinton zu anderen Zeiten für gefährlich gehalten hätte, doch vor ihnen zog sich der Pfad wie ein schnurgerades bleiches Band dahin.

Am frühen Morgen überquerten sie den Roten Fluss. Und endlich lag vor ihnen die Festung Ruatha.

Zu Tode erschrocken betrachtete Robinton das grausige, vom fahlen Morgenlicht erhellte Bild. Von den Feuerhöhen baumelten noch die Stricke, an denen Fax und seine Spießgesellen in die Burg geklettert waren, ohne den Wachwher zu alarmieren. Robinton fragte sich, wo die Burgwache zu der Zeit gewesen war. Oder hatte man sie bestochen?

Auf dem steinigen Innenhof lagen Leichen verstreut. Blutige Schleifspuren zeigten, dass man die Toten aus der Burg die Treppe hinunter gezerrt hatte. Männer rannten aus dem Portal, beladen mit den kostbaren Kleidungsstücken und Möbeln, die Lady Adessa mitgebracht hatte. Robinton gewahrte ein Grüppchen verängstigter Leute, die man aus ihren Hütten holte und in die Viehpferche trieb.

Die Koppeln waren leer, und Robintons Verdacht, Fax hätte es auf Ruathas berühmte Rennerzucht abgesehen, schien sich zu bestätigen.

Robinton konnte den Blick von den im Hof liegenden Toten nicht abwenden. Er entdeckte mehrere Kinder darunter und dachte an die temperamentvolle, aufgeweckte Lessa. Sie mochte ungefähr neun, zehn

Planetenumläufe alt sein. Vor Abscheu und Ekel wurde ihm schlecht.

Ihm fiel ein, dass sie Groghe warnen mussten. Desgleichen Larad und Oterel. Hier konnten er und Nip nichts mehr bewirken.

Auf ihren abgekämpften Rennern galoppierten sie zurück, bis sie an einen von Groghes Grenzposten gelangten. Sie schilderten den Patrouillen, was sich in Ruatha abspielte, und die Männer entzündeten die vorbereiteten Signalfeuer. Auf neuen, ausgeruhten Tieren ritten sie nach Burg Fort. Während Nip auf die Spitze des Trommelturms kletterte, weckte Robinton den Burgherrn.

»Fax hat Ruatha überfallen«, verkündete Robinton schwer atmend. Mittlerweile trommelte Nip wie ein Besessener die schreckliche Nachricht in die Welt hinaus.

»Was?« Entgeistert starrte Groghe Robinton an. »Das ist doch nicht möglich!«

»Es sieht ganz danach aus, als hätte er sämtliche Einwohner der Burg töten lassen, einschließlich der Kinder. Deine Grenzposten sind gewarnt. Die Signalfeuer brennen bereits.«

Groghes Gemahlin führte Robinton zu einem Stuhl und reichte ihm ein Glas Wein. »Ach du meine Güte, hoffentlich ist Lady Adessa nicht auch tot!« murmelte sie bestürzt. Ein Blick in Robintons Gesicht verriet ihr die Antwort. »Du hattest Recht, Groghe, dieser Fax ist gemeingefährlich! Man muss sich vor ihm fürchten.«

»Ich fürchte ihn nicht, Benoria, ich verachte diesen Halunken.« Groghe befestigte einen kräftigen Dolch an seinem Gürtel.

»Nein, Groghe, du wirst dich doch nicht mit diesem Schurken anlegen!« schrie sie entsetzt.

»Sich vor ihm zu verstecken, wäre das Verkehrteste, was man tun könnte, Benoria.«

»Du kannst nichts mehr retten, Groghe«, erwiderte Robinton kopfschüttelnd. »Ehe du Ruatha erreichst, ist Fax mit seiner Horde längst wieder unterwegs nach Nabol.«

»Aber die Wachen, die er mit Sicherheit in Ruatha zurücklassen wird, werden mich und meine Männer sehen, Meisterharfner. Es soll sie davon abhalten, die Grenzen zu meinem Hoheitsgebiet zu überschreiten.«

»Ich alarmiere die Harfnerhalle. Du solltest möglichst viele Männer mitnehmen«, schlug Robinton vor.

Unterwegs trafen sie Grodon, den derzeitigen Harfner von Burg Fort. Er wusste, was geschehen war und hatte sich bewaffnet.

Robinton packte ihn beim Arm. »Lauf zur Harfnerhalle. Jeder Geselle und Lehrling, jeder der reiten und ein Schwert tragen kann, soll sich auf einen Renner schwingen und Lord Groghe begleiten.«

»Es finden sich genug Männer, die nur darauf brennen, es Fax heimzuzahlen«, behauptete Grodon kühn. »Mittlerweile hat ja jeder die Trommelbotschaft gehört.«

Groghe machte derweil in der Burg mobil, und bald wimmelte es in den Korridoren und auf dem Innenhof von aufgeregten Männern und Frauen. Robinton besaß nicht mehr die Kraft, um sich der Truppe anzuschließen. Mit hängenden Schultern hockte er auf einem Stuhl und kämpfte dagegen an, dass er nicht im Sitzen einschlief.

Lady Benoria kümmerte sich um ihn und drängte ihn dazu, sich mit Wein zu stärken. »Bist du sicher, dass unter den Toten auch Kinder waren?« fragte sie ängstlich.

Er nickte. Nie würde er die leblosen kleinen Körper vergessen.

»Du musst dich jetzt ausruhen«, schlug Benoria vor. Leise entfernte sie sich, und gleich darauf nickte er ein.

Silvina rüttelte ihn wach. Gemeinsam mit Oldive schleppten sie ihn in die Harfnerhalle und legten ihn in sein Bett. Sebell ging mit einem Lichtkorb vor ihnen her und leuchtete die Treppen aus.

»Wo ist Nip?« fragte Robinton, während Silvina und Sebell ihm die Stiefel auszogen.

»Ließ sich einen frischen Renner geben und ritt davon. Dabei sah er aus, als könnte er jeden Augenblick vor Entkräftung zusammenbrechen«, erzählte Oldive.

»Ich gab ihm Proviant mit«, warf Sebell ein.

»Du bist ein tüchtiger Bursche«, murmelte Robinton dankbar. Er fragte sich, wohin Nip geritten sein mochte, doch zum Nachdenken war er viel zu müde. Als er den Kopf auf das Kissen legte, spürte er, dass seine Wangen nass waren. Fürsorglich deckte Silvina ihn zu. Ehe Robinton einschlummerte, dachte er daran, dass er die grausige Szene in Ruatha sein Leben lang nicht vergessen würde.

* * *

Fax versetzte das gesamte Land in Aufruhr. Die bedeutenderen Burgherren im Westen, der resolute Oterel, der junge Larad mit Vendross an seiner Seite sowie Lord Sangel von Süd-Boll, begaben sich nach Nabol, um gegen den Überfall auf Ruatha und die Ermordung eines ganzen Clans zu protestieren. Fax begegnete ihnen mit Hochmut und ohne die geringste Spur von Reue. Robinton und etliche seiner Meister hatten sich der Gesellschaft der Burgherren angeschlossen. In Ruatha hatte sich eine Tragödie abgespielt. Jeder, der aus dieser Blutslinie stammte, war kaltblütig umgebracht worden.

In der überfüllten Haupthalle von Nabol saß Fax, umgeben von seiner verächtlich dreinblickenden Soldateska. Gelangweilt hörte er sich an, was ihm die Burgherren zu sagen hatten. Danach schickte er sie fort und drohte, sie alle wegen Landfriedensbruchs mit dem Tod zu bestrafen, sollten sie sich noch bei Einbruch der Dunkelheit auf seinem Herrschaftsgebiet befinden.

Niemand zweifelte daran, dass er die Drohung wahr machen würde.

»Du bist weder der rechtmäßige Burgherr von Nabol, noch von Crom oder Ruatha. Was du besitzt, hast du dir durch Raubzüge angeeignet«, warf Lord Sangel ihm vor. »Wage noch einen einzigen Übergriff, und du wirst es mit unserer geballten Streitmacht aufnehmen müssen.«

Fax grinste höhnisch. »Wie ihr wollt. Seid ihr nur deshalb gekommen, um mir das zu sagen? Wenn dem so ist, dann trollt euch, aber schnell!«

Auf seinen Wink hin rückten seine Leibwachen gegen die Burgherren und Harfner vor.

»Gebt Obacht an der Tür«, rief Fax lachend. »Damit ihr euch in der Eile nicht gegenseitig tottrampelt.«

Sangel sah aus, als könnte er im nächsten Moment vor Wut platzen. Groghe schäumte vor Zorn. Oterel war kreidebleich geworden. Vendross blickte finster drein, und der junge Larad neben ihm setzte eine betont gelassene Miene auf. Doch alle schafften es, hoch erhobenen Hauptes und gemessenen Schrittes zur Tür zu gehen. Drunten im Hof warteten ihre Renner. Als ihre Reiter aufsaßen, scheuten manche Tiere und brachen seitwärts aus, weil die Erregung der Menschen sich auf sie übertrug. Big Black versuchte zu steigen und keilte nach jedem aus, der ihm zu nahe kam.

Unbehelligt durchquerte die kleine Abordnung Ruatha. Die Burgherren und Harfner wussten, dass Fax sie verfolgen ließ, und deshalb legten sie nur eine Pause ein, um ihre Reittiere zu tränken und im Sattel einen leichten Imbiss einzunehmen.

Nachdem sie den Roten Fluss passiert hatten, bemerkte Robinton sogleich eine Veränderung in der Atmosphäre. Menschen wie Tiere schienen erleichtert zu sein. Am anderen Ufer des Stroms pflanzten sich Fax' Männer auf, lachten brüllend und schrien den Davonreitenden wüste Beleidigungen hinterher.

Am nächsten Grenzposten machten sie Rast. Die Männer ließen ihrem aufgestauten Zorn freien Lauf und dachten laut darüber nach, ob es nicht besser gewesen wäre, Fax mit einer bewaffneten Horde aufzusuchen, um ihm zu beweisen, dass sie keine leeren Drohungen ausstießen, wenn sie ihm sagten, sie würden jeder weiteren Aggression mit Waffengewalt begegnen.

Robinton mochte sich das fruchtlose Geschwätz nicht länger anhören. Ausgerüstet mit Essen und Trinken, schlenderte er so weit fort, dass er das Gerede nicht mehr mitbekam. Er fand, angesichts von Fax' bis zu den Zähnen bewaffneter Kampftruppe hätten sie noch einmal Glück gehabt, dass niemand von ihnen verletzt wurde – außer in seinem Stolz.

Dass diese Delegation nichts bezwecken würde, war ihm von Anfang an klar gewesen, aber wenigstens hatten sie protestiert. Er bedauerte es, dass R'gul ihnen keine Drachen zur Verfügung gestellt hatte, um sie nach Nabol zu bringen. Dann wäre ihr Aufbruch nicht so würdelos vonstatten gegangen.

R'gul begründete seine Weigerung, indem er anführte, die Drachen könnten bei einer Konfrontation mit Fax' Männern verletzt werden. Bekanntermaßen hielt Fax nichts von Drachenreitern, und R'gul gab vor, seine Leute nicht gefährden zu wollen.

Robinton war von Anfang an dagegen gewesen, Fax überhaupt aufzusuchen. Nicht, weil es ihm an Mut fehlte, sondern weil er den Ausgang dieses Unternehmens präzise vorhergesehen hatte. Als ob Fax sich von einem offiziellen Protest beeindrucken ließe!

»Es war wirklich keine gute Idee«, sagte eine Stimme in seine Gedanken hinein. Um ein Haar hätte er seinen Becher mit Wein und das Essen fallen lassen. Beides wurde ihm von flinken, schmuddeligen Fingern aus der Hand genommen. »Du kannst dir mehr holen, aber ich sterbe vor Hunger. Seit drei Tagen habe ich keinen Wein mehr getrunken. Du hättest ihnen diesen Besuch ausreden sollen, Rob. Fax kugelt sich immer noch vor Lachen.«

»Wo hast du gesteckt, Nip?« fragte Robinton, nachdem er sich von seiner Überraschung erholt hatte. Er hätte sich denken können, dass Nip in der Nähe herumstrolchte.

»An einem Ort, von dem aus ich alles hören und sehen konnte.« Nip stärkte sich mit einem großen Bissen, den er beinahe ohne zu Kauen herunterschlang, und spülte mit einem tiefen Zug aus dem Becher nach.

»Ich versorge dich mit Proviant, ehe du weiterziehst«, versprach Robinton. »Das heißt, falls du nicht mit uns nach Fort zurückkehrst.«

»O nein, ich gehe dorthin, wo man mich am dringendsten braucht«, entgegnete Nip. Er leerte den Becher und drückte ihn Robinton wieder in die Hand. »Sag mal, könnte ich noch einen Schluck von dem guten Tropfen bekommen?«

»Ich hole mehr Wein – für dich und für mich.« Robinton besorgte einen vollen Weinschlauch und noch etwas zum Essen für Nip. Seine Gefährten waren so eifrig dabei, sich auszumalen, was alles hätte passieren können, wenn sie diesen Ausflug besser geplant hätten, dass niemand sein Kommen oder Gehen bemerkte.

»Bitte sehr …« Als er Nip den Proviant reichen wollte, sah er, dass der Kurier sich einfach auf den Boden gelegt hatte und fest schlief.

Robinton setzte sich daneben. Er wartete darauf, dass Nip aufwachte und ihm erzählte, was er als Nächstes plante. Das listige Funkeln in den Augen des Kuriers deutete an, dass er einen Weg gefunden hatte, Fax ein Schnippchen zu schlagen.

Als man nach einer Weile Robintons Namen rief, stand er selbst kurz vor dem Einschlummern. Er ließ den Weinschlauch und den Proviant zurück und begab sich zu seinen Weggefährten.

Kapitel 19

Doch etwas Gutes brachte die Konfrontation mit Fax. Der Schmiedemeister Fandarel zog sämtliche seiner Meister von den so genannten »Sieben Burgen« ab. Andere Handwerksmeister folgten seinem Beispiel. In seiner Euphorie angesichts der Übernahme von Ruatha hatte Fax nicht einkalkuliert, wie andere Menschen auf diese Frechheit reagieren mochten. Er beklagte sich bitterlich und bot den Meistern alle möglichen Anreize und Prämien, um ihre Tätigkeiten wieder aufzunehmen. Auch wagte er es nicht, die verbliebenen Gesellen zu schikanieren. Zu viele waren bereits geflohen, ohne dass er sie daran hätte hindern können.

Selbst der Bergwerksmeister in Crom war fortgezogen und hatte in der Halle der Schmiedemeister zu Telgar ein neues Quartier für seine Zunft gegründet. Trotz der in Aussicht gestellten hohen Entlohnung weigerte sich Meister Idarolan, der als Fischereimeister Gostol abgelöst hatte, Fax' arg dezimierte Fangflotte zu verstärken. Jene Trawler, die vorgeblich in einem Sturm abgetrieben wurden, waren nicht wieder in ihre Heimathäfen von Burg Hochland zurückgekehrt. Fax musste sich mit kleinen Schaluppen begnügen, die sowohl von ihrer Fangkapazität als auch Seetüchtigkeit her begrenzt waren.

Die einzige Halle, die ihm weiterhin uneingeschränkte Hilfe gewährte, war die Heilerhalle. Meisterheiler Oldive fand, sein Berufsstand dürfe niemandem die Unterstützung verweigern. Diese Einstellung wurde von allen Seiten respektiert, und man zollte den Heilern Hochachtung, die in Fax' Herrschaftsgebiet ausharrten und sich um die Kranken und Verletzten kümmerten. Und unter Fax' Regime gab es viele Menschen, die medizinischer Hilfe bedurften.

»Mit dem Verlust so vieler Meister hatte Fax nicht gerechnet«, meinte Robinton zufrieden. Harfner waren schon längst von Fax verjagt worden. Wie Nip erzählte, galt es beinahe als Verbrechen, ein Instrument zu besitzen, geschweige denn, zu musizieren.

»Der Kerl macht seinen Untertanen das Leben so schwer wie möglich. Doch das wird letzten Endes seinen Sturz bewirken.«

»Hoffentlich«, versetzte Robinton.

»Verlass dich drauf, ich behalte Recht«, prophezeite Nip.

* * *

Während der nächsten fünf Planetenumläufe beschäftigte sich Robinton mit Angelegenheiten der Harfnerhalle. Er bat Groghe, ihm den besten Kämpfer seiner Garde zu überlassen, der dann jeden Angehörigen der Halle in Selbstverteidigung unterrichtete. Zu Robintons Überraschung stürzte sich Sebell förmlich auf die Übungen, und nach einer Weile waren nur noch Saltor, der Obmann der Wache, und dessen Assistent Emfor ebenbürtige Partner für ihn.

»Sebell ist ein erstaunlicher Kämpfer«, bemerkte Robinton zu Saltor, nachdem der junge Harfner den stämmigen Emfor bei einem Zweikampf auf die Matte geworfen hatte.

Saltor blickte amüsiert drein. »Ihm kommt es darauf an, dich im Notfall zu beschützen, Meister Robinton. Mit ihm an deiner Seite hast du nichts zu befürchten.«

»Er hängt sich an mich wie ein Schatten«, erwiderte Robinton.

»Du bist bei allen deinen Lehrlingen und Gesellen beliebt,«, fuhr Saltor fort, und Robinton wurde ein wenig verlegen.

Doch Sebells Tüchtigkeit beschränkte sich nicht nur auf Kampfsportarten. Beinahe so schnell wie sein Meister wechselte er die Tische und stieg in den Rang eines Gesellen auf. Robinton schickte ihn nach Igen, um dort einen Planetenumlauf lang zu unterrichten, holte ihn jedoch frühzeitig zurück, weil er merkte, wie sehr er auf seine Unterstützung angewiesen war.

Nach einer Weile schlug Sebell vor, dem jungen Traller, einem ständig zu Schabernack aufgelegten Lehrling, eine neue Rolle zuzuweisen. Mit seinen Streichen stellte Traller die Geduld der Meister auf eine harte Probe, zudem ersann er alle möglichen Tricks, um sich vor jeder Arbeit zu drücken, die ihm nicht behagte.

Doch nur selten ließ er sich bei seinen Unbotmäßigkeiten erwischen, er war nie da, wenn Aufgaben verteilt wurden und wartete stets mit plausiblen Entschuldigungen für seine Abwesenheit auf. Er konnte jeden Renner reiten, traf mit seinem Wurfmesser auf hundert Schritt eine Fliege an der Wand, galt als raffinierter Ringkämpfer und schien nicht von Skrupeln geplagt zu sein.

Zudem war er intelligent und phantasievoll, wenn es um das Erfinden von Ausreden ging. Trotz seiner Fehler mochte Robinton ihn gut leiden, obschon er ihn häufig bestrafen musste. Er sang einen schönen Sopran, den er im Stimmbruch verlor, und fortan beschränkten sich seine musikalischen Talente auf das Trommeln.

Er trommelte immerzu, sei es im Trommelturm oder bei irgendwelchen anderen Beschäftigungen. Wenn ihm keine Schlegel oder Stöcke zur Verfügung standen, trommelte er mit den Fingern und – wie einer seiner Kameraden aus dem gemeinschaftlichen Schlafsaal sagte – des Nachts mit den Zehen. Im Speisesaal fiel er dadurch auf, dass er mit den Schenkelknochen von Geflügel trommelte.

»Es geht um Traller«, begann Sebell eines Abends, als Robinton sich nach einer guten Mahlzeit entspannte.

»Ooooh«, stöhnte Robinton. »Was hat er denn jetzt schon wieder angestellt?«

»Ich finde, er könnte seine mannigfachen Talente besser nutzen, wenn er eine Lehre bei Nip machte«, erklärte Sebell mit einem listigen Grinsen. »Jedes Mal, wenn Nip Bericht erstattet, kommt er mir ausgemergelter und erschöpfter vor. Er braucht einen Gehilfen, und sei es nur, um Botschaften zu übermitteln.« Als er merkte, dass Robinton ernsthaft über seinen Vorschlag nachdachte, setzte er hinzu: »Es gibt keinen Menschen, der Traller kontrollieren könnte. Aber mit seiner überschüssigen Energie wäre er Nip gewiss von Nutzen.«

»Eine ausgezeichnete Idee, Sebell. Ich frage mich, wieso ich nicht von selbst darauf kam.«

Sebell lachte. »Du bist halt mit anderen Dingen beschäftigt, Meister.«

Als Nip das nächste Mal die Harfnerhalle aufsuchte, rückte Robinton mit Sebells Vorschlag heraus.

»Ich kenne einen jungen Burschen, der bei dir eine Menge lernen könnte, Nip.«

Nip zog die Stirn kraus. »Ich reise am liebsten allein. Das ist sicherer.« Er wandte sich an Sebell, der Erfrischungen servierte. »Danke, Sebell, du hast genau das gebracht, worauf ich Appetit hatte.« Er nahm sich eine Fleischpastete und biss herzhaft hinein.

»Ich finde, du solltest den jungen Traller erst einmal

kennen lernen, ehe du Hilfe kategorisch ablehnst«, beharrte Robinton.

»Na schön, ich kann mir ja ein Bild von ihm verschaffen.«

»Wenn du ihn nicht als deinen Gehilfen nimmst, muss ich ihn nach Keroon zurückschicken. Denn hier in der Harfnerhalle kann er seine … besonderen … Begabungen nicht recht entfalten. Klagst du nicht immer darüber, dass du nicht an mehreren Orten zugleich sein kannst? Mit einem gewitzten Helfer wäre dir in dieser Hinsicht ein kleines bisschen gedient. Wenn ich einen Assistenten brauche, dann benötigst du auch einen.«

Nip holte tief Luft. »Ich bringe nicht gern jemanden in Gefahr, und in Fax' Machtbereich ist niemand mehr sicher, vor allen Dingen nicht ein Kurier mit gewissen … Nebentätigkeiten.«

»Sieh dir Traller erst einmal an«, schlug Robinton vor. »Wahrscheinlich sitzt er irgendwo und trommelt.«

»Er ist draußen«, warf Sebell ein. »Ich erwischte ihn, wie er beim Portal herumlungerte und wissen wollte, wer so spät in der Nacht unseren Meisterharfner besucht.«

Nip horchte sichtlich auf. »Das klingt ja schon recht vielversprechend.« Er ging hinaus und holte Traller in Robintons Zimmer. Dort beschnupperten sich Nip und der Junge wie zwei misstrauische Hunde. Nach einer Weile erklärte der Kurier: »Wenn du uns bitte entschuldigen willst, Robinton, ich habe mit Traller unter vier Augen zu reden.« Ohne viel Federlesens fasste er den kecken Bengel unter und bugsierte ihn zur Tür hinaus.

* * *

Am nächsten Morgen teilte Nip Robinton mit, er habe dem Jungen den Namen »Tuck« verpasst und ihn zu seinem Gehilfen ernannt.

»Ich sagte dir, er ist ein Naturtalent«, entgegnete Robinton.

»Wenn ich mit ihm fertig bin, ist er ein Meister seines Fachs.« Nip schnaubte durch die Nase. »Danke, Rob. Ich nehme ihn gleich mit auf meine nächste Mission. Dieses Mal geht es auf dem Rücken von Rennern los. Und wie jeder Bewohner von Keroon kann dieser Tuck reiten, als wäre er mit dem Tier verwachsen.«

* * *

Im Verlauf der nächsten beiden Planetenumdrehungen wechselten sich Nip und Tuck ab, wenn es darum ging, der Harfnerhalle Bericht zu erstatten. Eines Nachts erschien Tuck unangemeldet in Robintons Büro und freute sich diebisch, als der Meister erschrocken von seiner Arbeit hochblickte.

»Nip meint, es täte sich was in Burg Ruatha«, fiel Tuck mit der Tür ins Haus.

»Tatsächlich?«

Robinton war froh über die Ablenkung. Er korrigierte Arbeiten von Lehrlingen, und es fuchste ihn, wenn sie seinem hohen Standard nicht entsprachen.

»Nun ja, dort läuft nichts mehr, wie es sein sollte. Mittlerweile hatten sie dort vier verschiedene Verwalter, und keinem Einzigen gelang es, die Burg Gewinn bringend zu bewirtschaften.« Tuck grinste breit. »Was immer sie anpacken, scheint zu misslingen. Offenbar sind sie vom Pech verfolgt. Und Fax ist nicht dafür bekannt, dass er Misserfolge durchgehen lässt.«

»Hmm. Das ist ja interessant. Handelt es sich vielleicht um Sabotage oder eine verdeckte Form von Rebellion?«

Tuck schnaubte durch die Nase, eine Geste, die er von Nip übernommen hatte. »Wer die Jammergestalten kennt, die in Ruatha herumwerkeln, kann sich das nur schwer vorstellen. Sie drücken sich vor jedweder Tätigkeit und rühren sich nur, wenn ein Aufseher mit einer Peitsche hinter ihnen steht. Fax hat einfach zu viele Burgen und zu wenig Leute. Das Einzige, was ihm nie auszugehen scheint, sind die Peitschen mit eingeflochtenen Eisenspitzen.«

»›Eine Burg für einen Burgherrn‹ scheint ein vernünftiger Vorschlag zu sein«, meinte Robinton.

»Natürlich«, pflichtete Tuck ihm bei. »Aber was in Ruatha passiert, ist schon höchst merkwürdig.«

»Was könnte es denn sein?« grübelte Robinton. »Wenn keine Unruhestifter am Werk sind, liegt es vielleicht an den unfähigen Verwaltern, dass das Anwesen nicht prosperiert.«

Tuck hob die Schultern. Er hatte sich zu einem drahtigen, durchtrainierten Burschen entwickelt, kaum größer als Nip. »Wenn man dort ist, spürt man, dass irgendetwas in der Luft liegt. Eine unterschwellige Spannung, so als ob man ständig heimlich beobachtet würde. Ich kann mir nur nicht vorstellen, wer der Beobachter sein könnte. Oder was es zu beobachten gibt ...«

»Vielleicht sollte ich ...«

»Nein, das schlag dir aus dem Kopf, Meister.« Tuck hob die Hand. »Fax' Soldateska schießt auf alles, was Harfnerblau trägt. Du darfst dein Leben nicht leichtfertig riskieren.« Er schöpfte tief Atem, ehe er sich einem neuen Thema zuwandte. »Bargen hat im Hochland Weyr mächtig Zulauf von Gleichgesinnten. Und zusammen mit seinen Kameraden entwickelt er beträchtliche Aktivitäten.«

»Er bringt doch hoffentlich niemanden in Gefahr ...«

»Nein, er ist vorsichtig. Immerhin will er am Leben bleiben und sich sein rechtmäßiges Erbe zurückholen.«

»Müssten in Benden nicht bald die jungen Drachen schlüpfen?« erkundigte sich Robinton.

»Ja, bald ist es so weit. Wie du sicher weißt, ist Jora tot.« Robinton nickte. Jora hatte sich buchstäblich zu Tode gefressen und war im *Dazwischen* bestattet worden. »Als die Nachricht von dem neuen Gelege in die Welt getrommelt wurde, war ich so weit weg, dass ich nicht alles deutlich verstehen konnte. Stimmt es, dass dieses Mal ein goldenes Königin-Ei dabei ist?«

Robinton nickte.

Tuck legte den Kopf schräg. »Und wirst du bei der Gegenüberstellungs-Zeremonie dabei sein?«

»Ich hoffe es.« Robinton war sich nicht sicher, ob er vom Weyr eingeladen werden würde. Eigentlich gehörte es sich, dass er als Meisterharfner von Pern an dem feierlichen Ereignis teilnahm. Seit S'loners Tod hatte es nicht mehr viele Gelege gegeben.

»Wird Nemorth noch einmal zum Paarungsflug aufsteigen?« erkundigte sich Tuck.

»Ich glaube nicht. Normalerweise hätte Nemorth Jora in den Tod folgen müssen, doch da sie gerade ein Gelege bewachte, harrte sie aus.«

»Glaubst du, die nächste Weyrherrin wird ihre Aufgaben besser meistern als Jora?«

Robinton seufzte. »Schlimmer kann es wohl gar nicht kommen.«

Tuck stand auf. »Ich muss jetzt gehen. Wir treffen uns im Hochland.« Robinton wusste, dass er Nip meinte, dessen Namen er nur selten aussprach. »Fax plant von dort aus eine seiner berüchtigten Tourneen. Auf diesen Inspektionsreisen will er herausfinden, wieso seine Anwesen nicht die gewünschten Erträge erzielen.«

»Dann wünsche ich ihm viel Glück«, versetzte Robinton trocken.

»Nicht ihm, sondern den unglücklichen Menschen, die er zusammenschlägt, weil sie seinen Reichtum nicht mehren«, korrigierte Tuck und schlüpfte zur Tür hinaus.

* * *

Während der nächsten Tage beschlich Robinton das Gefühl einer drohenden Gefahr. Deshalb war er nicht überrascht, als Sebell einen mit Schlamm bespritzten, abgekämpften Kurier in sein Zimmer führte.

»Tuck lässt ausrichten, du sollst sofort kommen, Meister Robinton.«

»Wohin?« Der Eilläufer ließ sich auf einen Stuhl fallen, und Sebell schenkte ihm einen Becher Wein ein.

»Fax ist nach Ruatha aufgebrochen. Bei ihm befinden sich Drachenreiter.«

»Ruatha? Und in der Gesellschaft von Drachenreitern?« wiederholte Robinton verblüfft.

Der Kurier nickte und trank einen Schluck Wein. »Sie sind auf Kandidatensuche.« Er zog eine Grimasse.

»Wie viel Zeit bleibt mir?«

»Fax forciert das Tempo. Du solltest nicht zu lange zögern.«

Das war das Stichwort. Robinton spürte, wie eine wilde Erregung ihn packte. »Kümmere dich um unseren Gast, Sebell«, rief er und hetzte aus dem Zimmer.

Aufgeregt rannte er in Silvinas Quartier.

»Ich brauche derbe Arbeitskleidung, wie ein Knecht sie trägt«, erklärte er ihr.

»Was hast du vor?« fragte sie ihn streng, die Hände auf die Hüften gestemmt.

»Fang du nicht auch noch an«, warnte er sie. Es klang schärfer als gewollt. »Ich muss eine bestimmte Rolle spielen, und dazu brauche ich die entsprechende Bekleidung.«

»Überlass diese Aufgabe Sebell«, schlug sie vor.

»Das geht nicht«, wehrte er entschieden ab. »Ich kann ihn nicht in Gefahr bringen.«

»Und um dein Leben ist dir nicht bange?« fragte sie, während sie ihn in einen Raum führte, in dem Bekleidung aufbewahrt wurde. »Dich erkennt man doch allein schon an deiner Größe.«

Er zog den Kopf ein, nahm eine gebückte Haltung an und fing an zu humpeln.

»Hmm. Du hast einen Gang, als hätte dich jemand in den Allerwertesten getreten.« Sie schüttelte den Kopf.

Als Sebell sich zu ihnen gesellte, hatte Robinton mit Silvinas Hilfe die passende Kleidung gefunden. Ein Blick in das Gesicht seines Meisters genügte, und Sebell enthielt sich jeden Kommentars. Und selbst er musste zugeben, dass Robinton nicht mehr viel mit dem würdevollen Meisterharfner von Pern gemein hatte, sowie er seine Schultern hängenließ und hinkte.

»Vielleicht solltest du die Sachen vor dem Anziehen auf dem Misthaufen wälzen«, meinte Silvina scherzhaft.

Sebell fing an zu kichern und war überrascht, als Robinton ihm das Zeug in die Hände drückte und ihm auftrug, genau das zu tun.

»Der Gestank wird jeden davon abhalten, mich allzu kritisch zu mustern«, fand er. »Und während ich fort bin, müsst ihr allen erzählen, ich läge mit Fieber im Bett.«

Sebell nickte, obwohl es ihm nicht passte, dass sein Meister sich in Gefahr begab. Doch er wusste genau, wann er seine Meinung für sich behalten musste.

* * *

Erst am Ufer des Roten Flusses zog sich Robinton die Verkleidung an. Big Black hatte gescheut und wollte ihn nicht aufsitzen lassen, als er sich ihm mit dem stinkenden Kleiderbündel näherte. Nun ließ er den Renner bei den Grenzposten zurück und ermahnte die Männer, besonders vorsichtig zu sein.

Auf Schleichpfaden pirschte sich Robinton an die Festung Ruatha heran. Draußen im Viehpferch entdeckte er lediglich zwei magere Milchkühe. Plötzlich tauchte wie aus dem Nichts ein Drachengeschwader in der Luft auf, und ein erschrockener Mann rannte so schnell herbei, dass er beinahe über seine eigenen Füße stolperte. Unentwegt schrie er mit sich überschlagender Stimme: »Die Drachenreiter sind da! Jeden Moment kann Fax eintreffen. Die Drachenreiter sind da ...« Aus voller Kehle brüllend verschwand er in der Burg.

In seiner Maskerade als Knecht machte sich Robinton nicht verdächtig, als er aus seinem Versteck hervorhinkte und offenen Mundes die Drachen begaffte. Aus einigen Mäulern züngelten noch Flammen. Ein Drache nach dem anderen stieß schrille Trompetentöne aus, und Robinton kam es vor, als klängen sie überrascht.

Als sie kreisend in den Landeanflug einschwenkten, erkannte er einen blauen Drachen, bei dem es sich nur um Tagath handeln konnte. Es bestätigte seine Vermutung, dass F'lar dieses Geschwader anführte. Ausgerechnet im Hochland nach geeigneten Kandidaten für die Gegenüberstellung zu suchen, erforderte einen Mut, den wohl nur F'lons Sohn aufbrachte.

Vielleicht konnte er in einem unbeobachteten Augenblick ein paar Worte mit C'gan wechseln. Und er hoffte, endlich den erwachsenen F'lar kennen zu lernen. Er fragte sich, ob R'gul die Suche in diesem Gebiet überhaupt genehmigt hatte. Irgendwie zweifelte er daran. Doch dann wandte er sich wieder den dringendsten Problemen zu.

Er vergegenwärtigte sich, dass ein einfacher, ungebildeter Knecht bei der Landung der Drachen schleunigst das Weite suchen würde. So schnell es sein vorgetäuschtes Lahmen erlaubte, hoppelte er zu den anderen Kulis, die auf dem Hof herumlungerten.

Der Verwalter, dem der Schreck über diesen Besuch ins Gesicht geschrieben stand, kam im Eilschritt anmarschiert, um sich selbst von der Ankunft der Drachenreiter zu überzeugen. Alsdann brüllte er eine Flut von widersprüchlichen Befehlen, schnappte sich einen der herumstehenden Knechte und stieß ihn brutal vor sich her.

»Wir müssen Vorbereitungen treffen! Wir müssen uns sputen! Los, schafft etwas zu essen her! In diese Burg muss endlich Ordnung einkehren. Ich krieg euch schon ans Arbeiten, ihr faules Pack!« Während er wie ein Tobsüchtiger schrie, verteilte er Hiebe und Fußtritte an die zerlumpten und ausgezehrten Sklaven, die an ihm vorbeihuschten.

Robinton konnte einem Tritt gerade noch ausweichen, doch bereitwillig begab er sich in die Burg. In der Großen Halle blieb er entsetzt stehen. Der einstmals wunderschöne Saal war schmutzig und verkommen, das große Eingangsportal hing schief in den Angeln. Dann prallte jemand gegen ihn, und stolpernd setzte er seinen Weg fort.

Eine alte Vettel teilte Besen und Schrubber aus. Eine zweite schmuddelige Magd versorgte sie mit weiterem Putzmaterial. Man scheuchte sie die Treppe hoch, wo sie Zimmer säubern sollten, die ihrem verlotterten Zustand nach seit dem Massaker nicht mehr benutzt worden waren.

Robinton wurde in einen Raum geschoben, dessen Fenster vermutlich seit mehreren Planetenumläufen offen standen. Welke Blätter, trockene Zweige und Schmutz häuften sich in den Ecken. Im Kamin lag zu harten Klumpen zusammengebackene Asche. Das Bettzeug war verschimmelt und gar nicht mehr zu benutzten.

Der Verwalter hetzte von einem Zimmer zum nächsten und trieb das Gesinde zur Eile an, wahllos Hiebe und Fußtritte verteilend. Robinton fand, es sei eine Schande, dass man eine so schöne Festung hatte vergammeln lassen. Seiner Ansicht nach war selbst durch eine gründliche Reinigung der Zimmer nichts mehr zu retten.

Er fegte den Boden, als Fax und seine Gefolgschaft eintrafen. Dann packte der nervöse Verwalter Robinton beim Kragen und schleppte ihn nach unten, wo er sich um die Renner kümmern sollte.

Die Haupthalle war von einer Schar Bediensteten gesäubert worden, doch selbst die größten Anstrengungen hatten nicht viel genützt. Der Boden wies Moderflecke auf, und von der Decke hingen zerrissene Spinnweben. Es herrschte das totale Chaos. Leute schrien, brüllten, und aus der Küche drang das hysterische Gekläff der Hunde. Robinton war froh, dass er die Renner in den Stall bringen sollte. Er hoffte nur, dass man mittlerweile dort wenigstens den Anschein von Ordnung geschaffen hatte.

Dann gewahrte er Fax. Er blickte finster drein und schlug mit einer schweren Reitpeitsche gegen seinen Stiefel. Zwei Männer hoben die hochschwangere Lady Gemma von ihrem Reittier. Obwohl die Männer rücksichtsvoll mit ihr umgingen, zuckte sie ein paarmal zusammen. Einige Frauen, die sich in dieser bunt zusammengewürfelten Gruppe befanden, eilten ihr zu Hilfe, sowie sie auf dem Boden stand. Von zwei Frauen gestützt, schleppte sich Lady Gemma die Treppe zum Eingangsportal hoch. Robinton empfand tiefstes Mitleid mit der armen Frau. Versuchte Fax etwa, sie umzubringen?

Robinton sah sich gezwungen, mehrere Renner gleichzeitig zu den Stallungen zu führen. Eine Zumutung, wäre seine Gehbehinderung real und nicht nur vorgetäuscht gewesen. Zwei von Fax' bulligen Schlägern trödelten hinterher, um sich davon zu überzeugen, dass die Stallknechte auch alles richtig machten. Als sie an dem Viehpferch vorbeikamen, sah Robinton die beiden Milchkühe nicht mehr. Wahrscheinlich sollten sie zum Abendessen serviert werden und würden zäh sein wie Leder.

In der Harfnerhalle und in Burg Fort wurde das Gesinde gut behandelt, doch zum ersten Mal in seinem Leben verspürte Robinton Mitgefühl mit den Menschen, die niedrige Arbeiten verrichteten. Nachdem er lange genug im Stall geschuftet hatte, sackten seine Schultern von selbst herunter, und sein Ächzen und Stöhnen war echt. Sein Magen knurrte vor Hunger. In der Burg gab es kaum genug zu essen für die Besucher, und er fragte sich, ob überhaupt etwas für die Knechte und Mägde übrig bleiben würde.

Eine weitere Sorge beschäftigte ihn. Wie sollte er sich C'gan nähern können, wenn er ständig mit neuen Arbeiten beauftragt wurde? Er bedauerte es, dass er mit Tagath keinen Kontakt gepflegt hatte. Wäre Simanith zugegen, hätte manches anders ausgesehen. Dann hätte er den Reiter über seinen Drachen ansprechen können.

* * *

Als Fax' Handlanger endlich mit der Unterbringung und Fütterung ihrer Tiere zufrieden waren, durften Robinton und fünf weitere Knechte zur Burg zurückgehen. Die Männer waren hungrig.

»Wenn wir Glück haben, kriegen wir ein paar Scheiben Brot«, meinte einer.

»Wann hatte unsereins schon mal Glück«, brummte sein Kollege. »Die ganze Burg ist vom Glück verlassen, wenn du mich fragst. Ich möchte überall sein, nur nicht hier.«

»Dann hau doch ab. Aber mehr als dein Maul aufreißen kannst du auch nicht«, knurrte jemand. Plötzlich schien er auf Robinton aufmerksam zu werden. »Sag mal, wer bist du denn?« verlangte er zu wissen.

»Ich bin mit denen gekommen!« Robinton deutete mit dem Daumen auf die Waffenknechte, die vor ihnen einherstolzierten. Sein Rücken schmerzte fürchterlich, und zu gern hätte er sich gestreckt, um die Verspannungen zu lockern. Doch er traute sich nicht, die halb geduckte Haltung aufzugeben.

Der Mann stieß einen grunzenden Laut aus. »Und nehmen sie dich wieder mit, wenn sie von hier verschwinden?«

»Keine Ahnung«, erwiderte Robinton mürrisch. »Ich tue nur, was man mir sagt.«

Sie erreichten den Eingang zur Küche. Drinnen schien es drunter und drüber zu gehen, der Lärm war ohrenbetäubend. Töpfe klapperten mit irrsinnigem Geschepper gegeneinander, die Leute schrien, um sich verständlich zu machen, und immer wieder ertönte ein jämmerliches Geheul, wenn ein Helfer getreten oder geschlagen wurde.

»Splitter und Scherben! Eine Seite ist verbrannt, und die andere noch völlig roh!« donnerte eine Stimme. Ein Hund fing kläglich an zu jaulen. Robinton hörte Schläge, gefolgt von Stöhnen und Schmerzensschreien, als der Koch seine Wut offenbar an einem seiner Untergebenen ausließ.

»Vielleicht kriegen wir das Fleisch, wenn es verkohlt ist«, meinte einer der Knechte hoffnungsfroh und leckte sich die Lippen.

»Unsereins darf höchstens mal dran riechen«, versetzte sein Kollege verächtlich.

Robinton nutzte das Durcheinander, um sich in einen schattigen Winkel zu stehlen. Ihm war aufgefallen, dass das Portal zur Burg nicht bewacht wurde. In seinen stinkenden Lumpen konnte er nicht in die Festung gelangen, aber er konnte sich in die Unterkünfte der Wachposten schleichen und versuchen, sich Kleidung zum Wechseln zu organisieren.

Er hatte Glück. Ungesehen schlüpfte er in die leer stehende Kaserne, die nur von einem matt glühenden Leuchtkorb erhellt wurde.

Die meisten von Fax' Soldaten waren groß gewachsen. Robinton suchte sich die passenden Sachen aus und zog sie an. Mit seinem dreckigen, zerfetzten Kittel wischte er sich notdürftig die Stiefel sauber.

»Bei der Schale des Ersten Eies, wo hast du dich herumgetrieben?« herrschte ihn plötzlich eine befehlsgewohnte Stimme an.

Robinton drehte sich um. In der Tür stand ein Hauptmann der Wache. »Musste mal dringend austreten«, murmelte er und befürchtete, sein laut hämmerndes Herz könnte ihn verraten.

»Ab mit dir in die Halle. Wir müssen bis auf den letzten Mann dort in Erscheinung treten, falls die Drachenreiter nicht wissen, wie sie sich zu benehmen haben.«

»Klar doch«, entgegnete Robinton. Er drückte die Schultern durch, was ihm nach all der Malocherei schwer fiel, und marschierte an dem Hauptmann vorbei. Halb erwartete er einen Fausthieb oder einen Tritt, doch der Kerl nestelte an seinen Satteltaschen herum und zog ein Schwertgehänge hervor.

In der Großen Halle musste Robinton seine Schritte verlangsamen, um nicht den beiden Leibwächtern in die Fersen zu treten, die Fax und eine seiner Konkubinen eskortierten. Der Aufseher scharwenzelte unter Bücklingen um sie herum. Robinton pirschte an der Mauer entlang und bezog Posten zwischen den bereits eingetroffenen Wachleuten. Niemand beachtete ihn. Aller Augen richteten sich auf die Drachenreiter, die an aufgebockten Tischen saßen. Auf einem Podest stand die Hohe Tafel, die für Fax und seinen Stab vorgesehen war.

Zu seiner Erleichterung entdeckte Robinton C'gan und unweit von ihm F'nor. Der junge Drachenreiter glich seinem Vater aufs Haar. Sie hatten sogar das gleiche, leicht spöttisch anmutende Lächeln. An der Hohen Tafel saß F'lar und unterhielt sich mit einer von Lady Gemmas Damen. F'lar sah nicht so aus, als würde er sich in der Gesellschaft von Fax' Gefolge wohl fühlen. In diesem Augenblick fiel ein Krabbeltier von der Decke auf den Tisch, und Lady Gemma erschrak.

Fax polterte die Stufen des Podests hinauf. Grob schob er seinen Stuhl zurück und ließ sich darauf fallen. Übellaunig inspizierte er seinen Trinkkelch und den Essteller.

Unterwürfig näherte sich der Verwalter dem Tisch.

»Es gibt Rostbraten, Lord Fax, und frisches Brot. Dazu Wurzelgemüse und Obst.«

»Wurzelgemüse und Obst? Sagtest du nicht, die letzte Ernte wäre ausgefallen?«

Dem Aufseher quollen die Augen aus dem Kopf, und er schluckte krampfhaft. »Es reichte nicht, um etwas ins Hochland zu schicken«, stammelte er. »Außerdem waren die Produkte von minderer Qualität. Nicht gut genug für jemanden wie dich. Hätte ich von deinem Besuch gewusst, hätte ich Proviant aus Crom angefordert ...«

»Aus Crom?« brüllte Fax und ließ seine Faust auf die Tischplatte knallen. Der Verwalter zuckte ängstlich zusammen.

»Ja, Lord Fax. Dort gibt es hochwertige Nahrungsmittel«, platzte er heraus.

Jählings spürte Robinton Vibrationen, und ihm war zumute, als versuche eine sonderbare Kraft in seinen Geist einzudringen.

»Eine Burg, die sich selbst oder ihren rechtmäßigen Herrn nicht mehr versorgen kann, verliert ihre Existenzberechtigung«, donnerte Fax. »Wenn ich mich davon überzeugt habe, dass eine meiner Festungen tatsächlich keine Erträge mehr abwirft, sage ich mich von ihr los.«

Lady Gemma rang nach Luft, und Robinton fragte sich, ob auch sie diese merkwürdigen atmosphärischen Schwingungen fühlte. Wie um ihm zu bestätigen, dass er sich diese mysteriöse Macht nicht nur einbildete, fingen die Drachen an zu trompeten. Robinton war, als spüle eine Welle über ihn hinweg.

Auch F'lar schien etwas zu merken, denn er suchte den Blick seines Halbbruders, und F'nor nickte ihm kaum wahrnehmbar zu.

Doch Fax war dieses Zeichen nicht entgangen. »Was ist los, Drachenmensch?« kläffte er.

F'lar zuckte nicht mit der Wimper. Robinton bewunderte ihn für seine Selbstbeherrschung.

»Was soll schon los sein?« Robinton glaubte, F'lon sprechen zu hören.

»Warum veranstalten die Drachen dann diesen Lärm? Und ich habe genau gesehen, dass du dich mit deinem Halbbruder mit Blicken verständigst.«

»Drachen geben mitunter laute Töne von sich«, erwiderte F'lar kühl. »Bei Sonnenuntergang oder wenn eine Schar Wherrys vorbeifliegt. Und wenn sie Hunger haben.«

Lady Gemma war sichtlich beunruhigt. »Hunger? Hat man sie denn nicht gefüttert?«

»Doch. Vor fünf Tagen haben sie das letzte Mal gefressen.«

»Was, so lange ist das her?« fragte Gemma mit großen Augen.

»Drachen fressen nicht so oft wie andere Lebewesen. Erst in ein paar Tagen benötigen sie wieder Nahrung.« Mit aufgesetzter Liebenswürdigkeit wandte sich F'lar an Fax. »Hast du Wachen aufstellen lassen?«

»Ich habe sie sogar verdoppelt«, gab Fax mit harter Stimme zurück. »Hier in Ruatha kann man nicht vorsichtig genug sein.«

»Glaubst du, jemand könnte ein Auge auf dieses Anwesen geworfen haben?« fragte F'lar in spöttischem Ton und deutete auf die verwahrloste Halle.

»Ich bin immer auf der Hut!« beschied Fax ihn barsch. Und dann brüllte er lauthals, man solle das Essen servieren.

Fünf Knechte taumelten unter dem Gewicht des am Spieß gebratenen Herdentieres. Es roch verbrannt. Der Verwalter wetzte sein Messer und rüstete sich, das Tier zu tranchieren.

Hölzerne Tabletts mit Broten wurden herbeigeschleppt. Angebrannte Krusten hatte man kurzerhand von den Laiben gekratzt. Während immer mehr schlecht zubereitetes Essen gebracht wurde, sah Robinton, dass Lady Gemma gegen einen Brechreiz ankämpfte. Ihre Hände umklammerten die Armstützen ihres Stuhls. Doch Robinton erkannte, dass ihr nicht vom Anblick und dem Geruch der Speisen schlecht wurde. F'lar schien ihr Unwohlsein auch zu bemerken und beugte sich vor, um ihr etwas zu sagen. Sie schüttelte daraufhin den Kopf und schloss die Augen. Kurz danach durchlief ein Zittern ihren Körper.

Robinton hegte den Verdacht, dass bei Lady Gemma die Wehen einsetzten.

Nun präsentierte der Verwalter Fax eine Platte mit Bratenscheiben, die kaum genießbar schienen.

»Das nennst du eine Mahlzeit?« schnauzte Fax ihn an. Vielleicht lösten sich durch das donnernde Gebrüll Spinnweben von den Decken, denn noch ein paar Krabbeltiere landeten auf der Tischplatte. »Eine verfluchte Schlamperei ist das!« Er nahm die Platte und warf sie dem Verwalter an den Kopf.

»Auf die Schnelle konnten wir nichts Besseres herzaubern!« verteidigte sich der Mann, dem blutiger Bratensaft über die Wangen tropfte. Als Nächstes traf ihn die Schüssel mit dem Wurzelgemüse. Der Verwalter kreischte vor Schmerzen, als der kochendheiße Sud ihn verbrühte.

»Mein Lord, mein Lord, wenn ich doch nur früher Bescheid gewusst hätte!«

Abermals spürte Robinton ein starkes Vibrieren, das sich wellenförmig ausbreitete und ihm bis ins Mark drang.

»Offensichtlich vermag Burg Ruatha sich und ihren Herrn nicht angemessen zu versorgen!« trumpfte F'lar auf. »Du solltest zu deinem Wort stehen und die Festung aufgeben!«

Robinton starrte den Drachenreiter an. Aller Augen richteten sich auf F'lar, der Fax tolldreist herausforderte. Beinahe kam es Robinton vor, als sei der Bronzereiter von seiner Kühnheit selbst überrascht. Doch dann straffte er die Schultern und sah den Herrn über Sieben Burgen furchtlos an.

Über der Halle lag ein beklemmendes Schweigen, das nur hin und wieder vom Rascheln und Knistern der Kriechtiere zwischen den Deckenbalken unterbrochen wurde. Langsam stand Fax auf und wandte sich dem Drachenreiter zu. Robinton sah, wie F'nor nach seinem Dolch griff.

»Ich habe dich wohl nicht richtig verstanden«, begann Fax mit drohendem Unterton.

»Ich nahm dich nur beim Wort, Fax«, entgegnete F'lar gelassen. »Du sagtest selbst, du würdest jede deiner Burgen aufgeben, sollte sie sich als unfähig erweisen, ihre Bewohner sowie ihren Herrn zu ernähren.«

Mit bewundernswerter Ruhe spießte der Bronzereiter mit seinem Messer ein Stück Gemüse auf, schob es sich in den Mund und begann zu kauen. Die ganze Zeit über ließ er Fax nicht aus den Augen.

F'nor hatte sich von seinem Platz erhoben und blickte sich in der Halle um, als suche er nach etwas. Im selben Moment erkannte Robinton, dass die kraftvollen mentalen Schwingungen weder von den Drachenreitern noch den Drachen ausgingen. Doch wer erzeugte diese geheimnisvollen Vibrationen?

Fax und F'lar musterten sich schweigend. Plötzlich stöhnte Lady Gemma. Gereizt sah Fax zu ihr hin. Er hob die geballte Faust, als wolle er sie schlagen. Doch dann wurde jedem in der Halle klar, dass Gemma die Wehen überkommen hatten.

Unvermittelt begann Fax zu lachen. Er warf den Kopf zurück, bleckte seine großen, fleckigen Zähne und röhrte vor Heiterkeit.

»Hört mir gut zu«, schrie er, als er wieder zu Atem kam. »Ich verzichte auf Burg Ruatha und mache sie Gemmas Kind zum Geschenk – falls es lebt und ein Junge ist!«

»Das ist eine Aussage vor Zeugen. Wir alle haben es gehört!« rief F'lar laut, sprang von seinem Stuhl hoch und deutete auf seine Reiter, die sich gleichfalls erhoben.

»Wir haben es gehört und können es bezeugen!« bekräftigten sie im Chor.

Robinton war nicht entgangen, wie Fax' Waffenknechte mehr oder weniger verstohlen die Hände auf die Schwertgriffe legten, doch als Fax fortfuhr zu lachen, entspannte sich die Situation. Nicht wenige Männer gestatteten sich ein Schmunzeln.

Die Frau, die neben F'lar saß, Lady Tela, machte sich offensichtlich Sorgen um Lady Gemma, schien aber nicht zu wissen, was sie tun sollte. Es war dann F'lar, der die Initiative ergriff.

Er bückte sich, um Lady Gemma beim Aufstehen zu helfen. Gemma klammerte sich an seinen Arm und murmelte etwas. Dabei hielt sie das Gesicht von Fax abgewandt, sodass er das Geflüster nicht verstehen konnte. F'lar hob die Augenbrauen, und Robinton sah, wie er tröstend Gemmas Hände drückte.

F'lar rief zwei stämmige Helfer des Verwalters herbei und auch Lady Tela eilte zu Hilfe.

»Eine Hebamme. Gibt es hier eine Hebamme?« rief F'lar.

»Natürlich!« antwortete der Verwalter.

»Dann lass umgehend nach ihr schicken.«

Der Verwalter wartete, bis Fax zustimmend nickte, dann versetzte er einer Magd einen Fußtritt. »Du da! Lauf los und hole die Wehmutter. Du wirst schon wissen, wo du sie findest.«

Mit überraschender Flinkheit rannte die Magd durch die Halle und zur Tür hinaus.

Als wäre nichts gewesen, machte sich Fax über den Spießbraten her und säbelte sich große Stücke ab, die er gleich von der Klinge verputzte. Gelegentlich warf er einen Blick auf die Frauen, die sich um Lady Gemma bemühten, und fing dann dröhnend an zu lachen. F'lar begann seinerseits, Fleisch aufzuschneiden und an seine Männer zu verteilen, die er herbeiwinkte. Fax' Waffenknechte aßen hingegen keinen Happen, sondern warteten, bis ihr Herr sich den Bauch voll geschlagen hatte.

Die Wachleute bekamen nichts zu essen. Robinton fühlte sich schwach vor Hunger, und sein Magen protestierte grollend. Außerdem war er sehr durstig, und seine Füße schmerzten. Jeder Knochen im Leib tat ihm weh. Er verwünschte sich, weil er nicht regelmäßig Sport getrieben und seine körperliche Fitness vernachlässigt hatte. Er schwor sich, es nie wieder so weit kommen zu lassen.

Die Magd, die sich auf die Suche nach der Hebamme begeben hatte, kam zurück. Sie brachte eine unansehnliche, schmuddelige, scheinbar uralte Frau mit. Beim Anblick der in der Halle versammelten Männer blieb das Weib erschrocken stehen.

F'lar ging zu ihr und führte sie am Arm zur Haupttreppe.

»Beeil dich, Frau. Lady Gemma wird bald gebären.« Er wirkte äußerst besorgt. Die Magd packte den anderen Arm der Greisin und bugsierte sie die Stufen hinauf.

F'lar sah ihnen hinterher, bis sie im oberen Stockwerk verschwanden. Dann trat er an den Tisch der Drachenreiter, wo er leise mit F'nor und einem weiteren Reiter sprach. Robinton kannte diesen Mann, er hieß K'net und ritt den Bronzedrachen Piyanth.

Was hätte Robinton jetzt nicht für ein Stück Brot und einen Stuhl zum Hinsetzen gegeben! Eine Schüssel mit Brotscheiben stand in seiner Reichweite. Er sah, dass auch die anderen Wachen mit hungrigen Blicken in die Richtung der Speisen schielten.

Doch das Warten dauerte an. Vom oberen Stockwerk war kein Laut zu hören, nur aus der Küche drang hin und wieder ein geschnauzter Befehl oder das Wimmern einer geschlagenen Magd.

Plötzlich gellte ein Schrei durch die Halle, und eine von Lady Gemmas Leibdienerinnen erschien auf dem oberen Treppenabsatz.

»Sie ist tot … tot … tot …« Ihr Kreischen wurde von den hohen Steinwänden zurückgeworfen und ließ noch ein paar Krabbeltiere aus ihren Netzen purzeln.

»Tot?« Fax wirbelte herum und stierte die Frau an, die nun die Treppe hinunterwankte.

»Ja, die arme Lady Gemma ist tot! Ach, Lord Fax, wir haben für sie getan, was wir konnten, aber die beschwerliche Reise war einfach zu viel für sie ...« Wie um Hilfe heischend näherte sie sich Fax.

Doch Fax hob die Hand und schlug der Frau auf den Mund. Ihr hysterisches Gezeter hörte auf, und schluchzend brach sie zusammen.

Robinton sah, wie F'lar nach seinem Dolch griff. Im Weyr wurden Frauen höflich und zuvorkommend behandelt, und dieser Vorfall musste ihn in Harnisch bringen. Robinton wünschte sich nur, er würde einen kühlen Kopf behalten.

Die Männer murmelten untereinander und schienen Lady Gemmas Tod zu bedauern. Lediglich Fax machte einen vergnügten Eindruck.

»Das Kind lebt!« rief jemand in die Halle herunter. Hochblickend erkannte Robinton die Magd, die die Hebamme geholt hatte. »Es ist ein Junge!« Die Stimme der Dienerin klang heiser und beinahe hasserfüllt, fand Robinton.

Fax funkelte die Magd wütend an. »Was sagst du da, du dreckige Schlampe?«

»Das Kind lebt. Es ist ein Junge«, bekräftigte sie. Sie sprach mit einer wohl modulierten, kultivierten Stimme, die gar nicht zu einer Bediensteten passte.

Ein unbändiger Zorn malte sich auf Fax' Zügen ab. Die Leute des Verwalters, die bereits zu Hochrufen angesetzt hatten, verstummten erschrocken.

»Ruatha hat einen neuen Lord!« verkündete die Magd.

Die Drachen schmetterten triumphierende Trompetentöne.

Den Blick fest auf Fax geheftet, schritt die Magd die Treppe herunter. Ihr selbstbewusstes Auftreten setzte nicht nur Robinton in Erstaunen. Nichts schien diese zerlumpte, ungewaschene Frau aufhalten zu können, selbst die Fanfarenstöße der Drachen schienen sie nicht zu beeindrucken.

Im Gegensatz zu Robinton sah sie die Gefahr nicht kommen. Jählings trat Fax in Aktion. Er stürmte der Frau entgegen, sie als Lügnerin beschimpfend. Ehe die Magd begriff, was er vorhatte, schlug er ihr die Faust ins Gesicht. Die Frau stürzte die Treppe hinunter und blieb bewusstlos auf dem Steinfußboden liegen wie ein Lumpenbündel.

»Hör auf, Fax!« brüllte F'lar, als der Herr des Hochlands sich anschickte, die ohnmächtige Frau mit Fußtritten zu traktieren.

Fax wirbelte herum, seine Hand schloss sich um den Griff seines Messers.

»Du hast vor Zeugen, obendrein vor Drachenreitern, ein Versprechen abgegeben«, fuhr F'lar fort. »Nun steh zu deinem Wort.«

Fax stieß ein höhnisches Lachen aus. »Ihr Drachenreiter seid ein weibisches Volk. Euer Zeugnis hat keine Gültigkeit.«

Doch dann wich er einen Schritt zurück, als F'lar sich ihm mit einem Messer in der Hand näherte.

Robinton erinnerte sich nur allzu gut an eine ähnliche Szene. Doch anders als sein Vater behielt dieser junge Mann einen kühlen Kopf.

»Weiber seid ihr! Parasiten! Die Macht des Weyrs ist vorbei! Ein für alle Mal!« schrie Fax und nahm Kampfstellung ein.

Robinton warf einen flüchtigen Blick auf die anderen Männer in der Halle. Fax' Leute freuten sich offensichtlich auf einen guten Kampf und rechneten fest mit dem Tod dieses unwürdigen, schwachen Gegners. Die Drachenreiter verteilten sich in der Halle, wie um Fax' Waffenknechte an einem möglichen Eingreifen zu hindern. Ihre Mienen drückten aus, dass sie volles Vertrauen in ihren Geschwaderführer setzten. Vor allen Dingen der grauhaarige C'gan machte einen gelassenen Eindruck.

Fax stieß zu, und geschickt wich F'lar der Klinge aus. Beide Männer umkreisten sich lauernd, auf eine Blöße des Gegners wartend.

Abermals griff Fax an. F'lar ließ ihn dicht an sich herankommen, um dann selbst zu attackieren. Man hörte, wie sein Messer Fax' Kleidung aufschlitzte. Der Herr des Hochlands knurrte wie ein wütender Hund. Mit einer für einen so massigen Mann verblüffenden Behändigkeit fintierte Fax, und dann zerfetzte seine Klinge F'lars ledernes Wams.

Nun war Fax nicht mehr zu bremsen. Er versuchte, F'lar in eine Ecke abzudrängen. Robinton hielt den Atem an.

F'lar ging zum Gegenangriff über. Er duckte sich unter Fax' erhobenen Arm hinweg, doch Fax bekam ihn zu fassen. Verzweifelt versuchte F'lar, seine Hand, die das Messer hielt, aus Fax' Klammergriff zu lösen. Doch Fax gab nicht nach. Dann rammte F'lar ihm mit voller Wucht das Knie in den Bauch. Fax ließ ihn los, und F'lar tänzelte zur Seite. Robinton sah, dass er an der linken Schulter blutete.

Rasend vor Wut und Schmerzen stürzte sich Fax auf den Drachenreiter. F'lar musste ausweichen und zog sich hinter den Tisch mit den Speiseresten zurück.

Plötzlich schnappte sich Fax eine Hand voll fettiger, heißer Fleischbrocken und schleuderte sie nach F'lar. Der zog den Kopf ein, und als Fax sah, dass sein Trick nicht gelang, rannte er um den Tisch herum. Nur um Haaresbreite verfehlte seine Klinge F'lars Brust. Im selben Moment durchbohrte F'lars Messer Fax' Arm. Wieder umschlichen die beiden Kämpfer einander, während Fax' verletzter Arm kraftlos herunterhing.

Fax stolperte, und sofort nutzte F'lar seine Chance. Doch der Burgherr war nicht so schwer angeschlagen, wie es den Anschein hatte, und warf F'lar mit einem kräftigen Tritt zu Boden. Robinton glaubte, das Herz bliebe ihm stehen. Fax stürzte sich auf den Drachenreiter, um ihm den Todesstoß zu versetzen. Doch irgendwie schaffte es F'lar, wieder auf die Füße zu kommen.

Vielleicht ließ Fax sich von dieser unerwarteten Aktion überrumpeln. Seine Klinge sauste durch die Luft, und durch die Wucht des Angriffs verlor er die Balance. F'lar hob sein Messer und stieß es dem Herrn über Sieben Burgen in den ungeschützten Rücken.

Fax stolperte noch zwei, drei Schritte, dann krachte er zu Boden, und der Aufprall auf die Steinplatten war so heftig, dass die blutige Klinge um einen Zoll wieder herausgetrieben wurde.

* * *

Ein leises Wimmern durchdrang die Stille. Robinton blickte zum Treppenabsatz empor. Droben stand eine Frau und hielt ein in eine Decke gewickeltes Kind im Arm.

»Der neue Burgherr«, murmelte Robinton. Muss ich jetzt in meiner Eigenschaft als Meisterharfner vortreten, fragte er sich. Er schaute sich um, weil er sehen wollte, wer nun die Initiative ergriff. F'nor, C'gan und K'net umringten F'lar, falls Fax' Leibwachen den Tod ihres Herrn rächen wollten.

F'lar wischte sich den Schweiß von der Stirn und näherte sich der Magd, die immer noch bewusstlos am Boden lag. Er drehte sie auf den Rücken, und selbst aus der Entfernung bemerkte Robinton den fürchterlichen Bluterguss, der von Fax' Fausthieb herrührte.

»Hat jemand die Absicht, den Ausgang des Duells anzufechten?« rief F'nor, die Hand am Schwertknauf.

Etwas an der Magd kam Robinton merkwürdig vertraut vor. F'lar hob die reglose Gestalt vom Boden hoch, und als der wirre, schmutzige Haarschopf nach hinten fiel und einen Blick auf das Gesicht freigab, erinnerte Robinton sich wieder.

Er blinzelte verdutzt. Aber das war doch nicht möglich. Fax' Schergen hatten das gesamte Ruatha-Geschlecht ausgemerzt. Sollte man ein Mitglied des Clans übersehen haben? Dann – ja dann war diese junge Frau Lessa!

Die Ruatha-Sippe hatte viele Drachenreiter hervorgebracht, und etliche Weyrherrinnen obendrein. Leute mit diesem Stammbaum besaßen Durchsetzungsvermögen und einen starken, unbeugsamen Willen. Verfügten sie auch über besondere mentale Kräfte?

In diesem Augenblick wusste Robinton, dass die eigentümlichen atmosphärischen Schwingungen, die durch die Halle pulsierten, von dieser Frau ausgegangen sein mussten. Die Vibrationen hatten die Drachen nervös gemacht und F'lar dazu bewogen, Fax herauszufordern.

Für Robinton ergab dies alles einen Sinn. Es lag an Lessa, dass in Ruatha all diese sonderbaren Dinge passierten. Lessa war eine reinblütige Ruathanerin, und die Frauen dieser Blutslinie waren für ihren Mut und ihre Entschlossenheit berühmt. Sie besaß den Charakter, der einer Weyrherrin zukam, ein Segen für Pern, sollten die Mahner Recht behalten und die Fäden den Planeten wieder heimsuchen.

Am liebsten hätte Robinton einen Triumphschrei ausgestoßen. C'gan! Er musste C'gan einweihen, damit der blaue Reiter ein Auge auf Lessa halten konnte. Er musste verhindern, dass sie von dem opportunistischen, passiven R'gul manipuliert wurde. Jetzt kam es darauf an, dass F'lars Drache Mnementh die neue Königin beflog, damit F'lar endlich Weyrführer werden konnte.

Bis zum nächsten Fädenfall dauerte es vielleicht nicht mehr lange. Die letzte Gewissheit bekämen sie, wenn der Rote Stern im Augenstein der Sternsteine, die sich am Kraterrand des Benden Weyrs befanden, sichtbar wurde, und wenn die aufgehende Sonne zur Zeit der Sonnenwende auf dem Fingerfelsen balancierte. Diese Warnzeichen mussten dann selbst die größten Skeptiker überzeugen.

»Wie ich sehe, hast du es geschafft, dich in die Burg zu schmuggeln«, flüsterte jemand an seiner Seite.

»Nip, eines Tages wirst du mich noch zu Tode erschrecken.« Robinton seufzte erleichtert und lehnte sich gegen die Wand. »Wo hast du gesteckt?«

Nip deutete in Richtung der Küche. Nun bemerkte Robinton, dass sein Freund nach verbranntem Fett und anderen Küchendünsten roch.

»Ich weiß nicht, wie es dir geht, aber ich bin sehr hungrig.« Robinton trat an den Tisch, nahm sich eine Scheibe Brot und fing gierig an zu essen.

»Wohin hat er die Frau gebracht?« fragte Nip.

»Lessa?«

»Lessa?«

Vor Erstaunen schnappte Nip nach Luft.

»Psst! Sie ist die einzige Person, die bewirkt haben könnte, was sich heute hier abspielte.« Robinton schmunzelte verstohlen.

»Und was ist mit F'lar? Er hat großartig gekämpft. Aber er wurde auch verletzt.«

»Seine Verwundung schien ihn nicht sehr zu behindern.« Robinton spähte zur Treppe und wartete darauf, dass F'lar wieder in Erscheinung trat. »Ich finde, es wird höchste Zeit, dass hier jemand das Kommando übernimmt.«

»Mir scheint, die Drachenreiter haben die Situation fest im Griff«, meinte Nip. »Fax hat sich die Gefolgschaft seiner Männer erkauft. Sie sind ihm nicht wirklich treu ergeben. Bei der erstbesten Gelegenheit zerstreuen sie sich in alle Winde.«

Robinton wandte sich an ein paar von Fax' Waffenknechten, die in seiner Nähe standen. »Ihr wollt sicher bald nach Nabol, Crom oder ins Hochland zurück. Wenn ihr gleich aufbrecht, werden die Drachenreiter euch bestimmt nicht festhalten.«

»Splitter und Scherben, wer bist du, dass du hier das große Wort führst?« kläffte der Hauptmann, den Robinton in der Kaserne getroffen hatte.

»Ich bin der Meisterharfner Robinton, und dieser Mann hier ist mein Kollege, Harfnergeselle Kinsale«, erwiderte Robinton selbstbewusst.

»Du bist der Meisterharfner?« wiederholte der Hauptmann verdattert. »Moment mal ...«

In diesem Augenblick fingen die Trommeln im Turm an zu dröhnen.

Tuck ist also auch hier, stellte Robinton zufrieden fest.

»Beim Ersten Ei!« schnarrte der Hauptmann. »Kommt mit, Leute, wenn wir die Trommeln nicht zum Schweigen bringen, erfährt das ganze Land, was hier vorgefallen ist ...«

Sofort bauten sich zwei Drachenreiter vor der Treppe auf, die Hände an die Messergriffe gelegt.

»Ich rate allen aus Fax' Gefolge, sofort von hier zu verschwinden«, rief Nip alias Kinsale.

»Lord Groghes Männer rücken bereits an«, ergänzte Robinton. »Und wenn sie euch hier vorfinden, könnt ihr euch auf einen Kampf gefasst machen.«

Die Soldaten tauschten nervöse Blicke. Erst allmählich schienen sie zu begreifen, dass sie durch Fax' Tod auch sämtliche ihrer Privilegien verloren hatten.

»B'rant, B'refli!« sprach Robinton kurzerhand die Drachenreiter an, deren Namen er kannte. »Begleitet die Wachleute zur Kaserne, damit sie sich ihre Sachen holen können. Ihre Renner sind ausgeruht genug, um sie noch in dieser Nacht ins Hochland zu bringen.

Zumindest erreichen sie die Grenze von Nabol.« Er wandte sich an K'net. »Wann werden Lord Groghes Männer hier eintreffen?«

»Lange kann es nicht mehr dauern«, erwiderte K'net zuversichtlich. »Ein paar von uns Drachenreitern könnten auch eine Schar Bewaffneter holen, damit es schneller geht.« Er gab F'nor einen Wink.

»Wir gehen!« befahl der Hauptmann.

»Ich möchte, dass du einen Drachenreiter losschickst, der Bargen von Fax' Tod benachrichtigt«, sagte Robinton zu F'nor. »Derzeit versteckt er sich im Hochland Weyr. Er ist der legitime Erbe von Burg Hochland, und wir müssen dafür sorgen, dass die rechtmäßigen Besitzer sämtlicher Festungen, die Fax sich angeeignet hat, wieder die ihnen zustehenden Ämter einnehmen.«

»Ich wusste gar nicht, dass Bargen noch lebt«, wunderte sich F'nor.

»Ich habe eine Liste der Personen, die aufgrund ihrer Abstammung Ansprüche auf Burgen und Ländereien erheben können, die Fax ihnen oder ihren Vorfahren gestohlen hat«, warf Nip ein. »Oterel hat jede Menge Flüchtlinge bei sich in Tillek aufgenommen.«

»Das passt zu ihm. Dann gibt es für uns ja viel zu tun«, meinte Robinton glücklich. Jeder Burgherr sollte nur eine Burg besitzen. Diese Maxime hatte sich in der Vergangenheit bewährt. Er hoffte, die Menschen von Pern würden aus dem Desaster mit Fax lernen. »Und dann müssen wir ...« Er brach ab, als er merkte, dass Fax' Leichnam bereits aus der Halle entfernt worden war.

»Ich wies ein paar Knechte an, ihn fortzuschaffen«, erklärte Nip. »Sie machen sich eine Freude daraus, ihn auf den Misthaufen zu werfen. In früheren Zeiten ließ man tote Schurken draußen liegen und wartete auf den nächsten Fädenfall. Das beschleunigte die Entsorgung.«

Plötzlich fing ein Baby an zu schreien.

»Wir brauchen eine Amme für den jungen Lord von Ruatha«, erklärte Robinton.

»Es findet sich ganz bestimmt eine geeignete Frau, die das Kind nährt«, entgegnete F'nor.

F'lar kam die Treppe heruntergerannt. »Kam die Magd hier vorbei?« fragte er aufgeregt und packte F'nor beim Arm.

»Nein. War sie wirklich der Ursprung dieser geheimnisvollen Kräfte?« wollte F'nor wissen.

»Ja.« Wilden Blickes starrte F'lar in die Runde. »Und sie entstammt der Blutslinie von Ruatha.«

Dann fing Mnementh laut an zu trompeten. Die anderen Drachen stimmten in das schrille Konzert ein.

»Mnementh hat sie gefunden«, rief F'lar. Er rannte durch das Portal hinaus auf den dunklen Burghof.

Robinton sah den riesigen Leib des Bronzedrachens. Er hockte auf seinen mächtigen Hinterbeinen, und mit den krallenbewehrten Vordertatzen hielt er behutsam die junge Frau fest. Furchtlos blickte das Mädchen in die glühenden Facettenaugen des Drachen.

Doch Unerschrockenheit hatte die Frauen aus dem Ruatha-Geschlecht schon immer ausgezeichnet, sagte sich Robinton. Er überließ es F'lar, mit Lessa zu reden, denn es war wichtig, dass diese beiden Menschen miteinander vertraut wurden.

Robintons leerer Magen meldete sich mit lautem Knurren, und er nahm sich ein paar Scheiben Fleisch von der Tafel, die er mit Nip und Tuck teilte, der den Trommelturm bereits wieder verlassen hatte.

»Du hast deine Sache gut gemacht, Tuck«, lobte Robinton den Jungen und kaute an dem zähen Fleisch.

»Wo hattest du dich versteckt, Meister Robinton?« erkundigte sich Tuck.

»Zuerst schuftete ich hier als Knecht verkleidet, ehe ich eine Soldatenuniform stibitzte«, antwortete Robinton mit einem Seufzer. »Es war harte Arbeit, das kann ich euch versichern.«

Nip und Tuck verbissen sich ein Lächeln.

Ein entsetzlicher Schrei ließ sie zusammenzucken. Dann rannten die drei Männer auf den Burghof.

»Du darfst ihn nicht töten! Du darfst ihn nicht töten!« kreischte Lessa.

F'lar war offensichtlich vom Wachwher zu Boden gestoßen worden. Das Tier setzte zu einem neuerlichen Angriff auf den Drachenreiter an. Doch Mnementh holte mit seinem gewaltigen Kopf aus und traf den Wachwher in der Luft. Die Kreatur überschlug sich mehrere Male und landete dann krachend auf den Steinen, wo sie mit gebrochenem Rückgrat liegen blieb. Noch ehe sich F'lar hochrappeln konnte, kniete Lessa neben dem Wachwher und hielt seinen abstoßend hässlichen Kopf in den Armen.

»Er wollte mich doch nur beschützen«, schluchzte sie. »Der Wachwher war hier mein einziger Freund.«

Robinton sah, wie F'lar tröstend die Schulter des Mädchens tätschelte. »Er war dir ein treuer Freund«, sagte er leise, während das Licht in den grün-goldenen Augen des Tieres erlosch.

Sämtliche Drachen stimmten den unheimlichen Klagegesang an, den sie immer hören ließen, wenn einer ihrer Art starb.

»Sie trauern um einen Wachwher?« fragte Lessa erstaunt.

»Die Drachen erweisen jeder Kreatur die letzte Ehre, die sie für würdig erachten«, entgegnete F'lar.

Eine Weile betrachtete Lessa den hässlichen Kopf des Wachwhers. Vorsichtig legte sie ihn auf die Steinplatten und streichelte die gestutzten Schwingen. Dann löste sie den schweren eisernen Ring, den das Tier um den Hals trug, und warf ihn in hohem Bogen fort. »Jetzt bist du frei«, wisperte sie.

Mit geschmeidigen Bewegungen stand Lessa auf und trat entschlossen auf Mnementh zu.

F'lar konnte sie also dazu überreden, Ruatha zu verlassen und in den Weyr zu ziehen, dachte sich Robinton. Nicht, dass ihn das überrascht hätte.

F'nor, C'gan und vier andere Drachenreiter blieben auf der Treppe stehen, derweil die übrigen Reiter im Hof Aufstellung nahmen und auf ihre Drachen warteten.

»Wir holen Lytol aus dem Hochland«, verkündete F'nor, als sich die Reiter auf ihre Drachen schwangen. »Er soll sich bis auf Weiteres um Burg Ruatha kümmern.«

»Eine gute Idee«, fand Robinton.

»Wer bist du eigentlich?« wollte F'nor wissen.

C'gan kicherte verhalten. »Vor dir steht der Meisterharfner von Pern, F'nor.« Er wandte sich an Robinton. »Als ich dich neben den Wachen stehen sah, kamst du mir bekannt vor, aber die Beleuchtung war schlecht, und ich ließ mich durch die Uniform täuschen.«

Während F'nor Robinton neugierig und respektvoll ansah, stieg Mnementh in die Lüfte, gefolgt von den anderen Drachen.

»Den heutigen Abend möchte ich um keinen Preis missen«, erwiderte Robinton. Dann spähte er an den Männern vorbei in die Große Halle und fragte sehnsüchtig: »Ob es in dieser Burg wohl einen guten Wein gibt?«

Danksagungen

Wie immer, schulde ich vielen Leuten Dank, die zur Entstehung dieses Buches beigetragen haben. Vor allem Master Robinton (alias Frederic H. Robinson), dem es ganz und gar nicht passte, dass ich sein Leben so abrupt beendete. Von einem Tenor hätte ich nichts anderes erwartet, aber dass ein Bariton auf einem weiteren Dakapo besteht, ist nahezu beispiellos.

Doch unlängst bat man mich – via der beeindruckenden Del Rey Website – gewisse Fakten bezüglich der Prä-*Drachenflug*-Ära Perns zu erklären. Da Robinton auf Pern eine wichtige Rolle spielt, fand ich es nur angemessen, die Dinge aus seiner Sicht darzustellen.

Mein Dank gilt Dr. Will Chlosta vom St. Mary's Hospital (New Haven), der die Passagen, in denen es um Medizin und Bekleidung ging, durchgelesen hat.

Marilyn und Harry Alm, die mein Werk als Erste gelesen haben, kann ich gar nicht genug dafür danken, dass sie mich vor Unstimmigkeiten und Widersprüchen bewahrten. Mitunter wissen sie mehr über Pern als ich und erinnern sich an Details, die mir entfallen sind. Außerdem danke ich meiner Tochter, Georgeanne Kennedy, die innerhalb von vier Tagen zwei Sätze Korrekturfahnen gelesen hat: ein wahrer Liebesdienst.

Vor allem bedanke ich mich bei Tania Opland und Michael Freeman für ihre wertvollen Beiträge zum Thema Musik. Als ich sie fragte, ob sie mir eventuell ein paar von Robintons frühen Kompositionen beschaffen könnten, hatte ich keine Ahnung, dass Tania sich immer wünschte, Robinton zu sein, und das seit der Zeit, als wir uns in Fairbanks, Alaska, zum ersten Mal trafen. Mike hat schon ein Lied für mich, die Drachenlady, geschrieben, sodass sich sein Beitrag quasi wie von selbst in die Geschichte einfügt.

Zum Schluss möchte ich mich bei den vielen Fans der Pern-Saga bedanken, die mir im Januar und Februar online halfen, Namen für die Personen in diesem Buch zu finden.

Über die Autorin

Anne McCaffrey gehört zu den populärsten Autorinnen der Welt. Ihren ersten Roman veröffentlichte sie 1967. Seitdem hat sie Dutzende von Büchern geschrieben, von denen über dreiundzwanzig Millionen Exemplare gedruckt wurden.

Ehe sie sich der Schriftstellerei zuwandte, arbeitet sie am Theater. Bei der amerikanischen Premiere von Carl Orffs »Ludus de Nato Infante Mirificus« führte sie Regie und trat in dem Stück außerdem als Hexe auf.

McCaffrey lebt in Wicklow County in Irland, in einem Haus, das sie selbst entworfen hat. Dragonhold-Underhill trägt diesen Namen, weil sie für den Bau dieses Anwesens einen Hügel abtragen lassen musste. Dort unterhält sie einen privaten Reitstall, in dem sie Dressur- und Springpferde ausbildet.

Who's Who auf Pern

Name	Drache	Farbe	Status	Wohnsitz
Adessa			Burgherrin Lessas Mutter	Burg Ruatha
Agust			Meisterharfner Gesangslehrer	Harfnerhalle
Anta			Kind	Burg Benden
Ashmichel			Burgherr	Burg Ruatha
B'rant	Fanth	braun	Drachenreiter	Benden Weyr
B'refli	Joruth	braun	Drachenreiter	Benden Weyr
Barba			Kind	Burg Fort
Bargen			Burgherr	Bg.Hochland
Benoria			Burgherrin	Burg Fort
Betrice			Hebamme	Harfnerhalle
Bosler			Meisterharfner	Harfnerhalle
Bourdon			Kapitän	Bg.Greystones
Brahil			Bruder	Burg Ista
Brashia			Bourdons Frau	Bg.Greystones
Bravonner			F'lons Halbbruder	Benden Weyr
Bristol			Harfner	Burg Telgar
Brodo			Pächterssohn	Burg Benden
Brosil			3. Bruder	Burg Ista
C'gan	Tagath	blau	Drachenreiter	Benden Weyr
C'rob	Spakinth	bronze	Drachenreiter	Benden Weyr
C'vrel	Falarth Calanuth	braun bronze	Drachenreiter	Benden Weyr
Carola	Feyrith	gold	Weyrherrin	Benden Weyr

Name	Drache	Farbe	Status	Wohnsitz
Carral			Rantous Frau	Burg Pierie
Chochol			Pächter	Burg Tillek
Clostan			Heiler	Burg Tillek
Cording			Maizellas Gemahl	Bg. Ostmeer
Creline (verst.)			Meisterharfner	Harfnerhalle
Curtos			Kind	Burg Fort
Dalma			Mitglied v. Sev Ritecamps Handelskarawane	
Domick			Harfner	Harfnerhalle
Donkin			Sänger	Harfnerhalle
Drevalla			Kind	Burg Benden
Dugall			Segoinas Gemahl	Burg Pierie
Ellic			Fahrensmann	*Verschlingerin der Wellen*
Emfor			Wachmann	Burg Fort
Emry			junger Mann	Burg Tillek
Erkin			Pächterssohn	Burg Benden
Evarel			Meisterharfner	Burg Benden
Evelene			Burgherrin	Bg.Hochland
Evenek			Sänger	Harfnerhalle
Falawny			Lehrling	Harfnerhalle
Falloner/ F'lon	Simanith	bronze	Weyrführer	Benden Weyr
Fallornan/ F'lar	Mnementh	bronze	Drachenreiter	Benden Weyr
Famanoran/ F'nor	Canth	braun	Drachenreiter	Benden Weyr
Fandarel			Meisterschmied	Halle der Schmiedezunft
Farevene			Erster Sohn	Bg.Hochland
Faroguy			Burgherr	Bg.Hochland
Fax			Burgherr	Bg.Hochland
Forist			Merelans Verwandter	Burg Pierie

Name	Drache	Farbe	Status	Wohnsitz
Furlo			Bergwerksmeister	Bg.Hochland
G'ranad (verst.)		bronze	Weyrführer	Benden Weyr
Gennell			Meisterharfner	Harfnerhalle
Germathen			Heiler	Burg Nabol
Gifflen			Mörder	geh. zu Fax' Bande
Ginia			Meisterheilerin	Harfnerhalle
Gorazde			Meisterharfner	Harfnerhalle
Gostol			Fischereimeister	Burg Tillek
Grodon			Lehrling	Harfnerhalle
Grogellan			Burgherr	Burg Fort
Groghe			Burgherr	Burg Fort
Halanna			Schülerin der Harfnerhalle	Burg Ista
Halibran			Halannas Vater	Burg Ista
Hayara			Burgherrin	Burg Benden
Hayon			Hayaras ältester Sohn	Burg Benden
Idarolan			Kapitän der	*Verschlingerin der Wellen*
Ifor			Harfner	Burg Tillek
Isla			Besitzerin eines Cottage	Harfnerhalle
Jerint			Meisterharfner	Harfnerhalle
Jesken			junger Bursche	Benden Weyr
Jez			Viehknecht	Burg Ruatha
Jonno			Kind	Burg Benden
Juvana			Burgherrin	Burg Tillek
K'net	Piyanth	bronze	Drachenreiter	Benden Weyr
Kailey			Harfner	Burg an der Weiten Bucht
Kale			Burgherr	Burg Ruatha
Kalem			Schiffsbauer	Burg Tillek
Karenchok			Harfner	Süd-Boll
Kasia			Juvanas Schwester	Burg Tillek

Name	Drache	Farbe	Status	Wohnsitz
Kepiru			junger Mann	in Fax' Gefolgschaft
Kinsale alias Nip			Harfner/Spion	Harfnerhalle
Klada			Pächterin	Burg Tillek
Kubisa			Lehrerin	Harfnerhalle
Kulla			Pächterin	Grenze zu Nerat
Laela			Frau	Süd-Boll
Landon			2. Sohn	Burg Ista
Larad			1. Sohn	Burg Telgar
Larna			F'lars Mutter	Benden Weyr
Lear			Lehrling	Harfnerhalle
Lessa			Tochter	Burg Ruatha
Lesselden			Burgherr	Burg Crom
Lexey			Kind	Harfnerhalle
Libby			Kind	Harfnerhalle
Lissala			Fahrensfrau	an Bord der *Verschlingerin der Wellen*
Lobirn			Meisterharfner	Bg.Hochland
Londik			Lehrling	Harfnerhalle
Lorra			Wirtschafterin	Harfnerhalle
Lotricia			Lobirns Frau	Bg.Hochland
Lytol/L'tol	Lartha	braun	Drachenreiter	Benden Weyr
M'odon	Nigarth	braun	ältester Reiter	Benden Weyr
M'ridin	Cortath	bronze	Drachenreiter	Benden Weyr
Macester			Wache	Burg Telgar
Maidir			Burgherr	Burg Benden
Maizella			seine Tochter	Burg Benden
Mallan			Harfner	Bg.Hochland
Manora			Frau	Benden Weyr
Marcine			Mädchen	Bg.Hochland
Mardy			Frau	Harfnerhalle

Name	Drache	Farbe	Status	Wohnsitz
Marlifin			Tischler	Burg Tillek
Matsen			Burgherr	Süd-Boll
Maxilant			Harfner	Ista Weyr
Melongel			Burgherr	Burg Tillek
Merdine (verst.)			Kasias Verlobter	Burg Greystones
Merelan			Meistersängerin	Harfnerhalle
Meren			Stationsmeister	Süd-Boll
Miata			Lehrerin	Burg Benden
Milla			Köchin	Benden Weyr
Minnarden			Meisterharfner	Burg Tillek
Morif			Junge	Benden Weyr
Morjell			Harfner	Burg Fort
Mosser			Pächterssohn	Grenze zu Nerat
Mumolon			Harfner	Burg Tillek
Murphytwen			Pächter	Bg.Hochland
Murphytwenone			Pächterssohn	Bg.Hochland
Naprila			Kind	Burg Benden
Naylor			Pächter	Burg Pierie
Neilla			Frau	Harfnerhalle
Nip (siehe Kinsale)				
Ogolly			Meisterarchivar	Harfnerhalle
Oldive			Meisterheiler	Heilerhalle
Oterel			Burgherr	Burg Tillek
Patry			Merelans Onkel	Burg Pierie
Pessia			Pächterstochter	Burg Tillek
Petiron			Meisterkomponist	Harfnerhalle
Pragal			Junge	Benden Weyr
Raid			Burgherr	Burg Benden
Rantou			Waldarbeiter	Burg Pierie
Rangul/R'gul	Hath	bronze	Weyrführer	Benden Weyr
Rasa			Kind	Burg Benden

Name	Drache	Farbe	Status	Wohnsitz
Relna			Burgherrin	Burg Crom
Ricardy			Meisterhafner	Burg Fort
Ritecamp, Sev			Händler	zieht mit Handelskarawane umher
Robinton			Meisterharfner	Harfnerhalle
Roblyn			Merelans Vater	Burg Pierie
Rochers			Waldbewohner	Süd-Boll
Rulyar/R'yar	Garanath	braun	Drachenreiter	Benden Weyr
S'bran	Kilminth	bronze	Drachenreiter	Benden Weyr
S'loner	Chendith	bronze	Weyrführer	Benden Weyr
Saday			Pächterin, Holzschnitzerin	Burg Tillek
Saltor			Obmann d. Wache	Burg Fort
Saretta			Heilerin	Süd-Boll
Sebell			Harfner	Harfnerhalle
Segoina			Merelans Tante	Burg Pierie
Sellel/S'lel	Tuenth	bronze	Drachenreiter	Benden Weyr
Severeid			Meisterharfner	Harfnerhalle
Shelline			Lehrling	Harfnerhalle
Shonagar			Harfner	Harfnerhalle
Shreve			Pächterssohn	Grenze zu Nerat
Sifer			Burgherr	Burg Bitra
Silvina			Frau	Harfnerhalle
Sirrie			Heilerin	Harfnerhalle
Sitta			Mädchen	Bg.Hochland
Sortie			Pächterssohn	Grenze zu Nerat
Stolla			Aufseherin	Benden Weyr
Struan			Harfner	Burg Ruatha
Sucho			Viehzüchter	Burg Fort
T'rell			Weyrlingmeister	Benden Weyr
Tarathel			Burgherr	Burg Telgar
Targus			Pächter	Grenze zu Nerat

Name	Drache	Farbe	Status	Wohnsitz
Tesner			Burgherr	Burg Igen
Tinamon			Heiler	Benden Weyr
Torlin			Pächtersohn	Burg Tillek
Traller alias Tuck			Nips Gehilfe	Harfnerhalle
Triana			Mädchen	Bg.Hochland
Valrol			Pächter	Burg Tillek
Valden			Pächter	Burg Tillek
Vendross			Hauptmann der Wache	Burg Telgar
Vesna			Fahrensfrau	*Maid des Nordens*
Washell			Lehrlingsmeister	Harfnerhalle
Winalla			Burherrin	Burg Fort
Wonegal			Meisterwinzer	Burg Benden
Yorag			Meisterheiler	Burg Benden